dtv

Veit Kolbe, Soldat auf Genesungsurlaub, verbringt ein paar Monate am Mondsee, in der Nähe von Salzburg, und trifft hier zwei junge Frauen. Was Margot und Margarete mit ihm teilen, ist die Hoffnung, dass irgendwann wieder das Leben beginnt. Es ist 1944, der Weltkrieg fast sicher verloren, doch wie lang dauert er noch?

Sehr einnehmend und auf Grundlage ausführlicher Recherchen erzählt Arno Geiger von einem Leben im Krieg, von einer Liebe in der verstörenden, brüchigen Normalität eines Dorfs und von dem Versuch, trotz aller Beschädigungen zu überleben. Ein herausragender Roman über den Einzelnen und die Macht der Geschichte.

»Arno Geigers Meisterschaft der Anverwandlung (...) hat in dieser seismographischen Nachzeichnung der letzten Phase des Dritten Reichs und dessen Selbstzerstörung einen neuen Höhepunkt erreicht.«

Aus der Jurybegründung des Joseph-Breitbach-Preises

Arno Geiger, 1968 in Bregenz geboren, studierte Deutsche Philologie, Alte Geschichte und Vergleichende Literaturwissenschaft in Innsbruck und Wien. 1997 debütierte er mit dem Roman ›Kleine Schule des Karussellfahrens‹. Sein Werk wurde vielfach ausgezeichnet, u. a. mit dem Deutschen Buchpreis, dem Friedrich-Hölderlin-Preis, dem Literaturpreis der Konrad-Adenauer-Stiftung und dem Joseph-Breitbach-Preis. Zuletzt erschienen u. a. ›Alles über Sally‹, ›Der alte König in seinem Exil‹ und ›Selbstporträt mit Flusspferd‹. Für ›Unter der Drachenwand‹ erhielt Arno Geiger den Literaturpreis der Stadt Bremen. Er lebt in Wien und Wolfurt.

Arno Geiger

Unter der Drachenwand

Roman

Von Arno Geiger ist bei dtv außerdem lieferbar:
Kleine Schule des Karussellfahrens (12505)
Schöne Freunde (13504)
Irrlichterloh (13697)
Alles über Sally (14018)
Der alte König in seinem Exil (14154 und 25350)
Selbstporträt mit Flusspferd (14526)
Anna nicht vergessen (14556)
Es geht uns gut (14650)
Koffer mit Inhalt (25370)

**Ausführliche Informationen über
unsere Autoren und Bücher
www.dtv.de**

2. Auflage 2019
2019 dtv Verlagsgesellschaft mbH & Co. KG, München
Lizenzausgabe mit Genehmigung der
Carl Hanser Verlag GmbH & Co. KG, München
© 2018, Carl Hanser Verlag München
Umschlaggestaltung: dtv nach einem Entwurf von
Peter-Andreas Hassiepen, München,
unter Verwendung eines Motivs
aus dem Besitz des Autors
Satz: C.H.Beck.Media.Solutions, Nördlingen
(Satz nach einer Vorlage des Carl Hanser Verlag)
Druck und Bindung: Druckerei C.H.Beck, Nördlingen
Gedruckt auf säurefreiem, chlorfrei gebleichtem Papier
Printed in Germany · ISBN 978-3-423-14701-9

Unter der Drachenwand

Im Himmel, ganz oben

Im Himmel, ganz oben, konnte ich einige ziehende Wolken erkennen, und da begriff ich, ich hatte überlebt. / Später stellte ich fest, dass ich doppelt sah. Alle Knochen taten mir weh. Am nächsten Tag Rippfellreizung, zum Glück gut überstanden. Doch auf dem rechten Auge sah ich weiterhin doppelt, und der Geruchssinn war weg.

So hatte mich der Krieg auch diesmal nur zur Seite geschleudert. Im ersten Moment war mir gewesen, als würde ich von dem Krachen verschluckt und von der ohnehin alles verschluckenden Steppe und den ohnehin alles verschluckenden Flüssen, an diesem groben Knie des Dnjepr. Unter meinem rechten Schlüsselbein lief das Blut in leuchtenden Bächen heraus, ich schaute hin, das Herz ist eine leistungsfähige Pumpe, und es wälzte mein Blut jetzt nicht mehr in meinem Körper im Kreis, sondern pumpte es aus mir heraus, bum, bum. In Todesangst rannte ich zum Sanitätsoffizier, der die Wunde tamponierte und mich notdürftig verband. Ich schaute zu, in staunendem Glück, dass ich noch atmete. / Ein Granatsplitter hatte die rechte Wange verletzt, äußerlich wenig zu sehen, ein weiterer Splitter steckte im rechten Oberschenkel, schmerzhaft, und ein dritter Splitter hatte unter dem Schlüsselbein ein größeres Gefäß verletzt, Hemd, Rock und Hose waren blutgetränkt.

Das unbeschreibliche, mit nichts zu vergleichende Gefühl, das man empfindet, wenn man überlebt hat. Als Kind der Gedanke: Wenn ich groß bin. Heute der Gedanke: Wenn ich es überlebe. / Was kann es Besseres geben, als am Leben zu bleiben?

Es passierte in genau derselben Gegend, in der wir um die gleiche Zeit vor zwei Jahren gestanden waren. Alles hatte ich gut in Erinnerung, ich erkannte die Gegend sofort wieder, die Wege, alles immer noch dasselbe. Aber besser waren die Wege seither nicht geworden. Wir lagen neben einem zerstörten Dorf, die meiste Zeit unter Beschuss. In der Nacht war es schon so kalt, dass uns das Wasser im Kübel gefror. Auch auf den Zelten lagen Eiskrusten. / Unser Rückzugsmarsch war ein einziger Feuerstreifen, schauerlich anzusehen. Und ernüchternd, sich darüber Gedanken zu machen. Alle Strohschober brannten, alle Kolchosen brannten, gerade die Häuser blieben meistenteils stehen. Die Bevölkerung sollte nach rückwärts evakuiert werden, doch ließ sich das nur teilweise durchführen, zum Großteil waren die Leute nicht wegzubringen, es war ihnen egal, ob man sie erschoss, aber weg wollten sie auf gar keinen Fall.

Und der Krieg arbeitete sich weiter, für die einen nach vorn, für die andern nach hinten, aber immer in der blutigsten, unverständlichsten Raserei.

Noch am Tag der Verwundung wurde ich mit dem Krankenwagen weggebracht. Wenn nicht ein großer LKW zur Begleitung abgestellt worden wäre, wären wir im Schlamm steckengeblieben, gleich draußen vor dem Dorf. So ging's bis zum Hauptverbandplatz, wo ich einige grobe Nähte bekam. Ich schaute beim Vernähen zu, erneut mit größter Verwunderung. / Die Wäsche, die ich Ende Oktober angezogen hatte, hatte ich fast einen Monat am Leib gehabt, das Hemd war buchstäblich schwarz, als es mir ausgezogen wurde.

Ich sah einen Arzt, der beim Versuch, sich eine Zigarette anzuzünden, fünf Streichhölzer abbrach. Mit hängendem Kopf stand er da, bis eine Rot-Kreuz-Schwester kam und ihm die Streichhölzer aus der Hand nahm. Nach zwei Zügen, die er lange mit geschlossenen Augen in der Lunge gehalten hatte, stieß der Arzt ein paar Wortfetzen aus und taumelte zwischen den blutigen Liegen davon.

Zwei Tage später fuhren wir weiter. Einmal wären wir bald umgekippt mit unserer Karre, wir waren in einen zuvor nicht sichtbaren Graben gerutscht. Als die andern den Wagen wieder heraus hatten, war vor und hinter uns der Weg zu, denn es hatte starker Schneefall eingesetzt. Für neun Kilometer brauchten wir den ganzen Vormittag, weil der Weg freigeschaufelt werden musste, hinter uns war der Weg dann besser. Aber ich spürte jede Rippe im Leib. / Auch auf der Hauptstraße war es schrecklich, sechsmal mussten wir Deckung suchen gegen Flugzeuge, die uns mit Bordwaffen angriffen. Bei einer hastigen Bewegung ging die Wunde am Oberschenkel auf. / Am Bahnhof von Dolinskaja wurden wir dreimal in einer Stunde von Bombern angegriffen, ich war froh, als ich von dort wegkam.

In Dolinskaja warfen sie uns schachtelweise Drops und Schokolade in den Waggon. Das ist immer so: Wenn's zurück geht, werden die Lager geräumt, bevor sie zuletzt den Sowjets in die Hände fallen. Drops und Schokolade sind das Einzige, was uns Soldaten zugute kommt, sonst erleben wir nur Schreckliches.

Frisch verbunden lag ich in einem Lazarettzug. Der Zug stand meistens auf freier Strecke wegen des starken Verkehrs. Fünf Tage brauchten wir bis Prag, und von Prag zwei Tage bis ins Saargebiet. / Man sollte es nicht für möglich halten, dass man vom Osten nach dem äußersten Westen verlegt wird, aber das beweist wieder, wie klein das sogenannte Großdeutschland ist. / Damit kein Frost in die Wunden kam, hatten wir im Waggon einen Schützengrabenofen. Mein Geruchssinn war wieder zurück, in der Wärme wirkte der Gestank von Eiter und Jodoform wie ein Narkosemittel, ich pendelte zwischen vollständiger Klarheit und getrübtem Geist. Schlafen, schlafen, schlafen. – Schmerzen? Ich solle auf die Zähne beißen, sagte der Sanitäter, das Morphium sei für die schweren Fälle. Immerhin bin ich kein schwerer Fall. Außerdem geht es westwärts. Die Schmerzen westwärts sind auszuhalten. / Einige der Verwundeten in meinem Waggon standen bestimmt bald wieder vorne an der Front. Während der Fahrt nach Westen wurden sie vor lauter Freude gesund. Was natürlich ein Fehler war. / Und dann wieder das Gefühl, alles in meinem Kopf dröhnt und summt. Und wieder glitt ich langsam hinüber in einen Zustand der Bewusstlosigkeit.

Das Wimmern, das Stöhnen, der Geruch der unzureichend versorgten Wunden, der Geruch der verschmutzten Körper. Das alles vermischte sich zu etwas, das für mich eine Essenz von Krieg ist. Ich versuchte so viel wie möglich zu schlafen. Fast alle im Waggon rauchten. Wer die Zigarette nicht selbst halten konnte, ließ sich vom Nebenmann helfen. Ich bekam drückendes Kopfweh und dachte, es habe mit dem Gestank nach Eiter und mit dem vielen Rauchen zu tun. Wie der Arzt am Hauptverbandplatz hielt ich den Rauch lange in der Lunge.

Und fast ein jeder versuchte, seine Geschichte loszuwerden. Vielleicht, wenn man die eigene Geschichte erzählt, findet sie eine Fortsetzung.

Jetzt also Saargebiet, das sagt ja schon alles, besonders schön ist es hier nicht. Die Landschaft geht einigermaßen, aber den Ruß der Kohlengruben muss man übersehen. Das Lazarett, in dem ich liege, war früher ein Kinderheim, angeblich die Stiftung eines Grubenbesitzers, die Zufahrt mit weißen Kieselsteinen bedeckt, etwas unpassend für eine so rußige Gegend. Ringsum ein Park mit exotischen Bäumen, gestutzten Sträuchern, römischen Figuren und sonstigen Überspanntheiten. Innen ist das Gebäude nüchtern als Lazarett eingerichtet, weiße Betten mit Federkernmatratzen. / Nach der langen Zeit an der Front kommt mir das Lazarett wie der Himmel vor. Wie seltsam, dass ich hier liege und alle Knochen sind dran und Frauen in blitzweißen Schürzen bringen mir Bohnenkaffee und zwei Zimmerkollegen spielen Karten und von draußen höre ich Kirchenglocken. Die ersten weißen Laken seit über einem Jahr. Wie seltsam!

Ich mag es, wenn die Krankenschwester eine in weiße Watte gewickelte Spritze aus der Schachtel nimmt. »Entspannen Sie sich«, sagt sie, »denken Sie, der Schmerz ist nicht Ihrer.« / Vorhin kam ein Arzt ohne großes Interesse an mir, er sagte, er werde am nächsten Tag abgelöst. Mir doch egal. / Wie schön es ist, wieder einmal von sauberen Händen berührt zu werden. / Einmal kam ich aus den Stellungen Südrusslands für einige Stunden zurück zur Feldküche, da ging es mir so wie jetzt im Lazarett: Habe ich Augen gemacht, als ich Gläser und Gartenblumen sah.

Nach meiner Ankunft gegen neun Uhr am Vormittag verbrachte ich den ganzen Tag in einer Nische auf dem Flur, hinter einem weißen Vorhang, es war schrecklich kalt dort. Später kam ein Arzt und untersuchte mich. Gegen Abend wurde in einem Krankensaal ein Bett frei, und ich wurde verlegt. Verschiedene Blutproben waren zu diesem Zeitpunkt schon entnommen, am nächsten Tag Lungenröntgen und weitere Blutentnahmen. Es folgten die ersten Nächte seit langem, in denen ich anständig schlief. Es war weder kalt noch feucht, noch kamen mir Strohhalme in den Mund noch Fliegen in die Nase.

Am 2. Dezember fanden die Eingriffe am Oberschenkel und am Schlüsselbein statt. Nach der Spritze wurde mir schlecht, alles drehte sich, jetzt schwammen die Betten im Saal wie kleine Segelboote auf einem See. Fehlten nur die Palmen. Ich begann Stimmen zu hören und merkte, wie ich mich von mir entfernte. Ich sagte mir meinen Namen vor, immer wieder, ich dachte, solange ich meinen Namen weiß, bin ich noch bei Verstand: *Veit Kolbe ... Veit Kolbe ... Veit Kolbe ...* Zuletzt sah ich eine über mich gebeugte Schwester mit weißer Haube. Dann war ich weg.

Die Schwestern hier stammen noch vom Kinderheim, sind schon älter und mit langen Kutten. Kind bin ich leider keines mehr. Als ich mir erstmals von einem Bettnachbarn einen kleinen Spiegel lieh, um mich im Bett rasieren zu können, erschrak ich über mein zerschundenes, verbrauchtes Gesicht. / Etwa dreißig Tage hatte ich mich nicht mehr rasiert, seit Charkow Taganrog Woronesch Schitomir, keine Ahnung, ich sah aus wie ein Unterseebootmann, der von einer Fernfahrt kommt, furchtbar. Und rasieren musste ich mich mit geliehenem Apparat. Mein Privatzeug war beim Russen geblieben, ich stand da wie ausgebombt.

Es ist beängstigend, wie die Zeit vergeht. Ich sehe direkt, wie ich älter werde, ich sehe es an meinem Gesicht. Nur der Krieg bleibt ewig derselbe. Es gibt keine Jahreszeiten mehr, keine Sommeroffensive, keine Winterpause, nur noch Krieg, pausenlos, ohne Abwechslung, es sei denn, man nimmt es als Abwechslung, dass der Krieg sich keine neuen Schlachtfelder mehr sucht, sondern auf seine alten Schlachtfelder zurück-kehrt. Der Krieg kehrt immer zurück.

> *Liebe Eltern, ich werde noch an die Truppe schrei-ben, sie sollen mir mein Zeug und die drei Gehälter, die ich ausständig habe, an meine Heimatanschrift schicken. Doch befürchte ich, dass unser Tross in die Hände des Gegners gefallen ist, es wird daher wenig Aussicht sein, dass ich mein Zeug wieder-sehe. Deshalb bitte ich euch, mir sofort etwas Geld, Briefpapier, mein zweites Rasierzeug, eine Zahnbürste und Zahnpasta zu schicken. Frische Wäsche habe ich im Lazarett bekommen. / Be-stimmt steht mir ein Genesungsurlaub in Aussicht, dann werde ich alles erzählen.*

Es laufen hier einige ganz junge Mädchen herum, sechzehn-jährige, siebzehnjährige, man kann gar nicht glauben, dass sie einen Kurs hinter sich haben, sie können nicht einmal Puls-zählen.

Ich mag den Geruch von Sauberkeit, wie bei Hilde im Sa-natorium. Aber im Sanatorium war es nicht so warm gewesen wie hier. Aus irgendeinem Grund hatten die Ärzte gehofft, dass Kälte die Lungenkranken gesund macht. / Daran dachte ich, wenn die Nachmittage nicht vergingen. Ich weiß nicht, ob es an den Medikamenten lag, aber für ein paar Tage sah ich alles intensiver. Leider tat mir der Kopf bei jeder Bewegung weh, und im rechten Ohr hatte ich Herzschläge.

Zuerst hieß es, das Trommelfell habe etwas abbekommen, ich solle das Ohr einfach in Ruhe lassen. Dann stellte sich heraus, dass der Oberkiefer gebrochen war, an der Wange hatte ich Gefühlsausfälle, der Klang der Zähne, wenn man sie abklopfte, war verändert, es entstand so ein Schachtelton. Zur Untersuchung des Kiefers musste ich mich vollständig ausziehen, ist auch sehr notwendig bei Kieferbruch. Oft kommt man sich vor wie unter Irren. Aber die Zähne waren zum Glück nicht dunkler geworden, so bestand Hoffnung, den Nerv erhalten zu können. Geschwollen war die Wange sehr, beim Drücken verursachte es Schmerzen. / Jeden Tag wurde meine geschwollene Wange mit Kurzwellen bestrahlt, die Geschwulst sollte dadurch zurückgehen, eventuell sogar der beeinträchtigte Wangennerv angeregt werden. Man setzte mich auch täglich unter die Höhensonne. Leider wurden die Kopfschmerzen nicht besser. / Die Wunde am Oberschenkel heilte ebenfalls nur langsam, sie produzierte viel Eiter, jeden Morgen war der Verband grüngelb und stinkend. Das Knie konnte ich nicht richtig abbiegen, sie sagten, das werde sich rasch geben, wenn die Wunde zugeheilt sei. Aber zuerst musste die Wunde einige Male ausgeschnitten werden, denn in dem vom Splitter gerissenen Spalt wucherte wildes Fleisch, eine Erhöhung über dem Schenkel bildend, ohne dass dort Haut wuchs. Würde man die Wunde einfach lassen, erklärte der Arzt, würde sich eine Kruste bilden, die aussähe wie eine große dunkle Warze. Deshalb musste das wilde Fleisch entfernt werden, damit das, was zu viel war, abstarb und sich eine Haut bilden konnte. / Der Arzt schaute es sich alle paar Tage an und schnitt die Wunde aus, dann suppte und triefte wieder alles.

Am wenigsten Sorgen machte mir die Wunde unterhalb des Schlüsselbeins. Im ersten Moment hatte ich gedacht, dass sie mich umbringt, nun war sie als erstes verheilt.

So ist auch alles Glück auf die Umstände bezogen. Mein Beifahrer war von der Granate, die mich verletzt hatte, getötet worden. Ich bedauerte seinen Tod, empfand, wenn ich daran dachte, aber auch Erleichterung. Das Unglück der anderen macht das eigene Davonkommen besonders gut sichtbar.

An einem Sonntag bekamen alle Verwundeten im Lazarett vier Zigaretten: eine vom F., eine von Keitel undsoweiter. Ich verschenkte sie, denn ich legte keinen Wert auf Zigaretten vom F. und von Keitel. Auch erhielt ich das Verwundetenabzeichen als Anerkennung für das Pech, das ich gehabt hatte. Vier Jahre Krieg, Mühsal und Plage, ich hatte meinen LKW, einen Citroën, von Wien bis an die Wolga und von der Wolga zurück an den Dnjepr gebracht. Ungezählte Federnbrüche, mehrere Achsenbrüche, abgerissene Kardanwelle, abgerissener Lenkschenkel, mehrmals defekte Lichtmaschine, eingefrorene Bremstrommel, Benzinleitung, Benzinpumpe, Ölfilter, Starter, im Winter stundenlang unter dem Wagen, ständig raue Hände von der bestialischen Kälte und vom Benzin. Wenn ich irgendwo anstieß, riss die Haut in Fetzen herunter. Das Durchhaltevermögen des Citroën war in Wahrheit mein eigenes Durchhaltevermögen gewesen, und nie hatte ich die geringste Anerkennung bekommen. Und jetzt ein Orden dafür, dass ich mich im falschen Moment am falschen Ort aufgehalten hatte, ein Orden für drei Sekunden Pech und dafür, dass ich nicht abgekratzt war. Ich empfing den Orden mit größtmöglicher Ruhe und nahm ihn ab, sowie ich wieder allein war.

Ein Bäckerjunge aus der Stadt, beauftragt, uns täglich frisches Brot zu bringen, sagte, das Lazarett sei früher ein Pflegeheim gewesen. Und in seiner völlig entspannten Ortsansässigkeit, wenn auch das Wesentliche nur andeutend: das Pflegeheim sei vor einigen Jahren geleert worden, Nebeneffekt, dass Platz für ein Lazarett entstanden war, kriegsdienliche Betten. Und die sanften Schläfer vor uns schliefen vermutlich im Himmel. Der Bäckerjunge sagte, er habe von einem anderen Bäckerjungen gehört, der eine andere Heilanstalt beliefert habe, dort habe man omnibusweise Patienten hingeschafft, aber der Brotbedarf sei jeden Tag derselbe geblieben.

Es geht nichts über Lazarettaufenthalte, man trifft dort Menschen aller Waffengattungen, auch rückwärtiges Personal. Der Hauptmann neben mir erzählte Dinge aus seinem Warschauer Aufenthalt, Verhältnisse, die einem früher nicht glaubhaft vorgekommen wären, Exekutionen von Zivilisten auf offener Straße.

Diesem Hauptmann hatte man den rechten Arm zur Gänze in den Müll geworfen, im Gesicht war er gelb wie ein Chinese, und er durfte nur Griesbrei essen. Nachdem er von den Exekutionen berichtet hatte, sagte er: »Ich habe ein Versprechen gemacht: Wenn mein Armstumpf wieder halbwegs wird, mache ich eine Wallfahrt nach Altötting. Fährst du mit? Gelt, dann fahren wir zusammen, nicht wahr?« / Ich zog die Brauen hoch, ich kam mit ihm, wie mit allen, gut aus, wir redeten nicht viel miteinander, das war die beste Methode. Aber eine gemeinsame Wallfahrt nach Altötting? / »Gelt, dann fahren wir zusammen«, wiederholte er. / Na, sicher nicht, dachte ich bei mir.

Dann brach bei ihm ein Magengeschwür durch. Kurz vor dem Abendessen bekam er starke Schmerzen, in der Nacht fing er plötzlich an zu schreien, und ab Mitternacht verlor er viel Blut, es kam vorne, hinten und aus dem Mund. Die Schwestern wichen nicht mehr von seinem Bett, am Morgen hatte er die graue Todesfarbe, daraufhin operierten sie ihn, angeblich bekam er vierzehn Flaschen Blut. Und die Tage darauf sahen sie ihm in der Früh immer ins linke Auge, um festzustellen, wie lange er noch leben werde. Sie reinigten zwar seinen Körper von den Auswürfen, hatten ihn ansonsten aber aufgegeben. / Einer, dessen Kopf dick in Verbandstoff gepackt war, sagte: »Ich kann nicht ernsthaft traurig sein, wenn einer stirbt, ich freue mich eher, hat er doch seine Prüfungszeit beendet und das Ziel erreicht und tritt ein in das Reich unvergänglicher Freuden. Wenn er zur Hölle fährt, ist es auch richtig, dass er stirbt, dann kann er keine Schandtaten mehr anhäufen, er würde seine ewige Qual nur vermehren.« / Unter seinem Kopfverband redete er wild weiter, ich hörte ihm nicht mehr zu und dachte an die fünf verlorenen Jahre, den Grundwehrdienst im letzten Friedensjahr eingerechnet – Jahre, die immer dunkler geworden, immer kompakter geworden, sich zu Kugeln gerundet und immer weiter gerollt waren. Und ich dachte, dass ich jetzt lange genug Soldat gewesen war und dass ich nach Hause fahren wollte, bevor ich einen Koller bekam. Ich wollte möglichst schnell weg, plötzlich hatte ich Angst vor den Kranken.

Dann kam alles Erfreuliche an einem Tag zusammen: dass ich aufstehen und erstmals allein zur Toilette gehen durfte, wenn auch mit Krücken. Ich schaffte es sogar in die Schreibstube und stellte einen Antrag auf Überstellung in ein Heimatlazarett, sie sagten, sie würden mich in häusliche Pflege entlassen, wenn ich in Wien einen Arzt hätte, der die Wunde am Oberschenkel regelmäßig verätzt. / Während ich in der Schreibstube gewesen war, hatte man mein Bett frisch bezogen, ich setzte mich hinein und schrieb nach Hause, dass ich bald käme, ich sei zwar noch schwach und müde, aber froh, aus Russland auf einige Zeit heraus zu sein, fast jeder schleppe von dort etwas mit.

Dem Hauptmann im Nebenbett ging es wieder besser, er konnte allein trinken und richtete sich im Bett stundenweise auf. Trotzdem hatte ich genug von diesem Krankenzimmer, vom Herumlungern und den Späßen der Ärzte, die sagten, sie würden uns Turnern schon wieder auf die Reckstange helfen. Durch eine eigentümliche Anomalie misstraue ich allem, was mit so munteren Sprüchen daherkommt. / Ich fasste eine Uniform, fasste Stiefel, recht gut, wenn auch vollkommen hart. Alles wird neu – und bis die Uniform wieder abgetragen war, würden zwei weitere Jahre vergangen sein, und drin in den Klamotten steckte lebend ein geistiger Krüppel oder ein Toter im Massengrab Russland. / Ein Abrüsten hatten sie mir wieder verweigert.

Am Tag vor der Abreise ging ich ins örtliche Soldatenheim, wo ich mich an Käsebrot satt aß und ein Bier trank. Auf meinen knarrenden Krücken ging ich in dem Städtchen herum, weil ich ein paar Äpfel kaufen wollte. Die gab es aber nur gegen Einkaufskarte. Durch Zufall kam ich in ein Geschäft, da fragte ich wieder vergeblich nach Obst. Anschließend brachte ich meinen Verband am Oberschenkel in Ordnung, weil er verrutscht war. Jetzt sagte die Frau, sie habe ein Kilo für sich selbst gekauft, sie überlasse es mir. Da stand ich in dieser Seitenstraße, aß mit einem zweiten Verwundeten von den Äpfeln, und währenddessen kam ein Junge und brachte uns zwei weitere schöne Äpfel. Sein Vater habe uns vom Fenster aus zugesehen, wie es uns schmeckte, daraufhin habe er uns seinen Jungen geschickt. / So ist mir die Stadt Lebach Neunkirchen Homburg Merzig in guter Erinnerung geblieben. / Schmerzen hatte ich bei meinem ersten Ausgang so gut wie keine, im Bereich der Wunde am Oberschenkel zog es ein bisschen, weiter nicht schlimm, lästig war nur das Rutschen des Verbandes. Aber transportfähig nach Hause ist der Mensch bald einmal.

Überraschend verzögerte sich meine Abreise um zwei Tage. Einige Bonzen hatten sich angekündigt, und das Lazarett wurde von heute auf morgen zum Besichtigungslazarett umfunktioniert, das hieß, die Verwundeten bekamen weniger Pflege, alle Schwestern waren mit Aufräumen, Waschen und Putzen beschäftigt, und auch in der Schreibstube hatten sie anderes zu tun und kamen mit dem Schreiben der Entlassungspapiere in Rückstand. Es wurde überall herumgefummelt, damit alles schön und sauber wurde. Am Tag der Besichtigung gab es ein besonders gutes Essen. Nachher musste es wieder eingespart werden durch gekochte Rüben und Kartoffeln über mehrere Tage. Zum Glück betraf mich das nicht mehr, ich ärgerte mich schon genug.

So verließ ich die rußige Stadt im Saarland. Ein Medikament hatten sie mir zum Abschied gegeben, es durchtränkte meinen ganzen Körper, ich war noch ganz teilnahmslos, als der Zug in Kaiserslautern in einen Fliegeralarm hineingeriet.

Der Zug fuhr sofort wieder ab, ich glaube, das war Glück, aus der Ferne konnte ich sehen, dass die britischen Bomber einiges abluden. Auch Waldbrände gab es in der Umgebung, vom Zug aus hörte ich Kommandos, die unterwegs waren, um zu löschen.

Langsam, unendlich langsam rollte der Zug nach Frankfurt. Hauptbahnhof ... nichts. Im Halbtaumel übergab ich meinen Rucksack einem Buben und war froh, als er mich gegen etwas Brot aus der Marschverpflegung zum Übernachtungsheim führte. Dort war kein Platz. In einem nahegelegenen Hotel bekam ich ein Zimmer mit zwei Betten. Brennende Sohlen und von den harten Stiefeln aufgeriebene Füße. Nach kurzem Imbiss aus Wurst, Brot und schwarzem Kaffee lagerte ich abgespannt und voll nagender Unruhe auf einem Sofa. Seit mehr als einem Jahr zum ersten Mal hörte ich von draußen Straßenbahn und Straßenlärm mit Lachen und deutschen Stimmen. Ich schlief, bis die Kälte mich um sechs Uhr zum Aufstehen mahnte. Dann saß ich wieder im Bahnhof, wartete und versuchte mir vorzustellen, wie es sein würde, wenn ich zu Hause eintraf. In Russland hatte ich mir das Heimkommen gut vorstellen können ... wie ich in schnellem Tempo die Possingergasse entlanghaste und dann durchs knarrende Haustor zur Treppe laufe. Jetzt meinte ich, das werde sich nie verwirklichen lassen.

Einen Tag und einen finsteren Winterabend rollte ich durch Deutschland. Die Bahnhöfe, die der Zug passierte, waren nicht beleuchtet, nur manchmal brannte auf einem Bahnsteig eine einsame blaue Lampe. Fast überall lagerte Militär, sehr viele Flüchtlinge. In dem nächtlichen Gewirr von Gleisen kannte sich nur die Fahrdienstleitung aus, es erstaunte mich, als wir in München einfuhren: umsteigen. Ich zerrte den Rucksack in ein Abteil des überfüllten Zuges, döste ... döste ... kein Wort über meine Lippen, nur Rauch in die Lunge, Gegengift. / Zur jetzt aufsteigenden inneren Niedergeschlagenheit kam eine außerordentliche körperliche Müdigkeit und schmerzende Glieder, die aufgeriebenen Füße waren nochmals schlimmer geworden, ich wand und drehte mich, bisweilen fielen mir im Grübeln die Lider zu. Endlich um halb eins in der Nacht erreichten wir Salzburg. Zitternd wartete ich im Dunkel der Nacht, döste bis fünf in der Früh, draußen kalt und trübe. Infolge meiner Müdigkeit waren die Nerven stumpf. Was in den letzten Tagen und Wochen mein sehnlichster Wunsch gewesen war, stand jetzt knapp vor der Erfüllung. Aber ich kam nicht zu Bewusstsein und konnte das Erlebte nicht fassen.

In Wien war es mitten am Vormittag, als der Zug einfuhr. Wieder Bahnhof, Westbahnhof, nach der langen Abwesenheit kam er mir vor wie ein Opernhaus. Erinnerungen tauchten auf, verschwanden, wie alles. Weiter ging's zu Fuß und mit Krücken über die Felberstraße nach Hause. Nichts zählte, außer dass ich am Leben war.

Seit meinem letzten Aufenthalt

Seit meinem letzten Aufenthalt in Wien waren fünfzehn Monate vergangen. Auf dem langsamen Weg zurück hatten meine Wünsche für zu Hause Form angenommen, abgeleitet von den Widrigkeiten des Krieges. Ich wollte allein in einem Zimmer schlafen ohne Stiefel neben dem Bett, nicht mehr im Schnee mit erfrorenen Händen unter einem defekten LKW liegen müssen. Ich wollte den Kaffee aus der Tasse trinken, die ich von Hilde zu meinem fünfzehnten Geburtstag geschenkt bekommen hatte. Und alle vier Wochen wollte ich eine neue Zahnbürste. Weil aber, wenn einer aus dem Krieg zurückkehrt, das Zuhause ein anderes ist als dasjenige, das er verlassen hat, fühlte ich mich trotz der Erfüllung all dieser Wünsche zu Hause nicht wohl.

Mama ging es nicht weiß Gott wie gut, sie spürte die Kälte, auch jeden Schneefall und Regen, Wind und Nebel spürte sie auch. Sie hatte den ganzen Haushalt allein zu besorgen, aber diese Überlastung kam ihr gelegen, weil die Arbeit keine Möglichkeit zum Denken ließ, so schien es mir. Mehrmals, wenn ich dankbar für ihre Unterstützung gewesen wäre, sagte sie: »Ich habe darüber nicht zu urteilen.« / Papa gab mir gute Ratschläge, alles hirnverbrannte Ideen, über die ich eine Wut bekam. Er sagte, er selbst sei in eine schlechte Zeit hineingeboren worden, während ich das Glück hätte, an der Schwelle zu einer großen Zeit jung zu sein. Mehr könne der Mensch nicht verlangen, es hänge nun von mir ab, was ich daraus mache.

Wie eine Strafe für das Überleben saß ich die Stunden am Küchentisch ab. Auch das Erzählenmüssen nach der langen Zeit empfand ich als Strafe. Aber natürlich war es das gute Recht der Eltern zu erfahren, wie es mir ergangen war. Ich selber wäre auch enttäuscht, wenn die Eltern verwundet aus dem Krieg heimkämen und nicht erzählen wollten. Dennoch, ich war nicht in der Stimmung. Obendrein, was mich wirklich beschäftigte, hing nur bedingt mit meinen Verletzungen zusammen. Aber ich fand für diese Dinge kein Verständnis, vor allem nicht bei Papa, sein Geschwätz ging mir auf die Nerven.

Er hatte auf dem Nachhauseweg von der Schule bei der Partei das Volksopfer abgegeben. Das erhebende Gefühl, einen Beitrag geleistet zu haben, veranlasste ihn, bei der ersten bitteren Bemerkung meinerseits von der Notwendigkeit des Krieges zu reden und vom langfristig Positiven. Ich fühlte mich von dieser Unvernunft wie zermahlen. Wenn ich seinen Optimismus an der Front zu lesen bekommen hatte, in Briefform, war es auszuhalten gewesen. Es persönlich hören zu müssen, war eine ganz andere Sache.

Wann immer ich konnte, zog ich mich in mein Zimmer zurück, das Zimmer, das ich als Schüler bewohnt hatte. Seit ich im Spätsommer vor mehr als fünf Jahren zum Militärdienst eingezogen worden war, hatte sich das Zimmer kaum verändert, die Schulbücher lagen noch im Schreibtisch, mich an die Jahre erinnernd, die mir niemand zurückgab. Ich hätte versuchen können, aufzuholen, was aufzuholen war, statt dessen lag ich auf dem Bett ohne Antrieb, ein abgenagtes Stück Herz. Und immer wieder ging mir durch den Kopf: Ich habe so viel Zeit verloren, dass ich sie nicht aufholen kann.

Ein Studium an der Technischen Hochschule hätte mir keine Probleme bereitet. Ich hätte nicht länger dafür benötigt als mindestens vorgeschrieben. Ich wäre jetzt unabhängig, auf eigenen Beinen, und die Bevormundungen meines Vaters würden mich kalt lassen. / Oft in Russland, wenn die Staubwolken über das Land gezogen waren, hatte ich mir gesagt: *Sieh an, meine Tage ...*

Dass mit mir etwas nicht stimmte, erkannte man auch daran, dass an den Wänden der Wohnung, in fast jedem Zimmer, Bilder von mir hingen, Erinnerungsbilder, ich war überall vertreten. Die Bilder hatten am Familienleben teilgenommen, ich am Krieg. Im Wohnzimmer hatte man mir den schönsten Platz eingeräumt, neben dem Porträt von Hilde. Mama sagte, überall, wo sie sei, wolle sie ihren Schöps sehen. Papa meinte, wir müssten ihr die Freude lassen. / Jetzt sah man mich auch im Bücherregal als Verwundeten im Saarland. Auch hier zeigte sich Papa großzügig, die Aufnahme sei sehr schön, man könne wirklich nichts daran aussetzen.

Als überraschend empfand ich, dass es den Asparagus von Hilde noch gab. Hilde war seit sieben Jahren tot, und ihr Asparagus blühte. Und Hildes Gitarre lehnte noch immer an der Wand, seit sieben Jahren, stumm und nutzlos wie ich. Ein Instrument, auf dem keiner mehr spielt, ist wohl das traurigste. / Was ist in Hilde vorgegangen, wenn sie im Mädchenzimmer Gitarre gespielt hat? War sie verzweifelt? Hat sie Angst gehabt? Dass ich das nie wissen werde! Warum habe ich sie nicht gefragt? Und warum habe ich ihr nicht helfen können? Es wäre besser für mich, wenn ich sie gefragt hätte. / Jeder kleine Gegenstand zerreißt mir das Herz, alles, was Hilde gehört hat und jetzt arm und verloren herumsteht.

Hilde hätte mit ihrem Leben so viel anzufangen gewusst, sie hat sich so freuen können, ob es nun Musik war oder ein Glas Bier an einem warmen Abend in einem Gasthausgarten. Sie hat dem Leben fast bis zuletzt irgendwas Schönes abgetrotzt. Und ich selber starre auf meine leeren Hände, liege in meinem muldigen Schülerbett, bedauere mich selbst, empfinde Reue, Leid und Scham. Hilde konnte leben und musste sterben. Ich, der ich leben darf, weiß damit nichts anzufangen. Wie unzufrieden Hilde mit mir wäre. Aber wie soll ich es ändern? Wie soll ich *mich* ändern?

Ich ging in der Stadt umher, als gehörte ich nirgends hin nach so vielen Jahren des Fortseins. Die Straßenbahnstation in der Nähe unseres Hauses war aufgelassen, um den Strom beim Bremsen und Anfahren zu sparen. Manche Fahrer verringerten im Bereich der Station das Tempo, damit Fahrgäste auf- und abspringen konnten. Doch für einen mit Krücken war das ausgeschlossen. Ich humpelte über den Gehsteig. In den Straßen herrschte ein Gedränge zum Verrücktwerden. In mir war noch die Langsamkeit des Lazaretts, ich kam mir vor wie ein lästiger Fremder.

Ausgehen war auch deshalb ein Problem, weil der Verband am Oberschenkel nicht hielt, trotz vorsichtigster Bewegungen. Ich musste dauernd daran herumzupfen, damit er mir beim Gehen nicht hinunter bis an den Knöchel rutschte. Schließlich gab mir Mama einen Strumpfbandgürtel. Sie zeigte mir, wie man ihn anlegt. Und dann lachte sie so herzlich, wie ich sie seit vielen Jahren nicht mehr lachen gesehen hatte, ganz befreit. Später sagte sie, sie hoffe, ich sei beim Militär nicht homosexuell geworden, es wäre gut, ich fände bald eine Frau. Aber dieser Strumpfbandgürtel war dennoch etwas

Gemeinsames, in mehrerlei Hinsicht, und ich wusste Mamas Lachen zu schätzen.

Bei den Verwandtenbesuchen wurde ich mit Backwaren und klugen Reden traktiert. Tante Rosa sagte: »Immer Kopf hoch und Mund weit auf, so wird schon alles klappen.« Sie war noch die Anständigste meiner mütterlichen Verwandten. Auch bei Onkel Rudolf saß ich eine Höflichkeitsstunde ab. Seine Aussage, er wundere sich, dass Thaler Heli, ein Nachbarssohn, in seinen Briefen jammere, ärgerte mich besonders. Statt Onkel Rudolf die Faust ins Gesicht zu schlagen, sagte ich nur: »Es wird schon nicht ganz unberechtigt sein.« / All denen, die in Wien große Reden schwangen oder sich selbst bedauerten, begegnete ich mit Misstrauen, also nahezu allen. Wenn man fürs Sammeln von Phrasen Geld bekäme, wäre Wien die Goldene Stadt: »Hat ja alles irgendwann ein Ende, auch jeder Krieg.« / »Ja, der Krieg, der macht einem was zu schaffen.« / »Der F. ist Herr der Situation, wie immer.«

Den wichtigsten Besuch stattete ich dem Wehrbezirkskommando ab, instruktionsgemäß. Meine Krankschreibung wurde bestätigt, ein mehrmonatiger Genesungsurlaub gewährt, ein Abrüsten und die gleichzeitige Zulassung zum Studium erneut verweigert. Mein Dienstgeber wollte abwarten. Wen er einmal hat, den lässt er nicht mehr so leicht los – eine Kündigung wird nicht angenommen. / Immerhin für Mama brachte ich eine freudige Mitteilung nach Hause. Aufgrund meiner Verwundung hatte ich ein F.paket zugesprochen bekommen, Lebensmittelmarken und Geld. Dazu noch eine Flasche Sekt. Für Mama eine große Erleichterung, denn das Paket enthielt Marken für fünf Kilogramm Mehl, Hülsenfrüchte und Fett.

Kurz vor Weihnachten begann es zu schneien, und zwar ergiebig. Durch Zufall bekam ich über eine Freundin von Waltraud, meiner ältesten Schwester, um sieben Reichsmark neun gelbe Rosen. Ich fuhr zum Meidlinger Friedhof und besuchte Hildes Grab. Dort lag viel Schnee, nur die Hauptwege waren geräumt. An der Stelle, wo Papa im März 1938 dem Fahnenmeer eine weitere Fahne hinzugefügt und ehrliche Tränen vergossen hatte, Tränen der Freude: dort legte ich die neun gelben Rosen ab, zündete die Grablaterne an und verrichtete meine Gebete. Sonst konnte ich Hilde nichts mehr geben. Der Schnee fiel und fiel. Ich hatte mir immer eingebildet, dass Hilde der Engel sei, der über uns wacht.

Es heißt, Frau Holle sei eine Anführerin der wilden Geisterschar, die zwischen Weihnachen und Neujahr die Erde heimsucht. Während dieser Tage stehen die Tore der Totenwelt offen, und die Toten kehren zurück an ihre früheren Plätze und halten über die Lebenden Gericht. / Schnee, Schnee, Schnee. Und unter dem Schnee schläft die Schwester.

Zwei Tage später war der Schnee von den Schuhen und Fahrzeugen zu einer hellbraunen, bröseligen Masse zertreten, zerfahren. Manchmal noch wehte der Wind einige weiße Flocken von den Dächern, sie fielen langsam herunter auf Alte, Frauen, Kinder, Krüppel und Militärs. Von Militärs waren die Straßen voll, was mich in meiner Liebe zu Wien auch nicht grad bestärkte. Obwohl die Krücken nicht mehr zwingend nötig gewesen wären, hatte ich sie immer bei mir, damit ich nicht ständig den Arm in die Höhe reißen musste. / Sogar die Schaufensterpuppen hatten jetzt Soldatenhaltung und waren schlank geworden, offenbar kurbelte dieser Typus das Geschäft an. Soweit Ware noch vorhanden.

Meine Mütze trug ich auch zu Hause, zwar weit in den Nacken geschoben, aber doch, ich sagte, dann hätte ich weniger Kopfweh. / Der Mantel ist die Kleidung des Übergangs, die Mütze verbindet die Welten.

Im Gespräch mit Papa verbiss ich mir manche Bemerkung, die ich gerne losgeworden wäre. Ich war sehr beherrscht geworden in einer Organisation, in der man von einem vorlauten Mundwerk nur Nachteile hatte. Sollte es etwas Freies in mir gegeben haben, hatte man es abgetötet, alles Freie betrachtete ich als Privatsache, und Privatsachen gab es nicht mehr, seit Jahren. Die Gespräche mit Papa? Waren keine Privatsache, die Uhren ließen sich nicht zurückstellen. / Papa sagte: »Wir leben in einer großen Zeit. Unsere Nachkommen werden uns einmal beneiden, dass wir in einer solchen Zeit leben durften.« / Plötzlich hatte ich eine Idee davon, wie oft schon am Mittagstisch von solchen Dingen geredet worden war. Mit Bitterkeit erlebte ich einen der wenigen Momente, in denen ich Erleichterung darüber verspürte, fünf Jahre weg gewesen zu sein. Und obwohl ich mir vorgenommen hatte, nicht mehr zu politisieren, wie ich es früher getan hatte, sagte ich, das Glück der weltgeschichtlichen Zeit, das Papa seinen Kindern seit Jahren verkünde, hätte ich gründlich ausgekostet und jetzt genug von dem Irrsinn. Mit einer Zukunft, die aus derlei hervorgehe, wolle ich nichts zu tun haben, einmal abgesehen davon, dass diese Zukunft mich ohnehin längst abgeschrieben habe.

Es traf Papa, dass ich ihm in die Parade gefahren war. Am nächsten Morgen hatte er ein ausdrucksloses Gesicht. Erst nach dem letzten Schluck von seinem Kaffee sagte er, wer bewusst den vorigen Krieg und nachher die Folgen miterlebt habe, müsse fest die Stange halten, es dürfe diesmal nicht schiefgehen. Und es gehe auch nicht schief. / Dann redete er über »unsere Soldaten«, immer in der Absicht, die von mir erlebten Schrecken kleiner aussehen zu lassen. Mama zeigte zum Fenster. Auf einem Blumentopf saß regungslos ein Gimpel, die Brust uns zugewandt. Papa achtete nicht darauf, auch nicht auf das Zeigen von Mama. Sie hatte einen Löffel in der Hand, und Papa redete weiter.

Diese Gespräche brachten nichts, sie rieben uns nur auf. Auch ohne Zerwürfnis mit den Eltern war die zwischenmenschliche Bilanz meines Lebens verheerend. Deshalb wollte ich es auf eine offene Konfrontation nicht ankommen lassen. Aber ich begriff, in der Wohnung der Eltern war ich unfähig, der zu sein, der ich während meiner Abwesenheit geworden war. Ich hatte den Irrsinn der Front mit dem Irrsinn der Familie vertauscht.

Weihnachten rückte heran. Weihnachtsbäume gab es in diesem Jahr nur mehr auf Bezugsschein für Haushalte mit kleinen Kindern. Die Eltern und ich feierten das Fest in aller Stille bei einer Schüssel Apfelreis, jetzt die zweckmäßigste Art, dieses Fest zu begehen. Alarm gab es auch.

Zwischen den Feiertagen traf eine Weihnachtskarte von Onkel Johann ein, dem ältesten Bruder von Papa. Von der Front aus hatte ich ihm mehrmals Tabakwaren geschickt, er bedauerte, seit längerem nichts von mir gehört zu haben. Onkel Johann war Postenkommandant in Mondsee. Im Lazarett hatte der Hauptmann im Nebenbett gesagt: »Wenn es irgendwie möglich ist, zieh aufs Land mit Sack und Pack.« Und noch während des Lesens der Karte beschloss ich, genau das zu tun: mich in eine friedlichere Welt verziehen.

Drei Versuche waren nötig, bis ich Onkel Johann telefonisch erreichte. Ich sagte in die Leitung hinein, ich wüsste nicht, was mit meinem Bett passiert sei, es sei mir zu weich und zu muldig. Und in Hildes Bett spürte ich die Spiralen und läge wie auf Krautköpfen. Ob er mir in Mondsee ein Zimmer besorgen könne. / »Wird gemacht«, sagte der Onkel. Ein Telefonat von robuster Kürze.

Aufgrund einer weiteren ärztlichen Bestätigung durfte ich abreisen. Die Erlaubnis wurde auf meiner Kleiderkarte vermerkt. Mama war betroffen: »Du willst wegfahren? Ich meine, du sollst jetzt bei mir sein.« / Als ich sie am Küchentisch sitzen sah, abgearbeitet, mager, müde, die Haare vollständig grau, die Finger knochig und krumm, hätte ich sie gerne umarmt. Aber ich stand beim Waschbecken und schaute nur, bis sie meinen Blick suchte und in Tränen ausbrach. / »Was soll ich antworten, wenn jemand nach dir fragt?«, wollte Papa wissen. / »Nichts. Weil es ja wirklich niemanden was angeht. Bei Mamas Fahrt zu den Verwandten in Markersdorf ist es auch niemanden etwas angegangen.« / Mama hatte überschüssige Wäsche und etwas Porzellan zu Verwandten nach Mähren gebracht. In den Zeitungen wurden den Wienern fortwährend Verhaltensmaßregeln gegeben, man sprach es halboffen aus, dass größere Angriffe auf die Donaustädte unmittelbar bevorstanden. Dass mir die Eltern letztlich keine größeren Vorwürfe machten, lag daran, dass insgeheim auch sie sich in Wien nicht mehr sicher fühlten. / Mama wischte sich die Tränen aus den Augen, sie sagte nochmals: »Ich meine, du sollst jetzt bei mir sein.« / Und Papa, schon wieder eloquent, sagte: »Aber lass dich von dem frommen Gesindel dort nicht unterkriegen.« / Einige Stunden später fiel ihm noch etwas ein. Wohl um sich zu rechtfertigen, sagte er: »Ich erinnere dich daran, dass auch du von Anfang an für diesen Krieg warst.« / Auf langmächtige Diskussionen wollte ich mich nicht einlassen, und so antwortete ich nur: »Es gibt hier tatsächlich nichts, womit ich mich brüsten könnte.« / Anschließend schwieg Papa zwei Tage. Gut, dann halt nicht.

Mit einem Strumpfbandgürtel unter der Uniform des Stabsgefreiten und einer Krücke unter der Achsel humpelte ich in Wien herum und kaufte meine Punktekarten leer: Strickjacke, Wollmütze, Fäustlinge, Schuhe, Proviant und eine Höhensonne zur Behandlung der verletzten Gesichtsnerven. Die Wunde am Oberschenkel ließ ich nochmals mit Höllenstein ätzen. Dann kam der Silvesterabend. Die Verdunkelung störte mich in dieser Nacht ganz besonders. Wir wünschten uns gegenseitig ein besseres Jahr, wohl wissend, dass sich vieles ereignen würde, bis auch dieses überstanden war.

Als erstes brachte es meine Abreise, und zwar schon am Vormittag des Neujahrstages. Hals über Kopf machte ich mich davon, damit das schlechte Gewissen am Küchentisch mich nicht wanken ließ. Auf dem Weg zum Bahnhof pfuschte ich widerwillig einige militärische Grüße hin, war dann aber glücklich einer der ersten im schon bereitgestellten Zug. Ich hatte mir eine Früheinsteigerkarte besorgt, die mir aufgrund meiner Verwundung zustand. / Aufatmend lehnte ich meinen Kopf in eine Ecke des Abteils mit der Absicht, mich schlafend zu stellen, und schlief ein.

Eine halbe Fahrstunde von Salzburg

Eine halbe Fahrstunde von Salzburg entfernt, aber zu Oberdonau gehörend, liegt an den Ufern des Mondsees der mit dem See namensgleiche Ort. Die Drachenwand macht im Süden über die ebenfalls am See gelegenen Orten St. Lorenz und Plomberg eine breite Brust, im Südosten, über dem jenseitigen Ende des Sees, hebt der Schafberg seine markante Nase, jetzt schneebedeckt. Aufgrund der Nähe zum Alpenhauptkamm ist das Klima am Mondsee trotz der geringen nördlichen Breite rau. Als die Quartierfrau mich am Bahnhof abholte und sah, dass ich fröstelte, sagte sie: »Hier braucht man den Wintermantel von November bis April.« / Obwohl ich ernüchtert war von dem eisigen, schneidenden Wind, der mir durch den Mantel fuhr, erwiderte ich: »In vier Jahren Krieg hatte ich genug Gelegenheit, mir Empfindlichkeiten abzugewöhnen.« / Da besah sie mich von Kopf bis Fuß wie ein zum Verkauf stehendes Stück Vieh.

Auf dem Kutschbock lag eine starke Decke zum Einwickeln, ich schlang sie mir doppelt um die Hüfte. Trotzdem wurde mir während der Fahrt so fürchterlich kalt, dass ich vom Bock kaum herunterkam, als wir das Haus erreichten. Wunde Knochen von der Fahrt und ein ziehendes Gefühl im Magen von der Ungewissheit. Doch insgesamt war ich schon zu erschöpft, um noch allzu stark empfinden zu können. Auch von dem Haus, zu dem wir gefahren waren, nahm ich zunächst nicht viel wahr. Ein kompaktes Bauernhaus, wie man es in der Gegend bald einmal findet, etwas abseits auf einer Anhöhe, mit einem direkt an das Wohngebäude ange-schlossenen Stall. Unter dem Giebel ragte der Galgen eines Seilzugs aus der Fassade, ein Seil mit Haken baumelte vor dem dunklen Viereck des Dachbodenfensters. Der Galgen wies auf ein kleines, gemauertes Haus vis à vis, zu dem eine Gärtnerei und ein großes Gewächshaus gehörten. Ich ging einige Schritte auf das Gewächshaus zu, um mir die Beine zu vertreten. Ein Hund, der dort lag, sprang auf und verbellte mich.

Schroff forderte mich die Quartierfrau auf, meinen Koffer selbst zu tragen. Viel hatte sie bisher nicht geredet, sie war die erste Repräsentantin eines groben, maulfaulen Charmes, dem meine ganze Sympathie gewiss war und von dem ich hoffte, dass er hier weite Verbreitung fand. Ich folgte der Frau zu ei-nem Seiteneingang, sie wies auf den Abtritt, den ich sogleich benutzte. Er befand sich unmittelbar neben dem Schweine-stall, man konnte sich nebenher ganz gut mit den Tieren un-terhalten. Anschließend stiegen wir eine enge, dunkle, in noch tieferes Dunkel hinaufführende Treppe hoch, so steil und schmalstufig, dass ich sie als Kind nur mit größtem Argwohn in Angriff genommen hätte. Am oberen Treppenabsatz stand ein blecherner Kübel, dem die Quartierfrau trotz der Dun-kelheit auswich. Ich hingegen stieß ihn um und erschrak von dem plötzlichen Scheppern. Einen Sturz konnte ich mit Not vermeiden. / »Passen Sie doch auf!«, sagte die Quartier-frau. / »Die Lichtverhältnisse«, brummte ich entschuldi-gend. / Aber sie begann sogleich, über »die Wiener« herzu-ziehen. Ich war wirklich schon zu müde, um so überrascht zu sein, wie ich hätte überrascht sein müssen. / Vor der Tür des für mich bestimmten Zimmers überreichte mir die Frau einen zehn Zentimeter langen Schlüssel von tosischer Form und wünschte mir ein gutes Ankommen.

Das Minderwertigste an diesem Abend war meine Schlafgelegenheit. Bett ist gut gesagt, bei dem hin- und herschaukelnden Gerüst, das obendrein unangenehm roch. Ein schaler, süßlicher Geruch nach totem Tier stieg aus den Tiefen der Matratze herauf. / Im Zimmer gab es einen Ofen, der eingeheizt war und bei meinem Eintreten geseufzt hatte. Fließwasser gab's nur in dem engen Bad draußen auf dem Gang. Kein Schrank, aber ein Polsterstuhl auf Rädern. Und ein Frühstückstisch mit ausziehbarer Schreibplatte. Und immerhin hatte ich genügend Balken zur Verfügung, in die ich Nägel schlagen konnte, um meine Sachen aufzuhängen.

In der ersten Nacht glaubte ich vor Kälte umkommen zu müssen. Ich überwachte ständig das Feuer und warf mehrmals Holz nach, aber die Wärme ging direkt in das schlecht verlegte Rohr und in den Kamin. Mehrfach bellte der Hund, ein wütendes Bellen, das mir durch Mark und Bein drang. Noch immer passierte es bei solchen Anlässen, dass mein Körper von einer Sekunde auf die andere in einen akuten Alarmzustand wechselte. Dann dauerte es eine halbe Stunde, bis mein Herz wieder normal schlug. Ich lag wach, mit weit aufgerissenen Augen, lauschte auf die Mäuse, die durchs Zimmer rannten, dachte an denjenigen, der sich meiner hoffentlich nicht erinnerte: an den Krieg. Bestimmt war er ganz in Anspruch genommen von seinen weltlichen Freuden.

Hilde hatte sehr oft nicht schlafen können, von Husten und Atemnot geplagt. Ich erinnerte mich, dass sie gesagt hatte: »Wenn ich nicht einschlafen kann, nähe ich noch einen Knopf an. Beim Knopfannähen vergesse ich alles andere.« /

Schade, dass ich keinen Knopf zum Annähen hatte. / Ich stand auf, um meinen Militärmantel zu holen als zusätzliche Decke. Dann lag ich weiter wach, weiter bedrückt von diesem schweren Geruch nach totem Tier, den ich nicht begreifen konnte.

Ich hatte mich längst daran gewöhnt, an fremden Orten aufzuwachen, so dass ich in der Früh, als ich die Augen aufschlug, zwar nicht wusste, wo ich mich befand, aber ganz selbstverständlich darauf vertraute, dass es mir gleich einfallen werde. An dem einprägsamen Bellen des Hundes erkannte ich, dass ich in Mondsee war. Graues Licht sickerte durch die schmutzigen Fenster.

An diesem ersten Tag begnügte ich mich damit, einen Erkundungsgang zu machen, verbunden mit einem Besuch beim Onkel. Ich humpelte ins Ortszentrum. In den Niederungen lag kein Schnee, ein ödes, winterliches Kolorit. Willkommen Grauer! Mondsee empfand ich als hübsch, mit dunkel dastehenden Bauernhäusern am Ortsrand und bonbonfarben gestrichenen Bürgerhäusern vor allem im Bereich des Marktplatzes. Das zu groß geratene Schloss neben der zu groß geratenen Pfarrkirche. Die Kirche mit zwei klobigen Türmen, an jedem Turm eine Uhr, die Uhren waren zu verschiedenen Zeiten stehengeblieben, was eine dissonante Atmosphäre über den Ort warf. Rechts ein Kriegerdenkmal von gewohnt grobschlächtiger Machart, äußerlich ein totes Bauwerk. Was das Kriegerdenkmal innerlich rettete, waren die eingravierten Namen. In den vergangenen Jahren waren viele Namen dazugekommen. / Um die kläffenden Hofhunde musste man weite Bögen machen. / Trotzdem erschien mir Mondsee als Ort der Verheißung. Nicht abgelegen und doch einsam, kein Bauernnest, aber klein genug und abseits der Heeresstraßen. Wie im gesamten Salzkammergut herrschte auch hier ein wenig Antiquiertheit, ziemlicher Luftabschluss in mancherlei Dingen, also ganz das Passende zu meinen derzeitigen Bedürfnissen.

Unterhalb des Marktplatzes lag das Rathaus, ein altes, ockerfarbenes Steinhaus mit vielen Fenstern, die auf die Rückseite der Sparkasse blickten. Nicht weit davon entfernt, auf der anderen Seite des Friedhofs, befand sich die Forstverwaltung. Dort, im hinteren Teil des Erdgeschosses, amtierte die Gendarmerie. Ich betrat den Posten durch den zur Straße gelegenen vorderen Eingang, ging über einen mit flaschengrünem Linoleum ausgelegten Flur. Mir kam vor, hier war seit längerem nicht mehr aufgewischt worden.

Dem Onkel schenkte ich eine Flasche guten Wein und zwei Packungen Zigaretten. Natürlich nahm er beides nur unter Protest, gleichzeitig freute er sich von Herzen. Ich hatte ihn seit zehn Jahren nicht gesehen, er war grau geworden und hatte an Gewicht zugelegt. Seiner Haut war anzusehen, dass er seit vierzig Jahren unbarmherzig rauchte. Sein Husten war trocken und krächzend, manchmal so, dass es ihn würgte.

Er zeigte mir einen hübschen Kalender aus Dänemark mit pornographischen Fotografien. Er zeigte mir auch ein Aktfoto von einer Freundin. Das geschah im Journalzimmer. Anschließend begaben wir uns wieder ins Dienstzimmer, wo wir etwa eine Stunde sprachen. Er rauchte einige der Zigaretten, die ich gebracht hatte, stellte auch die Flasche Wein auf den Tisch, Brot und einen Tiegel mit Schmalz. Ich hätte mir zuerst mit einem Schmalzbrot die Kehle schmieren sollen. Nach einer eben überstandenen Verkühlung brannte der Wein wie Batteriesäure. Der Onkel war überrascht, dass mir die Tränen in die Augen schossen, er erkundigte sich nach meiner Gemütsverfassung. Als ich sagte, ich vertrüge den Wein nicht, war er beruhigt. »Es kommen wieder andere Zeiten«, sagt er, »mir hats früher auch besser geschmeckt.«

In dem düsteren Erdgeschosszimmer roch es nach in Tabakqualm geteerten Akten. Auch hier dunkelgrünes Linoleum, hinter der Tür und unter dem Schreibtisch abgetreten und heller als sonst. An der Wand gab es eine Pritsche zum Herunterklappen, für Notfälle. Darüber ein buntes Plakat: *Die Sieben Goldenen W / Wen hat / wer / wann / wo / womit / wie / warum / umgebracht?* / Rechts neben den Sieben Goldenen W prangte eine an den Rändern zackenartig ausfransende Blutlache.

Immer wieder schaute ich zu der Blutlache hin, während ich ausführlich von den Eltern und den beiden Schwestern berichtete. Ich sagte, bei Waltraud mache es nicht den Anschein, als komme die Lungensache noch einmal zurück, sie sei Doktora und unterrichte im Protektorat. Inge sei in Graz verheiratet. Der Onkel fragte mich über meine Zeit in Russland aus. Ich sagte, ich sei nicht besonders böse, diesem Land den Rücken gekehrt zu haben, die Gegend sei nicht mein Geschmack. Und auch die Art unserer Kriegsführung sei nicht mein Geschmack, man mache sich keinen Begriff, unsere Brutalität … Aber der Onkel unterbrach mich, die Hauptsache sei, man halte durch bis zum siegreichen Ende. / Um mich nicht tiefer ins Thema kommen zu lassen, erkundigte er sich nach dem Lazarett. Ich berichtete, die Krankenschwestern seien Diakonissinnen gewesen, die frommen Schwestern seien die beliebtesten auch bei denen, die sonst allenfalls an den Teufel glaubten. Er lachte hustend und meinte, die Pfaffen kämen schon wieder durch die Hintertür. / »Das könnte auch Papa gesagt haben.« / Aber genaugenommen stimmte es. Das Lazarett war eine Hintertür des Krieges, ich war froh, sie benutzt zu haben. Ich erinnerte den Onkel an die Redensart, dass der Weg in die Heimat übers Lazarett führt. Er sagte: »Siehst du, es ist an allem etwas Wahres dran.«

Ob ich mich im Ort zurechtfinde. Ja. Ob ich das Haus des Gemeindearztes schon gesehen hätte. Ja. Ob ich mit dem Zimmer zufrieden sei. Nein. / Ich erklärte ihm, dass der Ofen für das Zimmer zu schwach sei, vielleicht könne man ihn statt mit Holz mit Koks feuern, dafür bräuchte ich aber eine Zuteilung. / Er sagte, das lasse sich regeln. Und ich solle mich trösten, die beiden vergangenen Winter seien härter gewesen. Ich gab zu bedenken, dass ich sie in Russland verbracht hatte. Er nickte nachdenklich. / Ich vergegenwärtigte mir die Schneestürme, die in den Augen weh getan hatten, als werfe einer mit Kies, und dann die Angst, das Gewehröl könnte einfrieren und man steht hilflos mit erfrorenen Zehen in dieser Ödnis und kann sich nicht einmal wehren. / Dort trotten zwei Sanitäter mit einer leeren Trage durch den Schnee. / In Russland war es so kalt gewesen, dass man meinen konnte, die Winter stiegen unmittelbar aus den Kriegsjahren herauf, eine Ausströmung der Epoche. / Der Onkel griff sich die nächste Zigarette und hustete gleichzeitig den Rachen frei. Die kalte Jahreszeit sei hier natürlich auch nicht schwach. Er habe schon Dinge erlebt … dass im April meterlange Eiszapfen von den Dächern hingen und man bis Juni kein einziges Mal kurzärmelig gehen konnte. / Zum Abschied gab er mir noch den Rat, nicht zu Hause herumzusitzen, zu Hause werde man weich und mutlos. Man müsse hinaus, frische Luft stärke die Moral. »Versprich mir, dass du nicht zu Hause herumsitzt«, sagte er. Ich versprach es und hinkte ab.

In dem Haus, in dem ich jetzt wohnte, stieg ich die irregulären Stufen hinauf und trat in den kalten Raum, den man mir zugewiesen hatte. In einem noch von der Front stammenden Automatismus wollte ich das Gewehr ablegen und erschrak, als ich den Riemen an der Schulter nicht fand. Ich hatte weiche Knie und zitterte, für einen Moment war alles aufgehoben, Zeit, Distanz, es gab kein Dazwischen, nichts, was mich beschützte. Bruchstücke der Vergangenheit fielen auf mich herunter und begruben mich, es war, als müsse ich ersticken. / Als ich wieder zu mir kam, rang ich um Atem. Mit wildem Herzklopfen setzte ich mich aufs Bett. War das ein Anfall? So was hatte ich bisher noch nie. Ich war ziemlich beunruhigt. Und ich war erstaunt, ich konnte mich nicht erinnern, dass ich den Krieg als so furchtbar empfunden hatte, als ich dort gewesen war, schlimm genug, aber nicht so schlimm. / Ein bisschen besser ging es mir, als mir einfiel, wohin das Gesicht der Frau gehörte, das ich gesehen hatte. Es war das Gesicht der Russin, bei der wir gewohnt hatten, als in der Nacht der Ofen geplatzt war, das Strohdach fing sofort an zu brennen, im letzten Moment brachte ich mich mit einem Sprung durchs Fenster in Sicherheit. Verbrennen stell ich mir furchtbar vor. / Nachher standen wir draußen, einige ohne Feldblusen und Mäntel, sechs Mann ohne Stiefel. Und die Frau plärrte, ja, gut, schön war es nicht, dass die Hütte brannte, aber Schuld hatten wir auch keine. Eine einzige, riesige rote Flamme loderte in der Eisluft, an den Rändern der Flamme etwas Trübes, als würde sie Feuchtigkeit ausdampfen. / Den Namen der

Frau wusste ich nicht, ich erinnerte mich aber an den Namen des Ortes: Jawkino.

Um mich abzulenken, heizte ich ein, ich war schweißbedeckt und schnaufte vor Erschöpfung. Später versuchte ich herauszufinden, was es mit dem Geruch nach totem Tier auf sich hatte. Die Matratze war in einem ekelhaften Zustand, ich bekam wieder Beklemmungen und wusste, dass ich keine zweite Nacht in dieser Bettgruft verbringen wollte. Nach Atem ringend ging ich vors Haus. Nach einiger Zeit kam dorthin auch die Quartierfrau, sie stellte sich dumm, sie habe an der Matratze, als sie das Zimmer hergerichtet habe, nichts Nachteiliges finden können. Ich setzte ihr auseinander, dass der Ofen zu schwach sei, ich könne nicht auch noch den ganzen Tag lüften. Endlich hatte sie ein Einsehen und gab zu, dass das Bett vor meiner Ankunft in einem Gerümpelschuppen deponiert war und dass sie den Schuppen jahrelang nicht betreten hatte. Sie sagte, statt der Matratze könne sie mir Strohsäcke zur Verfügung stellen. Besser als nichts. / Ich schleppte die Matratze vor das Haus und verbrannte sie mit Hilfe von etwas Petroleum. Die polnische Hausgehilfin schaute zu, wir wechselten ein paar Worte auf russisch, sie erbot sich, gegen Bezahlung von einer Reichsmark pro Woche meine Stiefel zu putzen, ich nahm das Angebot an. Dann wusch ich das Bettgestell mit einem alten Schwamm und Essig. Es empörte mich, dass ich es war, der diese Arbeiten verrichten musste. Bei allem Ärger empfand ich jedoch auch Erleichterung, etwas zu tun zu haben, über das ich selbst bestimmte.

In der dunklen Abstellkammer neben dem Badezimmer fand ich einen zweiten Stuhl, den ich als Nachttisch verwenden konnte. Ich schlug ein Dutzend Nägel in die Deckenbalken. Dann setzte ich mich neben den Ofen, damit mir die Tinte nicht einfror, und schrieb.

Im Zimmer neben mir wohnt eine Reichsdeutsche mit einem wenige Wochen alten Kind, das noch nicht einmal den Kopf heben kann. Die Frau ist aus Darmstadt, schlanke Gestalt, lange braune Haare, sie hält sich sehr gerade, verheiratet mit einem Soldaten aus Vöcklabruck.

Am Tag nach meiner Ankunft wurde die Darmstädterin nach Linz gerufen, weil es hieß, ihr Mann müsse von der Kaserne weg an die Front. Sie ließ alles liegen, nahm das Kind, fuhr ab, besuchte ihren Mann und kam Mittwochnacht zurück, da lag ich schon im Bett. Donnerstagmittag, kaum dass sie mit Kochen fertig war, kam eine Eilkarte, die sie abermals nach Linz berief, da sich die Abstellung ihres Mannes verzögerte. Ich hörte sie im Nebenzimmer weinen. Wenig später traf ich sie auf dem Flur. Dieser Flur war beklemmend wegen der niedrigen Decke und weil das Tageslicht nur die Treppe heraufkam oder durch eine offenstehende Tür. / Die Darmstädterin sagte, sie bekomme auf der Hand ein Furunkel und müsse jetzt wieder fahren. Ich half ihr, das Kind einzupacken, da sie mit der einen Hand so unbeholfen war. Sie bat mich, zwischendurch die Tür zu ihrem Zimmer aufzumachen. Bei ihrer Abwesenheit zu Weihnachten sei es in dem Zimmer so kalt gewesen, dass alles gefroren war, Wasser, Milch und auch die gut zugedeckten Kartoffeln. / Ihre Kartoffelkiste hatte sie mit Säcken und einer Decke belegt. / Als die Darmstädterin am Sonntag zurückkam, war sie krank, eine Verkühlung, die mit Wärmflasche und Dunstumschlag behandelt wurde. Von der Quartierfrau erfuhr ich, dass sich die Darmstädterin auch eine Sache

»mit Ausfluss« zugezogen habe, das sei etwas langwieriger, die Darmstädterin müsse einmal in der Woche nach Salzburg »zum Primar Bernhardt«. Darüber, wovon der Ausfluss kam, spreche sie sich nicht aus. Könne sein: Verkühlung. Vielleicht seien die Besuche in Linz zu früh gekommen und die dortigen Zusammenkünfte zu stürmisch. Die Quartierfrau lachte hämisch und fuhr nach einem Augenblick des Nachdenkens fort: »Mehr Kopfzerbrechen macht der Dammriss.« / Verlegenes Brummen meinerseits. / »Da meint Primar Bernhardt, es gibt an dieser Stelle keine Operation, sondern er verätzt es einmal wöchentlich. Schmerzen zum In-den-Himmel-Fahren. Und gut werden müsse es ohnehin von selber.«

Die Berichte der Quartierfrau empfand ich als befremdlich. Krieg war ja eigentlich das einzige, was ich noch kannte. Alles andere kannte ich gar nicht mehr. Wie weit die Verzerrung des eigenen Wesens schon vorangeschritten ist, merkt man erst, wenn man wieder unter normale Menschen kommt.

Mit zeitraubenden Laufereien vergingen die Tage. Als erstes bekam ich den Kohlenzuteilungsschein, das zog ein ganzes Register Besorgungen nach sich. Polizeiliche Anmeldung erledigte ich nebenher, Kartenstelle, Radio kaufen (gebraucht), Radioanmeldung, ebenfalls gegen Vorlage einer Bescheinigung. Im fünften Kriegsjahr leistete man sich einen in der Welt einmaligen, ebenso hemmungslosen wie hemmenden Beamtenapparat. Die totale Mobilmachung war vor allem für die Behörden ein gefundenes Fressen, sonst gar nichts. Wohin ich kam, fragten sie mich nach dem polizeilichen Führungszeugnis, Zugehörigkeit, Krankschreibung. Grad dass der Bäcker mir Brot verkaufte, ohne die Papiere zu verlangen. / Lebensmittelvorräte schaffte ich an. Halbwegs normal einkaufen – das hatte ich seit Jahren nicht mehr getan. Jahrelang war ich es gewohnt, rundum versorgt zu werden. Und wenn die Versorgung stockte, wurde requiriert. In ein Geschäft gehen, kaufen, bezahlen, das war für mich der Inbegriff von Normalität.

Mein Oberschenkel: der war nun wirklich ein merkwürdiges Kapitel. Im Lazarett hatten sie mir beigebracht, wie ich die Wunde behandeln müsse, Salbenschmieren, regelmäßiger Verbandswechsel, einmal in der Woche zum Arzt, den noch vorhandenen Wulst abätzen. Bisweilen machte es den Anschein, als wolle die Wunde abtrocknen. Dann wieder suppte sie, dass es durch Verband und Hose schlug. Und neben der Wunde bildete sich für jedes verheilte Furunkel ein neues wegen der Zugsalbe. / Die Quartierfrau empfahl mir den Gang zu einem Dürrkräutler in Bad Aussee. Der Onkel empfahl mir Injektionen mit Hammelblut. / Bei unvorsichtigen Bewegungen hatte ich höllische Schmerzen, alles drehte sich mir vor den Augen. Oft Kopfschmerzen, dass ich ein Pulver nehmen und mich hinlegen musste. Stunden wie unter Wasser. Wärme hätte Kopf und Bein geholfen, aber dafür wäre eine warme Stube vonnöten gewesen. Gegenteil war der Fall. Die Höhensonne, vor die ich mich regelmäßig setzte, reichte bei weitem nicht aus. / Dem Gemeindearzt sagte ich, vom Kieferbruch hätte ich noch Kaubeschwerden, er meinte, ich solle die Sache auf sich beruhen lassen, da es nicht gut sei, es aufzurütteln. / Ein gutes Allgemeinbefinden war jedenfalls etwas anderes. Wenn man nicht gesund ist, verdrießt einen alles.

Ich schob das Bett näher zum Ofen. Beim Lesen im Bett

trug ich Handschuhe. Und jede Nacht deckte ich mich zusätzlich mit dem Militärmantel zu, wie ich's schon im Führerhaus des LKWs getan hatte, wie schon im Bunker, wie schon im Zelt. Und die ganze Nacht hindurch knackste der Strohsack. / Wenn ein Eiszapfen von der Dachkante fiel und mit einem Klirren zerbrach, fuhr ich zusammen.

Ich war reichlich mit Geld versehen. Seit dem Einmarsch in die Tschechoslowakei hatte ich vier Feldzüge mitgemacht und einen Großteil des Soldes und alle Frontzulagen gespart. Mit Geld kann man sich ein besseres Leben erkaufen, also ließ ich mich beim Ortsgruppenleiter anmelden und sagte ihm unter Hinweis auf die Erfordernisse der Stunde allerhand Dinge von Volksgesundheit und Verwirklichung. Da schaute er! Ergebnis: Er genehmigte mir einen eisernen Dauerbrandofen. / Die Quartierfrau sträubte sich, schimpfte, was mir einfalle, ich brächte das ganze Haus in Unordnung. Eine so unverstellte Grobheit war beinahe interessant. / Nicht ohne Diskussionen gab sie schließlich nach, sie tat es unter dem Vorwand, ein gutes Herz zu besitzen. In Wahrheit sah sie selber ein, dass das Zimmer durch den Dauerbrandofen aufgewertet wurde, und noch dazu auf meine Kosten. Und weil ich ohnehin nicht glaubte, dass das Geld seinen Wert behielt, gab ich ein Bett in Auftrag. Der Tischler arbeitete schon daran. Seegrasmatratze bekam ich auch, irgendwann. Vorläufig lag ich auf Strohsäcken, es war alles sehr schwierig. Doch da Onkel Johann als mein Fürsprecher in Erscheinung trat, war mit dem guten Willen der Leute zu rechnen.

Wenn im Radio die Kältegrade angesagt wurden, horchte ich auf. Zum Eislaufen reichte es zum Glück nicht, zugefroren waren nur die Brunnentröge und Pfützen.

Den bürokratischen Teil meiner Übersiedlung hatte ich erledigt. Jetzt war ich vom Schicksal zu Müßiggang verurteilt und machte Spaziergänge. Während der Zeit im Lazarett und beim Gehen mit Krücken war ich steif geworden und fühlte mich wie das gefrorene Laub vom Vorjahr, das unter meinen Stiefeln knirschte. Weiterhin lag kein Schnee, die Landschaft hatte etwas Geflicktes von den Eiszungen in den Wegfurchen und auf den sumpfigen Wiesen. / Mitte des Vormittags wurden meine Wanderungen von Alarmsirenen und dem Brummen der im Himmel fliegenden Pulks begleitet. Die amerikanischen Geschwader starteten bei Tagesanbruch auf den Basen in Sizilien und steuerten die südlichen Städte im Altreich an. Meist gegen zehn überflogen sie den Alpenhauptkamm. / Erschöpft stand ich auf einem Badesteg am See, aß das Brot, das ich mitgenommen hatte, horchte auf das vielstimmige Brummen. Und die Geschwader zogen vorüber. Dann ging ich weiter, geblendet von der tiefstehenden Sonne, überrascht, dass ich hier ging, lebendig, alle Knochen dran, bald vierundzwanzig Jahre alt, mit eigenen Gedanken und eigenen Gefühlen. Am Mondsee. Unter der Drachenwand. Ein paar Nebelfetzen lagen über dem dunkelgrauen Wasser.

An einem Tag Mitte Jänner befolgte ich den Ratschlag des Onkels, mir mit frischer Luft die Moral zu stärken, etwas zu ausgiebig. In St. Lorenz, am Westufer des Sees, fing mein Bein an zu schmerzen, und allmählich kroch die Kälte durch die Handschuhe. Ich hätte früher umdrehen sollen. Auf einen Baumstumpf zum Ausruhen wollte ich mich bei dieser Kälte nicht setzen, deshalb trat ich in der Absicht, dort eine Rast zu machen, in den Gasthof Drachenwand.

Mehrere Männer standen an der Schank, der Wirt saß

am vordersten Tisch und schrieb einen Brief. Ich hatte mich schon niedergesetzt, da erinnerte ich mich, dass der Onkel den Gasthof erwähnt hatte, der frühere Besitzer, ein gewisser Lanner, war im Sommer vor eineinhalb Jahren wegen Schwarzschlachtens geköpft worden, gemeinsam mit seinem gleichnamigen Sohn: Anton und Anton. Die Vorgeschichte des Hauses machte mich befangen, trotzdem fragte ich den Wirt, ob er nicht Marken habe, was er zum Glück bejahte. Es war überall dieselbe Übung, die Frage wurde immer bejaht. Darauf ersuchte man die Person, einem die Marken abzugeben, natürlich gegen Entgelt. Und so bekam man ein Essen. Die Marken kriegte man nie zu Gesicht, man hätte sie ja sowieso wieder an den Wirt zurückgeben müssen. Das Ganze lief darauf hinaus, dass man auch ohne Marken bewirtet wurde, halt gegen einen überhöhten Preis. Aber was lag schon daran? Geld war nicht das, woran ich den ärgsten Mangel litt.

Ein alter Bauer, der an der Schank gestanden war, kam zu mir her und berichtete, dass die Leute im Waldviertel schönen Schnee hätten, teilweise auch im oberen Innviertel, dort könnten die Leute ihre Fuhren erledigen. Es sei ein merkwürdiger Winter, er hätte ebenfalls allerlei Fuhren zu machen und keine Schlittenbahn. Hoffentlich mache der Februar noch seinen Mann. / Als er sagte, »seinen Mann«, lief mir ein Schauer über den Rücken. Papa hatte oft gesagt, das sei es, was von mir erwartet werde, ich müsse meinen Mann stehen. Ich hatte versucht, den Erwartungen zu entsprechen, mich würdig zu erweisen, dem Land, den Vorfahren, der Geschichte. Aber wer war die Geschichte? Wo kam sie her, wo ging sie hin? Warum war es nicht umgekehrt, dass die Geschichte sich meiner würdig zu erweisen hatte? Warum standen nicht andere ihren Mann oder eben nicht? Und warum musste man ständig Dinge *unter Beweis stellen?*

Missmutig stopfte ich die gerösteten Knödel in mich hinein und spülte mit einem Bier. Nachdem ich dem Wirt das verlangte Geld gegeben hatte, trat ich wieder ins Freie. Die Sonne war herausgekommen, ich hielt den Schal noch einen Moment in der Hand und genoss die Sonnenstrahlen im Nacken.

Zum Ende des Essens hatte ich eine Lokomotive pfeifen gehört, deshalb war es unwahrscheinlich, dass demnächst ein Zug nach Mondsee kam. Trotzdem humpelte ich, mit dem weiterhin schmerzenden Bein, zur Haltestelle St. Lorenz. Dort lief ich in eine größere Ansammlung Menschen hinein, einen Haufen zwölf-, dreizehnjähriger Mädchen, zwei Begleitpersonen. Die Mädchen waren sauber, in tadelloser Kleidung, hübsche Frisuren, man sah ihnen an, dass sie am Morgen noch zu Hause gewesen waren. Als sie mir sagten, dass sie Schülerinnen der Hauptschule in der Zinckgasse seien, hinter dem Westbahnhof, blieb mir beinahe das Herz stehen, denn ich kannte keines der Gesichter, obwohl die Mädchen aus demselben Wiener Gemeindebezirk stammten wie ich. Ich schaute mich nochmals um: lauter mir fremde, erwartungsfroh und auch etwas hungrig dreinblickende Gesichter. Die Mädchen waren etwa acht Jahre alt gewesen, als ich aus Wien hatte weggehen müssen. Und mit bisher nicht dagewesener Wucht empfand ich die ganze Traurigkeit meines Lebens, ich musste mich wegdrehen und so tun, als sei ich abgelenkt.

Ortsansässige Pimpfe luden die Koffer und Rucksäcke auf Handkarren. Erschöpft schauten die Mädchen zu, sich bisweilen die Augen reibend beim Blick auf die schroff über dem Ort aufragende Drachenwand. Dann rief die Lehrerin: »Mützen aufsetzen!« Die Pimpfe zogen die Handkarren an, hinten mussten je zwei Mädchen stoßen. Die anderen Mädchen folgten in Zweierreihen, mehr trottend als marschierend, eine kleine, verschüchterte Herde. Sie zogen nach Schwarzindien, hinunter an den See. Beim Überqueren des Gleises purzelte ein Rucksack von einem Wagen. Die Räder der Handkarren ließen die Eispfützen platzen. Ich hörte ein Mädchen sagen: »Es wäre weniger trostlos, wenn Schnee liegen würde.«

Während der neue Ofen

Während der neue Ofen gesetzt wurde, erledigte ich meine Post. Am Nachmittag lackierte ich das ebenfalls erneuerte Ofenrohr mit Silberbronze. Nach dem Anstrich verströmte das Rohr einen unangenehmen Geruch, aber das würde sich innerhalb weniger Tage verlieren. Als der Ofen erstmals eingeheizt war, legte ich mich aufs Bett und lachte triumphierend. Es war mir, als hätte ich erstmals seit fünf Jahren etwas geschafft.

Im Zimmer ging ich jetzt den ganzen Tag ohne Schuhe, das konnte ich mir erlauben, weil ich ohnehin keinen Besuch bekam, was mir recht war. In der Früh mit dem Hellwerden sah ich nicht mehr meine Atemwolken über dem Bett, das war mir ebenfalls recht. Der Raum präsentierte sich weiterhin nicht als Entsprechung des Zimmers, das jeder Mensch in sich trägt. Aber es ließ sich aushalten. Und trotz aller Schwierigkeiten tat es mir gut, diesen Ort zu haben, den ich mit niemandem teilen musste außer mit den Mäusen. Jeden Morgen war irgendwo ein Brot angefressen. / Ich machte mir täglich Röstbrote, die Scheiben legte ich auf die Herdplatte, auf beiden Seiten geröstet, besser gesagt, angebrannt, mit Butter und Marmelade bestrichen, schmeckte es sehr gut. Wenn die Brote noch warm waren, konnte ich eine Unmenge vertilgen.

Endlich war es mir möglich, so viel Wasser zu wärmen, wie ich wollte. Am liebsten hätte ich mich jeden Tag von oben bis unten gewaschen. In meinen Waschlappen, Werbegeschenk eines Wäschegeschäfts auf der Thaliastraße, waren die Worte *Komm wieder!* eingestickt. Ich besaß den Waschlappen seit meiner Jugend, auf Heimaturlaub hatte ich mir immer gesagt, solange ich diesen Waschlappen besitze, werde ich wiederkommen.

Auch im Körper bewirkte der neue Ofen einen Umschwung. Allmählich nahm ich an Gewicht zu, und meine Muskeln, die an der Front von der Anspannung bisweilen wochenlang geschmerzt hatten, lockerten sich. Nur noch selten wachte ich von nächtlichen Wadenkrämpfen auf. Aber mein Konzentrationsvermögen war weiterhin gleich null, ich fühlte mich wie ausgebrannt und brauchte mehr Schlaf als früher. Wenn ich in dem Lehrbuch für Elektrotechnik, das ich aus Wien mitgebracht hatte, einige Seiten las, ging mir alles wie ein Luftzug durch den Kopf.

Und doch war das Schlimmste überstanden, ich spürte, dass ich wieder zum Leben erwachte. Mit einer Flasche Wein in der Manteltasche trat ich hinaus in den Frost und ging zum Ortsgruppenleiter, um mich für die Zuteilung des Ofens zu bedanken. Ich sagte, es möge seltsam klingen, aber der Ofen sei für mich ein Stück äußere Freiheit. Der Ortsgruppenleiter lachte herzlich, er war ein großer, stämmiger Mann, etwa fünfundvierzig Jahre alt, entgegenkommend, Zahnarzt von Beruf. Aber die Annahme des Weins lehnte er ab, seine Sekretärin sei die Tratschzentrale von Mondsee, es solle nicht der Eindruck entstehen, er erweise irgendwem Gefälligkeiten. / Wir redeten ein paar Sätze über mein Befinden, ich sagte, durch das viele Schlafen in Chausseegräben und unter freiem Himmel hätte ich mir die Gesundheit verdorben, ich glaubte nicht, dass ich mich je wieder ganz wohl fühlen werde. Daraufhin klopfte er mir väterlich auf die Schulter, ich solle nicht so kopfhängerisch sein und immer trachten, wieder ganz in die Höhe zu kommen. Gleich darauf entschuldigte er sich, er habe viel zu tun. / Mir war schon im Wirtshaus aufgefallen, dass sich der Ortsgruppenleiter nicht lange aufhielt. Wenn er am Nebentisch aß, war ich noch bei der Suppe, und er putzte bereits den Teller der Hauptspeise mit einem Stück Brot.

Der Ortsgruppenleiter habe den eigenen Bruder angezeigt, weil dieser noch zwei vollständig bereifte Fahrräder im Keller gehabt habe, die längst hätten abgegeben sein müssen. Das erzählte mir der Onkel, dem ich die Flasche Wein brachte. Ich nutzte die Gelegenheit, um den letzten Verdacht zu zerstreuen, ich wolle mich eventuell bei ihm durchfressen.

Der Onkel und ich waren uns in den vergangenen Wochen nähergekommen, also fragte ich ihn, warum er und die Tante sich getrennt hätten. Er sagte, seine Arbeitsauffassung habe ihr nicht gefallen. Er selbst habe seit jeher nach dem Motto gelebt, dass es seine oberste Amtspflicht sei, sich nicht auszulaugen. Das sei der Tante von Anfang an zuwider gewesen. Sie habe die Ansicht vertreten, ein Mann müsse für sein Geld etwas leisten, ansonsten könne er vor sich selbst keine Achtung haben, geschweige denn eine Frau vor ihm. Und der Onkel sei so tief gesunken, dass er sich nicht einmal für seine Haltung schäme. In den Augen der Tante, so der Onkel, hätte er sich für fünfhundert Reichsmark im Monat ein strapaziöses Arbeitsfeld suchen sollen, aber er habe ihr zu erklären versucht, dass es im Interesse einer Ehe sei, wenn der Mann gut gelaunt und ausgeruht nach Hause komme, hingegen sei es abträglich, wenn er erschöpft und verärgert in einen Sessel falle und kaum noch Muh sagen könne. Seine Frau habe ihm widersprochen, dass eben ein Mann sich nicht gehen lassen dürfe und sich zusammennehmen müsse. Mit anderen Worten, sie habe sich nicht nur als egoistisch erwiesen, sondern auch als dumm, und das habe er ihr in aller Deutlichkeit gesagt. Die Trennung sei ihm letztlich nicht schwergefallen bei so viel Dummheit. Den Egoismus hätte er ihr verziehen.

Gemeinsam traten wir auf die Straße. Dort begegneten wir der Lehrerin jener Mädchen, die ich an der Haltestelle in St. Lorenz getroffen hatte. Sie war in meinem Alter, schlank, mit glänzendem braunem Haar, das sie schulterlang trug. Auf dem Rücken hatte sie einen Rucksack und hauchte gerade auf die Gläser ihrer Brille, die sie mit einem Ende des mehrfach um den Hals geschlungenen Schals putzte. / Ob es die Anwesenheit des Onkels war, die mich mutig machte, oder der Gedanke daran, dass wir aus demselben Wiener Bezirk stammten? Jedenfalls fragte ich, ob sie und die Mädchen sich schon eingelebt hätten. / Sie grüßte, aber zweifelnd, offenbar konnte sie sich nicht an mich erinnern. / Nachdem ich die Sache aufgeklärt hatte, redete sie nur noch mit dem Onkel. In einem betont sachlichen Ton sagte sie, das Brennmaterial, das ihrem Lager zugewiesen worden sei, reiche nicht, deshalb schicke sie die Mädchen in den Wald, wo genug Holz herumliege, das helfe, den Vorrat zu strecken. Aber sie wolle deswegen keine Probleme bekommen. / Der Onkel machte ihr ein wenig den Hof, doch schien sie zu seinem Raucherhusten Distanz halten zu wollen. Und letztlich war sie nur am Kern seiner Aussage interessiert, auf den sie mehrfach zurückkam: ob sie keine Probleme bekomme. Der Onkel seufzte, sie werde mit Sicherheit keine Probleme bekommen.

Nachdem sich der Onkel verabschiedet hatte, weil der vom

Friedhof zu uns herübereilende Pfarrer ihn zur Seite gebeten hatte, seufzte auch die Lehrerin: »Bin neugierig, was aus den vielen Zusicherungen wird.« / »Fronterfahren?«, erkundigte ich mich. / Sie runzelte erneut die Stirn, und ich merkte, dass ich mit dem militärischen Ausdruck keinen guten Eindruck machte. Unsicher geworden, sagte ich: »Bei mir ist alles Krieg, ich muss mir das abgewöhnen.« / Jetzt raffte sich die Lehrerin auf, mir doch Antwort zu geben: »Ich kenne das Theater aus Schachen, wo ich im Vorjahr in einem Lager war. Hier geht es ja vorläufig noch. Aber den Kohlenkeller in Schwarzindien sollten Sie sehen, mindestens ein halber Meter hoch bloß Kohlenstaub, der nicht verheizt werden kann, darin muss man mit der Mistgabel umgraben, damit man hin und wieder eine Kohle findet und nach langwierigem Suchen den Kübel voll bekommt. Wie gefürchtet der Heizdienst bei den Mädchen ist, können Sie sich denken, umso mehr, als die Mädchen mehrfach feststellen mussten, dass der Kohlenkeller auch als Klosett in Verwendung war.« / »Das ist nicht schön«, sagte ich. / »Das ist allerdings nicht schön!«, entrüstete sich die Lehrerin, verkroch sich in ihrem drei Meter langen Schal und verabschiedete sich mit ausgestrecktem Arm.

Da ich sah, dass sie den Weg hinunter zum See einschlug, humpelte ich hinter ihr her und fragte, ob es ihr etwas ausmache, wenn ich sie ein Stück begleite, im Lazarett sei ich steif geworden wie ein gefrorener Fisch, ich müsse mich bewegen. Sie lächelte, wie man lächelt, wenn man einer Pflicht genüge tut, nickte aber, und so schloss ich mich an. / Wir hatten den Weg, der am See entlang führt, schon erreicht, da fand ich eine Gelegenheit, mich vorzustellen. Auch die Lehrerin nannte ihren Namen, Grete Bildstein. Die Possingergasse, wo ich aufgewachsen war, kannte sie, sie selber wohne im Heimhof. Als sie »Heimhof« sagte, muss etwas mit meinem Gesicht passiert sein, irgendeine Art von Erstaunen. Sie runzelte zum dritten Mal die Stirn und fragte, ob mit Bewohnern des Heimhofs etwas nicht in Ordnung sei. Das verdutzte mich erst recht, und ich brauchte eine Weile, bis ich erwiderte, dass ich die Menschen nicht nach dem Haus beurteilte, in dem sie wohnten. Aber ich hatte wohl einen Moment zu lange gezögert, sie heftete ihre grauen Augen auf mich und antwortete spöttisch: »Es zählen die inneren Werte, stimmts?« Dann wechselte sie das Thema auf etwas Gleichgültiges, aber so, als sei sie in Wahrheit mit mir fertig. Es erschreckte mich, wie sehr sich das Leben in Augenblicken konzentriert. / Später sagte sie, sie sei überarbeitet und nervös, weil eine Inspektion des Lagers angekündigt sei, sie habe den ganzen Vormittag gezittert, wenn sie irgendwo ein Auto habe fahren hören.

Der Weg beschrieb eine langgezogene Kurve und ging dann einen guten Kilometer nach Südosten auf Schwarzindien zu. Linkerhand lag ruhig der See in seiner Mulde, den Übergang zum Wasser markierte ein schmaler Streifen vereisten Schilfs. Wenn man in diese Richtung blickte, präsentierte sich eine helle Landschaft mit dem schneebedeckten Hügelkamm über dem Ostufer. Auf der anderen Seite hart gezeichnete Bäume entlang deprimierend schlechter Wege und krächzende Krähen unter grauen Wolken. / Drei junge Nonnen kamen uns entgegen. Als sie eigentlich schon vorbei waren, drehte sich eine zu uns her, ein Strahlen ging über ihr Gesicht, und sie machte mit zwei gespreizten Fingern das Siegeszeichen in meine Richtung.

Jetzt wurden die Schritte der Lehrerin rascher, so dass ich

Mühe hatte, ihr zu folgen, ich hatte den Eindruck, sie habe mich schon wieder vergessen. / »Nicht so schnell«, sagte ich. Aber sie lief einfach weiter. Für einige Zeit ließ ich ihr den Vorsprung, und als ich wieder zu ihr aufgeschlossen hatte, weil sie ein Ochsengespann vorbeilassen musste, sagte sie: »Ihre Stiefel knarren fürchterlich.« / Das stimmte. Ich entschuldigte mich und erklärte, dass das Stiefelfett, das ich im Ort gekauft hatte, schlecht sei, es ziehe nicht ins Leder ein, und wenn ich die Stiefel zum Ofen stellte, damit sie trocknen, werde das Leder steif. / Wir redeten nur noch über Alltägliches, es tat mir dennoch gut, ein bisschen herauszukommen aus meinem Mief.

Wir erreichten das Gasthaus Schwarzindien nach etwa einer halben Stunde, die Sonne stand über der Drachenwand und zog hinüber zum Schober, hinter dem sie vermutlich versinken würde. Befehlsartiges Rufen von niedrigen Zahlen kam von hinter dem Haus. Dort gab es drei zum Ufer absteigende Gartenterrassen und ein großes Bootshaus, unterhalb der steilen, zerklüfteten Felsköpfe, zwischen kleinen, zerstückelten Kuhwiesen, am Rand des immer kalten, unausgeloteten Sees. / Welches die Zimmer der Mädchen waren, erkannte man an den zwischen den Fenstern gestapelten Lebensmitteln, die die Mädchen von zu Hause geschickt bekommen hatten.

Zu meiner Überraschung forderte mich die Lehrerin auf, sie hinter das Haus zu begleiten. Unter den Kommandotönen der Lagermädelführerin machten die Mädchen auf den Terrassen Gymnastik, alle in schwarzen Trainingsanzügen. Die Lehrerin sagte, den Mädchen gehe die Einsamkeit hier auf die Nerven, ihr das ständige Gewurl. Sie komme ja kaum dazu, einen klaren Gedanken zu fassen. Das wäre aber nötig, denn die Kinder kämen mit allen möglichen Fragen. Und da begriff ich, dass ich der Lehrerin dadurch, dass ich sie begleitet hatte, eine halbe Stunde Alleinsein genommen hatte. / Sie stellte ihren Rucksack an der seeseitigen Hauswand ab. Dort lehnte auch eine tragbare Schultafel, auf die mit Kreide eine ungelöste Rechenaufgabe geschrieben war. Ich erkannte, dass es sich um Dreisatz handelte, vermochte die Aufgabe im Vorbeigehen aber nicht zu lösen.

Das Lagermädel stellte beim Anblick der Herankommenden die Kommandotöne ein, für die Mädchen war dies ein weiteres Signal, und mit dem für Kinder so typischen Bewegungsüberschuss kamen sie auf uns zugelaufen. Die Lehrerin sagte: »Lassen Sie sich nicht umrennen von dem Kleinvieh, die Mädchen haben hier wirklich sehr wenig Abwechslung.«

Zuerst ging es darum, dass die Lehrerin auf dem Postamt in Mondsee ein größeres Paket abgeholt hatte. Sie deutete auf ihren Rucksack. Eines der Mädchen in meiner Nähe hüpfte wie eine Ziege immer auf demselben Fleck, so freute es sich. Was genau sich in dem Paket befand, das von der Heimatschule geschickt worden war, wurde nicht erörtert, irgendeine Art von Bastelmaterial. Das ziegenhaft springende Mädchen bekam den Auftrag, den Rucksack ins Haus zu tragen. Es schien zufrieden, dass es der Lehrerin zu Diensten sein durfte. Dann hieß es, die Stubenbesatzung von Zimmer drei solle für das Abendessen die Tische umstellen, sechs Mädchen zogen murrend ab. Ein Mädchen, das fragte, wen die Lehrerin mitgebracht habe, bekam die Antwort: »Putz dir erst einmal die Nase.« / Wir redeten dann zehn Minuten über meine Verwundungen und darüber, wo ich sie mir zugezogen hatte. Ich fühlte mich unter den Mädchen fremd wie einer, der in eine andere Klasse geschickt worden ist, um Kreide zu erbitten. Und schade, dass ich bisher nicht mehr glückliche Momente in meinem Leben hatte. Das dachte ich, als die Mädchen über die Erwähnung des Strumpfbandgürtels ganz unbefangen und herzlich lachten, ungeachtet der verstörenden Gegenwart.

Die Kinder zappelten vor Erregung. Die Anwesenheit eines Soldaten war hochinteressant. Es gefiel mir, dass sie mich zu mögen schienen. Bestimmt lag es daran, dass die offiziellen Nachrichten nur das Allerbeste über deutsche Soldaten berichteten. Als ich auf näheres Nachfragen antwortete, ich könne von ganz vorne nur Entsetzliches erzählen, sagte eine mit Hängezöpfen: »Mein Vater sagt, so schnell stirbt man nicht.« / Ich verzichtete darauf zu widersprechen, obwohl ich es anders erlebt hatte. Stattdessen sagte ich: »Diese Einstellung würde sogar einem Panzergeneral imponieren.« / Ob die Mädchen während der Überflüge Angst hätten, wollte ich wissen. Vielstimmiges »Ja«. Eines der Mädchen sagte: »Man muss nur immer die Ruhe behalten. Wenn man die größte Ruhe hat, passiert einem am wenigsten.« Ich selber hätte wohl keine Angst, fragte sie. Ich winkte ab, ich sei immer der Erste im Keller. Allgemeines Lachen. Ich fügte hinzu, überstandene Gefahren beschützten einen nicht vor zukünftigen, irgendwann sei jedes Glück aufgebraucht.

Weil einige der Mädchen schon begonnen hatten, soldatenhaft zu stampfen, um sich warm zu halten, beendete die Lehrerin die Zusammenkunft, sie rieb sich die rotgefrorenen Hände, worauf sich einige der Mädchen ebenfalls die rotgefrorenen Hände rieben. / »Alle rein ins Haus!«, rief die Lehrerin. / Gemäß den Regeln, die den Kindern eingetrichtert worden waren, gehorchten sie sofort. Schon beim Haus rief eines der Mädchen: »Besuchen Sie uns wieder!« Sie reckte sich selbstbewusst meinem interessierten Blick entgegen und lächelte. Ich erwiderte das Lächeln. Da wandten sich alle sofort ab und liefen kichernd davon.

Die Lehrerin blieb noch einen Moment stehen unter inneren Verrenkungen. Dann verabschiedete auch sie sich, ohne die geringste Regung. Sie nahm die Tafel mit der ungelösten Rechenaufgabe unter den Arm. Währenddessen zündete ich mir eine Zigarette an, bemüht, das Zittern meiner Hände zu unterdrücken. Ich grübelte, was mit mir nicht in Ordnung war. Von dem Treiben, Lärmen und Reden schmerzte mein Kopf. / Im Weggehen drehte ich mich um. An allen Fenstern des oberen Stockwerkes sah ich gestapelt Mädchengesichter, großäugig und fröhlich. / Was für ein merkwürdiges Leben die Kinder hier führten, in diesem abgelegenen Unterschlupf, wo man versuchte, sie mit Drill und Dressur an den Ernst des Lebens heranzuführen. Nachts brach das Wild aus den Wäldern, der Uhu flatterte ums Haus, die Füchse bellten. Tagsüber kamen die Singvögel zum Futterhaus, der See plätscherte an die vereisten Badestege. Und drinnen schon wieder Kommandotöne.

Bei meiner Rückkehr traf ich vor dem Haus auf die Darmstädterin. Sie stand beim Auslaufbrunnen an der Straße und wartete auf den Briefträger, der seine Abendrunde machte. Er kam zur gewohnten Zeit und überreichte der Darmstädterin zwei Briefe. Den einen steckte sie in ihren Mantel, den andern riss sie amüsiert auf und murmelte: »Von den Toten auferstanden …« Lesend ging sie zum Kinderwagen, der unter dem Vordach des Hauses stand.

Somit war das Gespräch beendet. Jetzt wusste ich, dass die Kleine am Samstag acht Wochen alt wurde, sie war zwei Wochen nach meiner Verwundung auf die Welt gekommen. Und ich wusste, dass dem Mädchen nur noch zweihundert Gramm zu fünf Kilo fehlten und dass das Kind von zehn am Abend bis sechs in der Früh durchschlief oder sich allenfalls einmal meldete. Letzteres hätte ich auch so gewusst, denn die Wand zwischen unseren Zimmern war so dünn, dass man von einem Zusammenwohnen sprechen konnte. Auf meine diesbezügliche Bemerkung erwiderte die Darmstädterin, dass ich in meiner Kammer Selbstgespräche führte, mein Lieblingssatz sei: »Das werden wir noch sehen!« / Ich sagte, manchmal wackle der Fußboden so stark, dass es unmöglich sei, weiter Brief oder Tagebuch zu schreiben. Das sei ihre Turnstunde, gestand die Darmstädterin, dreimal täglich zehn Minuten, sie glaube, ihr Bauch sei schon etwas zurückgegangen. Aber im Großen und Ganzen sei sie noch nicht zufrieden. / Was ich ihr gegenüber nicht erwähnte, war, dass sie manchmal weinte mit einer sanften, rauen Stimme. Wenn das Weinen gar zu lange dauerte, tat ich ihr den Gefallen und ließ mit Gepolter einen Stiefel zu Boden fallen, damit sie erschrak. Dann fand sie aus dem Weinen heraus.

Als ich durch die Stalltür ins Haus trat, verabschiedete sich die Darmstädterin stumm, indem sie zwei ausgestreckte Finger zur Stirn und wieder weg führte. Das war ihre normale Art.

Nach einem zweitägigen kurzen Antäuschen

Nach einem zweitägigen kurzen Antäuschen von warmem Wetter folgten Tage von frostklirrender Durchsichtigkeit. Das halbe Dorf war verkühlt, den Kindern liefen die Nasen, und die Frauen drückten die Hände gegen die Schläfen. Die Quartierfrau sagte, es könne sein, dass die angloamerikanischen Hunde Bazillen abgeworfen hätten, sie wolle nichts ausschließen. / Ich fragte, was sie mit Bazillen meine. / »Keime, was denn sonst!«, gab sie zur Antwort. / Ich sagte, dass ich das für Humbug hielte. / Da fuhr sie mich an: »Das Geschirr und das Essbesteck, das ich Ihnen geliehen habe, brauche ich. Sie müssen mir's herunterbringen. Sofort. Ja, sofort!« / Ich hatte die Hälfte des am Vortag gekochten Essens darin und musste bei der Darmstädterin um Geschirr betteln gehen, weil ich nicht mit den Fingern essen wollte. / Die Darmstädterin klärte mich auf, im ganzen Ort kenne man die Quartierfrau, alle Welt habe Mitleid mit uns, dass wir bei dieser Kanaille hausen müssten. Sie gab ein paar Beispiele, es erinnerte mich an die frühere Milchfrau im 4er-Haus. Nicht einmal den Eimer Kohlen, den die Darmstädterin schon bezahlt hatte, habe die Quartierfrau herausrücken wollen, die Darmstädterin habe mehrmals danach verlangen müssen. Der Fleischhauer sage, die Quartierfrau sei am Montag in Frankenmarkt gewesen und beim Zurückfahren habe man sie nicht in den Omnibus gelassen. Warum? Weil sie ein Mistvieh sei, habe der Fleischhauer gesagt. Also sogar in Frankenmarkt sei die Quartierfrau populär. Die Darmstädterin verdrehte die Augen, die vielen

Alarme in Darmstadt wären ihr manchmal lieber, als bei so einer Frau zu wohnen. Sie wies über die Straße auf den Gärtner, den alle nur den Brasilianer nannten. Gekleidet in einen dunkelgrauen Poncho, wusch er vor dem Gewächshaus eine Hacke. Die Darmstädterin habe erst vor wenigen Tagen erfahren, dass er der Bruder der Quartierfrau sei, die beiden würden kein Wort miteinander reden.

Ich redete nun ebenfalls so wenig wie möglich mit der Quartierfrau. Am Abend rief sie vom unteren Ende der Treppe nach mir. Ich antwortete nicht. Sie rief ein zweites Mal, dann blieb es still, sie war zu faul oder zu höflich, um heraufzusteigen und zu sehen, ob ich zu Hause war.

Weiterhin war ich häufig müde und gedrückter Stimmung. Viele feindliche Flieger in der Luft, manchmal dreihundert und mehr. Mein Dienstgeber besaß nichts, mit dem er hätte dagegenhalten können. / Ich besah mir die feindlichen Flieger, die im schönsten Sonnenschein hoch im Blau des Himmels blitzten. Es war an sich ein schaurig schönes Bild.

Gestern Nacht gingen drei Mäuse in meine einfache Holzfalle, immer musste ich sie hinaustragen, bis auf die letzte, deren Fang ich nicht mehr hörte und erst in der Früh entdeckte.

Am dritten Tag erfasste mich eine solche Ungeduld, dass ich wieder nach Schwarzindien hinausging. Meine Stiefel waren frisch geschmiert, sie knarrten jetzt weniger. Bisweilen blieb ich stehen, putzte mir die Nase, horchte auf Geräusche und ging dann rasch weiter. Erbarmungslos drang der Wind durch die Kleider bis auf die Haut. Im weichen Jännerlicht einer wie distanziert dastehenden Sonne kroch der Weg dahin. Als ich Schwarzindien erreichte, vergrub ich die Hände in den

Taschen meiner tief sitzenden Uniformhose, im selben Moment steckte die Lehrerin den Kopf zum Fenster heraus, und als sie mich sah, machte sie das Fenster sogleich wieder zu. Ich schaute kein zweites Mal hin und ging am Haus vorbei.

Tags darauf lenkte ich meine Schritte nochmals nach Schwarzindien, alles beflaggt, es war der Tag der nationalen Erhebung. Einige Mädchen hielten sich im Freien auf, und von drinnen hörte ich Singen. Unten am See versuchten Mädchen, die Katze der Wirtsleute zu dressieren. Ein Stück Wurst sollte der Katze als Anreiz dienen, dass sie durch einen Haarreifen sprang. Sie schlüpfte immer wieder unter dem Haarreifen durch und versuchte, das Wurststück mit der Tatze herunterzuholen. Nach mehreren gescheiterten Versuchen lief die Katze davon, eines der Mädchen rannte hinterher, um sie zurückzuholen. / Eine andere Verschickte sagte, sie hoffe, es schneie bald, jemand müsse Petrus einen Schnaps zahlen. Dann erzählte sie, dass die Wiener Schule von der Zinckgasse in die Märzstraße übersiedelt sei, in der Zinckgasse wohnten nun Fremdarbeiterinnen. Eine Mitschülerin, Lisl Svirig, sei zurück nach Wien, damit sie sich von ihrem Vater verabschieden könne, er rücke demnächst ein.

Die Lehrerin kam heraus, ein eigenartiger Mensch, nett und lebhaft und dennoch: Ich wusste nicht, was sie von mir hielt. Aber bei wem wusste ich, was er von mir hielt? Von niemandem wirklich. Also egal. / Die Lehrerin sagte, das Lagermädel sei mit drei Schülerinnen nach Vorchdorf gefahren und hole dort aus einem aufgelassenen Lager Teller und Töpfe. Das bedeute eine eineinhalbtägige Abwesenheit, und sie selbst sei mit fünfunddreißig Mädchen angebunden, ohne Hilfe und ohne Verschnaufpause. Die Aufsätze über die Ankunft in

Schwarzindien lägen noch immer unkorrigiert herum. / Ich erzählte, dass einmal mein Vater, weil für die Hausaufgabe keine Zeit gewesen war, mir einen Schulaufsatz diktiert habe und ich für den Aufsatz eine schlechte Note bekommen hätte. / Sie zuckte die Schultern: »Hätten Sie den Aufsatz halt selbst geschrieben.« / Sie strich sich das Haar hinter das rechte Ohr und rief einem der Mädchen hinterher: »Sascha, du verlierst deinen Schal!«

Nicht für eine Sekunde gelang es mir, den Abstand zwischen der Lehrerin und mir zu überbrücken. Es war ihr wohl unangenehm, dass ich ihre Nähe suchte, sie gab sich alle Mühe, mich zu entmutigen. Warum dem so war? Warum sie mich nicht mochte? Ich weiß nicht. Vielleicht mochte sie mich nicht, weil ich ein Soldat war. Immer wenn ich den Krieg erwähnte, runzelte sie auf die mir bekannte Art die Stirn und schaute mich an, als wäre alles allein meine Schuld. / Dann erwähnte sie den Gebietsbetreuer der Kinderlandverschickung, der in Mondsee wohnte und ständig um das Lager schlich, ohne dass klar war, warum eigentlich, denn Unterstützung erhalte sie von ihm keine, sie sei auf Selbsthilfe angewiesen. Und schließlich sagte sie, sie habe in den vergangenen Jahren genug Männer gesehen, sie habe die Nase voll von ihrem Seehundaroma. / Ich glaube nicht, dass ihr bewusst war, wie sehr mich diese Worte kränkten. Wenn ja, ließ sie sich nichts anmerken. Und spätestens jetzt war mir klar, es hat keinen Zweck, hier etwas forcieren zu wollen, diese Peinlichkeit sollte ich mir ersparen.

Eine der Verschickten, die ganz heiser war, erzählte, dass sie in Mondsee am Bahnhof an einem Automaten ihren Namen habe drucken wollen, es sei aber *Annemarie Schall* herausgekommen, ihr Name sei um zwei Buchstaben zu lang, der Automat drucke nur sechzehn Stellen. Wenn sie das gewusst hätte, hätte sie *Nanni Schaller* drucken lassen. Sie hauchte in die Hände und schaute mich über die Fingerknöchel hinweg neugierig an. Sie hatte etwas Anziehendes, das ich nicht zu präzisieren vermochte, etwas ungemein Selbstbewusstes. Noch immer waren ihre neugierigen, herausfordernden Augen auf mich gerichtet, vielleicht lag es daran, dass ich nichts zu antworten wusste. Da sagte sie, dass sie zu Ostern mit ihrem Cousin die Drachenwand besteigen wolle, sie schirmte die Augen mit der Hand ab und schaute versonnen auf die im Südwesten schauerlich herabstürzenden Felsen. / »Da wird wohl noch Schnee liegen«, erwiderte ich. / Trotzdem ging ein Strahlen über das Gesicht des Mädchens, als habe sie sich innerlich schon auf den Weg gemacht, sie sagte: »Kurt geht voran.« Im nächsten Augenblick erwachte sie wieder, sie schaute mich verunsichert an, murmelte etwas und wandte sich ab.

Wie seltsam das alles ist, dachte ich auf dem Rückweg. Ich machte halt, warf ein paar Steine in den See, und plötzlich wurde mir klar, was das für ein Gefühl war, das ich empfand, wenn ich an die Lagerlehrerin dachte: Scham. Ich fühlte mich ganz verurteilt und war mir sicher, dass ich meine Selbstachtung in Gegenwart der Lehrerin nie mehr ganz wiedergewinnen würde.

Zu Hause wollte ich einen Kartoffelpuffer machen, und weil die Wirtin ihr Geschirr zurückgefordert hatte, zerteilte ich mit dem Beil eine Blechbüchse, klopfte das Dosenblech flach und hieb mit einem alten Bajonett Löcher hinein, fertig war die Reibe. Bei dem unseligen Kommiss nimmt man derbe

Gewohnheiten an. Ich warf das Bajonett zurück auf den Ab-
fallhaufen, dass es klirrte. Plötzlich hatte ich wieder einen nervösen Anfall, so ein Gefühl, dass etwas mit mir passiert, und
ich kann es nicht beeinflussen. Wie ein Gehetzter rannte ich
hinaus und stützte mich mit beiden Händen über den zugefrorenen Auslaufbrunnen. Begleitet von Zittern durchfuhren
mich die mir schon bekannten Bilder und Ängste. Bekannt
ist vielleicht nicht das richtige Wort, weil mir alles, was ich im
Krieg erfahren hatte, fremd geblieben war. Und doch, es war,
als sei alles in meinem Körper gespeichert, als gebe es Dinge,
von denen man sich nie ganz erholt, selbst wenn man wieder
zum Alltag zurückgekehrt scheint. Der Brand in Jawkino gehörte zu diesen Dingen, die Partisanen, die ihr eigenes Grab
schaufeln mussten und denen der Schweiß in Bächen herun-
terrann, gehörten zu diesen Dingen, und die vielen verstüm-
melten Leichen gehörten zu diesen Dingen.

Nach einem solchen Anfall war ich den ganzen Tag schreckhaft und ohne Selbstbewusstsein, manchmal noch am nächsten Tag gedämpft, der Onkel sagte, ich würde mich durch die
Straßen schleppen, schlimmer als ein alter Mann. Die Bilder
blieben wie ein bitterer Geschmack im Mund zurück. Oft kamen die Attacken wellenförmig immer wieder, in ihrer Inten-
sität jedoch abnehmend.

Während ich die Kartoffeln schälte, musste ich den Kopf
auf den Tisch legen, und fast wäre ich eingeschlafen vor Erschöpfung.

An diesem Tag ging ich früh zu Bett, davor hatte ich kräftig
eingeheizt, denn für die Nacht waren zweistellige Kältegrade
vorhergesagt. Eine Weile lag ich wach, das Lesen hatte ich
bleiben lassen müssen, weil mich mein Kopf wieder so stach.

Von drüben hörte ich das Rumoren der Darmstädterin, sie redete mit dem Kind, offenbar während sie ihm die Windeln wechselte, sie sagte: »Jetzt packe ich dich um, es ist wohl nicht lustig, wenn man nass liegen muss. Du hast es aber besser als ich, ich muss hinunter in den Stall und dort in der verfluchten Kälte sitzen als Perle zwischen den Säuen. Es ist dort so kalt, dass mir der Hintern am Brett festklebt.« / Sie sagte dem Kind auch, dass sie eine elektrische Birne für die Nachtkastenlampe bräuchte, die alte sei durchgebrannt. Solche Dinge. Dann hörte ich Weinen und Trösten, ich ertappte mich dabei, dass ich mehr auf das Trösten lauschte als auf das Weinen. Die Stimme der Darmstädterin machte mir meine Einsamkeit wieder bewusst, ich schlief aber trotzdem schneller ein als das Kind.

In den alleruntersten Schächten des Schlafes, wo es immer feucht und kalt ist, stieß ich erneut auf den Krieg, auf seine tausendfünfhundert schrecklichen Tage, auf Blutgeruch und wie sich gleichzeitig friedlich das Korn im Wind bewegt, während die Partisanen sich vor der Grube aufreihen und ihnen der Schweiß über das Gesicht rinnt. Und Städte, in denen nur noch die Kamine stehen, als wir endlich einziehen, und wie von Geisterhand gestoßen, fällt einer der Kamine um, genau in meine Richtung. Das letzte, was ich vor dem Aufschrecken mitbekam, war, dass jemand mir mit drohender Stimme hinterherrief: *Das Leben? – Eine Kopeke!* Und wieder konnte ich mich nicht erinnern, dass ich den Krieg, im Moment des Erlebens, als so furchtbar empfunden hatte wie jetzt im Bett.

Keuchend rieb ich mir die Stirn am schweißgetränkten Kopfkissen, hob den Kopf, es war finster, alle Dinge verloren, nur meine Armbanduhr konnte ich auf dem neben das Bett gerückten Stuhl erkennen, mit phosphoreszierendem Ziffernblatt. Jetzt begriff ich auch, woher der Blutgeruch kam, in der Anspannung hatte ich mir die Unterlippe blutig gebissen. Verschreckt, belämmert, misstrauisch, so stand ich auf, als kröche ich aus einem Erdloch, nachdem die Front mich überrollt hatte. Ein Taschentuch fand ich in der Hose, die an einer Gürtelschlaufe an einem in einen Balken geschlagenen Nagel hing, ich presste es mir an den Mund. Dann ging ich zum Fenster und öffnete es, noch immer mit einem Gefühl der Beklemmung. Frische Luft war vorhanden in Fülle, aber kalt, sehr kalt, ich atmete sie ein, es war mir, als enthielte sie etwas von der Schwärze dort draußen. Im Ort herrschte strenge Verdunkelung, nirgendwo ein Schimmer, die Häuser lagen wie Felsbrocken in den Gärten. In Russland sagt ein Sprichwort, die Nacht schneidet Räuber aus Pfählen.

Dann hörte ich Musik von irgendwo da draußen, eine seltsame, fast lethargische Gitarre, die in die Tiefe trudelte und ein Gefühl von langsamem Absturz vermittelte, trotzdem sehr warm, auf verschrobene Weise lebensfroh, bisweilen an Heurigenmusik erinnernd, dann ganz fremd und wieder zur Heurigenmusik zurückkehrend. Angespannt spähte ich hinaus, bis mir schwindlig wurde. Aber in der Dunkelheit war nichts zu sehen. / Da ich glaubte, jetzt nicht weiterschlafen zu können, zog ich mich nochmals an. Vielleicht schaffte ich es mit einem Gang durch die Nachbarschaft, mich aus der mit Krieg gefüllten Luft herauszureißen.

Die Nacht war sternenklar, allmählich schälten sich Konturen heraus. Die Musik war noch immer zu hören, hypnotisierender Jazz, nein, kein Jazz, etwas, das ich noch nie gehört hatte, geschmeidig, mit Elementen des Aufruhrs, plötzlich hochkochend, um dann wieder langsam hinunterzutrudeln mit einem einsamen Instrument. Einige Zeit stand ich so, die Musik kam aus dem Gewächshaus. Dem Gärtner dort drüben war es wohl egal, ob Tag ist oder Nacht.

Wegen des kalten Luftzugs, der ins Gewächshaus fuhr, als ich eintrat, rief der Gärtner schroff: »Türe zu!« Ich drückte die Tür rasch ins Schloss, sie schnappte ein. Sehen konnte ich nichts. Aber die Musik war jetzt abgestellt, und ich hörte das Knurren des Hundes. Erst als ich mein Feuerzeug aus der Manteltasche gegraben und die Flamme hatte springen lassen, war es mir möglich, mich zu orientieren. Ich leuchtete den Mittelgang zwischen den Schösslingen aus und erreichte die Beete der Orchideen. Vom Onkel wusste ich, dass der Gärtner ein Brasilienrückkehrer war, der einzige verbliebene Anbieter äquatorialer Orchideen in der Ostmark. Bis zur Brust in eine Wolldecke gewickelt, die Beine lang ausgestreckt, saß er in einem Lehnstuhl neben dem Ofen, ein hagerer, hakennasiger Mann. Den Hund hatte er zum Schweigen gebracht, eingerollt zu einem struppigen Bündel lag der Hund am Boden auf einer mehrfach gefalteten Decke, mit seinen lebhaften braunen Augen sah er mich neugierig an. / »Warum sind Sie gekommen?«, fragte der Brasilianer. / »Ich habe die Musik gehört«, gab ich zur Antwort. / Er betrachtete mich mit ruhigem Interesse. Und nachdem er mir eine Holzkiste als Sitzgelegenheit angewiesen hatte, ebenfalls beim Ofen, ließ ich die Flamme des Feuerzeugs erlöschen. Sofort war wieder alles wie mit Pech übergossen.

Die Musik, die der Gärtner gehört hatte, stammte von einem Mann namens Villa Lobos. Ob mir die Musik gefalle, fragte der Gärtner. Ich bejahte es. Er sagte: »Reich ist man, wenn man das Glück hat, in Brasilien leben zu dürfen.«

In das finstere Gewächshaus hinein erklärte er mir, dass die Pflanzen erfrieren würden, wenn er nicht die halbe Nacht hindurch den Ofen heize. In Brasilien habe er vor lauter Freude am Leben keinen Schlaf gefunden, hier wegen der Kälte. Zu Zeiten der Römer sei diese Gegend für die Legionäre ein schrecklicher Ort gewesen, kalt, unwirtlich, einer Verbannung gleichend, ein hartes Klima und harte Menschen. In Brasilien hingegen ... man könne es unmöglich verstehen, wenn man das Land in seiner Wärme, Stille und Üppigkeit nicht selbst erlebt habe.

Ich hörte den Gärtner hantieren, seine Kiefer mahlten, und von ganz hinten in seiner Kehle ertönten Geräusche, die klangen, als konzentriere er sich. Ich dachte an das, was mir der Onkel gesagt hatte: Der Brasilianer stellte verzweifelt Ansuchen um Genehmigung einer Arbeitshilfe. Doch da ihm vor zwei Jahren wegen einer unüberlegten Bemerkung über den F. die Ehrenrechte eines Deutschen aberkannt worden waren, bestand keine Aussicht, und er befand sich auch deshalb in einer etwas isolierten Situation. / Es rauschte und knisterte, gleich darauf erklangen einzelne Töne, und es folgte dieselbe Musik wie vorhin, weniger laut, eindringlich, quälend, ohne Vorwarnung sich erheiternd, um dann wieder abzustürzen und hinunterzutrudeln mit der einsamen Gitarre. / Eine Weile hörte ich nur die Musik, nichts sonst, die Augen geschlossen. Als ich sie wieder öffnete, konnte ich ein bisschen etwas sehen, denn der Brasilianer hatte den Ofen geöffnet, in dem ein Holzfeuer loderte. Er warf ein paar große Scheite hinein, rötliches Licht erhellte sein faltiges Gesicht, seine Fuchsaugen leuchteten, die dunklen Poren der Nasenflügel schienen wie gebrannt. Kurz stocherte er mit dem Schürhaken die Glut auf. Dann machte er die Ofentür wieder zu. / »In einer Stunde die letzte Lage, vier Scheite Wurzelholz, das ist härter und hält länger an. Das soll's dann für heute gewesen sein.«

Was er anbaue, fragte ich ihn. / »In der vorderen Hälfte Tomaten, in der hinteren Orchideen und einige Gurken.« / »In Russland bin ich zum Tomatenesser geworden«, sagte ich. / »Das ist gut so, Tomaten sind sehr gesund, besser als alles andere.«

Und die Musik und das Gewächshaus und die Nacht waren rings um uns, und im Himmel standen die Sterne, und die Geschwader kamen in der Nacht nicht von Süden, sondern von Norden, sie erreichten uns nicht. Ich wurde darüber aufgeklärt, dass ein Brasilianer, der Flugpionier Santos-Dumont, beim Völkerbund verlangt hatte, den Einsatz von etwas so Schönem wie einem Flugzeug zum Abwerfen von Bomben völkerrechtlich zu ächten. Im ersten Moment kam mir diese Forderung weltfremd vor. Andererseits ... warum nicht? / Dann redeten wir darüber, dass der Brasilianer vegetarisch lebte, es hieß, dass er auch seinen Hund vegetarisch ernähre. Ich fragte, ob das stimme. Er bestätigte es mir und lachte, das sei der Grund, weshalb sie ihm die Hündin gelassen hätten, obwohl sie noch jung gewesen sei, als sie eingezogen werden sollte. Es sei dem F. und seiner Horde zu umständlich, für eine Hündin Gemüse zu kochen, roh vertrage sie es nicht. / Reflexhaft schaute ich in die Richtung, wo der Hund lag. Dort war nur Dunkelheit und Stille. Versonnen lutschte ich an meiner aufgebissenen, angeschwollenen Lippe. / Der Brasilianer sagte: »Es gab einmal ein Land, Österreich, das wird dir ja geläufig sein.« / »Ja.« / »Das ist schon so lange her, dass es gar nicht mehr wahr ist.« / Seine Stimme hatte jetzt etwas Unheimliches.

Das nächste, was ich mitbekam, war, dass der Brasilianer wieder einheizte. Er sagte: »Du hast geschlafen, und ich habe an die Serra do Roncador gedacht, an die Wüste der Schnarcher. Ich habe sie durchquert.« Er lachte. Die Hündin hob den Kopf und schaute in Richtung des Ofenlochs, dem Wärmefahnen entströmten.

Es war Zeit, wieder ins Bett zu gehen. Der Brasilianer sagte, spätestens um sechs in der Früh müsse er wieder einheizen, sonst sei alles kaputt und umsonst. Damit streckte er mir seine harte, schrundige Gärtnerhand entgegen. Ich nahm sie, und im Weggehen musste ich daran denken, dass ich im Lazarett meine harte Haut verloren hatte, an den Händen und an den Füßen, meine Kriegshaut.

In der Früh ertrug ich

In der Früh ertrug ich fünfzehn Minuten lang den örtlichen Nachrichtendienst der Quartierfrau, unglücklicherweise war ich ihr vor dem Haus in die Arme gelaufen. Was gibt es Neues in Mondsee? Reuss Pepi sei heimgekommen, aber schlecht beisammen, nur Haut und Knochen. In der Reißerei in Lenzing sei einem polnischen Mädchen, das mit den Haaren in die Maschine gekommen war, die Kopfhaut direkt abgezogen worden. Und Hufnagels Klara sei von einem französischen Kriegsgefangenen schwanger, sie sitze in Linz im Gefängnis. Der Franzose sei Knecht bei ihrem Vater gewesen, man habe ihn zurück ins Lager gebracht. Außerdem sei Strobl Josef gestorben, seine Frau habe den Arzt holen wollen, Strobl Josef habe gesagt, lass es sein, ich werde sterben, in der Tischlade hast' Geld, schuldig bin ich niemandem was, beim Ramsauer hab ich zweihundert Reichsmark zu bekommen, nur dass du's weißt. Und soll in der nächsten Sekunde tot gewesen sein. / Ich musste schnell weggehen, sonst hätte mich die Quartierfrau noch länger angequatscht.

Mit der schwangeren Bauerntochter kam ich am Nachmittag nochmals in Berührung. Der Onkel hatte nach mir schicken lassen, weil er einen Schreiber brauchte, er sagte, die Kriegsgefangenen machten viel Arbeit, die Bauerntöchter dächten, es sei die einzige Chance im Leben, einmal mit einem Franzosen –. Der Onkel lachte bitter: »Mit einem Franzosen!« / Vielleicht war ich müde von der zurückliegenden Nacht, in der ich dem Brasilianer beim Einheizen die letzten beiden Lagen abgenommen hatte, damit er sich ausschlafen konnte. Jedenfalls spannte ich in die fünf Bögen das Durchschlagpapier teilweise verkehrt ein. Das passierte mir noch ein zweites Mal, und da entließ mich der Onkel mit einigen nicht sehr freundlichen Bemerkungen. Mir war es selber peinlich. Aber der Vorfall kennzeichnete meine Zerstreutheit, man sah, wie ich nach fünf Jahren Militär geistig verkommen war. Andere vielleicht weniger, aber ich ganz besonders.

Ich ging wieder nach Hause. Das Wetter war feucht, kalt, nebelig, leichter Schneefall, wie im November. Rauch stieg aus allen Schornsteinen, die Dächer herunterkriechend in die Straßen, wo er in den Hälsen kratzte. Als ich die Zeller Ache überquerte, zuckte ich wieder zusammen: *Wo ist mein Gewehr? Wo ist mein Tornister?* Beide führten irgendwo im Osten ein Eigenleben, und nur die Gewohnheiten waren mir nach Mondsee gefolgt, um mich hier zu erschrecken.

Zu Hause erwartete mich ein Brief von Mama, sie teilte mir mit, dass meine paar Habseligkeiten, die beim Tross geblieben waren, in Wien eingetroffen seien. Sie schrieb, es mache den Eindruck, als fehle so manches, zum Beispiel meine Füllfeder. Um die Füllfeder tat es mir besonders leid, denn die Füllfeder, die ich jetzt verwendete, schrieb scheußlich, da kratzten sogar die Hühner auf dem Mist schöner. Dabei schrieb ich in letzter Zeit so viel wie noch nie in meinem Leben, es war ja egal, was ich mit meiner Zeit anfing, es ging alles vom Krieg ab.

> *Jetzt fängt es bereits wieder an, dunkel zu werden,*
> *ich kann kaum noch die Linien auf dem Papier*
> *erkennen, die Zeilen und Buchstaben stehen kreuz*
> *und quer, Sätze, in bestimmten Formationen, an-*

einandergereiht, sich schlängelnd von einem Tag
zum andern.

Wenn ich am Morgen aufstand, war ich immer ein wenig benommen. Ganz in Ordnung war ich nicht. Kopfweh hatte ich fast jeden Tag. Pillen nahm ich hin und wieder zur Linderung, was sogar ein wenig half. Mein Bein wurde langsam besser. Aber sooft ich an der noch offenen Stelle am Oberschenkel herumtupfte, wölbte sich dort nach wenigen Sekunden wieder rötlich schimmernde Wundflüssigkeit. Besonders eilig hatte ich es nicht, das Bein für meinen Dienstgeber wieder verwendungsfähig zu machen, unangenehm war die Sache trotzdem.

An einem dieser Tage fuhr ich mit dem Bus und dem Zug nach Vöcklabruck, um dort das Krankenrevier aufzusuchen. Ich sagte mir, bestimmt ist es ratsam, regelmäßig hinzugehen, damit meine Beschwerden im Krankenakt dokumentiert sind. Leider untersuchte mich der Arzt gar nicht, er fragte nur ein wenig, entschied dann, dass er genug gefragt hatte, und schickte mich wieder fort.

Keine zehn Pferde brachten mich jetzt noch in eine Fleischerei. Ich konnte das an S-Haken hängende Fleisch nicht mehr sehen, der Blutgeruch verursachte mir Unbehagen, ich hatte Angst, wieder einen nervösen Anfall zu bekommen. / Dann und wann fragte die Darmstädterin, ob sie etwas mitbringen solle. Ich händigte ihr meine Marken aus und stellte es ihr frei, zu kaufen, was grad verfügbar war. Meistens übernahm sie auch das Kochen, und wir aßen gemeinsam. Auf meine Einwände, dass sie auch ohne mich genug Arbeit habe, sagte sie, sie koche sowieso, ich solle ruhig öfter bei ihr anklopfen, damit sie hier nicht vollkommen verblöde. / Bei meiner Fahrt nach Vöcklabruck war es mir gelungen, elektrische Birnen zu ergattern, eine trat ich an die Darmstädterin ab, grad dass sie mir nicht um den Hals fiel. / Sogar zum Wäsche-waschen hätte sie sich angetragen, aber nicht aus lauter Begeisterung, sondern aus Mangel an Seife, die ich besaß. Und es mochte auch ein wenig Misstrauen dabei gewesen sein, sie konnte einfach nicht glauben, dass ich so weit doch über hausfrauliche Eigenschaften verfügte, um mich halbwegs erhalten zu können. Ich sagte, Waschen und Putzen seien unter dem wenigen Vernünftigen, das ich beim Militär gelernt hatte.

Ich trank nun öfters Tee, das Wasser wärmte ich auf dem Ofen. Ich machte es wie im Krieg: Ein Stück von einem verbrauchten Taschentuch diente mir als Tee-Ei, das funktionierte tadellos. / Graues, tristes Tageslicht drang durch die Fenster.

Das Kind der Darmstädterin gedieh. Jauchzen konnte es auch schon, manchmal so laut, dass es selbst darüber erschrak. Keine Minute lag es ruhig, mit Händen und Füßen strampelte es, strampelte auch die Decke schon weg und redete: »He … ho … mu …« / Ich betrachtete das Mädchen gerne. Von der Darmstädterin darauf angesprochen, sagte ich: »Besser als die schönste Opernaufführung.« / Wo bei mir am Balken die Uniformjacke hing, hing bei der Darmstädterin eine Babywaage, das Kind hatte die fünf Kilo jetzt endlich überschritten. / Wenn das Kind weinte und die Darmstädterin es zu beruhigen versuchte, erzeugte sie weit hinten in der Kehle einen Summlaut, der sich anhörte, als habe schon ihre eigene Mutter in Darmstadt auf diese Art gesummt.

Normalerweise am Samstag hatten die Mädchen in der Kinderlandverschickung Dorffreizeit. Dann wimmelte es in den Straßen von uniformierten Zehn- bis Vierzehnjährigen, alle nach dem Motto: Hab Sonne im Herzen. Die Mädchen freuten sich, einmal den wachsamen Augen ihrer Bewacher entkommen zu sein. Manche hatten Pakete unter dem Arm mit Schuhen, die repariert werden mussten, andere hüteten eine Tüte mit Wollknäueln, die sie nach brieflicher Rücksprache mit den Eltern gekauft hatten, um für den Geburtstag der Freundin eine Flötentasche zu stricken. Die Mädchen konnten sich weder an den Tieren in den Gärten noch an den Lebensmitteln in den Geschäften sattsehen. Zwei Mädchen, die mit der Hündin des Brasilianers spielten, klärten mich auf, wo die Buben ihrer Schule geblieben waren, ich sagte: »Es gibt auf der Welt doch nicht nur Mädchen, sondern auch Buben.« Von der Hündin kaum aufblickend, meinten sie, die Buben seien in die Batschka verschickt und hätten dort sogar schon einen Heiratsmarkt besucht.

Der Brasilianer räumte die Asche aus dem Ofen und verstreute sie bei den Tomatenpflanzen. Er sagte, Knochenasche wäre besser, damit wolle er aber nichts zu tun haben. Ich fragte ihn, wie er die wesentlich strengeren Winter der Vorjahre überstanden habe, die härtesten Winter seit Jahrzehnten. Er sagte, seine im vergangenen Herbst verstorbene Mutter habe bis Mitternacht geheizt, er selbst sei um fünf in der Früh aufgestanden. Das Zimmer, in dem jetzt die Darmstädterin wohne, sei das Zimmer seiner Mutter gewesen.

Nachts saß ich beim Brasilianer im Gewächshaus, allmählich verlor sich der Zustand des Abtastens. Der Brasilianer gab mir einen Teil der Apfelspalten und Zwiebelringe, die er auf dem Ofen trocknete, überzeugt, dass die ganz schweren und verzweifelten Zeiten noch bevorstünden. In erstauntem Ton erzählte er mir die Geschichte seines Lebens. Die Erzählung geriet ihm aber so wirr, dass ich nur manchmal einen Faden zu fassen bekam, der aus dem Knäuel herausragte, zum Beispiel, dass der Brasilianer in Brasilien als Reformbiologe Vorträge gehalten habe und dann um alles Geld betrogen worden sei. / Immer wieder machte er beim Reden lange Pausen, oft dachte ich, er sei jetzt verstummt. Dann setzte er seine Erzählung an einem beliebigen Punkt fort, vermutlich mit geschlossenen Augen, Bruchstücke ins Dunkel gesprochen, mit nur grobem Zusammenhang. Bisweilen war es mir, als hänge er Phantasiegebilden nach, wenn er von in den Schaufenstern der Bestatter ausgestellten Leichen redete und von Bänkelsängern, die in bodenlangen schwarzen Mänteln auf freiem Feld ihre Moritaten sangen. / Die späte Uhrzeit machte uns zu schaffen, und bestimmt trug eine innere Ziellosigkeit bei uns beiden dazu bei, dass die Zusammenhänge ständig verloren gingen. Oft hörte ich nur mit einem Ohr zu und träumte von verwachsenen Bäumen mit gelben Früchten und von einer zwischen mannshohen blauen und blassrosa Orchideen stehenden, nur mit einem Schurz bekleideten Frau, die Gitarre spielte.

Warum er heimgekehrt sei? fragte ich ihn. / »Es war eben ein Fehler. Und wegen der Eltern.« Und später: »Wenn ich geahnt hätte, dass mir das Leben hier so verdorben wird, wäre ich lieber dreimal in Brasilien gestorben. Die Verhältnisse hier sind es nicht wert, dass ich mich so abarbeite. Durch das viele Arbeiten im Glashaus habe ich Rheumatismus in den Armen bekommen. Wenn ich endlich im Bett liege, kann ich nicht schlafen wegen der Schmerzen.« / Dann und wann flüsterte er in Gedanken: »Adeus!« Und die Hündin winselte.

Der Brasilianer vermisste die Heiterkeit der Menschen in Rio de Janeiro, die Gelöstheit, die Unbesorgtheit. Er vermisste die Leuchtkraft der Farben, es gebe dort Vögel, die sähen aus, als seien sie innen beleuchtet. Sowie man ihn lasse, gehe er zurück nach Rocinha, zurück in die südlichen Hügel über Rio, in die besonnten Hügel mit Meerblick, dort, wo in Europa die Reichen wohnen würden, in Brasilien die Armen. In der Nacht sehe er zu, wie die Piloten mit Leuchtpistolen aus den Fenstern ihrer Flugzeuge schießen, ehe sie mit ihren Wasserflugzeugen in einer Bucht aufsetzen. Von dort, wo er gewohnt habe, habe er es gut beobachten können.

Der Vollmond ging vorüber. Bei abnehmendem Mond wurde es wärmer, und als gerade die ersten Himmelschlüssel aufgeblüht waren, takelte sich die Landschaft vollständig um, in der Früh war alles voller Schnee, und der Schneefall dauerte an. Alles war weiß, eingedeckt, eingepackt, jeder Zweig dicht beschneit, nur die schroff aufragenden Felsen der Drachenwand standen wie bisher grau und schwarz über dem See. Es herrschte Ruhe, hin und wieder Überflüge. Die Temperatur mild. Kleine Bäche waren nicht einmal zugefroren. Im Radio hörte man, dass auch in den Karpaten Tauwetter eingesetzt habe. Die armen Teufel dort.

Von der Schneeluft hatte ich trockene Nasenlöcher, dafür ständig nasse Füße. Obwohl ich die Stiefel gut eingeschmiert hatte, damit der Schnee nicht haften blieb, kroch Nässe hinein. Auch hier griff ich auf Bewährtes zurück, Zeitungspapier unter die Socken, das wärmte ein wenig. / Einmal begegnete ich beim Spazierengehen der Lehrerin Bildstein vom Lager Schwarzindien. Während wir aufeinander zugingen, spürte ich, dass ich nervös wurde. Aber dann hatten wir ein normales

Gespräch, normal auch unter dem Gesichtspunkt, dass die Lehrerin wie immer betonte, sehr viel zu tun zu haben. Sie sagte, ihr Arbeitsfeld werde immer größer, Kinder und Eltern würden ihr die Tür einrennen, das sei in mancher Hinsicht gut, bleibe weniger Zeit zum Nachdenken. / Hinter den Schneewolken schwamm eine fahle Sonne. Die Lehrerin hob den Kopf, ich war überrascht, dass ihr Gesicht auf einmal die Härte verlor. Sie sagte: »Die Mädchen sind, na, *brav* wäre zu viel gesagt, aber annehmbar. Bei einem der Mädchen hat sich herausgestellt, dass sie in einem nicht sehr schönen Briefkontakt mit einem sechzehnjährigen Cousin steht.« Die Lehrerin nannte den Namen des Mädchens, Nanni, und den Namen des Cousins, Kurt. Während die Mütter in der Fabrik im ölverschmierten Schlosserzeug die Heimat verteidigten, habe Nanni sich von Kurt ausgreifen lassen. / Mir kam vor, das Fräulein Fachlehrerin erzählte mir diese Dinge, um etwas von den Kränkungen, die sie mir zugefügt hatte, vergessen zu machen. Und plötzlich tat mir diese große, fleißige, blutleere junge Frau so leid wie ich vermutlich ihr.

In der Mathematik ergeben zwei multiplizierte Minus ein Plus, aber nicht in der Psychologie. In der Psychologie ergeben zwei Nullen ein doppeltes Minus. Und da standen wir einige Sekunden wortlos, die Verschmähende und der Verschmähte. / Im Weitergehen erinnerte ich mich an mein Leben als Soldat, ich machte den Rücken stramm, als müsse ich Haltung beweisen. Hoffentlich blickte mir das Fräulein Fachlehrerin nicht nach, denn ich wollte eine Haltung zur Schau stellen, die ich nicht besaß und die mir auch nichts bedeutete. Das wurde mir aber erst bewusst, als ich schon hundert Meter so gegangen war.

Wenn ich etwas mit mir selbst austragen muss, erledige ich das nach Möglichkeit im Bett. Deshalb stand ich am nächsten Tag erst kurz vor Mittag auf. / Die Bilanz sah so aus: Ich hatte der Lehrerin Avancen gemacht, und sie hatte mich auflaufen lassen. Sie hatte mich sogar mehrfach auflaufen lassen, und jetzt bedeutete sie mir nichts mehr. Ich bin ja nicht so verrückt, dass ich mein Herz an eine Frau hänge, die mich nicht mag. Verlorene Kilometer. Und Depressionen würde ich über dieser Sache auch keine bekommen, immerhin handelte es sich nicht um die erste Enttäuschung in meinem Leben, und es würde auch nicht die letzte sein.

Als Voralarm gegeben wurde, stand ich auf. Während des Vollalarms wurden die Geschäfte zugesperrt, eine Art Siesta, keine spanische unter dem Nussbaum, sondern eine deutsche im Keller. Deshalb wollte ich rasch zum Bäcker. Vor dem Haus traf ich auf die Quartierfrau, sie sagte, es sei empörend, dass ich so lange im Bett läge, sie hielt mir den F. vor, der täglich um fünf in der Früh aufstehe und seine Gesundheit opfere für so Faulenzer wie mich. / Noch auf dem Weg ins Ortszentrum wurde Vollalarm gegeben, aus der Ferne hörte ich dumpfes Grollen und anhaltendes Knattern und Krachen, es klang nach einem Luftkampf. Zwischen den Häusern war es mir zu unsicher. Deshalb humpelte ich zu der mit mächtigen Linden bestandenen Allee, die hinunter zum Hafen führt.

Dort hatten sich schon einige andere Menschen eingefunden, jung und alt. Von Südwesten kam ein Geschwader herangeflogen, etwa fünfzig Fliegende Festungen, ohne Geleitschutz und ohne in Kämpfe verwickelt zu sein, sehr ruhig flog es, zweihundert Kondensstreifen hinter sich herziehend von den jeweils vier Turbinen. Das Brummen war gleichmäßig, als würden die Maschinen mit den Bäuchen an der glatten, harten Rollbahn des Himmels entlangscheuern. Die Flugzeuge waren schon fast vorbei, als über der Drachenwand ein zweites Geschwader sichtbar wurde, die zweite Welle, viel näher zu Mondsee, ebenfalls sauber gestaffelt, aber deutlich kleiner als das erste Geschwader. Meiner Einschätzung nach hatte es schon ein Viertel seines Umfangs eingebüßt. Gut sichtbar, weil von oben, aus der Sonne heraus, wurde es von deutschen Kampffliegern attackiert. Der Lärm nahm rasch zu, und ich sah, was es zu sehen gab. / Ein schmächtiger Junge mit einem Matrosengang geriet in solche Aufregung, dass er davonlaufen und gegen eine der mächtigen Linden biseln musste.

Und der Krieg rückte keinen Millimeter zur Seite. Der Lärm war gebieterisch, das Schießen und Heulen mit harten, zugespitzten Konturen, vom bloßen Zuschauen pumperte das Herz. Der Bomber am zum Ort gelegenen Schwanzende des Geschwaders befand sich unter Dauerbeschuss, plötzlich konnte er die Geschwindigkeit der andern nicht mehr halten und wankte zur Seite. An den Kondensstreifen war zu sehen, dass nur noch ein Triebwerk arbeitete. Schließlich ging das Flugzeug in einer Spirale nach unten. Eine Messerschmitt umflog die an Fallschirmen pendelnde Besatzung, schloss sich dann wieder der Rotte an, die den nächsten Bomber unter Beschuss nahm, immer auf den Letzten, ganz außen. / Neben mir eine alte Frau mit einem wie für das Kasperltheater geschnitzten Gesicht hielt sich die Ohren zu. Ein Kind hielt sich die Augen zu. Das gute Ansehen des Krieges beruht auf Irrtum.

Zwischen zwei Frauen, die hinter mir standen, entspann

sich ein Gespräch über Männer: »Man sieht schon deutlich, dass die präsentablen Männer alle fort sind. Wenn der Hirsch einmal eine Frau bekommt, ist das allerhand.« / »Stell dir vor, mit dem ins Bett müssen!« Beiderseits fröhliches Lachen. / »Der Wendt ist jetzt auch eingezogen. Dabei ist der doch zu dumm, um den Kopf einzuziehen.«

Die nächste Fliegende Festung brach aus der Formation nach unten aus. Alle zehn Besatzungsmitglieder retteten sich, zuletzt der Kapitän, wenn's stimmt, hinaus in das wilde blaue Gelände, in den metertiefen Schnee für den, der das Pech hat, in den Bergen herunterzukommen. Der Bomber brannte und brach in der Luft entzwei. Die Männer schwebten durch die eiskalte Atmosphäre, klein wie Löwenzahnsamen, nördlich des Attersees. *See you on the ground.* / Rasch entfernte sich das Geschwader in Richtung Nordosten. Dann verlor der Lärm an Grimmigkeit, vermischte sich mit den Schreien der Möwen und löste sich schließlich auf wie ein Albtraum.

Die Sirene hatte Entwarnung gegeben. An den Straßenecken wurde das Ereignis erörtert. Es hieß, jetzt werde der Spieß wieder umgedreht, die Amerikaner seien die längste Zeit hier herumgeflogen, als gehöre der Himmel ihnen. / Doch keine zwölf Stunden später wurde Oberdonau erneut überflogen, diesmal von Norden her, etwa zweihundert Maschinen erreichten unbehelligt das schon zu Mittag von Süden her angesteuerte Ziel, die Kugellagerwerke in Steyr. Die Bomber trafen auf keinen nennenswerten Widerstand, mein Dienstgeber hatte sich tagsüber *total* verausgabt.

Einen weiteren Tag später, am 26. Februar, hatte ich meinen vierundzwanzigsten Geburtstag. Wie in den Vorjahren verbrachte ich ihn still und ruhig, es wartete kein Obstteller und keine Torte auf mich, ich aß Eintopf, und kein Mensch wusste etwas davon. Danach legte ich mich aufs Bett und starrte zur Decke mit einem mehrfach untergrabenen Selbstgefühl, denn dieser Tag war der Tag, den ich mir als Grenze gesetzt hatte für den Beginn eines Hochschulstudiums. Er ging ereignislos vorbei. Ich war jetzt ein alter Esel, älter als meine Schwester Hilde bei ihrem Tod.

Hilde starb, als ich sechzehn war. Ich hatte es als verwirrend empfunden, dass ein Mensch lebt und trotzdem, obwohl er lebt, nicht mehr gesund werden kann. Und dass Hilde gehen konnte, aber nie wieder rennen würde, war mir ebenfalls unbegreiflich gewesen. Oft in meiner Kindheit hatte Hilde mich eingefangen, im Garten oder während eines Spaziergangs, da war sie so alt gewesen wie die Mädchen im Lager Schwarzindien, so alt wie das Mädchen Nanni Schaller.

Als Hilde rückfällig geworden war, besuchte ich die vierte Klasse der Volksschule, im Jahr darauf kam auch ich ins Gymnasium. Hilde verbrachte viel Zeit im Sanatorium Hochzirl, ihre Briefe wurden von Papa am Küchentisch vorgelesen. Wenn Hilde in Wien war, trug ich ihre Schultasche zum Gymnasium, sie ging mit unsicherem Schritt neben mir her. Und sie lächelte schüchtern, wenn wir eine Pause einlegen mussten. / Einmal lachten wir sehr, und hinterher sagte Hilde: »Mir tut die Brust weh. Aber das ist mir das Lachen wert.« / In Russland, wenn ich allein in meinem Führerhaus gesessen war und versucht hatte, die Zeit vergehen zu lassen, indem ich an Hilde dachte, ging ich meine Erinnerungen durch, den Tag meiner Rückkehr aus dem Ferienlager, den Tag von Hildes Matura, und wie wir gemeinsam eislaufen gegangen waren und wie sie mich umarmt hatte. Und dann rieb ich mir lächelnd das Gesicht oder lehnte mich zurück mit dem Gedanken, dass ich selbst noch am Leben war, immerhin.

Der Onkel wusste zu berichten, dass einer der über der Gegend abgesprungenen Amerikaner seine Stiefel nicht gebunden hatte, und als sich sein Fallschirm öffnete, flogen ihm von der Wucht des Rucks die Stiefel von den Füßen, und er landete in seinen Socken im knietiefen Schnee. Der Onkel sagte, auch solche Dinge müsse man bedenken, man müsse unglaublich viel bedenken.

Am Freitag wurden in Darmstadt

Am Freitag wurden in Darmstadt achthundert Hasen verteilt, sie waren bei andern Leuten als überzählig aus den Ställen geholt worden. Mit Futter ist es schlecht, auch bei mir, weil beide Fahrräder kaputt sind. Bettine ihrs hat gleich nicht gehalten, und bei meinem sind nach zwei Tagen, als du zurück nach Mondsee gefahren warst, Schlauch und Reifen geplatzt, es steht bei Walters in der Elisabethenstraße. Gut ist es nicht, aber so könnte ich in die Stadt, verschiedene Abfälle holen. Der Omnibus ist immer überfüllt.

Kommst du mit den Windeln aus, Margot? Habt ihr genug warme Sachen? Wie ist die Schlafgelegenheit von dir und dem Kind? So gut wie daheim wird sie <u>nicht</u> sein. Und hoffentlich hast du genug zu essen in deinem Mondsee, bist ja immer so hungrig, und jetzt, wo du das Kind stillst. Ich erinnere mich gut, wie es war, als ich dich gestillt habe, du hast immer viel gebissen, ich hoffe, es bleibt dir solches erspart. / Heute Nacht schlafe ich mal wieder in meinem Bett, habe seit dem letzten Angriff in deinem geschlafen. Von jetzt ab benützt es Bettine. Ernst und Helen schlafen im kleinen Stübchen, bis sie die neue Wohnung in der Saalbaustraße beziehen können.

Papa ist weiterhin in Metz, er sieht viel zu schwarz und macht sich mit seinen Gedanken ganz kaputt. Leute in seinem Alter kommen bestimmt nicht nach Russland, aber er lebt in ständiger Angst, und obendrein kränkt es ihn, dass er und die andern in dem Alter noch so geschliffen werden. Andererseits ist es vielleicht gut, und dein Vater lernt sein Heim schätzen und merkt, dass ein gutes Wort mehr wert ist als Brüllen und Anschnauzen. Wenn er uns bloß gesund wiederkommt, das sind Tag und Nacht meine Gedanken.

Bettine schreibt aus Berlin, dass sie neue Schuhe und einen neuen Hut hat, und sie trennt sich nicht von ihrer Künstlermähne, obwohl ihr das Käppi nicht passt. Im schönsten 20-Pfennig-Roman kann es eine Schaffnerin nicht besser haben als deine Schwester beim Arbeitsdienst. Ich mache mir große Sorgen um sie. Berlin ist doch ziemlich heißes Pflaster, und Bettine sieht keine zwei Schritt weit mit ihren sechzehn Jahren. Ich hab ihr schon paar Mal geschrieben, sie soll versuchen, dass man sie von der verfluchten Straßenbahn freigibt, aber sie stellt sich taub.

Meine Beine sind jetzt schön geheilt. Gestern war ich beim Arzt. Er sagt, ich kann nachts die Binden ablassen. / Eben habe ich's Peterle vor die Tür gesetzt, hat meine frisch geputzte Küche ganz voll gemacht. Sonst ist ja alles noch so wie früher.

Jetzt habe ich paar Tage nicht geschrieben, weil ich nicht über einen Teelöffel voll freudiger Nachrichten verfüge, und über traurige Zeiten zu schreiben liegt mir nicht. Dazu ist alles so schwer zu bekommen, kein Dung, kein Drahtzaun, keine Dachpappe, alles fehlt. Unablässig läuft man herum und umsonst. Am schlimmsten empfinde ich, dass mein Rauchtabak nicht zureicht. Hätte man einen Mann, der auch Raucherkarte hat, würde es schon gehen, aber nur auf meine Karte ist es zu wenig, und wenn ich nicht zu rauchen habe, vergeht mir die Lust zu jeder Arbeit. Anderes Zeug, wie so manche, rauche ich nicht, das habe ich probiert, und mir wird schlecht, wenn ich nur dran denke. Das Bier ist auch nur Wasser, von

Bier keine Spur, Papa würde sagen, es ist alles Käse. / So renne ich die ganze Zeit herum, und wenn ich schreiben will, kommt etwas dazwischen, und die vielen Luftangriffe machen das Übrige. Ich bin in letzter Zeit schon ganz nervös geworden und sehe mit Angst jedem Abend entgegen. Letzten Samstag am Abend heulten die Sirenen, es war ein fürchterliches Getöse in der Luft, es ging auf Frankfurt, wo es große Schäden hat, auch Darmstadt bekam einige Sprengbomben ab, darunter eine schwere, fünfunddreißig Zentner, die ein fünfzehn Meter tiefes Loch in eine Wiese riss, auch Phosphorkanister und Brandbomben. Es brannte an verschiedenen Stellen, darunter eine Fabrik und daneben stehende Arbeiterbaracken. Von den Bränden war es draußen taghell, das Schreien der Ausländerinnen hörten wir bis zu uns.

Du kannst dir denken, dass wir wieder recht bange Stunden mitgemacht haben. Durch den Luftdruck haben auch bei uns die Wände Sprünge bekommen, in der Küche hat es ausgesehen, als wenn die Maler hier gewesen wären, so ist die Farbe von der Decke gekommen. Aber den Flugblättern nach, die sie abgeworfen haben, haben wir das Schlimmste noch vor uns, was andere schon hinter sich haben. Ja, liebe Margot, wenn du das schöne Frankfurt sehen würdest, ich war nach den letzten Angriffen dort, und ich will es kein zweites Mal sehen. Es ist ein Trümmerhaufen von Stadt, man kann die riesigen Schutthaufen gar nicht fortbringen, unter manchen liegen noch die Hausbewohner, es ist furchtbar. Und trotzdem geht das Leben zwischen Schutt und Trümmern seinen Gang. Die ganze Wirtschaft hat man schon im Keller, die Schränke stehen leer.

Wegen dem Kostüm, Margot, ich habe dir doch geschrieben, du sollst es bei einem guten Schneider machen lassen, aber da waren meine Worte wieder umsonst, und nun ist die Bescherung da, es passt nicht und ist zu kurz und was weiß ich noch alles, mit einem Wort, du hast keine Freude damit. Da wird eben nichts zu machen sein, als dass du es für die Waschküche anziehst, also, da will ich mich nicht länger ärgern damit.

Aber ich freue mich, dass wieder einmal ein Lebenszeichen von dir nach Hause gedrungen ist. Mir geht es so weit gut, man lebt eben im Krieg. Und nein, am Abend gehe ich nicht weg, die Verdunkelung macht mir viel zu schaffen, man muss aufpassen, dass man nicht über ein ungeschickt abgestelltes Fahrrad fällt. Hans Bader hat sich auf dem Heimweg im Dunkeln ein Bein gebrochen, weil er eine Treppe übersehen hat.

Der Sohn von Feuerbachs war auf Krankenurlaub zu Hause, soll Malaria gehabt haben, und der Schwiegersohn ist in Polen, von dort kommen immer gute Happen. Es gibt Leute, die sich damit brüsten, dass sie vom Krieg gar nichts merken. / Im Haus gegenüber, der Eulenfritze, bringt mich zur Weißglut. Den lieben langen Tag, sage und schreibe, steht er hinterm Fenster oder auf dem Balkon. Und ständig am Rauchen: Pfeife, Zigarre, Zigarette, abwechselnd. Und reckt sich oder verschränkt die Hände hinterm Nacken. Für solche Menschen schindet Papa seine Knochen, andere arbeiten wie Pferde. Hat bestimmt einen Vetter im Himmel. Auch Herr Becker: dem hat der Arzt ein Zeugnis ausgestellt, dass er Herzneurose hat. Jetzt beschwert er sich, täglich zehn Stunden arbeiten und mindestens zweimal in der Woche Brandwache, er sagt, da rücke er lieber ein. Ein ganz blöder Hammel, der so etwas sagt. Lieber arbeite ich rund um die Uhr mit Herzneurose, als dass ich mir den Arsch erfriere. Papa sagt, die Infanterie liegt in Erdlöchern, viele in Zelten, dabei ständig fünf oder zehn Grad Kälte, da will niemand tauschen. Und jede Sekunde kann eine Granate dazwischenfahren, rumms, keiner weiß, wann's ihn trifft. Die sollen zufrieden sein, dass sie zu Hause sind. Die Luft ist hier jetzt überhaupt recht dick, es prasselt Stellungsbefehle. Wie geht es deinem Mann? Ist er noch in Rumänien?

Käta hielt gestern ihren ersten Kinderkochkurs, kalte Küche für bis zehnjährige Kinder, auch Buben, deren Mütter im Arbeitseinsatz stehen. Die Kinder waren recht brav, aber Käta ist vom vielen Reden stockheiser und bringt kein lautes Wort hervor. Ich selber hatte einen Samstag wie Arsch und Friedrich, und wenn nicht etwas im Backrohr wäre und ich noch aufbleiben müsste, würde ich schon im Bett liegen und nicht Briefe schreiben. Vierzehn Tage schon habe ich mich nicht mehr zum Fenster gesetzt.

Einmal hat mir so lebhaft von dir geträumt, dass du mit voller Rüstung bepackt über einen Feldweg gekommen bist, ich hab dich so wie einen Soldaten in Uniform gesehen, auf dem Rücken das Kind. / Hoffentlich findet der Krieg bald mal ein Ende.

Dass Bettine in Berlin auf der Straßenbahn ist, lässt mir keine Ruhe. Schreib du ihr, sie soll sich nicht mit Männern einlassen, weil sie sich ihr ganzes Leben versauen kann, es gibt so viele Krankheiten, und die meisten wissen es nicht. Die Männer sind doch nur paar Tage in der Stadt, und nachher schaut sie dumm aus der Wäsche. Es war auch von dir keine gute Entscheidung, einen Fremden zu heiraten mitten im

Krieg und dann gleich ein Kind oder umgekehrt. Also schreibe Bettine, sie soll nicht den gleichen Blödsinn machen, auf mich hört sie ja nicht, sie hat mir gegenüber schon die Berliner Großschnauze angenommen, vielleicht hast du als Schwester mehr Einfluss, sag ihr, schon ein Kuss kann einem Menschen das ganze Leben kaputt machen. Ich meine es nur gut. Hoffentlich nimmt sie die Warnung von dir an und behält sie für ihr ganzes Leben.

Stell dir vor, Fräulein Gramüller gab mir 15 Reichsmark Fahrgeld für Bettine, Bettine erhalte dieses alle Monate, das hat sie mir verheimlicht und sich das Geld von mir nochmals geben lassen, das ist nicht schön, ich bin sehr enttäuscht und hätte ihr das nicht zugetraut. Sag ihr das auch und dass wir alle hoffen, dass etwas Derartiges nicht noch einmal vorkommt. / Mit der Hauswartin von der AOK habe ich gesprochen, sie freute sich, mich kennenzulernen. Sie sagte mir immer: Was macht denn Margot? – Sie lässt dich herzlich grüßen. Ich habe ihr das Bild gezeigt von dir und dem Kind, das du in Linz hast machen lassen. Da ist sie mit dem Bild zu ihrem Mann gerannt und hat mich im Hof stehen lassen und hat nur immer gerufen: Vater, schau dir unsere kleine Gaunerin an! Die Leute dort haben dich sehr gern, es standen ihnen die Tränen in den Augen vor Freude.

In den Berichten, die du nach Hause abstattest, schreibst du viel über das Kind und wenig über dich. Umgekehrt wär's mir lieber. Es freut mich, dass das Kind schon *ho* und *mu* machen kann. Aber was ist mit dir? Und das, was ich geschrieben habe, du sollst dich schämen, das war doch am Platze? Oder hätte ich schreiben sollen, Puppi, so ist's gut, dass du mir nicht antwortest, so gefällst du mir! – Ich glaube doch eher nicht! Also, lass mich bitte nicht wieder vier Wochen auf Antwort warten. Und natürlich tut es mir leid, dass du so frieren musst, zu Hause hättest du's besser. Oft lege ich mich abends nieder und schäme mich, dass ich die einzige in der Familie bin, die ein warmes Bett hat. Papa jammert auch, dass er friert, er hat den letzten Brief so schlecht geschrieben, fast nicht zu lesen. Vielleicht hat er sich gar die Hände erfroren. Von einem Urlaub ist jetzt überhaupt nicht die Rede. Ich würde mich schon freuen, wenn wir ihn wieder einmal sehen könnten, auch dich und das Kind, ich hätte das Kind gerne ein bisschen in der Nähe. Und verzeih mir, dass ich dich einige Male angefaucht habe, du kennst mich, es war nicht böse gemeint. Immer wenn ich in das hintere Zimmer gehe und sehe dein leeres Bett, dann packt mich die Sehnsucht nach meiner alten Nuschi. Wollen nur hoffen, dass wir dich bald wieder auf einige Zeit in unserer Mitte haben. / Ja, liebe Margot, ich werde nun Schluss machen und essen, damit ich dann gleich in den Stall gehen kann, wenn Entwarnung kommt. Ich lass dir diesmal ein paar Brotmarken zugehen, weil du ja zu wenig Brot bekommst in deinem Mondsee. Und wenn du schreibst, die Frau, bei der du wohnst, sei eine Hexe: Du wirst eben auch an Erfahrungen und an Enttäuschungen reicher in dein Elternhaus zurückkehren und hast dein schönes Elternhaus jetzt hoffentlich schätzen gelernt und willst nicht mehr weg. Viele, viele Küsse, liebe Margot, von deiner Mutter! Und immer alles Gute!

Fast hätte ich's vergessen, Gretchen ist am Freitag gestorben. Sie war 79 Jahre alt. Für Otto ist es schlimm, er hat noch eine Nacht bei seiner toten Mutter im Bett geschlafen. Du kannst ja ein Trauerkärtchen schicken. Offenbach, Taunusring 109. / Stömer Fritz ist am Donnerstag am Westwall tödlich verunglückt, ist beim Minenlegen ausgerutscht und drauf gefallen, er war sofort tot. Kammerer ist wieder Vater geworden, da geht es lustig vorwärts, und gibt es sicher bald ein Mutterkreuz in Silber. Die Frau ist noch im Spital wegen zu schwacher Mutterbänder, muss liegen und bekommt Calziuminjektionen. Nichts wie Kinderwägen sieht man unterwegs. / Würd mich interessieren, was du für Lanzen brichst. Diese Stelle im letzten Brief, der angekommen ist, habe ich nicht verstanden.

Leider ist ein dunkelgrauer Hase kaputt gegangen. Ich füttere so sorgfältig, und es wäre ein großer Stolz gewesen, wenn mir während Papas Abwesenheit keiner kaputt gegangen wäre. Seit Sonntag hatte er nichts gefressen. Hätte ich ihn nur gestern von Erb schlachten lassen, aber ich hatte Angst, dass Papa sagt, alles verlottert, wenn ich nicht daheim bin, jetzt schlachtet sie mir mutwillig die Hasen ab. Aber das passiert mir nicht mehr. Wäre vom Lazarett ein Stabsarzt gekommen, hätte er dem Hasen auch nicht helfen können, das ist meine Meinung.

Nun ist heute in acht Tagen Ostern, ja, liebe Margot, jedes von uns fort, aber in Gedanken sind wir alle zusammen. Vor den Fliegern ist mir zwar Angst, ich habe trotzdem das Gefühl, sie verschonen mich. Aber euch alle in der Fremde zu wissen, die einen nicht genug zu essen, die andern frieren, Bettine so anstrengenden Dienst auf der Straßenbahn und bei allen das junge Leben in Gefahr. Ich schäme mich jeden Abend, wenn ich in mein warmes Bett krieche. Ich hätte wirklich gern, dass du mit dem Kind nach Hause kommst. Aber ich sehe auch deine Grenzen.

Es ist jetzt nachts ½ 2, Voralarm, man hört von weitem Brummen. Jetzt kommt der Vollalarm, also bis später. Hoffentlich. Man muss immer Gott danken, wenn man mit gesunden Gliedern aus dem Keller in die Wohnung zurück gehen darf. / Nun ist es wieder Morgen, kurz vor 8, ich will diesen Brief weiterschreiben. Die halbe Nacht waren wir im Keller, Gott sei Dank nicht mit Bombenabwurf, nur Überfliegen, aber es genügt, wenn man ständig die erhabene Aussicht hat, dass einem eine Bombe durchs Dach kommt. Wir haben täglich, an manchen Tagen auch zweimal Alarm, fehlt nur, dass sie auch zum Frühstück kommen, das geht recht über die Nerven, und ich versuche, wenigstens nach außen hin ruhig zu sein. In jedem Quietschen der Gartentür, in jedem Weinen eines Säuglings hört man eine Sirene. Jedes Geräusch prüft man, ob es der Kuckuck ist. Doch genug davon, du wirst ohnehin von allen Seiten Einzelheiten hören, es hat keinen Wert, dir auch des Langen und Breiten davon zu erzählen.

Lulu fragt, ob du ihren Brief erhalten hast. Ich habe dir neulich von Kresser und Luft geschrieben, dass wir bei Alarm im Eichbaumeck bleiben, während alle andern in den Bunker im Wald rennen. Passiert ist bei Kresser und Luft nichts. Aber die Tiefflieger können eine Kaserne nicht von einem Ziegenstall unterscheiden. Stell dir vor, die haben bei uns in den Stall reingeballert.

Ich saß, als ich meine Untersuchung im Krankenhaus hatte, dort zwei Stunden im Luftschutzkeller. Ich weiß gar nicht, ob ich dir das schon berichtet habe, ich verfasse meine Briefe an dich in Gedanken bei der Arbeit, wenn ich das Futter für die Hasen schneide. Solange ich im Keller saß, griffen sie, das heißt, ein Tiefflieger, das Eichbaumeck mit einer Bordkanone an. Herr Kreng grub seinen Garten um, auf ihn wurde geschossen, er stand mitten im Feuer, aber sie haben ihn verfehlt. Sulzbach wurde in den Keller geschossen, Winters das Kinderbett durchgeschossen, im Schlafzimmer ein faustgroßes Loch im Kleiderschrank. Einige Hasen der Guser tot. Zum Glück kein Mensch verletzt. Das war fürs Eichbaumeck große Aufregung, und ich im Keller und weiß nichts. Es ist nur gut, dass sie nicht auch unseren Heuboden unter Feuer genommen haben. / Lies und Lotte sind noch munter. Junge sind noch keine da, nur von Scheckhäsin und Blaue Wienerin. Garten alles in Ordnung, Tomaten stehen gut. Der Hafer ist noch nicht hoch, der Regen fehlt. Klee sehr spärlich, alles zu trocken. Gestern war Opa da und holte sich Pflanzen. Er ging nicht mal zu den Hasen. Wenn ich nicht gesagt hätte, er solle doch mal in den Stall gehen, hätte er es nicht getan.

Opa erzählte, dass Bekannten von ihm dreißig Hasen die Lungen geplatzt sind, weil in der Nähe eine Bombe niederging. Er hat den Bekannten drei Hasen notgeschlachtet zum Einrexen, und die andern wird er auch noch schlachten. Überall schlechte Aussichten.

Hoffentlich haben wir heute Abend mal Ruhe, ich müsste Strümpfe stopfen, dafür ist das Licht im Keller nicht gut genug. Ich wünschte, du könntest bei uns am Tisch sitzen wie früher. Hoffentlich kommst du bald, und wir wollen uns recht einig sein und nicht streiten. Manchen Wortwechsel hätten wir uns gegenseitig ersparen können, bist du nicht auch der Meinung, Margot? Also wenn du dich nicht vor der Bahnfahrt fürchtest wegen der Fliegerumstände, könntest du mit dem Kind mal zwei bis drei Tage kommen, ich würde mich freuen. Und schreib dem lieben Papa recht oft, du weißt, wie viel wert er darauf legt, er hat seine Briefe an uns verwechselt, ich schick dir deinen. Befolge seinen Rat.

Wie geht es dir, liebe Margot? Bumst es bei euch auch oft? Ich habe immer noch keine Antwort auf meine Briefe. Heute ist nun wieder mal Samstag, und es regnet den ganzen Tag. Bettine ist erkältet aus Berlin gekommen, liegt auf der Couch und hat einen Schal dreimal um den Hals gewickelt. Ich habe sie daran erinnert, dass sich Tante Resel auf der Straßenbahn als Schaffnerin ihr Leiden geholt hat, weil sie mit Fieber an den Weihnachtstagen in den Dienst ist. / Und wie geht es euch in Mondsee? Ist dein Genick besser? Ist der Hintern des Kindes besser? Und kannst du schon wieder normal sitzen? Hoffentlich. Zieh dich nur immer warm an. Und wenn du noch nicht ganz gesund bist, sorge dafür, dass du im Bett bleiben kannst. / Jetzt aber Schluss, ich weiß, dass ich die Hälfte vergessen habe, ich habe meinen Kopf nicht beisammen, meine Gedanken wandern hierhin und dorthin.

Lulu ist vorgestern von der Landskronstraße bei strömendem kaltem Regen auf Strümpfen heimgelaufen. Ihre Schuhe sind an ihren Füßen abgeweicht, da hat sie sie weggeworfen. Heute geht sie nicht auf die Sparkasse, weil sie noch keine anderen Schuhe hat. Sie hat schon paarmal gefragt, ob du ihre Briefe bekommen hast. Gern ist sie nicht mehr zu Hause, sie möchte auch mal unter andere Menschen, sie würde aber bestimmt zur Einsicht gelangen, wenn sie erst mal von Darmstadt weg wäre. Du wirst doch jetzt auch eingesehen haben, dass ich es immer gut mit dir gemeint habe? Du sollst in mir nicht nur die Mutter sehen, sondern mich immer auch als treuen Kameraden betrachten, dem du zu jeder Zeit dein Herz ausschütten kannst. Schreib uns mal Näheres über dein

Mondsee und was du so machst, ich lese deine Briefe immer im Keller vor, dann haben auch andere was davon. Alle sind ganz erstaunt, dass du jetzt Kartoffelsalat mit Zwiebel essen kannst. Warum kannst du das nicht bei deiner Mutter, die es doch immer so gut mit dir meint? Stattdessen muss ich mich halb tot ärgern. Wenn du jetzt alles essen kannst, kannst du auch bald heimkommen, du warst von mir aus lange genug fort und hast hoffentlich dein Elternhaus schätzen gelernt. / Ich lege dir ein paar Marken bei, lasse sie nicht wieder verfallen.

Susi hat mich bei der Straßenbahn

Susi hat mich bei der Straßenbahn abgepasst, um mir etwas zu geben, einen Brief von dir. Sie sagte, sie wolle mir *Meldung erstatten*, ich glaube, die kleine Schnüfflerin ahnt, dass da etwas ist, nur versteht sie nicht, was. Kennst dich aus, liebe Nanni? Auf der Straße war es zum Lesen schon zu dunkel, ich lief schnell nach Hause, der Brief brannte mir in der Hosentasche, und dann hätte ich am liebsten einen Freudensprung gemacht, ich konnte den Brief nicht oft genug lesen und kann ihn heute schon auswendig. / Ich bereue nur, dass unser Abschied so kühl war. Ich hatte nicht den Mut, mich vor den Augen der Eltern gebührend zu verabschieden. Aber ich war auf alle Fälle sehr glücklich, dass wir uns noch einmal gesehen haben, weißt du, man kann das im Moment gar nicht so richtig sagen, das kommt erst im nachhinein. Und als du mit deinem Rucksack schon auf der Straße warst, stand ich oben am Fenster, ich seh's noch ganz deutlich, wie du Richtung Westbahnhof trottest, mir war so schwer, ich wusste ja nicht, dass es dir auch so geht.

Du schreibst, Schwarzindien sei eine sehr verlassene Gegend, und nur ein paar Buben gehen immer vor dem Lager auf und ab. Woher kommen die Buben? Und woher weißt du, dass sie ohnehin alle blöd sind, wenn ihr immer unter Aufsicht steht und mit den Buben nichts zu tun habt? Geht ihr nie ins Dorf? Trefft ihr dort keine Buben? Also dass du mir keinen Unfug treibst, ich möchte keine Enttäuschung erleben, bitte, vergiss deinen Kurt nicht. Und hoffentlich geht das, was du dir mit der Wimper von Burksi gewünscht hast, bald in Erfüllung, ich wär schon zufrieden, wenn ich wieder mit dir unter den Eisenbahnbögen stehen könnte. Erinnerst du dich? Aber nicht so wie vor der Haustür, eher so wie an dem Samstag, als wir im Prater waren, du weißt schon, als ich hinter dir stand. Wenn ich dran denke, fängt mein Herz zu klopfen an und lässt sich gar nicht mehr beruhigen. Ich würde auch gerne wieder einmal mit dir über die Mariahilferstraße spazieren. Wenn wir im Herbst nebeneinander gegangen sind, hast du immer so geschmunzelt, das hat mir gut gefallen. Meine liebe Nanni hinter den sieben Bergen bei den sonderbaren Zwergen. Kennst du die Berge, die ihr dort seht, schon beim Namen?

An den Drill wirst du dich sicher bald gewöhnen, ich mag's auch nicht, wenn jedem Brösel, der zu Boden fällt, hinterhergeschaut wird. Und dass ihr bei jedem Wetter draußen Morgenappell habt, ist auch nicht schön, ich kann mir vorstellen, dass es manchmal unheimlich ist, wenn im Morgennebel nur das Schreien der Fischreiher zu hören ist. Aber warum stellt ihr euch beim Aufziehen der Fahne im Quadrat auf? Hat das einen bestimmten Grund? Habt ihr's gern eckig? Mich ärgert es, dass die Welt so eckig ist.

Kennst du die Berge jetzt beim Namen? Ich habe dich schon gefragt. Statt mir auf die Rückseite des letzten Blattes die Größe des Selchfleisches zu zeichnen, das ihr am Sonntag bekommen habt, hättest du mir besser meine Fragen beantwortet. Vor allem, was mit den Buben ist, die vor dem Lager auf und ab gehen. Was ist mit ihnen? Redet ihr mit ihnen? Schreib es mir bitte. / Und dass nach dem Essen dein Bauch auf die altbekannte Art gestanden ist, glaube ich dir, ich hätte gerne darauf getrommelt. Du, Nanni, ich vermisse dich, besonders am Sonntag, da fühle ich mich sehr verlassen. Aber zu viel darfst du nicht zunehmen, sonst kann ich mir gleich meine Mutter zur Frau nehmen. Ihr werdet dort offenbar gemästet wie die Flusspferde.

Ganz etwas anderes: Gestern war ich gemeinsam mit Mama drüben bei deiner Mutter, sie hat furchtbar geweint. Du musst ihr in Zukunft immer schreiben, dass es dir gutgeht und dass alles in Ordnung ist. Wenn du an mich schreibst, kannst du dein Herz ausschütten, ich werde schon damit fertig. Deine Mutter macht sich große Sorgen und ist sehr unglücklich. In dem Betrieb, in dem sie Spatentaschen nietet, haben sie einen neuen Meister, und deine Mutter sagt, der will den Arbeiterinnen die Haut abziehen, sie will sich dafür aber nicht hergeben, nicht für einen herumlungernden Chef, sie sagt, diese Gauner seien alle *unabkömmlich* gestellt und wollten nicht ihre Verbrecherhirne zu Markte tragen, dazu sei die blöde Masse berufen. Dem Betriebsobmann sei nicht zu trauen, er werde von der Betriebsleitung eingeschüchtert oder sei charakterlos und feige oder alles zusammen. Bezahlt werde nach Akkord, deine Mutter müsste fünfundzwanzig Spatentaschen in der Stunde schaffen, das geht aber nur bei ununterbrochenem Hammerschwingen, ohne ein Wort zu sprechen, dieses Quantum hält sie höchstens zwei Stunden durch bei fünfzig Gramm Fett im Monat und bei den Sorgen, die sie hat. Sie sagt, am Abend seien ihre Hände unfähig, etwas anzurühren, und das ganze Schuften habe ohnehin keinen Zweck, der Krieg werde noch ewig dauern. Ich habe es dir geschildert, damit du dir ein Bild machen und deine Briefe entsprechend gestalten kannst.

Dass du bald nicht mehr leben willst in dem langweiligen Kaff, darfst du auf keinen Fall noch einmal schreiben. Ich würde alles tun, um dich aus dem Lager herauszuholen, aber leider kann ich nicht. Du musst durchhalten, es wird alles gut werden. Und wenn es einmal sehr arg ist, schreibe es mir, dann ist uns beiden leichter.

Dicke Luft ist bei mir zu Hause auch immer, das heißt, totale Harmonie zwischen Mama und Papa, aber Susi geht mir auf die Nerven und ich ihr. Folge: Susi ist laut Eltern die Arme, und ich bin der böse Bruder. Also ziehe ich mich zurück und übe so laut Trompete, dass Papa die Tür einhaut. Dann muss ich mit ihm über Sitte und Anstand diskutieren, bis es mir reicht und ich mich hinunter auf die Gasse verziehe. Den Rest kennst du ja. Meine Schuhe werden bald anfangen zu faulen, trocken werden sie überhaupt nicht mehr, weil ich so selten zu Hause bin.

Jetzt keppelt Mama schon die ganze Zeit, weil ich dir einen so langen Brief schreibe, deshalb schreibe ich dir dieses Blatt noch dazu, obwohl ich schon nicht mehr weiß, was eigentlich. Deine Freundinnen werden Stielaugen machen, wenn sie diese Broschüre sehen, das dürfte der größte Brief sein, der je geschrieben worden ist, außer als man noch auf Ziegelsteinen korrespondiert hat. Wenn der einmal in einigen Jahrhunderten gefunden wird, kommt er ins Museum, da müssen sie dann eine eigene Vitrine dafür bauen, damit er Platz hat. Es ist komisch, aber auf gestohlenem Papier schreibe ich so gut, da fällt mir viel mehr ein. Aber meine Finger sind schon ganz steif.

Die Katze von Susi ist grad auf den Kasten gesprungen und balanciert jetzt dessen vorderen Rand entlang. Und an den

Fettflecken kannst du ersehen, dass ich zur Zeitersparnis beim Schreiben Butterbrot gegessen habe.

Achtung! Achtung! Sondermeldung! Das Oberkommando im Grassingerhof gibt eine wichtige Neuigkeit bekannt: Das Ansuchen von Kurt Ritler, zu Ostern eine Fahrt an den Mondsee machen zu dürfen, ist von seinem Vater bewilligt worden unter dem Vorbehalt, dass sich im Trimesterzeugnis kein *mangelhaft* befindet. / Ferdl und ich wollen euch in der Karwoche besuchen. Wir hoffen, dass bis dahin kein Schnee mehr liegt und wir die Drachenwand besteigen können. Hoffentlich habe ich genug Geld. Papa hat ein Buch mit Sprichwörtern, sortiert nach Ländern, ein indisches Sprichwort sagt: Für Geld kann man sich sogar Tigermilch kaufen. / Viele, viele Grüße an meine schwarzindische Nanni! Einen Handkuss an die Vizekönigin von Schwarzindien, die Frau Fachlehrerin Bildstein, und viele Küsse auf beide Wangen an dich! Und auf den Mund noch viele Bussi! Und pack mir ein Stück von deiner Landschaft ein und schick es mir, die Berge müssen jetzt, wo es so viel geschneit hat, besonders schön sein.

Du kannst dich übrigens viel mehr trauen beim Schreiben, weil ich mir schon abgestellt habe, dass Mama die Briefe, die ich bekomme, liest. / Was du von der Postverteilung bei euch nach dem Mittagessen schreibst, ist ja wie bei den Soldaten in der Wochenschau. Ich kann mir gut vorstellen, dass diejenigen, die leer ausgehen, sich verdrücken mit dem Gefühl: Zuschaun kann i ned. Also, ich schicke diesen Brief jetzt gleich ab.

Erhard ist seit vorgestern vierzehn Tage hier und hat im Kabinett als Vormann wieder das Kommando übernommen.

Ich habe ihn auf seinen Einsatz angesprochen, besonders redselig ist er nicht, er sagt, er wolle jetzt nur noch unbeschadet aus der Sache herauskommen. Dass ich das Kabinett für einige Tage nicht mehr für mich allein habe, stört mich nicht, weil ich am Abend Erhards Uniform anziehe, so komme ich besser in Filme, bei denen Jugendverbot ist. Ich möchte mir endlich *Viel Lärm um Nixi* ansehen, muss aber noch schauen, ob ich Karten bekomme. Papa schimpft, dass ich gleich über Nacht im Kino bleiben soll, damit ich morgen nicht die erste Vorstellung versäume und mir den Weg spare. Es ärgert ihn, dass ich für die Hauswirtschaft so wenig Verständnis habe. Ich dränge mich tatsächlich nicht vor bei dem, was Papa den Ernst des Lebens nennt, er sagt nämlich, den werde ich bald kennenlernen. »Früh genug. Früh genug«, gebe ich zur Antwort.

Weißt du, dass auch Frauen zwischen vierzehn und zwanzig eine einheitliche Haarlänge vorgeschrieben ist? Erlass der Reichsjugendführung an alle Innungen der Friseure. Solange die geniale Deutsche Reichsregierung solche Ideen hat, ist Deutschland nicht verloren. Und lach jetzt nicht, in einem halben Jahr fällst auch du unter diesen Reichserlass. Aber um eins möchte ich dich wieder bitten, du sollst dich nicht so herabsetzen, du weißt schon, was ich meine. Und was andere sagen, hat für mich ohnehin keinen Wert, ich höre nicht drauf. Und auch was du sagst wegen deiner Mutter und den Spatentaschen, ich finde gar nicht, dass das Blödsinn ist, und es langweilt mich auch nicht. Abgesehen davon, dass ich selber viel Blödsinn rede, ist das gar kein Blödsinn. Kennst dich aus? Ich bin auch immer sehr glücklich, wenn du komische Sachen sagst wie *da scheiden sich die Götter* oder *wir beide zwei*. Bei dir kommt es immer großartig heraus. Ich steh wirklich sehr auf dich. Als ich das erste Mal zu dir gesagt habe, du sollst mich küssen, hast du dich halb tot gelacht. Aber dann hat es dir doch gefallen, nicht? / Im Radio spielen sie gerade *Frühling in Wien*. Vielleicht hörst du es auch und bist in Gedanken bei mir.

Weißt du schon, dass wir hier jetzt streng verdunkeln müssen, genauso streng wie im Westen? Es gibt auch neue Brandschutzbestimmungen, Mama hat ihre Fensterpolster von den Fensterbrettern wegnehmen müssen, damit nichts Feuergefährliches bei den Fenstern liegt, sie sagt, jetzt lehnt es sich dort nicht mehr so angenehm. Insgesamt ist es in Wien aber langweilig, das Spannendste am ganzen Tag ist, wenn der Briefträger kommt. Er kommt aber heute nicht mehr. Ich sitze in der Küche und schreibe an dich. Im Radio läuft schon wieder *Frühling in Wien*. Hörst du es auch?

ˏ Bei eurem Badetag wäre ich gerne dabei gewesen, an der Stelle von Burksi. Ich hätte dir am Ende auch nach gewohnter alter Sitte den Schmutz heruntergewuzelt. Weißt du noch?

Letzte Nacht besuchte uns ein Flieger und drehte einige Ehrenrunden, warf statt Bomben Flugblätter ab, das lass ich mir gefallen. Andererseits: Bis vor kurzem haben sie keinen so weit hereinfliegen lassen, das ist weniger erfreulich. Ich befürchte, wir werden sie in Zukunft öfters zu Besuch haben, jedenfalls hört man das von den Leuten.

Die Stimmung ist gerade ziemlich mies. Papa und ich sind müde, weil wir gestern Abend bei einem Luftschutzkurs und anschließend bei Onkel Hans zum Tarockieren waren, und um vier in der Nacht läutete es an der Tür, Frau Michelreiter sagte, dass Erhard betrunken auf der Stiege liegt. Er sah scheußlich aus. Ich habe mich ziemlich aufgeregt. Hoffentlich bleibt das ein Einzelfall. Und Mama ist böse, weil ich vorhin einen Tintenfleck in die Tischdecke gemacht habe, und Susi sitzt an Papas Schreibtisch und bringt ihre Schulhefte in Ordnung, sie hält mit leiser Stimme Selbstgespräche, mir kommt vor, es hat mit mir zu tun. Zwischendurch starrt sie mich an, während ich hier schreibe, ich muss dauernd verlegen lachen. Ich bin ja so ein Trottel, ach, ich weiß nicht.

Und bitte sei mir nicht böse, wenn ich manchmal etwas schreibe, bei dem ich selber nicht mitkomme, ich habe solche Sehnsucht nach dir, ich vermisse das Klopfzeichen in der Früh, manchmal bilde ich mir ein, dein Klopfen zu hören, und in solchen Momenten möchte ich meine Siebensachen packen und weg zu dir nach Indien.

PS: *quietschte* wird nur mit *qu* geschrieben, nicht mit *quw*, nur nebenbei, weil du das *w* extra eingeflickt hast. Und danke für das Kärtchen mit deinem Namen, es ist eine Sauerei, dass der Automat Menschen mit langen Namen benachteiligt, den Apparat hat vermutlich ein Chinese erfunden. / Haben die Menschen in Indien kurze oder lange Namen? / Hier nochmals ein Sprichwort aus dem Buch von Papa: Tiere sterben, während sie essen, Menschen sterben, während sie denken. – Mir kommt nämlich vor, dass du zu viel denkst. Mach dir keine Sorgen wegen mir, jetzt bin ich dir schon vier Monate treu, wie kannst du da zweifeln? Und wenn Sascha der Meinung ist, dass ich mir schnell eine andere finde, sag ihr, sie soll sich um ihre eigenen Angelegenheiten kümmern.

Du, Nanni, findest du das Leben eigentlich schön? Das würde ich gerne wissen. Ich finde es seltsam. Zum Beispiel, wie viel Zeit ich vertrödle, vergeude oder verschlafe. Diese

Zeit kommt <u>nie</u> wieder. Es ist unmöglich, sie aufzuhalten oder auch, manchmal, sie schneller vergehen zu lassen. Zeit ist etwas Eigenartiges, etwas, das ich nicht begreife. Kein Mensch kann eine Stunde, die er gelebt hat, noch einmal leben. Seltsam. Und oft fehlt mir nur eine Stunde, eine Viertelstunde oder gar nur ein paar Minuten, und ich habe sie nicht. Und auf der anderen Seite die vielen Stunden, die vergehen so ganz ohne dich.

Hast du jetzt schon verdaut, dass Ferdl und ich zu Ostern an den Mondsee kommen? Oder schnappst du immer noch nach Luft? Ich glaub dir gern, dass du vor Freude über die Betten gesprungen bist. Ich kratz schon das Geld zusammen für die Bahnkarte. Ob es mit Bestimmtheit klappt, kann ich aber erst sagen, wenn ich die Griechischschularbeit zurückbekommen habe, ich habe wie ein Gestörter gelernt, damit ich mich auf ein *zufriedenstellend* stemme, ich glaube, das werd ich wohl zusammenbringen, immer die Nerven behalten, du weißt, an einem Tag im Frühling klopft das Glück an deine Tür. Und hoffentlich hat deine Fachlehrerin recht, dass wir im Sommer wieder alle beisammen sind. Ich glaube es fast auch. Dann werde ich Sonntag in der Früh an die Wand klopfen und dich wecken und dann werden wir, wir beide zwei, ganz allein in Penzing einen Morgenspaziergang machen und dann werden wir beide zwei zum Frühstuck wieder wo einkehren und uns ein Gulasch mit Himbeerwasser kaufen und dann noch zwei Paar Würstel mit Saft. Und wenn dann die Trommel die richtige Spannung hat, legen wir uns auf eine Blumenwiese, schauen in den Himmel und werden froh und glücklich sein, dass keine Sirene mehr heult und kein feindlicher Bomber mehr über unseren Köpfen fliegt.

Ich schreib ja wieder nur Blödsinn. Ich mach am Abend weiter, da pfeift der Laden besser, einmal vorausgesetzt, Mama und Susi lassen mich in Ruhe. Und entschuldige bitte, dass ich noch immer kein rotes Briefpapier aufgetrieben habe, es ist nirgendwo eins zu bekommen, sei bitte nicht böse, die blauen Briefe sollen genauso viel ausdrücken wie es rote tun würden.

Den Ferdl bringe ich zu Ostern mit, damit die Eltern zu der Reise ihre Zustimmung geben, das ist der Grund. Ohne die Zustimmung der Eltern geht es nicht, sie halten mich nicht für selbständig genug, dass sie mich alleine fahren lassen, ich hör schon Papas Worte. Und sieh es dem Ferdl nach, dass er dich zu Weihnachten eine dumme Kuh geschimpft hat, er hat bestimmt ein besseres Herz, als sein Mundwerk vermuten ließe. / Hier noch ein indisches Sprichwort: Die Erde hat fünf Erdteile, der sechste ist Schwarzindien. – Vivat Indien! Vivat das Dach der Welt!

Heute, am Tag der Fadität, muss ich dir rasch schreiben, weil morgen ist der 13te, und an einem 13ten schreibe ich keine Briefe. Gestern hatten wir Geographie- und Geschichteschularbeit in einem. Mittendrin heulten die Sirenen, wir mussten in den Keller und dort die Schularbeit fortsetzen. Wir hörten, dass schwere Bomber über uns flogen, und aus der Ferne Detonationen. Am Nachmittag stand noch immer dunkler Rauch über Simmering, so dass die Sonne kaum durchkam. Bitte schreibe immer gleich nach Hause, wenn bei euch in der Nähe etwas passiert ist. / Eins ist sicher, es ist kein Spaß, im Keller auf den Knien eine Schularbeit zu schreiben, das macht einen fertig. Obendrein gingen Ferdl und ich nach der Schule ins Lazarett in der Liniengasse, Blut spenden. Sie zapften mir

470 ccm^3 ab, sie sagten, vielleicht vergehen dadurch meine Pickel. Bekam auch eine Sonderzuteilung: 200 Gramm Schokolade, 125 Gramm Butter, 250 Gramm Wurst und 8 Stück Eier. Jetzt kann Mama nicht mehr sagen, ich fresse mehr, als meine Marken hergeben. Es ist ohnehin nicht meine Schuld.

Muss jetzt Schluss machen, obwohl ich dir noch wahnsinnig viel zu berichten hätte, zum Beispiel, dass Erhard wieder eingerückt ist. Mama hat ihm gesagt, er solle nicht so tief in die Augen der Paninkas blicken, denn sie mag absolut keine Russin als Schwiegertochter. Ich meinte daraufhin, dass das so ein wichtiges Thema sei, dass wir den Familienrat einberufen sollten, denn auch ich wolle keine Bolschewistin als Schwägerin. Aber Erhard versteht gar keinen Spaß mehr, er wurde zornig und sagte, das gehe uns überhaupt nichts an, und man brauche deshalb keinen Familienrat einberufen, wir bräuchten auch keine Angst haben, dass er irgendwas nach Hause bringe, außer vielleicht eine Wut im Bauch. Ich sagte, er sei ja schon selber ein Bolschewist und rege sich über alles auf. Papa gab mir einen Schlag auf den Kopf, er sagte, dort, wo Erhard hinkomme, werde ihm das Beschwerdeführen schon vergehen, und mir gleich mit, wenn ich noch weiter das Maul so weit aufreiße. Ich solle endlich in die Hauswirtschaft tiefer eingreifen, sonst würde ich um so größere Augen machen, wenn ich demnächst zum Arbeitsdienst komme, dort werde man beim geringsten Anlass angeschrien und so manches geheißen.

Kennst du jetzt alle Berge beim Namen, Nanni? Ich kann mir natürlich schon denken, dass ihr müde wart von dem langen Gehen im Schnee, ihr seid eben die schweren Schuhe nicht gewohnt. Im Radio reden sie immer von der leichtfüßigen Jugend, und dann muss man mit solchen Klötzen an den Füßen herumlaufen. Wenn du zu Ostern mit Ferdl und mir die Drachenwand besteigen willst, brauchst du mehr Ausdauer, also bring dich in Bewegung, ich habe gehört, es ist ein Weg von drei Stunden. / Was machst du immer? Warst du Samstag oder Sonntag rodeln? Hast du wieder mit dem P – p – gebremst? Wie ist das Wetter bei euch? Schreibt die Sascha noch dem Jungen aus der Sturzgasse? Oder vielleicht gar du? Ich hoffe, dass du meine Karte bekommen hast. Hast du den Soldaten wieder gesehen? Hat er etwas mit der Lehrerin Bildstein? Wart ihr schon einmal im Kino? Und schick mir bitte ein Foto von dir. Und immer Kopf hoch, werd mir nicht schwarz in deinem Indien. Viele Küsse, viele Küsse von Kurti!

Liebe Nanni, mein Schorsche, bist du krank? Oder ist bei euch die Tinte eingefroren? Haben dir die Fliegeralarme einen solchen Schrecken eingejagt, dass du die Feder nicht mehr halten kannst? Ich habe seit einer Woche keine Post von dir bekommen, mir schmeckt das Essen nicht mehr, ich werde von Minute zu Minute nervöser.

Hast du den jungen Frühwirt gekannt, Tellgasse 18, er ist die letzte Zeit immer mit dem Motorrad gefahren, 25 Jahre alt, ist vor vierzehn Tagen in Russland gefallen. Seine Mutter hat mir vor zwei Jahren Hosen von ihm geschenkt, die Familie hat viele Kinder, seine Mutter ist klein und bucklig, du hast ihn bestimmt gekannt. Und kannst dich erinnern auf die Frau Binder im Hochparterre der Zweierstiege, kleine Blonde mit kleiner Tochter – die sitzt schon den zweiten Monat im Gefängnis. / Im Radio spielen sie schon wieder *Frühling in Wien.*

Sascha hat dir sicher ausgerichtet, dass ich dir von nun an postlagernd nach Mondsee schreibe. Ich habe so einen Zorn, kannst dir vorstellen! Es ist ungeheuerlich, dass deine Lehrerin meine Briefe liest und dass mir die Eltern den Kontakt mit dir verbieten. Papa sagt: »Das Fest ist aus!« Und ich habe angekündigt, wenn heute wieder kein Brief von dir kommt, schlage ich alles kurz und klein. / Papa beklagt, seine Erziehungsbemühungen bei mir seien fehlgeschlagen. Ich selber versuche mich dahingehend zu erziehen, dass mir der ganze Zauber gleichgültig wird. Leider ist das nicht so leicht. Grad war Papa wieder herinnen, ich musste das Blatt rasch unters Kopfkissen stecken, deshalb der Knick. Papa sagte, Nanni ist für dich von nun an wieder die kleine Cousine. Ich gab ihm zur Antwort, ich werde mir jetzt nicht mehr alles bieten lassen. Er lachte spöttisch, ich müsse mir bald noch viel mehr bieten lassen, denn ich würde den Krieg auch noch mitmachen müssen, man werde mir meine Stiefel bald anpassen. Er drohte mir mit der rauen Wirklichkeit, und als ich sagte, »So rau wie die Zunge unserer Katze«, habe ich eine Ohrfeige bekommen, dass ich hingefallen bin. Und dann der Nachsatz: »War das deutlich genug?« – Wie ich diese Frage hasse! / Liebe Nanni, ich ärgere mich tot. Gibt es in Indien noch Witwenverbrennungen? Ist dir etwas bekannt? Verbrennen, das stell ich mir schrecklich vor. Ich könnte losheulen vor Wut!

Ich komme zu Ostern nach Mondsee, und wenn ich mit dem Fahrrad fahren muss, das schaffe ich in zweieinhalb Tagen. Schau dich regelmäßig in der Nähe des Lagers um. Ankunft am Mittwoch wahrscheinlich.

Es ist eine Frechheit, dass die Lehrerin meine Briefe liest, ich würde mir das verbitten! Als Mama es mir gesagt hat, habe ich geglaubt, ich werde wahnsinnig. Und die Ohrfeigen, die mir Papa gegeben hat, waren so hart, dass er ein Jahr Gefängnis dafür erhalten sollte. Mama sagt, dass von dir keine Briefe mehr kommen werden, ich müsse nicht wie ein Hungriger darauf warten. Stimmt das? Schreib mir an die Adresse von Ferdl, Walkürengasse 4. Und bitte, Nanni, sag mir, ob du mich noch gern hast und ob das, was deine Mutter und meine Mutter sagen, alles Lüge ist. Du kannst mir ruhig die Wahrheit sagen, es ist besser, wenn ich es gleich weiß, ich erfahre es früher oder später doch.

Wie's mir geht?

Wie's mir geht? Das darf man eigentlich nicht fragen, in jeder Hinsicht elend. Seit dem 1. Jänner 1939 ist uns ein weiterer Vorname zugeflogen. Wally heißt nun mit zweitem Namen Sara und ich mit zweitem Namen Israel, und so auch Georgili und alle Verwandten. Es fühlt sich an, als habe man mir eine Glocke umgehängt. / Das Schlimmste ist, dass sie uns auch die Wohnung nehmen wollen, sie waren schon hier und forderten uns auf, freiwillig auszuziehen. Kannst dir denken, mit denen zu verhandeln. Da ich mich wehrte, wird die Angelegenheit von der Partei übernommen. Also, die Frage wohin. Untermiete bekommen wir Juden in Wien nur schwer, ist kostspielig, zumal zu dritt mit Wally und dem Kind, ich weiß mir eigentlich keinen Rat, hoffe aber, dass mich der liebe Gott nicht verlassen wird. / Wally ist auch sehr bedrückt. Leider hat man ihr heute auf der Thaliastraße das Tascherl gestohlen, auch das Geld, so ein Pech. Sie ist ganz verloren. Das Tascherl von der Mutter, das ihr besonders teuer war, so ist es im Leben.

Am Dienstag habe ich die Sachen vom Dorotheum, die mit der Kiste gingen, ausgelöst, um sie noch am 14. gemeinsam mit den restlichen in der Wohnung verbliebenen Möbeln schätzen zu lassen. Ich hatte mir das alles leichter vorgestellt. Ich verschaffte mir zwei billige Leute, die luden die Möbel auf, und wir fuhren zum Dorotheum. Als ich die Sachen zur Versteigerung anmelden wollte, meinte der Herr bei der Übernahme, ob ich ganz normal sei, die Sachen nicht vorher anzumelden, dann würdigte er mich keines Blickes mehr, arbeitete weiter an seinen Möbeln und ließ mich reden. Offenbar war ihm mein Reden dann aber doch unangenehm oder meine Verzweiflung zu echt, so dass er mir über die Schulter hinweg sagte, ich könne zum Dorotheums-Direktor gehen, wenn dieser die Bewilligung zum Hierlassen gebe, was er nicht glaube, so werde er die Möbel übernehmen. / Wir gingen zum Direktor, ich hinein, die Gehilfen warteten draußen. Ich will nicht viel darüber schreiben, aber der Direktor äußerte sich sehr herablassend über uns Juden. Er ging dann aber persönlich, sich die Fuhr anschauen, worauf er meinte, man solle sie annehmen. / Und ich in der Aufregung, ich Idiot, vergaß die Konsignation des Filmprojektors und der Leinwand auf die Liste setzen zu lassen. Und bei den Schätzungen passierte mir auch ein Missgeschick, ich wusste nicht, dass man Bilder, Mikroskop und Teppiche gemeinsam auf ein Formular schreiben kann, weil verschiedene Schätzmeister betroffen waren, und ließ für jede Schätzung die vorgeschriebenen 3 Exemplare anfertigen, so dass ich statt 3 Formulare 9 bezahlen musste. Es machte mich niemand auf meinen Fehler aufmerksam. Die Sachen sind teilweise schon versteigert, aber deutlich unter Wert.

Donnerstag übergab ich die Wohnung, und die Hexe, unsere Wohnungsnachfolgerin, ließ sofort mit dem Ausräuchern beginnen. Ich muss noch die zwei eingeworfenen Fensterscheiben, die sie bei jeder Gelegenheit beanstandet, einsetzen lassen. Das ist eine unsympathische Person, nicht deswegen, sondern überhaupt. Morgen muss ich noch einmal hin und die Bücher in den Keller schaffen. Trotz eifrigster Umfrage konnte ich sie nicht verkaufen, was ich immer befürchtet hatte. Die Hexe rümpfte schon ständig die Nase, was mit den Büchern sei. Ich antwortete ihr in einem entsprechenden Ton.

Leider sind die Geburtstagswünsche an Mayflower (1.) noch nicht bestätigt, und auch die Wünsche an Winternitz (2.) noch nicht abgegangen. Bitte schreibe, wann gratuliert wurde.

Die Nachbarn in der Possingergasse nehmen übrigens keinen großen Anteil an unserem Schicksal, es ist ernüchternd. Frau Hofreiter äußerte offen ihre Zufriedenheit mit den neuen Bestimmungen, sie sagte, sie werde sich jetzt nehmen, was ihr zustehe. Ich schaute mich in der Wohnung ein letztes Mal um. Es gibt wohl keinen traurigeren Anblick als die eigene Wohnung, aus der man gerade geworfen wird. Ich ging aus dem Haus wie ein Fremder, ohne Gruß.

Über Privates später mehr, heute ist es mir wichtiger, eure Umzugsangelegenheit ins Reine zu bringen, zumal ich ein ungutes Gefühl habe. Man hört jetzt immer öfter, dass Krieg kommt. Leider ist die Steuersache noch immer nicht erledigt, du müsstest weitere 362 Reichsmark bezahlen, wie ich heute erfuhr. Ich muss Montag wieder hin. / Du brauchst jetzt an uns, wo du so knapp hast, nichts schicken. Wenn nichts da ist, haben wir halt nichts. Wally könnte als Haushaltsgehilfin nach England, sie will aber nicht den ganzen Tag arbeiten mit zwei Kindern. Mizzi sagt, wir tun ihr leid, weil wir nicht wissen, was wir wollen. Es klingt das von ihr vielleicht hart, aber es ist leider so.

Mittlerweile haben wir den größten Teil der Wohnung verkauft, und es wird uns hoffentlich bald möglich sein, wegzukommen. Von Bernili aus England sind nach wie vor gute

Nachrichten. Georgili hingegen ist noch immer krank, es geht ihm aber besser. Von Cousin Robert Klein-Lörk haben wir so gut wie keine Nachricht, nur eine, weil Bernili schrieb, dass Robert ihm geschrieben habe. So wissen wir, dass er gesund ist.

In dem Haus, in dem wir mit lauter Illegalen wohnen, stehen wir ein Martyrium aus. Überdies quält uns die Nachmieterin der Wohnung in der Possingergasse. Wally ist schon ganz wahnsinnig, eigentlich noch immer krank, hatte Wurstvergiftung, lag vierzehn Tage im Rothschildspital. Dazu kommt der entsetzliche Hunger, von dem ihr euch keine Vorstellung machen könnt. Jeannette, liebe Cousine, du würdest staunen über mein miserables Aussehen. Da wir hier in Wien fast ohne jede Unterstützung leben, kann ich an eine Auswanderung nicht mehr denken, solange ich nicht weiß, ob du uns Geld schicken wirst. Zum Leben brauchen wir mindestens 100 Reichsmark, das billigste Loch kostet 40 Reichsmark. Kannst dir denken, wie mir das Herz weh tut.

Unser Affidavit kommt nicht vorwärts, du kennst die Kniffe des amerikanischen Konsulats. Da es sich um ein Freundschafts-Affidavit handelt, kommt Fragebogen auf Fragebogen, und bis aus Übersee bei den heutigen Schiffsverhältnissen Antwort eintrifft, vergehen Wochen, und am Ende haben sich die Bestimmungen geändert. / Leider war es dir bis jetzt nicht möglich, uns eine Einreise nach Südafrika zu vermitteln, so Gott will, vielleicht kommt doch bald entweder Permit oder Affidavit zustande.

Sehr viele Leute fahren nach Italien, aber auch dazu benötigt man Geld, das wir nicht haben. Also bin ich hier festgenagelt. Vielleicht gehen wir nach Budapest zu meinem

Bruder. / Mit Onkel Monath kommen wir oft zusammen, der Arme ist auch niedergedrückt, Tochter Irma wollte nach Kuba und ist in Brüssel gelandet, ist auch eine Kunst. Es geht ihnen in Brüssel aber gut, da sie von Amerika unterstützt werden. Irma schreibt, dass sie von den Kubanern böse betrogen worden seien. Auf der *St. Louis* sei eine Wache aus männlichen Passagieren aufgestellt worden, damit sich keine Verzweifelten ins Meer stürzen. Trotzdem habe es Tote gegeben. / Also, lebt wohl! Seid tausendmal geküsst von Wally, Georgili und Oskar.

Meine schwachen Quellen zum Leben versiegen, es ist schwer, hier überhaupt etwas zu bekommen, und wenn, nur auf kurze Zeit. Wir haben fast die ganze Wohnung liquidiert und, kann man sagen, aufgegessen. Onkel Monath sagt, es mache den Eindruck, als seien die ganzen Schikanen und der ganze Hass nur ein Vorwand, damit sie billig an unsere Sachen kommen, dahinter stecke niederträchtige Gewinnsucht. Und gleichzeitig zeigen sie mit Fingern auf uns. Wally sagt: »Die sind so gemein!« / Es ist wirklich sehr schwer jetzt. Und natürlich gehen manche Geschäfte schief, und manchmal gehe ich ganz leer aus. Ohne gute Kenntnisse, wie man Geschäfte macht, ist man in einem rechtsfreien Raum jedermanns Trottel. Du kannst dir vorstellen, dass mir öfters einmal gründlich elend ist. / Von der Kultusgemeinde bekommen wir die Ausspeisung und monatlich 15 Reichsmark für den Zins als Zuschuss. Da Mizzi und Tanten je 10 Reichsmark bezahlen, ist der Zins gedeckt.

Irma Wasservogel ist noch in Brüssel, wo sie das amerikanische Visum abwartet. Wir sollen im September mit unserem Affidavit an die Reihe kommen, wie man aber zu Fahrkarten gelangt, ist eine große Frage. Außerdem warnen mich meine Bekannten vor den U.S.A. Aber wenn sich die Verhältnisse weiter in die gleiche Richtung entwickeln, werden wir schnell in den sauren Apfel beißen.

Für deinen Fahrstuhl haben wir wider Erwarten eine neue Ausfuhrbewilligung erhalten, ich gebe mein Bestes, damit er bald wieder fährt. Ich erinnere mich an die schöne Zeit, als Hermann noch lebte und ich in dem Fahrstuhl zu eurer Wohnung hochfuhr. Um diese Angelegenheit endlich abschließen zu können, müsstest du aber die Ausfuhrsteuer begleichen. Sie wurde jetzt, da Krieg ist, nochmals erhöht.

Denk dir, Jeannette, liebe Cousine, alle Männer mit ganzen Füßen werden nach Polen zum Straßenbau verladen, und auch für die Frauen zeigt man Interesse. Und immer, wenn so eine Nachricht von Ohr zu Ohr geht, wird sie nach kurzer Zeit Wahrheit.

Gestern wurde ich auf der Straße angespuckt. Ich erschrak so, dass ich stehenblieb. Der Mann trug Uniform und wollte sich bei seinem vaterländischen Akt nicht lumpen lassen, und da spuckte er mich ein zweites Mal an. Das zweite Mal war viel ärger. / Das sind so die Dinge, die vom Ende des Lebens zeugen, wie es gewesen ist. Wir haben hier sehr schwere Prüfungen durchzustehen. Man will uns das Leben mies machen, und es ist uns auch wirklich schon mies. Die Bewegungsfreiheit innerhalb der Stadt ist sehr eingeschränkt, ich soll mich in der eigenen Straße an den Hauswänden entlangdrücken. Und noch immer lehnen die Frauen in den Fenstern auf Fensterpolstern und schauen gleichgültig zu. Früher haben sie sich gegenseitig beobachtet, jetzt beobachten sie die Männer in braunen Uniformen, die so tun, als wollten sie einigen Brille tragenden Juden das Marschieren beibringen. Du kennst es ja noch aus eigener Anschauung und dass das Ganze in Wahrheit dem Zweck dient, den Männern zwischendurch Fußtritte verabreichen zu dürfen. Die Frauen auf ihren Fensterpolstern verziehen kein Gesicht, das macht die jahrelange Übung.

Das Leben ist sehr mühsam geworden, Tag für Tag. Überhaupt weiß ich nicht, was ich machen soll, alles ist stehengeblieben. Auch auf den Sportplatz darf ich nicht mehr, das Interesse für Fußball ist entsprechend gesunken, oft lese ich nicht einmal die Berichte in der Zeitung. / Es kommen Bestimmungen heraus, die mich ganz fassungslos machen, manchmal stehe ich vor dem Anschlag und denke: Da hat wohl einer das falsche Blatt aus der falschen Schublade gezogen, bestimmt wird es morgen mit dem richtigen Blatt überklebt. Aber nach kurzer Zeit wird eine neue, noch strengere Maßnahme getroffen, wir haben hier viel zu schlucken. Nicht einmal Rad fahren dürfen wir mehr, wir mussten Bernilis Fahrrad abgeben, gemäß den Bestimmungen, wodurch alles den Anschein der Rechtmäßigkeit hat, sogar das Bestehlen der Kinder. Es ist dies eine Art gemeinnütziger Raub. / Bernili fragte seinem Fahrrad brieflich nach, er schreibt jetzt über die Schweiz. Ich schrieb ihm zurück und behauptete, das Fahrrad sei sicher verwahrt.

Die Auswanderung betreiben wir weiter, aber weiterhin widerwillig. Da muss man Fluchtsteuer zahlen und in ein anderes Land und ist dort ein Fremder und versteht die Sprache nicht. Wally sagt, wir wollen dort wohnen, wo wir zu Hause sind. / Wenn eine neue Eilverordnung in Kraft tritt, kommen wir ihr umgehend nach, gleichsam als patriotische Tat. Wir empfinden es als Erfolg, dass wir die Fähigkeit besitzen, uns aufrechtzuhalten. Wenn so viele weggehen, wird das diejenigen, die gegen uns sind, besänftigen. Gerade dass sie so sehr darum bemüht sind, uns ein Hierbleiben zu vergällen, ist ein Zeichen, dass mit dem Hierbleiben irgendein Sinn verbunden sein muss. Von einem bestimmten Punkt an wird man uns wieder in Ruhe lassen. Du siehst, wir vertrösten uns mit Vernunftgründen. Und ich weiß, möglicherweise vermögen Vernunftgründe nichts gegen die Boshaftigkeit der Leute.

Durch Einschlussbrief über Ungarn habe ich seit langem wieder einmal Post von dir erhalten, du schreibst, ich solle die Familie in Sicherheit bringen, ja, ich gebe mein Bestes, liebe Jeannette. Und ich weiß, dass du, soviel in deiner Macht steht, unternehmen wirst, um unsere Not zu lindern. Leider ist Wally in keiner guten Verfassung, manchmal kommt sie mir verwirrt vor, regelrecht geistesverwirrt. Sie ist so zornig, dass sie behauptet, gar nicht mehr zu wissen, welcher Fluss durch Wien fließt und in welchem Bezirk der Stephansdom steht. Sie habe das alles fein säuberlich vergessen.

Oft versinkt Wally in Lethargie, redet kaum ein Wort, liegt auf ihrer Pritsche und starrt zur Decke. Wenn es an der Tür klopft, will sie nicht hingehen. Sie sagt gelangweilt: »Ich lass mich doch nicht schikanieren.« In der Früh erkenne ich noch manchmal die schwärmerische Wally, die ich geheiratet habe, dann kommt es vor, dass sie Pläne für die Zukunft macht, Scherze über Hlatikulu. Aber alles ein wenig irrational. Nachmittags ist es unmöglich, sie aus ihrer Passivität noch herauszuholen. Und wenn sie am Abend Radio hören will und ihr bewusst wird, dass sie das nicht mehr darf, strahlt unendliche Trostlosigkeit von ihr ab. Selbst Georgili versucht vergeblich, sie aufzuheitern. Dann und wann lacht sie, aber wir hören, dass es ein künstliches Lachen ist und kein sonderlich gelungenes. Manchmal bleibt ein Ausdruck dieses seltsamen Lachens wie vergessen auf ihrem Gesicht zurück.

Heute gab's auch wieder eine hässliche Debatte zwischen uns. Ich sagte: »Vielleicht doch Italien.« / »Das fällt mir im Traum nicht ein.« / »Was hast du gegen Italien?«, fragte ich. / Und Wally mit eisiger Stimme: »Dann geh doch! Was ist schon verloren, ob ich allein mit einem Kind da steh oder gemeinsam mit einem Schwarzseher.« Und dann fing sie wieder damit an, dass es nicht angehen könne, dass man uns vertreibe, sie sei ein freier Mensch und eine geborene Bürgerin dieser Stadt, es wäre albern, vor so irrwitzigen Bestimmungen davonzulaufen.

Wally sagt: »Auch die Thora lehrt, dass die Dinge nie so sind, wie sie auf den ersten Blick scheinen. Also, wir wollen kein Trübsal blasen, Oskar.«

In unserer Unterkunft wird es immer enger. Wir bewohnen mit Georgili und vier anderen Personen ein Zimmer, Gesunde und Kranke, Kinder und Alte gemeinsam. Das Zimmer ist hässlich, ungemütlich und ziemlich gespenstisch. Es befindet sich immer etwas Unbekanntes in diesem Raum, an den wir uns nicht gewöhnen. Und wenn man so eng aufeinander sitzt, entstehen die Streitigkeiten wie von selbst. Manchmal kann einer den andern nicht mehr sehen, nicht mehr riechen und nicht mehr hören. Es gibt Momente, da würde ich die andern am liebsten erschlagen. / Wally schläft keine zwei Stunden mehr am Stück, immer wieder richtet sie sich vom Lager auf, oft geht sie zum Fenster, und ich habe Angst, sie stürzt sich hinaus. Manchmal schaut sie das Essen gar nicht an. Und manchmal sagt sie schwach: »Ich kann nicht mehr.« / Leider sagt sie das auch, wenn ich den Vorschlag mache, einen neuen Anlauf beim amerikanischen Konsulat zu versuchen. Sie sagt: »Ich kann nicht mehr.«

Aufgrund unserer Niedergeschlagenheit fallen wir zusätzlich negativ auf als Verursacher von schlechter Stimmung. Gestern auf dem Weg in die Prinz-Eugen-Straße, wo sich im Palais Rothschild die Zentralstelle für jüdische Auswanderung befindet, traf ich einen früheren Arbeitskollegen und klagte ihm mein Leid. Er schien sich zu wundern, dass es mich noch gibt, klopfte mir begütigend auf den Rücken und sagte, es trifft immer die Falschen. Ich fragte, ob er niemanden kenne, der uns beim Erlangen eines Affidavits behilflich sein könne. Er war unangenehm berührt und sagte, er mische sich da nicht ein.

Diese Dinge nagen am Selbstbewusstsein, und sie nagen an der natürlichen Fähigkeit, richtige Entscheidungen zu treffen. Du weißt, mir fehlt es vom Charakter her ohnehin an Initiative und Risikobereitschaft, bin also ziemlich überfordert.

Es gibt Tage, an denen man auf der Hut sein muss vor dem Pöbel, dann Tage, an denen es ist, als sei man unsichtbar. Letzthin in der Rotenturmstraße stieß sich einer daran, dass ich eine Brille trage, er fühlte sich von meiner Brille provoziert. Dabei sehe ich ohne Brille keine zehn Schritt weit. Er beschimpfte mich mit den üblichen Ausdrücken, und ein in der offenen Tür des Geschäfts stehender Schneiderlehrling lachte. Man soll nicht über das Unglück seiner Mitmenschen lachen. / Der Lehrling war naturgemäß noch sehr jung, deshalb nahm ich mir vor, mir sein Gesicht zu merken.

Stell dir vor, letzthin wurde in einer Fachzeitschrift ein

Zahnarzt oder Zahntechniker für Accra, die Hauptstadt von Goldküste in Westafrika, gesucht, jemand, der selbständig ein Atelier zu leiten versteht. Mehr aus Neugier als aus Interesse antwortete ich, und zu meiner Überraschung erhielt ich nach zwei Wochen, ich hatte die Sache schon fast vergessen, ein Schreiben von einem Rechtsanwalt in Wien, worin er mich bat, ihn zu besuchen. Es stellte sich heraus, dass der Besitzer des Ateliers sein Schwager ist. Der Schwager hat unlängst durch eine Infektion die rechte Hand verloren. Nun sucht er jemanden, der das Atelier führt. Der Anwalt bot mir einen fünfjährigen Vertrag, freies Quartier und Verpflegung ebenfalls frei, fünfunddreißig englische Pfund monatlich Gehalt. Außerdem freie Überfahrt zweiter Klasse für die ganze Familie. Mitte Juni müsste ich schon über Marseille abreisen. Die Sache ist ganz real, das britische Konsulat würde die Haftung für die Einhaltung des Vertrages übernehmen, hat aber einen Haken, das Klima. Man sagte mir, abgesehen von zwei Regenmonaten herrsche in Goldküste Tropenklima mit Temperaturen von durchschnittlich 35 Grad. Beim Gedanken an 35 Grad war die Sache für Wally und mich erledigt, da wir solche Hitze nicht vertragen. Aber ich habe Bedenkzeit bis 17. Mai.

In Sachen Zoll für den Fahrstuhl ergeben sich tausend neue Schwierigkeiten. Und in Sachen Affidavit ergeben sich ebenfalls tausend neue Schwierigkeiten. Trotz allen Bemühens gelingt es mir nicht, die tausend Papiere zusammenzubekommen, jedes Mal fährt im letzten Moment etwas dazwischen. Nur mit der Ausreisebewilligung klappt es. Aber die Konsulate ändern die Bestimmungen schneller, als sie die Anträge bearbeiten. So ist es leicht, die dann erfolgende Bearbeitung mit einem Federstrich kurzzuhalten. Ich laufe endlos hinterher und vergeude meine Energie, das Ergebnis ist null.

Von Wallys Verwandten in Amerika haben wir vorgestern endlich ein Affidavit bekommen und können nichts damit anfangen, weil plötzlich alle Quoten gesperrt sind, so lautet die Verständigung vom amerikanischen Konsulat, mit begründungsloser Brutalität. Wie sich das anfühlt ... ich kann es nicht beschreiben.

Joszi ist ohne Ankündigung und ohne Abschied verschwunden. Wieder einer weg. Auch Mina ist abgefahren, vom Westbahnhof mit einem geschlossenen Auswanderertransport. Ich winkte vom Rustensteg, solange ich den Zug sehen konnte. Das Geflecht aus Familie und Bekannten ist ganz zerrissen, es gibt nur noch wenige Verbindungsfäden, die halten. Und wir haben zu wenig gute Bekanntschaft in der Stadt, die noch Einfluss hat, eigentlich keine, das macht unsere Situation so trostlos. Onkel Monath steht jetzt ebenfalls im letzten Hemd da, weil man ihn gezwungen hat, sich ins jüdische Altersheim in der Seegasse einzukaufen.

Liebe Jeannette, die Zeit vergeht, und ich weiß, dass wir längst außer Landes sein sollten. Auf der Suche nach einem noch bestehenden Schlupfloch haste ich durch die Stadt. Goldküste hat sich zerschlagen, die Bestimmungen für eine Ausreise sind jetzt so verwickelt, dass sich niemand mehr auskennt. Ich habe eine neue Liste erstellt, und wenn ich sie sehe mit ihren tausend Punkten und Unterpunkten, bekomme ich Herzklopfen. Wie eine zehn Meter hohe Mauer steht die Liste vor mir: amtliche Genehmigung zur Ausreise, Quotennummer, Visumsantrag, Durchreisevisum, Geburtsurkunde,

Steuerbescheid, Kontoauszug, Führungszeugnis, doppelt, dreifach, fünffach, Bürgschaft, Affidavit, Fluchtsteuer und wieder von vorn, doppelt, dreifach, fünffach. Grundgütiger Gott! Und morgen wird eine neue Bestimmung erlassen und die Quoten werden herabgesetzt.

Immer wieder tritt jemand an mich heran und sagt: »Hör, Kamerad, wir befinden uns in großer Gefahr, geh weg, diese Stadt ist dein Untergang.« Tatsächlich erkenne ich das schöne Wien nicht wieder, es ist innerlich zerstört, während die Häuser noch stehen. Wir selber fühlen uns innerlich noch intakt, aber äußerlich sind wir gezeichnet.

Jetzt, da auch Amerika mit Deutschland im Krieg steht, muss jeder, der falschen Blutes ist, sichtbar einen gelben Stern tragen. Auch ist an alle Juden im Deutschen Reich ein Ausreiseverbot ergangen. Und vor zwei Tagen bekam ich per Post eine Weisung, im Sammellager in der Castellezgasse zu erscheinen, ich solle Arbeitskleidung tragen. Aber ein Sklave dieses Staates zu sein, dazu habe ich keine Lust. Überdies sagen die besonders Misstrauischen, die bekanntlich das Gras wachsen hören, es mache plötzlich den Eindruck, als wolle man uns behalten, das sei besonders verdächtig, nachdem Rosenberg betont habe, *die Frage* könne erst als gelöst betrachtet werden, wenn der letzte Jude das Land verlassen habe. Die Frage sei also: Verlassen auf welchem Weg? Manche lachen bitter, und auch mir macht die neue Entwicklung Angst.

Heute reiste die Familie Weiss aus der Nachbarwohnung ab. Ein Mann von der Kultusgemeinde kam in der Früh und forderte die Familie zum Mitkommen auf, Mann, Frau und drei halbwüchsige Töchter. Der Mann von der Kultusgemeinde bezog vor der Wohnungstür Stellung und verhinderte, dass ich nochmals mit Herrn Weiss redete. Ein Jahr lang hatten wir eine Hausflurfreundschaft gepflegt, jetzt gingen wir mit kargen Grüßen auseinander. / Der Mann von der Kultus kennzeichnete das Gepäck und nahm die Wohnungsschlüssel an sich. Dann führte er die Familie Weiss auf die Straße hinunter, wo schon andere warteten mit dem gelben Stern auf der Brust. Gemeinsam gingen sie Richtung Taborstraße. Ganze Existenzen, ganze Leben werden einfach weggeschaufelt, weil irgendwer findet, sie sind im Weg. / Die Familie Weiss wirkte ratlos und verloren, als sie vor dem Haus stand mit ihrem kleinen Gepäck. Ich schaute hinunter, es war ein großer Schock. Und vor allem gibt mir der Vorfall zu denken. Das hängt jetzt als Drohung auch über uns. Ich besprach es mit Wally, sie sagte: »Am Ende werden sie uns umbringen.« / Ich war verblüfft. / Sie sagte: »Ich pfeif auf dieses dreckige Leben, ich pfeif auf diese dreckige Stadt.«

Mir war klar, unsere Tage in Wien sind gezählt. Auf der Kultusgemeinde hatte ich reden gehört, dass burgenländische Fluchthelfer Wege nach Ungarn besitzen. Ich begab mich in die Seitenstettengasse und bemühte mich um die nötigen Kontakte. Noch am Nachmittag hatte ich eine Zusammenkunft in einem Weinhaus in der Margaretenstraße, verhandelte den Preis und bekam konkrete Anweisungen. Wir sollten in vier Tagen im Gasthaus zur Linde in Bruck an der Leitha sein, am späten Nachmittag oder frühen Abend.

Jahrelang waren all unsere Mühen umsonst gewesen. Wir überdachten die wenigen Möglichkeiten, die uns geblieben waren. Wir erwogen die Chancen eines Erfolges und die Konsequenzen eines Misserfolges. Aber der Raum für Gegenargumente war jetzt nicht mehr sehr groß. Nach Budapest zu meinem Bruder, der in einem Elendsquartier wohnt? Besser als ein Leben in ständiger Angst. Wally war meiner Meinung, ich atmete auf.

Unsere Gedanken kreisten jetzt nur noch um die bevorstehende Flucht. Für Wally war eine illegale Ausreise offenbar das, worauf sie seit Jahren gewartet hatte, ohne von selbst auf die Idee zu kommen. Es gefiel ihr, dass wir im Begriff waren, etwas zu tun, ohne dafür eine Bewilligung einzuholen, ein wenig irrational, aber gut. / Wally sagte, sie sei immer eine stolze Wienerin gewesen. Aber was sei es wert, eine stolze Wienerin zu sein, wenn man sich wünscht, dass die widerlichen Nachbarn nicht sind.

Am meisten Schwierigkeiten bereitete uns die Finanzierung. Wir besaßen nichts mehr, was wir hätten verkaufen können, außer Jeannettes Fahrstuhl aus dem Haus in der Lagergasse. Mit den uns verbliebenen Mitteln lösten wir ihn aus, ich verkaufte ihn zu einem Bruchteil seines Wertes an einen Bauunternehmer. Von der Kultusgemeinde und von einem Hilfskomitee, das im Rücken des Roten Kreuzes agierte, wurden mir kleine Geldbeträge übergeben. Das deckte noch immer nicht die vom Fluchthelfer genannte Summe. Hätte nicht Onkel Monath einen doppelten Dukaten aus seiner tiefsten Tasche gefischt, wären wieder alle Kämpfe umsonst gewesen. Was für ein lieber, lieber guter Mensch! Gesegnet wird der Tag sein, an dem ich Irma und Olga vergelten kann, was Onkel Monath für uns getan hat.

Rasch entschieden wir, welche Dinge aus dem, was noch geblieben war, zum Gepäck sollten. Es tat uns nicht leid, die wenigen Möbelstücke, die noch aus der Possingergasse stammten, zurücklassen zu müssen, auch die Möbel waren von innen ausgehöhlt. Ich fragte Wally: »Gibt es etwas, was wir unbedingt mitnehmen wollen?« / »Nein. Aber ein paar Dinge haben es nicht verdient, hierbleiben zu müssen.« / Diese paar Dinge packten wir ein, und an diesem Punkt fühlte sich der Gedanke, Wien zu verlassen, nicht mehr so fremd an. Ich empfand für Wien keine Anhänglichkeit mehr. Ein letzter Blick auf die auf dem Fußboden treibenden Fragmente unseres Lebens. Ich fragte mich, wo diese Dinge wohl hingespült würden. Bestimmt verteilten sie sich rasch über die Stadt, egal, mir war schon alles egal. Nicht einmal die Possingergasse hätte ich, wenn es möglich gewesen wäre, in die Hosentasche stecken und mitnehmen wollen. So sehr war alles verändert.

Außer den Leuten, die es wissen mussten, sagten wir niemandem etwas. Wir machten nochmals Friedhofsbesuche, und ich ging nochmals an dem Haus vorbei, in das wir nach unserer Hochzeit eingezogen waren. Ich nahm innerlich Abschied, aber ohne traurig zu sein. Enttäuscht ja, auch resigniert, aber nicht traurig. Ich wollte nur weg. / Bei Onkel Monath tranken wir einen Likör. Er sagte, wir sollten die Chance ergreifen. Er wünschte uns viel Glück und ein baldiges Wiedersehen. Aber ich bezweifelte, dass wir uns bald wiedersehen würden. Onkel Monath blieb allein und ohne Schutz zurück. Wir schauten einander mit Tränen in den Augen an und sagten uns nochmals auf Wiedersehen.

Zunächst bestand das Problem darin, dass wir bis Bruck an der Leitha gelangen mussten. Auf getrennten Wegen schafften wir es bis Schwechat, Wally mit Georgili ohne den gelben Stern auf der Brust, ich in meinem Arbeitsanzug. Es sollte aussehen, als gehörte ich zu einer der Arbeitsbrigaden, die auf dem Flugfeld oder bei der Raffinerie im Einsatz sind. In Schwechat entfernte ich den Stern. / Dann mussten wir mehr als zwei Stunden auf den Bus warten, es schüttete, uns war kalt, zum Glück hatte jeder einen Wollpullover dabei. Immerhin war der Busfahrer so mit den Straßenverhältnissen beschäftigt, dass er an den wenigen Fahrgästen kein Interesse zeigte. / Endlich in Bruck an der Leitha goss es immer noch, grauenhaft, aber kein schlechtes Wetter für einen Grenzübertritt. Auch bei der Ankunft wurden wir nicht kontrolliert. Und im Gasthaus zur Linde trafen wir auf die Fluchthelfer, sie trugen Feuerwehruniformen und brachten uns mit einem Wagen der Feuerwehr nach Halbturn. / Die Straßen in den Seewinkel wurden verstärkt kontrolliert, man benötigte Sondergenehmigungen. Alles ging gut. / Zum Ende der Fahrt, bei nachlassendem Regen, kamen wir an Schloss Halbturn vorbei, und einen Augenblick dachte ich, wie schön es wäre, einfach in das Schloss hineinzugehen und dort zu wohnen. Dann fiel mir ein, was für ein blöder Trottel ich bin, ich, Oskar Meyer, der Schlossbewohner!

Als wir um Mitternacht aufbrachen, hatte Wally gute Laune. Sie war nicht ängstlich und hatte so sehr das Empfinden, das Richtige zu tun, dass sie über die Äcker stapfte, als sei sie in diesem Milieu daheim. Mein Herz hingegen pochte wild. Auf dem tiefen Boden war mir der Koffer doppelt schwer, ich spürte die Achselhöhlen unter der Jacke nass werden. An der linken Hand führte ich Georgili. Er zerrte mehrmals und sagte: »Nicht so fest!« / »Zusammenbleiben ... «, flüsterte ich. / Bald gingen wir zwischen Weinstöcken, und als sich unser Führer überzeugt hatte, dass sich die Wache nicht an der gewohnten Stelle aufhielt, gab er uns ein Zeichen: »Immer geradeaus, es ist nicht zu verfehlen.« Damit war die Sache für ihn erledigt. / Da entwand Georgili sich meiner Hand und ging rasch voran. Es war Winter, die Trauben für den Eiswein hingen noch an den Stöcken. Im Vorbeigehen riss ich einige Trauben ab und steckte sie in die Jackentasche. Ich sagte mir, ich esse diese österreichischen Trauben erst, wenn ich in Ungarn bin. Und so habe ich es gemacht.

Den ganzen Tag Schneegestöber

Den ganzen Tag Schneegestöber bei etwa null Grad. Die Straßen kaum passierbar, trotzdem nutzten viele Bauern den hoffentlich letzten Schnee zum Ausbringen von Mist. Im Haus tolles Durcheinander, ungemütlich, das Kind der Darmstädterin weinte oft und lang. Nur in der Nacht Ruhe und Stille. Seit ich die neue Seegrasmatratze besaß, wollte ich nicht mehr heraus aus dem Bett, weil es dort so bequem war. Ich lag im Bett bis zum Vormittag und schrieb. Auf dem Ofen briet ich schrumpelige Äpfel.

Von einem ehemaligen Beifahrer hatte ich einen Brief erhalten, er stand in starkem Einsatz in Tarnopol, Munition aus der Luft, Versorgung bei den Leuten, er meinte, er schreibe jetzt an alle, die ihm einfallen. Wie es in dem Kessel zugehe, könne ich mir denken, also furchtbar. / Ich schrieb einige Antwortzeilen, aber mit mulmigem Gefühl. Anschließend raffte ich mich zu einem Brief an die Eltern auf, bei denen ich mich seit Wochen nicht gemeldet hatte. Aus einem Brief Waltrauds wusste ich immerhin, wie es zu Hause zuging, nämlich wie immer. Nach den üblichen Floskeln über das Wetter und die Gesundheit bat ich die Eltern, beim Gang auf den Friedhof nicht an meinem Geld zu sparen. Hildes Geburtstag stand bevor, ihr Grab solle schön geschmückt sein. Ansonsten schrieb ich nicht viel, nur Banalitäten: dass ich mir die Tinte, um schreiben zu können, zuerst anrühren musste, weil es in Mondsee Tinte nur noch in Tablettenform gebe, und dass ich hoffte, keinen ganzen Liter mehr zu benötigen bis zum

Ende des Krieges. Für so viel Tinte reichten die Tabletten nämlich.

Zu Mittag kam die Sonne heraus, ich klebte eine Marke auf den Brief an die Eltern, unterstrich die Feldpostnummer auf dem Kuvert an Helmut. Anschließend verließ ich das Haus, ich freute mich auf einen Spaziergang am See, denn auch der Wind hatte sich gelegt. Die Temperaturen waren gestiegen.

Beim Briefkasten traf ich die Darmstädterin, sie warf ebenfalls Briefe ein. Auf meine Frage, warum das Kind in letzter Zeit so viel weine, erfuhr ich, dass es einen wunden Hintern habe. Die Darmstädterin sagte, was sie bräuchte, wäre eine Höhensonne. Diese Sorge konnte ich ihr nehmen, weil ich zur Behandlung meines abgeklemmten Wangennervs ein solches Gerät besaß. In der Wange hatte ich noch immer ein taubes Gefühl, der Nerv war aber deutlich besser geworden. Bis der Hintern des Kindes wieder gut sei, solle die Darmstädterin die Höhensonne nehmen. Sie war begeistert.

Am nächsten Tag sprach mich die Quartierfrau auf die Höhensonne an, sie machte mir Vorwürfe, ich hätte ihr mitteilen müssen, dass ich im Besitz einer solchen Lampe sei, ein Radio verbrauche nicht viel Strom, eine Höhensonne sei ganz etwas anderes, sie habe die Stromkosten neu berechnet und bekomme von mir eine Nachzahlung von einer Reichsmark pro Monat. / Als ich der Quartierfrau widersprechen wollte, fiel sie mir ins Wort, sie frage mich nicht nach meiner Meinung, die sei ihr geläufig. Na, bitte.

Wie einem derlei den Tag vergiftet, ist klar. Die Sache war mir dermaßen peinlich, dass ich der Darmstädterin nichts sagte. Das besorgte die Quartierfrau persönlich. Einige Tage später klopfte es an meiner Tür, das war am frühen Abend. Die Darmstädterin steckte zunächst nur den Kopf herein, um zu sehen, ob sie ungelegen kam. Ich bat sie herein. Sie lobte die Höhensonne, der Hintern des Kindes sei schon viel besser, sie glaube, dass auch das Weinen weniger geworden sei. Ich bestätigte es ihr. Dann wollte sie mir zwei Reichsmark geben, was ich entschieden ablehnte, das sei Ehrensache. Die Darmstädterin wand sich, gab dann aber nach, na gut, sie wolle mir in meiner Ehre nicht zu nahe treten. Dann schimpfte sie auf die Quartierfrau, es sei ein Fehler gewesen, ihr von der Höhensonne zu erzählen. Es gebe Menschen, die jedes Glück sofort zerstören müssen, die Quartierfrau sei ein dunkler Mensch, wie es in *Faust* heiße: *So bleibe denn die Sonne mir im Rücken!* / Ich fragte überrascht, ob sie *Faust* gelesen habe. / Das gerade nicht. Aber ein paar Brocken erklärte sie ihrerseits zur Ehrensache, ob ich wohl vergessen hätte, dass sie aus Hessen sei.

Sie bestaunte dann noch die Sauberkeit meines Zimmers, es sehe aus, als erwartete ich die Inspektion des Spießes. Sauberkeit sei die halbe Gesundheit, murmelte ich. Und sie ließ ihren Blick schweifen, bis er auf den Strumpfbandgürtel fiel, der an einem Nagel bei meinem Zeug hing, sie sagte: »Oh!« / Ich wurde rot und versuchte, die Umstände zu erläutern, die Wunde am Oberschenkel sei noch nicht ganz zu, suppe noch ein wenig, aber die offene Stelle sei lediglich noch fingerbreit, dort trug ich jetzt ein Pflaster statt eines ständig rutschenden Verbandes. / Ob sie's mir glaubte? Keine Ahnung. Ich hoffte aber, den Sachverhalt ausreichend plausibel gemacht zu haben. / Die Darmstädterin war ebenfalls ein wenig rot geworden, sie schaute verlegen auf die Wursthaut in meinem Papierkorb. Nach einem Moment des Schweigens sagte sie: »Gleich gibt es Abendessen. Es reicht für zwei.« / Ich hatte meine liebe Not, die Einladung abzuwehren. Schließlich gab die Darmstädterin auf und grüßte in gewohnter Weise, indem sie zwei ausgestreckte Finger Richtung Stirn und wieder weg führte. Ich lag dann lange auf dem Bett, fast reglos, und sie rumorte nebenan.

Am Mittag des darauffolgenden Tages zog der Brasilianer mit einem an einer Stange befestigten Brett den am Vormittag gefallenen Schnee vom Gewächshaus. Von der kurz zuvor durchgebrochenen Sonne war ein Funkeln und Glitzern in der Luft, und in der Ferne hörte man das Grollen Dutzender Flugzeuge, bereits auf dem Rückflug. Die Überflüge waren etwas unheimlich. An den schönen Tagen war's, als gingen sie zum Milchholen, flogen ihr Ziel an, warfen ihre Last ab und kehrten zurück zu ihren Basen, als sei es das Natürlichste der Welt. Der Brasilianer sagte mit einem bitteren Lachen: »Zauber der Technik! Jeder Indianer, wenn ich ihm versuchen würde, zu erklären, was hier vor sich geht, würde ehrlich gekränkt sein, weil er annehmen müsste, dass ich ihn zum Narren halten will. Vielleicht würde er müde lächeln über meine nicht besonders erbaulichen Späße.«

Seine ursprüngliche Rauheit und spröde Distanziertheit mir gegenüber waren so gut wie verschwunden. Häufiger als früher suchte ich auch tagsüber seine Gesellschaft. Ich fand ihn nicht mehr so seltsam wie am Anfang, im Ganzen genommen war er ein umgänglicher Mensch. Auch war ich lange genug unter Menschen gewesen, die sich bereitwillig jedem Zwang unterordneten und den Krieg akzeptierten wie das Reißen in der Schulter, so dass es mir gefiel, mit jemandem zu verkehren, an dem der Hebel zur Gleichschaltung nicht umgelegt worden war.

Die Mädchen vom Lager Stern marschierten in Zweierreihen vorbei, singend, dreißig gut dressierte Mädchen, mit Blick auf den Nacken des Vordermädchens, schöne, klare Stimmen. Im Vorbeimarschieren grüßten sie alle gleichzeitig, als ob ihre Arme von Fäden gezogen würden, sie taten es mit der Beflissenheit der Kinder. Der Brasilianer brummte verächtlich, kein Tier käme auf die Idee, sich in Zweierreihe fortzubewegen, das sei absurd. Und was die morschen Knochen betreffe, man müsse nur die Wortbrüche des Herrn H. auflisten, dann sähe man die ganze Morschheit. Glauben schenken dürfe man nur den Drohungen, und die Drohungen zeugten von einer äußerst niedrigen Gesinnung. / Ein Schneebrett fiel ihm auf die Schulter, Schnee rutschte ihm in den Kragen, er schüttelte sich und fluchte. / Mit Freude am Gleichschritt verschwanden die Mädchen in einer Mulde, bald hörte man von dem Singen nur mehr ein helles Tönen in der Luft. Das Grollen der Bomber hatte sich in der Ferne verloren.

Später arbeitete der Brasilianer im Gewächshaus, wohin ich ihm gefolgt war. Das Sonnenlicht wurde durch die schmutzigen, außen teils vereisten, innen teils beschlagenen Glaselemente gefiltert und gelblich eingefärbt, es fiel weich über die Beete. Nicht nur die Wärme, auch die Stille schien sich unter der Glaskonstruktion zu stauen. Doch obwohl ich in dieser stickigen Atmosphäre ein Gefühl des Unwirklichen hatte, hielt ich mich gerne hier auf, es roch wohltuend nach feuchtem Humus und den Ausdünstungen der Pflanzen. / Der Brasilianer jätete bei den Orchideen. Sein Gesicht war schmutzig, zerfurcht, die rote Nase tropfte, er blinzelte viel. Im vollen

Tageslicht wirkte sein Gesicht älter als in der Nacht, er hätte nicht abstreiten können, dass er den Fünfziger schon einige Zeit auf dem Buckel hatte, man sah auch, dass er überarbeitet war, die Augen lagen tief in den Höhlen. Und weil er nicht ausgeschlafen war, fror es ihn immer. / Jetzt beugte er sich vor, knickte einige abgestorbene Triebe ab. Die ersten Orchideen blühten auf, auch die Tomatenpflanzen standen gut, waren mehr als kniehoch und zeigten erste Fruchtansätze. Auf meine Bitte legte der Brasilianer eine Schallplatte mit brasilianischer Musik auf. Wie auf ein Signal begann er vom Kreuz des Südens zu reden, von seinem Wunsch, erneut in ein fernes, warmes und möglichst naturbelassenes Gebiet der Erde abzuwandern, dorthin, wo auch die Menschen voller Wärme seien. Lieber wolle er arm und schmutzig im Ausland leben, aber unter Menschen, als hier in einem Palast unter lauter Irren.

Das war regelrecht zwanghaft, wie er immer auf dieselben Dinge kam, anfangs hatte ich es interessant gefunden, doch jetzt, da sich zeigte, dass sich alles ständig wiederholte, langweilte es mich. Bei erster Gelegenheit unternahm ich einen Anlauf, das Thema zu wechseln. Die südlichen Gefilde, die der Brasilianer heraufbeschwor, brachten mir mein Gespräch mit der Darmstädterin am Vorabend in Erinnerung, ich sagte, im Gegensatz zu ihm erwecke seine Schwester nicht den Eindruck, als sei sie für ein Leben in den Tropen bestimmt. Ich wiederholte das Zitat aus dem *Faust*, wie ich es von der Darmstädterin hatte: »So bleibe denn die Sonne mir im Rücken!«

Der Brasilianer machte ein Gesicht, als müsse er eine Drahtbürste verdauen. Das durch die Glashaut dringende Winterlicht brachte die Luft zum Vibrieren. Wenn die Musik

eine Pause machte, hörte man die Verstrebungen des Gewächshauses knacken. Seinen Rücken streckend, sagte der
Brasilianer, er habe von seiner Schwester schweren Herzens
Abschied genommen, sie sei ein liebenswertes Mädchen gewesen, auch als junge Frau, er hätte sie mit nach Brasilien
genommen, wenn sie mitgekommen wäre. Leider habe sie
sich in den Jahren seiner Abwesenheit für eine falsche Lebensweise entschieden und diesen Teufelsknecht Dohm in
die Familie eingeschleppt, den Lackierermeister, der momentan im Generalgouvernement den neuen Menschen mar-
kiere. Aber so ein Bier trinkendes und rauchendes Bleich-
gesicht in Stiefeln und mit dunklen Gedanken werde nie ein
neuer Mensch. Die Darmstädterin erfasse es wohl richtig,
Trude und ihr Mann und mit ihnen alle Kloakenbrüder des
H. und H. allen voran, der immer aussehe wie gekotzte Milch
und der nach jedermann greife mit seinen Leichenhänden,
seien Kellermenschen, das fehlende Licht mache es ihnen
leichter, ihr verpfuschtes Leben auszuhalten.

Die Abschätzigkeit, mit der der Brasilianer über den F.
sprach, fand ich auch diesmal gewagt, die Partei war die
Sinngebung meiner Jugend gewesen, und ich konnte mich
auch jetzt von dem Gedanken, dass der F. ein großer Mann
war, nicht gänzlich freimachen. Ich bat den Brasilianer, vor-
sichtiger zu sein mit dem, was er sage, es gebe Gesetze, die
solche Reden verbieten. Er lachte traurig: »Man kann sich
doch nicht jahrelang blöd stellen, das hält kein Mensch durch,
am Ende werde ich noch verrückt, es fehlt ohnehin nicht
mehr viel.« / Als ich unschlüssig zwischen den Orchideen
stand, das besorgte Gesicht meinen Stiefeln zugeneigt, fügte
er hinzu: »Du brauchst die Wahrheit nicht zu glauben, Me-

nino, aber behaupte nicht, du wärst nie mit ihr in Kontakt gewesen. Das grausige Europäertum, in dem Hass als Kulturerrungenschaft gilt, hat sich überlebt.« / Und im Ton seiner Stimme hörte ich ein Bedauern, als tue ich ihm in meiner Dummheit leid.

Mit schwermütigem Gesichtsausdruck wandte er sich wieder der Gartenarbeit zu, murmelte düster einzelne Wörter, die ihm aus dem brasilianischen Dschungel zugewachsen sein mochten. Nach zwei oder drei Minuten schien er sich wieder gefangen zu haben und äußerte seine Erleichterung, dass der größte Teil des Winters überstanden sei. In der Karwoche werde er die Orchideen nach Salzburg verkaufen. Er wisse, wer im fünften Kriegsjahr Orchideen anbaue, sei der unbewusste Feind all derer, die darüber nachdächten, was außer Blut zum hiesigen Boden passe. Er hoffe trotzdem auf ein gutes Geschäft. Und sowie die Firma für Blut und Boden pleite gegangen sei, werde er, Robert Raimund Perttes, seine neuerliche Befreiungsfahrt ins südliche der beiden Amerikas verwirklichen, die Aussichten stünden gar nicht so schlecht.

Einige Tage später fragte ich ihn, ob er sich schon abgeregt habe. / »Wer soll sich abgeregt haben?«, fragte er zurück. Und mit erhobenem Zeigefinger, beinahe scharf, wies er mich zurecht: »Ich rate dir, Menino, halte Ruhe in deinem Innern, verwende deinen Kopf. Und bemühe dich, Körper, Geist und Seele gesund und natürlich zu erhalten. Du bist ein ganz gescheiter Bursche, ich glaube, man darf es dir schon zutrauen. Und sei dir bewusst, es ist leichter, Menschen zu Hass anzustacheln, als sie zu Liebe und Achtung zu bringen, eine Ahnung davon schlummert in jedem Menschen.« / Er betrachtete mich mit ruhigem Interesse, während ich mir verlegen den Kopf kratzte und gleichzeitig versuchte, nicht allzu einfältig auszusehen.

Dann kam Hildes Geburtstag, der 11. März. Da ich nicht auf den Friedhof gehen konnte, zündete ich in der Kirche von Mondsee eine Kerze an. Auch beim Kriegerdenkmal flackerte eine frische Kerze. Dort gravierte der Steinmetz gerade einige zusätzliche Namen ein, rechtzeitig zum bevorstehenden Heldengedenktag.

Die Quartierfrau verfügte, dass die Fahnenstange aufgestellt und die Fahne gehisst werde, damit die auf dem Mond liegende Kolonie dem Mutterland huldige. / So war es auch am Tag der Wehrmacht eine Woche später, im Ort alles beflaggt, Umzüge der Wehrmacht und Parteigliederungen allenthalben. Zur Feier des Tages sprach mich die Quartierfrau freundlich an, sie sagte, das ganze Haus solle eine Familie sein, und alle sollten zusammenhalten. Ja? / Ich sagte, ich sei im Grunde dafür, müsse aber feststellen, dass letzten Endes doch alle Egoisten seien und die Gemeinschaft nur auf dem Papier bestehe. / Ob ich die Existenz der Volksgemeinschaft in Zweifel ziehen wolle, fragte die Quartierfrau empört. Ich erwiderte, leider sei mir die Volksgemeinschaft noch nie begegnet, nur immer Menschen, die in ihrem Namen redeten, vorzugsweise im eigenen Interesse. Und damit die Quartierfrau sich nicht weiter aufregte, versicherte ich ihr, dass ich mich freuen würde, der Volksgemeinschaft bald über den Weg zu laufen. / »Die kann mich einmal«, murmelte ich im Weggehen.

Ich machte eine Wanderung am See, sie führte mich bis nach Plomberg, unmittelbar unter der Drachenwand. Die Wege waren vom Schnee elend, besonders die Feldwege, ich kam beim Stapfen ganz schön ins Schwitzen, genoss aber die einsame Strecke, es war herrlich. Wenn man einmal draußen ist und die frische Luft genießt, fragt man sich, warum man so lange gebraucht hat, um den Entschluss zu fassen, die Schuhe anzuziehen. Fetzen von Blechmusik wurden über den See getragen. Einige Rehe sah ich und einen Fuchs. Mit ungesund aussehendem Fell trottete er über eine schneebedeckte Wiese, bisweilen innehaltend, aber nie horchend oder die Schnauze hebend. Irgendwann ging er seitlich ab und verschwand zwischen den Tannen.

In Plomberg trank ich einen Kaffee, so grauenhaft, dass ich noch eine halbe Stunde später einen ekelhaften Geschmack im Mund hatte. Deshalb kehrte ich auf dem Rückweg auch in St. Lorenz ein und trank im ehemaligen Wirtshaus der hingerichteten Lanner eine Limonade, um den Geschmack wieder loszuwerden. Als dies geschafft war, lenkte ich meine Schritte am Lager Schwarzindien vorbei. Dort hörte ich erregtes Stimmengewirr, ohne die Lehrerin oder eines der Mädchen zu Gesicht zu bekommen. Nur der Wirt machte sich vor dem Haus zu schaffen, er köpfte fünf junge Hähne und ließ die blutigen Köpfe im Schnee liegen für die Katze. Wir grüßten einander, sonst nichts.

Noch zweihundert Meter vom Lager entfernt hörte ich hinter mir Lachen und Schreien, und je weiter ich mich entfernte, desto mehr bedrückte mich meine Einsamkeit. Für einige Zeit begleitete mich wieder der Gedanke, dass man mir meine Jugend genommen hatte, ich weiß nicht, vielleicht lag es am Tag der Wehrmacht, der mir nochmals bewusst machte, wie rasch die Jahre in Uniform vergangen waren. Ich erinnerte mich gut, dass ich nach Abschluss der Schule überzeugt gewesen war, nun in die Zeit der leidenschaftlichen Gefühle zu treten. Ich war mir sicher gewesen, dass ich auf eine reife Art Liebe empfinden würde für die Welt. Die in mir angelegte Fähigkeit, fast zu platzen vor lauter Liebe … ich möchte schwören, dass sie in mir angelegt gewesen war, aber nie zum Ausbruch kommen konnte. Jetzt fühlte es sich an, als habe man mir diese Fähigkeit genommen.

Mit den Händen bis zum Grund in den Taschen stand ich am Ufer des Sees. Der Gedanke an die pulverisierten Jahre hing mir mit irritierender Hartnäckigkeit nach. Auf einmal, ich weiß nicht, ob es an einem Geräusch in der Luft lag oder an meiner Stimmung, hatte ich wieder einen Anfall. Wie eine Sturzwelle kamen die Bilder und spülten mich in den kalten Schacht namens Krieg, geballt empfand ich alle Erniedrigungen des Sterbens, überzeugt, diesmal erwischt es mich, jetzt hat mich mein Glück endgültig verlassen, gleich geht das Licht aus. Der verloren aufragende Kamin in Schitomir kippte wieder langsam nach vorn und fiel genau auf mich zu, Granaten pfiffen, ich war verdrahtet mit der Tödlichkeit des Moments, es schnürte mir die Luft ab, und deutlich sah ich die in die Grube geschossenen Leiber. Es waren ungemein kraftvolle Bilder, während ich selbst in die Knie ging, in den Schnee, minutenlang. Die Anflutung war extrem, schlimmer als je zuvor, ich schnappte nach Luft, einmal vornubergebeugt, dann mich streckend.

Als es mir endlich gelungen war, aus dem kalten Schacht wieder heraufzukommen, stand ein Mädchen neben mir, in der Uniform der Staatsjugend, ein blauer Pinselstrich vor dem Grau des Wassers. Sie schaute mit großen Augen zu mir herunter, besorgt, sie schien keineswegs befangen wegen meines sonderbaren Verhaltens, ich atmete noch immer stoßweise und hatte beide Hände auf der Brust. / »Kann ich Ihnen helfen?«, fragte sie, und als ich die rechte Hand von der Brust nahm, um anzudeuten, dass es schon besser ging, griff sie danach, sie sagte: »Auch meine Mama bekommt manchmal keine Luft. Es hilft ihr, wenn ich ihre Hand halte.«

Die Stimme des Mädchens und ihre einfachen Worte taten mir wohl, ich strich mir mit der freien Hand mehrfach über die Brust und war froh, unversehrt zu sein. Einige Schreckmomente stiegen noch wie Blasen auf, um jäh zu zerplatzen, dann löste sich der Knoten im Hals, und ich saugte erleichtert die Luft ein, atmete sie wieder aus. Warum diese Nervenanfälle bei Spaziergängen? Bis jetzt hatte ich doch alles überstanden, hatte in allem entsprochen, als Sohn, als Schüler, als Soldat. Warum jetzt? War es das böse Erwachen? Das Gefühl, ich kann nicht mehr, ich will nicht mehr, Schlussstrich, Zusammenbruch? Und am Ende vielleicht die Einweisung in eine Anstalt? War es das, was mich erwartete?

»Es ist alles gut«, sagte das Mädchen. Sie schaute mich weiterhin ruhig an mit ihrem großäugigen, merkwürdig musternden Blick. Sie hatte wuschelig dunkelblondes Haar, das über den Schultern kurz geschnitten war. Jetzt erst erkannte ich in ihr die Verschickte, mit der ich im Lager einmal kurz geplaudert hatte und von der mir später die Fachlehrerin erzählt hatte: Annemarie Schaller. Ich schaute sie erstaunt an. / »Geht's wieder?«, fragte sie. / »Ich glaube, ja, jetzt bekomme ich wieder Luft«, sagte ich mit Blick auf die behutsam meine Rechte umfassende Hand. »Manchmal habe ich Atemprobleme«, keuchte ich. / »Ist es von der Lunge?«, fragte sie. / »Von der Angst«, sagte ich. / »Dann müssen Sie Traubenzucker nehmen.« / Nun wusste das Mädchen auch, wie man lächelt. In ihren Augen blitzte ein Schimmer Stolz, dass sie mir einen Ratschlag gegeben hatte. Sie half mir beim Aufstehen, ich klopfte mir den Schnee von den Hosenbeinen und schüttelte mich, teils wegen der Kälte, teils um die Nervengespenster zu vertreiben. / »Traubenzucker beruhigt«, sagte sie.

»Danke, vielen Dank«, erwiderte ich, mich sammelnd. Einige rauchartige Wolken trieben über dem See, irgendwo krähte ein Hahn, zum Gedenken an seine geköpften Brüder. / »Wo kommst du so plötzlich her?«, fragte ich das Mädchen. / »Mir sticht's im Kopf«, sagte sie: »Wir haben Ostergeschenke gebastelt, der Nitrolack ist schnell trocken, hat aber einen so unangenehmen Geruch, dass wir alle fast in Ohnmacht gefallen sind. Deshalb haben wir für eine Stunde frei bekommen, um uns auszulüften.« / »Und du gehst ganz allein?« / »Freundin habe ich keine mehr. Aber ich bin zu allen eine gute Kameradin.« / Der Blick, der diese Worte begleitete, war für mich Anlass zu sagen: »Du hast es im Moment ja auch nicht ganz leicht.« / Sie wirkte für einen Augenblick erschrocken, dann äugte sie mich wieder auf ihre offene Art an. / »Wegen deines Cousins, meine ich.« / Sie zog die Unterlippe ein und nickte. Kurz klang wieder Blechmusik über den See, und als man nichts mehr hörte, sagte das Mädchen: »Ich bin verliebt.« Wieder huschte ein Lächeln über ihr rundes Gesicht, nicht ganz so befreit wie zuvor, aber voller versteckten Glücks. / »Nun ja, Verliebtsein ist etwas Schönes«, sagte ich.

Rote Flecken tauchten auf den Wangen des Mädchens auf, und als müsse sie sich entscheiden, ob sie in Tränen ausbrechen oder ganz etwas anderes tun wolle, griff sie in die Seitentasche ihrer Uniformjacke und zog einen Brief heraus. »Von meiner Mutter«, sagte sie hastig: »Wollen nicht Sie als Soldat ihr schreiben und sagen, was Sie zu mir gesagt haben, dass Verliebtsein etwas Schönes ist?« Sie schaute mich wie gebannt an und zog abermals die Unterlippe ein. Die Bilder und Stimmen, die mich quälten, waren noch immer in der Nähe.

Der Brief war in einer runden Schulschrift geschrieben, gut leserlich, da und dort ein wenig einfach gehalten, voller Vorwürfe und Drohungen gegen das Mädchen. Schon nach einer halben Seite war der Anblick des gedemütigten Kindes für mich nur schwer zu ertragen, während Nanni mich im Gegenzug erwartungsvoll ansah, sie sagte, wie ungerecht es sei, dass Kurt ihr nicht mehr schreiben und zu Ostern nicht zu Besuch kommen dürfe. Sie schaute mich die ganze Zeit über an, schob ihr Käppchen nach oben und wischte sich die Stirn ab. Wie auch ich, schien sie verwirrt von der schlecht verstandenen Welt und den ungewohnten Gefühlen, mir kam vor, dass sie das dunkle Los ihrer Verliebtheit ahnte. Ein Vogel mit Flügeln in Sensenform schwang sich über uns hinweg, die Geister meines Atems schwebten in der kalten Luft, es war mir, als sei die Temperatur in den letzten Minuten um mindestens zehn Grad gefallen, die Kälte kam vom Wasser, das kristallene Leuchten des Schnees blendete mich.

»Wollen Sie?«

Nachdem ich alle Kraft zusammengenommen hatte, sagte ich: »Das ist nicht nett, was deine Mutter schreibt. Sie macht sich Sorgen um dich, bestimmt meint sie es nicht so. Und wenn du wieder in Wien bist …« / »Werden Sie Mama schreiben?«, fiel sie mir ins Wort, mir wurde unbehaglich, weil sie einen so fordernden Blick auf mich warf. Und was mich am meisten aus der Fassung brachte, war, dass ein so brutal eingeschüchtertes Kind die Kraft besaß, weiterhin seine Interessen zu vertreten. / »Bitte!«, sagte sie. / Mein Herz pochte. Ich hätte dem Mädchen verständlich machen sollen, wie sehr mich der Anfall erschöpft hatte, aber in solchen Momenten ist einem der Horizont eng begrenzt. Noch ehe ich fortfuhr, wusste ich, mit welcher Unbeholfenheit ich reden würde, ich sagte: »Weißt du, über einen Dritten kommt immer etwas Falsches heraus, auch wenn ich mich bemühe, es gut zu machen. Deine Mutter meint es nicht so, ganz bestimmt, und sie kennt mich nicht, ich bin ein wildfremder Mann. Sie würde meinen Brief falsch auffassen. Kopf hoch, Mädchen!«

Sie stand da und hörte es sich an und nahm es hin. Und plötzlich verstand ich ihren Cousin, ich konnte die Faszination nachempfinden, die von diesem Mädchen ausging, von seinen einmal trägen, einmal plötzlichen Reaktionen. Sie schien völlig frei, ohne Berechnung, schien gar nicht zu verstehen, was die von den Erwachsenen vorgebrachten Vernunftgründe zur Sache beitragen sollten, fest überzeugt, dass Kurt und sie füreinander bestimmt seien.

»Wenn ich dir sonstwie helfen kann, komm zu mir«, sagte ich erschöpft. / Sie schaute mich an, als erwache sie langsam. Und so, als habe dieser Umstand mit ihren Problemen zu tun, sagte sie mit plötzlicher Härte: »Wir werden den Krieg verlieren.« Dann griff sie mit blitzschneller Bewegung nach dem Brief ihrer Mutter, zerknüllte ihn heftig und warf ihn Richtung Wasser. Anschließend wandte sie mir abrupt den Rücken zu und eilte davon mit schlecht abgestimmten Bewegungen, es war, als würden Arme und Beine gegeneinander arbeiten, ich wurde vom Zusehen sofort wieder nervös. Sie stolperte mehrmals im Schnee mit ihren schweren Schuhen, doch ohne zu fallen, es sah aus, als gehe sie durch einen Graben mit Schlamm.

Auf dem Heimweg hatte ich entsetzlich mit meiner Unruhe zu kämpfen. Zu Hause putzte ich die Stiefel, um mich abzulenken, und währenddessen hatte ich wieder das Gefühl des Irrealen. Auch jetzt, während des Schreibens, fange ich an zu schwitzen, allein der Gedanke daran reicht aus.

Nanni! / Du hast mir großes Leid zugefügt! Ich kann mich gar nicht fassen! Du hast dir den Weg in die Zukunft selbst versperrt! Denn eine Lehrerin kannst du mit deinem nun schlechten Ruf nicht mehr werden! Deine Aufführung wird ja im Schulbuch vermerkt und läuft dir dein ganzes Leben nach! Du kannst eine Lehre machen bei Onkel Mark, der hat schon ganz anderen die Flausen ausgetrieben. Was habe ich immer und immer gepredigt? Anständig bleiben, nicht hinschauen zu solchen blöden Kerlen, diese sind es nicht wert, dass man seinen guten Ruf verliert! War das etwa schön, wenn solche schon schlechten Mädchen in deinem Alter mit einem Rudel halbwüchsiger Schlurf vor unserm Fenster eingehängt und laut lärmend vorbeizogen? Zu solchen unschönen Sachen hast du doch Zeit, wenn du zwanzig bist, dann schaut die Sache anders aus! Du verdirbst dir die ganze schöne, unwiederbringliche Kindheit! Was geht in deinem Gehirn vor, dass du den Kindern dort mit dir im Zimmer solche Sachen erzählst? Hast du denn gar kein Schamgefühl? Du kannst dir doch denken, dass es die Kinder sofort melden werden! Wenn man schon solche ekelhaften Gedanken im Kopf trägt, dann behält man sie für sich und schweigt, schweigt wie das Grab! Zu solchen Sachen treiben, da bist du gescheit genug, was? Dann musst du auch gescheit genug sein und schweigen können! Ich glaube, ich habe versäumt, seit Jahren versäumt, dir kräftige Prügel zu verabreichen! Ich dachte mir immer, nein, ich brauche mein Kind nicht zu schlagen, es wird mir auch so folgen! Was hast du mir selbst erzählt bei anderen Kindern, wie da von den Müttern kräftig Ohrfeigen ausgeteilt werden! Immer warst du froh, dass du so eine gute Mutter hast! Du lohnst es mir schlecht! Was hast du dir eigentlich gedacht in der Sache mit Kurti! Wirst du nicht schamrot dabei, mit einem bald siebzehnjährigen Burschen auf solche Art zu korrespondieren, du mit deinen gerade einmal dreizehn Jahren? Ich habe Kurti schon meine Meinung gesagt, und auch Tante Elsa und Onkel Albert! Was Tante Elsa nun über dich für Ansichten hat, kannst du dir denken. Sie sagt, auch du bist schuldig, und ich muss ihr recht geben. Lizzi vom 3. Stock wird als rechtes Stiefkind behandelt, jeden Tag Ohrfeigen und Hiebe, und was sagt man im Lager von Kriml, wo Lizzi ist? Der dortige Herr Direktor ist voll des Lobes über Lizzi und ist schon ungedul-

dig, die Mutter zu sehen, die solch ein Musterkind erzogen hat! Und ich, die ich dich immer voll Güte behandelt habe und alles, was nur irgend möglich war, getan habe, mich wird man als die Mutter von dem Schweiniglkind bezeichnen! Wenn ich zum Elternbesuch nach Schwarzindien käme! Aber ich komme nicht, denn ich schäme mich so! Die Kinder werden alles ihren Eltern erzählen, und ich bin überall gezeichnet! Was ich nun zu sagen habe, ist folgendes: Gehorche der Fr. Lehrerin Bildstein auf's Wort, sei glücklich, dass du diese Lehrerin hast, lerne, dass dir der Kopf raucht, halte deine Sachen in peinlichster Ordnung, vielleicht verzeiht dir deine gute Lehrerin! Es ist für sie eine große Mühe, solch ein Kind in Erziehung zu haben! Verhalte dich bescheiden, unaufdringlich und fleißig, dann wirst du einen Teil der Schuld abtragen! Änderst du dich nicht, so betrittst du den Grassingerhof nicht mehr und kommst sofort in eine Anstalt! / Also, du hast zu wählen! / Es grüßt dich deine Mutter!

Der März war ungewöhnlich

Der März war ungewöhnlich kalt gewesen. In den ersten Apriltagen schneite es noch einmal. Aber in der Karwoche wurde es schlagartig warm, es taute rasch, und kleine Bäche traten über die Ufer. An einer sonnenbeschienenen Halde neben dem Gleis nach St. Gilgen entdeckte ich den ersten Huflattich der Saison. *Deutschensaat* nannten die Russen diese gelben, struppigen Pflanzen. In Charkow, wo wir alles zerbombt, umgepflügt, zerschossen und totgeschlagen hatten, sah man den Huflattich im vergangenen Frühjahr in großen Mengen auf den Brandstätten und Schutthalden. Daran musste ich denken, als endlich der Frühling eingezogen war.

Ein letztes Mal ätzte mir der Gemeindearzt mit Höllenstein die Wunde am Oberschenkel. Ich berichtete von den nervösen Anfällen, die ich regelmäßig hatte, beschrieb die Erstickungsgefühle, Schweißausbrüche und dass ich dann Probleme hatte, normal zu gehen. Irgendetwas stimme nicht mit mir, sagte ich, ich sei nicht verrückt, doch wenn ich mit kleinen steifen Schritten zur nächsten Sitzgelegenheit tappen müsse, könne der Eindruck entstehen. / Mit einem großen Pflaster klebte der Gemeindearzt die so gut wie geschlossene Wunde am Oberschenkel ab, er runzelte die Stirn. Meine Anfälle betrafen nicht sein Fachgebiet, das wollte er aber nicht zugeben. Nach einigen »interessant«, »schwierig« und »soll vorkommen« verschrieb er mir Pervitin, ich solle es aber nur nehmen, wenn es gar nicht anders gehe. Er gab es mir aus seiner Hausapotheke.

Der Brasilianer hatte jetzt eine besonders arbeitsreiche Zeit, und das schwankende Wetter machte ihm zusätzlich zu schaffen. Ein paar Mal hatte es so ausgesehen, als könnte eine zum Dauerzustand gewordene Verkühlung ausarten, doch seine Heilkräuter hätten Wunder gewirkt, behauptete er. Nur zu Beginn der Karwoche wäre ihm die Arbeit fast zu viel geworden, nicht einmal während der wenigen Schlafstunden gönnte sie ihm Ruhe, er sagte, kaum eingeschlafen, schrecke er wieder hoch in der Angst, etwas vergessen zu haben. / Um fünf musste er aufstehen, denn bis sechs in der Früh hatte er hundert große Schnittorchideen zu schneiden, zu verpacken und bahnfertig zu machen. Das hieß, dass zuerst jede einzelne Blüte in Seidenpapier gewickelt wurde, dann je fünf in Packpapier zusammengeschnürt, die Stiele in feuchtes Moos gepackt, dann jeweils fünfzig in einen Karton, Stützbogen darüber, damit die Blüten nicht beschädigt werden konnten, und über den Stützbogen nähte der Brasilianer Packpapier. Da durfte er keine Minute vertun, sonst kam die Sendung nicht mit dem Frühzug weg, und wurde der Frühzug verpasst, waren die Blumen nicht rechtzeitig in Salzburg im Geschäft, und mehr als die Hälfte verdarb, weil die Blumen das Eingepacktsein nicht länger aushielten. Zusätzlich waren auf Ostern hin dreimal wöchentlich je zwanzig Orchideenstöcke nach Salzburg und nach Linz zu schicken. Und zwischendurch hatte er auf dem Gemüseacker zu tun, also noch mehr Hasten und Eilen, weil er eigentlich schon vor dem Weggehen wieder im Gewächshaus bei den Orchideen hätte sein sollen. Er sagte, am liebsten würde er bei der Arbeit hinfallen und liegen bleiben. Hätte er nicht die Pläne für seine Befreiungsfahrt nach Süden, brächte er die Kraft zum Durchhalten nicht auf.

Auch für den Onkel ging die ruhige Winterzeit zu Ende. Die Kontrollgänge zur Durchsetzung der Verdunkelungsbestimmungen konnten nicht mehr am späten Nachmittag stattfinden, denn die Tage wurden rasch länger. Aus Vöcklabruck kam die Weisung, alle Landungsstege am Mondsee auf ihre Stabilität zu überprüfen. Dann wurde bekannt, dass ein junger Mann mit beiderseits dick eingebundenen Händen sich als verwundeter Flieger ausgegeben und ein verschicktes Mädchen darum gebeten hatte, ihm sein Geschlechtsteil herauszuholen, damit er Wasser lassen könne. Er habe zu dem Mädchen gesagt, sie müsse auch ein wenig reiben, damit etwas komme. Personenbeschreibung vorhanden. / Die unzähligen Verbote, den Alltag betreffend, machten ebenfalls viel Arbeit. Ein Bauer im Ortsteil Gaisberg war von Nachbarn angezeigt worden, weil er seine Hühner mit Weizen fütterte. Das war verboten. Der Onkel stellte die Ermittlungen ein, ohne sie je begonnen zu haben, er sagte, er habe keine Lust, unter dem Mikroskop Hühnerdreck zu analysieren.

So vergingen die Wochen. Alle rutschten weiter ins Jahr hinein. Der Krieg ging voran auf Kosten dessen, was besser gewesen wäre. Ein Grauen packte mich bei dem Gedanken, dass der Tag, an dem ich mich wieder auf meine Verwendungsfähigkeit untersuchen lassen musste, allmählich näher rückte. / Im Radio wurde von der Zerstörung der Frankfurter Innenstadt berichtet, auch in Wien hatte es den ersten großen Fliegerangriff gegeben. Deutsche Truppen marschierten in Ungarn ein, manchmal war es unheimlich, wie lange die Züge mit Kriegsmaterial waren, die über Salzburg hereinkamen, und alles Richtung Osten. / Und dennoch nahm in Mondsee der Alltag seinen Gang. Im Radio spielten sie Frühlingslieder rauf und runter. Die Bauern sägten Holz, das Tuckern, Sausen und Kreischen der Kreissägen hallte stundenlang durchs Dorf. Die Darmstädterin huschte bisweilen zu mir herein und redete sich den Kummer von der Seele. Das Kind drehte sich neuerdings allein vom Bauch auf den Rücken, es hatte seinen Daumen entdeckt und einen neuen Summton, den es fleißig übte. Am Freitag vor den Osterferien wurde in den Schulen das zweite Trimester abgeschlossen, auch die Mädchen in den Lagern der Kinderlandverschickung erhielten Zeugnisse. Tags darauf endete die offizielle Heizperiode.

Einmal noch sah ich das Mädchen Annemarie Schaller. Auf dem klapprigen Lagerfahrrad kam sie in verträumten Schlangenlinien auf mich zugefahren, bis sie mich bemerkte. Daraufhin wechselte sie an den Rand des Weges, jetzt steif auf dem Sattel sitzend, als sei der Oberkörper an dem Vorgang nicht beteiligt. Mit einem finsteren Blick sah sie mich an und fuhr vorbei, ihr Gesicht verschwommen von einer unsagbaren Trauer. Ich grüßte sie, und sie mich möglicherweise auch, mit Sicherheit vermochte ich es nicht zu sagen, vielleicht ein Mittelding. Hundert Meter weiter sah ich sie, jetzt wieder in Schlangenlinien, in einem Wäldchen verschwinden.

Zwei Tage später, am Gründonnerstag, verbreitete sich in Mondsee die Kunde, Annemarie Schaller sei aus dem Lager Schwarzindien abgängig. Das Gerücht verbreitete sich so rasch, dass es schon am Abend sich selbst begegnete. »Ich weiß, ich hab's schon gehört, das Mädchen ist mit einem siebzehnjährigen Burschen aus Wien davongelaufen.« / Wie sich später herausstellte, stimmte letzteres nicht, denn ihr Cousin, Kurt Ritler, war während der ganzen Karwoche zu Ausbildungszwecken in Kledering, Verschiebebahnhof, er schlief dort in einem geheizten Schlafwagen. Nach den Ferien würden er und seine Mitschüler den Unterricht nicht mehr in der Schule bekommen, sondern in einer Flakstellung in Schwechat, neben der Raffinerie. / Beamte in Wien befragten »den jungen Löffel«, wie der Onkel ihn nannte, aber ohne Erfolg. Kurt habe sich sehr betroffen gezeigt und mache sich große Sorgen.

Also wurde angenommen, das Mädchen werde sich nach Wien durchschlagen. Tatsache war leider, dass sie dort nicht auftauchte, auch nicht bei der Großmutter väterlicherseits in Engelhardtskirchen. Vater seit fünf Jahren tot, Tuberkulose. Der Onkel weihte mich früh in solche Details des Vorfalls ein, er benötigte jetzt öfters einen Schreiber, er sagte, minderjährige Mädchen machten viel Arbeit, schlimmer als ein Polizistenmord.

Mit Sicherheit festzustellen war, dass Nanni Zahnschmerzen simuliert und deshalb von der Lagerlehrerin eine schriftliche Wegerlaubnis erhalten hatte. Beim Zahnarzt war sie nicht erschienen, stattdessen hatte sie in St. Lorenz eine Frau angesprochen und gefragt, ob diese ihr auf Punktekarte eine Schachtel Kekse kaufe, das Geld für die Kekse hatte Nanni abgezählt in der Hand. Dann entfernte sie sich Richtung Bahnhof, zumindest wurde dort das Lagerfahrrad gefunden. Nannis Gepäck war im Lager Schwarzindien zurückgeblieben, der Onkel wollte nicht ausschließen, dass dies zwecks Irreführung der Behörde geschehen sei. Neben den erwartbaren Mädchensachen fanden sich in Nannis Rucksack einige Briefe von Kurt und ein Zettel, auf den sie gekritzelt hatte: *So bin am ganzen Leibe ich, so bin ich und so bleibe ich, yes, Sir!* / Das war ungefähr alles, was sich zusammentragen ließ. Von den Schaffnern der Züge war nichts in Erfahrung zu bringen, insgesamt zu viele Mädchen und alle in den gleichen dunkelblauen Uniformen der Staatsjugend. Und auch sonst konnte niemand Auskunft geben, niemand wusste, wo das Mädchen geblieben war. Obendrein hatte am Tag ihres Verschwindens der Wind die Wolken auseinandergetrieben und die Sonne die letzten Schneeinseln rasch zum Schmelzen gebracht, alles stand unter Wasser, es gab keine verwertbaren Spuren. Die schöne Jahreszeit zog jetzt tatsächlich ein, ich schnupperte erleichtert in die warme Brise, denn die vergangenen Frühlinge hatte ich in Russland verkämpft. Und endlich flogen auch die Bienen, der Brasilianer sagte, sie hätten gut überwintert.

Als Annemarie Schaller am Ostermontag noch immer nicht wieder aufgetaucht war, wuchs das Unbehagen nicht nur bei mir. Die Behörden fingen an, über ein mögliches Unglück nachzudenken, nach fernmündlicher Rücksprache mit Linz wurde beschlossen, ortskundige H.jungen um den See zu schicken, damit sie unter jedes aufgebockte Boot und in jedes zugängliche Bootshaus schauten, immer in Gruppen zu mindestens dreien, damit nicht wieder jemand verlorenging. Man wollte nicht ausschließen, dass das Mädchen ertrunken war, jeder der Seen in der Umgebung hatte fast jährlich sein eigenes totes Kind. Aber nichts deutete unmittelbar auf diese Möglichkeit hin, und so musste man es offenlassen, auch aufgrund der bekannt eingeschränkten Durchsichtigkeit von größeren Wasseransammlungen. Erfahrungsgemäß würde der See die Leiche, wenn es eine gab, im Laufe des Jahres wieder hergeben. / Leider trug auch der angebliche Flieger mit den dick eingebundenen Händen zur Aufklärung des Falls nichts bei, er war mit seiner Nummer in Bad Ischl ein zweites Mal aufgetreten und kurz darauf in Gewahrsam genommen worden. Für die mittleren Tage der Karwoche hatte er ein Alibi, auch dies kein Lichtblick im Dunkel der Untersuchung.

Der Onkel sagte, solche Sachen passierten einfach von Zeit zu Zeit, von einem Polizisten in Wels sei der dreizehn Jahre alte Junge ausgerissen und mit der Eisenbahn nach Italien gefahren, er wollte sich den Kriegsschauplatz ansehen. Er selbst würde gerne darauf verzichten, Vermutungen anzustellen, aber im Moment habe er nichts anderes, und so schreibe er eben hin, was ihm Vernunft und Logik diktierten: *Das Mädchen Annemarie Schaller ist davongelaufen.*

Nachdem er einen am Schreibtisch liegenden Journalbogen mehrmals zu begradigen versucht hatte, lehnte er sich zurück, mit im Nacken verschränkten Händen. Er sagte, er wolle mir nicht im Detail verraten, was er von den Weibern halte, aber je jünger eine sei, an desto verrückteren Stellen finde man die Schmutzwäsche. Bei den älteren dafür … körbeweise! In der Vergangenheit sei Nanni mehrfach verspätet nach Hause gekommen. Das starke Hinneigen zum anderen Geschlecht sei dokumentiert. Jetzt obendrein Wandertrieb. Er werde eine Vermisstenanzeige erstellen mit dem Hinweis darauf, dass in jedes Kleidungsstück des Mädchens ein Namenszettel eingenäht sei. Damit habe es sich. Es gebe so viele Verschwundene, Untergetauchte, Herumstreunende, entflohene Kriegsgefangene, Fremdarbeiter, Deserteure, Faulenzer, konspirative Kommunisten und konspirative Ministranten: Willkommen im großdeutschen Schattenreich!

Der Onkel erinnerte sich seiner teuren Zeit. Umso teurer die Zeit, desto eiserner das Zeitalter. Er sagte, er wolle jetzt einen Kontrollgang machen, damit er in der Aktenluft des Postens nicht endgültig lungenkrank werde. / Wir standen gleichzeitig auf und gingen nach draußen. Als der Onkel den Hund aus dem Zwinger holte, sagte ich: »Das ist alles so ... « / »So deprimierend?«, fragte er. / »Ja.« / »Geht mir auch so. Scheußlich, Junge! Was sind das doch beschissene Tage! Meine Verdauung macht mir zu schaffen. Es ist immer dasselbe: Ich kann nicht gleichzeitig denken und verdauen.« Er tätschelte sich wehmütig den Bauch. »Und dann war ich am Vormittag in drei Trafiken wegen Tabak und habe keinen bekommen. Was nützt die ganze Raucherkarte, wenn es keinen Tabak gibt? Früher war ein anderes Leben, da wurde nicht alles nach Gramm gemessen.« / Er band den Hund noch einmal an, einen Schäferhund, der mich träge anlinste. Gleich neben dem Zwinger, in dem mit einem Fenster versehenen Raum am Ende der Remise, befanden sich die Hasenställe, und hustend fütterte der Onkel die Hasen. / »Ich mache mir große Sorgen um das Mädchen«, sagte ich. / »So, so.« / »Sie müsste längst in Wien sein, ich kenne sie, sie hätte mit links hingefunden. Und nur Wien wäre irgendwie schlüssig, so verliebt wie das Mädchen ist. Irgendetwas stimmt an der Sache nicht.« / »Möglich ist natürlich vieles«, sagte der Onkel: »Aber mit der Zeit kriegt man einen Riecher, weißt du. In meinen Augen lässt es sich verstehen, dass sie nicht nach Hause zurück ist. Wenn mir Lehrerin und Mutter im Chor versuchen würden beizubringen, dass ich eigentlich reif genug sein sollte, um meine Unreife einzusehen, würde ich auch davonlaufen. Glaub mir, ich habe Feingefühl.«

Als wir auf die Straße traten, schien die Sonne, der Schafberg stand in gleißendem Licht und strahlte so weiß und rein zu uns herüber, dass man einen eigenen Fleck sofort reinigen wollte. Ich glaube, ich habe Flecken genug. Eine Gruppe Mädchen in Uniformen marschierte in Zweierreihe vom Bahnhof herauf, die Mädchen grüßten mit ausgestreckten Armen, die zackigen Bewegungen der Kinder setzten sich fort in der Luft, ich spürte eine plötzliche Anspannung in den Muskeln und musste mich ermahnen, ganz normal zu gehen. Die vielen Jahre, die ich fort gewesen war, machten sich auch hier bemerkbar. / Der dicke Metzgerlehrling lief in seinem blutbespritzten Kittel zum Bierholen Richtung Marktplatz. Der rotlackierte Postwagen bog ein und zwang die Mädchen zum Stehenbleiben. Ich wandte mich in die andere Richtung.

So verging nochmals fast eine Woche. Allerhand wesentliche und belanglose Ereignisse trugen sich zu, mein eigenes Leben war glanzlos und trübe. Vom Onkel hörte ich alle Neuigkeiten im Fall des Mädchens Annemarie Schaller. Deshalb wusste ich, dass ihre Mutter gebeten worden war, in Wien zu bleiben und dort das mögliche Eintreffen der Tochter abzuwarten. Doch acht Tage nach dem Verschwinden des Mädchens traf Frau Schaller unangekündigt in Oberdonau ein. Da in St. Lorenz aufgrund der vielen Umquartierten kein Zimmer verfügbar war, kam sie in Mondsee unter. Ich erkannte sie sofort. An dem Tag, an dem der Fall Tarnopols gemeldet worden war, sah ich sie auf dem Platz vor der Kirche, das gleiche runde und offene, wenn auch schwere Gesicht. Sie zog auf dieselbe Art die Unterlippe ein. Und sie hatte auch dieses ungläubige Staunen, ganz vorne, als ginge es ein Stück voraus. Elend und verloren, mit gesenktem Kopf, entfernte sich die Frau, sie schien ein halbes Zeitalter zu benötigen, bis sie den Platz vor der Kirche überquert hatte.

Ich legte für die ehemaligen Besatzer Tarnopols einen Strauß Huflattich vor das Denkmal für die Gefallenen. In Charkow hatte ich reden gehört, Huflattich wachse auch auf reiner Braunkohle, das schien mir passend. Dann ging ich aufs Postamt und schickte das Päckchen mit dem Strumpfband-gürtel zurück nach Wien. / Einige Pimpfe streiften durchs Dorf, sie waren zum Einsammeln von Flugzetteln eingeteilt. Auf den Flugzetteln, die am Vortag abgeworfen worden wa-ren, wurden Weisheit und Integrität der Reichsführung in Zweifel gezogen. Als ein dürres Kerlchen mit einer zu großen Mütze an einen Gartenzaun pinkeln wollte, musste er sich von einem andern Pimpf anschnauzen lassen.

Nach der Mittagsruhe bekam ich einen starken Schweiß-ausbruch. Ich stand sofort auf, rieb mich mit kaltem Wasser ab und zog etwas Frisches an. Kopfschmerzen in den Schläfen und hinter der Stirn bekam ich auch. Der Puls kletterte bis auf hundert. / Ich stand dann eine Weile am Fenster und schaute zur Gärtnerei hinüber. Dort tat sich nicht viel, die struppige Hündin trottete ums Haus, der Brasilianer in Gummistiefeln, ohne Jacke, trat aus dem Gewächshaus und blickte in den Himmel. Da wich ich vom Fenster zurück zum Ofen, um mich zu wärmen. / Wenig später klopfte es, der Onkel ließ nach mir schicken, weil er wieder einmal einen Schreiber brauchte. Ich fühlte mich so fremd und überflüssig, dass es mir Auftrieb gab, wenn ich gebraucht wurde. Und wie schon gesagt, es war im Grunde egal, was ich mit meiner Zeit trieb, Hauptsache, sie ging vom Krieg ab.

Die Mutter von Nanni saß im Dienstzimmer, dem Onkel vis-à-vis. Ihr Haar hatte sie in einem altjüngferlichen Knoten auf dem Kopf zusammengesteckt. Sie trug einen grauen Rock, eine weiße Bluse und eine sehr breite, dunkelblaue Krawatte. Das runde, noch winterbleiche Gesicht war von Scham erfüllt, sie zwinkerte viel, aber nicht, weil ihr der Wind Staub in die Augen getragen hatte oder weil sie geblendet war, sondern als müsse sie erst wach werden, als könne sie nicht glauben, was ihr zugemutet wurde.

Ich spannte das Durchschlagpapier ein und passte auf, dass ich nichts falsch machte. Frau Schaller gab an, dass Nanni schon mit elf Jahren unwohl geworden sei, also viel zu früh. Nanni habe sich von da an rasch entwickelt, so dass man sie bald für fünfzehn Jahre hätte halten können. Leider habe Nanni immer solche Freundinnen gehabt, die für Aufklärung über das andere Geschlecht sorgten, die Mutter habe dies erkannt und Nanni solche Freundschaften verboten. Aber leider sei Frau Schaller zum Kriegseinsatz befohlen worden, sie niete Spatentaschen im Akkord, deshalb sei Nanni tagsüber meist sich selbst überlassen gewesen. Um halb sieben am Abend, wenn Frau Schaller von der Arbeit nach Hause gekommen sei, habe Nanni ihr wohl berichtet, was sie tagsüber getan hatte, und Frau Schaller sei gezwungen gewesen, dem Mädchen zu glauben. Wahrscheinlich habe Nanni auch hie und da gelogen, in den Entwicklungsjahren sei ja der Teufel los. Nanni habe überdies eine blühende Phantasie, sie könne sich in etwas so hineindenken, dass sie dann wirklich glaube, es erlebt zu haben. Aber am Abend aus dem Haus und im Park gewesen, wie sie den andern Mädchen erzählt habe, sei Nanni mit Sicherheit nie, das bestätige auch Kurt. Sie sei ja sonst ein gutes Kind, klug, ohne Widerrede mache sie alles, was man ihr sage, nur fest in der Hand sei sie zu halten wegen ihrer vielen Phantasie. Aber dass das Mädchen sich einfach auf gut Glück in der Gegend herumtreibe, das könne sie als Mutter ausschließen, sie kenne ihr Mädchen, sie mache sich schreckliche Sorgen um ihr Kind.

Die Mutter redete, ohne dass der Onkel viele Fragen stellte, ihr Gesichtsausdruck veränderte sich wenig. Zwischendurch erschöpfte sich ihr Redefluss, dann hob sie verunsichert den Kopf und sah den Onkel mit rotumrandeten Augen an. Der Onkel blickte zurück mit allem Anschein von Gutmütigkeit, den er zu fingieren vermochte. Das Weiterreden der Mutter begann immer leise, mit niedergeschlagenen Augen, wurde stimmlich langsam fester, aber der Blick blieb auf den Schoß gerichtet. Ich sah die strenge Falte, die das Gesicht der Mutter zwischen den Brauen kerbte. Sie sagte, sie habe in der vergangenen Woche dreieinhalb Kilo abgenommen, bei ihrem Flohgewicht etwas viel, das mache sich auch bei der Gesundheit bemerkbar. Sie nehme Traubenzucker gegen die schlechten Nerven. / Während ich *Traubenzucker* in die Schreibmaschine tippte, dachte ich an meine Begegnung mit Nanni am See. Ich hatte niemandem davon erzählt. Frau Schaller gestand, Nerven habe sie keine guten, sie hoffe, sie bekomme ihr Kind gesund zurück, alles andere sei ihr egal.

Der Onkel war zuletzt wie abwesend vor einem Berg Papiere gesessen und hatte vor sich hingeträumt. Als er merkte, dass Frau Schaller eine Pause brauchte, holte er eine der rar gewordenen Zigaretten hervor, betrachtete die Zigarette lange, als besäße sie ein tieferes Wissen, und bot sie Frau Schaller an. Frau Schaller lehnte ab. Schließlich steckte sich der Onkel die Zigarette selbst ins Gesicht und zündete sie an, an einem gewöhnlichen grauen Tag im Leben.

Der Amtshelfer ging durch den Raum, der Onkel schimpfte:

»Wie oft hab ich dir schon gesagt, du sollst dir in der Früh das Gesicht waschen? Jetzt hast du noch immer den Dreck um die Augen. So siehst du nie, was du sehen sollst! Man bezahlt dich nicht dafür, dass du Dreck in den Augen hast.« / Der Onkel rieb sich die ewig trockenen Raucherhände, hustete die typischen drei, vier Mal. Nachher gab er in aller Ruhe zu bedenken, man wisse ja, wie so junge Mädchen seien. / »Ja?«, fragte verunsichert Frau Schaller. / Er winkte ab, die Augen verdrehend. Dann, mit der gewohnten, leidenschaftslosen Stimme, als spräche er vom Linksabbiegen oder Wassertrinken: »Eine große Schachtel Kekse kauft jemand, der Proviant braucht. Nanni besitzt etwas Geld, trägt feste Schuhe und eine Uniform, in der sie nicht auffällt. Indizien beweisen nichts, aber Indizien stützen die Wahrscheinlichkeit: das Mädchen treibt sich herum.« / Er verwies auf die durch eingetretene Geschlechtsreife bedingte sprunghafte Gemütsverfassung, zitierte aus einem Brief Nannis an Kurt, in dem sie den Vorschlag machte, nach Indien auszuwandern. Der Versuch sei dem Mädchen hinreichend zuzutrauen. / »Aber um Himmels willen, Herr Inspektor, nie und nimmer! Sie ist noch so ein Kindskopf!«, sagte die Mutter und brach in Tränen aus. / »Ja, eben deshalb«, sagte der Onkel mit einer herunterspielenden Handbewegung: »Sie muss sich offenbar gewaltig den Kopf anrennen, um zur Vernunft zu kommen.« Und dann, in einer Rauchwolke, als sei auch das Gesagte Teil des Rauches: »Anschließend wird sie wieder auftauchen.«

Er wartete, bis die Mutter mit Weinen aufgehört hatte, dann stieß er eine dünne Rauchwolke zur Decke und stellte einige Fragen, Kurt Ritler betreffend, aber so, als sei er nicht sonderlich interessiert, sondern frage nur zum Zeitvertreib.

Frau Schaller schnäuzte sich und antwortete bereitwillig. Es berührte mich, dass Nanni und Kurt bis zu Nannis Verschickung im Grassingerhof in Nachbarwohnungen gewohnt und Wand an Wand geschlafen hatten. In der Früh beim Aufstehen hätten sie einander durch Klopfzeichen guten Morgen gewünscht. / Ich starrte für einige Sekunden gegen die Wand vor mir, an der das Plakat mit den Sieben Goldenen W hing: *Wen hat / wer / wann / wo / womit / wie / warum / umgebracht?* Dann musste ich mich beeilen, um beim Mitschreiben nicht den Anschluss zu verlieren. Frau Schaller sagte, auch Kurt sei im Grunde ein guter Junge.

Unvermittelt beendete der Onkel die Vernehmung, er sagte, er fahre jetzt nach Vöcklabruck in den Luftschutzwart-Kurs, er habe wegen dieses Kurses schon dreimal die Chorprobe schwänzen müssen. Damit war die Vernehmung beendet. Hastig haftelte der Onkel seine Uniformjacke zu. Frau Schaller schaute ihn hilflos an, sie wollte in den Augen des Onkels den Hoffnungsschimmer schimmern sehen, aber da war kein Schimmer, nur Ohnmacht und Gleichgültigkeit, wiewohl der Onkel sagte: »Wir tun alles, was in unserer Macht steht … wird sich alles finden … wird alles in Ordnung kommen … ihre Tochter will uns einen tüchtigen Schrecken einjagen.« / Frau Schaller schüttelte ungläubig den Kopf, der Onkel gab ihr die Hand. Sie glättete sich verwirrt mit beiden Händen den Rock, ehe sie die Hand des Onkels kurz drückte. Dann ging sie schluchzend hinaus. / Der Onkel schaute mich an und sagte: »Dumme Sache, fürwahr!«

Frau Schaller blieb noch zwei Tage in Mondsee, ich sah sie einmal am See, sie saß dort verloren auf einigen Stufen, die zum trüben, von Dunst überkrochenen Wasser abfielen. Und einmal traf ich sie beim Bäcker, wir redeten kurz miteinander, sie sagte, sie warte, dass der Albtraum jeden Moment vorbeigehe, sie habe solche Ängste. Wenn sie die Lagerlehrerin nicht hätte, würde sie sterben vor Einsamkeit, sie habe solche Sehnsucht nach ihrem Mädchen. / Aber Nanni blieb verschwunden, spurlos, wie die Leute sagten. Schließlich reiste Frau Schaller ab, das war am Tag vor dem regulären Elternbesuchstag, sie wollte nicht mit den anderen Müttern zusammentreffen. Beim Onkel ließ sie verschiedene Adressen und Telefonnummern zurück. / Der Onkel kniff wie ein Kater die Augen zusammen und sagte zu mir, im Vertrauen, er wolle nicht ausschließen, dass Frau Schaller in die Sache verwickelt sei. Meines Erachtens sprach dagegen ihre fahl grünliche Gesichtsfarbe. Ich machte den Onkel darauf aufmerksam. Da gab er zu bedenken, dass die Frau vermutlich trinke. Und er schüttelte den Kopf, als verblüffe ihn die Unvernunft der Welt.

Am Abend der Abreise von Frau Schaller hatte ich wieder einen nervösen Anfall. Ich nahm mein allererstes Pervitin, lag zitternd auf dem Bett und wartete auf die Wirkung des Mittels. Währenddessen hörte ich im Nebenzimmer die Darmstädterin mit dem Säugling reden, sie sagte: »Deine Oma hat geschrieben, sie versorgt die Ziegen und Hasen, sie würde uns gerne von der Ziegenmilch was abgeben, unsere Ziegen heißen Lies und Lotte, sie sind gesund, aber die Engländer haben auf unseren Ziegenstall geschossen, stell dir vor. Und dein Papa hat uns aus Estland fünfundzwanzig Maulwurffelle geschickt, die er in einem verlassenen Haus gefunden hat, schon gegerbt, er meint, vielleicht reicht es für eine Kinderwagendecke. Dein Papa ist dort oben im Krieg.«

Sie sagte nicht *Krieg*, sondern *Kriesch*, in ihrem breiten

Hessisch. Die Art, wie sie das Wort aussprach, gewann der Sache eine realistische Seite ab, es klang nach *kriechen, sich in Erdlöchern verkriechen*, es klang nach den finsteren, feuchten Schächten, in die ich fiel, wenn ich meine Anfälle hatte. Ich war froh, dass das Pervitin allmählich zu wirken begann. Oder es war das Reden der Darmstädterin, das mich beruhigte.

»Weißt du, Lilo, die vielen Siegesfackeln waren auch nur ordinäre Pechfackeln. Jetzt schickt uns dein Papa Maulwurffelle aus Estland. Die Soldaten leben dort oben wie die ersten Menschen. Ist schon traurig, nicht?«

Der Elternbesuchstag

Der Elternbesuchstag erstreckte sich über zwei Tage. Schon vor Ostern waren Pimpfe mit Listen durch den Ort gegangen und hatten gefragt, wer für welchen Besuchstag wie viele Betten zur Verfügung stellen könne. Zwei Mütter und ein Neugeborenes schliefen bei der Quartierfrau im Stübchen. Beim Brasilianer nächtigten einer von nur zwei Männern im ganzen Tross mit Frau und eine weitere Frau. Diese Frau kannte ich vom Sehen, denn während meiner Schulzeit war sie Verkäuferin in einem Schuhgeschäft auf der Thaliastraße gewesen. / Bei der Ankunft des Zuges mit den Eltern hallte das Freudengeheul der Mädchen über den See. Die Lagerlehrerin Bildstein, die ich nach dem Besuchstag seit längerer Zeit wieder traf, sagte, die Mädchen hätten sich, als die Rauchwolke des Zuges sichtbar geworden sei, vor Aufregung gegenseitig über den Haufen gerannt.

Trotzdem stand der Elternbesuchstag unter einem nervösen Stern, ganz so, wie wenn die Lampe in meinem Zimmer flimmerte und ich gebannt wartete, dass in gewohnter Weise das Licht ausging. In Wien hatten Gerüchte die Runde gemacht. Ein von der Lagerlehrerin diktierter Brief hätte die Eltern im Vorfeld beruhigen sollen. Aber dadurch, dass man über Nannis Verschwinden weder erschöpfend Auskunft geben wollte noch konnte, wurde die Verunsicherung der Eltern nur vergrößert. / Die beiden Mütter, die bei der Quartierfrau im Stübchen schliefen, saßen am späten Abend im Garten und unterhielten sich. Ich hatte das Fenster offen und hörte zu. In einer so kritischen Zeit wollten die beiden ihre Kinder in sicherer Obhut wissen. Und nun fragten sie sich, was bedrohlicher war, die für Wien zu erwartenden Bombenangriffe oder die Dschungel Schwarzindiens mit ihren Geheimnissen. Der Krieg werde noch einiges Kopfzerbrechen bereiten, sagte eine der Frauen. Aber am Mondsee sei außer einem Notabwurf im Moment nichts zu befürchten.

Die eine Frau stillte ihr Neugeborenes, was von der anderen mehrfach kommentiert wurde. »Wie der saugt, alle Achtung! Der wird einmal Berufsringer.« Nach einiger Zeit sagte die Stillende: »Und schau dir seinen großen Kopf an, kein Wunder, dass mir noch alles weh tut, ich muss ein paar Schritte gehen.« / Daraufhin entfernten sich die beiden.

Vor den Mädchen überspielten die Mütter ihre Unruhe, so gut es ging. Aber alle waren darauf bedacht, sich mit den Töchtern möglichst oft von der Szene zu entfernen, nicht allein um Zeit füreinander zu haben, sondern auch in der Hoffnung, dass abseits der Gruppe die von zu Hause gewohnte Tochter wieder zum Vorschein kam. Jede Veränderung am Kind wurde vor dem Hintergrund von Nannis Verschwinden beurteilt. Auch mir als Außenstehendem fiel auf, dass die Kinder während der vergangenen Monate selbstbewusster geworden waren, oft genug wurde ihnen gesagt, sie seien das teuerste Gut des F. / Die verunsicherten Mütter machten mit ihren Kindern Spaziergänge, suchten stille Ecken. Und wenn man so eine Mutter mit ihrer Tochter sah, nutzte die Mutter den vorhandenen Größenunterschied fast immer, um sich bei der Tochter aufzustützen. Die Mütter waren nervös, ihre Gemütsregungen unterdrückt, sie sahen sich ständig um, während die Mädchen ihren Gefühlen freien Lauf ließen. Die ehemalige Verkäuferin bei Bata auf der Thaliastraße musste sich, während sie mit ihrer Tochter das Gewächshaus des Brasilianers besichtigte, sagen lassen: »Hör auf, an mir rumzuzerren.«

Der Brasilianer verzog sich zu einem Nickerchen in die Hängematte. Frau Nowak setzte sich vorne an der Straße auf die niedrige Mauer. Trotz aller Schwierigkeiten schien sie froh, an diesem friedlichen Ort zu sein, und doch in sich gekehrt, eine Falte zwischen den Brauen, misstrauisch gegen das Jetzt und die Zukunft. Sie beobachtete ihre Tochter, die mit der Hündin des Brasilianers spielte. Man sah Frau Nowak die Sorgen an. Es wird schon irgendwie werden, hätte ich gerne gesagt, sagte aber nichts. / Ringsum ragten stumm und düster die Berge auf, bedeckt mit Schneehauben und unwegsamen Wäldern. Der mächtige Felsenschädel der Drachenwand stand grau im Schönwetterdunst.

Die Frauen, die bei der Quartierfrau schliefen, kamen vom See zurück. Die eine mit dem Säugling trug ein gelbes, geblümtes Kleid, die andere trug Trauer. Die Mädchen hintendrein unterhielten sich fröhlich. Die Größere sagte: »Angeblich ist mein kleiner Bruder richtig dick geworden. Es fehlt ihm wohl die Schwester, die ihm das überflüssige Fett herunterärgert.« Die beiden lachten hämisch.

Als Frau Nowak zum Bahnhof aufbrach, trug ihre Tochter den kleinen Koffer. Frau Nowak sagte: »Bleib gesund, pass auf dich auf!« / »Mach ich«, sagte das Mädchen.

Anderntags begegnete ich der Lagerlehrerin Bildstein. Ich hatte sie für einige Wochen aus den Augen verloren, sie verrenkte sich weiterhin nicht gerade den Hals nach mir, ich sah das jetzt gelassener und ohne Schmerz, denn für bloßes Getue war nicht die Zeit. Aber es plagte mich Unzufriedenheit mit mir selbst, weil es mir nicht gelingen wollte, von der Theorie des Lebens zu einem praktizierenden Leben zu kommen. Dass ich von der Lagerlehrerin in diesem Punkt keine Unterstützung zu erwarten hatte, sah ich aber ein, ihr Urteil gegen den Soldaten war unwiderruflich. Sie gefiel mir weiterhin, vom Anschauen her, ansonsten war die Sache auch meinerseits erkaltet.

Wir redeten über Belanglosigkeiten. Sie sagte, um ihre Holzschuhe zu reparieren, habe sie ein paar Nägel benötigt. Vier Pfennig hätten sie gekostet, aber der Schuster habe am Vormittag von seinem Sohn, der in Russland kämpfe, drei Briefe bekommen, und aus Freude darüber habe er ihr die Nägel geschenkt. Sie, Margarete Charlotte Bildstein, habe etwas geschenkt bekommen, normalerweise müsse sie allem endlos hinterherlaufen.

Sie beklagte sich, dass ihr in letzter Zeit ein Berg hinter dem andern unter die Füße komme, zum Glück seien zwei Mütter zur Schule in Wien gegangen und hätten anlässlich des Elternbesuches Bücher mit herausgebracht, die Post mache von der Paketbeschränkung keine Ausnahme. Von Linz sei gar nichts zu erwarten, von dort werde sie nur gegängelt, und seit dem Verschwinden Nannis seien die Nachstellungen der Behörde natürlich nicht weniger geworden. / Ich sagte: »Mitgefühl ist im System nicht vorgesehen.« / Da heftete sie wieder ihre harten grauen Augen auf mich, so fremd und distanziert, dass ich verlegen wurde. Ich versuchte mir eine Zigarette anzuzünden, von zwei Streichhölzern bröckelte der Zündkopf ab. Auch darauf ging die Lehrerin nicht ein. Sie sagte, für die Turnstunden habe sie endlich einen alten Deckel und einen alten Schneebesen aufgetrieben, das sei jetzt ihr ganzer Stolz. Und selbst dies sagte sie mit großer Ernsthaftigkeit, sie lachte nicht gern oder nicht in meiner Gegenwart.

Ich war dann sehr erstaunt, als sie mich beim Auseinandergehen noch rasch auf mein schlechtes Aussehen ansprach. Wenn ich nicht bald zunehmen und etwas Farbe bekommen würde, kriegte ich Haue. Sie sagte allen Ernstes *Haue.* Das Wort ging mir noch stundenlang im Kopf herum, ich musste oftmals lächeln. Im Grunde sind alle Menschen seltsam.

Mein Aussehen konnte mich in der Tat nicht befriedigen, ich hatte noch nie einen vor Gesundheit strotzenden Anblick geboten, doch jetzt hatte ich ein spitzes Gesicht wie noch nie in meinem Leben. An der Verpflegung konnte es nicht liegen, ich war ausreichend versorgt, die Darmstädterin und ich halfen uns gegenseitig über diverse Markenschwierigkeiten hinweg, ich aß zweimal in der Woche bei ihr zu Abend, und mindestens zwei weitere Male wehrte ich ihre Einladungen ab. Es machten sich ganz einfach die vergangenen Jahre nervlich bemerkbar. Wenn ich Tagebuch schrieb, brauchte ich nichts als eine Tasse schwarzen Kaffee und hatte nie das Bedürfnis, von dem kleinen Tisch aufzustehen und eine Kleinigkeit zu essen. Ich schrieb und schrieb, und zwischendurch nahm ich einen Schluck Kaffee.

Oft hatte ich gar nicht die Kraft, bei der Darmstädterin Besuche zu machen. Am Abend war ich hundemüde. Ich schlief regelmäßig zwölf Stunden, sonst hätte ich den Alltag nicht bewältigen können. Ich fand es erstaunlich, mit wie wenig Essen der Mensch auskommt, ohne zu hungern. Ich hatte immer zu tun, schaute, dass meine Sachen in Ordnung waren, Taschentücher, Unterwäsche und Socken wusch ich selbst, nähte sogar eine Schlaufe an der Hose an, die zur Gelegenheit eine geübte Frauenhand geradebiegen müsste. Nur meine Stiefel putzte die Polin, wegen der Reichsmark pro Woche, die ich ihr gab. Sie benötigte diese Mark dringend für kleine Ausgaben.

Mit dieser Polin, Joanna, war es auch so ein trauriger Fall, dreiundzwanzig Jahre alt, sehr fleißig, sie arbeitete von früh bis spät. Am Sonntag während des Elternbesuchs hatte sie einen plötzlichen Gefühlsausbruch, sie weinte und sagte zu Frau Nowak, sie wolle am liebsten sterben, sie habe gar nichts vom Leben, vier Jahre sei sie schon zwangsverpflichtet und von zu Hause weg und immer dasselbe. Auch vom Sonntag habe sie nichts, ins Kino dürfe sie nicht, schwimmen dürfe sie nicht, nicht einmal in die Kirche, dabei sei sie sehr fromm. Keine Kinder habe sie, keine Kleider habe sie, bei der schweren Arbeit zerreißen die Sachen, und als Polin bekomme sie pro Jahr nicht einmal dreißig Punkte. Was soll sie mit dreißig Punkten? Jetzt war sie bald vierundzwanzig, ihre Jugend bald weg, nichts davon gehabt. Also furchtbar. Und das Entsetzlichste war, es ging Joanna bei der Quartierfrau noch relativ gut, weil sie ein Stück Garten bewirtschaften durfte, viele Fremdarbeiter waren ärmer dran und sahen auch physisch schlecht aus und wurden einfach zurückgegeben, wenn sie nicht mehr konnten.

> *Eben vermeldet das Radio die Beendigung des Kampfes in Simferopol. Schön langsam vergeht einem der Humor. Was dort sich getan haben wird, was dort gefallen ist, es wird einem schwindlig.*

Der Onkel sagte, vor den Toren Deutschlands werde die Front zuverlässig zum Stehen kommen, das werde auf alle Fälle eintreten, denn so kräftig sei der Bolschewik nicht, im

Südabschnitt habe er Anfang März sechzehnjährige Burschen eingesetzt, das zeuge nicht vom besten Stand der Dinge, man müsse nun ... / Ich hörte mir alles ruhig an und dachte mir mein Teil. Glauben tat ich nichts, denn keiner wusste etwas Bestimmtes. Schließlich sagte ich doch meine Meinung, dass die Rote Armee nach allem, was wir uns an der Ostfront herausgenommen hätten, eine gewaltige Rechnung offen habe. Und die, die jetzt behaupteten, dass sie wüssten, wie man sich noch einmal aus der Affäre winden könne, wären naturgemäß die Richtigen, um nach vorne geschickt zu werden, anderen bliebe Schreckliches erspart. Wenn man sich bei den Hinterbänklern auf eines verlassen könne, dann darauf, dass sie's angeblich im kleinen Finger hätten und den Krieg noch zehn Jahre aushalten würden, solange sie nie mit denen vorne tauschen müssten. / Der Onkel zupfte sich einen Tabakfaden von der Unterlippe und zerrieb ihn zwischen den Fingern. Das Journalzimmer füllte sich langsam mit Zigarettenrauch.

Er sagte, er habe mich mit der schwarzindischen Lehrerin gesehen: »Interessierst du dich für die Kleine? Dein Geschmack?« / »Ich habe schon vor Wochen einen Korb von ihr bekommen.« / »Das tut mir leid«, erwiderte er und klopfte mir auf die Schulter.

Später hörte ich ihn mit einer übergeordneten Behörde telefonieren, was ich daran erkannte, dass er wiederholt ein lakaienhaftes »Zu Befehl!« in den Hörer bellte. Unterdessen las ich einen der Briefe, die Kurt Ritler dann und wann postlagernd nach Mondsee schickte und die der Briefträger dem Onkel aushändigte. Der Onkel las die Briefe, um sich zu vergewissern, dass nichts von dem seine Aufmerksamkeit verdiente, ich aus persönlichem Interesse, denn ich mochte den

Jungen. Mittlerweile war er bei der Flak in Schwechat, in einer Stellung vis-à-vis der Straße, die südlich an der Raffinerie vorbeiführt.

> *Wir haben jetzt viel Ausbildung, aber im Moment sitze ich einsam und allein in meinem Horchgerät und höre von Weitem ein Flugzeug. Wenn man nicht wüsste, was es ist, könnte man sich von dem fernen, tiefen und gleichmäßigen Geräusch in den Schlaf lullen lassen. Das Geräusch selbst hat nichts Bedrohliches an sich. / Es ist schade, dass ich ausgerechnet bei den Horchern gelandet bin, Ferdl ist bei den Scheinwerfern, da sieht man wenigstens etwas. Mit so einem Scheinwerfer würde ich dich gerne suchen. Nanni, ich mache mir solche Sorgen um dich, ich habe Angst, dass dir etwas zugestoßen ist.*

Ich fragte den Onkel nach dem Mädchen. Er sagte, er wisse von ihr nichts Neues. Aber er sei überzeugt, dass alles Wesentliche bald von selbst aus dem Fall herauseitern werde. So drückte er sich aus. / Unter dem Vorwand, dass ich starke Kopfschmerzen hätte, brach ich auf. Das Wetter hatte umgeschlagen, einzelne Regentropfen zeigten die unsichere Wetterlage an. Rasch vorwärts.

Zu Hause fing mich die Quartierfrau ab, sie verlangte wieder, dass ich die Fahnenstange aufstelle, das sei Männersache. / Die Feierlichkeit zu Ehren meines obersten Dienstherrn war herangerückt, der sogenannte F.geburtstag. Auch zu diesem Anlass musste die auf dem Mond befindliche Kolonie dem Mutterland huldigen. / Mit Blick nach dem Wetter fragte ich, ob das Aufstellen der Fahnenstange nicht Zeit bis morgen habe. Aber die Quartierfrau meinte humorlos, ich wolle doch bestimmt bis in den Vormittag hinein schlafen. Dagegen ließ sich nicht leicht etwas vorbringen. / Im sicheren Gespür für den weiteren Verlauf des Gesprächs tat ich wie befohlen. Auch derlei hatte sich nun also eingespielt. Während die Quartierfrau mit verschränkten Armen danebenstand und mit boshaftem Lächeln darauf wartete, dass mir das Manöver misslang, dirigierte ich die Fahnenstange in das Loch. Die Quartierfrau zog die Fahne auf, und wenige Minuten später hing die Fahne schwer und schlaff über dem Vorplatz. Es hatte zu regnen begonnen. Und wie!

Im Bogen schoss das Wasser aus der Dachrinne und übersprang den im Garten liegenden Traufenstein. Der Ort duckte sich jämmerlich unter dem niedergehenden Wetter. Die Kröten krochen aus ihren Löchern, und auf dem Feld neben dem Gewächshaus wartete der Fuchs, bis eine Maus aus ihrem Loch geschwemmt wurde. Zweimal sah ich ihn mit einer Maus im Maul davonlaufen.

Am Abend aß ich bei der Darmstädterin. Der Hintern des Kindes war wieder gut, die Darmstädterin gab mir die Höhensonne zurück. Ich sagte, es wäre das schönste Leben, wenn nicht überall Dämpfer aufgesetzt wären, hier in Form der Quartierfrau. Die Darmstädterin fragte, warum genau ich in Mondsee sei. Weil es mir zu Hause bei den Eltern nicht gefallen habe, sagte ich. Sie lachte jäh auf, bei ihr sei es das gleiche. Sie wolle bis zum Kriegsende hierbleiben, dann werde sie weitersehen. Ich sagte, ich bliebe auch gerne hier, aber es werde wohl nicht mehr lange dauern, bis mein Dienstgeber wieder nach mir greife, ich fürchtete seinen langen Arm. Im Moment sei ich n. v. – *nicht verwendungsfähig*. Ich hätte noch acht Wochen bis zur Untersuchung.

Nach dem Essen servierte ich Wein, während die Darmstädterin am Tisch bügelte. Als ich sie ganz ungezwungen fragte, ob sie ihren Mann vermisse, sagte sie, sie habe das Kind, und sie schmiere sich am Abend mit ihrer Creme ein, das sei immerhin etwas. Ich glaube, sie meinte, immerhin etwas an Berührung.

Das Kind angreifen getraute ich mich nicht. Aber vor dem Abendessen hielt ich ihm den Finger hin, und das Kind langte danach und spielte damit. Die verkrusteten Nasenlöcher des Kindes sahen schlimm aus. Die Darmstädterin beruhigte mich, das sei nichts Besonderes. Als ich mich hinunterbeugte, um die Nasenlöcher besser begutachten zu können, quiekte das Mädchen und strampelte mit den Beinen.

Tags darauf hatte sich das schlechte Wetter verzogen. Auf dem Marktplatz wurde weiter kolonisiert, die Partei war bemüht, ihren Lebensraum in die Köpfe der Kinder auszudehnen, dies geschah durch eine Rede vor den versammelten Verschickten, gehalten vom Gebietsbeauftragten der Kinderlandverschickung, Oberstammführer Pleininger. Ich sah ihn auf seinem Motorrad hinter einer schlurfenden Kuhherde hertuckern, in den schönsten Stiefeln, die ich seit Monaten zu Gesicht bekommen hatte, Chromleder, Frankreich. Ich dachte mir, wenn die vorne wüssten, wie gut es sich die Daheimgebliebenen machen, würden sie sofort überlaufen.

Weil die Verschickten außerdem das 3-Monats-Jubiläum feierten, das heißt, dass sie nun seit drei Monaten Verschickte waren, wurde in allen Lagern getanzt bis zehn Uhr am Abend zur F.geburtstagsmusik aus dem Radio.

Die Existenzgrübelei des Brasilianers war neuerdings von guter Laune durchwachsen. Zwar stöhnte er unter der Arbeit, sie komme ihm vor wie aus Gummi, das ganze Leben sei aus Gummi, gesponsert von der Firma Buna, Made in Poland, Generalgouvernement. Aber er prophezeite, dass im Westen die Invasion unmittelbar bevorstehe, und dann dauere es nicht mehr lange, und er haue ab aus dem verzopften europäischen Zivilisationsbetrieb. Seine Stunde werde kommen, und so glücklich, wie er dann sei, sei kein Mensch auf der Welt, und dann schüttle er dem Finger-Gottes-Gebirge die Hand und dann höre er dem vielstimmigen Dröhnen des Orgelgebirges zu und dann lege er sich in die Wüste der Schnarcher. Nur weg von diesem Räuber- und Kriegskontinent. / Er zog einen alten Nagel aus einem alten Brett, das Geräusch, das dabei entstand, war nicht weit entfernt vom Kreischen der Kreide an der Schultafel, es zog mir die Blase zusammen. / Die Ellbogen des Brasilianers kamen beim Arbeiten aus den Löchern im Pullover. Er sagte, jetzt kaufe er sich keinen neuen mehr. In Brasilien, ja. »Viva Brasil!« Er gab ein zufriedenes Grunzen von sich und ging mit dem rostigen Nagel über den Plattenweg zum Gewächshaus.

Auch unter den verschickten Kindern hatte sich herumgesprochen, dass es in Mondsee einen Brasilianer gab. Wenn die Mädchen Dorffreizeit hatten, suchten sie seine Gesellschaft, gingen ihm zur Hand und fragten ihn nebenher aus, über Papageien, Kolibris und Kaffeeplantagen. Manchmal streute der Brasilianer unvorsichtige Bemerkungen ein: »In Brasilien vermischen sich die Rassen ganz selbstverständlich. Dort gibt es viele Mischlinge, das ist dort normal. Wer bei der Einschätzung von Menschen Rasse zur obersten Kategorie erhebt, höher als jede andere menschliche Eigenschaft, Intelligenz, Geist, Takt, Talent, gibt keinen Beweis seiner Überlegenheit.« / Die Kinder lauschten mit neugierigem Gruseln und sahen einander fragend an oder spotteten ein wenig. Und einmal platzte eines der Mädchen heraus mit einem lauten: »Pfui!« / Da zuckte der Brasilianer die Schultern, und die Mädchen nahmen es zur Kenntnis.

Zum Verhängnis wurde ihm nicht seine Liebe zum südlichen der beiden Amerikas, sondern eine Bemerkung, die er drei Tage nach dem F.geburtstag anlässlich einer Ansprache des Ministers für Öffentlichkeitsarbeit machte. Mit seiner ersten Lieferung Radieschen und Gurken in diesem Jahr kam der Brasilianer in die Übertragung hinein, die im Schankraum des Schwarzen Adlers aus dem Radio tönte, der Minister für Öffentlichkeitsarbeit stellte dem Anprall der Kriegswirklichkeit einige Phrasen entgegen. Und der Brasilianer sagte, für den Ziegenfuß finde sich hoffentlich bald eine gestrenge und gut gebaute Krankenschwester, die ihm eine für Geisteskranke gemachte Jacke anziehe. / Es habe ein paar offene Münder gegeben, und ein Gast, der es gut mit ihm meinte, habe vorsorglich gesagt, er solle nicht so einen Unsinn reden, er sei offenbar betrunken. Doch den Genuss von Alkohol ließ sich der Brasilianer nicht unterstellen, er verwahre sich dagegen, und das Land brauche keinen solchen F., der aus Taktik und Egoismus zwar selbst nicht saufe, rauche und raue Mengen an Tierfleisch verschlinge, aber diese Dinge in einem krankhaften Übermaß seinen Untergebenen zur Verfügung stelle. Unter den Missgeburten, die dieses Land in ihre Gewalt gebracht hätten, gehöre der Minister für Öffentlichkeitsarbeit eher noch zu den leichteren Fällen.

Der Brasilianer wurde nicht über Nacht

Der Brasilianer wurde nicht über Nacht verhaftet oder im
Morgengrauen, wie die Leute es sich von derlei Vorgängen er-
zählten, sondern zur Mittagszeit. Mir kam vor, die Behörden,
die in Sachen der verschwundenen Annemarie Schaller nicht
weiterkamen, also feststeckten, nutzten die Gelegenheit, um
den Anschein zu erwecken, alle seien auf ihrem Posten. / Während ich mein spätes Frühstück einnahm, hatte ich ziemliches
Kopfweh. Einzelne Geräusche von der Gärtnerei erreichten
mich gedämpft. Ich betrachtete die zwei Tomaten, die zum
Reifen auf meinem straßenseitigen Fensterbrett lagen, und
dachte daran, wie sehr Hilde im Sanatorium sich über den
Anblick der ebenfalls zum Nachreifen auf ihrem Fensterbrett
liegenden Tomaten gefreut hatte. In Papier gewickelt oder in
Holzwolle gelegt, hatten Mama und Papa ihr ins Sanatorium
geschickt, was möglich gewesen war. Es ist Teil der Geschichte,
die mich geformt hat. Und nebenan hörte ich die Schritte der
Darmstädterin, schnell und geschäftig, manchmal Geschirr-
klappern und Trällern, manchmal ein Schlag gegen die Wand.

Dann kam mit leisem Geräusch ein Wagen die Straße herüber. Hier fuhr normalerweise nur der Schlachter mit einem
ganz anderen Geräusch wegen des Anhängers. Mit der Kaffeetasse in der Hand trat ich zum Fenster. Ein dunkler Peugeot zwängte sich zwischen dem Leiterwagen und dem vorderen Komposthaufen durch, presste zwei Spuren ins Gras
bis zum Eingang des Gewächshauses. Dort wusch der Brasilianer im Brunnentrog seine Socken.

Zwei Männer stiegen aus. Der eine war so feist, dass er im Nacken Harmonikafalten bekam, wenn er den Kopf nur ein wenig hob. Und sie gingen auf den Brasilianer zu. Und die Hündin kam bellend aus dem Gewächshaus gelaufen. Und der Dünnere schlug die Hündin sofort zweimal mit einem Stock. Und der Brasilianer legte die nassen Socken über den Rand des Brunnentroges. Und der Dicke fasste den Brasilianer am Arm, um ihm zu verstehen zu geben, dass sie ihn jetzt dringender brauchten als der Hund. Und die Hündin kroch winselnd unter den Leiterwagen. Und kurz darauf gingen die Männer mit dem Brasilianer zum Haus. Und ich dachte, was sind das für Menschen, die den Hut nicht abnehmen, wenn sie ein Haus betreten. Antwort: Das ist wohl nicht deren Hauptproblem.

Als die Männer wieder herauskamen, war die Aktenmappe unter dem Arm des Dünneren dicker geworden, und die halbe Nachbarschaft hatte sich auf der Straße versammelt, denn das Erscheinen eines Wagens mit verdunkelten Fenstern hatte nicht nur bei mir Aufsehen erregt. / Da ich Uniform trug, wagte ich es, den Männern entgegenzugehen. Der Dicke kam auf mich zu, und ohne mich zu Wort kommen zu lassen, bezeichnete er mich als genau richtig, ich solle ihm die Gaffer vom Hals halten. Ich drehte mich um, auch die Quartierfrau hatte sich ein wenig herangewagt. Ich fragte, was das werden solle. / »Eine tadellose Verhaftung«, gab der Mann mit leisem Hohn zurück, und dabei fixierte er mich, wie man es ihm im Schnellsiedekurs für Geheimpolizisten beigebracht oder wie er es sich zur Gewohnheit gemacht hatte. Es wirkte einstudiert, verfehlte aber nicht den gewünschten Effekt. Ich blieb stehen.

In den Winternächten im Gewächshaus hatte ich dem Brasilianer allzu oft nur mit einem Ohr zugehört. Irgendwie kam es mir jetzt vor, als habe er einmal gesagt, unsere Begriffe von dem, was Zivilisiertheit sei, könnten nicht aufrecht erhalten werden. Und es kehrte mir auch eine andere Bemerkung in die Erinnerung zurück, er hatte gesagt, manchmal käme ich ihm vor wie eine Pflanze, die man einmal umtopfen müsste. Er habe den Eindruck, ich hätte mein Wachstum vor Jahren eingestellt.

Jetzt hatte er ein Bündel mit vermutlich rasch zusammengeraffter Wäsche unterm Arm. Und während der Feiste zu ihm zurückging, suchte der Brasilianer meinen Blick und sagte: »Kümmere dich um die Tomaten, Menino. Auch das werde ich dir wohl zutrauen dürfen.« Und er warf mir einen Schlüsselbund zu, und der Schlüsselbund flog mir genau vor dem Bauch in die Hände.

Und der Feiste sagte zum Brasilianer, er solle das Maul halten und besser seine elenden Galoschen putzen, damit er den Wagen nicht verdrecke. Und der Brasilianer, in seinen groben, stumpfnasigen Arbeitsschuhen, hatte trotz allem noch Witz und erwiderte, gute Schuhe seien in allen Breiten der Welt viel wert, doch auch im Dschungel Brasiliens sei es so, diejenigen in den besten und teuersten Stiefeln brächten das größte Unglück. / Der Polizist sah den Brasilianer spöttisch an, ein wenig verächtlich. Dann plötzlich, als erinnerte er sich der Dienstanweisung für das fünfte Kriegsjahr, versetzte er dem Brasilianer mit solcher Wucht einen Schlag ins Gesicht, dass der Brasilianer rücklings ins Gras fiel. Und der andere Polizist stieß den Brasilianer mit dem Fuß an, und so wurde das Gemunkel über die diesbezüglichen Abläufe am Ende doch noch bestätigt. Sie packten den Reglosen am Kragen, schleiften ihn durch das, was das Leben ausmacht, den Schmutz der Erde und das Gras der Tage, mit Tritten und Püffen stopften sie ihn auf die Rückbank des Wagens und warfen das Bündel mit der Wäsche und einen verlorenen Arbeitsschuh hinterher, den ein Knirps aus der Nachbarschaft ihnen gereicht hatte. Und alle andern glotzten nur, ich eingeschlossen. Und der Peugeot rangierte, fuhr zwischen Komposthaufen und Leiterwagen durch, scherte holpernd in die Straße ein, wo einige Nachbarn zur Seite treten mussten, in Schlaglöchern wankend, staubte der Peugot davon. Und es war jetzt so still, dass ich von unter dem Leiterwagen das erbärmliche Winseln der Hündin hörte, ich schaute kurz hin, und die Hündin schaute verängstigt her, aber ich hatte so arges Herzklopfen, dass mir alles egal war.

Ich war dann wieder so ein unruhiger Geist, dass ich ziellos in Mondsee herumlief, bis ich am späten Nachmittag todmüde den Posten betrat, um vom Onkel gesagt zu bekommen, er wisse weniger als ich, die Anzeige sei über Linz gelaufen und alles andere auch. Aber während ihn das Verschwinden des Mädchens Annemarie Schaller nicht sonderlich interessiert hatte, schien ihn die Unvorsichtigkeit des Brasilianers zu beschäftigen, das sei keine Kleinigkeit, wie könne man nur so dumm sein, dem Minister für Öffentlichkeitsarbeit eine Zwangsjacke in Aussicht zu stellen. Dass hier um eine Strafe nicht herumzukommen sei, werde wohl allen Beteiligten klar sein. Und er fand, der Brasilianer hätte besser den Mund gehalten, wie andere es auch tun, dann hätte er sich manche Nacht auf einem harten Bett erspart. Ich fragte, was *manche Nacht* bedeute, in welcher Größenordnung wir uns bewegten. Und ohne viel nachdenken zu müssen, sagte der Onkel: »Sechs Monate, wenn er Einsicht zeigt. Andernfalls wird er – wie Lanner Anton und Anton – feststellen müssen, dass es auch schlimmer kommen kann.« / Und dann nickte er, als habe er die Weisheit mit dem Löffel gefressen.

Ich hatte das plötzliche Bedürfnis, mir einen anzutrinken, die Neue Post war gleich um die Ecke. Wegen meiner Niedergeschlagenheit fuhr mir der Alkohol ganz besonders ein, nach zwei Achtel Wein schwindelte mich schon, ich war nichts mehr gewöhnt. Aber in der Neuen Post war die Luft aus Tabakqualm, Küchendunst, Alkoholatem und Schweiß so dick, dass ich mich regelrecht anlehnen konnte. Und auch die Betrunkenen wankten zwar, fielen in der dicken Luft aber nicht um. Und auch die verlorenen Seelen fanden hier etwas Halt. / Die Verhaftung des Brasilianers wurde lebhaft diskutiert, einer sagte, der Brasilianer sei am falschen Ort gelandet, denn er gehöre nicht ins Zuchthaus, sondern in eine Irrenanstalt. Insgesamt war man sich aber einig, dass es nicht besonders schlau gewesen war zu sagen, was der Brasilianer gesagt hatte. Wenn einer schon unbedingt reden wolle, dann besser mit den Kühen und auch mit den Kühen nur im Flüsterton, da schlage man sich lieber mit der Hand auf den Mund, für alles andere trage man selbst die Verantwortung. »Das ist meine Meinung«, sagte ein alter Mann. Und ohne sichtbaren Anlass fiel ein Hut vom Garderobenhaken und kullerte in eine Bierlache.

Beim Heimkommen erschreckte mich, wie schon mehrmals an diesem Tag, das Klimpern des Schlüsselbundes in meiner Hosentasche. / Die Darmstädterin wollte mir unbedingt Schnaps verabreichen, weil ich so nervös war. Sie hatte die Schnapsflasche schon in der Hand. Aber wenn ich dieses Medikament auch noch schluckte, war der Narr ganz fertig, es fühlte sich schon jetzt so an, als könne niemand je die Unordnung in meinem Leben wieder gutmachen.

> *Vorsichtig schnuppernd schlüpft eine Maus hinter dem Türstock hervor, wo ein Loch ist, trippelt über den Fußboden, bis sie etwas gefunden hat, was sie fressen kann, und verschwindet dann wieder in ihrem Loch. / Es beginnt bereits dunkel zu werden, ich kann kaum noch die Linien auf dem Papier erkennen.*

Immer wieder stand ich auf und ging zum Fenster. Unbeeindruckt standen Schafberg und Drachenwand an ihrem Platz. Der Garten des Brasilianers lag verlassen da, das Gewächshaus schimmerte friedlich im Licht. Jemand musste sich um den Betrieb kümmern, das stimmte wohl. Und doch vermochte ich mich nicht zu entschließen, im Grunde, was ging es mich an, ich wollte in die Sache nicht hineingezogen werden, der Krieg hatte mich gelehrt, Risiken abzuwägen, und wenn ich hier unvorsichtig war, lief ich Gefahr, dass mein Dienstgeber früher als vorgesehen wieder nach mir griff. Da war es besser, wenn ich mich drückte, so etwas verlernt ein guter Soldat nicht.

Soldat? Mir war ein wenig unwohl, nachdem ich das Wort in Gedanken verwendet hatte. Und daneben tauchte ein anderes Wort auf: Freund. Waren der Brasilianer und ich befreundet? Und wenn ja, wer hatte bei dieser Freundschaft eigentlich wen gewählt? Doch eher ich ihn als er mich.

Die Darmstädterin brachte der Hündin die Reste ihres Abendessens. Die Hündin hatte sich den ganzen Tag von ihrem Platz unter dem Leiterwagen nicht weggerührt. Und die Darmstädterin streichelte ihr den Rücken, und die Hündin winselte auf, und die Darmstädterin zog die Hand rasch zurück und fuhr der Hündin besänftigend über eine der Vorderpfoten. Sie stellte dem Tier Wasser hin. Beim Zurückkommen schaute sie zu mir herauf und grüßte mich mit ihren zwei ausgestreckten Fingern, die sie Richtung Stirn und wieder weg führte. Ich salutierte, wie man es mir beigebracht hatte.

Als es längst dunkel war und das Kind schon schlief, hörte ich die Hündin schwach bellen. Zuerst maß ich dem Bellen keine Bedeutung bei. Dann hörte ich das erste Klirren und gleich noch eines und noch eines. Ich riss das Fenster auf, und wieder klirrte es mehrmals. Beim Gewächshaus huschten Schatten, und ich brüllte hinaus in einer Lautstärke wie erst einmal in meinem Leben, als ich unmittelbar nach meiner Verwundung nach dem Sanitäter gerufen hatte, ich war so aufgeregt und hatte solches Herzklopfen, dass ich nicht mehr weiß, ob ich wirklich brüllte, was ich in Erinnerung habe: dass ich mein Gewehr hole. Ich war sehr erregt. Die Schatten liefen davon in Richtung Acker und in Richtung Wiese, und ich meinte unterdrücktes Lachen zu vernehmen. Dann war es still, und da war wieder das klägliche Winseln der Hündin.

Wenig später stand ich mit der Darmstädterin vor dem Haus, sie wiegte das Kind in den Armen und sagte, wenn das so weitergehe, werde ihr die Milch sauer. / Die Quartierfrau steckte nur einmal kurz den Kopf zum Fenster heraus und fragte mit kaltherziger Neugier, warum ich so ein Gebrüll veranstalte, ich hätte sie aus dem Schlaf gerissen. Ich wollte ihr die gröbsten Dinge an den Kopf werfen, überlegte es mir aber, wozu denn, und sagte nur: »Es wird schon einen Grund gehabt haben.« / Als die Quartierfrau ihr Fenster wieder geschlossen hatte, hörten wir von drinnen ihr wildes, unheimliches Lachen. Die Darmstädterin sagte: »Ich hoffe, dass mir der Herrgott die Geduld gibt, dass ich es aushalten kann, bis der Krieg vorbei ist.«

Die Augen der Hündin glänzten unter dem Leiterwagen hervor, und ich hielt ihr die Hand vor die Schnauze, und sie leckte die Hand ab. Die Darmstädterin sagte, dass sie vermute, man habe der Hündin das Rückgrat gebrochen, ob niemand den Veterinär kommen lasse und ob es jetzt klug sei, das Tier weiterhin vegetarisch zu ernähren, was ihr ohnehin nicht ganz geheuer sei. Ich war noch immer sehr aufgewühlt, zornig und unglücklich und vertagte die Sache, ich sagte, ich werde mich in der Früh um alles kümmern. / Den Trinknapf der Hündin füllte ich mit frischem Wasser.

Über uns stand ein dichtes Gewirr aus Sternen. Aber in Russland hatte ich Gelegenheit genug gehabt, den Sternbildern etwas näherzukommen, jetzt interessierten sie mich nicht mehr. Einige Fledermäuse flatterten durchs Dunkel mit einem papierenen Geräusch, diese ruhelosen Seelen.

Ich lag dann lange wach bei offenem Fenster und lauschte hinaus auf jeden Laut. Im Nebenzimmer drehte sich die Darmstädterin von einer Seite auf die andere. Und dann träumte ich, dass der Onkel in seinem Dienstzimmer kopfunter an der Decke ging. Und gegen fünf in der Früh wachte ich auf mit Bauchschmerzen, taumelte hinunter zur Latrine und hatte eine Sturzentleerung, Durchfall, total flüssig. Die Schweine schliefen ungestört und achteten nicht auf mein Stöhnen. Ich legte mich noch einmal nieder, lag wach, bis die Sonne aufging, dann zog ich mich endlich an und begab mich zum Grundstück des Brasilianers, um den Schaden zu besichtigen.

Acht Glaselemente am Gewächshaus waren zerbrochen, größere Teile der kaputten Scheiben hingen noch in den Rahmen. Drinnen waren die Orchideenbeete abgeerntet, der Brasilianer hatte vor einigen Tagen weitere Gurken gepflanzt. Auf der dunklen Erde lagen große und kleine Scherben und Splitter. Bei den Tomaten hatten größere Scherben einzelne Äste abgeschlagen und zwei Stauden geköpft. Zwischen den Scherben fand ich faustgroße Steine. Ich ließ sie liegen, bis der Onkel gekommen war und mit dem Schnaufen des schweren Rauchers eine Tatortbegehung vorgenommen hatte. Er strengte sich nicht an, Interesse für den Vorfall zu heucheln, er opferte auch keinen Erfassungsbogen, Argument: das wäre Papierverschwendung in Anbetracht der angespannten Versorgungslage. / »Jung und ungestüm, das lässt sich ja auch verstehen. Ein wenig übers Ziel hinaus ist es schon«, sagte er.

Der Onkel verströmte einen sauren Schweißgeruch, er wirkte verschlafen, bewegte sich träge wie einer, der seine Zeit mit Warten und Herumstehen vertut. Ich starrte ihn an in einer Mischung aus Bitterkeit und Zorn, und da bezeichnete er sich als alten Klepper und lamentierte, dass er vor einigen Jahren den Ruhestand schon so gut wie in der Tasche gehabt habe und dass die Entlassung nun von Jahr zu Jahr aufgeschoben werde und dass er gezwungen sei, überall mit dem Feuer zu spielen, immer am Rand des Vertretbaren, er drücke in alle Richtungen mehr Augen zu als ein normaler Mensch besitze, nach dem Krieg könne er eine zweite Karriere beim Zirkus starten. Und trotzdem denke er sich bisweilen, das, was er schließlich bekomme, werde eine Tracht Prügel sein, schade, denn unter besseren Umständen würde er längst von einem Ruderboot die Angel in den See halten.

Er bat mich dann noch, ihm meine Beziehung zum Brasilianer zu erläutern. Es würden im Ort schon Beschwerden geäußert, ich wäre an der Front besser aufgehoben als hier. Man glaube dem Wiener Soldaten gerne, dass es am Mondsee schöner sei als in den Karpaten. Aber es helfe alles nichts, es sei nun einmal Krieg, die Erfordernisse des Moments undsoweiter. / Ich begann mit dem Einsammeln der Scherben und sagte, der Tag der Nachmusterung rücke heran, der Onkel solle mir die verbleibenden Wochen nicht nehmen, er müsse sich keine Sorgen machen, Vegetarier werde aus mir keiner, und schließlich sei er, der Onkel, es gewesen, der mir das Zimmer besorgt habe, ich hätte mir die Nachbarschaft nicht ausgesucht, ich käme nun einmal mit allen gut aus. / »So, so«, sagte er und machte mit den buschigen Brauen eine Bewegung, die ich folgendermaßen deutete: Wer's glaubt! / Er schaute mir noch eine Weile beim Einsammeln der Scherben zu, dann entfuhr ihm ein »Scheiß drauf!«, und er trollte sich hustend, denn er hatte seine Zigaretten auf dem Schreibtisch liegen lassen.

Unter dem Eindruck, dass etwas zu geschehen hatte, brachte ich verschiedene Drähte zum Glühen, bat Herrn Tecini um Rat und sprach mit dem Ortsgruppenleiter. Es kostete mich allerlei Mühen und mehrere Kilo Gurken, bis alles in die Wege geleitet war und ich die Zuweisung für das Glas in Händen hatte. Der Onkel hatte mir das Stichwort gegeben: *in Anbetracht der angespannten Versorgungslage.* Ich erinnerte den Ortsgruppenleiter an die zweihundert verschickten Kinder in seinem Einflussbereich und daran, dass von etwa siebenhundert Kilo Tomaten die Rede war, heutzutage nicht unerheblich, im Moment sei Ware mehr wert als Geld. Und der Ortsgruppenleiter bestätigte es, er wirkte erschöpft, Geld sei tatsächlich vorhanden, sagte er, sonst fehle es so ziemlich an allem. Ich verhandelte den Preis, wir schlossen einen mündlichen Vertrag, und im Stillen dachte ich, die Volksgemeinschaft ist eine gierige Vettel.

In den folgenden Tagen schlug mir die Arbeit über dem Kopf zusammen. Die meiste Zeit nahmen die Laufereien in Anspruch, die für die Beschaffung des Materials nötig waren. Den Kitt erhielt ich wieder nur gegen diverse gelbe, grüne und runde Substanzen. Auch dem Onkel schenkte ich eine Schachtel Zigaretten, damit er mir gewogen blieb, er sagte, seines Wissens habe der Brasilianer für die besonders schlechten Zeiten einige Kisten mit Zigarren gehortet, eine gewisse Frau Beatriz de Miranda Teixeira habe die Kisten jahrelang zu Weihnachten geschickt, ich solle aufpassen, dass die Zigarren nicht in die falschen Hände kämen.

Der Kitt war zäh und schwer zu verarbeiten. Die Leiter hatte lose sitzende Sprossen, das machte mich nervös. Und von dort oben, mit dem Kopf über dem Gewächshaus, kamen mir die Überflüge endlos vor, ich hatte ein Gefühl des Irrealen, während die aus Italien kommenden Geschwader in glitzernder Ordnung über den See zogen. Zum Glück verging das Gefühl wieder, nachdem ich am Brunnen Wasser getrunken hatte. Und ich kämpfte weiterhin mit dem zähen Scheibenkitt. Und wenn ich hinunterstieg, sah ich, dass die Pflanzen die Blätter hängen ließen, da sie seit drei Tagen nicht gegossen wurden. Und noch immer waren die Gurken nicht abgenommen.

Es war Freitagnachmittag, mein Rücken schmerzte. Weil ich den Schlauch nicht auf den Hahn des Laufbrunnens brachte, arbeitete ich mit den Gießkannen, goss, während die andere Kanne volllief, an den Händen hatte ich Blasen, die sich ebenfalls füllten. Und obwohl die Tür zum Gewächshaus offen stand, heizte sich der Raum in der Sonne auf, mir lief der Schweiß in Bächen herunter. / Ich wollte schon Schluss machen für diesen Tag, da hörte ich ein Quieken. Die Darmstädterin war hereingekommen, in ihrem Arm das Kind probierte seine Stimmmöglichkeiten aus in dem so anderen Licht und der Wärme. Wenigstens eine Person, die noch die Fähigkeit besaß, glücklich zu sein. / Die Darmstädterin ging nach hinten, breitete eine Decke auf den Boden, legte das Kind hin und startete den Plattenspieler, sie zog eine Platte von Rosita Serrano aus dem Stapel. In die ersten Takte von *Roter Mohn* hinein sagte sie, ich solle auf das Kind aufpassen. Dann ging sie hinaus und schloss den Schlauch an. Ich fragte sie, wie sie das gemacht habe. Sie zeigte es mir und strahlte, es gefiel ihr, dass sie den kompletten Durchblick hatte. Zu Hause in Darmstadt hätten sie dasselbe System. Anschließend nahm sie Gurken ab. »Besser als Windeln waschen«, sagte sie. Und sie reichte mir eine Tomate und forderte mich auf, eine Pause zu machen. »Ruh dich ein wenig aus, du bist ja total erschöpft.« / Ich setzte mich auf die Werkzeugkiste, wo ich im Winter immer gesessen war. Zu meinen Füßen das Kind lag auf dem Rücken, die abgewinkelten Beine in die Höhe gestreckt, es beobachtete mich beim Essen der Tomate. Und nach einiger Zeit rieb sich das Kind mit den drallen Fäustchen die Wangen, als müsse es nachdenken. / Ich drehte die Schallplatte um, und Rosita Serrano sang *Es leuchten die Sterne*.

Für jedermann überraschend kam in der Nacht nochmals ein Schlechtwettereinbruch mit Schnee. Ich brauchte ohnehin eine Ruhepause, nahm meinen Kalender aus der Feldbluse, die etwas abseits am Nagel hing, und strich die vergangenen Tage aus. Die Aprilbilanz 1944 konnte ich als denkbar unbefriedigend abschließen.

In den Dschungeln Schwarzindiens

In den Dschungeln Schwarzindiens ging alles seinen gewohnten Gang. Im Lager gab es keine weiteren Aufregungen, die frechen Mädchen waren frech wie immer, und Emmi heulte am Tag mindestens einmal, so wurde es mir berichtet. In allen Zimmern duftete es nach Wiesenblumen, trotzdem war die Stimmung im Vergleich zum Winter sehr heruntergesunken. Das lag vor allem an Nanni und daran, dass kaum jemand anwesender ist als jemand spurlos Verschwundener. Das ganze Lager hatte Nanni schon satt, weil sie mehr Aufmerksamkeit bekam als alle Anwesenden zusammen. Die vorlauten Mädchen schimpften, und die angepassten Mädchen schüttelten missbilligend den Kopf.

Die Mädchen, die mit dem Handwagen die ersten Tomaten abholten und ihre von der Lagerlehrerin ausgestellte Wegerlaubnis vorwiesen, sagten, es gehe ihnen auf die Nerven, dass sie nun besser beaufsichtigt würden und weniger Ausgang bekämen. In der Freizeit müssten sie für die Schule in Wien bis zum Umfallen Spitzwegerich und andere Heilpflanzen sammeln. Auf dem Speiseplan stehe immer öfter Brennnesselsalat. Und dann war auch das Wetter sehr wechselhaft. Einmal erst hätten sie den ganzen Unterricht im Freien erhalten. Unten die Bank beim See habe als Pult gedient. Sie hätten schon vom Badengehen geredet, weil es wie im Hochsommer gewesen sei. Dann war das Wetter wieder umgeschlagen.

Der Brasilianer wartete im Polizeigefängnis in der Linzer Mozartstraße auf seinen Prozess. Den Juristen blühte seit Jahren der Weizen. Von einem Rechtsanwalt in Vöcklabruck erhielt ich ein Schreiben, in dem er mich wissen ließ, dass der Brasilianer gesund sei, wenn auch am ganzen Körper blau von der Holzpritsche. Es gebe keinen Grund zu der Annahme, dass der Vorfall im Adler keine ernsten Konsequenzen haben werde. In diesem Zusammenhang erkundigte sich der Rechtsanwalt nach dem Gewächshaus und meinen damit verbundenen Absichten. Sein Mandant stehe nach eigener Auskunft allein da und bitte mich, für die Aufrechterhaltung des Betriebes zu sorgen. / Ich setzte mich hin für eine Antwort, berichtete von der Hündin und dass der Veterinär sage, er könne ihr nicht helfen und würde es auch nicht tun, weil er die fleischlose Ernährung eines Hundes für abartig halte. Zuletzt machte ich meine Vorschläge. / Wenige Tage später erhielt ich die erbetene Vollmacht für die Bewirtschaftung der Gärtnerei, lautend auf den Namen der Darmstädterin. Zunächst hatte sie gesagt, sie finde den Gedanken überraschend und müsse darüber nachdenken. Aber schließlich willigte sie ein, nachdem ich ihr auseinandergesetzt hatte, dass auch ich ein ungeklärter Fall war. Es blieb vage von einem Tag auf den andern, ob ich bald wieder hinaus ins Feld musste.

Am Abend sank ich todmüde auf das ungemachte Bett vom Vortag. Oft wusch ich mich nicht einmal. Hie und da blieb noch die Kraft, den Polster zu richten, aber auch das nicht immer. Oft arbeitete ich ohne Atempause, und währenddessen dachte ich an den Brasilianer, von dem ich mir vorstellte, dass er in diesem Moment die Wände anstarrte. Beim Brummen der die Gegend überfliegenden Geschwader dachte ich an das Wort *aufbrummen*. Und beim Blick hinunter zum See dachte ich an das Wort *einbuchten*. Es gibt so viele

Wörter im Zusammenhang mit Gefängnis, dass ich die Sache für eine elementare menschliche Erfahrung halten musste wie essen und schlafen.

Mein Leben war jetzt eines mit Blasen an den Händen, abgebrochenen Fingernägeln, Muskelkater und blauen Flecken. Die Blasen machten mich mürrisch, die abgebrochenen Fingernägel verzagt, doch der Muskelkater und die blauen Flecken weckten ein Gefühl der Zufriedenheit. Abends um halb zehn drehte ich mich in meine Decke hinein und lag selten länger als zehn Minuten wach.

Wenn ich beim monotonen Arbeiten im Glashaus ein Gefühl des Irrealen verspürte, nahm ich ein Pervitin. Dann wurde ich rasch ruhig und bisweilen sogar fröhlich. Auch hatte ich unter dem Einfluss des Medikaments mehr Ausdauer. Und insgesamt war mir das Arbeiten lieber als das Nachdenken. / Manchmal hatte ich Zeit für eine längere Pause und legte mich in die Hängematte des Brasilianers. Einmal lag das Kind auf meinem Bauch und schlief. Und ich schlief ebenfalls, bis die Darmstädterin uns weckte.

Die Darmstädterin kümmerte sich um alles Geschäftliche. Bei der Ortskrankenkasse in Darmstadt hatte sie eine Lehre zur Versicherungskauffrau absolviert, ehe sie zum Kriegshilfsdienst in die Fahrdienstleitung des Frankfurter Hauptbahnhofs berufen worden war. Die Tomaten für die Lager wurden von Verschickten oder den Wirtschafterinnen abgeholt. Die Lieferungen an die Wirtshäuser in Mondsee bestellte die Darmstädterin mit einem Handwagen. Während ihrer Abwesenheit hütete ich das Kind. Krabbeln konnte es eh noch nicht, es drehte sich robbend im Kreis. / Am unangenehmsten war mir das Jäten von dem, was angeblich nicht vergeht, ich hackte es und rupfte es aus. Nach zwei Stunden hatte ich Angst, einen Buckel zu bekommen. Hände und Rücken sind die Leidtragenden des Gärtnergewerbes. / Die Darmstädterin sagte, man dürfe beim Arbeiten nicht zu übergenau sein, sonst komme man zu gar nichts. Das hatte ich inzwischen auch schon herausgefunden.

Die ersten beiden Maiwochen waren weitgehend trocken, es grünte, und die Obstbäume begannen zu blühen. Gleichzeitig ging die Zeit der Gewitter los, und wenn so ein Gewitter niederging, zahlte es sich aus. Der Regen brauste, dass man den Donner fast nicht hörte, dafür zitterte das Bett. Und wenn dann ein Blitz durch mein Zimmer fuhr, lief es mir kalt über den Rücken. Und immer hatte ich Angst, dass Hagel kommt. Jedes Wölkchen am Himmel fürchtete ich. Mir fiel auf, seit ich Verantwortung für die Gärtnerei übernommen hatte, waren meine Ängste mehr geworden. Ständig fragte ich mich, wie wird dieses werden, wie wird jenes gehen, und was wird morgen sein.

Die Atmosphäre im Dorf war weiterhin geprägt von der keifenden Quartierfrau, überfliegenden Bomberstaffeln, Todesfällen, Latrinengerüchten und Stromausfällen. Wenn der Quartierfrau der Wehrmachtsbericht nicht gefiel, beförderte sie den leeren Mistkübel mit Fußtritten über den Hof. Dann sprach man sie besser nicht an. / Egal, was man vom Fortgang des Krieges halten mochte, ein schlechter Wehrmachtsbericht machte so viele Menschen übellaunig, dass man unweigerlich etwas abbekam.

Mitte Mai fiel die Halbinsel Krim zurück in sowjetische Hand. Ganze Armeen, die sich Wege gebahnt hatten, existierten nicht mehr. In den ersten Kriegsjahren hatte es im Radio nach den Berichten des Oberkommandos über die Fortschritte an der Front Funkpausen für die sogenannten *gefallenen Helden* gegeben. Am Anfang waren es fünf Minuten gewesen, dann drei Minuten. Aber seit Stalingrad war mir keine Funkpause mehr untergekommen, obwohl mein Dienstgeber seither mehrfach um ganze Armeen erleichtert worden war. Nun hieß es lediglich noch, die Front sei ein Stück zurückgenommen worden. Und es blieb unausgesprochen, dass bald die ganze Ukraine wieder verloren war mit ihrer enormen Bedeutung, die vor einigen Jahren unermüdlich durch Statistiken in den Zeitungen bewiesen werden sollte. Die Ukraine, derentwillen der rücksichtsloseste, brutalste und blutigste Feldzug in der Geschichte der Menschheit geführt worden war, mit mir als Teil davon, dreißig Monate lang. Das jetzt noch besetzte Gebiet hatte keinen großen Wert, Sumpf und Wälder, das brauchte Deutschland heute so wenig wie vor drei Jahren. Und ein bisschen machte es den Eindruck, als genügte den Leuten tatsächlich wieder das Reich in seinen alten Grenzen. Und trotzdem versuchte irgendwer irgendwo eine Wunderwaffe zu entwickeln. Und bestimmt würden dieselben Leute, die heute die Fortschritte bei der Entwicklung der Waffe priesen, demnächst behaupten, dass das Unterfangen geglückt sei, eines mit Sicherheit kommenden Tages.

Dem Onkel legte ich zum Geburtstag eine Flasche Wein und ein Päckchen Tabak vor die Tür. Später sagte er, sein Magen vertrage diesen Tabak nicht, manches könne man umstellen auf schlechte Zeiten, aber nicht einen alten Magen. Der Tabak sei so minderwertig geworden, dass ihm die Zigaretten beinahe nicht mehr schmeckten. Er habe so eine saure Spucke im Mund.

Gestern Abend war in der Volksschule Gasmasken-
probe. Die Darmstädterin blieb mit dem Kind zu
Hause. Bald wäre ich umgekippt. Die Hitze unter
der engen Gasmaske, der niedrige Schutzraum mit
den vielen Menschen und nur Notbeleuchtung. Ich
hatte Platzangst und Herzklopfen. Das Gas selber
machte mir nichts aus, die Maske schloss dicht. /
Seit einigen Tagen sind die Schwalben da, pfeil-
schnell schießen sie über Wiesen und Wasser.

In einem Pullover, den sie linksherum angezogen hatte,
weil er ihr so besser gefiel, saß die Darmstädterin vor dem
Gewächshaus und trennte alte Socken auf. Wir hatten keine
Schnur mehr zum Hochbinden der Tomaten, und neue
Schnur war nicht zu bekommen, immer war sie ausverkauft,
noch ehe sie geliefert wurde, alle Schnur wurde benötigt für
Pakete an die Front. / Ich trug zwei Kübel mit Unkraut zum
Misthaufen.

Im Gewächshaus zog die Wärme den Geruch aus der Erde.
Tagsüber standen die Türen offen, alle von einem Holzkeil am
Zufallen gehindert, damit die Hummeln und Bienen fliegen
konnten. Und immer roch es, als habe es erst vor einer Stunde
zu regnen aufgehört und als brenne nun wieder die Sonne
vom Himmel. Aber wenn ich ins Freie trat, erschrak ich vor
der Kühle und dem unbarmherzigen Wind, der von den Bergen herunterkam. / Auf der Wäscheleine des Brasilianers, die
zwischen zwei Apfelbäumen gespannt war, wehten die Win-
delfahnen.

Wenn es Zeit war, bei der Arbeit zu einem Ende zu kommen, ging die Darmstädterin voraus und fing an, etwas her-
zurichten. Eine Viertelstunde später wusch ich die vom Han-

tieren geschwollenen Hände und ging hinauf über die irregulären Treppen, zog die Altmännersachen des Brasilianers aus, die ich bei der Arbeit trug, und schlüpfte in die Uniform des Stabsgefreiten. Manchmal trank ich noch rasch eine Tasse Kaffee, bis das Essen fertig war, und schaute dem Kind beim Spielen zu. Einige Spielsachen waren kaputt. Ich erschrak, als die Darmstädterin sagte: »Papa wird bald kommen und es richten.«

Ich bat sie, mir zu erzählen, wie sie ihren Mann kennengelernt hatte. Sie sagte, die Soldaten auf dem Weg in den Westen hätten Zettel mit ihren Feldpostnummern aus den Zugfenstern geworfen, solche Zettel habe man entlang der Gleise oft gefunden. Die Adresse von Ludwig habe ihr eine Kollegin in der Fahrdienstleitung weitergereicht, sie habe sich gedacht, ein Ostmärker, warum nicht. / Die Arbeit in der Fahrdienstleitung sei ungeheuer anstrengend gewesen, stundenlang ohne Pause hinter irgendwelche Apparaturen geschnallt, in der Nacht oft nur eine einzige Stunde Schlaf auf drei zusammengestellten Stühlen. Meistens sei sie so müde gewesen, dass ihr in der Bahn nach Darmstadt die Augen zugefallen seien. Nach einem dreimonatigen Briefwechsel sei Ludwig zu Besuch gekommen, und dann hätten ihre Freundinnen gesagt, sie würden die Hochzeitsglocken läuten hören, und dann habe sie wieder einmal eine Ohrfeige von ihrem Vater erhalten, danke, es reicht, und dann habe sie im Bett nicht mehr aufgepasst, und der Übermut, oder wie man es nennen wolle, sei mit ihr durchgegangen. Ob ich sie verstehen könne, dieses Denken: Mir ist alles egal, ich will leben! Ob ich verstehe, was sie meine. Bei der ersten Gelegenheit hätten sie geheiratet.

Sie erklärte mir, dass sie in der letzten Zeit eine merkwürdige Phase durchlaufe, was sie darauf zurückführe, dass sie glaube, nicht den richtigen Mann geheiratet zu haben. Heiraten sei ihr als die beste Möglichkeit zum Loskommen erschienen. Und für einen Soldaten habe Heiraten auch nur Vorteile. Hell auflachend setzte sie hinzu: »Kriegsbraut! An jedem schönen Wort klebt heute der Krieg.« / Sie sprach das Wort wieder auf diese besondere Art aus, dass es nach *kriechen* klang, nach dem Kauern in Erdlöchern. / »Bist du schockiert?«, fragte sie. / Ich zog den Korken aus der Flasche und murmelte traurig, es überrasche mich nicht, ich hätte es in meiner Kompanie oft so erlebt, die Verheirateten seien ständig in Urlaub gefahren, und für die Ledigen habe niemand etwas übrig gehabt.

Beim Füttern verbrannte sich das Kind die Zunge, weinte ein Weilchen und war dann mehr als bettreif. Die Darmstädterin wollte das Kind niederlegen, aber es protestierte so heftig, dass sie es wieder aus dem Wäschekorb nahm. Ich tat wenig später dasselbe, niederlegen und wieder holen. Um halb neun war das Kind endgültig im Bett, raunzte noch ein wenig und schlief bald ein. Die Darmstädterin und ich tranken gemeinsam den Wein leer und schimpften vor uns hin, bis ich sagte: »Ich muss gehen, es ist Zeit zum Schlafen.« / Sie strich sich im Aufstehen ihr Kleid glatt.

Es war jetzt richtig Frühling geworden, ein milder Südwind kam über die Berge. Die Darmstädterin und ich waren schon ganz braungebrannt. Nachmittags, wenn wir draußen auf dem Acker arbeiteten, hatte ich das Hemd offen, so warm war es. Eine herrliche Zeit oder besser gesagt, ein herrliches Wetter. / Am Abend aßen wir erstmals unter dem Nussbaum des Brasilianers. Wir lauschten dem langen Abendgebet der Frösche, und ich dachte an das sogenannte Auskämmen der Wälder, qua-qua-qua. Und wenn man einen Partisanen oder eine Partisanin erschossen hatte, war es, als hätte man den Wind im Feld gefangen, von unserer Warte gesehen, die Wirkung blieb aus, es war alles total sinnlos, grauenhaft, unmenschlich. Und dann weiter bei größter Hitze in riesigen, urwaldähnlichen Gebieten viele Kilometer gehen, und ständig quakten die Frösche, qua-qua.

Weil ich Angst hatte, einen Anfall zu bekommen, nahm ich ein Pervitin. Bald darauf war ich guter Laune. Die Darmstädterin und ich unterhielten uns und lachten viel. Wir hatten ein seltsames Verhältnis oder besser gesagt, ich empfand es als seltsam, weil wir so natürlich miteinander umgingen, nicht so gekünstelt und steif wie in der Jugend.

Die Hündin bellte. Ich sah, dass ein Fuchs aus dem Glashaus kam, meine Stimmung war sofort am Boden. Auch solche Kleinigkeiten machten mich nervös. / Ich wusch mir die Hände am Brunnen, und dann redete ich mit der Hündin. Dieses Tier, dem die Gabe des Verstandes nur in geringem Maße gegeben war, es sah mich hoffnungsvoll an aus seinen jungen Augen, als bitte es mich, ihm seine Hinterbeine zurückzugeben. Ich ließ die Hündin verdünnte Milch trinken. Dann schleppte sie sich mühsam zu dem halbverfallenen Mäuerchen beim Komposthaufen, die Hinterbeine nachziehend, sie schlug ihr Wasser ab und kroch zurück auf ihren Strohsack unter dem Leiterwagen, wo es kühler war. Dort störte sie niemand, und sie konnte an unserem Alltag teilhaben, weil sie Blick auf das Gewächshaus hatte und wir oftmals am Leiterwagen vorbeigingen.

Ich erhob mich von den Knien, mir schwindelte, und ich wartete, bis der Schwindel vorbeiging. Dann wischte ich mir die Hosenbeine ab. Und wieder ging die Sonne unter, die nächste Drehung der Erde, die mit Tag und Nacht das organische Leben regelt, nicht ganz unwichtig für eine Gärtnerei.

Das Kind war jetzt richtig dick geworden und hatte rote Wangen bekommen. Die Darmstädterin machte mit dem Kind Turnübungen, die Füße strecken und stoßen, an den Armen in der Luft hängen, an den Beinen in der Luft hängen, am Kopf stehen undsoweiter. Sie sagte, sie wünsche sich, dass Lilo ein hübsches, tüchtiges Mädchen werde. / Das Kind schlief von sieben Uhr abends bis morgens um fünf oder sechs. Tagsüber spielte es mit seinen Händen oder Füßen, erzählte ihnen Dinge, die sonst niemand verstand. Sehr gerne bekam das Kind Besuch. Wenn verschickte Mädchen Tomaten holten und sich zehn Minuten mit dem Kind abgaben, konnte es sein Glück gar nicht fassen. Die Leute erkundigten sich, ob das Kind Zahnweh habe. Aber das waren nur die dicken Wangen. / Am liebsten aß es Spinat und Griespapp.

Einmal fragte ich die Darmstädterin, was sie an mir möge. Zuerst sagte sie einige naheliegende Dinge und schließlich sagte sie, ich gäbe ihr das Gefühl, dass ich sie gerne in meiner Nähe hätte. Sie habe nie den Eindruck, dass ich mich durch sie gestört fühle. – Und das stimmte. / Sie sagte, alle Frauen mögen das. Aber umgekehrt, Männern bedeute das wohl nicht sehr viel. / »Mir bedeutet es sehr wohl viel«, widersprach ich. Und etwas Helles fuhr über ihr Gesicht. / Sie sagte, sie sei überrascht, dass es das gebe. Bei ihr zu Hause gehe es immer sehr laut zu, und jeder sei froh, wenn er mal allein sein könne. Gemeinschaft habe sie immer als Unding erfahren. / Ich sagte, in Wien im Kunsthistorischen Museum hänge ein großer Breughel, *Die Bauernhochzeit*. Das Hochzeitsmahl finde in einer Scheune statt, einem Ort der Arbeit, das gefalle mir. Alle Menschen sollten an Orten der Arbeit heiraten.

Wir standen im Gewächshaus und sahen uns an. Und dann, tock, tock, tock, setzte ein kurzer Regenschauer ein, in dicken Tropfen. Für die nächsten Minuten klang es unter dem Glasdach, als schüttle jemand seine Sparbüchse. / Wir setzten uns nach hinten auf die Werkzeugkiste, wo das Kind am Boden lag und seine Hände betrachtete, und wir tranken ein Bier, und die Darmstädterin sagte: »Ich bin gerne mit dir zusammen.« / Ich brauchte einige Sekunden, um zu realisieren, was sie grad gesagt hatte. Dann sagte ich: »Es geht mir auch so.« / Und ohne dass wir einander bis dahin je außerhalb der Arbeit berührt hatten, waren wir zu diesem Zeitpunkt wohl schon ein, zwei Wochen ein Paar. Und wenn ich nicht so aufgeregt und nervös gewesen wäre, hätte ich den Moment, als wir es uns eingestanden, sehr genossen.

Am nächsten Tag beschlossen wir, uns einen freien Tag zu gönnen. Mit dem Kind auf dem Rücken machten wir einen Spaziergang am See und tranken in St. Lorenz zwei Achtel Wein und verzehrten gemeinsam einen Kuchen. So waren wir in guter Stimmung, als wir aufbrachen. Das Kind war vergnügt, weil es permanent herumgetragen wurde. Und vor dem Wirtshaus küsste mich die Darmstädterin, es war der erste Kuss. Und Arm in Arm gingen wir weiter. Und später küsste sie mich nochmals, diesmal sehr innig.

Die Darmstädterin sagte, ich solle erzählen. Ich erzählte von Wien und von den Eltern. Dann sagte sie, ich solle ihr vom Krieg erzählen. Ich sagte, für mich sei er ein grauenhafter Leerlauf gewesen, und trotzdem sei mir vorne nicht allzu viel entgangen. Womit ich meinte, dass ich alles gesehen hatte, was niemand sehen will. Wenn ein Dorf im Weg gestanden sei, hätten wir es einfach weggewischt mit Jung und Alt. Dann seien zwischen den Schutthaufen und den Leichen nur noch ein paar zerzauste Hühner herumgelaufen. Die russische Bevölkerung habe sich in Erdhöhlen eingegraben, mit ein paar Brettern überdeckt, ein wenig Stroh drin, die wenigen Habseligkeiten, die sie retten konnten. Furchtbare Bilder. / »Die Menschen waren so elend und ausgehungert ... wenn wir nur ein leeres Papier wegwarfen, stürzten sie sich darauf wie Verrückte. Und die Alten küssten einem die Hand, wenn man ihnen ein Stück Seife oder Brot überließ. Und wenn Kinder den Soldaten die Stiefel küssten, hätte ich wetten können, dass hier gerade Entsetzliches passiert.«

Ich sagte: »Schade, dass das, was hinter mir liegt, nicht mehr geändert werden kann.«

Als wir uns dem Haus näherten, blickte die Quartierfrau von der Stalltür herüber, und obwohl ich von der Darmstädterin abrückte, begleitete ein missbilligendes Mustern unsere letzten Schritte. Schließlich warf die Quartierfrau ihre nur zur Hälfte gerauchte Zigarette in den Brunnentrog, woher ein kurzes Zischen ertönte.

Da ich keine Beziehungserfahrung

Da ich keine Beziehungserfahrung besessen hatte, war ich davon ausgegangen, dass ich zunächst einen Berg von Unkenntnis werde abtragen müssen. Aber wenige Tage, nachdem Margot und ich das erste Mal miteinander geschlafen hatten, hatte ich alles Wesentliche gelernt. Da war jemand, der sich für mich interessierte, der mich mochte und seine Zeit lieber mit mir verbrachte als mit anderen. Ich konnte Margot vieles erzählen, offener als Freunden und Verwandten, und sie hörte gerne zu und fasste die Dinge nicht sofort in der schlechtestmöglichen Auslegung zu meinen Ungunsten auf, wie die meisten Menschen es tun. Sie lachte, wenn ich lachte. Und sie versuchte nicht, mich zu erziehen. Ich glaube, sie war der erste mir nahestehende Mensch, der nicht versuchte, mich zu erziehen. Das alles wusste ich nach vier oder fünf Tagen, und viel mehr konnte nicht mehr kommen. Ich war ganz erstaunt. Und ich bewegte mich mit einem davor nicht gekannten Selbstbewusstsein, in dem Gefühl, dass ich nichts versäumen konnte, dass alles an seinem Platz war.

In Margots Zimmer fühlte ich mich wohler als in meinem eigenen. Ich mochte Margots Gegenwart und die Gegenwart des Kindes, die beiden ließen mich ruhiger werden, ich vergaß meine Zerrissenheit und meinen Neid auf die andern. / Mit hinter dem Kopf verschränkten Händen lag ich auf dem Bett, Margot wickelte das Kind und sprach über ihre Vorlieben im Bett, darüber, welche Vorteile es habe, wenn ich im Bett über ihr sei, und welche Vorteile es habe, wenn sie über mir sei, und warum sie sich gerne selbst angreife. Ich hörte mit geschlossenen Augen zu. Es gab Momente, da ließen mich meine bitteren Gedanken los, und es fehlte mir an nichts.

Sie sagte, sie sei froh, dass wir uns so gut verstünden, sie finde, eine Bekanntschaft müsse klappen, so drückte sie sich aus. Mit *klappen* meinte sie unmissverständlich das Bett. Sie sagte, man könne eine Beziehung nur dann aufrecht erhalten, wenn die Bettvoraussetzungen gegeben seien und klappten. Bei uns klappe es sehr gut, zum Glück, denn damit, dass es nicht klappe, müsse man immer rechnen. Das sagte Margot und zwinkerte mir zu. / Ich begann zu ahnen, weshalb Sexualität auch ohne Liebe ihre Berechtigung hat, mehr Berechtigung als Liebe ohne Sexualität, wie bei einer Kerze ohne Docht. / »Ist es ein Problem für dich, dass es mir so viel bedeutet?«, fragte sie. / »Ich bin froh, dass es so ist«, sagte ich.

Nachdem Margot den Hintern des Kindes mit Feuchtigkeitscreme eingeschmiert hatte, verrieb sie den Rest der Creme auf ihren Händen. Es gab noch immer Überschüsse, und so dehnte sie das Verteilen der Creme auf meine Hände aus.

Mit dem linken Arm unter ihrem Nacken lag ich sinnierend neben ihr. Ich hatte jetzt schon einige Übung darin, tagsüber im Bett zu liegen. Es ist seltsam, was der Krieg alles macht. Vor dem Krieg wäre ich nicht freiwillig tagsüber ins Bett gegangen, nur wegen Krankheit. Hilde war oft tagsüber im Bett gelegen, sonst nach Möglichkeit niemand. An der Front hatte ich mich aus Langeweile niedergelegt, im Führerhaus des LKWs, im Bunker, im Zelt, in der ehemaligen Versuchsanstalt, in der ausgeräumten Hühnerfarm. Und jetzt in Mondsee lag ich am sonnigen Nachmittag im Bett neben einer verheirateten Frau. Und am Fußboden saß auf einer Decke ein sechs Monate altes Kind und lächelte ein hölzernes Feuerwehrauto an.

Margot mutmaßte, in mancher Hinsicht sei es für mich bestimmt angenehm, dass sie schon verheiratet sei, schließlich wünsche sich jeder Mann ein Verhältnis mit einer verheirateten Frau. Ich war furchtbar beleidigt. Warum sie mich für einen solchen Schweinehund halte? Ich forderte sie auf, so etwas nie wieder zu sagen. Sie versprach es mir. / Ich sagte: »Die Anwesenheit des Kindes und die Tatsache, dass du verheiratet bist, haben verhindert, dass ich mir Gedanken gemacht habe, ob du für mich interessant sein könntest. Es gibt natürliche Hemmungen, und wenn es um Hemmungen geht, bin ich ein dankbarer Abnehmer.«

Nachher saß das Kind vor dem Glashaus in einer warmen, vom Regen zurückgebliebenen Pfütze, es patschte mit den Händen in das Schmutzwasser und war glücklich. Margot und ich nahmen Tomaten ab und luden zwei Steigen in den Handwagen der schwarzindischen Mädchen. / Die Mädchen sagten, das Wasser des Sees sei schon recht warm, und sie hofften, Frau Fachlehrerin Bildstein lasse sich bald erweichen, sie könnten es nicht mehr erwarten, den See von der nassen Seite kennenzulernen. / Die Mädchen waren im Frühling nicht nur größer, sondern auch dicker geworden. Da niemand sich die Mühe machte, die Kleider hinunterzulassen, liefen sie in ungewohnt kurzen Röcken herum, wie Shirley Temple.

Manchmal meinte ich Nanni Schaller vor mir zu sehen, wie sie auf dem Lagerfahrrad in Schlangenlinien einen Feldweg entlangfuhr. Aber wenn das Mädchen näherkam, stellte

ich fest, dass es jünger war, eine Verschickte vom Lager Stabauer.

Margot gab der Hündin gekochte Kartoffeln und Karotten, und das Kind bekam ebenfalls Karotten, aber zerdrückt.
Ich atmete den brennesselartigen Geruch der Tomatenpflanzen ein und fühlte mich wohl. Wären nicht die Überflüge gewesen, die mir alle paar Tage die widrigen Umstände
unserer Zeit zu Bewusstsein brachten, hätte mich die Welt außerhalb von Mondsee gar nicht beschäftigt. Die jetzt in mein
Leben eingefallene Leichtigkeit erschien mir zeitweilig als
kompletter Neuanfang. Es wird schon alles gutgehen, sagte
Margot.

»Ich glaube, was ich am meisten gebraucht habe, war, dass
jemand zu mir sagt: Hab keine Angst.« / »Wie oft muss man
sich das sagen, bis man es glaubt?«, fragte Margot in einem
anderen Zusammenhang. / »Kommt auf den Typ an«, sagte
ich.

Wir schmiedeten keine Pläne für die Zukunft, ich glaube,
das war mit ein Grund, warum wir diese Wochen so genossen.
Man brauchte nur in die Gesichter meiner Berliner Dienstgeber zu blicken, sie alle waren in den vergangenen Jahren alt
geworden, verbrauchte Gesichter, verbrauchte Gesten, verbrauchte Argumente. Zu viele Pläne. / Ein jeder Mensch hat
mehrfach in seinem Leben die Chance, sich zu entscheiden,
ob er schwimmen gehen oder Pläne schmieden will. In Berlin
schmiedeten sie seit mehr als zehn Jahren ununterbrochen
Pläne, und das zerstört die Persönlichkeit. Ich hatte das Pläne-
schmieden aufgegeben und fühlte mich so jung wie seit sechs
Jahren nicht mehr. / Die Zukunft? An eine große Zukunft
konnte ich nicht mehr glauben, ich hatte gelernt, der großen

Zukunft zu misstrauen. Und deshalb kam mir die kleine Zukunft gerade recht.

Als mir Margot einen Brief des Rechtsanwalts reichte, lag ich in der Hängematte des Brasilianers mit dem schlafenden Kind auf der Brust. Aufgrund von falschem Denken und unterlassenem Schweigen war der Brasilianer vom Sondergericht Wien, das in Linz getagt hatte, zu sechs Monaten Zuchthaus verurteilt worden. Wie vom Onkel vorhergesagt. Zwei Zeugen hatten die Aussagen des Brasilianers abgeschwächt, einer hatte mehrfach betont, der Brasilianer habe auf ihn wie weggetreten gewirkt. Der lange Winter, das Fehlen der Mutter, die Nächte im Gewächshaus, die Arbeit im Frühbeet. Wer wochenlang wie ein Tier im Wald nur etappenweise geschlafen habe, das eine Auge offen, gelange irgendwann in einen Zustand der völligen Überreizung –.

Der Rechtsanwalt schrieb, ein halbes Jahr habe auch ein Bauer in Gaspoltshofen bekommen, der den Gerichtsvollzieher mit der Mistgabel vom Hof gejagt hatte. Bei guter Führung sei der Brasilianer im September wieder zu Hause. Das nächste Mal werde er nicht so glimpflich davonkommen, das habe ihm der Richter schriftlich mitgeteilt. Momentan sei der Brasilianer in der ersten Strafklasse, Besuchsmöglichkeit nur für Familienmitglieder, alle vier Wochen Schreiberlaubnis, erstmals Mitte Juni.

Ich fragte die Quartierfrau, ob sie ihren Bruder besuchen werde. Sie sagte, sie sei mit ihren Nerven so kaputt, dass allein der Gedanke an Kettengerassel sie schon aufrege.

In der Früh ließ sich das Kind, das eine Weile bei uns gelegen war, aus dem Bett plumpsen, dass man sich Sorgen machen musste. Aber es krabbelte davon mit »Tatü!« und holte das hölzerne Feuerwehrauto, das noch vom Vortag unter dem Tisch lag. Margot und ich blieben liegen, redeten, schmusten, bis einer von uns aufstand und Kaffee machte. / Ich mochte es, morgens bei ihr im Zimmer zu sein. Fast immer waren wir im Pyjama und tranken Kaffee. Wir hörten Radio, die fünf Wellenskalen waren übereinander getürmt, und das magische Auge leuchtete grün. Nebenher stillte Margot das Kind. Und manchmal, wenn das Kind wieder im Wäschekorb lag, schliefen wir miteinander.

Zwei, die für einige Zeit ihre Ruhe gefunden hatten, eine Ruhe, die nicht, wie so oft, mit Verlassenheit zu tun hatte, sondern mit Geborgenheit. In der Früh beim Kaffeetrinken, das Kind krabbelte am Boden, Margot saß am Tisch und hielt die Windeln des Kindes durch ständiges Stopfen am Leben, neue waren nicht zu bekommen, ein weiteres Zeichen dieser Glanzzeit. Ich lehnte am Fenster, wir redeten über Allfälliges. Mehr passierte nicht. Und ich weiß, es sind schon ereignisreichere Geschichten von der Liebe erzählt worden, und doch bestehe ich darauf, dass meine Geschichte eine der schönsten ist. Nimm es oder lass es.

»Damit muss man immer rechnen«, sagte Margot lachend.

Rom war geräumt. Das warf Fragen auf. Aber mein Dienstgeber in Berlin ließ wenig von sich hören. Offenbar hatte man noch keine vorteilhafte Erklärung der Niederlage ersonnen, so lange wurde geschwiegen. / Ich selber hielt es nicht für wahrscheinlich, dass der Sieg ausgerechnet auf diese Weise seinen Anfang nehmen werde. Und so ging es wohl auch der Quartierfrau, sie war niedergeschlagen und gereizt.

Zwei Tage später machten die Alliierten in der Normandie

einen Landungsversuch und fassten Fuß. Somit gehörte auch dies der Geschichte an. Die Wehrmachtsberichte waren so, dass die polnische Haushaltsgehilfin bei der Arbeit sang. Ich sagte ihr, nichts gegen ihre Singstimme, aber in ihrem eigenen Interesse, sie solle sich mit mehr Zurückhaltung freuen, ihre Stunde werde kommen. / Vom Westen hing viel ab. Machte der Engländer dort Fortschritte, wonach es aussah, dann drehte im Osten auch der Sowjet auf. Die Optimisten interpretierten zwar selbst die Invasion in Frankreich als Verzweiflungstat der Anglo-Amerikaner, denen das Wasser bis zum Hals stehen müsse, andernfalls hätten sie weiterhin auf den General Zeit gesetzt. Ich fand es aber auch hier nicht sehr wahrscheinlich, dass mein Dienstgeber irgendeinen Vorteil aus seinen Niederlagen hatte. Wenn sich die rohstoffärmsten und die rohstoffreichsten Mächte der Welt gegenüberstehen und letztere auch hinsichtlich der Bevölkerungszahl deutlich im Vorteil sind: Wie wird das wohl ausgehen?

Am Samstag nach der Invasion fand im Lager Stabauer der Reichssportwettkampf statt für alle Verschickten der Gegend: Laufen, Weitsprung und Ballweitwurf. Am Vorabend hatten die Grillen laut gezirpt, ein Zeichen, dass der nächste Tag schön sein werde. Doch am Samstag hatte es eine Saukälte, die Mädchen in ihren Trikots froren beinahe ein. / Auf Einladung einiger Mädchen schauten Margot und ich eine Stunde lang zu. Dort sah ich erstmals den Mann der Quartierfrau, den Lackierermeister Dohm, der am Vortag auf Urlaub gekommen war. Im Generalgouvernement hatte er Karriere gemacht, es hieß, er mische dort überall ein bisschen mit.

Dohm gehörte zu den Männern, die versuchen, sich durch schwarze Kleidung den Eindruck dichterer Substanz zu geben, ein großer, entschlossener Mann mit eckigen Schultern und flachem Gesicht, die braunen Haare mit ebenso betontem Schnitt wie die auf Taille getrimmte Uniform. Er kam mit dem Motorrad und schritt die Front der Verschickten ab, nickte zufrieden und hielt eine kurze Rede, er sagte, was in der Jugend versäumt werde, lasse sich kaum je nachholen. In der Jugendzeit empfinde man am tiefsten und deutlichsten, da Wesen und Herz noch weich seien und die Eindrücke neu. Aber nichts sei schädlicher als eine Überstürzung in dieser Zeit. Zu viel auf einmal könne nicht verarbeitet werden, Fehlentwicklungen schlügen in dieser Zeit ihre Wurzeln, deshalb müssten die Kinder viel singen und Sport treiben. Und er schloss mit den Worten: »Schön sauber bleiben, Mädels!«

Er rauchte vor Ort zwei Zigaretten, ging zwischen den laufenden, springenden, werfenden Mädchen umher, und man wusste nicht, inspizierte er den im Turnzeug nur schlecht verborgenen Entwicklungsstand der Verschickten oder die Ernährungssituation in den Lagern anhand der Hinterteile. Manchmal wechselte er mit einem der Mädchen ein paar scherzende Worte, manchmal legte er die Stirn in gewichtige Falten. In seinem Rücken tuschelten die Mädchen, er drehte sich um und sagte: »Hab ich hier was gehört? Was schaut ihr, als würde es blitzen?«

Nachher kam er zu mir her, ıch salutierte, er winkte ab. Ich glaube nicht, dass er zu diesem Zeitpunkt wusste, wen er vor sich hatte, es war das einzige Mal, dass er freundlich mit mir redete. Zunächst Herrengeplauder, mit Blick auf Margot verwendete er das Wort *Vollweib*. Dann erzählte er vom Murmeltierschießen, und ich musste an etwas denken, was der Brasilianer über seinen Schwager gesagt hatte: der Lackierer-

meister habe in seinem bürgerlichen Beruf zu viel Lack ge-
soffen. Und doch, ich fand ihn nicht unsympathisch. Er besaß
etwas Gewinnendes mit dem lebensfrohen Selbstvertrauen
eines Mannes, der sich berufen fühlt, die Welt zu erneuern
zu seinen eigenen Gunsten. / Wir redeten über die Kriegslage,
die er als kritisch einschätzte, zum hundertsten Mal in den
vergangenen fünf Jahren waren die nächsten Wochen »von
kriegsentscheidender Bedeutung«. / Als der Wirt von Stabauer kam und Dohm zum Mittagessen einlud, schlug Dohm
die Einladung aus, und im Weggehen murmelte er, er sei nicht
scharf auf den Kinderfraß. Dann brach aus seinem Gesicht ein
strahlendes Lachen hervor, das mich für einen Augenblick
verstehen ließ, warum die Frauen über manches weniger
Schöne an ihm hinwegsahen. Mit einer geschickten Flanke
setzte er über den Zaun und ging zu seinem Motorrad.

Wieder sprang ein Mädchen, und der Sand in der Grube
spritzte, und das Mädchen rappelte sich auf und drehte sich
um und sah nach den Abdrücken des eigenen Körpers im
Sand. Und es strich sich das Haar aus dem Gesicht. Der
Sprung wurde von der schwarzindischen Fachlehrerin gül-
tig gegeben, die Weite wurde gemessen, und das Mädchen
wischte sich den Sand von den Armen. Die Grube wurde mit
einem Rechen planiert. Ein an der Reichssportschule zum
Reichskampfrichter ausgebildeter junger Mann, Besitzer des
Reichsschwimmscheins erster Klasse, ausgebildet im Ge-
brauch der Reichsvolksgasmaske, trug die gemessene Weite
in seine Liste ein. Und mit geflochtenem Haar und vor Ehr-
geiz geschwollen machte sich das nächste Mädchen zum Anlauf bereit. Unter ihrer schwarzen Turnhose lugte die weiße
Unterhose hervor.

Hinter Margot und mir erklangen noch lange die Rufe der Mädchen, hell und leiser werdend, über die Wiesen und über den See. Und ich dachte an Nanni und stellte mir vor, dass sie wippend beim Anlauf stand und in Gedanken die Schritte zählte bis zu der Linie, wo sie abspringen musste.

Bei einer Begegnung auf der Straße erkundigte ich mich beim Onkel nach Nanni, er sagte wieder, er wisse nichts Neues. Dann erklärte er mir, wie viel man wissen müsse, wenn man ein guter Polizist sein wolle, er erwähnte die Notwendigkeit von Scharfsinn, den er für sich in nicht alltäglicher Ausgeprägtheit voraussetzte, und betonte gleichzeitig, dass man Beweise nicht mit Phantasie finde, sondern auf den Knien. Andererseits, in dem Stadium der Unausgegorenheit, in dem sich ein dreizehnjähriges Mädchen befinde, dürfe man nicht nur Logisches erwarten, man müsse mit dem Unlogischen rechnen, also Phantasie. Im Fall von Nanni Schaller vertraue er trotzdem auf das Wahrscheinliche, die Stichhaltigkeit der Verdachtsgründe deute darauf hin, dass die Mutter dem Mädchen einmal zu viel gedroht und das Mädchen sich davongemacht habe. / Der Onkel redete und redete und schien mich gedanklich im Kreis führen zu wollen. Ich empfand seine Rede als mindestens so langweilig wie einen Tag im Erdloch, wenn nichts passiert und das Empfinden von trostloser Ohnmacht sich von Stunde zu Stunde steigert. / Zuletzt verwendete der Onkel eine seiner bevorzugten Wendungen: »Dumme Sache, fürwahr!«

Am Montag fiel das Kind vom Tisch, Margot gab die schmutzige Windel in den Kübel, sie bückte sich, und schon glitt das Kind ihren Rücken entlang hinunter und fiel auf den Kopf. Margot war ganz aufgelöst, aber Gott sei Dank war nichts Schlimmes passiert. Als ich dem Kind an den Bauch griff, lachte es und strampelte mit den Beinen. Margot sagte, sie habe große Angst gehabt. Ich war ein wenig böse auf sie und sagte, sie müsse besser aufpassen. Sie schwor, sie habe wirklich nichts verabsäumt, es sei so unglaublich schnell gegangen. / »Also noch besser aufpassen!«, sagte ich. / Und in diesem Moment war das Gefühl des Irrealen da, und ich spürte, wie die Angst heranflutete und mich mit sich fortnahm. Wie kopflos stürzte ich aus Margots Zimmer in mein eigenes, ich nahm ein Pervitin und legte mich aufs Bett, und die Angst schwappte in einer großen Welle über mich drüber und deckte mich vollständig zu.

Offenbar spürte Margot etwas, sie kam herüber und fragte: »Stimmt was nicht?« / Ich zitterte, während ich ihr den allein stehenden, mir entgegenfallenden Kamin in Schitomir beschrieb und die Erschießungen, denen ich seit Monaten immer wieder als Zuschauer beiwohnen musste. Margot strich mir das schweißfeuchte Haar aus der Stirn und sagte: »Sei nicht ängstlich, Veit, es wird schon alles gut werden.« / Ganz langsam begann das Pervitin zu wirken.

Dass meine Angstzustände wieder zunahmen, lag auch daran, dass der Tag, an dem ich mich auf meine Verwendungsfähigkeit untersuchen lassen musste, unmittelbar bevorstand. Während Margot schlief, lag ich wach und lauschte, ob sie noch atmete. Warum sollte sie nicht atmen? Warum sollte sie tot sein? – Möglich ist alles. – Wenn Margot im Schlaf leise grunzte, sank ich innerlich in mich zurück, erleichtert, aber mit klopfendem Herzen. So ein unglücklich veranlagter Mensch bin ich, dass mich das leise Schnarchen der neben mir liegenden Frau freut, wie ein einzelnes, verirrtes Flugzeug, stotternd, als sei der Tank fast leer. Wenn Margot endlich eines dieser grunzenden Geräusche von sich gegeben hatte, vermochte ich sogar für eine Weile ihre normalen, regelmäßigen Atemzüge zu hören, und manchmal gelang es mir dann einzuschlafen. / Aber immer öfter lag ich wach. Margot atmete schon ganz ruhig und tief, und ich lag da mit offenen Augen. In der linken oberen Fensterecke stand übernatürlich groß und klar die Venus. Glücksstern? Schön wär's.

In der Früh wachte ich auf, und Margot war über mich gebeugt und schaute mich lächelnd an, als sei sie schon seit Stunden wach. Ich rieb mir die Augen und reckte mich unter der Decke. Und als ich wieder zu Margot hinblickte und sie immer noch lächelte, lächelte ich zurück. Margot stand auf und öffnete ein Fenster. Draußen schien die Sonne.

Wenn man sich nicht aufs Baden versteifte, war es jetzt wunderschön, alles grün und lebendig. Margot ging mit dem Kind in den Wald und pflückte einen ganzen Suppenteller voll Walderdbeeren, sie sagte, es sei eine erholsame Beschäftigung gewesen. Die Kartoffeln blühten, überall lagen tote Maikäfer herum, daran erkannte man, dass der Juni fortgeschritten war. Zwischendurch regnete es, und in diesen Momenten fiel mir ein, dass eigentlich die Badesaison schon begonnen haben müsste. Die Verschickten taten mir leid, sonst war es mir egal. Bräune hatte ich schon ganz gut vorzuweisen aufgrund der Arbeit auf dem Acker.

Ihren Mann erwähnte Margot oft, und sie spielte sich weiterhin nicht die Komödie vor, dass sie mit der Heirat im besten Moment die beste aller Entscheidungen getroffen habe. Ich nahm ihren Mann in Schutz, möglicherweise saß er gerade in einem Erdloch. Doch sie beschwichtigte mich, es sei nicht mein Fehler, die Heirat sei ein Irrtum gewesen. Ich gab zu bedenken, dass vielleicht die Trennung schuld sei, also wieder der Krieg. Das bezweifelte sie, sie sagte: »Ludwig und ich passen nicht zusammen, es klappt nicht.« / Und es war mit Sicherheit nicht so, dass Margot sich wünschte, dass ihr Mann in Russland blieb. Und doch, sie wirkte nicht besonders traurig, wenn einmal für zehn Tage kein Brief von ihm kam.

> *Ich hoffe, du hast mein Schreiben erhalten, in dem ich dir mitteile, dass wir verladen wurden. In der Zwischenzeit ist wieder über eine Woche vergangen, und in dieser Woche haben wir allerhand mitgemacht. Wir sind jetzt zwischen Wilna und Lida eingesetzt. Überall, wo es staubt, ist unsere Division zugegen. Heute haben wir einen Tag Ruhe, und da schreibe ich dir diese Zeilen, damit du wieder Nachricht von mir hast. Die furchtbare Hitze macht uns zu schaffen. Im übrigen bin ich noch gesund und hoffe, dass auch bei euch alles in Ordnung ist. Aufgrund der Zustände hier habe ich schon längere Zeit keine Post von dir und bin deshalb etwas beunruhigt. Hoffentlich trifft bald welche ein. Wie geht es Lilo? Bitte lass sie auch in der Nacht bei offenem Fenster schlafen und vergiss nicht, sie auf den Bauch und auf die andere Seite zu legen, damit sie nicht einseitig wird. Und bitte sei nicht böse, dass ich so wenig schreibe, aber ich will mich noch ein wenig schlafen legen. In den letzten sieben Tagen haben wir kaum ein Auge zugetan. / Meine Eltern haben jetzt nach einem Jahr die Nachricht*

erhalten, dass mein Bruder Franz nicht mehr am
Leben ist. Das U-Boot ist verlorengegangen.

Am Abend wütete ein Sturm. Immer wieder wurden vom
Wind abgerissene Äste gegen eines meiner Fenster geworfen,
dass es sich anhörte, als wolle jemand ins Haus. Wenn sich der
Wind für einige Sekunden legte, hörte ich nebenan Margot
das Kind beruhigen. Und ich dachte daran, dass es in Mondsee jetzt hieß, Margot sei eine, die mit jedem ins Bett geht. Es
kränkte mich, dass ich in den Augen der anderen ein x-Belie-
biger war.

Auch der Onkel missbilligte die Beziehung zwischen
Margot und mir. Bei der einen Begegnung auf der Straße,
als ich ihn nach Nanni gefragt hatte, hatte er mich darauf
angesprochen. / »Du hast dich also mit der Reichsdeutschen
eingelassen.« / »Wer behauptet das?« / »Es ist nicht zu
übersehen.« / Ich schwieg und hörte das Knistern des ver-
brennenden Tabaks, wenn der Onkel an seiner Zigarette zog. /
»Deine häuslichen Angelegenheiten gehen mich nichts an«,
sagte er. »Aber die Leute finden, dass du schon recht lange
hier herumsumpfst, sie sagen, du könntest dein Glück genauso gut an der Front versuchen. Da du mein Neffe bist,
kann mir das Gerede nicht ganz egal sein.« / Mürrisch gingen
wir auseinander.

Der nächste Tag begann dunstig, aber die Nebel lichteten
sich rasch, jäh trat der Gipfel des Schafbergs hervor, aus der
Ferne heranwachsend, teils schneebedeckt, den Blick nach
Süden verstellend. Die Drachenwand schaute schroff herüber. / Während ich Tomaten abnahm, schlug Margot im
Garten des Brasilianers Räder, und dann wusch sie am Brunnen Hände und Gesicht und kam zu mir her und berührte

mich zart am Hals, und mir lief es den Rücken hinunter. Es schien mir, als habe sie mich gesucht.

Drüben vor dem Haus stand der Mann der Quartierfrau in der schwarzen Uniform des Ordens und rauchte mit in den Nacken gelegtem Kopf. Nach einiger Zeit überquerte er die Straße und trat zum Leiterwagen, wo die Hündin auf ihrem Strohsack lag. Vor einigen Tagen hatte die Hündin zu schielen begonnen, und sie streckte jetzt meistens die Zunge heraus. Der Lackierermeister redete mit dem Tier, vermutlich über Wert und Unwert des Lebens unter den für ihn relevanten Gesichtspunkten. Die Hündin spitzte die Ohren, als wolle sie den Lackierermeister verstehen. Aber sie verstand ihn nicht. Ich beobachtete die beiden, schemenhaft durch die schmutzigen Scheiben des Gewächshauses, und als ich begriff, was im nächsten Moment passieren werde, war es zu spät. Dohm, seine Rede fortsetzend, zog die Pistole aus seinem Halfter, legte der Hündin die linke Hand auf den Kopf und setzte ihr die Pistole ans Genick. Ich rannte aus dem Gewächshaus und war in der offen stehenden Tür, als der Schuss fiel. Ein wildes, unkontrolliertes Zucken lief über das Rückgrat des Tieres, von einer Heftigkeit, die man den zerschlagenen Knochen nicht mehr zugetraut hätte. Dann gab es nur noch ein paar leichte Zuckungen, das Tier legte sich ganz langsam auf die Seite und streckte mit einem sanften Brummen die weißen Pfoten aus, alles entspannte sich. Und Dohm, der sich mittlerweile wieder aufgerichtet hatte, schob seine Pistole zurück ins Halfter, und er blickte mich aus nächster Nähe an mit einer Neugier, die nichts mehr von Sympathie in sich schloss. / Ich fragte ihn erregt, ob er verrückt geworden sei. Ich sah das Blut aus den großen, weichen Ohren der Hündin laufen, sehr dunkles Blut, es lief aus den Ohren und über das Fell am Hals und sickerte neben dem Kopf langsam in den Strohsack.

»Nehmen Sie Haltung an«, sagte Dohm mit schroffer, kalter Stimme. Ich erstarrte, und nach einer kurzen Nachdenkpause salutierte ich, meinem Stand gemäß. / »Ist was?«, fragte er. / »Ich werde Sie anzeigen«, sagte ich. / »Das werden Sie schön bleiben lassen«, sagte er gelangweilt. Und plötzlich war ich so eingeschüchtert, dass ich mit einer angedeuteten Verbeugung reagierte.

Margot und ich saßen minutenlang auf der Erde neben der Hündin und betrachteten sie. Mehrfach strich ich mit der Hand über den weichen Rücken, und Margot berührte die weißen Pfoten. / Später begruben wir das Tier unter dem Holunder am hinteren Ende des Gartens, wo die Wiese beginnt. Ich selbst war apathisch. Margot schleppte einen Stein heran, sie legte ihn auf die Grabstelle und sagte: »Es wäre an der Zeit, dass der Krieg mal zu Ende geht.«

Das war am Tag, bevor ich für die Nachmusterung nach Wien fuhr. Bis halb zwei in der Nacht saß ich allein in meinem Zimmer, zerbiss Kaffeebohnen und schrieb.

In der Früh packte ich

In der Früh packte ich meine Sachen und verließ Mondsee mit dem Milchauto. Beim Abschied von Margot hatte ich noch nicht gefühlt, wie glücklich ich während der letzten Wochen gewesen war. Als der Zug aus dem Bahnhof rollte, fand ich mich plötzlich mitten in einem überfüllten Abteil wieder, ganz allein. Ich fühlte mich so verlassen und einsam, dass ich am liebsten in St. Gilgen wieder ausgestiegen wäre. Je weiter ich von Mondsee wegkam, desto öder wurde mir zumute. So gut als möglich schlief ich oder döste vor mich hin.

Leider war auf der Bahn reger Betrieb, eben wie im Krieg. Zusätzlich war es erdrückend heiß. In meinem Abteil saß eine Klosterschwester, die Migräne hatte, deshalb musste das Fenster geschlossen bleiben. Wenn ich die Klosterschwester anschaute, traf mich jedes Mal beinahe der Hitzschlag. Sie trug eine lange, schwarze Kutte und eine Haube, frei waren nur Gesicht und Hände. Im Gespräch war sie nett. Als ich ihr mein Grauen andeutete, womöglich bald wieder ins Feld hinaus zu müssen, wartete sie einen günstigen Augenblick ab und flüsterte, ich solle Aspirin rauchen.

Der Zug fuhr gut, aber in Niederdonau wurden wir umgeleitet wegen einer Beschädigung der Oberleitung. Der Schaffner sagte, die Ladung eines Güterzuges habe sich verschoben, dadurch seien einige Masten umgerissen und Leitungen zerstört worden. / Bald wurde die Gegend flach. Dort, wo noch Heu geerntet wurde, waren Frauen und Kriegsgefangene bei der Arbeit.

Margot hatte mir zwei belegte Brote mitgegeben. Zuerst wollte ich die Brote nicht aufessen, weil mich die Berührung der sich bauchenden Jackentasche mit einem Gefühl von Zärtlichkeit erfüllte. Später war es mir zum Essen zu heiß, und so aß ich die Brote erst, als wir schon fast in Wien waren.

Und immer wieder dachte ich an jene seltsame Wahnsinnswelt, der ich fünf Jahre angehört hatte und die eine Tür besaß, durch die ich womöglich bald wieder hineingehen musste. Mir war sehr bange vor der Untersuchung, ich hatte eine schlechte Chemie im Körper, beim Aussteigen war mir, als hätte ich Muskelkater in den Beinen und in den Armen wie nach einer soeben überstandenen Grippe.

Zivilfahnder kontrollierten mich beim Ausgang. Ich reichte ihnen meine Papiere und wurde nach etwa einer Minute des Musterns durchgelassen. Erleichtert trat ich auf den Vorplatz und wandte mich in Richtung Neubaugürtel. Die Autos waren nochmals weniger geworden. Dafür hatte sich die Schrittgeschwindigkeit der Leute erhöht. Mit gegen die Brust gedrücktem Kinn eilten sie so rasch wie möglich ihrer Wege. Bloß weg von hier, schienen sie zu denken, wo auch immer sie grad waren. / Auf einer Hausmauer groß der Schriftzug: *Wir werden siegen.*

In der Wohnung der Eltern herrschte ein entsetzlicher Gestank nach Mottenpulver, Motteneiern und Mottensalben, dass ich beinahe umfiel. Mama musste mir als erstes ein Glas Wein vorsetzen. Die Eltern lebten schon recht primitiv, die halbe Wohnungseinrichtung befand sich im Keller, Bücher in Kisten verpackt, Bettzeug in Ballen verschnürt, alles im Keller, die Kästen und Kommoden fast leer, dort dünstete das Mottengift. / Papa sagte, sie hausten jetzt wie die Bären, ihr eigentliches Zuhause sei der Keller. / In Russland, ganz am Anfang des Feldzuges, hatten wir uns mit der Bevölkerung so leidlich unterhalten, die Leute hatten Mund und Augen aufgesperrt, als einige Soldaten Bilder von der Heimat und von ihren Wohnungen zeigten. Die Russen fragten, was wir hier wollten, wo wir es zu Hause so schön hätten. Davon berichtete ich Papa.

Immerhin war Papas Geschwafel vom unausbleiblichen Sieg endgültig abgelöst worden vom Geschwafel, dass es eine Niederlage nicht geben dürfe. Dürfe – dürfe – dürfe. Aber natürlich fragte niemand bei Papa um Erlaubnis. Und was mir ebenfalls gleich am ersten Abend auffiel, Papa sagte, wenn er vom Krieg redete, nicht mehr unablässig *bestimmt* und *mit Sicherheit*, sondern *hoffentlich*. Sein neuer Lieblingssatz war: »Hoffentlich halten wir überall durch.«

Weil Papa nun einmal mein Vater war, verzichtete ich darauf, ihm meine diesbezüglichen Ansichten in allen Verästelungen darzulegen. Aber er spürte, dass ich versuchte, ihn zu schonen, und das reizte ihn, weil er, nicht ganz zu Unrecht, den Eindruck hatte, ich würde ihn von oben herab behandeln. Er schnauzte mich an, er komme sich vor wie der letzte Dorftrottel. Ich sagte: »Dorftrottel sind wir alle.«

Zu Silvester 1938 hatte Papa mit erhobenem Glas gesagt: »Was für ein Jahr für mich und die Welt!« Und ich hatte ihm zugeprostet. / Bei der Übertragung der Rede anlässlich der Kapitulation Frankreichs habe Papa ständig geweint, das berichtete mir Mama in einem Brief. Und seither hing Papa wie ein Geier über dem Radio. Waren einmal einige Tage ruhig, wurde er kribbelig. Vermutlich würde ihm etwas abgehen, wenn der Krieg einmal vorbei war.

Einige Tage nach dem Anschluss waren wir auf den Friedhof gegangen und hatten Blumen auf Hildes Grab gelegt. Und Papa hatte einen Hakenkreuzwimpel in die Erde gesteckt, ungefähr dort, wo sich einmal Hildes Herz befunden hatte. Papa küsste Mama, das war so ungewohnt, dass es mich peinlich berührte. Und noch Jahre später anlässlich von Siegesmeldungen, als ich schon nicht mehr zu Hause war, hieß es in Briefen: Wenn Hilde das hätte erleben können! / Dort fliegt eine Krähe über die Stadt, von Geistern verfolgt.

Auch diesmal besuchte ich Hildes Grab, am Morgen nach meiner Ankunft. Unter der Erde vermoderte mein Glücksstern. / Vom Friedhof fuhr ich zur Kaserne. Wie ich auf dem Weg dorthin feststellen konnte, war immer wieder ein einzelnes Haus ausgebrannt oder zerstört. Dem wachhabenden Soldaten am Tor zeigte ich die Order des Wehrbezirkskommandos, er wies mir den Weg zum Krankenrevier, wo die Untersuchung stattfinden sollte. Ein Sanitäter sagte: »Setzen Sie sich, Sie werden aufgerufen.«

Im Vorzimmer saßen zwei Männer, etwas älter als ich, sie grüßten mich nicht, und ich nicht sie. Dem einen fehlten drei Finger, er knetete seine Hände. Der andere hatte eine eingedrückte Wange, ohne deshalb einäugig zu sein. Dem betreffenden Auge fehlte der volle Schutz, es stand deutlich vor, und im ersten Moment glaubte ich, es sei doppelt so groß wie das andere, ein richtiges Ochsenauge. Ich war froh, dass der Mann seinen Kopf sofort wieder senkte. Es wurde nichts geredet. Wir alle ahnten, wie alleingelassen wir sein würden, wenn wir vor dem Arzt standen.

Eine Dreiviertelstunde kümmerte sich niemand um mich. Was meine Stimmung anging ... die Ungeduld und Spannung waren so, als wolle man mir Arme und Beine brechen, ich saß da wie erstarrt. Und meine Gedanken waren entweder bei Margot und dem Kind oder bei meiner ungewissen Zukunft. Und mir war klar, dass sich meine Hoffnung auf eine neuerliche Zurückstellung mit der veränderten Kriegslage schlecht vertrug. Es gelang jetzt kaum noch jemandem, sich in unverfänglicher Distanz zum Krieg zu halten, alles, was jung und männlich war, riss der Krieg mit. / Von dem Ochsenauge fühlte ich mich beobachtet. Angst quälte mich. In meiner Hilflosigkeit wünschte ich mir, dass mein Leben eingefroren wurde, bis man es in einer besseren Welt wieder in Gang setzen konnte.

Endlich wurde ich aufgerufen. Ich legte dem Arzt die Mappe mit den Befunden vor, Atteste hatte ich zum Schweinefüttern. Er blätterte alles flüchtig durch, untersuchte mich noch einmal und stellte starke Nervosität fest. Das wusste ich ja schon länger. Ich brachte alle meine Beschwerden vor. Er interessierte sich aber kaum dafür, besah nur meine Mandeln. Also schilderte ich ihm nochmals die Kopfschmerzen und stellte in den Raum, dass sie mit dem Kieferbruch zusammenhingen. Auch sagte ich, wegen der Kopfschmerzen könne ich keinen Stahlhelm tragen. / »Aha, gut«, meinte er und schickte mich weg. / Bereits eine halbe Stunde später kam der Befund aufs Geschäftszimmer, ich erfuhr, dass mich der Arzt gesundgeschrieben hatte. *Feldtauglich.* Und ich begab mich augenblicklich zum Sanitätsoffizier und verlangte, dass ich einem Facharzt vorgeführt würde, so leicht ließ ich mich nicht wieder nach vorne schieben.

Der Arzt kam nochmals heraus, er war nicht grad erfreut, dass ich auf seinen Befund wenig gab. Er sagte, die von mir verlangte Untersuchung würde nichts bringen, auch ein Facharzt könne weder an den Kopfschmerzen noch an meiner Nervosität etwas ändern, der Facharzt würde mir ebenfalls Tabletten verschreiben. / »Pillenschlucken an der Front kann für mich doch kein Dauerzustand sein«, sagte ich. / »Vorne werden Sie es sich rasch abgewöhnen«, sagte er. / Die Rede ging hin und her. Ich verlangte eine Röntgenaufnahme. Damit sei mir nicht geholfen, bekam ich zur Antwort. Aber ich bestand darauf, weil ich mir Rückschlüsse auf die Ursache der Kopfschmerzen verspräche. Die Ursache sei bereits festgestellt, die Kopfschmerzen kämen von dem Kieferbruch und seien ja auch nicht so stark. / »Wissen Sie's?« / Nach langem Hin und Her erreichte ich, dass ich für den nächsten Tag einen Termin beim Facharzt bekam. Zuletzt hatte ich gesagt, es handle sich um eine im Feld erlittene Verletzung. Ob er mir da ernsthaft einen Facharzt verweigern wolle. / Um ein Haar hätten sie mich einfach wieder nach vorne geschoben, dann hätte kein Hahn mehr nach mir gekräht.

Ein Stück weit weg von der Kaserne nahm ich ein Pervitin, ich ertrug diesen Jammer einfach nicht mehr, allein beim Gedanken an etwas Militärisches fuhr es mir kalt über den Rücken, es war alles so haltlos. Und wenn ich daran dachte, wie es vor dem Krieg gewesen war, bekam ich das heulende Elend. / Auf dem Heimweg erschien mir die ganze Stadt in einem chronischen Reizzustand. Wenn ich nur ein wenig im Weg stand oder mir Zeit ließ, weil ich in Gedanken war, bekam ich es mit dem goldenen Wienerherz zu tun, das bekannt ist für die Heftigkeit seiner Gemütsausbrüche. Und sonst nur wächserne Masken und graue Gesichter und arm- und beinlose Männer, auf allen lastete die schwere Zeit, alles trostlos, auch die Schaufenster, in denen es nichts mehr gab außer ein paar Putzbürsten. / Zum Glück begann das Pervitin zu wirken. Als ich die Possingergasse erreichte, fühlte ich mich etwas leichter.

Auf der Treppe kam mir Hupferl Gmoser entgegen. Hilde und er waren die Schwindsüchtigen unserer Stiege gewesen. Hupferl hüstelte unverändert in die hohle Hand, er war zwei Jahre älter als ich, ich fragte ihn, wie es ihm gehe. / »Comme ci, comme ça«, sagte er. / Ich nahm ihn bei der Schulter und scherzte: »Man könnte meinen, du kommst gerade von der Westfront.« / »Schön wär's«, gab er zur Antwort und hustete erneut in die hohle Hand. Vermutlich dachten wir dasselbe. / »Kränk dich nicht, Hupferl, du versäumst nicht viel.« / Er lachte bitter: »Gesundheit ist nationale Pflicht, also bin ich eine Ballastexistenz.« / Als er das gesagt hatte, sank sein Kopf für einen Augenblick nach vorne, als bedauere er etwas, was er nicht auszusprechen wage. Irgendeines traurigen Tages würde ich einen Brief von Mama bekommen mit einem beigelegten Sterbebildchen, ein frommer Spruch darauf und das Porträtfoto von Hupferl in Hemd und Krawatte, wie er außer das eine Mal beim Fotografen und bei der Gedenkfeier für seinen gefallenen Bruder nie gesehen worden war. Und ein letztes Mal würde ich mir in Erinnerung rufen, wie wir immer Fußball gespielt hatten mit Hupferl Gmoser als Publikum hinter dem Zaun. Das würde es dann gewesen sein.

An dem Tag, bevor Hilde starb, hatte von der Früh weg die Sonne geschienen, und Hupferl hatte am frühen Nachmittag die Fußballmannschaft einberufen. Später hatte Papa Glaser versucht, uns den Ball wegzunehmen, weil wir so laut waren, und auch der Jude vom ersten Stock hatte zum Fenster herausgerufen, wir sollten leiser sein. Hupferl stand am Zaun und spottete, bisweilen applaudierend, bisweilen hustend. / Dann kam Waltraud herunter und holte mich, Hilde wolle mich sehen. Ich wischte mir den Schweiß aus dem Gesicht und überließ meine Turnschuhe für die Zeit meiner Abwesenheit einem der Stanek-Buben.

»Ich habe mich sehr auf dieses Stelldichein gefreut«, sagte Hilde mit ihrer dünnen, flatterigen Stimme. Sie verwendete das Wort *Stelldichein*, ich stutzte einen Moment, weil ich dieses Wort mit Liebenden in Verbindung brachte. Später, nach Hildes Tod, habe ich oft darüber nachgedacht.

Auf ihrem Nachtkästchen stand die Spuckflasche zwischen Medikamentenschachteln, ich erinnere mich an einige Medikamentennamen: Coramin, Strophantin, Tuberkulin. Und ich erinnere mich an die vielen Mastkuren, die Hilde hatte machen müssen, immer ging es darum, dass Hilde möglichst viel Butter aß, pfundweise Butter, und es nutzte nichts, zuletzt hatte sie eine gelbe Gesichtsfarbe und hohle Wangen, sie sah aus, als könne der Wind sie umblasen. Ein paar Tage vor ihrem Tod war ihr nochmals ein Zahn abgebrochen.

Ihre rechte Hand kam unter der Decke hervor, mager und gelblich, es folgte ein eckiges Handgelenk. Ich sah diese Hand sich auf mein rechtes Knie legen, das Knie zaghaft streicheln. Das war mir unangenehm, ich musste an Hildes immer offene Fingerspitzen denken, ich saß da, unfähig, auf ihre zärtliche Geste mit etwas ebenfalls Zärtlichem zu antworten. Mein Herz pochte, und ich wäre gerne wieder unten beim Fußball gewesen. Wir redeten ein wenig, sie fragte mich nach der Schule, und zwischendurch sagte sie, es gehe ihr heute etwas besser, aber sie fürchte, das Gute zu verschreien, denn fast immer, wenn sie sage, es gehe besser, fehle es schon wieder irgendwo.

Noch heute berührt mich das Wort *Stelldichein*, und ich sehe Hildes zaghaftes Lächeln, ganz verloren in dem gelben, hohlen Gesicht. / Und auch einen Satz von Papa habe ich mir gemerkt: »Sie wird nicht wieder aufkommen.«

Ich drückte Hupferl die Hand und legte meine Linke für einen kurzen Moment freundschaftlich hinter sein rechtes Ohr. Und dann ging ich hinauf in die Wohnung und schrieb einen langen Brief an Margot und schilderte ihr meine Angst, unser gemeinsames Leben werde auf absehbare Zeit zu Ende sein. Es war der erste Brief in meinem Leben, den ich mit einer Liebeserklärung beschloss. / Den Rest des Tages hing ich herum, am liebsten hätte ich den Tag verschlafen, aber das konnte ich ja doch nicht, weil ich ständig an die Untersuchung denken musste. Und ständig lauschte ich, was draußen los war, die Angst macht große Augen und große Ohren.

Als Papa beim Abendessen wieder betonte, dass es um Sein oder Nichtsein gehe und wir den Kampf bis zum Letzten ausfechten müssten, weil wir gar keine andere Wahl hätten, stand ich auf und verließ den Raum. Was das *Letzte*, von dem Papa sprach, bedeutete, wussten am besten die Soldaten, also Menschen wie ich.

Papa tat immer so, als sei er vor allem hart gegen sich selbst. Aber wenn man genau hinsah, verschwamm diese Härte. Er schien das Leben zu führen, das er für richtig hielt, und zufällig war es auch ein angenehmes Leben, Mama räumte ihm alles Schwierige aus dem Weg. Und Volksgemeinschaft hin oder her, die Privatbriefe an Inge in Graz schickte Papa über die Feldpostadresse von Inges Mann, das sparte nicht nur Porto, sondern war auch verboten, strenggenommen.

Der Termin beim Facharzt fand im Lazarett in der Liniengasse statt. Der Arzt war ein alter Mann und nicht sehr zartfühlend, ständig flocht er in seine Kommentare Flüche ein, ich hörte bald auf, darauf zu achten. Er hatte mir mit einem Gerät zur Nase hinaufgeschaut und sagte, man könne nur versuchen, die Kopfschmerzen zu lindern, eventuell müsse das verdammte Nasenbein zum Teil herausgemeißelt werden, aber das habe Zeit bis nach Ende des Krieges. Summa summarum könne man einen wie mich als Beispiel für Robustheit den Studenten vorführen.

Ich bat ihn, mich nicht zu verhöhnen. Im Juni 1938 hätte ich das Gymnasium mit Auszeichnung beendet, ohne seither eine Universität von innen gesehen zu haben. Wenn mir nicht der Krieg über den Hals gekommen wäre, hätte ich das Studium längst abgeschlossen, der Weg über den Durchschnitt hinaus werde mir von Leuten wie ihm gewaltsam vernagelt. Und wörtlich: »Ich möchte wissen, was ich verbrochen habe, dass ich seit bald sechs Jahren immer weiter im Dreck versinken soll.« / Er schaute auf und sagte: »Zur Hölle!« Dann stellte er einige Fragen, ich glaube, er konnte nachempfinden, wie sehr mich die verlorenen Jahre schmerzten. / Ich sagte, in Berlin kalkuliere man mit dem Ausfall des ganzen Jahrgangs, das möge im Großen kein Malheur sein, denn Nachwuchs werde kommen. Für mich aber sei es eine Katastrophe. / Er fragte, ob das Studium mein eigentliches Problem sei. Ich gab zur Antwort, dass ich viele Probleme hätte. Er nickte und gab zu bedenken, das treffe auf bald jeden zu, es reiche nicht, dass man viele Probleme habe.

Der Arzt blätterte nochmals in meinen gesammelten Befunden. Es war doch gut gewesen, dass ich wegen meiner Beschwerden zweimal das Revier in Vöcklabruck aufgesucht hatte, sonst wäre es jetzt unglaubhaft herausgekommen, als ich sagte: »Ich bin ein ausgesaugter Knochen.« / »Für die Verwendung in der Garnison wird's hoffentlich noch reichen.« Und so sehr der Arzt zunächst jeden meiner Widersprüche abgeschnitten hatte, war dieser Satz doch als halbe Frage formuliert, so dass ich mich aufgefordert fühlte zu sagen: »Kasernenleben ist für mich wie schleichender Selbstmord.«

Er machte ein berufsmäßig langes Gesicht, aber hinter dem langen Gesicht erahnte ich das Lächeln eines alten Mannes. Und für einen kurzen Moment war ich ganz bei mir, und ich sagte, wonach mir grad war: »Es ist immer so umständlich und langweilig beim Preußen.« / Da brach der Arzt in ein schallendes Lachen aus, er wischte sich die Tränen aus den Augen, brach wieder in Lachen aus und fasste mich schließlich kräftig am Arm, und dann schüttelte er sich wieder, und er wurde ganz rot im Gesicht, wandte sich ab, beruhigte sich ein wenig, schaute wieder her und brach erneut in schallendes Lachen aus. Einmal versuchte er, das, was ich gesagt hatte, zu wiederholen, aber er schaffte es nicht. Er versuchte es ein zweites Mal, schaffte es wieder nicht. Schließlich winkte er ab.

Es dauerte eine Zeitlang, bis er wieder sprechen konnte, dann sagte er: »Sie haben also täglich Kopfschmerzen, die so stark sind, dass Sie von einer Sekunde auf die andere Sehstörungen bekommen.« / Ich nickte. / »Und selbstmordgefährdet sind Sie auch.« / Ich nickte. / Der Arzt machte sich einige Notizen. Ich fragte, ob es sich eventuell verlohne, einen Antrag auf Studienzulassung zu stellen. Er verzog das Gesicht und meinte, das sei mit Risken verbunden, weil sich auf den Universitäten die ärgsten Hinterbänkler herumtrieben. Ob viel dagegen spreche, dass ich bis auf weiteres einfacher Kranker bliebe? Ich schüttelte den Kopf. Daraufhin schickte er mich hinaus.

Als ich die neuerliche Zurückstellung in der Hand hatte, wurde mir schwindlig, ich weiß nicht, vermutlich vor Glück. Aber zu Hause war ich total müde, ich glaube, es war auf die nervliche Belastung durch die Nachmusterung zurückzuführen, aber auch auf die Lösung der Spannung. Es war so ungewohnt, plötzlich keine Angst mehr zu haben. Ich hätte Grund gehabt, Luftsprünge zu machen, und fühlte nur Leere, eine glückliche Leere, meinetwegen. Und doch, ich war schrecklich passiv, müde, ausgelaugt, musste mich mit Gewalt dazu bringen, die Befunde wegzuräumen. Der Anblick der Befunde erregte mir Unbehagen, erinnerte mich an die Unsicherheit des Aufschubs, der mir gewährt worden war: mit der Auflage, alle acht Wochen auf dem Revier in Vöcklabruck vorstellig zu werden und mich begutachten zu lassen. In Gedanken argumentierte ich noch immer vor den Ärzten, Kopf, Nerven, Nase, Nerven, Tabletten, Kopf, Nerven. Und die Nacht war die Fortsetzung des Tages.

> *Endlich sitze ich wieder in einem Eisenbahnwaggon. Ich bin froh, dass ich aus Wien raus bin, den Tumult und die dicke Luft ist man gar nicht mehr gewöhnt. Und ich fühle, wie es mich nach Mondsee zieht. Beim Gedanken an Margot habe ich das Gefühl, dass auch für mich ein glückliches Leben möglich sein kann.*

Ich steckte mein Notizbuch wieder ein und schaute durch einen Spalt zwischen zwei Brettern aus dem Zugfenster. Fenster aus Glas gab es im ganzen Zug nur ein paar, die meisten Fenster waren mit Brettern vernagelt, so dass in den Abteilen Dämmerlicht herrschte. Draußen verflog die Landschaft. Vor Linz hatten wir Alarm und mussten für eine Stunde in einen Wald, während die Gegend von Süden her überflogen wurde. Die Fahrt war insgesamt schön, da der Zug über Gmunden geführt wurde. Es war nicht klar, wie das Wetter sich entwickeln würde, zwischendurch regnete es, und es wehte der Duft nasser Erde durch die Bretterritzen, ganz tief atmete ich ihn ein. Es roch nach Regen, nach Sommer. Oft schaute ich zu dem Spalt hinaus, es ging an frisch gemähten Wiesen vorbei, blutrot stand der Mohn am Rand der Getreideäcker, und plötzlich fiel ein schmaler, greller Sonnenstreifen in die Landschaft. Unnatürlich gelb, wirklich grell, leuchteten die Felder im Vordergrund, ein weißer Kirchturm blitzte auf, während alles rundum im blaulila Gewitterlicht dämmerte. Und dann kam die Sonne heraus, und die ersten Seen wurden sichtbar. Ich kam Mondsee immer näher. Ich hätte jauchzen mögen.

In Bad Ischl stieg ich aus und ging zu Fuß an den Ortsrand, dort nahm mich ein Militärfahrzeug auf und ließ mich bei Mondsee wieder raus. Es war jetzt halb acht am Abend, und als ich verstaubt und müde die Schotterstraße hinaufging und das Glashaus im Abendlicht sah, glaubte ich, niemals fortgewesen zu sein. Die Heckenrosen blühten, die Wiesen leuchteten von Blumen, ich freute mich, dass die Wiesen noch nicht gemäht waren. Und gleich ein Stück hinter dem Gewächshaus stand wie zur Begrüßung ein Reh vor einem Zauntritt. Ich musste tief durchatmen, um mein Herz etwas zu beruhigen.

Margot trat aus dem Glashaus, und als sie mich kommen sah, strahlte sie und grüßte mich auf die altbekannte Art, indem sie zwei ausgestreckte Finger von der Stirn weg und wieder zurück führte.

Ich bin noch immer ganz verwirrt

Ich bin noch immer ganz verwirrt, dass du davongelaufen sein sollst, ich verstehe es nicht, und es schaudert mich, wenn ich daran denke. Ich habe schon alles mögliche versucht, um den Gedanken, die mich den ganzen Tag verfolgen, für einige Zeit zu entkommen, sogar im Kino bin ich mittendrin aufgestanden und hinausgelaufen, weil ich ständig so ein Gefühl hatte: Mein Gott, was ist los?! Mein Gott, was ist los?! Wo ist Nanni?! / Ich bin dann alleine durch die Straßen gewandert und habe Selbstgespräche geführt, dass sich die Leute nach mir umgedreht haben. / Und dass Mama und Papa mich im Moment sehr hart anpacken, ist die Draufgabe, wo ich eh in so trister Stimmung bin. Ständig durchlaufen mich so kalte Schauer.

Jetzt schreibe ich dir weiterhin postlagernd und hoffe, dass du dich bald meldest. Und sei bitte nicht böse mit mir, ich schwör's, ich wollte nach Schwarzindien kommen, obwohl mir bange war, weil der ältere Bruder von Ferdl gemeint hatte, die Sperren an den Bahnhöfen seien von Gendarmerie besetzt, und vor den Streifen in den Zügen müsse man sich besonders in acht nehmen. Das hätte mich nicht abgehalten. Aber der Lehrgang in Kledering wurde ganz kurzfristig angesetzt, ich schickte dir gleich eine Postkarte. Hast du sie bekommen? Weil mit Papa und Mama hätte ich's aufgenommen, aber nicht mit dem Wehrbezirkskommando. / Wir hatten Unterricht von früh bis spät, Ballistik, Flugzeugerkennung. Und in der Nacht schlief ich in einem geheizten Schlafwagen und stellte mir vor, dass ich in der Früh am Bahnhof von Schwarz-indien aufwache. Aber jeden Tag wieder wachte ich am Ver-schiebebahnhof in Kledering auf, ich kann dir nicht sagen, wie unglücklich ich war. / Heute denke ich, dass ich ebenfalls hätte ausrücken sollen, es tut mir wirklich leid, Nanni, meine Schorsche. Das Buch von Papa sagt: Die Menschen strau-cheln nicht über Berge, sie stolpern über Steine.

Es ist jetzt halb drei in der Nacht, seit halb eins bin ich wach, die Gedanken drehen sich, du weißt ja, wie das ist, ich habe solche Angst um dich, und noch dazu der Ärger mit den Eltern. Sie sind jetzt beide sehr nervös, und am Abend muss ich für ihre schlechte Laune als Blitzableiter herhalten, im Moment haben sie immer alles mögliche an mir auszusetzen, dabei würde ich mich zwischendurch nach etwas Ruhe seh-nen. Stattdessen hör ich mir das Genörgel und Gekeife und die Vorwürfe an. Manchmal verstopfe ich mir die Ohren ganz fest, und oft denke ich, ich lebe neben mir. Ich muss auf-passen, dass ich nicht doch davonlaufe. Wenn ich nur wüsste, wohin.

Heute, als ich in der Küche saß, überkam mich plötzlich so ein merkwürdiges Gefühl, mir war, als wäre gar kein persön-liches Verhältnis zwischen Mama und mir und als hätte ich schon lange kein Wort mehr mit ihr geredet. Soll sie sich doch zu Susi ins Bett legen, wenn Papa Nachtdienst hat. Ich werde ihr die Sachen, die mich beschäftigen, nicht mehr erzählen. Die gleichgültigen Sachen werde ich ihr vielleicht erzählen.

Als Ferdl mich am Montag in der Früh abholte, verabschie-dete ich mich nur wortkarg von Mama, sie kam, als wir schon eine Stiege unten waren, aus der Wohnung und fragte, ob ich noch einmal heraufkomme. Ich sagte: »Nein.« / »Ach so ist das«, sagte sie. / Als wir alles auf unsere Fahrräder gepackt hatten, rief ich ein paar Mal hinauf, dass wir jetzt fahren. Es dauerte ewig, bis sie ans Fenster kam und sagte: »Pass auf dich auf, Kurt.« / Eigentlich war es nicht schön von mir, dass ich ihr zum Abschied keinen Kuss gab, aber was soll ich machen, wenn sie oft so durchdreht.

Meistens fahren Ferdl und ich mit der Stadtbahn nach Schwechat, aber bei schönem Wetter mit den Fahrrädern, weil wir uns ärgern, dass wir wegen unserer HJ-Armbinden keine Wehrmachtsfahrscheine bekommen. Da jederzeit Alarm eintreten kann, müssen wir uns in ständiger Bereitschaft halten, der Schulunterricht erfolgt in der Batterie. Aber wenn nichts zu tun ist, müssen wir exerzieren oder Geländeübungen machen. Das Essen ist uns immer zu wenig, von der vielen Bewegung sind wir alle komplett ausgehungert.

Dass ich bei den Horchern gelandet bin, ich weiß nicht. Beim Scheinwerfer sieht man wenigstens das Flugzeug im Lichtkegel. Beim Geschütz sieht man die Granaten am Himmel zerplatzen. Beim Horchgerät sitzt du in deiner Dunkelkammer und kannst dir nur denken: *Ich hab das Flugzeug! Ich höre es!* Du musst eben stillhalten. Wenn man Erfolge sieht, macht es einem vielleicht Freude, aber auch von den Erfolgen bekommt man nur erzählt. / An den ruhigen Tagen mag ich das Horchgerät, denn ich kann dort allein sein. Als ich Mama davon erzählte, meinte sie, dann könne ich im Horchgerät für die Schule lernen. Aber ich schlage nur die Zeit tot. Ich höre den Krähenschwärmen hinterher und denke an dich, liebe Nanni. / Manchmal verfolge ich mit dem Horchgerät einen Krähenschwarm, der über den Äckern von Mannswörth fliegt, ich höre das zufriedene Krächzen und den langsamen Flügelschlag, wenn der Wind günstig steht. Oft bin ich müde. Oft schließe ich die Augen. Und dann ist es mir, als wäre ich mitten im Schwarm auf dem Weg zu dir.

Es herrscht beständiger Lärm in der Luft, man merkt es nicht so im Alltag, irgendwo schlägt einer einen Nagel ein, und irgendwo ruft ein Kuckuck, und irgendwo weint ein Kind, und irgendwo ertönt ein Schuss, und irgendwo übt jemand Flöte, und irgendwo liegt einer unter einem Baum und schnarcht. Es ist ein großes Durcheinander. Und dann hoffe ich, dass in das große Durcheinander sich deine Stimme mischt und dass ich das Gerät auf deine Stimme ausrichten kann, und dann höre ich dich reden auf einem Bahnhof, wo die Züge pfeifen, bitte eine Fahrkarte nach Wien, ich habe mir ein wenig die Welt angesehen, habe den Heiratsantrag eines Maharadschas abgelehnt und fahre jetzt wieder nach Hause, Kurt ist vermutlich schon ganz arschlahm, und Mama ist am Abend allein.

Deine Mutter ist sehr einsam, sie läuft herum wie ein Gespenst, die Gesichtszüge wie von einer Toten. Ich brachte ihr einmal ein Kilo Kirschen, sie sah mich dabei so komisch an, ich weiß nicht und will auch gar nicht wissen, was sie sich dachte. Manchmal sitzt sie herüben bei uns und starrt sinnlos auf einen nichtssagenden Punkt. Sie ist jetzt wirklich sehr bleich.

Du hast keine Ahnung, wie es jetzt in Wien ist. Wir bringen uns irgendwie durch, aber schlechter soll es nicht werden. Auch Mama hat jetzt sehr Angstgefühle und erschrickt bei jeder Kleinigkeit. Gut ist, dass sie am Sonntag durch eine Cousine eine Ablenkung hat. Am Abend gehen sie ins Kino.

Die Kinos sind jetzt schlecht besucht. Wieso, das weiß ich auch nicht.

Von den Angriffen der letzten Woche wurde auch im Radio berichtet, vielleicht hast du davon gehört. Ich hatte große Angst, als die Bomben auf unsere Stellung fielen. / Die Angriffe waren auf Flugblättern angekündigt, die gruseligsten Nachrichten kursierten, die Stadt werde in Schutt und Asche gelegt. Von den Behörden wurde dementiert, man versuche nur, die Leute nervös zu machen. / Am Freitag war es in der Früh bewölkt, finster und aufreibend nach der Spannung der Vortage. Im Radio verkündeten sie aus Berlin den Beginn der Vergeltung. Um halb zehn gingen alle zum Gabelfrühstück, und ich blieb noch für einen Moment in der Horchstellung, um den Krähen zuzuhören. Ich wollte beim Essenfassen nicht so lange anstehen müssen. Dann verließ ich das Horchgerät, weil es zu regnen begonnen hatte. Draußen fielen mir kleine Tropfen ins Gesicht, ich war überrascht, wie leise sich der Regen außerhalb des Horchgeräts anhört. Rasch legte ich die zweihundert Meter zur Aufenthaltsbaracke zurück, und ich hatte plötzlich, wie schon lange nicht mehr, so ein leichtes Gefühl, als ginge mich der Krieg nichts an.

Nachher trieb der Wind die Wolken auseinander, und eine warme Sonne kam hervor. Ich ging zurück ins Horchgerät, weil ich dir ein paar Zeilen schreiben wollte. Ich war nervös und hatte so ein komisches Gefühl, dass irgend etwas kommen wird. In dieser Stimmung saß ich allein an meinem Platz, vor mir der Kopfhörer, da gab es Voralarm. Fünf Minuten später meldeten wir Feuerbereitschaft.

Jetzt muss ich Gott danken, dass ich heil davongekommen bin, es hätte auch anders ausgehen können. Links und rechts der Straße, die bei unserer Stellung vorbeiführt, haben die Bomben große Erdtrichter aufgerissen, teilweise so groß, dass du ein Haus hineinstellen könntest. Erdklumpen, Steine und Splitter sind bei uns genug hereingefallen, wir waren sicher in Lebensgefahr. Es prasselte auf den Stahlhelm, als würde es hageln. Ich war nicht einmal in Deckung, weil mein Gerät gleich zu Beginn beschädigt worden war, und so musste ich bei einem Geschütz nachladen helfen. Ich hatte nur den Stahlhelm auf, ein Splitter fiel mir direkt vor die Füße.

Links von der Straße die Ölraffinerie ist kaputt, mehrere Tanks mit insgesamt 10 000 Tonnen Rohöl stehen in Flammen, die letzten Brände sind noch immer nicht gelöscht, bei den Löschteichen stehen immer mehrere Tankwagen gleichzeitig. In Schwechat sind viele Fensterscheiben kaputt, das letzte kleine Haus rechts, schon ganz heraußen, ist vollständig zerstört, acht Personen, die dort im Keller waren, sind tot. Es ist ein trauriger Anblick. Die Pfarrkirche ist gesperrt wegen Einsturzgefahr, es fielen vier Bomben durchs Dach und durch die Decke, und keine einzige ist explodiert, Glück braucht der Mensch, sonst wäre die Kirche zusammengestürzt. Bei uns heraußen sollen fünf Ölwerke ausgebrannt sein. Was werden wir noch alles erleben oder nicht mehr erleben.

Es sind immer Amerikaner, die kommen. Mir tut's ein bisschen weh, du weißt, ich wollte immer, wenn ich die Schule fertig habe, nach Amerika und mit einem guten Motorrad einige Jahre durchs Land fahren, mir einmal ein bisschen Geld, einmal ein bisschen Essen stehlen und einfach Freude am Leben haben. Hast du schon entschieden, ob du mitkommen willst, Nanni? Wenn ja, sag es mir, man muss von Indien träumen, um Amerika zu finden.

Der aufgewirbelte Staub und die Brände haben die Sonne verdunkelt. Der Wind bläst mir Staub und Asche in die Augen. Die brennenden Öltanks qualmen schwarz in den Wind hinein, und der Wind drückt den Qualm nach Süden. Von der Raffinerie sind nur Umrisse erkennbar.

Die schöne Welt geht kaputt, liebe Nanni, vorbei, und morgen vielleicht der nächste Angriff. Muss eh! Also, mein guter Engel, vergiss deinen Kurti nicht, wenn er einmal nicht mehr schreibt.

Ich gehe am Abend immer schon um neun Uhr schlafen, ich hoffe, du glaubst es mir. Du fehlst mir sehr, Nanni, ich möchte, dass du das weißt. Wenn es neun am Abend ist, und ich liege im Kabinett, und das Klopfen an der Wand kommt nicht, da ist mir immer bange, ich kann mich nicht daran gewöhnen. In der Nacht schrecke ich aus dem Schlaf, weil mir war, als würde es klopfen, und ich richte mich im Bett auf und horche, ob du jetzt nach Hause gekommen bist, und dann klopfe ich, und es kommt keine Antwort, und dann weiß ich, es ist nicht wahr.

Ich horche ständig, tagsüber in der Stellung, nachts im Bett, ich denke schon, ich werde wahnsinnig. In der Nacht höre ich Stimmen. Und dass ich von meiner Nanni nichts höre, das drückt mich sehr herunter. Ich habe den ganzen Tag Zeit zu träumen und zu wünschen. Überhaupt weiß ich nicht, was ich machen soll. Das ganze Leben bei mir ist stehengeblieben.

Oft habe ich solche Sehnsucht nach dir, ich kann dir's gar nicht sagen, oft will ich es gar nicht glauben, dass ich dich schon so lange nicht gesehen habe. Mein Traum wäre, dass du wieder in Indien bist und ich mich als Mädchen verkleide und dort mit dir lebe, im gleichen Zimmer. Leider wird das nicht möglich sein, denn ich bin schon wieder gewachsen, nur noch zwei Zentimeter fehlen mir zu Papa, sein brauner Anzug passt mir schon sehr gut, du würdest staunen, ich habe mich in dem halben Jahr sehr gut entwickelt, und wenn man mich genau anschaut, sehe ich einem Mann schon ziemlich ähnlich. Lach nicht, aber wenn ich so weitermache, werde ich ein richtiger Lackel. / Meine Uniformjacke habe ich mit einem Kameraden getauscht, der eine zu große Jacke gefasst hatte. Die Socken taugen nichts, wir tragen fast alle Privatsocken.

Die Mäuseplage in unserer Baracke ist kaum zum Aushalten. Wenn ich am Tisch sitze, kann ich die Mäuse unter den Fallen spielen sehen. Die ganze Nacht haben sie ein Gepfeife und eine Springerei, es ist nur gut, dass überall genug Essen herumliegt, sonst würden sie noch an mich gehen. Wenn ich die Schultasche öffne, kommt so ein Vieh heraus, das ist ganz normal. Wir haben den Zugführer um Gift gebeten, damit wir den Spuk etwas eindämmen können. Aber es kümmert ihn nicht. / Als beim Angriff am Freitag von der brennenden Raffinerie eine gelbe Wolke zu unserer Stellung herübertrieb, rief der Zugführer Giftalarm aus, wir rissen die Masken von den Koppeln und setzten sie uns ordnungsgemäß auf. Hardi riss sich die Maske gleich wieder herunter, weil er keine Luft bekam. In Todesangst schlug er gegen den Filter und schüttelte die ganze Maske, da sprang eine Maus aus dem Schlauch. Kannst dir vorstellen. Über uns das Bombergeschwader.

Seit zwei Tagen haben wir plötzlich Hochsommer, und es weht seit der Früh der gewohnte Geruch der Raffinerie herüber, dort ist wieder Normalbetrieb. Tagsüber kann man mit bloßem Oberkörper umhergehen, die Straßen trocknen rasch ab, und es staubt schon fast überall. Mit der besseren Wetterlage werden unter Umständen auch wieder Angriffe zu erwarten sein, im Moment ist es noch ruhig. Andererseits wäre natürlich auch einmal eine Entscheidung zu wünschen.

Wenn wir am Abend in einem der Löschteiche schwimmen gehen, verschwindet manchmal der Krieg aus meinen Gedanken. Manchmal glaube ich, auch du müsstest einmal vor der Stellung auf mich warten. Vom Fenster der Baracke aus sehe ich immer nur die Freundinnen der Kameraden. Und wenn sie einander küssen, drückt es mir das Herz ab.

Gestern Nacht, als ich dir klopfte, klopfte es zurück, ich war ganz aufgeregt, klopfte noch einmal, und wieder kam Antwort. Ich lief hinaus und rief deinen Namen und weckte alle, auch Susi, und es stellte sich heraus, dass deine Mutter in deinem Bett geschlafen hatte, und weil ihr so einsam war, klopfte sie zurück. Sie hatte ganz verweinte Augen und erklärte fortwährend, ihr komme alles spanisch vor, und sie drehte sich fortwährend im Kreis. Wir tranken dann alle zusammen einen Wein, nur Susi nicht, und deine Mutter schaute mich immer so ein bisschen traurig an, als glaube sie weiterhin, dass ich wisse, wo du bist. Und irgendwann fasste ich mir ein Herz und sagte: »Mir fehlt die Nanni so wie dir.« / Wir beschlossen, wenn du wieder bei uns bist, bekommst du die von dir so geliebten Omeletten und Mehlspeisen, natürlich vorausgesetzt, dass wir weißes Mehl haben, im Moment gibt es nur ein Kilogramm pro Monat, da müssen tüchtig die Kartoffeln herhalten. Dein Bett steht noch immer so, wie du es im Jänner verlassen hast, deine Mutter wünscht sich von Herzen, dass du bald wieder darin schlafen wirst. Hoffentlich hast du auch jetzt eine warme Schlafstelle.

Ich male mir dein Nachhausekommen immer so schön aus, wie du anläutest, und ich mache auf und du fällst mir gleich um den Hals. Und dann gehen wir gemeinsam in den Prater, und ich fahre mit dir Karussell und auf der Hochschaubahn. Das sind so meine Gedanken vor dem Einschlafen. Und ich träume von Federbetten, während ich hier auf einem Strohsack liege und mich von Läusen beißen lasse. / Ich hoffe, es wird auch wieder die Zeit kommen, wo wir alle im eigenen Bett schlafen.

Frau Brand von der Sechserstiege hat wieder geheiratet, du kennst sie, die große Blonde. Der erste Mann war ihr zu ernst, ist nun mit einem Herrn Jarosz verheiratet, Mama sagt, dieser sei aber noch ernster. *Muss es auch geben*, wie du dich ausdrücken würdest. Und die Frau Angela von der Dreierstiege sagt, sie stirbt bald, aber zur Hochzeit von Hikker Anton will sie noch mit, das wird eine Freude, das 3er-Haus wird kopfstehen. Gell, Schorsche, du kommst wieder in dein schönes gutes Bett, da wirst du gut schlafen und nie mehr fortgehen, und ich werde dir in der Früh an die Wand klopfen. Es ist mir alles egal, wenn nur du wieder kommst. Ich habe so Angst, es könnte dir etwas zugestoßen sein. / Leb wohl, Schorsche, ich kann heut nicht mehr weiter schreiben, es macht mich alles so unglücklich, weil ich nicht weiß, was mit dir ist.

Gestern hatten wir den nächsten schweren Angriff, eine Bombe ganz in der Nähe hat uns wieder das halbe Feld in die Stellung geworfen. In meinem Horchgerät sehe ich nichts, aber die andern sagen, wie mit der Kohlenschaufel werfen sie die Bomben aus ihren Flugzeugen. Und die Flak trifft herzlich wenig. / Von einer Druckwelle spürt man manchmal ein kleines Reißen im Trommelfell, dann weiß man, das war jetzt ganz in der Nähe. / Es gab einen Volltreffer in ein nicht ganz fertiggestelltes, unbewohntes Haus in Sichtweite. Die Frau war lange nicht hier, denn ihr Mann ist gefallen, und da ist sie ein wenig geistesgestört geworden, so dass sie sich in einer Heilanstalt aufhält. So sagte es uns der Zugführer.

Am Nachmittag waren wir zu Aufräumarbeiten in der Lobau bei den Öltankern. Jetzt sitzen wir in den Baracken und schlagen die Zeit tot. Zwei spielen Schach, einer montiert an gefundenen Radioteilen herum, wieder zwei andere rupfen ein Huhn, natürlich ebenfalls gefunden. Und der letzte liegt auf seiner Falle und schreibt, das bin ich.

Angeblich hat in Zwölfaxing ein Dutzend KZ-Häftlinge den Angriff zur Flucht genutzt, wir sind angewiesen, uns verdächtig erscheinende Personen zu melden. Wir glauben aber, dass diese Leute längst in Wien oder Ungarn sind. Zwölfaxing ist der Nachbarort, dort werden Kampfflugzeuge gebaut, soll alles kaputt sein. Viele Häftlinge und auch Bewachungspersonal sind ums Leben gekommen. / Sonst, mein Schatz, geht es uns hier, wenn man auf die Bomben nicht achtet, ganz gut.

Die Sascha war vor einer Woche in Wien, weil ihr Vater Urlaub hatte, Ferdl brachte mich mit ihr zusammen, sie erzählte von Schwarzindien, ich ließ sie reden, ich hoffte, sie sage etwas über dich. Aber sie redete nur Gleichgültiges, kein Wort über dich, obwohl ich mehrere Anläufe nahm, ihr den Einstieg zu ermöglichen. Ich hatte dann kein Bedürfnis mehr, ihr Fragen zu stellen. / Auch Frau Musil, die Mutter deiner Schulkollegin, habe ich getroffen. Ich sprach sie an und fragte, was sie Neues aus Schwarzindien wisse. Doch da kam ich nicht gut an. Entweder gab sie keine Antwort oder eine solche, die sich gewaschen hatte. Schließlich erklärte ich ihr, dass es für mich nicht leicht sei, wie alle mich behandeln. Hierauf tat sie so, als sehe sie es ein, und schwieg dann wieder.

Und bitte, bitte, denk nicht schlecht von mir, weil ich zu Ostern nicht gekommen bin. Sei bitte nicht mehr böse. Weißt du, ich bin hier nicht mein eigener Herr, geschweige denn, dass ich Geld habe für Fahrkarten und dergleichen, es bringt mich zur Raserei. Ich werd auch jetzt ganz zornig, wenn ich dran denke, wie lange wir uns nicht gesehen haben. Wir beide zwei.

Bei uns herrscht jetzt Hochsommerwetter, schwül und gewittrig, du musst schon entschuldigen, dass meine Schrift nicht sehr schön ist. Ich sitze im Horchgerät und schwitze ganz entsetzlich. Lästig sind die Fliegen und Mücken, in der Nacht kann man nicht schlafen, da krabbelt alles Mögliche herum, es juckt einen am ganzen Körper. / In Schwarzindien werden sie jetzt fleißig baden. Ich bin auch schon sehr braungebrannt. Schwitzen tun wir genug, wenn wir mit Spaten und Stahlhelm zu einem Trichter marschieren.

Wenn ich während der Ruhezeiten im Horchgerät sitze und in die Welt hinaus lausche, habe ich manchmal das Gefühl, ich bin kurz davor, dass ich höre, was ich hören muss, damit ich endlich Bescheid weiß. Aber ich komme nie nahe genug heran. So geht es mir sehr oft. Ich habe dauernd das Gefühl, dass es einen ganzen Haufen Dinge gibt, die andere Leute wissen, sie sind geradezu geboren mit diesem Wissen, und ich höre die Krähen krächzen.

Mama hat mich heute nur einmal zusammengeschissen, sie hatte auch nicht mehr Gelegenheit dazu, denn ich habe mich den ganzen Tag versteckt. Also nicht richtig versteckt, nur war ich halt immer woanders, unter anderem bei deiner

Mutter. / Seit deine Mutter zurückgeklopft hat, verstehen wir uns besser. Ich leiste ihr öfters Gesellschaft, sie ist ein bisschen beruhigter, wenn ich bei ihr bin. Tagsüber geht es, da hat sie ihre Arbeit, doch wenn sie heimkommt ... ich kann sie verstehen. Für sie ist alles eine Qual. Und da sage ich mir, man weiß nie, ob es nicht gut ist, wenn man anderen hilft. Und die Zeit geht auch vorbei, wo es ihr so hart ist. Und hoffentlich kommst du bald nach Hause. / Deine Mutter und ich sitzen am Abend zusammen, hören Radio, ich schreibe, und sie massiert sich die Hände. Sie nietet weiterhin Spatentaschen, aber nicht mehr im Akkord, bekommt deshalb nur noch zweiundzwanzig Reichsmark in der Woche, denn sie schafft keine zweihundertfünfzig Spatentaschen am Tag und will nicht für einen Kriegsgewinnler, wie sie sagt, ihre Nerven endgültig ruinieren. Mama hat deiner Mutter Buerlecithin besorgt, womit deine Mutter eine Kur machen und wieder ins Gleichgewicht kommen soll, und deine Mutter sagt, dass es ihr schon besser geht. Vor vier Wochen saß sie nur immer da und stierte vor sich hin.

Alarm haben wir oft. Es ist durchaus nicht ideal hier. Mama und Susi sitzen im Keller zwischen Kohlen und Kartoffeln, die Detonationen rollen wellenartig durch den Boden, und der Mörtel rieselt aus den Ziegelritzen, und vom Luftdruck klappern die Lüftungsklappen. Beim letzten Angriff sind die beschädigten Häuser auf der Alszeile nochmals niedriger geworden, ich hatte sie besichtigt, es hatte ausgesehen, als stünden sie nur noch aus Gewohnheit. / Schade um unser schönes Wien. Heute regnet es. Sonst nichts Neues.

Am Bahnhof von Schwechat haben sie einen entlaufenen Häftling aufgegriffen, und er wehrte sich wie ein Teufel, sie

haben ihn niedergeschlagen, bis er sich nicht mehr rührte. /
Ein Fußballspiel gegen die Flakhelfer aus Laxenburg haben
wir vorgestern verloren. Aus den Stellungen und Bunkern haben die andern zugeschaut wie aus den Logen im Theater.

Ja, du, liebe Nanni, liebe Schorsche, mach keine Dummheiten, bitte, und komm bald nach Hause, ich flehe dich an.
In Gedanken bin ich den größten Teil des Tages bei dir, und
wenn ich schlafen gehe, erst recht. Jetzt muss ich aufhören, ich
sehe kaum noch zu den Augen hinaus. Und auch der Sturm
hat sich ein wenig gelegt, immer, wenn ich dir schreibe, wird's
drinnen ein wenig stiller.

Wenn ich an dich denke, sehe ich dich in Schwarzindien,
und solange ich nicht weiß, wo du hingekommen bist, bleibst
du in Schwarzindien. *Schwarzindien* … das klingt heute ganz
anders als im März, jetzt klingt es, als liege es nicht um die
Ecke. Jetzt bist du schon drei Monate weg und hast dich nicht
gerührt. Was kann in drei Monaten alles passieren! Wie weit
kommt man in drei Monaten? Und warum schreibst du mir
von dort, wo du bist, keine Karte? Vom Ganges. Bitte schreib
mir eine Karte vom Ganges, damit ich nicht mehr so viel
Angst habe. Deine Mutter sagt, sie glaube, du seist tot. Dann
läuft es mir kalt über den Rücken, und ich muss mich an das
erinnern, was Erhard über den Krieg sagt: »Du glaubst nicht,
was ein Mensch vermag.«

Die Schule klingt langsam aus. Sie haben beschlossen, uns
das letzte Schuljahr zu erlassen, es ist Teil der Totalverpflich-
tung. Ich musste meinen eingeschlafenen Lerneifer wieder
mobil machen, habe mich mit Lernen auch ein wenig abgelenkt. Leider kann ich mich nicht mehr so gut konzentrie-
ren wie vor einem Jahr. Dauernd wandern meine Gedanken

herum. Und draußen das herrliche Sommerwetter. Am Abend sitze ich manchmal bei deiner Mutter, aber meistens sitze ich zwischen Mauern aus Büchern. Irgendwie muss es gehen. / Die schriftlichen Prüfungen werde ich wohl gut bestanden haben, war insgesamt nicht schwer, man will, dass alle durchkommen. Die mündlichen Prüfungen werden nur noch Formsache sein. Dann wird es uns bald treffen, es scheint, als wollten sie mit Ferdl und mir den Krieg gewinnen.

Eben spielt das Radio dein Lieblingslied, die *Dorfschwalben*. Wie schön war es, als wir zu Silvester alle beisammen waren und du uns das Lied gesungen hast. / Wo bist du, Nanni? Ist es dort, wo du bist, besser als in Indien? Kannst du wirklich nicht begreifen, was du zu tun hast? Am besten wär's, du kämst zurück nach Wien, ich meine, es seien schon drei Jahre vergangen, seitdem du das letzte Mal bei mir warst. Wenn du kämst, würde ich dich abküssen, dass kein Fleck an dir ungeküsst bliebe.

Und sollte die schwarzindische Wildnis weiterhin Ohren haben: Ich versteh die ganze Geschichte nicht. Ich versteh nicht, was ihr von Nanni und mir wollt. / Ein weiteres indisches Sprichwort sagt: Am Ende ist alles gut. Wenn es nicht gut ist, ist es nicht das Ende.

Der Abschied von Wien

Der Abschied von Wien, zeitlich ja kurz, aber nicht minder dem Gedächtnis eindringlich, die trübere Seite. Er bildete den Nachklang für die ganze Fahrt und begann sich erst allmählich abzuschwächen in dem Maße, in dem wir uns in Budapest einlebten. Wien? Unser aller Geburtsstadt. Wir hatten unsere Flucht so lange hinausgezögert, dass wir davor geschützt waren, gleich Heimweh zu bekommen. In gewisser Weise hatten wir das Heimweh schon gehabt, als wir noch in Wien gewesen waren. Zu Wien gewannen wir bald Abstand, eigentlich schon am zweiten Tag, als wir bei István in der Stáhly utca einzogen. Heute existiert Wien schon fast nicht mehr.

In Istváns Absteige kamen wir völlig erschlagen an, es war, als hätten wir uns mit letzter Kraft an einen Ort gerettet, der zunächst geheimnisvoll und dunkel war, und erst nach mehreren Tagen wurde es hell. / Mein erster Eindruck von der Bude war deprimierend, so klein und ärmlich hatte ich's mir nicht vorgestellt. Zu István sagte ich natürlich nichts, aber er entschuldigte sich von sich aus, ich winkte ab, ich hätte keine großen Erwartungen gehabt und sei nicht besonders überrascht. Da war er gekränkt. / Wenn man aufs Klo will, platzt einem die Blase, bis es endlich frei wird, das ist schon zum Kotzen. Die Nachbarn sind nett. Ganz am Anfang brachte uns Frau Földényi einmal Kuchen.

In der ersten Nacht schliefen wir zu dritt auf Istváns Couch, einer über dem anderen, so erleichtert waren wir trotz der

Enge. In der zweiten Nacht schlief Georgili auf einem aus Kleidung am Fußboden bereiteten Bett. Und so lebten wir uns in dem muffigen Zimmer ein und ließen es uns den Verhältnissen entsprechend gutgehen. / Der Lokus ist insgesamt benutzbar, wenn er endlich frei ist, nur etwas kurz gebaut. Wenn ich mich setze, stoße ich mit dem Kopf gegen die Tür. Meistens ist er sauber.

In Budapest eingetroffen, änderte sich Wallys Zustand rasch. Schon lange hatte ich sie nicht mehr so glücklich gesehen. Es machte ihr eine tiefe Freude, dass wir in Budapest lebten. Leben! Wir durften in die Parks und an die Donau. Sogar den Nebel genossen wir. Wally sagte: »Die Behauptung, dass wir Wien gekannt haben, ist im Grunde nicht aufrechtzuhalten, denn dann wären wir früher weggegangen.« / Ich kaufte ihr bei einer Straßenhändlerin ein Halstuch aus Baumwolle, es gefiel Wally so gut, dass sie sagte, sie habe das Gefühl, es mache aus ihr wieder eine junge Frau. / Unser Glück hatte uns nicht ganz im Stich gelassen. Wally überlegte sich jeden Tag, wie sie Georg oder mir eine Freude machen konnte. Und die Geldfrage würde sich hoffentlich bald klären.

Wir frühstückten um neun, dann gingen wir zwei Stunden spazieren, die viele frische Luft tat uns gut. Auf der Donaupromenade war alles Bedrückende wie weggeweht. Georgili schlug Räder und redete viel. Wir schauten uns die prachtvollen Straßen an. Wie anders als in Wien fand hier das Leben statt. Mit großen Augen bestaunten wir die Brücken! Herrlich! Und die Auslagen der Geschäfte waren großartig dekoriert, und großartige Sachen zu sehen. Aber was sie verlangten, frage nicht. / Wenn wir Hunger hatten, kauften wir Gemüse oder Obst, aßen es im Freien, in der Sonne. Nie hätte ich gedacht, dass mir Budapest lieber sein würde als Wien. Die Stadt ist schöner gelegen mit dem Fluss und den Brücken. Es ist alles viel lebendiger hier. Und zum ersten Mal nach langer Zeit begannen wir glückliche Pläne für die Zukunft zu schmieden.

Im Sommer vor unserer Ankunft waren die meisten nicht ungarischen Juden von den Ungarn an die Deutschen ausgeliefert worden. Deshalb brauchten wir als erstes den Schutz einer wie auch immer gearteten Legalität. Bloß weg mit den uns in Wien aufgezwungenen Pässen, die auf der Vorderseite ein großes J trugen. Leider fehlte uns für gute Papiere das nötige Geld. Aber die Papiere eines ungarischen Juden, der die Mittel besessen hatte, sich arisieren zu lassen, beschaffte uns István, Gott segne diesen schönen Menschen. / Laut dieser Papiere bin ich fünfzig Jahre alt, zu alt für die Arbeitsbrigaden. / Manchmal habe ich das sichere Gefühl, in Budapest bleiben zu können, bis der Krieg zu Ende ist.

Dank der verhältnismäßig guten Ernährung erholten wir uns auch äußerlich, in Wien hatten wir ein schlechtes Aussehen bekommen. Ich war glücklich, wenn ich Wally und Georgili sah mit etwas Farbe im Gesicht, wir hatten den Tiefpunkt hinter uns. Es kam jetzt auch wieder vor, dass Georgili mit anderen Kindern herumtollte. Er trieb sich auf dem Kerepesi Friedhof herum und brachte von den alten Frauen Brot und Süßigkeiten. Manchmal stahlen die Kinder wohl auch Obst, ich fragte dem nie näher nach. / Während der ersten Zeit ging es besser als erwartet. Und weil wir in dieser totalen Zeit totale Habenichtse geworden waren, schickten wir Georgili in die Schule, damit er etwas hatte, das man ihm nicht an der nächsten Straßenecke wegnehmen konnte. Für einige Monate besuchte er die Schule in der Wesselényistraße, der Lehrplan war auf Auswanderung zugeschnitten, Fremdsprachen hatten Vorrang.

Von meinem Bernili-Buben hatte ich mittels Einschluss-Briefen über das neutrale Ausland immer die besten Nachrichten aus Bath, Somerset, Fairfield Park. Es geht dem Jungen dort wirklich gut, er ist bei dem Ortsleiter der Baden-Powell-Scouts untergebracht, einer Familie, die sich dem Kind mit voller Liebe widmet. Bernili ist groß und kräftig, das Pfadfinderleben tut ihm gut. Er hat schon den dritten Grad, lernt fleißig kochen, kann perfekt Tauknoten binden und Signal geben. Dass er nur mehr Englisch spricht und schreibt, ist dadurch bedingt, dass weder die erste Kostfamilie noch die jetzige noch der Gönner ein Wort Deutsch sprechen. Aber da es für uns in Deutschland keine Zukunft gibt, ist es um das Deutsche nicht schade. / Bernili bereitet mir viel Freude.

Heute ist ein Schalttag, 29. Februar 1944, es sind zwei Jahre und drei Monate, dass wir in Budapest sind. Wie rasch das Leben vergeht und wie langsam der Krieg. Georgili liegt seit sieben Wochen im Spital, muss noch bis zum 3. März bleiben, geht ihm aber schon gut, ist fieberfrei. Hat irrsinnig viel mitgemacht. In der vierten Woche bekam er einen zweiten Scharlachanfall. Und täglich muss sich entscheiden, ob die Behörde gestattet, ihn nach England zu schicken. Ich habe große Hoffnung diesbezüglich, das Verbleiben auf Dauer ist sehr schwer. Auch Wally hat mit Georgili viel mitgemacht, denn was es heißt, in dieser furchtbaren Lage im Elendsquartier krank zu sein, noch dazu eine so entsetzliche Krankheit, kann man sich denken. Ich laufe den ganzen Tag herum, um für Georgili das Notwendigste zu erbetteln, er soll viel Obst und Süßigkeiten essen und verlangt auch gierig danach. / Am Anfang war sein Ausschlag arg, der Arm rot und sehr fest, er weinte die ganze Nacht, und leider sind Wally und ich schlechte Schlafentbehrer. / Jetzt sitze ich an seinem Bett und schreibe. Später werde ich an meinem Mantel einen losen Knopf wieder festnähen.

Ich habe viel Ungarisch gelernt und bin wirklich schon recht gut. Den Filmen im Kino kann ich folgen und auch mit den Leuten Konversation machen, das macht mir viel Freude. Bei Wally hapert es sehr, hat jetzt, da ich gut spreche, keine Freude mehr, lässt sich alles von mir übersetzen. Ich habe versucht, am Abend mit ihr Lektionen nach dem Buch zu machen, aber sie drückt sich mit der Behauptung, sie sei zu müde, mit anderen Worten, es freut sie nicht. Doch wäre es wichtig für uns. / Vielleicht geht ihr der Knopf auf, wenn einmal Georgili besser Ungarisch spricht als Deutsch.

Während der ersten Zeit arbeitete ich als Nachtwächter in der Vaterländischen Papierfabrik. Das Ende des Jahres 1943 erlebte ich als Handlanger in einer Getreidemühle auf der Insel Czepel. Dann quetschte ich mir beim Hantieren mit einer eisernen Schubkarre den Nagel des kleinen Fingers ab, später begann die Fingerspitze zu vereitern. Es wurde alles weggeschnitten, auch der Nagel, hatte einen großen Verband um den Finger und konnte nicht mehr arbeiten. / Zu der Operation wurde ich eingeschläfert, na, das war ein komisches Gefühl, man fühlt das Herz geradezu ausgehen. Einer, der vor mir ebenfalls diese Narkose erhielt, schrie laut auf vor Angst. Allzu oft möchte ich dies nicht mitmachen. / Der Finger ist jetzt wieder gut, Nagel wächst so langsam nach, später wird man gar nichts mehr sehen. Beschwerden habe ich keine, aber fest anstoßen sollte ich nicht, die Fingerspitze ist noch empfindlich.

Seit einer Woche habe ich wieder Arbeit, bei Tungsram im Rohstofflager. Habe mir einen ungarischen Schnauz wachsen lassen und sehe dadurch aus wie einer, der als Arbeitskraft taugt. Ist aber eine mühsame Arbeit, schwere Lasten, dass einem die Luft wegbleibt. Das alles habe ich bis jetzt halbwegs durchgehalten, bin aber nochmals schlanker geworden, das merke ich an der Anzugsjacke, die ich von István habe. Zunächst war kaum ein Hineinkommen, jetzt geht es ganz leidlich. / Leider bin ich ein Mensch, der ein ruhiges Leben braucht und so in mancher Hinsicht den Kampf nicht aufnehmen kann.

Georgili ist schon wieder krank, wir sitzen ständig mit ihm bei den Ärzten. Da dem Körper die Vitamine fehlen, hat das Kind einen Ausschlag in den Augen bekommen, was irrsinnig schmerzhaft ist. Ich hoffe, dass er bald wieder ganz zu Hause sein kann, obwohl es hier sehr traurig ist. / Jeannette, meine liebe, liebe, gute Cousine, bitte, bitte schreibe mir ein paar Zeilen, mach mich glücklich, damit ich in dieser traurigen Zeit wieder einmal einen Lichtblick habe. Und wenn möglich, schicke uns Geld an die Adresse von István.

Vom Einmarsch der Deutschen in Ungarn habt ihr sicher gehört, jetzt geht es hier von vorne los. Alles trieft vor Angst, wir stehen da mit aufgerissenen Mündern. Gestern, als Georgili eingeschlafen war, redeten wir flüsternd: »Wie soll es weitergehen?« »Neuerliche Flucht?« »Aber wohin?« Wir sind ganz ratlos.

Die Stadt wimmelt und pulsiert wie am Vorabend des Jüngsten Gerichts. Jeder hat rasch was zu erledigen, jeder versucht, ein paar Pengő zu verdienen oder sich sonstwie in eine bessere Position zu bringen. Auch menschlich steht die Stadt im letzten Ausverkauf. Vom Fenster aus beobachten wir das Chaos in der Straße. Zur Arbeit gehe ich nicht mehr, ist mir jetzt zu riskant.

So war's also doch ein Fehler, nach Budapest zu kommen. Oft hat man ein Pech, ich leider öfter als der Durchschnitt. Manchmal, wenn ich auf meiner Pritsche liege, alles still, und der Geist löst sich vom Körper, sehe ich mich mit Wally und Georg an Bord eines Schiffes, kurz vor der Einfahrt nach Haifa. Am Horizont die kahlen Berge des Karmel. / István ist böse, weil ich hadere, er sagt, so eine Phantasie kann man von niemandem verlangen, dass er das Schlimmste vorhersieht. Ein gesunder Mensch rechnet nicht immer mit dem Schlimmsten. / Ich drehte mich zum Fenster und musste mir mit der Hand den Mund zuhalten.

Ich gehe nur bei Sonnenschein aus dem Haus und dann auf der Schattenseite der Straße, ist weniger gefährlich, dort trifft man weniger Deutsche, und wenn doch, sind sie mit sich selbst beschäftigt. Auf der Schattenseite der Straße wurde ich noch nie beanstandet, auf der Sonnenseite der Straße musste ich einem jungen Soldaten mit dem Rücken ein Schreibpult machen, er schrieb einen mehrseitigen Brief, *Liebe Margarete …*

Ich komme von der Post, wo ich einen Brief an Bernili auf den Weg gebracht habe, geht ihm gottlob ausgezeichnet. Musste mich mit der Aufgabe beeilen, wer weiß, ob ich morgen die Postmöglichkeit über die Schweiz noch habe. Es ist hier nicht schön, nur das Wissen, dass ihr alle fort und in Sicherheit seid, ist mein einziges Glück. / Was mit uns sein wird, weiß ich nicht, wir werden halt durchhalten müssen, was auch kommen mag.

Es wird immer schwieriger, sich unter falschem Namen gefahrlos zu bewegen. Bin fallweise unterwegs, eile und laufe von der Kultusgemeinde zum Komitee, will nochmals die Identität wechseln. Ihr müsst mir unbedingt helfen, die liebe Wally und den lieben Georgili von Budapest wegzubringen, indem ihr an die Anschrift meines Bruders auf irgendwelchem Weg entweder Scheck oder sonstwie Geld sendet, sonst weiß ich nicht, was werden wird. Mein Bruder hat durch das Judengesetz die Stellung verloren und war auch vordem ein Habenichts, ergibt Doppelnull.

Auf der Suche nach Hilfe bin ich am Vormittag durch Budapest gewandert, Erkundigungen einholen, Geld verdienen, Ausschau halten und tausend Wege. In solchem Tageslauf zehrt sich das Leben auf, immer mit eingezogenem, gesenktem Kopf, damit ich möglichst unbemerkt vorbeikomme, ich achte sorgsam darauf, kein Aufsehen zu erregen, bin ein Duckmäuser geworden. An meinen ehemaligen Landsleuten gehe ich wie unsichtbar vorbei, ich meide den Kontakt mit Deutschen, aber wenn ich eine österreichische Sprachfärbung höre, bin ich besonders auf der Hut.

Ein paar Juden saßen verstreut im Hinterhof des Komitees, erschöpft und gequält von der Unsicherheit, sie diskutierten das Gerücht, dass nur die Chassiden im Osten und in Transsylvanien deportiert würden. Die herrschende Atmosphäre inspirierte zur Gotteslästerung. Als ich sagte, dass ich die Chassiden um ihr Gottvertrauen beneide, sagte ein Pole:

»Gott? Die Deutschen sollen ihn umbringen. Er hat es von allen am meisten verdient.«

Mit diesen Polen ist es immer dasselbe, kommen hier an, immer ohne Familie, aber mit schwarzen Ringen um die Augen, und verbreiten ihre Geschichten, war keine Ausnahme, erschlagene Kinder und solche, die in die Luft geworfen und erschossen werden. Er sagte: »Lieber dreimal sofort sterben als den Deutschen in die Hände fallen.« Er wischte sich mit der Hand übers Gesicht und behauptete, ihm sei ein Geheimnis der menschlichen Natur enthüllt worden: die menschliche Unmenschlichkeit.

Weil die Polen jetzt am heftigsten bestrebt sind, aus Ungarn rasch wegzukommen, redeten wir über weitere Fluchtmöglichkeiten. Der Pole sagte, er sei im vergangenen Winter gekommen, einer, der ums nackte Überleben kämpfe, habe im Winter Vorteile gegenüber denen, die nicht zwingend in die Kälte müssten. In den dunkelsten Nächten beim größten Frost stünden die Chancen, durchzukommen, am besten. Er riet mir, keine Gelegenheit ungenutzt zu lassen, man wisse nicht, was noch komme, er habe Menschen gesehen, die eine Gelegenheit, sich zu retten, verstreichen ließen wegen eines Kindergeburtstags. Er sei ein erfahrener Verfolgter, eine Fachkraft im Fliehen, in den vergangenen Jahren habe sich diese neue Profession herausgebildet, man dürfe sich keine Unachtsamkeit mehr leisten, er selber gehe zu den Partisanen nach Serbien.

»Ein großes Vermögen wäre von Vorteil«, sagte der Pole. »Die Deutschen machen aus allem ein Geschäft, sie tun so, als sei ihnen der Umgang mit Geld widerwärtig, aber in Wahrheit sind sie es, die sich dem Geld unterjocht haben. Die

Deutschen führen den Krieg von der Hand in den Mund. Wenn sie einmal ein halbes Jahr keine neuen Raubgründe finden, sind sie erledigt, seit sechs Jahren geht das so, jetzt ist Ungarn an der Reihe. Niemand ist geldgieriger als die Deutschen, sie würden die Pisse der Juden in Flaschen abfüllen, wenn sie Geld dafür bekämen. Und was ihre besondere Vorliebe ist: das Aufwiegen von Menschenleben mit Geld.«

Er appellierte an meine Intelligenz und atmete mir direkt ins Gesicht. Er erwähnte Konzentrationslager und den Bau von riesigen Fabriken, und wer nicht arbeiten könne, komme ins Gas. / »Nicht im Ernst?«, sagte ich. / »Doch, weil ihnen das Töten der Leute sonst zu mühsam ist, so macht es weniger Umstände.«

An diese Art von Gerüchten hatte ich mich schon gewöhnt, und weil der Pole sah, dass ich ihm nicht glaubte, sagte er, ich solle mich auf das Schlimmste vorbereiten, die meisten von uns würden untergehen. Damit verabschiedete er sich. / Weil sein Gesicht so ernst gewesen war, erzählte ich es István, ich bat ihn, bei seinen besser informierten Bekannten nachzufragen. Er brachte die Auskunft, im Moment bestünde keine akute Gefahr, wir würden als Arbeitskräfte benötigt. Doch wenn weiter so viele Flüchtlinge aus Moldawien und der Ukraine hereinzögen, benötige man uns bald nicht mehr, er schließe sich der nächsten Arbeitskolonne an.

Während István ein paar Sachen zusammenpackte, wusste ich, dass es ohne ihn schwer werden würde. Ich wartete, bis dieses Gefühl nachließ, dann dankte ich István für die Unterstützung während der vergangenen fast zweieinhalb Jahre, umarmte und küsste ihn. Er sagte: »Wer weiß, Oskar, vielleicht werde ich mir noch den Kreml anschauen.« / István ging zum Güterbahnhof, wo man die Arbeitsmänner sammelte und in Brigadenstärke abtransportierte. Gott segne ihn!

Gestern war nach vielen kalten Tagen ein heißer Tag, so heiß wie in Wien im Juli. Wally und Georgili waren auf eine Stunde weg, kamen ganz erschöpft nach Hause. Wally rannte sofort hinunter, um frisches Wasser zu holen. Und während sie sich wusch, ertappte ich mich dabei, dass ich an den Polen dachte und an das, was er über verpasste Gelegenheiten gesagt hatte. Nachdem Wally sich gewaschen hatte, schüttete sie das schmutzige Wasser in den Kübel unter dem Lavoir, sie sagte: »Jetzt beginnt wieder das lange bange Dahinleben.« / Georg setzte sich an den Tisch und zeichnete die Aussicht auf das St. Rochus-Krankenhaus. Später sprang er mit der Springschnur, Georg, mein hübscher Junge.

Gearbeitet habe ich seit Wochen nicht. Wir ernähren uns von Bohnen, Erbsen und Linsen oder von überhaupt nichts. Als Brotaufstrich haben wir etwas Schmalz, das uns allen zum Hals heraushängt bei dieser Hitze. / Angeblich fahren endlos lange Güterzüge mit ungarischen Pflanzenölen und Pfirsichkonserven Richtung Deutschland, die Leute sagen, die Güterzüge wären doppelt so lang, würde nicht das nötige Rollmaterial fehlen.

Leider muss ich jetzt mehr riskieren, um die Miete für Istváns Zimmer bezahlen zu können. Am 24. hatte ich, Gott sei Lob und Dank, einen Treffer, ich kaufte einem deutschen Soldaten um 70 Pengő einen Elektrokocher ab, verkaufte ihn noch am gleichen Tag um 100 Pengő weiter. Das sichert uns das Überleben für ein paar Tage. / Als ich Wally das Geld zeigte, sagte sie, ihr Herz schlage nicht, es singe. Ich war froh, sie lächeln zu sehen, kommt selten genug vor. Und Wally sagte: »Es ist eine miese Zeit, aber irgendwann werden auch wir uns wieder freigekämpft haben.« / Ihr plötzliches Vertrauen in meinen Kampfesmut machte mich beklommen.

Mein Spiegelbild in den Schaufenstern ist zum Erschrecken, so dünn bin ich geworden, graue Strähnen durchziehen mein Haar, ich bin ein Mann mit einem aschfahlen Gesicht, in einem schlecht sitzenden, abgenutzten Anzug und gehe auf der Schattenseite der Straße. Die Knochen stehen mir überall heraus, fast täglich habe ich Magenkrämpfe, bin zu nichts mehr zu gebrauchen, mit großen Schritten gleicht sich mein Aussehen dem in meinem Pass angegebenen Alter an. Ein heimatloser Flüchtling, ein heimat- und staatenloser Mensch, unter falschem Namen, mit falschen Papieren, mit falschem Blut, in der falschen Zeit, im falschen Leben, in der falschen Welt.

Dass die Zeit verging, merkte ich an Dingen wie meinem Fingernagel, er war jetzt ganz nachgewachsen. Und auch Georgili war gewachsen, Wally hatte den Saum seiner guten Hose heruntergelassen, ein letztes Mal, mehr geht nicht, sagte sie. / Wir hofften alle, dass das Kriegsende bald kam.

Der Krieg! Es bestand natürlich Hoffnung, dass alles ganz abrupt zu Ende ging, überall war davon die Rede. Aber anderthalb Jahre schob die Rote Armee die Wehrmacht schon vor sich her, trotzdem stolzierten die Deutschen in Budapest herum wie Gockel, sie sahen viel weniger gehetzt aus als ich. / Bumbumbum-bum ... Bumbumbum-bum ... Hier ist England! ... Hier ist England! ... Zunächst die Nachrichten in Schlagzeilen! / Aus den Nachrichten erfuhren wir, dass die Amerikaner Rom eingenommen und sich an der französischen Küste festgesetzt hatten. In Weißrussland waren mehrere deutsche Armeen von der Roten Armee vernichtet worden. Das klang verheißungsvoll. Tatsache war leider, dass die Front sich langsamer nach Westen verschob, als wir seit Monaten hofften. Die größeren Bemühungen der Roten Armee richteten sich auf das Baltikum im Norden und Rumänien im Süden.

Gestern ein Bombenangriff auf Budapest. Mit den Bomben wurden Flugblätter abgeworfen, sie enthielten Warnungen an die ungarische Regierung und die Aufforderung an die Bevölkerung, die ungarischen Juden zu schützen. Stiller Jubel unter den Budapester Juden und böse Bemerkungen über die plötzliche Sorge der Ungarn, ihr Ruf im Ausland könnte Schaden nehmen.

Trotzdem tauchten wieder die mit Erschießung drohenden Erlässe in den Anschlagkästen auf, man erkannte die alte Handschrift, es waren die nur geringfügig modifizierten Verordnungen des Reiches. Deshalb beschlossen Wally und ich, nach Rumänien zu gehen. Aus Wien waren wir gut entkommen, und Wally lebte im Vertrauen zu Gott, dass er uns zu Gutem führt. / Wally musste die Mehrzahl der Wege machen, die Gefahr, dass sie zum Arbeitseinsatz verschleppt wurde, war nicht so groß wie bei mir, mein abgenutzter Anzug wies mich jederzeit als das aus, was ich war. Ich beneidete die Männer auf der Straße um ihre unbeschädigten Anzüge.

In der Nähe der Elisabethbrücke traf ich Berl Feuerzeug, den ich aus Wien kannte. Er hatte arische Papiere bei sich und fühlte sich sicher. Er sagte, es gehe ihm gut, er sei verlobt. Viel mehr redeten wir nicht, hatten beide Angst, dass wildfremde Menschen zuhören könnten. Um irgendetwas Persönliches zu sagen, sagte ich, dass ich oft Albträume habe. Er tröstete mich und sagte, dass auch er dann und wann Albträume habe. So gingen wir auseinander.

Bei der Planung unserer weiteren Flucht spürte ich, wie ausgelaugt ich war, es war mir, als hätte ich einen Tag lang Ziegel an einen Ort getragen, bis einer kam und sagte, die Ziegel müssten an einen ganz anderen Ort.

Die Zuteilungen entsprachen Hungerrationen, wir hatten nicht genug zum Leben und litten darunter. Bei der Jüdischen Selbsthilfe bettelte ich um Sohlen, um mir die Schuhe doppeln zu lassen, war bereits auf den Socken gegangen. Das Geld reichte hinten und vorne nicht, ich lief ständig mit leerem Magen herum. / Am Freitag stellte ich mich bei der Ausspeisung an, es gab Tscholent, schmeckte so gut, dass ich am liebsten um das Rezept gebeten hätte. Ich stellte mir vor, dass ich zu Hause an einem Freitag für die ganze Familie Tscholent koche. Nicht in Wien, sondern in Akkra, Goldküste, in einem ebenerdigen Bungalow mit Strohdach. / Wir hatten jetzt alle wieder ein schlechtes Aussehen.

Wie es wohl unserem hübschen Bernili-Buben gehen mag? Wir sehen ihn als freien Inselbewohner, als Besitzer einer besseren Zukunft. Hier wäre es ihm verboten, mit seinen Freunden in den Park zu gehen, selbst im Innenhof des Stern-Hauses, in das wir übersiedeln mussten, laufen die Kinder Gefahr, dass man ihnen den Ball wegnimmt. / Es ist gut, dass ich wenigstens einen der Menschen, die ich liebe, zu schützen vermocht habe.

In der Nacht träumte ich erstmals von Kartoffeln. Früher waren meine Träume anspruchsvoller.

Unsere echten Papiere habe ich vor zwei Jahren weggeworfen, weil es die falschen waren, und die falschen sind nicht echt. Mit den echten bekäme ich jetzt vielleicht einen Schutzbrief des Vatikans. Aber mit etwas so Halbem wie unseren falschen Papieren ist es schwer, jemanden zu finden, der einem hilft. / Wie schlecht eine Zeit ist, erkennt man daran, dass sie auch kleine Fehler nicht verzeiht.

Sechs Wochen habe ich nicht geschrieben, ich befand mich unter einer so starken nervlichen Anspannung, brachte keinen Gedanken zusammen. Der für mich schlimmste mögliche Fall ist eingetreten, das, wovor ich mich immer gefürchtet habe, schlimmer als schrecklich. Es kommt mir vor, als würde ich durch alles hindurchfallen, ohne Halt zu finden.

Am Sonntag den 16. Juli standen wir um acht Uhr auf, es war ein windiger Tag, leider kein Regen, der Wind hatte ihn verblasen. Wir frühstückten, waren auf trockenes Brot und bitteren Tee gesunken. Wally brachte Georgili in die Sonntagsschule. Ich begleitete die beiden bis zum Haustor, wir küssten einander, und ich sah ihnen nach, bis sie um die Ecke verschwunden waren. Das war unser Abschied. / Als sie am Nachmittag nicht zurückkamen, wuchs meine Sorge von Stunde zu Stunde. Ich begab mich zur Gemeinde, dort sagten sie, Wally und Georg seien bei der Sonntagsschule nie angekommen. Einige weitere Nachforschungen brachten die Auskunft, dass es am Klauzál tér eine Razzia gegeben habe, niemand konnte mir nähere Auskunft geben.

Als ich mich spät in der Nacht niederlegte, war mir nicht bewusst, wie schlimm es werden würde. Wie sich nun das wieder klären soll, habe ich mich gefragt und mir lange Gedanken gemacht, betend, dass auch dieser schwarze Tag bald in Vergessenheit geraten darf. Drei Tage später war ich so unglücklich, nervös und angespannt, dass Dr. Weisbrod mich schüttelte, so würde ich es nicht lange machen, dann könne ich mich gleich aufhängen, damit sei niemandem gedient.

Wally und ich hatten einen Treffpunkt vereinbart für den Fall der Trennung, wenn eine Rückkehr in die Wohnung nicht möglich war. Aber am vereinbarten Ort tauchten Wally und Georgili nicht auf, hinterlegten auch keine Nachricht. Und als ich mein Leid klagte, bat eine Nachbarin um Georgs und Wallys Kleidung mit den Worten: »Andere haben sie jetzt nötiger.« / Das brachte mich endgültig aus dem Gleichgewicht. Für einige Tage war ich so teilnahmslos wie nicht mehr, seit man uns in Wien aus unserer Wohnung in der Possingergasse gewiesen hatte. Alles war weit weg und schien sich immer weiter zu entfernen. Nichts war von Bedeutung. Hätte jemand gesagt, am Vörösmarty Platz werden neuseeländische Visa verschenkt, hätte ich nur geantwortet: Bitte lasst mich, macht mit den neuseeländischen Visa, was ihr wollt, aber verschont mich, ich kann nicht mehr.

Oft schon hatte ich mir die Situation vorgestellt, ich komme nach Hause, Wally und Georg sind nicht mehr da. Ich hatte mir vorgenommen, alle Hebel in Bewegung zu setzen, notfalls mein Leben zu riskieren, weil das Leben ohne Wally ohnehin nichts wert ist. Jetzt war ich ganz apathisch.

Bei Erkundigungen sagte mir eine Sekretärin sehr eindringlich, ich könne im Moment nichts für Wally und Georgili tun, ich solle versuchen, mich selbst in Sicherheit zu bringen. / Wenn ich jetzt ebenfalls verschwinden würde, fiele es niemandem auf. Es gibt hier niemanden, der auf mich wartet, niemanden, der etwas von mir will. Wenn ich weg wäre, gäbe es eine freie Matratze und einen weniger, der auf dem

Fußboden schläft. / Mit Herzklopfen esse ich die letzten Zwetschken.

Die Lebensweise, die jeder Mensch in sich trägt, ist mir genommen. Du drehst dich um und willst etwas sagen, aber da ist niemand. In so belanglosen Augenblicken wird mir bewusst, wie sehr mir Wally fehlt. / Wally, mit der ich fünfzehn Jahre lang Hand in Hand gegangen bin, einmal sie voraus, einmal ich voraus. Und plötzlich verschwindet dieser Mensch, gleitet dir aus der Hand, du drehst dich um, aber da ist nichts, buchstäblich nichts. Das ist jetzt einfach erloschen, wie ausgeblasen von einem Windstoß. / Lieber Gott, hol mich heim in der Nacht, und keiner weiß was davon. Ruhe, Ruhe, das, was ich brauche, finde ich sowieso nicht. Wer sagt mir noch, dass er mich liebt. Niemand. Ich gehe jetzt ins Bett und bitte darum, nicht mehr aufzuwachen. Nie mehr.

Es regnet, ich bin erschöpft, ganz bestürzt, dass mich das Leben so in die Ecke tritt. Ich lebe in ständiger Anspannung, bin mit meinen Nerven am Ende, auch etwas, was nicht gut ist. Und ganz leicht zu erschrecken bin ich seit neuestem, ich glaube, es liegt an meiner Einsamkeit. Bis zur Unerträglichkeit lebe ich in einer steifen, sich nicht bewegenden Einsamkeit, ich bin allein in einer aussichtslosen Lage, ich lebe kaum. Ganz wenig nur.

Deutlich erinnere ich mich an zwei Dinge, an unsere Ankunft in Budapest, als ich Wally das Halstuch kaufte, wir waren so voller Glück, dass wir in Istváns Zimmer tanzten, lachend und weinend, bis wir atemlos auf Istváns Bett fielen. Und an unseren Urlaub am Gardasee, als wir auf der Bank saßen und Pfirsiche aßen, Pfirsiche mit fünfzehn Zentimeter Durchmesser, wunderbarer Saft. Und Wally sagte: »Ich höre den Wind auf Davids Harfe.« / Im Traum flüstere ich Georgili zu: »Trink das, dann geht es dir besser.«

Und Tag und Nacht immer das gleiche: Selbstvorwürfe. Warum habe ich nicht besser aufgepasst? Ich gehe die letzten gemeinsamen Tage durch, suche nach dem, was ich übersehen habe, und bilde mir Dinge ein: dass Wally erwähnt hat, sie ziehe mit Georg in die schwedische Botschaft, sie nähmen dort nur Frauen und Kinder. Dann löst sich der Spuk auf, und ich sehe, wie Wally und Georg auf den Klauzál tér treten, der hinter ihnen abgeriegelt wird. / »Nicht, Wally! Lauf weg! Geh Richtung Vörösmarty! Schnell!« / Dann beiße ich in das Halstuch, das ich Wally vor dem Keleti Bahnhof gekauft habe, ein Bindeglied zu glücklicheren Tagen.

Lieber Gott, ich bin mit allem zufrieden, ich verlange kein weiches Bett, will auch die alte Wohnung nicht zurück. Nur Wally und die Kinder. Werden uns schon irgendwie durchbringen, wenn man uns leben lässt. Alles ist nicht so wichtig, man kann sich auch von Kartoffelschalen ernähren, die jemand weggeworfen hat, wenn man nur sonst in Ruhe gelassen wird.

Die Schlüssel zu unserer Wohnung in der Possingergasse habe ich gestern in die Donau geworfen. Habe sie lange mit mir herumgetragen, den Schlüssel zum Haustor, den Schlüssel zur Wohnung, den Schlüssel zum Kellerabteil. Dann habe ich mich in den Hof des Gelben-Stern-Hauses gesetzt und mich von der Herbstsonne wärmen lassen. Nicht dass es kalt ist, aber ich habe mich seit Tagen nicht mehr satt gegessen. Hätte nicht gedacht, wie kühl einem vom Hunger wird.

Ich kann und mag nicht mehr schreiben. Es ist alles zu traurig, ich bin fast am Ende meiner Nervenkraft. Es gibt keine Hilfe mehr.

Liebe Jeannette, über den Aufenthaltsort von Wally und Georg kann ich dir nichts mitteilen. Sie sind weggefahren. Georgili war zu diesem Zeitpunkt vollkommen wiederhergestellt, ich hatte mich bemüht, dem Kind möglichst viel Obst als Zuschuss zu besorgen. Wir hatten mit dem süßen Kerl einen harten Strauß mit Kranksein und Dalles, aber trotz der Schlechtigkeit der Menschen konnten wir ihn über alles Traurige hinwegbugsieren. Ich habe es mehr oder minder mit Gewalt und auf vielen Umwegen, wie ich heute mit Genugtuung feststellen kann, geschafft. Georgili war tapfer, hat zum Schluss schon gut ungarisch gesprochen und war ein ganz raffinierter Zigeuner. Obwohl sein Vater Oskar verschollen ist und ich, der Sándor Onkel, für ihn so brav sorgte, mussten er und Wally wegfahren. Wo die beiden sind, weiß ich nicht. Es hat daher keinen Sinn, wenn ihr in Hinkunft Briefe mit *lieber Oskar* schreibt, da er ja verschollen oder gestorben ist. Aber Wally und Georgili sind bestimmt sehr tapfer, wenn Wally auch vielleicht glauben mag, es geht nicht mehr weiter. Solltest du Kontakt haben, sage Wally, sie solle gefasst sein, weil sie den Georgili bei sich hat und es dem Bernili in England gut geht. / Sei gegrüßt und geküsst von deinem Sándor Onkel.

Milch Sándor ist es, der dies schreibt.

Nun endlich ist Debrezen gefallen.

Wie ich in der Lebenszeichenkarte schrieb, lebe ich, und unser Haus steht noch. Darmstadt ist 99 % kaputt. Licht, Gas, Wasser teilweise keins, werden von der Ortsgruppe verpflegt. Fünf meiner Geschwister die Häuser kaputt, auch Tante Emmas Haus, hoffentlich leben sie noch. Tante Liesel ist nichts passiert. Berti und Möschen <u>total</u> ausgebombt. Es gibt nur noch Alarm. Alles in der Siedlung ist geflüchtet. Luft, Kressers, Stegels und Frau Dösch nur bleiben. Heimstättenweg, Schule, Pulverhäuserweg, Forstweg: fast alles verbrannt. Würde sagen, komm heim, aber die Kasernen bei uns stehen noch, gut möglich, dass sie die noch kaputtwerfen wollen. Rheinstraße ist alles ein Trümmerhaufen, Postamt 2 zerstört, Bahnhof teilweise. Habe schon lange keine Post mehr von dir, der letzte Brief war der, in dem du von dem Unwetter schriebst. Es soll jetzt ein Postauto kommen und Post abholen. Hoffentlich bringt es bald etwas. Es gab unzählige Tote. Liebe Margot, bleibt Gott befohlen gesund, du und das Kind, ich will es auch bleiben. Es grüßt und küsst dich deine Mama. / Onkel Flor, Jokel, Ernst, Georg Hinz und Hinze Erlenfath alles verloren, Tante Gusti nur Scheiben.

Der Himmel dröhnte, die Erde dröhnte, die Luft im Keller dröhnte. Es kam einem vor, als fielen Berge herunter. Ich dachte immer, die nächste Bombe ist für uns. Der Pfarrer sagt, durch den Luftdruck hätten die Orgelpfeifen getönt. / Bei uns im Keller haben sie zuerst durch Kartenspielen die Angst verdrängt, später sind sie auf den Knien gelegen. Und draußen in den Straßen die Menschen mit den umgehängten Decken sind um ihr Leben gelaufen. Alles ist verrußt und verraucht, es brennt im Hals und in den Augen, die Sonne kommt nicht durch. Alles kaputt, alle Leitungen unterbrochen … alles!

Seit zwei Tagen ist eine ganz andere Luft, eigenartig still und rußig und ohne ein einziges Kind auf der Straße. Helen und Helga sind noch nicht gefunden, so viele Tote sind verkohlt, nicht mal ob Mann oder Frau erkennt man. Onkel Flor hat schon viele angesehen. Ich hab dir ja schon geschrieben, dass Onkel Flor, Heinrich, Ernst, Jokel und Hinze Erlenfath ausgebombt sind. Wir haben nur Schaden an Dach und Fenster, man traut es sich gar nicht zu sagen. Vielleicht sind von deinen Kollegen auch umgekommen, ich sehe niemanden, weil ich kein Rad habe und nicht durch die Stadt gehen kann, gibt auch kein Licht, also keine Sirene, so dass man erfahren könnte, wenn die Flieger zurückkommen, ist kein Wasser und kein Gas. Hoffentlich ist's bald rum.

Berti war eben da und sagte, dass alle vom Jagdschloss leben, sind aber alle bis auf Fräulein Speier (Liebfrauenstraße) ausgebombt. Kläre liegt in Eberstadt im Lazarett, beide Hände und ein Fuß verbrannt. Ihre Mutter, Opa und Onkel tot. Ihr Vater am Westwall. Sie hat ihre Mutter nachgeschleift, bis ihre Hände brannten, dann konnte sie sie nicht mehr halten. Dann hat sie einen Schuh verloren und dann hat es ihr dort auch die Socke heruntergerissen, und sie ist auf dem nackten Fuß weitergerannt, der Fuß ist kaputt, soll dick eingecremt sein, im Moment nicht viel zu sehen, der Verband wird jeden Tag gewechselt. Es ist alles so furchtbar. Bis jetzt sollen es 22 000 Tote sein. Tante Emma und Onkel Georg sind immer noch nicht ausgegraben. Leichen nicht zu erkennen. Im Keller immer noch so eine Hitze, dass die Soldaten nicht lange unten bleiben können. Herr Weingärtner konnte unter den vielen Toten im öffentlichen Luftschutzkeller Tante Helen nicht erkennen, brach bewusstlos zusammen, konnte die Kinder nicht ansehen, ob Helga unter ihnen ist, die er an den Schuhen erkannt hätte, so sie nicht verbrannt sind. Ich habe in den acht Tagen seither nicht schlafen können. Liebe Margot, du wirst wissen, was das für mich heißt. Habe meine rechte Hand verbunden, den Daumen verbrannt. Kann schlecht arbeiten und muss doch immer für die Ziegen Kartoffeln waschen. Seit zwei Tagen ist es ruhiger mit den Fliegern. Bomben mit Zeitzünder explodieren noch immer. Die wecken die Toten von gestern nicht auf.

Die toten Enten schwimmen auf den Teichen, in den Parks viele Bäume abgebrochen, alles kaputt, viele, viele Tote. Ich hatte Dienstagnacht eine fünfköpfige Familie bei uns schlafen, die über der Friedl im 2. Stock gewohnt hatten. Wir hatten alle Betten belegt. Auch muss ich dir schreiben, dass Diesle Manfred gefallen ist, jetzt sind bald alle von deinen ehemaligen Verehrern tot. Lauter sehr traurige Nachrichten. / Will morgen mal sehen, dass ich mein Geld bekomme, denn Freitag war alles abgesperrt, Kasse, Apotheke, Waschhaus … stehen nicht mehr.

Heute holte ich einen älteren Brief von dir im Gemeindehaus in der Kahlertstraße ab. Auch von Papa eine Karte aus Baumholder. Dass Papa noch dort ist, glaube ich kaum. Trotzdem schickte ich ein Telegramm. Meine beiden traurigen Briefe hast du jetzt wohl erhalten. Berti war da und sagte, dass alle vom Jagdschloss leben. Sind aber alle bis auf Fräulein Speier in der Liebfrauenstraße ausgebombt. Kläre liegt in

Eberstadt im Lazarett, beide Hände und ein Fuß verbrannt, kann kaum sprechen von der Rauchvergiftung, den ersten Tag hat sie auch nichts gesehen. In der ganzen engen Kiesstraße leben nur noch wenige. / Herr Hans hatte beim Davonlaufen zwei Ratten am Rock, versuchten ebenfalls zu fliehen, hatten solche Scheu vorm Feuer, dass sie Herrn Hans an den Rock gesprungen sind.

Angeblich soll von manchen gar nichts mehr sein, sind eingeäschert. Die Hausschlüssel und paar andere Metallgegenstände liegen verklumpt in der Asche.

Bei uns im Eichbaumeck ist es nicht so schlimm wie drinnen in der Stadt, aber schlimm genug, einige Häuser eingestürzt, Telefonzelle vom Luftdruck umgeworfen, Lichtmasten umgeworfen, Knäuel aus Drähten. Gerda Göller und Frl. Meisel waren paar Stunden verschüttet. Vier Hasen sind die Lungen geplatzt, auch dem alten Scheckhasen. Habe sie hinterm Ziegenstall eingegraben.

Ich weiß nicht, ob du jetzt Post von mir bekommen hast. Wie ich durch Telegramm und drei große Briefe schrieb, ist unser schönes Darmstadt kaputt. Am 11. September hatten wir einen großen Angriff, der viele Tausende das Leben kostete, darunter leider Tante Emma und Onkel Georg, Tante Helen und Helga, Walters, Frau Beck, die Eltern und Geschwister von Onkel Heinrich und viele, viele Bekannte. Von Tante Helen und Helga keine Spur. Wir haben sehr, sehr ernste Tage, Darmstadt ist neunzig Prozent kaputt, deine sämtlichen Arbeitskameraden sind total ausgebombt bis auf Fräulein Speier in der Liebfrauenstraße. Ich habe dir dies alles schon geschrieben, aber beim Angriff ist die ganze Innenstadt und somit auch die Hauptpost verbrannt. Am nächsten Tag das Postamt 2 (Hauptbahnhof). Dann wurde die Post verlegt nach Kahlertstraße, Gemeindehaus. Hier musste man die Post selbst abholen, war ein großer Menschenandrang, dort holte ich mir deinen Brief vom 7. September. Nun wurde diese Post am Dienstag bombardiert. Ich war am Morgen dort, und da für mich nichts dabei war, wollte ich am Mittag noch einmal hin. Zum Glück wurde ich abgehalten, sonst wäre ich unter den Toten. Auch viele, viele Post ist verbrannt, sicher von Bettine und Papa. Habe jedem ein Telegramm geschickt, aber von niemandem Antwort.

Vergangene Nacht ist Papa gekommen für fünf Tage. Sein Leutnant rief ihn zu sich und fragte, ob er von Darmstadt sei. Als Papa es bejahte, sagte dieser: »Sie fahren sofort heute noch nach Hause!« Eine Stunde später hatte Papa gepackt und wurde von einem Militärfahrzeug zur Bahn gebracht. / Hoffe, dass du auch kommen kannst. / Papa sagt, die Hauptsache, wir leben. Er stand früh auf und mistete die Geißen. Nach dem Essen war er in der Stadt und besichtigte das Resultat, er sagte, man finde sich gar nicht mehr zurecht, weil die Häuser fehlen. / Da noch immer kein Strom vorhanden ist, kann bei den Bäckern der Brotteig nur mit der Hand geknetet werden, deshalb nur geringe Brotmengen in den Läden.

Unsere Arbeit ist fast jeden Tag im Keller sitzen, ich habe zehn Tage nicht geschlafen. Gestern war auf dem Waldfriedhof eine Trauerfeier, ich war nicht dort und von der ganzen Familie sicher auch niemand. Gretel hat am Morgen Vater und Mutter in den Odenwald geschafft, damit sie bei Alarm besser in den Luftschutzkeller rennen können. Gestern hatten wir am Tag viermal Alarm, auch während der Trauerfeier. Wenn sie paar Minen in die Menschen geworfen hätten, hättest du sicher gesagt, wäre doch Mama zu Hause geblieben. Tante Emma und Onkel Georg sind zu siebzehnt in einen Sarg gekommen, lauter Knochen der Hausgemeinschaft. Wie ich dir schon schrieb, sind Kläres Mutter, Opa und Onkel tot. Kläre soll ihre Mutter nachgeschleift haben, bis ihr die Hände brannten. Soll in Eberstadt im Lazarett liegen, rechter Fuß verschmort, die Stimme noch immer stockheiser. Schreib mir mal ihren Zunamen, ich will sie besuchen.

Eben bin ich nochmals auf den Acker, um Futter zu holen für morgen früh. Die Hasen habe ich mit Rüben gefüttert. Ich bin zwar sehr müde, weil ich den ganzen Tag gearbeitet habe, aber am liebsten ist mir schon bald, wenn ich wie eine Mumie ins Bett falle, da denke ich nicht so an den ganzen Jammer.

Für alle Fälle hier die Nummer deines Sparkassenbuches: 123 410. Von Papa 121. Von Tante Liesel, Städtische Sparkasse 1481 und Deutsche Bank 26014.

Tante Emma und Onkel Georg sind schon acht Tage begraben und sind zu siebzehnt in einem Sarg. Es war niemand von der Verwandtschaft dabei wegen dem vielen Alarm. Das haben sie nicht verdient. Sie liegen auf dem Ehrenmal Grab 181. Es sollen in der Stadt immer noch Tote unter den Trümmern liegen. Papa hat immer nur den Kopf geschüttelt, so arg hätte er sichs nicht vorgestellt. Das Gruseln kommt nicht aus einem raus, wenn es Abend wird.

Dein letzter Brief ist vom 7. September, habe ihn Papa nicht gezeigt, sonst hätte er mir die fünf Tage wegen den Sätzen über Herrn Hans Streit gemacht. Papa ist sehr nervös und aufgeregt. Seit er fort ist, ist eine herrliche Ruhe, außer bei Fliegeralarm. Heute waren wir wieder den ganzen Tag im Keller. Wie ich dir ja schon dreimal schrieb, wohnt Frau Bader bei mir. / Hoffentlich hast du keine Läuse mehr, ich glaube dir gern, dass du viel darunter zu leiden hast, es kann einen solches Ungeziefer wirklich zum Wahnsinn treiben, zumal du solche Schweinereien aus unserer Familie nicht gewöhnt bist. Daheim wäre solches nicht vorgekommen.

Ich war mit Liselotte am Mittwoch in Goddelau im Krankenhaus und habe fünf große Säle durchgesehen und nach Tante Helen gesucht, aber auch unter den sehr schlimm verbrannten Menschen ist sie nicht.

Tante Sophie hatte paar Tage vorher ihre guten Strickkleider, Porzellan und Silber zu Tante Helen geschafft, das ist alles mitverbrannt. Frau Birgel und Herr Berg von der Roßdörferstraße sind tot. Onkel Jakob hatte sie aus dem Keller geschafft (vierzehn Leute), sind die zwei in ein anderes Haus gelaufen, das dann einstürzte. Ich lege dir einen Zeitungsausschnitt von gestern bei. Wenn du das gelesen hast, weißt du von unserem geliebten Darmstadt genug. Schicke ihn mir bitte zurück.

Wie ich dir dreimal geschrieben habe, wohnt Frau Bader bei mir. Sie ist nun zum zweiten Mal ausgebombt. Hatte zuletzt im Schlosskeller gewohnt und konnte sich wie ein Wunder aus dem Keller schaffen. Sie wurde durch den Luftdruck gegen die Schlossmauer geschleudert und dann von jemand am Genick gepackt und über die Schlossmauer geworfen. Weiter weiß sie nichts. Als sie nach drei Tagen zu sich kam, war sie in Dieburg. / Die Leute, die davongekommen sind, haben viel mitgemacht. Von Tante Helen und Helga noch keine Spur. Was wird der arme Onkel Ernst machen, wenn er kommt. Elfriede war gestern mit Herrn Weingärtner da. Sie hat vier Tage Urlaub, liegt in Stralsund bei den Marinehelferinnen. Gestern hat sie in der Waschküche Saalbaustraße 11 ein totes Kind gefunden. Es war aber nicht Helga, sondern ein Kind von einem Jahr, das der Frau gehörte, die bei Tante Helen wohnte. Gestern war auch Heinz mit Marga da. Der arme Bub hat noch nicht mal mehr ein Hemd. Lauter geliehene Kleider. / Am Samstag wurde Onkel Jakob in Arheilgen getraut. Er wohnt bei seinen Schwiegereltern. Ein alter Arbeitsanzug, der am Ärmel verbrannt ist, war sein Hochzeitsanzug. Liebe Margot, du siehst, wie arm man über Nacht werden kann.

Wir sind alle sehr zornig, aber Herr Kresser sagt, so ist es, wenn man gegen den Wind spuckt. Herr Kresser ist auch wieder fort. Lulu lässt dich grüßen.

Ist euer Nachbar aus dem Zuchthaus jetzt wieder entlassen? Er muss doch wissen, dass sie ihn einsperren, bis er seinen Irrtum einsieht. Er gibt da wirklich kein gutes Beispiel. Herr Hans sagt, Schwarzsehen ist Verrat. Sollen wir den Krieg vielleicht aufgeben und uns nach Sibirien verfrachten lassen bei 40° Kälte und Brot und heißem Wasser und Zwangsarbeit leisten bis zum Umfallen? Dann lieber tot. / Wie das enden wird, wissen wir zwar nicht, aber ich erhoffe mir für mein Teil ein gutes Ende, denn wenn wir unterliegen, ist es Essig.

Frau Lenz war zwei Wochen im Gefängnis, weil sie sich mit dem Ausweis ihrer Mutter eine Früheinsteigerkarte für den Frankfurter Hauptbahnhof erschwindelt hat. Sie sagt, sie hätten alle Tage Marmelade aus Zuckerrüben bekommen, fast jeden Tag schnappe dort jemand über, manchmal hätten die Wände gezittert von dem Schreien.

Nun ist gestern Onkel Ernst gekommen, er wohnt nicht bei uns im Eichbaumeck, sondern bei Tante Liesel, von wo er es näher zur Ruine in der Saalbaustraße hat. Er ist heute gleich hingelaufen, konnte fürs erste aber nichts ausrichten. Von Tante Helen und Helga ist noch nichts gefunden, werden wohl bei den Verbrannten sein. / Ellen weiß jetzt, dass ihre Eltern tot sind, sie tut mir sehr leid.

Liebe Margot, wer hätte das gedacht, dass Darmstadt mal so aussehen würde. Geschäfte sind keine mehr da, ich wüsste nicht, wo ich dir die Sachen, die du geschickt haben willst, besorgen sollte. Ich werde dir am Montag in einem 100-gr-Päckchen Stopfgarn und Zahnpasta schicken, alles andere kannst du dir aus dem Kopf schlagen. Waschpulver bekomme ich im Monat nur ein Säckchen, und das brauche ich selber.

Papa war zwischendurch nochmals auf Urlaub, hat unseren Schaden ganz ausgebessert. Nun kam er nach Speyer zurück, sollte am nächsten Tag nach Metz, kam aber nur bis Neustadt, von da zurück nach Baumholder, von dort nach vier Tagen nach Pirmasens und dann gleich am selben Tag zurück nach Germersheim. Diese Fahrten dauerten bei den heutigen Verhältnissen zwei Tage und zwei Nächte.

Was du alles wünschst, kann ich dir nicht schicken. Du musst bedenken, dass wir keine Läden mehr haben. Klämmerchen habe ich selbst keine mehr. Wozu willst du deine gute Unterwäsche zerreißen, ziehe doch die alte an, wenn du in der Gärtnerei arbeitest, ist ja egal, dass sie grau ist, und wenn du zum Arzt gehst, nimm eben das Beste, was du hast. Mit Schuhcreme ist es aus. Gibt keine mehr. Es tut mir leid, dass ich dir deine Wünsche nicht erfüllen kann. Ziehe dich immer warm an bei dem scheußlichen Wetter, wo du sowieso schon mit Schnupfen belastet bist.

Bettine will auch immer was geschickt, schön langsam muss ich an eurem Verstand zweifeln. Am besten, ich würde

Rollen an den Kleiderschrank machen und ihn an den Postwagen anhängen. Ich hätte gedacht, ihr habt in der Fremde
schon etwas Vernunft angenommen, aber scheinbar nicht.
Bei Bettine könnte man weiß Gott singen: *Du bist verrückt,
mein Kind, du musst nach Berlin!* Vor allem, wenn sie mir
schreibt, du musst mir das alles schicken. Viel schöner würde
es klingen, wenn sie schriebe, liebe Mama, du kannst mir das
schicken. Sie will jetzt den Sonntagsmantel. Aber wer garan-
tiert denn, dass er nicht unterwegs verbrennt oder in Berlin?
In Darmstadt würden Doktors- und Professorsleute froh sein,
wenn sie noch so einen Mantel hätten, manche haben nichts
mehr, nicht einmal ein Schnäuztuch, da sind wir Fürsten dagegen. Wie viele Sonntage wird Bettine denn überhaupt frei
haben in Berlin? Die kann man doch zählen! Und sie wird
mir noch dankbar sein, dass ich den Mantel nicht geschickt
habe. Schreib ihr das, Margot. Ich weiß ja nicht einmal den
neuen Bestimmungsbahnhof von Bettine, es kann sein, dass
sie schon morgen das Paket nicht mehr übernehmen kann.
Schreib ihr das auch.

Onkel Ernst ist nun endlich von Italien gekommen. Aber
wie! Er sucht den ganzen Tag nach Tante Helen und Helga,
aber das ist ja hoffnungslos, er meint trotzdem, er müsse sie
finden. Es ist sehr, sehr traurig. / Von Onkel Jakob ist heute
ein kurzer Brief vom 2. Oktober gekommen, also kommt die
Post von Russland schneller als die aus deinem Mondsee. Als
Absender schreibt er *Obergefreiter*, im Brief keine Bemerkung
dazu. Papa wird wohl in Germersheim sein, er hat noch nicht
geschrieben. Von Tante Liesel soll ich dich grüßen.

Viertausend Opfer sind bis jetzt namhaft, aber viele, viele
Tausend sind nicht zu erkennen. Ich schicke dir einen Teil der

Todesanzeigen, es stehen jeden Tag paar drinnen. Auf dem Stück, auf dem Tante Emma steht, steht unten von Walters, ist leider abgerissen. Es sollen 20 000 Tote sein. Liebe Margot, du machst dir kein Bild, wie alles aussieht. Schule ist nicht mehr, Schulen kaputt, die Lehrer klagten über teilnahmslos in den Bänken hängende Schüler. Wir sitzen fast Tag und Nacht im Keller. Man kann gerade nur ein bisschen Essen kochen und manchmal nicht einmal essen.

Es geht mir gar nicht aus dem Kopf, dass du Läuse haben sollst. Mit dieser Möglichkeit habe ich bei dir nicht gerechnet, bei Onkel Jakob in Russland ist es anders, bei ihm war es zu erwarten, aber nicht bei dir. Nun, liebe Margot, besser du hast Läuse und bist gesund, als du hättest keine und es wäre dir was passiert. Pass auf, dass das Kind nicht auch welche bekommt. Und schreibe bitte an Bettine, dass sie dort keinen Sonntagsmantel braucht, und sie soll keine Dummheiten machen in Berlin und nicht die dortige Großschnauze annehmen.

Ich bin bei Tante Liesel, wir warten auf Onkel Ernst zum Mittagessen. Morgen fährt er wieder fort und hat noch nichts erreicht. Heute lässt er von kriegsgefangenen Russen die Torhalle abtragen, seine letzte Hoffnung, dass er sie dort findet. Der arme Kerl. Liebe Margot, sei immer vorsichtig, damit dir nichts passiert. Ich habe gar keine Ruhe mehr. Wenn du nur näher gegen Darmstadt kämst, damit ich mal zu dir fahren könnte. Kannst du nicht, wenn Papa wieder da ist, mal kommen? Nach dem, was alles passiert ist seit dem 11. September, wäre es vielleicht ganz gut. Eben heißt's schon wieder, Achtung Anflug, man kann nicht mal mehr zu Mittag essen. Will nun, solange Onkel Ernst noch nicht da ist, an Onkel Jakob schreiben, er ist Obergefreiter. Nachher muss ich zu den Hasen, die alte Leier fängt ständig wieder von vorne an.

Papa hat heute den Zug versäumt, weil er eine falsche Abfahrtszeit aufnotiert hatte, er ist ungewaschen und ohne Essen fort, hat davor noch getobt und geschrien wie blöd, das war sein Abschied. / Schon vor zwei Tagen schimpfte er mit mir wegen Herrn Hans, der vorgestern mal seit langer Zeit da war. Liselotte war auch bei uns, und Papa hat nicht gefallen, dass sich die beiden ein bisschen lustig unterhalten haben. Als Herr Hans fort war, machte Papa mit mir Krach, er dulde auf keinen Fall, dass Herr Hans bei mir im Haus aus- und eingehe. Zu allem Unglück, als Papa heute Abend seinen Fehler mit dem Zug entdeckte und im wichtigen Studium des Fahrplans war, klopfte es, und Herr Hans trat ein mit der Frage: »Darf ich nähertreten?« Vielleicht kannst du dir mein Herzklopfen vorstellen. Papa war erst ruhig, ich richtete gerade seine Schaftstiefel. Er suchte nach Worten, ich merkte es gleich, und es dauerte nicht lange, da platzte es aus ihm heraus, dass es solche Besuche nicht mehr geben werde, wenn er fort sei. Herr Hans war von Liselotte schon informiert, machte auf Kavalier und sagte, er sei ganz froh, dass er Papa kennengelernt und dass dieser ihm dies gesagt habe, er sehe es ein, er wolle nur fragen, ob seine Frau, wenn sie komme, auch nicht hier schlafen dürfe. Da meinte Papa, da habe er nichts dagegen, obwohl er zuvor zu mir gesagt hatte, das werde es auch nicht mehr geben. Ich sagte Herrn Hans, er solle nicht böse sein, es sei wegen der Leute Geschwätz, er könne ruhig, wenn seine Frau komme, auch mitkommen.

Jetzt schreibst du wieder so Verschiedenes, was du alles geschickt haben willst. Leider kann ich dir das meiste nicht besorgen, du vergisst scheinbar, dass es in Darmstadt keine Läden mehr gibt. Walters sind tot. Tante Emma und Onkel Georg sind ebenfalls tot, ihr Geschäft existiert nicht mehr, und was du wünschst, sind vor allem Friseurartikel. Warum willst du deine seidenen Strümpfe? Hast doch zum Ausgehen ein Paar bei dir und geht es auf den Winter zu. Wenn du deine Trainingshose haben wolltest, könnte ich's verstehen. Aber bitte schicke du mir Zigarettenpapier. Frag jemanden, welches gut ist, ich glaube, *Aladin* soll gut sein.

Was gibt es Neues in Mondsee? Ist der Besitzer des Gewächshauses aus dem Zuchthaus wieder entlassen? Was ist mit dem Wiener Soldaten? Ist er wieder eingerückt? Zeit genug hätte er schon versäumt. Als meine Tochter glaube ich dich gut genug zu kennen, dass ich mich manchmal frage, was in Papa und mich gefahren ist, dass wir Kinder bekommen haben. / Deine ehemalige Kollegin Gela hat sich mit Zobel wieder ausgesöhnt, sie weiß nicht, was sie will und was sie an Zobel hat. Wenn es Zobel ebenso machte wie sie, wäre es ihr bestimmt nicht recht. Aber ich habe nichts gesagt. / Ja, du, liebe Margot, der Herbst hat sich breitgemacht, die Rosen stehen schon ganz ohne Blätter da, täglich mehr macht es sich bemerkbar.

Damit ich's nicht wieder vergesse, ich kann dir beim besten Willen keine Schleifchen besorgen. Walters sind tot, es gibt in Darmstadt keine Läden mehr, wo soll ich die hernehmen? Du hattest ja einen halben Koffer voll mit. Also, sparen und einteilen! Ich wollte dir gestern Abend einen großen Brief schreiben, aber es war dauernd Hauptalarm, ich bin ganz steif vom Kellersitzen. Auch regnet es schon paar Tage ununterbrochen. Wo werden die Flieger abgeladen haben? Es war ein fürchterliches Getöse in der Luft. Hoffentlich kommen sie nicht auch zu euch. Zieh dich warm an, wenn du in den Keller gehst, dort ist es kalt und feucht. Am besten, mach dir ein Lager für dich und das Kind. Ich warte sehr auf Post von dir. Gestern kamen zwei Briefe und eine Karte, auch alte Post. Ein Brief vom 12. September, eine Karte vom 20. September und ein Brief vom 4. Oktober. Du siehst, dass man sich auf die Post verlassen kann, manchmal dauert es halt. Jetzt erst weiß ich, dass du weißt, dass unsere Verwandten tot sind, das sind schon mehr als sechs Wochen.

Von Bettine hast du ja erfahren, auf welche Weise Ilse ihrem Leben ein Ende gemacht hat. Sie wollte schon damals über den Balkon gehen, weil Oskar ihrer Schwester mehr Aufmerksamkeit geschenkt hat als ihr. Das hat sie mir selbst einmal im rückwärtigen Obstgarten erzählt, als Hanne noch ein kleines Mädchen von etwa vier Jahren war. Und deine Arbeitskollegin Monika Jakobs hat ein Kind bekommen, die Hochzeit findet statt, wenn der Kindsvater auf Urlaub kommt. Bei manchen ist eben erst Taufe, dann Hochzeit, das kommt vor.

Auf dem Acker war ich schon fünf Tage nicht, mein Hinterrad hat die Luft wieder nicht gehalten. Herr Hans hatte es geflickt. Aber immerhin habe ich mal wieder die Ziegen gemistet, ich glaube, so gründlich wie heute sind sie noch nie gemistet. Beim Unkrautharken habe ich mir gedacht, dass du jetzt ebenfalls Unkraut harkst. Es ist kaum zu glauben, ich komme aus dem Kopfschütteln nicht heraus. Aber dass du sagst, wenn ich dich sehen könnte, hätte ich Grund, dich zu loben, das kann ich nicht glauben, ich habe in meinem Leben so viel gearbeitet, dass ich keinen Grund sehe, jemanden fürs

Arbeiten zu loben. / Isst du weiterhin Zwiebeln? Wenn ja, bleibe dabei, sie sind gesund.

Ich hoffe, ihr beide seid wohlauf und du machst mir keine Dummheiten in Mondsee. Wenn du Mist holen gehst, wer bleibt dann eigentlich beim Kind? Ich lege dir trotzdem noch etwas Geld bei, wie viel, weiß ich noch nicht, will sehen, was ich im Portemonee habe, bitte kaufe etwas für Lilo, um dich muss man sich ja keine Sorgen machen. Hoffe nur, Bettine in Berlin macht mir nicht ebenfalls Sachen. Ich bin in Gedanken immer bei euch, es tut mir sehr leid, dass Papa in den Einsatz kommen soll und Bettine so früh raus muss und du so viel Arbeit hast.

In der zweiten Juliwoche

In der zweiten Juliwoche war über dem Salzkammergut ein schweres Unwetter niedergegangen mit Hagelschlag, der vor allem das nördliche Ufer des Attersees traf. Auch in Mondsee hatte es nach Hagel ausgesehen, es war dunkel gewesen wie in der Nacht, doch das Klacken an den Fenstern war von kleinen Ästen gekommen, die der Wind herangeworfen hatte. Zum Glück überstand das Gewächshaus das Unwetter ohne Schaden, ich war froh, dass der starke Wind keines der Glaselemente hob und in den Garten warf. / Die Bauern runzelten die Stirn und sagten, hoffentlich steht das Getreide wieder auf, wir müssen abwarten, wir haben eh keinen Einfluss darauf. Und so hielten sie es auch, wenn sie über den Krieg redeten, wir müssen abwarten, wir haben eh keinen Einfluss darauf, das ist halt so.

Die Landverschickung am Mondsee machte zwischen 19. Juli und 8. August Urlaub, die Gruppen wurden angewiesen, über Leoben zu fahren, von einem Tag auf den anderen waren die Mädchen weg. Ich weiß nicht, ob sie am 18. oder 19. Juli fuhren, aber es geschah vor dem Attentat auf den F. / Weil die Liebe sogar den Krieg von einem entfernt, hatten mich die Wechselfälle der Weltgeschichte seit meiner Rückkehr aus Wien nur von weitem erreicht. Aber das Attentat auf den F. rüttelte auch mich auf, da es von Offizieren aus der allernächsten Umgebung des F. begangen worden war. Für das feindliche Ausland war das Attentat eine Genugtuung. Aber dass die armen Menschen an der Front den Krieg sehr satt hatten, glaubte auch im Hinterland schon fast jeder. / Leider wollte der F. dem Thron nicht entsagen, und der Krieg, der zu einer chronischen Krankheit geworden war, wurde mit noch größerer Verbissenheit fortgesetzt.

Aus der Zeitung erfuhr ich, dass in Italien brasilianische Truppen an der Seite amerikanischer Truppen kämpften. Auf einen Gegner mehr oder weniger kam es uns schließlich nicht an.

Der Mann von Margot schrieb, er stehe nun nicht mehr weit von der ostpreußischen Grenze und denke sich immer, wie das noch werden solle, mit der Zeit werde man ganz fertig, wenn man so Tag und Nacht am Feind stehe und nicht zum Schlafen komme. Und die Urlaubssperre mache einen endgültig mürbe. Er hoffe nun, dass der Krieg bald ein Ende habe. Zuletzt erkundigte er sich, ob seine Tochter schon gehen könne. Dabei war das Mädchen erst acht Monate alt, die Frage kam viel zu früh, und daran merkte man, wie haltlos und zerrissen alles war.

Und doch war ich froh, dass die Bekanntschaft zwischen Margot und mir *klappte*. Ich staunte immer, wenn ich mir diese junge Frau aus Hessen vergegenwärtigte, die in meinen Armen vor Erregung zitterte. Ich vermag auch jetzt nicht daran zu denken, ohne dass es mich überläuft. Wir trieben es manchmal sehr wild, Margot sagte: »Ich scheine offenbar zu allem fähig zu sein.« / Es klappte, klapp, klapp, klapp. Wir klappten beide das Visier hoch, wollten einander nicht beeindrucken oder nicht sehr. Wir verbrachten viel Zeit miteinander, machten das unserer Ansicht nach Beste aus der Situation. Und zwischendurch hatte ich Halluzinationen von weiteren Kindern, die wir gemeinsam haben würden. Ich war selbst ganz erstaunt. Andererseits: Warum nicht? Neben Margot hatte ich die Hoffnung, ein normaler Mensch zu werden, ein Mensch wie andere normale Menschen.

Nach dem Unwetter am 10. Juli blieb es kühl, die Nächte kalt wie im September, Sonne spärlich. Bei einem so elenden Juli hätte man nichts versäumt, aber mir war es egal, denn Regen kann etwas Beschützendes haben. Die Kinder blieben zu Hause, und die Erwachsenen hielten ihre Schirme vor.

Seit meiner neuerlichen Zurückstellung gab ich mir Mühe, in Mondsee möglichst wenig in Erscheinung zu treten, die Stimmen, die sagten, ich würde mich im Bett der Darmstädterin vor dem Feld der Ehre drücken, wurden lauter. Davon berichtete mir der Onkel, er sagte, er stehe meinem Verhalten ebenfalls kritisch gegenüber, aber ändern könne man wohl nichts. / Als Margot und ich Ende Juni gemeinsam in den Ort gegangen waren, hatten sich Kinder hinter unserem Rücken mit den Fingern Hörner aufgesetzt und einander umkreist. Wir hatten so getan, als würden wir nichts sehen und nichts hören von dem dünnen Lachen. Aber der Vorfall war mir eine Warnung.

Von da an, wenn wir einen Spaziergang machen wollten, gingen wir getrennt vom Quartier weg und trafen uns außerhalb von Mondsee auf dem Weg nach Schwarzindien, wo der Schleifenbach in den See mündet. / Dort in der Nähe kamen wir einmal zu einer Stelle, an der ein totes Reh lag, offenbar war es angefahren worden, und ein Rehbock drehte sich auf der Wiese neben der Straße im Kreis. Das Reh lag da mit stockartig ausgestreckten Beinen, Blut ums Maul, und Margot sagte: »Armes Ding.« Und wir dachten, der Bock laufe nicht davon, weil er sich von dem Weibchen nicht trennen könne, dabei war er ebenfalls angefahren worden, das begriffen wir aber erst, als ein älterer Herr, der mit dem Fahrrad unterwegs war, stehenblieb und sagte: »Man sieht, er hat schreckliche Schmerzen. Er stirbt.« / Aus dem Sichdrehen wurde ein Sichwinden und ein Taumeln, und ich erschrak vor mir selbst, weil ich die Schmerzen des Tieres nicht als solche erkannt hatte, ich war zu sehr mit meiner eigenen Situation beschäftigt gewesen. / Wir warteten nicht, bis ein Jäger kam, um den Bock zu erschießen, wir gingen auf getrennten Wegen zum Quartier zurück. / An die angeregt bedrückende Atmosphäre dieses Nachmittags kann ich mich gut erinnern. Und ich erinnere mich an den Schuss, den ich beim Grasmähen im Garten des Brasilianers aus der Ferne hörte.

Eine Zeitlang hatte Margot Läuse. Woher, war rätselhaft, denn weder ich hatte welche noch Lilo. Margot sagte, vermutlich aus dem Wartesaal am Bahnhof. Sie war ganz zerbissen, am liebsten hätte sie sich wund gekratzt. Zog sie frische Wäsche an, war's noch schlimmer, waschen bewirkte dasselbe, da behagte es dem Ungeziefer erst so richtig. Ich beschaffte ihr Mitigal, ein schwefelhaltiges Mittel zum Einreiben. Sie legte sich beim Schlafen Mottenpulver in die Unterhose, wurde die Läuse aber erst los, als sie zum Entlausen nach Salzburg fuhr. Ich kannte die Prozedur aus Russland inklusive der Brandflecken in der Wäsche. Aber anschließend fühlte sich Margot wie neugeboren.

Ende Juli war Margot schon so mürbe von dem vielen Regen, dass sie an ihre Mutter in Darmstadt schrieb, sie solle ihr mit der Bahn fünfzig Kilogramm Sonne schicken, das bräuchte sie jetzt am dringendsten. Doch im August konzentrierte sich der Sommer ganz aufs Schönwettermachen, und oft war es zum Verschmachten heiß, so dass man glauben konnte, man lebe in Afrika. Manchmal war ich so schlapp, dass ich mich oft erst gegen Abend aufrappelte, obwohl es da auch nicht viel kühler wurde. Margot und das Kind schienen das gar nicht zu spüren. Margot hätte auch in der Wüste leben können, und das Kind geriet offenbar nach ihr, es verbrachte sein Dasein weitgehend im Wasser, vormittags im Schaffel an einer schattigen Stelle vor dem Gewächshaus und nachmittags im See. Mich wunderte, dass Lilo keine Schwimmhäute wuchsen.

In dieser Bruthitze war ich froh, wenn am Abend ein prasselnder Regenguss niederging. Aber immer kam sofort wieder die Sonne heraus, und dann dampften die im Wind rasch auftrocknenden Dächer. Die Tomaten gediehen dementsprechend, mit Flüchen ernteten und gossen wir bei Morgengrauen, tagsüber hätte einen im Gewächshaus der Hitzschlag getroffen.

Auch die Zwetschken wurden reif, und auf briefliche Anweisung des Brasilianers dörrten wir sie im Gewächshaus auf ausgelegten Brettern, für die schlechten Zeiten. Wir brachten es auf zehn Kilo.

In der stickigen Sommerhitze büßte das Klo im Stall weiter an Attraktivität ein, aber so grauenhaft es war, an meinen kurzen Unterhaltungen mit den Schweinen hatte ich Gefallen gefunden. Ich redete mit ihnen über das Wetter und über den Krieg und über meinen Dienstherrn, für den ich keine Anhänglichkeit empfand. Margot hingegen schimpfte, sie habe den Eindruck, die Schweine ließen sich von ihr anregen, ebenfalls ihr Geschäft zu verrichten, sie möge diese Art von Vertraulichkeit nicht.

Die größte Sorge bereitete mir der Onkel, fast den ganzen August war er im Krankenstand, sein altes Leiden, Emphysem. Drei Wochen lang lag er im Bett, bisweilen bis zu 40° Fieber, das nahm ihn furchtbar her, er verlor achtzehn Kilo und sah danach schlecht aus. Ich war froh, als er sich langsam wieder erholte, bei der angespannten Ernährungssituation war das schwer. Regelmäßig brachte ich ihm Gemüse und Obst aus dem Garten des Brasilianers. Lieber wär's ihm gewesen, wenn ich ihm Tabak gebracht hätte. Doch meinen überschüssigen Tabak schickte Margot an ihre Mutter in Darmstadt, und das konnte ich dem Onkel nicht sagen. Immerhin hatte er einen Verdacht, er sagte: »Die Reichsdeutsche bringt uns beide in Schwierigkeiten.«

Trotz der regnerischen Witterung waren die Leute schon im Juli massenhaft in die Berge gefahren, als die Heidelbeeren noch gar nicht reif gewesen waren. Anfang August hätte die Bahn Viehwaggons anhängen können, um den Ansturm von Menschen mit Kübeln bewältigen zu können. Ich wäre auch gerne einmal in die Berge gestiegen, aber ein solches Unternehmen vertrug sich nicht mit der strittigen Angelegenheit meines Gesundheitszustandes. Ich hatte berechtigte Angst, dass die erstbeste Unvorsichtigkeit meine Einberufung nach sich ziehen könnte. / Auch die Quartierfrau machte wiederholt gallige Bemerkungen und brachte mir regelmäßig den F. in Erinnerung, der täglich morgens um fünf aufstehe und seine Gesundheit opfere für solche Faulenzer wie mich. Den ganzen Sommer über war sie schlechter Laune, einerseits hatte man ihr die Polin weggenommen, die ihr den Haushalt geführt hatte. Die Polin arbeitete nun in Lenzing in der Fabrik. Und dann waren die politischen Nachrichten widriger denn je, der Beginn des Warschauer Aufstands, der Frontwechsel Rumäniens und schließlich die kampflose Übergabe von Paris. Mehrmals trat die Quartierfrau den blechernen Mülleimer zornig über den Vorplatz und fluchte auf alle Gauner und Drückeberger, sie knurrte: »Die ganze schlappe Welt widert mich an.« / Vorsichtshalber rundete ich die Miete jetzt immer auf.

Einmal ging Margot allein zum Heidelbeersammeln, sie brach um fünf in der Früh auf, und ich kümmerte mich um das Kind, gab ihm die Flasche, fütterte es, wechselte die Windeln. Während ich Briefe schrieb, kroch die Kleine am Boden zu mir her, fasste nach meinem Bein, richtete sich daran auf und freute sich über ihre Leistung. Und ich stellte mir vor, dass kein Krieg war.

Das Mäderl war groß geworden. Als ich sie badete, erschrak ich, wie rasch sie in den Kübel hineingewachsen war, fast konnte sie ihr übliches Programm mit Patschhänden nicht mehr durchführen, weil sie sich selbst im Weg war. Der Rest wie immer, das Lachen, als ich den Schwamm über ihr ausdrückte, und endend mit Weinen, als ich sie aus dem Kübel hob. Am wenigsten mochte sie, dass ich sie abtrocknete, sie brüllte empört. / Um halb sieben legte ich sie hin.

Spätestens ab Mitte des Nachmittags war ich alle zehn Minuten zum Fenster gegangen und hatte nach Margot Ausschau gehalten, es wurde immer später, ich war wie auf Nadeln und bekam furchtbare Angst. Nach dem Baden des Kindes und dem unvermeidlichen Weinen war's komplett aus mit mir, und ich rührte mich nicht mehr weg vom Fenster. Es wurde mir wieder ganz komisch. Um mich zu beruhigen, machte ich mir einen Tee. Aber während der Tee zog, überkam mich der Gedanke, Margot könnte tot sein. Und da überfiel mich plötzlich eine Bilderattacke der Stärke zehn, und ich begann zu schwitzen, Erinnerungsbilder aus Russland mischten sich mit Phantasiebildern aus Mondsee, Russland und Mondsee berührten einander, griffen ineinander wie das Wurzelwerk zweier Bäume, es war unmöglich, die Bilder zu entflechten und wegzuschieben, ich verfing mich immer mehr. Der Schweiß tropfte mir von der Nase.

Zum Glück hatte ich das Kind zu diesem Zeitpunkt schon schlafen gelegt, ich nahm ein Pervitin, das Kind schlief lautlos, ebenfalls wie tot, ich berührte es mehrmals. Und während ich wartete, dass die Wirkung des Pervitins eintrat, war ich mit meinen Gespenstern allein.

> *Nun ist das Abendbrot vorbei. Margot ist ganz durchnässt und halb erfroren nach Hause gekommen mit fünf Litern Heidelbeeren. Schon als sie die Tür aufmachte, sah ich, wie sehr sie sich freute, mich zu sehen. Ich berichtete ihr, dass ich mindestens dreißigmal zum Fenster hinausgeschaut hätte, ob sie schon käme. Sie meinte, es sei ein wunderbarer Tag gewesen. / Jetzt sitzt sie müde und mit kleinen Augen am Tisch und liest einen Brief ihrer jüngeren Schwester, die in Berlin als Schaffnerin auf der Straßenbahn fährt und verliebt ist. Margot trinkt noch ihren Tee, aber in den Augenwinkeln sehe ich, dass ihr die Augen zufallen. Und mit einmal bin ich wieder niedergeschlagen und weiß nicht warum. Etwas Schweres, vielleicht das Glück mit Margot, von dem ich überzeugt bin, dass ich es wieder verlieren werde. / Vermutlich stimmt, was*

Margots engerer Landsmann geschrieben hat, es
ist nichts schwerer zu ertragen als eine Reihe von
glücklichen Tagen. Aber vielleicht bin ich auch
einfach zu müde nach dem langen als Kindsmagd
verbrachten Tag, der auch für mich schon um halb
fünf begonnen hat.

Die Nacht war ruhig, Margot schlief sofort ein, und ich
schmiegte mich an sie, ohne sie zu wecken. Das Kind meldete
sich erst um halb acht in der Früh. Gutes Kind. Margot, die
ihr Glück gar nicht fassen konnte, sagte, wieder einmal ausschlafen zu dürfen, sei ihre Rettung gewesen. / Dann saßen
wir gemeinsam am Tisch. Ich mochte es, morgens bei Margot
im Zimmer zu sitzen. Fast immer waren wir im Pyjama und
tranken Kaffee und redeten, nebenher stillte Margot das
Kind, und ich schaute den beiden zu. Einmal fragte Margot,
ob es mich störe, dass sie verheiratet sei. / »Ja.« / Und ob es
mich störe, dass sie ein Kind habe. / »Nein.« / Wir hörten auf
zu sprechen, schauten einander in die Augen. Und als das
Kind wieder im Wäschekorb lag, legten wir uns ebenfalls
noch einmal hin.

Mitte August kehrten die landverschickten Mädchen an
den Mondsee zurück, nun mussten wir die Tomaten nicht
mehr mit der Bahn nach Salzburg schicken. / Drei der Mädchen, die im Frühling in Schwarzindien gewesen waren, blie
ben in Wien, dafür kamen vier neue, eins davon ein Flücht-
lingskind aus Lemberg. / Es tat gut, die erholten Mädchen
zu sehen, ihre beschwingten, schlenkernden Schritte und ihre
lachenden Augen.

Während der drei Wochen Verschickungspause hatte das
zertrampelte Gras um die Mondseer Lager seine Farbe zu-

nächst zurückgewonnen und war dann in der Hitze strohig geworden. Viel Gelegenheit, das Gras wieder zu zertrampeln, hatten die Mädchen in der ersten Zeit nicht. Weil noch Schulferien waren, wurden sie zu Arbeiten in der Landwirtschaft herangezogen, das Entgelt für die Arbeit floss in die Lagerkassen. Und wie ich hörte, unternahmen die Mädchen, wenn das Wetter nicht zum Schwimmen einlud, *Spähtruppunternehmen* in die Wälder auf der Suche nach Pilzen.

Zu Annemarie Schaller gab es nicht den geringsten neuen Anhaltspunkt, außer dass der Onkel behauptete, ertrunken könne sie nicht sein, sonst wäre die Leiche längst an die Oberfläche getrieben worden. / Seit mehr als vier Monaten war das Mädchen vermisst, und seit mehreren Wochen war kein Brief mehr von Kurt Ritler nach Mondsee gelangt, schade, denn der Junge war mir ans Herz gewachsen. Ich setzte mich nur deshalb nicht hin, um ihm zu schreiben, weil ich seine Briefe an Nanni nicht hätte lesen dürfen.

Am 1. September begann das sechste Kriegsjahr, mehr als tausendachthundert lausige Tage. Margot kümmerte sich weiterhin um das Gewächshaus, das Kind bekam seinen vierten Zahn, ständig nagte es in Margots Zimmer am abgeschabten Rand des Teppichs. Die Verschickten in Schwarzindien stellten ihr sommerliches Amphibienleben endgültig ein, weil am Montag die Schule losging. Und der Onkel widmete sich wieder dem Hüten der Ordnung. Er stand nicht mehr so fest auf den Beinen wie im Frühling. Dadurch, dass er während seines Krankenstandes deutlich an Gewicht verloren hatte, sah man die Ähnlichkeit mit Papa.

Einmal traf ich die Lagerlehrerin Bildstein. Sie erzählte, dass sie ihren Urlaub in Schachen verbracht habe, wo sie im

Vorjahr in einem Lager der Kinderlandverschickung gewesen war. Sie schimpfte auf die Behörde in Linz, die ihr Schwierigkeiten machte, weil der Vater eines Mädchens sich von der Front aus über die vielen Rechtschreibfehler seiner Tochter beklagt hatte, beim Lesen der Briefe werde ihm schlecht, er habe den Eindruck, je mehr seine Tochter lerne, desto dümmer werde sie. Und auch ein Aufsatzthema hatte der Vater grob beanstandet: *Wen die Götter lieben, der stirbt jung.* / Die Lagerlehrerin sagte, wenn man in Linz eines nicht ausstehen könne, dann Probleme mit den Eltern, sich beklagende Eltern machten Arbeit, und das nähmen die Behörden eher den Lehrern übel als den Eltern. Sie grinste tapfer, sie habe die Schulbücher nicht geschrieben.

Die heranfliegenden Geschwader wurden von Woche zu Woche größer, eine florierende Branche. Es war mir noch immer unheimlich, in der Hängematte des Brasilianers zu liegen, Lilo auf meinem Bauch, und die nach Italien zurückfliegenden Geschwader in glitzernder Ordnung vorbeigleiten zu sehen. Gleichzeitig war unentwegt die sogenannte Vergeltungswaffe unterwegs nach Südengland und London, eine Art geflügelte und unbemannte Bombe. Über ihre tatsächliche Wirkung wusste man nichts. Ob sie den Erwartungen entsprach? Wohl eher nicht. An der Ostfront – Mitte – war die erwartete große Offensive im Gang, und weil es nicht aussah, als könne mein Dienstgeber auch nur stellenweise die Oberhand behalten, war leicht abzusehen, wie der Krieg weitergehen würde. Doch aufhören? Das wäre total gegen den Stil des Hauses gewesen.

Hamburg war kaputt, Hannover war kaputt, Frankfurt war kaputt. Wie Warschau, Rotterdam, Coventry, Belgrad, Smolensk und Woronesch. Die beiden letzten Städte hatte ich gesehen, da hieß es immer, vor uns eine schöne Stadt. Aber was nützte die ganze Schönheit? Wenn wir endlich drin waren, existierte die Stadt nur mehr dem Namen nach.

Dem Wehrmachtsbericht im Radio wich Margot aus, indem sie auf einen anderen Sender drehte, so als könne sie dadurch, dass einer von der Südsee sang, das Hier und Jetzt zum Verschwinden bringen. Doch manchmal hatte sie keine Hand frei, dann wurde der ängstliche Schwebezustand, in dem wir uns befanden, durch Nachrichten von draußen gestört. So war es auch, als Margot eine Menge Weißdornmarmelade einkochte und ich das Kind auf den Knien schaukelte, um es ein wenig abzulenken. Weil es seit sechs Wochen fast keinen Regen gegeben hatte, krachten die Fußböden, und das Kind fürchtete sich, weil das Krachen so unheimlich klang. / Vor lauter Konzentration beim Abgießen der Marmelade in Gläser streckte Margot die Zunge heraus.

Im Radio wurde berichtet, es habe einen großen Angriff auf Darmstadt gegeben, es war von zwanzigtausend Toten die Rede. Margot schob den Topf vom Herd und betrachtete mich, sie fragte, wie grad der Name der Stadt gewesen sei. / »Darmstadt«, gab ich zur Antwort.

Jetzt suchte Margot auf allen Kanälen nach zusätzlichen Informationen, und als auf einem ausländischen Sender ein längerer Bericht gebracht wurde, Darmstadt sei zerstört, fiel Margot aufs Bett und weinte, zuerst noch zögerlich, stockend, als sei sie unsicher, ob sie das Halbverlernte noch vermochte, dann hineinfindend und wieder sicherer darin, den Tränen ihren Lauf zu lassen, so nennt man es. Für die nächste Stunde war Margot am Heulen. Zwischendurch hörte ich die halb unter Tränen, halb stöhnend gesprochenen Worte: »Ich kann nicht mehr, ich brauche eine Pause.« Dann schwamm sie aus den Tränen heraus, und ich hörte für einige Zeit fast nichts, ein Schniefen vielleicht, wenn Margot sich die Oberlippe abwischte, wo sich alles traf, was aus Augen und Nase gelaufen war. Sie schnappte nach Luft, ich reichte ihr ein frisches Taschentuch. Und nach einiger Zeit stieß sie wieder den Namen ihrer Heimatstadt aus und setzte ihr Weinen fort. / Einmal stand sie auf, besah im Spiegel ihr verheultes Gesicht, ihr ungekämmtes Haar, ihre zerflossene Schminke. Margot atmete aus, ich konnte sehen, wie sie sich innerlich aufrichtete. »Ich seh furchtbar aus«, sagte sie. Dann ging sie zurück zum Bett und ließ sich mit dem Gesicht voraus ins Polster fallen. Das Kind spielte unterdessen mit meinen Fingern.

Während der nächsten Tage wartete Margot auf Nachricht von ihren Verwandten. Zuerst kam ein Brief von Kläre, einer ehemaligen Arbeitskollegin bei der AOK. Margot riss den Brief auf dem Vorplatz des Hauses auf und ging dort lesend und heulend auf und ab, bis die Quartierfrau sie zurechtwies, sie solle nicht auf der Straße herumheulen, wofür habe sie ein Zimmer. Margot presste ihr Taschentuch gegen den Mund, und ein stummes Schütteln durchlief ihren Körper. / Nachher lag sie wieder stundenlang auf ihrem Bett, bis sie ganz erschöpft war und von der Anstrengung des Weinens Halsschmerzen hatte. Eine Weile saß sie da, die Beine hochgezogen, starrte bleich vor sich hin, starrte auch einmal das Kind an, und als sie das Lächeln des Kindes nicht erwiderte, es nicht einmal wahrnahm, war das Kind ganz verstört und starrte zurück.

»Na, na, na, wer wird denn so weinen … «, war das einzige,

was mir einfiel. Es gab sonst auch wirklich nicht viel zu sagen. Wie sich nach und nach herausstellte, waren große Teile Darmstadts buchstäblich in Schutt und Asche verwandelt. Auf den freigeräumten Straßen habe man die Toten aufgereiht, sofern noch was vorhanden. Ganze Schlangen seien zu sehen gewesen. Manche Leichen hätte man für Kinder halten können, wenn man es nicht besser gewusst hätte, so seien die Körper in der Hitze geschrumpft. Und wie das rieche, man habe den Geruch davor nicht gekannt, wisse aber, was es sei, schon immer. / In dem Brief von Kläre waren diese Dinge anschaulich geschildert.

Ja, so ist es, wenn man gegen den Wind spuckt.

Das erste Mal wieder lächeln sah ich Margot an dem Tag, an dem sich in der Früh eine Kohlmeise am Fliegenfänger ihres Zimmer verfangen hatte. Margot und das Kind schliefen bei offenem Fenster, es war sechs Uhr in der Früh, da wurde ich durch Geschrei und Lärm im Nebenzimmer geweckt. Ich ging hinüber, die Meise verwickelte sich immer weiter im Fliegenfänger, bis sie sich fast nicht mehr rühren konnte. Das Kind weinte verängstigt. Margot machte den Vogel los. Wir wuschen ihn und gaben ihn in eine Schachtel. Ich hatte keine Hoffnung, so erbärmlich sah der Vogel aus. Zu Mittag reinigten wir die Federn des Vogels nochmals mit Terpentin, eine Stunde später brachten wir ihn in den Garten, und er flog davon. Da lächelte Margot.

Aus dem Misthaufen stieg Rauch auf

Aus dem Misthaufen stieg Rauch auf, dort drinnen entstand Wärme, ein Produkt des Zerfalls. Man merkte, dass auch die Septemberwärme einer Art Gärung entstammt, der Sommer fiel auseinander, und der Herbst nistete sich ein mit seinen schnelleren Tagen und kühlen Windstößen. / Die Schwalben sammelten sich am See und rüsteten zum Abflug.

Zur selben Zeit kehrte der Brasilianer nach Mondsee zurück. Vier Monate war er eingesperrt gewesen, und jetzt wurde er freigelassen, weil er zwei Drittel der Strafe abgesessen und weil der Ortsgruppenleiter sich für ihn verwendet hatte mit Hinweis auf das instandgesetzte Gewächshaus. Für das Anpflanzen von Wintergemüse war es noch nicht zu spät, die Kinderlager in Mondsee mussten mit Lebensmitteln versorgt werden, das wurde dem Brasilianer vom Direktor des Zuchthauses ausdrücklich mit auf den Weg gegeben.

Für die Fahrt von Linz nach Hause hatte der Brasilianer einen halben Tag gebraucht, der Zug war stundenlang liegengeblieben wegen eines Angriffs irgendwo. Das letzte Stück Weg vom Bahnhof ging der Brasilianer zu Fuß, einige ältere Männer erkundigten sich nach seinem Wohlergehen, aber nur von der Weite, rufend: »Robert, wie geht's?« / Es kam niemand zu ihm her, obwohl er viel zu erzählen gehabt hätte. Die Menschen lebten mit geschlossenen Augen oder trugen sich mit Vorbehalten gegen denjenigen, der den obersten Kriegsherrn beleidigt hatte. Die Verbündeten fielen reihenweise ab. In der Vorwoche war nach Rumänien und Bulgarien auch

Finnland ausgetreten. Überall herrschte gedrückte Stimmung.

Der Brasilianer kam fast ohne Gepäck, nur mit etwas Wäsche und den zwei Büchern, die ihm Margot ins Zuchthaus hatte schicken dürfen, er legte sein Bündel vor dem Gewächshaus ab und ging hinein und kam wieder heraus, eine Fleischtomate essend. Er ging über den Acker und ging durch den Obstgarten und putzte beim Brunnen vor dem Gewächshaus seine Gummistiefel, die ich in der Früh noch verwendet hatte. Dann legte er die *Suite Popular Brasileira* auf und setzte sich vor dem Gewächshaus auf die kleine Bank und schloss die Augen. So saß er, als ich über die Straße trat und auf ihn zuging. Ohne die Augen zu öffnen, sagte er: »Bom dia, Menino.«

Die Begrüßung auf Portugiesisch war ein erstes Zeichen, dass er nur mit einem Bein nach Mondsee zurückgekehrt war. Er sagte zwar, es sei im Zuchthaus nicht angenehm gewesen, durchaus so, dass er sich auf Mondsee gefreut habe, aber das hieß nicht sonderlich viel. Auf der Herfahrt sei er seit langem wieder empfänglich gewesen für die Schönheit dieser Landschaft, aber auch das hieß nicht sonderlich viel. Im Zuchthaus hatte das Fenster seiner Zelle keinerlei Aussicht geboten, und die Haut in seinem Gesicht sah aus, als hätte die Gefängnismauer grau abgefärbt. Seine Augenlider waren entzündet. Wenn er redete, zitterte die Oberlippe nach, als hätte er ganz etwas anderes sagen wollen. Auch die Hände wussten nicht wohin. Der ganze Mensch war nervös.

Der Brasilianer atmete die lang entbehrte Luft der Freiheit. Obwohl es noch hell war, sah man zwischen Schafberg und Drachenwand den sich rundenden Mond. Besser als im Zuchthaus war das allemal.

Er holte aus dem Gewächshaus nochmals zwei Fleisch-
tomaten, reichte mir eine, die andere aß er langsam, und zwischen den Bissen schien er nachzudenken, schien an der Zukunft zu kauen, und dann nickte er mir zu und sagte: »Es wird
irgendwie weitergehen.«

Ich zeigte ihm das Grab des Hundes. Er bedankte sich, dieser Freundschaftsbeweis erwecke in ihm wieder den Glauben, dass es in dieser Zeit der Umwertung der Werte doch
noch Menschen gebe, die diesen Namen verdienten. Ich sagte,
das sei doch selbstverständlich. Er gab zur Antwort, selbstverständlich sei gar nichts mehr. Dann klopfte er mit der fla-
chen Hand dreimal auf die Erde, unten lag der Hund, der
Boden tönte dumpf. Der Brasilianer gab mir nochmals die
Hand, seine vom Gärtnergewerbe harte Haut war während
der Haft weicher geworden, das war mir schon bei der Begrüßung aufgefallen.

Weiterhin beim Holunderstrauch stehend, berichtete er,
wie es im Zuchthaus gewesen war. Vorzugsbehandlung habe
er sich keine erwartet, aber er hätte auch nicht gedacht, dass
ihm mit solcher Härte begegnet werde. / Ich hörte zu, kratzte
mich verlegen hinterm Ohr. Man brauchte nur das verstörte
Gesicht des Brasilianers zu sehen, um nicht weiter bohren
zu wollen. Er sagte: »Dabei ist es mir um vieles besser ergangen als den meisten dort, Folterungen sind Alltag, Todesfälle
Routine.« / Er ließ einige Details folgen von Dingen, die er
aus Gesprächen wusste, nachts hätten sie mit Lumpen die
Abflussrohre der Toiletten leergeschöpft und sich mittels der
Abflussrohre über alle Stockwerke hinweg unterhalten, die
wichtigen Dinge hätten diejenigen berichtet, die im Keller
untergebracht waren, die zukünftigen Toten. Er sagte: »Jeder

halbwegs nüchterne Mensch muss ein politisches System mit den Augen der Toten betrachten.« / Diesen Satz hörte ich in den folgenden Wochen drei- oder viermal. Der Brasilianer hatte sich in manchen Dingen verändert, war aber darin, dass er nicht müde wurde, manche Dinge ständig zu wiederholen, der Alte geblieben.

Insgesamt war sein Schatten auf dieser Erde nicht nur schmäler geworden, sondern auch schwächer. Neben seiner neu erworbenen Nervosität fiel auf, dass er sich noch mehr absonderte als zuvor. Und auch sein plötzliches Vorsichhinstarren machte mir Sorgen, bisweilen stockte er scheinbar grundlos mitten im Satz und geriet in eine tiefe Abwesenheit, und bisweilen bewegte er sich während der Arbeit minutenlang nicht, und die Ärmel flatterten im Wind wie bei einer Vogelscheuche. Wenn wieder Bewegung in ihn kam, schaute er sich schüchtern um, bevor er seine Beschäftigung fortsetzte, sehr langsam, als könnten ihn die Kräfte im nächsten Moment verlassen. Zum ersten Mal sah ich an ihm so etwas wie Unbeholfenheit und Überforderung, er war nicht imstande, die zu verrichtende Arbeit allein zu bewältigen. Und doch, wenn man ihn so sah, schien es, als habe er mit der Haft etwas Notwendiges hinter sich gebracht und finde trotz aller Erschöpfung auch etwas Gutes am Erlebten. Er wirkte wie ein Mann, der die Fronten geklärt hat. »Jetzt kenne ich mein Gegenüber«, sagte er und blickte mich aus blutunterlaufenen Augen an.

Einige Tage nach seiner Rückkehr machte Margot mit ihm die Abrechnung. Wir hatten neunhundert Kilogramm Tomaten verkauft, fast eine Tonne. Aber ein Gutteil des Gewinns, den Margot dem Brasilianer aushändigte, ging für die Schuld beim Glaser drauf. Ein verkrachtes Jahr. / Der Brasilianer sagte, er fühle sich wie eingekerkert in diese Räuber- und Kriegszeit, es gebe niemanden mehr, der frei sei im ganzen Land, das ganze Land sei ein auf Grund gelaufenes Sklavenschiff, zuerst müsse er die Ketten loswerden, und das gelte nicht nur für ihn. Von der Befreiungsfahrt in das Südöstliche der beiden Amerikas könne er im Moment leider nur träumen.

Und er träumte oft. Hörte Schallplatten mit südamerikanischen Liedern, die ein Tenor sang, und träumte von den längsten Straßenbahnen der Welt und den größten Busbahnhöfen der Welt und von handtellergroßen Schmetterlingen und vom betörenden Geruch des Heliotrop. Und von den Wolkenkratzern, die den Zuckerhut umstehen wie eine Leibgarde. Und von Mandarinen, die auf den mit weißem Sand bestreuten Wegen liegen und die aufzuheben einem niemand verwehrt. / »Man kann die Mandarinen natürlich auch beim Syrer kaufen, sie sind billiger als bei uns die Zwiebeln.«

»Einfach wird es trotzdem nicht werden, da brauche ich mir nichts vorzumachen. Mit offenen Armen bin ich noch nirgends empfangen worden, das gute Leben winkt einem nicht. Das Leben winkt sowieso nicht. Aber einmal noch, im Urwald, will ich zu den vier Freiheiten kommen, die uns so fest versprochen wurden: Nicht frieren, weil in Südamerika die Energie aus dem Himmel fällt. Nicht hungern, weil in Südamerika Früchte, Fische, Würmer und Krokodileier nicht rationiert sind. Nicht in Angst leben, weil die sogenannten Wilden bessere Menschen sind als die europäischen Maschinenmenschen. Und nicht: alles andere. Im Urwald bekommt man alle Freiheiten ohne Bezugsschein, dorthin will ich, während hier, im Großen Reich der Gerechtigkeit, wo der Einzelne und seine Freiheiten nichts sind, hier werde ich nur bald verrückt. Halb bin ich es schon oder zu Dreiviertel.«

»Urwald*hölle*, Menino? Auf eine solche Idee kann nur der Maschinenmensch kommen. Die Hölle ist hier. Tötung mit Hilfe von Maschinen. Elektrischer Stuhl, Maschinengewehr und was weiß ich was alles noch.«

»Weißt du, Menino, die Menschen in Brasilien haben nichts Grobes, Auftrumpfendes oder Anmaßendes. Es sind stille, träumerische, sinnliche Menschen. Das fehlt hier alles. Nur im Karneval probieren sie das Laute und Auftrumpfende aus, da bringen die Farbigen ihre Schuhe ins Pfandhaus, um gebührend feiern zu können, aber niemals ihren Hut. Und wenn ein armer Mensch von seinem Arbeitgeber keinen Urlaub bekommt, gibt er seine Stelle auf, damit er die Toten beschwören und bei ihrer Wiederkehr mit ihnen tanzen kann. Aber nach vier Tagen kehrt er zurück in sein kleines irdisches Leben und ist zufrieden damit.«

»H. ist auch so ein Unbehauster, aber er tanzt schon das sechste Jahr mit den Toten. Und wie er aus dem Nichts aufgetaucht ist, wird er mit seiner Horde wieder im Nichts verschwinden.«

»Einmal wohnte ich zur Untermiete bei Frau Lúcia dos Santos Mota, einer Waschfrau. Immer während des Karnevals bereitete sie in ihrem Zimmer ein Lager aus Holzwolle, und gegen eine kleine Gebühr konnten dort Kleinkinder abgelegt werden, es war ein Aus und Ein die ganze Nacht, etwa drei Dutzend Kinder fanden Platz, sie lagen immer dicht gedrängt, sie wurden gebracht und bekamen Nummern, und die Mütter bekamen dieselben Nummern, wie in der Oper, wenn man seinen Mantel abgibt. Die Kinder lagen in der Holzwolle, Kinder in allen Farben, ganz durcheinandergewürfelt, die ganze Weltmischung. Mal schrie ein Kind, schlief aber gleich wieder ein, die Kleinen wärmten einander und steckten einander an mit ihrem Schlaf. Und der Lärm von den Straßen lullte ebenfalls ein, das wilde Tröten, Kochtopfschlagen, Böllerschießen. Und Frau Lúcia dos Santos Mota sang ihre Lieder, und ich gab den Kindern gewässerte Milch zu trinken. Und zwischendurch wurde eines der Kinder geholt gegen Vorlage der Nummer, die während des stundenlangen Sambatanzens im Büstenhalter aufbewahrt worden war. Und das Kind wurde aus der warmen Holzwolle gehoben. Und alle Mütter, die kamen, Sonnenpriesterinnen und Mondfürstinnen, hatten noch den Taumel in den Augen, und die Kinder schliefen in den Armen der Mondfürstinnen weiter oder wurden wach, denn es war Tag geworden und beim Verlassen der Hütte stach das grelle Licht in die Augen.«

»Obwohl der ganze Aufwand in keinem Verhältnis zu meiner Lebenserwartung stehen wird: Ich gehöre nach Brasilien. Und wenn ich nicht ganz allein gestanden wäre, ich wäre das zweite Mal nicht wieder heimgekehrt, um von einem Verbrecher, der in die Familie von der kranken Schwester eingeschleppt worden ist, und durch Verrat und Misstrauen anderer von meinen Aufgaben als Ältester entthront zu werden. Trude und der Lackierermeister haben über unser Elternhaus geherrscht, und es ist alles vor die Hunde gegangen wie die ganze Deutsche Verbrechergemeinschaft vor die Hunde gehen wird.«

»Und wenn ich für den Rest meines Lebens in einem verlassenen Dorf schwarze Bohnen essen muss, Mandioka und Bananen, das wächst dort mehr oder weniger von allein, oder man kauft es billig beim Syrer, egal, ich hoffe nur, dass ich bald die Wege nach dem ersehnten Land finde. Denn in einer Gesellschaft leben, in der jeder zweite ein Mörder ist, das will ich nicht. Mord ist und wird nicht entschuldigt werden, weder vor Gott noch vor meiner philosophischen Überzeugung. Deshalb wird die Menschheit erst dann wieder Frieden und Freiheit finden, wenn sie selbst nicht mehr tötet, auch Tiere nicht, und wenn sie endlich aufhört, das Fleisch der Tiere zu fressen, wie eine Hyäne, nur mit dem Unterschied, dass der Mensch die Tiere mit Instrumenten tötet, das Fleisch kocht, spickt und auf Meißener Porzellan serviert. Auch ich lebe noch falsch, Menino, aber viel weniger als früher.«

»Also haltet mir die Daumen für meine Befreiungsfahrt, in ein oder zwei Jahren muss es klappen, ich ziehe die Flucht im Alter von sechsundfünfzig Jahren einem Hierbleiben vor. Und wenn ich dann endlich wieder einer der von mir seit meinem ersten Betreten von Südamerika verehrten Mestizinnen in die Augen sehen darf, dann, meine Lieben, habe ich das Paradies gefühlt, das zu suchen ich vielleicht die Aufgabe habe über alle Hindernisse hinweg.«

In Vorfreude halb die Augen schließend, lächelte er vor sich hin. »Viva Brazil!«, sagte er. Dann stand er auf, und weil Mittag war und nicht die kleinste Wolke am Himmel, brannte er mit dem Brennglas einen Schriftzug in die Zaunlatte vorne an der Straße. Margot und ich schauten zu, das alte Holz rauchte, während es sich schwärzte, der Brasilianer rühmte die Kraft der Sonne und sagte: »Wenn man sich selbst kein Glück bereitet, ist man verloren, Leid fügen einem die Leute zu.«

Margot saß unmittelbar daneben auf dem Zaun, sie hatte

das Kind auf dem Schoß, geschickt das Gleichgewicht haltend. Die oberen Knöpfe ihrer Bluse waren offen, so dass sich der Ausschnitt in einem Dreieck öffnete. Wenn sie sich vorbeugte, ließ der Ausschnitt die schattige Grube zwischen ihren Brüsten und etwas helle Haut sehen, hellblaue Krakelüre in dem milchigen Weiß. Sie bemerkte meinen Blick und zwinkerte mir zu, ich kannte sie schon gut genug, um zu wissen, wie es gemeint war, wir waren ärger als Katzen. / Für einige Zeit saß Margot noch ruhig da und hörte dem Brasilianer zu, dann sagte sie: »Es scheint, dass wirklich nur die Ostmärker in der Lage sind, die Wahrheit zu erkennen.« Sie lachte schallend, und der Brasilianer schaute sie böse an, weil er bei seiner Schreibbemühung ernst genommen werden wollte. Aber insgeheim tat Margots Heiterkeit auch ihm gut, das konnte ich sehen. / Gegen die grelle Sonne blinzelnd, sagte Margot, nichts für ungut, sie sei in vielem nicht seiner Meinung, aber es gefalle ihr, dass er sich Gedanken mache. Dann kletterte sie vom Zaun, tupfte mir mit dem Zeigefinger gegen den Bauch, ich war wie elektrisiert. Sie setzte das Kind ins Gras neben dem Leiterwagen, bat den Brasilianer, das Kind zu hüten, er brauchte zwei, drei Sekunden, um zu realisieren, was grad geschah. Dann gingen wir hinauf in Margots Zimmer und schliefen miteinander.

Danach lagen wir eine Weile eng beieinander auf dem schmalen Bett, ich fuhr versonnen mit den Fingern der Hand, die Margot zugewandt war, durch das Buschige und Feuchte zwischen ihren Beinen. Margot murmelte mir etwas ins Ohr, das ich nicht verstand, sie grunzte zufrieden und war wohl nahe dem Einschlafen.

Später hatte ich eine Hand auf Margots Hüfte, und während ich ebenfalls vor mich hindöste, bedauerte ich, dass ich von Kind auf so viel Angst gehabt hatte. Ich spürte, dass es in meiner Macht gestanden wäre, öfter glücklich zu sein, mich öfter an der Schönheit der Welt zu erfreuen. Denn fraglos: die Schönheit der Welt existierte, hatte schon immer existiert und würde weiterhin existieren. Warum nur war mir mein Leben immer so grau vorgekommen? Warum? Wozu das alles? Ich konnte es nicht begreifen. Und gleichzeitig ahnte ich, dass mich die Empfindung von Trostlosigkeit bald wieder einholen würde, ob ich nun meine Hand auf Margots Hüfte hatte oder nicht. Wie schade, dachte ich träge.

Als wir uns wieder nach draußen begaben, war der Schriftzug auf der Zaunlatte fertig. *Klein Brasilien* war dort zu lesen. Der Brasilianer hatte das Kind mit in den hinteren Bereich des Gewächshauses genommen, wo die Werkbank stand. Das Kind hielt auf der Hundedecke, die dort noch lag, seinen Mittagsschlaf, schlief mit der sorglosen Zufriedenheit eines Kindes, es war im Gewächshaus noch immer warm genug, dass man die Jacke ausziehen konnte. / Was genau zwischen dem Brasilianer und Lilo vorgefallen war, während Margot und ich miteinander geschlafen hatten, weiß ich nicht, sie soll brav gewesen sein, behauptete der Brasilianer. Trotzdem hatte er noch während unserer Abwesenheit begonnen, einen Laufstall für das Kind zu bauen. Und weil er es ablehnte, sich helfen zu lassen, nahmen Margot und ich Tomaten ab, darin hatten wir ja Übung.

In der Nacht hörte ich seit vielen Monaten endlich wieder vor dem Einschlafen Musik aus dem Gewächshaus und dazu gelegentliches Hämmern. Und in der Früh, als ich aufstand, war der Brasilianer schon wieder bei der Arbeit.

Ich hatte ein kurzes Gespräch mit ihm und deutete ihm an, dass es besser wäre, wenn er sich an die nächtlichen Verdunkelungsbestimmungen hielte, andernfalls laufe er Gefahr, sich Schwierigkeiten zuzuziehen, das wäre im Moment wohl nicht das Richtige. Ich war mir nicht sicher, ob er viel von dem hörte, was ich sagte, er stierte auf ein Stück Holz, dessen Kanten er gerade abschmirgelte. Nachdem ein Zucken in seinem Gesicht eine zumindest geringfügige Resonanz gezeigt hatte, ging ich wieder ins Freie, legte mich im Garten in die Hängematte und passte auf, dass niemand an die Äpfel ging. Schönes Geschäft.

Oft seit der Rückkehr des Brasilianers war es mir unheimlich, dass nicht irgendetwas getan werden musste und dass ich da so ruhig liegen und faulenzen konnte, als ob es nichts zu versäumen gäbe. Ein Versäumnis war mein Nichtstun aber schon, weil ich nicht all meine Zeit mit Margot verbrachte, ich machte mir bewusst, dass der Tag, an dem ich meine zerstörbaren Gebeine im Krankenrevier in Vöcklabruck hätte vorzeigen sollen, seit sechs Wochen verstrichen war. Mir war ein wenig mulmig dabei, aber ich verhielt mich einstweilen ruhig in der Absicht, den Krieg noch einige Zeit sich selbst zu überlassen.

Den Onkel traf ich im Freien

Den Onkel traf ich im Freien, weil er auf der Vortreppe des Postens seine Uniform abbürstete. Zuletzt säuberte er mit einer weichen Kleiderbürste seine Dienstmütze. Die Grüße der Vorbeigehenden nahm er mit einem kaum merklichen Kopfnicken entgegen. Dieses Kopfnicken war ein Glanzstück, für einen Gruß zu klein, aber groß genug, dass jedermann sich wahrgenommen fühlte. *Ich sehe dich! Denk immer daran, dass ich dich sehe!*

Ein Mann mit Beinprothese auf der rechten Seite stakste vom Friedhof herüber und wollte sich über grasende Steppenrinder von Flüchtlingen beklagen. Die Flüchtlinge waren in den Baracken untergebracht, die für den vor Jahren eingestellten Bau der Reichsautobahn geschaffen worden waren. Der Onkel erklärte ausführlich den Beschwerdeweg und stellte ihn als etwas mehrfach Gewundenes dar, das verfehlte nicht die abschreckende Wirkung. Der Mann humpelte verdrossen davon. / Zu mir sagte der Onkel, dass er viel Arbeit habe, aber alles werde mit ruhiger Kühle betrachtet, man komme schließlich darauf, dass sich alles immer wiederhole und sich am Ende von selbst erledige. / Wir gingen nach drinnen. Dort putzte der Onkel die Knöpfe seiner Uniformjacke, er verwendete Scheuerpulver und ein altes Taschentuch.

Von Eifer war in dieser Anstalt nichts zu bemerken. Als ich die Beine auf den Tisch legen wollte, sagte der Onkel, ich möge so nett sein und ihm zwei Zigaretten überlassen. Er zündete sich die eine sofort an und rauchte sie, während ich in

Polzers *Leitfaden der Tatbestandsaufnahme* blätterte. Es fand sich dort der Rat, immer zu bedenken, dass ein vielleicht dazugekommener Hund etwaiges Blut aufgeleckt haben könnte. »Interessant, interessant«, sagte ich spöttisch. Ich las dem Onkel eine andere Stelle vor: »Der wirklich Schwerhörige gibt sich sichtlich Mühe, den Fragenden zu verstehen, indem er das Gesicht verzerrt und den Kopf näher rückt, der Heuchler wird unbeweglich dasitzen.« / »Ich kann es bestätigen«, sagte der Onkel.

Da er offenbar nichts anderes zu tun hatte, badete der Onkel seine Füße in einem Schaffel mit heißem Wasser. In dem mit einer gelblichen Essenz versetzten Wasser wirkten die Füße auf mich wie Leichenfüße. / Als ich den Onkel wenig später ganz apathisch an seinem Schreibtisch sitzen sah, erinnerte er mich an Papa, und es schnürte mir die Kehle zu.

»Vorgestern war ich beim Doktor«, sagte er: »Der Doktor beschwört mich, endlich mit dem Rauchen aufzuhören, die Lunge vertrage es nicht mehr. Vielleicht sollte ich den Rat befolgen, ich will ja eigentlich nicht sterben, ohne das Ende des Krieges erlebt zu haben. Aber es schmeckt mir halt, und sonst habe ich nichts.« / Er zündete sich auch die zweite Zigarette an, sehr bedächtig, in seiner triefäugigen Art. Dann suchte er meinen Blick, und plötzlich hatte er ein Zucken um die Augen, als erlaube er sich nicht, in Tränen auszubrechen. Ein Schütteln ging ihm durchs Gesicht und ins Rückgrat, grad so als habe er wieder Fieber.

Ein ehemaliger Kollege habe per Post sein Eisernes Kreuz zweiter Klasse an die Dienststelle geschickt, es sei angekommen, aber ohne die im Beibrief erwähnten zwei Päckchen Tabak und hundert Zigaretten für den Onkel, man habe dem

Packpapier deutlich angesehen, dass es geöffnet und nach Entnahme der Rauchwaren wieder geschlossen worden sei. / Der Onkel blickte auf das Eiserne Kreuz, das zwischen den beiden Fenstern an der gerahmten Fotografie des Kollegen hing und sagte: »Wenn das die wahre Volksgemeinschaft ist, hält niemand das Unglück auf, dann ist der Krieg verloren.« / Diese Worte aus seinem Mund – er war wirklich getroffen.

Nachdem mir der Onkel den Vorfall einmal geschildert hatte, lud er seinen Frust hemmungslos ab, er sei der größte Trottel im ganzen Reich, man nehme ihm jede Freude. Die täglich drei Zigaretten, die er auf Raucherkarte erhalte, seien zu wenig für lange Arbeitstage. Bei jedem Wetter müsse er Straßensperren errichten auf der Suche nach Spionen, er müsse bei Flüchtlingstransporten Läusekontrollen durch-führen und die Einhaltung der Verdunkelungsbestimmungen durchsetzen. In der Nacht schlurfe er mit dem Hund durch die Straßen, und wenn in der tiefen Finsternis kein Licht schimmere außer einigen Sternen, bekomme er Lust auf eine Zigarette. Und wenn jemand nicht ordnungsgemäß ver-dunkelt habe und er sich von Amts wegen ärgern müsse, erst recht.

»Ich rauche mich noch zu Tode, ich weiß. Aber solange ich in den Dienst muss, halte ich es ohne Tabak nicht aus. Am liebsten möchte ich in den Ruhestand, aber unter den gegen-wärtigen Verhältnissen muss man herhalten, bis es nicht mehr geht, dann hört es von alleine auf.« / Er fächelte sich mit der Dienstmütze Luft zu, dann zog er eine Tafel Hershey-Scho-kolade aus seiner Schublade, weiß der Himmel, woher er sie hatte, er hielt sie mir entgegen und sagte: »Ich komme mit einer großen Bitte angerollt. Wäre es dir nicht möglich, etwas

Rauchtabak aufzutreiben, wenn du ihn auch teuer bezahlen musst? Ich ersetze dir alle Kosten. Ich habe sonst kein Verlangen mehr als meine Zigaretten, und wenn ich die nicht habe, freut mich gar nichts mehr.«

Ich hätte ihm die Gefälligkeit gerne erwiesen, wenn ich nicht das Gefühl gehabt hätte, in dieser Hinsicht nur ausgenutzt zu werden. Deshalb sagte ich, dass ich tun wolle, was möglich sei, leider hätte auch ich jetzt größeren Bedarf wegen meiner Angstzustände. / Der Onkel machte einen Lungenzug und begann den nächsten Satz mit dem Ausatmen des Rauches: »Gibt doch keinen Grund, nervös zu sein, mein Junge. Du hast ein Zimmer mit Seeblick. Und du hast mich. Und du hast die Reichsdeutsche. Du schaust zu viel zurück und zu weit nach vorn, daran liegt's. Du solltest nach Hause gehen und mit der Reichsdeutschen eine Nummer schieben, das bringt dich auf andere Gedanken.«

Nachher gestand mir der Onkel, dass auch er lange unter plötzlich zurückkommenden Erinnerungen gelitten habe, aber irgendwann seien sie ausgeblieben, ich solle mir keine Sorgen machen. In den Jahren sechzehn, siebzehn sei er in den friulischen Alpen gestanden, einige Zeit in der Bascon-Stellung, Nähe Malborgeth, dort habe er sich das Rauchen angewöhnt. Die Italiener seien in einer Scharte am Monte Piper und am Zweispitz gestanden. Oft habe er nachts Feldwache gehalten, auf diesen Feldwachen sei man ein armer Teufel gewesen, denn jeden Augenblick habe eine Lawine einen ins Tal fegen können, und das sei oft passiert. Nach dem Krieg habe er manchmal ein Geräusch gehört, und in plötzlicher Panik sei ihm das Gefühl durch den Körper gefahren, jetzt kommt die Lawine, alles aus und vorbei. / Er blickte auf und schaute mich traurig an. Ich hielt seinem Blick für drei oder vier Sekunden stand. Da senkte der Onkel den Kopf und sagte: »Das ist alles im Körper gespeichert.«

Im Tausch gegen die Schokolade gab ich ihm nochmals sechs Zigaretten. Er bedankte sich. Dann sagte er: »Dein Freund Perttes soll immer daran denken, dass man ihn beobachtet.« / Ich war überrascht von dem harten Übergang und fragte erschrocken: »Ist wieder was?« / »Ich sage es der guten Ordnung halber«, beschwichtigte der Onkel. »Er soll wissen, dass man ihm auf die Finger sieht, und da wird es bestimmt das beste sein, wenn er niemanden reizt, denn abgesehen von einer möglichen weiteren Strafe müsste er auch das ihm bedingt nachgelassene Haftdrittel absitzen, worauf er bei den heutigen Verhältnissen hoffentlich gerne verzichtet. Und sag ihm, wenn er einen Abnehmer für die Zigarren sucht, die er früher zu Weihnachten aus Brasilien geschickt bekommen hat, soll er sich an mich wenden.« / Ich entsann mich, den Onkel schon einmal über diese Zigarren reden gehört zu haben, ohne dem besondere Beachtung geschenkt zu haben. Jetzt sagte ich: »Ich kann mir nicht vorstellen, dass es diese Zigarren noch gibt, Perttes ist ziemlich charakterfest.« / Der Onkel fächelte sich erneut mit der Dienstmütze Luft zu: »Angeblich bewahrt er sie als Notwährung auf. Vielleicht ist seine Not ja endlich groß genug.« / Mir gefiel nicht, wie der Onkel das sagte, ich trank vom Kaffee, den er mir eingeschenkt hatte, und starrte gegen die Wand. / »Wir haben es alle leichter, wenn einer dem andern hilft«, sagte der Onkel. Und er untermauerte das mit dem Ausspruch: »Auch du brauchst jemanden, der auf dich aufpasst.«

In der Früh schüttete es trostlos. Margot und ich saßen in

ihrem Zimmer und redeten, und Lilo rüttelte an ihrem Laufstall. Bisweilen trieb Lilo es so arg, dass Margot ernsthafte
Befürchtungen hinsichtlich der Lebensdauer des Laufstalls
äußerte, ich sagte, notfalls müsse man ihn durch Schnur-
verspannungen absichern. / Am Mittag erhielt Margot einen
weiteren Brief ihrer Mutter aus Darmstadt, noch immer
schien die Mutter ohne Nachricht von Margot. Sie erkundigte
sich zum vierten oder fünften Mal, ob Margot vom Tod mehrerer naher Verwandter wusste. Und zur größten Verwirrung
war jetzt wieder ein monatealter Brief Margots in Darmstadt
eingelangt, in dem Margot bat, zusätzliche Unterwäsche nach
Mondsee geschickt zu bekommen, die vorhandene sei so grau
und zerrissen, dass Margot sich bei Arztbesuchen schäme.
Zwischen den Klagen über die Toten teilte Margots Mutter
mit, dass sie nichts schicken werde, die alte Unterwäsche sei
gut genug bis zum Ende des Krieges.

Margot war verdrossen, mit einem fremden Gesicht ging
sie zum Laufstall, hob das Kind heraus und gab ihm die Brust.
Ich legte mich aufs Bett und hörte zu, was Margot über die
Sturheit ihrer Mutter zu sagen hatte und darüber, dass es bei
ihr zu Hause immer laut zugehe und dass sie hoffe, ihr Leben
möge eine andere Richtung nehmen. Sie redete und ging mit
steifen, zögerlichen Schritten im Zimmer umher, weiterhin
das Kind stillend. Ich sah ihr dabei zu. Der Regen prasselte
gegen das Fenster.

Dann klopfte es an der Tür, ich öffnete sie einen Spalt. Die
Quartierfrau drückte die Tür auf und sagte in meine Richtung: »Dachte ich mir doch, dass ich Sie hier finde.« Mit diesen Worten überreichte sie mir ein Exemplar des Flugblattes,
das die Mondseer Hauptschulkinder am Vormittag verteilt

hatten, es enthielt die wichtigsten, den Volkssturm betreffenden Bestimmungen. / Die Kinder waren von Haus zu Haus gegangen in klatschnassen Uniformen und hatten auch dem Brasilianer einen Zettel überreicht. Doch da der Brasilianer vor Gericht für *wehrunwürdig* erklärt worden war, hatte er die Kinder barsch weggeschickt. / Jetzt sagte die Quartierfrau, die angekündigten Einberufungen seien wohl eher etwas für einen Drückeberger wie mich. / Da ich kein Bedürfnis verspürte, ihr zu erläutern, dass ich schon Soldat war, nahm ich den Zettel entgegen und versprach, ihn mir anzusehen. Doch die Quartierfrau blieb stehen mit verschränkten Armen und sah mich schadenfroh lächelnd an. Das machte mich so zornig, dass ich sagte: »Und Sie? Was ist mit Ihnen? Warum sind Sie nicht schon längst in einem Rüstungsbetrieb? Der Gesinnung nach hätten Sie sich längst freiwillig melden müssen.« / Bestimmt war das nicht die geschickteste Art, der Quartierfrau zu sagen, dass sie mich in Ruhe lassen solle. Und einmal in Fahrt gekommen, setzte ich nach: »Euch Weiber sollte man einmal einige Tage an die Front schicken, damit ihr auf andere Gedanken kommt. Drei Wochen an die Front, und wer dann noch lebt, hat einen Eindruck und redet anders.«

Die Quartierfrau stand immer noch mit verschränkten Armen da und lächelte vor sich hin. Dann langte sie nach einer dicken Kerze, die auf der Kommode neben der Tür stand, und warf sie nach mir, ich wehrte sie mit der Hand ab. / »Jetzt raus hier«, sagte Margot: »Bei ihnen stimmt wohl was nicht.« / »Ich lasse mir in meinem Haus keine Vorschriften machen«, protestierte die Quartierfrau, ließ sich aber widerstandslos nach draußen schieben und stand dann bestimmt noch fünf Minuten auf dem dunklen Flur, ehe wir sie die Treppe hinuntersteigen hörten. / »Reg dich nicht auf, du merkst doch, dass sie nicht richtig im Kopf ist«, sagte Margot und setzte das Kind zurück in den Laufstall.

Am nächsten Tag wurde erstmals Salzburg angegriffen. Als die Bomber bereits gestaffelt über der Stadt standen, lief noch alles auf der Straße herum. Die Leute merkten aber bald, dass jetzt nicht mehr nur Flöte gespielt wurde, sie hatten bisher die Meinung vertreten, Churchill halte seine Hand über Salzburg, weil ihm seinerzeit im Sanatorium Wehrle geholfen worden war. / Auch in Mondsee hörte man das Schießen und die schweren Detonationen. Der zweite Frühzug nach Salzburg stand zwei Stunden bei Eugendorf auf der Strecke. Margot saß mit feuchtem Kopf im Luftschutzkeller einer Friseurin.

Da die Salzburger Bevölkerung nicht damit gerechnet hatte, dass es auch sie treffen könne, gab es viele Tote. Und viele Häuser hatten jetzt Oberlicht, auch Mozarts Wohnhaus am Makartplatz. Die Flak holte einige Maschinen vom Himmel, woraus aber nur zu ersehen war, wie viele gekommen waren, um die Salzburger aus ihren Träumen zu reißen. Ein Bomber stürzte brennend bei Maxglan ab, die Besatzung rettete sich mit Fallschirmen, ein Soldat fiel in die Salzach vor der evangelischen Kirche, wurde herausgefischt und gefangen genommen. / Am Abend desselben Tages gab es in der Aula der Mondseer Hauptschule den Vortrag eines Parteimannes über das Thema: *Wann kommt das Ende des Krieges?* – Volkstümlich geredet und zum Schluss kurz das Thema berührt: Dass er nichts wisse.

Die Quartierfrau sah mich jetzt nur noch mit gerümpfter Nase an und nannte mich den Wiener Drückeberger, der mit seiner reichsdeutschen Hure mitten im fetten Klee sitzt. Sie schien so voller böser Pläne, dass ich beschloss, meine Papiere in Ordnung zu bringen, ehe mein Dienstgeber wieder auf mich aufmerksam wurde. Deshalb fuhr ich wenige Tage nach dem Angriff auf Salzburg nach Vöcklabruck, um mich begutachten zu lassen. Und ich wusste natürlich sehr gut, dass mich mein Fernbleiben im August in eine heikle Situation gebracht hatte, schlimmstenfalls drohte mir das Kriegsgericht.

Beim Betreten der Kaserne war mir speiübel, und beim Gedanken, dass sich auch in den Akten des Krankenreviers nichts finden würde, wenn ich behauptete, mein Befund vom August sei verlorengegangen, wurde mir heiß. Ich fragte mich, ob ich mir nicht zu viel erhoffte, wenn ich glaubte, mich noch einmal herauswinden zu können, mit einmal fehlte mir der Glaube. Deshalb zögerte ich nicht lange, als ich das Schreibzimmer unbesetzt fand, ich stempelte hastig zwei Bögen Papier, wie sie im Stapel neben der Schreibmaschine lagen, und während ich mich noch für verrückt erklärte, war ich schon wieder draußen mit so heftigem Herzklopfen, dass ich meinte, die Pumpe springe mir zum Hals heraus. Ein Offizier, der mir auf dem Flur entgegenkam, sprach mich auf mein aschfahles Gesicht an, ich sagte, mir sei schlecht. Er zeigte auf eine Tür am Ende des Flurs, ich rannte hin und sperrte mich dort ein. / Rückblickend: Ich hätte auch den langen Ledermantel, der im Schreibzimmer über eine Stuhllehne geworfen war, mitnehmen können. Kasernenbetrieb im sechsten Kriegsjahr.

Wieder auf der Straße wusste ich nicht, ob ich mich loben sollte für meine Kaltschnäuzigkeit oder mit mir schimpfen wegen meines Leichtsinns. Aber ich spürte auf eine neue

Weise, dass ich mit dem ganzen Scheiß nichts mehr zu tun haben wollte, ich wollte mein kleines Privatleben führen, wie es in einer besseren Welt selbstverständlich wäre. Ein kalter Schauer durchlief mich, als ich mir vergegenwärtigte, mit wem ich mich gerade anlegte. Doch ein guter Mokka in einem Wirtshaus machte mich wieder klar, und ich sagte mir, dass ich dank der gestohlenen Papiere heute besser dastand als gestern. Das verschaffte mir wieder etwas Sicherheit.

Es war ein sonniger, windiger Oktobertag, und da ich schon einmal in der Stadt war und Zeit hatte, kaufte ich eine Garnitur Unterwäsche für Margot, ich bekam sie gegen zehn Punkte auf meiner Kleiderkarte und elf Reichsmark, ist doch egal, wie viel ich ausgebe, man muss kaufen, solange man etwas bekommt und vor allem: solange man lebt.

Was mir in Vöcklabruck auffiel: wie viele Kinderwägen unterwegs waren. Der Ort war bemüht, seiner Einwohnerzahl wieder aufzuhelfen. Ich hatte etwas zwiespältige Gefühle bei dieser Beobachtung, denn ich mochte Kinder, empfand jedoch Unbehagen, wenn ich mir in Erinnerung rief, wie viele dieser Kinder von Männern gezeugt worden waren, die in den Urlaubslisten nach vorne rücken wollten. Sie hatten geheiratet, weil ihnen Urlaub versprochen worden war, und hatten Kinder gezeugt, weil ihnen Urlaub versprochen worden war. Jedem war jedes Mittel recht. Und ich? Ich bedauerte von allen am meisten, dass ich selbst nicht schwanger werden und mich auf diese Weise elegant ins Privatleben zurückziehen konnte. Statt dessen musste ich im Schreibzimmer des Krankenreviers in Vöcklabruck Papier stehlen und Befunde und Unterschriften fälschen, wohl wissend, wenn die Sache aufflog, kostete es den Kopf.

Die Vorstellung, was wäre, wenn Männer schwanger werden könnten, hätte mich zum Lachen gereizt, wenn mir das
Lachen allgemein ein wenig lockerer säße. Wenn diese Möglichkeit für Männer bestünde, wär's an der Front in kürzester
Zeit wie leergefegt, dachte ich. Und das sagte ich auch zu Margot in meiner Verzweiflung.

»Ich würde sogar mit der Quartierfrau ins Bett gehen,
wenn ich davon schwanger werden könnte.« / Margot schaute
mich überrascht an und verzog das Gesicht, dann lachte sie
auf, kurz darauf noch einmal und verzog anschließend abermals das Gesicht. / »Oh nein, das würdest du nicht!« /
»Blöd wär ich. Wie gesagt, vorne wär's innerhalb kürzester
Zeit wie leergefegt, und nicht, weil alle gegen den Krieg sind,
sondern weil keiner, der halbwegs bei Verstand ist, persönlich
dran teilnehmen will.«

Ich gab Margot die neue Unterwäsche, sie hatte große
Freude damit, und so kamen wir von dem elenden Thema
ab. / Noch nie hatte mir Schenken so große Freude bereitet
wie mit Margot. Die meisten Menschen haben keinen Sinn
dafür. Entweder sind sie gierig, oder sie sind von einer unangenehm stinkenden falschen oder echten Bescheidenheit befangen. Bei Margot war alles fröhlich, herzlich und natürlich.
Sie führte die Unterwäsche sogar dem Kind vor und drehte
sich vor dem Kind und machte ein Tänzchen vor dem Kind,
und selber schloss sie die Augen.

So vergingen weiter und weiter die Tage, einer nach dem
andern. Das Kartoffelkraut wurde auf den Äckern verbrannt,
Kindergruppen standen um die dick rauchenden Feuer und
warteten, bis die in die Glut gelegten Kartoffeln gebraten waren. Am Himmel zogen Rauchfahnen, und auch die Geschwa-

der, die nun fast wöchentlich Angriffe auf Salzburg flogen, zogen vorüber, um in der Mozartstadt die Dächer kaputtzuwerfen. Die Blätterdächer der Bäume stürzten ebenfalls ein, aber unter der Last des Jahres. Und die Lagerlehrerin Bildstein dressierte weiter die ihr anvertrauten Kinder. Und der Onkel versuchte erfolglos, Tabak aufzutreiben, während der Brasilianer eifersüchtig die Zigarren hütete, die ihm Frau Beatriz de Miranda Teixeira einst aus Rio de Janeiro geschickt hatte. Der Brasilianer sagte, in Rio könnte ein fleißiger Tschicksammler pro Tag zwei Kilo Tabak zusammenbekommen, aber kein Brasilianer, nicht der ärmste, bücke sich nach einer heruntergefallenen Zigarette, selbst wenn ihm eine halbe Schachtel hinunterfalle, das komme oft vor, auch mit Absicht, um zu zeigen, dass man jemand sei. Der Onkel hingegen liege innerlich längst in der Gosse, das könne ich ihm ausrichten. / Ich war klug genug, den Gruß für mich zu behalten, als ich den Onkel erneut besuchte. Ich hatte die Absicht, mich an seine Schreibmaschine heranzumachen.

Seit dem Vortag hatten wir herrliches Wetter. Nach einer Woche mit Regenfällen und Nebel, in der Margot und ich angefangen hatten, den Ofen einzuheizen, wurde es nochmals schön. Als die ersten Sonnenstrahlen durch den Nebel drangen, atmete förmlich alles auf. Zwar hatte mir auch der Nebel gefallen, wenn er sich zusammenknäuelte und dann wieder nach allen Seiten wie ein Polyp die Fangarme vorschob und an der Drachenwand hinaufkletterte. Doch angenehmer war es bei Sonnenschein.

Mit den Händen tief in den Hosentaschen spazierte ich durch den Ort und brachte dem Onkel den von ihm so dringend erbetenen Tabak. Er war begeistert und fragte, was er mir schulde. Ich bat ihn, er möge sich im Gegenzug um Sohlenleder bemühen, ich müsse meine Stiefel doppeln lassen. In diesem Zusammenhang stellte ich in Aussicht, dass ich bald wieder einrücken werde, vielleicht könne man sich eines schönen Tages an der Front als Soldat und Volkssturmmann die Hand reichen. / »Lieber Junge, wir brauchen gar keine Witze darüber machen. Nun, man muss eben alles so nehmen, wie es kommt, dagegen lässt sich nichts machen.«

Er schluckte eine Tablette mit Nitroglyzerin, schüttelte den Kopf und kündigte einen Spaziergang an, das sei gut fürs Herz und gut für den Bauch und gut für die Lunge und gut fürs Geschäft, denn die Leute dächten, er befände sich auf Streife, dabei gehe er nur spazieren. / Er zog seine Jacke an und setzte die Dienstmütze auf.

An seinem Schreibtisch sitzend, wie meistens mit den Beinen quer über den dort verstreut liegenden Papieren, fragte ich, ob ich bleiben dürfe, die Typen an der Schreibmaschine seien komplett verdreckt, ich wolle sie reinigen und anschließend einen Brief an das für mich zuständige Wehrkommando schreiben, das endlose Mich-Drücken und Totschlagen der Zeit deprimiere mich, ich wolle diesem ohnehin nicht mehr haltbaren Zustand ein Ende bereiten. / »Soso«, sagte der Onkel, hustete irritiert, schien aber nicht gewillt, über meine Absichten nachzudenken. / Ehe er den Posten verließ, reichte er mir einen Lappen, eine halbvolle Flasche Terpentin und eine Schachtel mit Zahnstochern. Dann war ich für gut eine Stunde allein, nur einmal gestört vom Amtshelfer, dem ich ebenfalls mit einer Zigarette aus der Verlegenheit half. Ich machte zuerst die Schreibmaschine flott, dann verfasste ich die mich betreffenden Zurückstellungen für August und Oktober, die wichtigsten Wörter darin waren *nachweislich* und *Lähmungserscheinungen*. / Der böse Mann mit dem kleinen Schnauz schaute mir von der Wand aus zu.

Mit der Aussicht, jetzt für zwei weitere Monate vor dem lange genug erduldeten Fußtrittsleben halbwegs in Sicherheit zu sein, trat ich auf die im Sonnenschein dünstende Vortreppe, es roch nach Pilzen, Fallobst und faulendem Kartoffelkraut. Versonnen schaute ich dem Wagen der geköpften Fleischhauer Lanner und Lanner hinterher, der jetzt einem Sägewerksbesitzer in Bad Ischl gehörte. Die Gasflaschen auf dem Dach sahen aus wie die Abbildungen der Vergeltungswaffen in den Zeitungen. In allem war etwas Unerklärliches. / Ich wollte mich gerade in Bewegung setzen, da kam der Onkel angekeucht und rief, die Leiche von Nanni Schaller sei gefunden worden, sie liege in der Drachenwand.

»Ich habe ganz schön was zu tun für mein Geld«, sagte der Onkel, holte das Motorrad aus der Remise und knatterte in Richtung St. Lorenz davon.

Die Leiche des Mädchens Annemarie Schaller

Die Leiche des Mädchens Annemarie Schaller wurde von den auf Urlaub befindlichen und das schöne Wetter zum Bergsteigen nutzenden Soldaten Ludwig Holzer und Franz Weng in der sogenannten Hochstelle der Drachenwand aufgefunden, ungefähr dreihundert Meter in der Wand. Da alle verschickten Kinder Namenszettel an den Kleidungstücken tragen, erfolgte die Identifizierung der Leiche bereits durch die Soldaten Holzer und Weng. Die Bergung der Toten führten der Gendarmeriepostenführer Johann Kolbe unter Mithilfe des Bergwachtmannes Max Schmarl aus Mondsee und den Gendarmerie-Hauptwachtmännern Kasper und Kollmann des Gendarmeriepostens Unterach durch. Die Tote, die bereits stark verwest und teilweise skelettiert war, wurde in die Leichenkammer des Ortsfriedhofes Mondsee geschafft. Nach den am Unfallort gemachten Feststellungen muss das Mädchen vom Grat der Drachenwand abgestürzt und nach einem Sturz von etwa zweihundertfünfzig Metern in einem Graben der Hochstelle liegengeblieben sein. Der Tod trat aller Wahrscheinlichkeit nach noch unter dem Sturz ein, da Annemarie Schaller einige Male auf Vorsprüngen der Wand aufgeschlagen sein dürfte. Es konnte festgestellt werden, dass Füße, Rückgrat, Rippen ge-

brochen waren. Der Sturz muss aus großer Höhe erfolgt sein, da am Unfallort respektive der Fundstelle die Schuhe, Strümpfe, eine Taschenlampe und eine Umhängetasche, welche Sachen dem Mädchen beim Sturz vom Körper gerissen wurden, verstreut umherlagen. / Die eingeleitete Fahndung nach dem Mädchen wurde widerrufen. / [Gezeichnet:] Johann Kolbe, Meister der Gendarmerie.

Für einige Tage waren alle erschüttert und wie betäubt. Grauen erfasste mich bei dem Gedanken, dass mit ausgehackten Augen die nicht mehr als Nanni Schaller erkennbare Leiche in der Leichenkammer lag, ohne Schlaf und ohne Gedanken. Auch ein Unterarm fehlte, vielleicht hatte ihn ein großer Vogel in seinen Horst getragen. Der Onkel sagte, eine Kinderleiche ohne Augen und ohne rechten Unterarm sei ein trostloser Anblick.

Als man die anderen schwarzindischen Mädchen vom Auffinden der Leiche in Kenntnis gesetzt hatte, tuschelten die meisten, und eine fiel in Ohnmacht. Aus Salzburg reiste ein älterer Privatdozent an und tröstete die im Garten und am See sitzenden Mädchen, indem er ihnen die Knie streichelte. Der Wirt misstraute dem guten Herzen des Privatdozenten und unterstellte ihm, das Weinen der Mädchen errege nicht sein Mitleid, sondern ganz etwas anderes. Daraufhin kam es zu Handgreiflichkeiten, und das Wort *Kinderschänder* fiel. Der Onkel schritt ein und begleitete den Privatdozenten persönlich zur Bahn. Er sagte, er frage sich, woher mit einmal die vielen Verrückten kämen.

Totenwache wurde keine gehalten, zu lange war Nanni schon nicht mehr am Leben. Kauz und Uhu hatten gewacht.

Ich ging ebenfalls nach Schwarzindien hinaus, blieb beim Lager aber nicht stehen, die Fahne wehte auf Halbmast. Auf den Wiesen einige Kühe, ihr Grasrupfen schien zu hallen, so still war es am Seeufer. Kälte wehte vom Wasser herüber. Alles war sehr ordentlich, sogar die Wasseroberfläche und der Himmel erweckten den Eindruck, als würden sie gehegt und geputzt und bei Bedarf frisch gestrichen. In der Ferne verloren sich die graublauen Berge.

Ich erinnerte mich an Nanni, wie sie ruhig und neugierig zugleich im Garten des Lagers Schwarzindien gestanden war, eines der wenigen Mädchen, das ein Gefühl des Behagens ausgestrahlt hatte. Ich erinnerte mich an das Mädchen, das meine Hand gehalten hatte, während mir der Schweiß von der Nase getropft war – von dem verwirrenden Eindruck, den ich bei dieser Begegnung gewonnen hatte, war etwas haften geblieben. / Und dann war ich tief beschämt, als ich daran dachte, dass Nanni mich gebeten hatte, ihrer Mutter zu schreiben und ihr mitzuteilen, dass Verliebtsein etwas Schönes sei. *Sie als Soldat*, hörte ich Nanni wieder sagen. Und dann ihr enttäuschtes, zorniges Zerknüllen des Briefes, nachdem ich ihr die Bitte abgeschlagen hatte. / Und ich meinte sie vor mir zu sehen, wie sie trotzig in dem noch immer stellenweise knietiefen Schnee zum Grat der Drachenwand hochstieg, zwischendurch einen ihrer Kekse essend und an sonnigen Stellen die schon in großen Mengen blühenden Schneerosen betrachtend. Ich konnte mich gut in ihre Haut denken und verstand, weshalb sie nicht umgekehrt war. Was sie getan hatte, war unvernünftig gewesen, aber etwas Selbstbestimmtes. / Schließlich, so stellte ich mir vor, hatte Nanni den Grat der Drachenwand erreicht, hatte dort, befreit von der Last der

Vorwochen, verschnauft und stolz ins Land hinausgeschaut. Der Mondsee lag unter ihr, die Berge nach Osten und Süden standen im Sonnenlicht, in der Ferne glitzerte der Attersee. Nanni hatte für Kurt einige Zeilen auf eine Postkarte gekritzelt, die Postkarte in ihrer Umhängetasche verstaut und dann den Abstieg in Angriff genommen. Im schwer begehbaren, wegen des noch liegenden Schnees schlecht einschätzbaren Gestein des Grates war sie gestolpert und abgestürzt.

Und noch immer waren ihre neugierigen, herausfordernden, etwas spöttischen Augen auf mich gerichtet. Sie schien von anderer Substanz gewesen zu sein als ihre Mitschülerinnen, war unter anderen Gesetzen gestanden. Und wieder fiel mir Kurt ein und dass ich vielleicht gut daran täte, ihm zu schreiben. Aber ich traute es mir nicht zu und schob es auf.

In Mondsee und Umgebung sorgte das Auffinden von Nannis Leiche für Unruhe. Und doch, ein Unglück mehr brachte das Leben im Dorf nicht aus dem Tritt. Die letzten Äpfel fielen von den Bäumen, in den Gärten gab es Rote Rüben, groß wie Kinderköpfe. Und der Himmel war einige Tage von einem Blau, dessen Heiterkeit mich verblüffte.

Da kein Verdacht auf Fremdverschulden bestand und weil man, wie der Onkel sagte, nicht hinter jedem Unfall einen Mord vermuten wolle, fand lediglich eine sanitätspolizeiliche Untersuchung statt, für eine gerichtliche Leichenöffnung, sagte der Onkel, taugte die Leiche ohnehin nicht mehr, auch ob das Mädchen noch Jungfrau gewesen sei, habe man nicht mehr feststellen können. Er verzog das Gesicht. / Mit Sicherheit festgestellt wurde nur der Tod des Mädchens. Geeignete Sachverständige? »Alle beim Schanzen«, sagte der Onkel. »Oder als Wachpersonal in Mauthausen, Ebensee, Zipf«, sagte der Brasilianer. Er glaube ohnehin, dass alle Sachverständigen es längst verlernt hätten, nach Todesursachen auch nur zu suchen, das geschehe zwangsläufig, wenn man im Sold von Mördern stehe.

Für den Onkel war der Fall abgeschlossen, und darüber wollte er sich ungetrübt glücklich fühlen. »Die Drachenwand im April, das ist nicht sehr gescheit«, sagte er kopfschüttelnd: »Mir wird schon schwindlig, wenn ich auf einen Stuhl steige.«

Er setzte ein letztes Protokoll auf, betreffend das Mädchen Annemarie Schaller. Grob stieß er mit beiden Zeigefingern gegen die Tasten der nun wieder sauber anschlagenden Schreibmaschine. Er schilderte die Auffindungssituation, die, wie er behauptete, den Hergang des Unglücks von selbst erzähle, man müsse die einzelnen Anhaltspunkte nur richtig deuten und in eine entsprechende Ordnung bringen. Sache erledigt. Er schob den Unfall, wie alles im Zusammenhang mit jungen Menschen, auf die durch eingetretene Geschlechtsreife bedingte Gemütsverfassung, vermischt mit jugendlichem Leichtsinn. Er setzte seine Unterschrift unter das Werk. Dann sagte er: »Solche Sachen passieren einfach von Zeit zu Zeit.« Und er schüttelte wieder den Kopf über diesen traurigen Fall.

Auch nach einem Selbstmord sehe es nicht aus, sagte der Onkel. »Warum auch?« Aber was brauchte es schon für Gründe? Gut, egal. / Ich erinnerte mich, dass sich während der Grundausbildung ein Stubenkamerad umbringen wollte. Die Knöpfe auf seinem Mantel waren nicht ordnungsgemäß angenäht, deshalb war er vom Spieß geschunden worden. Ich ließ mir daraufhin alle Knöpfe von einem Rekrutenschneider annähen und bezahlte diesem dafür eine Flasche Bier. So war auch das erledigt.

Einmal in Russland fanden Kameraden und ich auf einer Wiese einen Totenkopf, ein beunruhigender Anblick, wir spielten mit dem Totenkopf Fußball, ich weiß auch nicht. Ich glaube, wir taten es aus Respektlosigkeit gegen den Tod, nicht aus Respektlosigkeit gegen den Toten. Der Tote hätten wir selber sein können. Wir traten den Totenkopf im hohen Bogen über die Wiese, und für einige Minuten gab der Krieg uns frei.

Der Bürgermeister stellte auf Kosten der Gemeinde eine Grabstelle zur Verfügung, er war betroffen wie fast jeder im Ort. Die Mutter von Nanni war einverstanden, dass das Mädchen in Mondsee begraben wurde, und da der polizeiliche Akt geschlossen war, fand vier Tage nach Auffinden der Leiche das Begräbnis statt. / Da wir alle das Bedürfnis hatten, das Requiem zu besuchen, nahm Margot Lilo kurzerhand mit. Meinen Vorschlag, das Kind bei der Quartierfrau zu lassen, lehnte Margot ab, denn die Quartierfrau war am Rande der Unzurechnungsfähigkeit, ging das eine Mal mit einer Kaffeetasse in der Hand zum Postamt, das andere Mal in einem zerfransten Schlafrock zu den Nachbarn. Margot sagte: »Die ist doch nicht einmal mehr fähig, gerade im Bett zu liegen, da hilft kein Arzt mehr.«

Der Platz vor der Kirche war schon gut gefüllt. Einige alte Frauen in Trauerkleidung mit schwarzen Kopftüchern und dazu passenden schroffen Gesichtern standen zwischen den schon heranmarschierten Abordnungen verschickter Schuljugend aus den westlichen Randbezirken Wiens. Die Mädchen trugen Uniform und waren herausgeputzt und standen in kompakten Blöcken. Zuletzt kamen die Mädchen aus Plomberg. In Formation, mit Trommel und Fahne, führten sie die Fortschritte bei der Kinderdressur vor, bewegten sich in albtraumhaften Geometrie-Sequenzen, in wie irreal anmutender Leni-Riefenstahl-Choreografie. Und das schlimmste war, an diesem Begräbnistag schien den Mädchen der Drill und das automatenhafte Gehabe besonders angenehm zu sein, als beschütze der Gleichschritt sie vor dem Tod.

Auch über mich warfen Zweierreihe und Gleichschritt wieder ihren bösen Zauber. Gebannt schaute ich den marschierenden Mädchen zu und spürte die Anspannung in meinem Körper. Nur der Brasilianer blieb gelassen. »Man wird es leid, ihnen zuzuschauen«, sagte er: »Wie auf einem Soldatenfriedhof, alles in Reih und Glied. Auf einem Soldatenfriedhof wollen die Gräber auch glauben machen, dass die Soldaten gestorben sind, weil die Ordnung es verlangt hat.«

Von Nannis Angehörigen kamen die Mutter, die ich vom Frühling her kannte, begleitet wurde sie von einer Frau und einem etwa zehnjährigen Mädchen, das aus dem Schatten der beiden Frauen neugierige Blicke riskierte. Wie ich nebenbei aufschnappte, Mutter und Schwester von Kurt.

Der Pfarrer las aus dem Messbuch vor, mit ausgebreiteten Armen. Das Buch war vermutlich deshalb so groß, damit der Pfarrer nicht so viel umblättern musste. Das Umblättern war bestimmt störend, wenn man mit ausgebreiteten Armen stand. Der Text handelte vom himmlischen Jerusalem und den dort großflächig verarbeiteten Edelmetallen. Das erinnerte mich an einen Film, den man uns an der Front gezeigt hatte: *Die Goldene Stadt*. Im Grunde redeten alle immer von demselben und versprachen auch immer dasselbe, zum Beispiel, dass die Erlösung durch Untergänge zu erreichen sei. / Der Pfarrer kratzte sich seinen Bart. Und immer dachte ich an die Hochstelle der Drachenwand, wenn er sagte, der Herr lasse sein Angesicht über dir leuchten, das Licht kam in die Finsternis, doch die Finsternis hat es nicht begriffen. / Aber dass der Tod die Erlösung sein soll? Ich weiß nicht, ich kann mir was Besseres vorstellen, als in einer Holzkiste ein paar Meter unter der Erde begraben zu liegen, während Würmer und Käfer sich an meinem toten Fleisch erfreuen. / Dass alle Menschen irgendwo weiterleben, das glaube ich allerdings schon, nur weiß ich nicht wo.

Gut gefiel mir, dass der Pfarrer sagte: »Unser Lebenskarren ist im Schlamm festgefahren. Rückwärts hängt sich der Teufel an. Wenn Gott vorne nicht zieht, weil wir ihn nicht vorspannen, wie können wir da herausgelangen?« / Das waren zwar lauter Katholica, ich glaubte aber immerhin einen dezenten Unterton herauszuhören.

Eine ungeübte Kniebeuge, rechtes oder linkes Bein? Oder egal? Wird schon nicht so genau sein. Interessanter Vorgang. Nun zog die ganze Gesellschaft hinunter zum Friedhof.

Als der Sarg ins Grab gelassen wurde, standen wir etwas weiter hinten, und weil der Boden trocken war, kam es, dass Lilo auf einem Grasstreifen zwischen den Gräbern herumkrabbelte. Wir ließen sie krabbeln, und sie freute sich, dass sie sich selbst überlassen war, sie kümmerte sich um sich selbst, nagte an der Einfassung eines Grabes und quiekte zweimal, ohne laut zu sein. Ringsum standen die uniformierten Mädchen und wagten nicht, sich zu rühren. An einem der Grabsteine richtete Lilo sich auf, schaute zu uns herüber und patschte mit der freien Hand gegen den Stein. In diesem Augenblick erhob sich ein leichter Wind, fuhr in das Gebüsch neben uns, dessen Blätter sacht raschelten. Ein Schwarm Vögel flog aus einer großen Eiche auf.

Die Verschickten sangen *Ich hatt' einen Kameraden*, das Lied von einem, der seinem von einer Kugel getroffenen Freund die Hand nicht reichen kann, weil er nachladen muss.

Während der vier Jahre im Feld hatte ich an vielen Begräbnissen teilgenommen. Am liebsten waren mir die Begräbnisse an Ort und Stelle gewesen, ohne Pomp und Parfümierung. Die kurzen Reden hatte man in den meisten Fällen so allgemein gehalten, dass man nichts Unehrliches oder Heuchlerisches daran finden konnte. Aus und vorbei. Jetzt hast du Steine im Mund. Meine Universität. Meine Vorlesungen. Salut!

Es tat auch gut, die Gräber auszuheben, man hatte das Gefühl, etwas nicht gänzlich Sinnloses zu tun. Es handelte sich auf jeden Fall um etwas Ernsthaftes. Meistens war die Erde nicht sonderlich steinig, man schaufelte eine halbe Stunde lang und legte anschließend den Toten in die Grube. Das war so einfach und natürlich, dass einem das Schreckliche bald nicht mehr zu Bewusstsein kam, oder nur manchmal, zum Beispiel wenn ein Körper derart zerstört war, dass auch jeder Sinn zerstört war. Im Wort Vernichtung steckt das wortverwandte Nichts, das machte mir Angst.

Einmal in Roßlawl besuchte ich einen großen Soldatenfriedhof. Ich zählte über siebenhundertfünfzig Kreuze, die dort in breiten Reihen nebeneinanderstanden. Bei drei Gräbern lagen Kränze mit erschütternden Aufschriften und Schleifen von den Angehörigen. Ein Grab, *Max Wild*, erinnerte mich an den gleichnamigen Mitschüler, der Jahrgang stimmte. Ob er es wohl war? Keine Ahnung, ich ging dem nicht weiter nach. Aber dort erinnerte ich mich an ein Wort des F., das vielen vielleicht erst später in seiner ganzen Bedeutung zu Bewusstsein kam: »Das letzte Bataillon auf dem Schlachtfeld wird ein deutsches sein.« Oder vielleicht auch nur mehr ein halbes ...

Während die verschickten Mädchen sangen, wurde Nannis Mutter von Weinkrämpfen geschüttelt, sie musste von ihrer Schwester gestützt werden. Auch Susi, Kurts Schwester, weinte, war aber aufmerksam genug, zwischendurch ihre Tante zu umarmen. Und auch Margot weinte. Aber keines der verschickten Mädchen weinte. Die Verschickten schluckten nur, die Blicke starr auf die Schuhspitzen gerichtet, und verstummten, so dass der Gesang allmählich an Volumen verlor.

Und ich dachte an die Schönheit des Lebens und an die Sinnlosigkeit des Krieges. Denn was war der Krieg anderes als ein leerer Raum, in den schönes Leben hineinverschwand? Und eines Tages, als letzte Bestätigung der Sinnlosigkeit, löste sich auch der Raum selbst auf, in den das schöne Leben hineinverschwunden war. Und dann? Was immer es gewesen war, jetzt war es nicht mehr.

»Der Herr ist mein Hirte, mir wird nichts mangeln«, sagte der Pfarrer. Die Mütze rutschte ihm in die Augen. Er sagte noch etwas über das bessere Jenseits und den himmlischen Bräutigam. Letzteres fand ich gewagt, nach allem, was man dem Mädchen unterstellt hatte. Dann wurde Erde geworfen. Friede ihrer Asche.

Als wir den Friedhof verließen, wuchsen Wolkentürme hoch, die Schatten kamen so plötzlich, als hätte sich eine breitschultrige Person unbemerkt genähert und sich über Mondsee aufgebaut. Gleichzeitig wehte ein kalter Wind vom See herüber. Sofort kam Bewegung in die deprimiert aussehenden Menschen, und wenige Sekunden später fielen mit einem Klopfgeräusch die ersten dicken Regentropfen auf den Boden einer über einen Stecken gestülpten, blechernen Gießkanne. / Ein Mann rief den davonmarschierenden Mädchen hinterher: »Wie der Herrgott nass macht, so macht er trocken.«

Die Mutter von Nanni trat nun ebenfalls aus dem Friedhof, unsicheren Schritts. Als sie das Tor passierte, hob sie das gerötete Gesicht und sah sich um, auf diese merkwürdig distanzierte, sachliche Art, die auch Nanni besessen hatte. Einige strenge Falten kerbten ihr Gesicht. Sie zog die Unterlippe ein und schaute auf die Lagerlehrerin, die kam, um sich zu verabschieden. Schwach die Lippen bewegend, redeten die beiden miteinander. / Als die Lehrerin gegangen war, blieb die Mutter stehen, reglos, ausdruckslos, teilnahmslos unter den wenigen schweren Regentropfen.

Schließlich kam von der anderen Straßenseite der Onkel herüber. Jetzt glättete Frau Schaller verlegen ihren Rock. / Der Onkel händigte ihr eine goldene Halskette aus, die bei der Leiche gefunden worden war, eine filigrane Kette mit einem Schutzengelbild, ebenfalls aus Gold. Er gab der Mutter das Schmuckstück in die Hand, sie schaute es kurz an, ehe sie die Hand schloss, um sie die ganze Zeit, während wir noch auf dem Platz standen, nicht mehr zu öffnen.

Als der Regen stärker wurde, leerte sich die Straße vor dem Friedhof. Der Brasilianer wollte sofort nach Hause, aber Margot und ich gingen ins Gasthaus, wir sagten, wir wollten etwas trinken. Der Brasilianer ging zuerst nicht mit hinein, stellte sich zunächst nur unter, doch der Guss fiel heftig aus. Nach kurzer Zeit wieder ein Tusch, und so ging es fort. Der Brasilianer wurde immer unruhiger, denn Margot und ich hatten uns hingesetzt. Erbsengericht. Schließlich kam auch der Brasilianer herein, vergaß manchmal den Anstand, sprang vom Tisch auf und rannte hinaus, um nach dem Wetter zu sehen, in Wirklichkeit, weil ihn die Luft und das Gerede erdrückten. Es wurde über verschiedene Dinge des Krieges gesprochen, und die Mienen lockerten sich schon wieder, schließlich musste man auch an morgen denken. Und der Brasilianer sollte womöglich lachen, wenn Witze gerissen wurden, wo ihm doch so bange war. Er war mit Sicherheit nicht das, was man beherrscht nennt, ich konnte ihm ansehen, dass ihn nur äußerste Willensanstrengung davon abhielt, ausfällig zu werden. Seine Unruhe übertrug sich auf mich, ich glaube, wenn wir noch fünf Minuten länger gesessen wären, hätte ich für nichts mehr garantieren können, der Brasilianer knurrte bedrohlich. / »Zeit zu gehen«, sagte ich.

Auf dem Heimweg warf der Wind noch immer einzelne Regentropfen heran. Und am späten Nachmittag setzte grauer Regen ein, teilnahmslos herabfallend, man spürte sofort, dass auch die folgenden Tage trüb sein würden. Und tatsächlich hörte der Regen drei Tage lang nicht auf. Der nasse und kalte Teil des Herbstes hatte begonnen.

Es ist immer noch hell genug zum Schreiben

Es ist immer noch hell genug zum Schreiben. Nur kühl wird es. Im hellblaugrauen Himmel steht der gelb leuchtende Mond. Das Gelb und Rot der Bäume ist noch gut zu erkennen. Margot spielt mit dem Kind im Freien. Die Kleine geht seit heute allein und lacht. Ein großer Tag. Als Lilo die ersten Schritte machte, gab es großen Jubel im ganzen Haus, Freudengeheul von Margot, Freudengeheul von mir, und auch die Quartierfrau applaudierte, und später brachte sie Süßigkeiten. Aus dem Garten steigt Laubgeruch auf. Ich bin erstaunt. Es gibt keinen Augenblick ohne Verwunderung.

Margot kam mit dem Kind herauf, zog ihre Jacke aus und hängte sie über meinen Sessel, und schließlich setzte sie sich nieder. Das habe ich so gern, wenn sie neben mir sitzt, aber schreiben kann ich dann nicht mehr, da werden mir alle Striche schief. Sie saß neben mir, und ich sprach oft zu ihr, entweder ich fragte sie etwas, oder ich sagte, das muss ich noch aufnotieren. Und sie sagte, dass ich ruhig sein und schreiben solle, und sie sagte, vergiss nicht zu erwähnen, dass Lilo gehen kann. / »Ich habe es schon erwähnt«, sagte ich. / »Dann ist es gut.«

Margot fütterte das Kind, unter dessen Kinn sie ihr Taschentuch hielt. Nachher schrieb sie ebenfalls, Briefe, weil die ganze Welt wissen sollte, dass Lilo ihre ersten Schritte in einem Mietzimmer über einem Schweinestall in Mondsee gemacht hatte. Und wie viel Freude es bereite, dem Mädchen zuzusehen, wie es die noch unsichere Fähigkeit erprobte und sich nicht entmutigen ließ, wenn es hinfiel. / Von einem Stuhl zum andern. Vom Knie einer schreibenden Person zum andern Knie einer schreibenden Person. Und nochmals. / Es ist schade, dass man sich später nicht mehr erinnert, wie viel Freude einem Wiederholungen machten, als man klein war.

Als erstes schrieb Margot an ihre Mutter, dann an den Kindsvater. Er stand jetzt bei Memel. In seinem letzten Brief hatte er mitgeteilt, es sei bei ihm immer dasselbe, und vor allem sei es am Wasser schon furchtbar kalt, ab und zu fange es leise an zu graupeln, seine Hände seien steif, weshalb er mit Handschuhen schreibe. Gott sei Dank sei endlich etwas Winterkleidung herangebracht worden, so müssten sie nicht mehr ganz so sehr frieren, wo sie doch Tag und Nacht im Graben stünden in abgetretenen Wanderschuhen statt in Stiefeln undsoweiter. / Er schrieb, dass er von Lilo geträumt habe und dass Lilo ja scheint's wirklich schon ziemlich erwachsen sei. Und dass Margot mit dem Kind vollauf zu tun habe, sei ihm natürlich recht, wenigstens komme sie dann nicht auf andere Ideen. Er habe hier Kameraden, die zu ihm sagten, eine Frau könne bei so langer Trennung nicht treu sein. Und wenn er über so Hänseleien erhaben sei und alles weit von sich weise, sagten sie, man habe schon Pferde kotzen sehen.

> *Ein schöner Ausspruch, was? Aber egal. / Heute schicke ich euch wieder etwas Geld. Verfüge frei darüber, liebe Margot, wer weiß, ob ich jemals etwas davon haben werde. Nütze es, mache Ausflüge, Reisen, kaufe, was man noch kaufen kann, und gestalte wenigstens dir und dem Kind das Leben besser.*

Ich hatte ein schlechtes Gewissen, wenn ich von solchen Zeilen hörte. Aber für mich war Margot seit Jahren der erste erfolgreiche Versuch, mein Glück zu korrigieren, und da wollte ich nicht schüchtern sein. Na ja, was kann man ändern?

Während Margots Mann seit bald einem Jahr keinen Urlaub gehabt hatte, tauchte zu Allerheiligen der Mann der Quartierfrau wieder auf, es hieß, er habe aus dienstlichen Gründen im Hinterland zu tun, die Firma habe volles Vertrauen in seine Zuverlässigkeit, Dinge müssten erledigt werden. / Vom Dinge-Erledigen war aber nicht viel zu sehen, es fiel nur auf, dass er, wie der Brasilianer es ausdrückte, mit besonderem Nachdruck den Mief seiner Ideologie verbreitete. Zum Glück verschwand er oft für Stunden im Keller des Hauses, wo er die dort eingelagerten Vorräte einer gründlichen Inventur unterzog.

Nach außen hin signalisierte der Lackierermeister weiterhin, dass er überzeugt war, seine Stunde sei nicht nur gekommen, sondern werde andauern. Dass nach Paris auch Belgrad zurückerobert war, die Rote Armee vor Warschau und vor Budapest stand, die Amerikaner und Engländer Anstalten machten, über den Rhein zu setzen, schien ihn nicht zu verunsichern. Dabei konnte, wer wollte, an einem Tag von der Ostfront an die Westfront fahren. Und ein Tag vergeht schnell. Und wie schnell erst eine Stunde. Die Stunde des Lackierermeisters war vorbei. Und die eiserne, unbeugsame, bockige Ehre, mit der er seine Positionen vertrat, hatten etwas Enervierendes. Zu Margot, die er beim Waschen der Windeln ansprach, sagte er, der F. habe auf der Welt viele Neider, aber was könne der arme F. dafür, dass er so gut sei und so viele Erfolge zu verzeichnen habe. Margot sei das Gesicht eingeschlafen.

Nachdem Dohm seine Zigarette zu Ende geraucht hatte, stieg er wieder hinunter in den Keller. Als Schlaumeier und Rückversicherer hatte er dort vor Jahren kistenweise Marseiller Seife eingelagert, zwischendurch dieses und jenes hinzugefügt, Rosinen aus Sarajevo und Waschpulver aus Sofia. Diesmal hatte er mehrere Kanister mit Sonnenblumenöl herangeschafft, was darauf schließen ließ, dass er nicht auf bessere Zeiten wettete, sondern Vorsorge traf, damit einem militärischen Zusammenbruch kein ökonomischer folgte.

Mir war unbehaglich in seiner Nähe. Wenn er mich sah, lächelte er verächtlich und schätzte mit einem kurzen Blick meine Unbedeutendheit ab. Einmal redeten wir, aber nur kurz, ziemlich einseitig, denn nach dem Vorfall mit dem Hund im Frühling hatte ich ihm nicht mehr viel zu sagen. Er seinerseits schien überrascht, dass ich noch hier war, er beanstandete meine Laxheit, und in der Hoffnung, dass er bald wieder abreiste, sagte ich, es bereite mir keine Freude, aber ich hätte den Einrückungsbefehl bereits in der Tasche. Das hörte er mit Genugtuung und erinnerte mich an meine heiligen Pflichten. Ich dachte, mit dem nächstbesten Eskimo, der mir begegnet, verbindet mich mehr als mit diesem Trottel.

Der Brasilianer gab sich, wie sich denken lässt, weniger Mühe, seine Abneigung gegen den Schwager zu verbergen. Man spürte deutlich, wie sehr die beiden einander hassten, schon am zweiten Tag gerieten sie aneinander, Gegenstand des Schreiduells war aber nicht Politik, sondern die Erschießung des Hundes. Irgendwann gingen beiden die Schimpfwörter aus, sie schnaubten nur noch, und für einige Sekunden standen sie einander wie Todfeinde gegenüber, bis sie wie auf Kommando kehrtmachten und in verschiedene Richtungen davonstapften. / Als sich der Brasilianer wieder beruhigt hatte, sagte er, sichtlich zufrieden, wie der Großidiot H. könne sich auch sein Schwager nicht damit abfinden, ein kleines Würstchen zu sein, daher die Boshaftigkeit. Er rieb sich genüsslich die Hände.

Oft saß ich wieder bei ihm im Gewächshaus, mit hoch aufragenden Knien, Zigarette im Mund, und hörte ihm beim Reden zu. Manchmal half ich ihm bei der Arbeit, auch dann zuweilen mit einer Zigarette im Mund, was er widerwillig duldete, weil er mich nicht wegschicken wollte. Er war auf meine Mithilfe angewiesen, denn es sah nicht mehr so aus, als habe er noch Kraft oder Willen genug, sich aus der Not herauszuarbeiten. Mit Schößlingen war er zwar ausreichend versehen, er hatte Blattsalat, Mangold, Karfiol und auch wieder einige Beete mit Orchideen. Aber wenn ihm niemand Gesellschaft leistete, schlief er schon Mitte des Vormittags auf der Hundedecke oder bei gutem Wetter in der Hängematte, eigensinnig und weltverloren, trotz der den See überfliegenden Bombergeschwader. Und die Schnecken, die in der Nacht zu Dutzenden aus den angrenzenden Wiesen ins Gewächshaus eingefallen waren, fraßen die jungen Salatpflanzen kahl.

Vielleicht fehlte es dem Brasilianer tatsächlich weniger an der nötigen Kraft als am nötigen Willen. Wie er seinen Panamahut trug, mit der Eleganz eines Eckenstehers, das war beachtlich. Und wenn er endlich ins Arbeiten gekommen war, führte er so gleichmäßige Bewegungen aus, wie nur jemand, der seine Arbeit kennt und währenddessen an ganz etwas anderes denkt. Und die Welt rings um ihn schien ihm ganz gleichgültig zu sein, und er hielt inne und bewegte sich für mehrere Minuten nicht.

Sein *Zurück zur Natur* ging mir auf die Nerven, aber er bestand darauf, jeder andere Weg sei ein Weg des Wahnsinns. Ich hörte es mir geduldig an. Wenn er jedoch, was nicht mehr ganz so oft geschah, auf Politik zu reden kam, legte ich die Platte mit den südamerikanischen Liedern auf, die ein Tenor zur Gitarrenbegleitung sang, und verlangte, dass der Brasilianer die Lieder übersetzte: *Ich seh dich in allem, was die Farbe der Sonne hat und heiß ist.* / Wir schauten einander an und lachten.

Im feuchten Erddunst stützte er sich auf seine Hacke: »Manchmal bräuchte ich ein wenig Zuneigung«, sagte er: »Ich will nicht pathetisch klingen. Meistens genieße ich meine Unabhängigkeit und fühle mich vollständig in meinem Alleinsein. Aber manchmal, wenn ich müde bin, wäre es schön, umarmt zu werden. Ich vermisse die Zuneigung mehr als den Süden. Vielleicht liegt es daran, dass es nie viel davon gab.« / Er lächelte entschuldigend. / Dann prasselte wieder ein Regenschauer auf das Dach des Gewächshauses, und wir setzten die Arbeit fort, während der Tenor ein neues Lied anstimmte: *Ai, yoyo … ai, yoyo …*

Am Dienstag gab es Rekordföhn, der Watteknie machte und Regungen des Herzens erzeugte zwischen Melancholie und Blutrausch. Blauester Himmel. Die Drachenwand war sehr nahe gerückt, der See unwahrscheinlich grün. Der Nachgeschmack der Auffindung von Nannis Leiche tat ein übriges zu der gefährlichen Mischung. Da half nur erhöhte Arbeitstherapie.

Mit dem Brasilianer schüttelte ich die letzten Äpfel vom Baum. Dann buken Margot und ich einen Apfelkuchen, statt Germ verwendeten wir Natrontabletten, die ihren Zweck erfüllten. Als ich das erste Stück aß, bügelte Margot Wäsche, der Geruch nach heißem Stoff und dünstenden Textilfarben verbreitete sich im Zimmer. / Wir redeten über ihren Mann, Margot entschuldigte sich, dass sie ihm nichts von mir schreibe und das Ende des Krieges abwarten wolle. Ich sagte, sie sei mir keine Rechenschaft schuldig. / »Das sehe ich nicht so«, gab sie zur Antwort. / Ich betrachtete die schlanke Gestalt der langhaarigen Frau. Ihre Brüste schwangen beim Bügeln sacht hinter der Bluse. Ihre schmalen knochigen Hände und ihre zu langen Arme schienen in der Befangenheit noch länger zu werden. Sie faltete ein Kleid von Lilo, die gerade mit ihren vom Kuchen klebrigen Fingern die Bettdecke schmutzig machte, als sie sich dort aufrichtete. Vom Bett aus beobachtete mich das Kind mit Neugier, es sah, dass ich nachdachte.

Und der Föhn rüttelte an den schon fast zur Gänze entlaubten Ästen des Kirschbaums. Und plötzlich erstarrten die Äste, als habe der Baum den Befehl erhalten, strammzustehen. Und da suchten mich die schwärzesten Vorstellungen heim, dass ich mit meinen gefälschten Befunden aufflog und nie mehr hierher zurückkehren würde, und Bilder überkamen mich so plötzlich, dass ich Schüttelfrost bekam und nicht mehr wusste, ob Nacht ist oder Tag oder etwas dazwischen, das nie wieder ganz wird.

Weiter weiß ich nicht mehr viel, nur, dass ich ein Pervitin nahm und mit Hühnerschritten zum Bett tappte, ich hatte dauernd das Gefühl, dass mir die Beine versagen. Margot erzählte mir später, dass ich mich hingelegt hätte und fast augenblicklich eingeschlafen sei. Wieder etwas Neues.

Jetzt sehe ich die Kaffeekanne auf dem Tisch stehen und daneben die kleine Metalldose mit dem Pervi-

tin, Margot überprüft die Temperatur der Flasche
für das Kind an der Wange, und ich frage mich, wie
das alles zusammenpasst.

Margot gab Lilo die Flasche, und als die Flasche fast leer war, kotzte das Kind alles wieder heraus. Margot war so frustriert und erschöpft, dass sie in Tränen ausbrach. Sie sagte: »Wir sind offenbar alle am Ende unserer Kräfte.«

Kurz darauf gab es draußen wieder ein Schreiduell. Es bringt nichts, alle Details aufzuzählen, der Brasilianer und sein Schwager beschimpften einander, und zunächst hatte ich den Eindruck, es gehe um gesunde Ernährung und die Abträglichkeit des Rauchens. Der Brasilianer schwor bei seiner Liebe zur Sonne, die Zigarren, die er noch besitze, lieber in den Ofen werfen zu wollen, als sie Verbrechern zu überlassen, gegen die Nero, Tiberius und Caligula sittliche Größen seien. Er schimpfte auf alle Fleischfresser. Das schlimmste an seinem Gefängnisaufenthalt in Linz sei die dortige Industrie gewesen, woher ständig ein schrecklicher Pestgeruch gedrungen sei. Man habe das große Linzer Werk ganz richtig nach dem dicken Reichsmarschall benannt. Wenn sie dort wieder eine größere Partie faule Eier verarbeitet hätten, habe es so fürchterlich gestunken, als habe der fleischfressende Reichsmarschall einen Furz gelassen. »So riechen nur Fleischfresserfürze«, brüllte er.

Dohm schrie zurück, bestimmt habe man in der Mozartstraße noch eine verwanzte Pritsche frei, der Reformapostel sehne sich offenbar nach Linz zurück. Da schrie der Brasilianer, nach Rio de Janeiro sehne er sich, denn unter Menschen, die glaubten, dass sie von Haus aus was Besseres seien, wolle er nicht leben. Gobineau, der den Rassismus als Weltanschauung quasi erfunden habe, sei Gesandter am kaiserlichen Hof in Rio de Janeiro gewesen, und Gobineau habe das Land gehasst. Das sei das Allerschönste an Brasilien: »Herrenmenschen werden dort nicht glücklich.«

»Pfui Teufel!« / »Menschenschinder!« / »Negerkönig!« / »Möchtegernherrderwelt!« / »Totalversager!« / »Berufsverbrecher!« / »Arschloch!«

»Und eins will ich dir sagen, ihr Maschinenmenschen wollt mir unabhängig Gebliebenem das Leben nur schwermachen, weil ich euch daran erinnere, dass ihr vor langer Zeit auch frei gewesen seid. Geh doch zu deinem F., der dem grausigen Europäertum den letzten Ansporn zu Gewalt und Unvernunft gegeben hat, und kriech ihm in den Arsch, bis nur mehr die Stiefel herausschauen. Dann kannst du die Hacken ein letztes Mal knallen lassen, bis der F. sein Tröpflein abspritzt. Und dann soll dir der Teufel das Genick brechen.«

Für einen Moment war Ruhe. Margot und ich drängten uns im offenen Fenster. Etwas abseits auf dem Vorplatz stand die Quartierfrau, die Fäuste in die Seite gestemmt, darauf wartend, was noch kam. Der Lackierermeister schaute sich um, bestürzt, dass die zuletzt ausgestoßenen, derben Beleidigungen jemand mitangehört haben könnte. Er sah Margot und mich, und er sah das wie immer höhnische Lächeln seiner Frau. Da zog er die Pistole und drückte dem Brasilianer den Lauf ins linke Auge. So standen die beiden, einer wie der andere mit hochrotem Kopf. / »Ein Schwächling weniger«, sagte Dohm mit kalter Stimme. Dann entspannte er sich, steckte seine Pistole weg und sagte: »Einen wie dich spuck ich nicht einmal an.« / Mit einem steiflippigen Lächeln ging er zur Scheune. Wenige Sekunden später hörten wir das Motorrad aufheulen, und ohne das Tor der Scheune hinter sich zu schließen, fuhr der Lackierermeister davon.

Als ich den Brasilianer fragte, was in ihn gefahren sei, schwieg er. Ich wartete darauf, dass er antwortete. Langsam machte sich Befangenheit breit, und ich spürte, dass er in Ruhe gelassen werden wollte. Dann sagte er: »Die Indianer haben Schrumpfköpfe am Gürtel, die Lippen der Schrumpfköpfe sind mit Menschenhaar zugenäht, damit sie nicht reden können. Aber so einer bin ich nicht, es ist einfach nicht anders auszuhalten.« / Er griff in seine Hosentasche und gab mir zum zweiten Mal seine Schlüssel. / »Ich weiß, dass ich ein Idiot bin, Menino. Aber kein so großer Idiot wie andere, deshalb werde ich jetzt von der Bildfläche verschwinden. Lieber ins eigene Loch statt in deren Loch. Mag man das eigene Loch auch mit Ratten teilen, so ist es doch besser, weil selbst gewählt.« / Er betrachtete mich aus seinen bleichen, grauen Augen. Sein Blick hatte nichts Vorwurfsvolles, war vielmehr ein liebevolles Mustern, mit dem er zur Kenntnis zu nehmen schien, dass auch ich mich verändert hatte. / Ich steckte die Schlüssel ein. / »Du hast ja auch sonst alle Vollmachten, Menino. Die Zigarren sind unter dem Fußboden in der Speisekammer. Nimm sie, wenn es nottut.« / Dann stapfte er spuckend zum Haus hinüber und verschwand hinter der Tür.

Margot und ich blieben neben dem kaputten Leiterwagen stehen und warteten. Es war ein föhniger Abend Anfang November. Die Dämmerung hatte schon eingesetzt, und kurz wurde ein gelber Mond zwischen den heranziehenden Wolken sichtbar. Bald würde es dunkel sein. Der Brasilianer kam wieder heraus mit einem großen Sack über der Schulter, er

steckte noch schnell einige gefaltete Papiere in die Gesäß-
tasche. Er wollte wohl noch etwas sagen, sehr vieles vielleicht.
Seine Augen sahen uns traurig an. Dann nickte er. Zu seiner
Schwester, die noch immer beim Brunnen vor dem Haus
stand, rief er hinüber: »Du siehst mich auch lieber von hinten als von vorn, Trude, also lass mich jetzt bitte in Ruhe.« /
Da ging sie ins Haus. / Gleich darauf stand der Brasilianer
zitternd im hinteren Garten an der Grenze zum offenen Feld.
Er sammelte seine Kräfte, er wusste, dass sein Leben jetzt keinen Pfifferling mehr wert war, es schien ihn aber nicht im er-
warteten Ausmaß zu bekümmern. Frei als Einzelner zu sterben, sei besser, als ein Sklavendasein zu führen, sagte er und
stapfte los mit dem Sack über der Schulter und mit flatternden
Hosenbeinen. Ein weiterer Flüchtling.

Ich schaute mich in den Zimmern um

Ich schaute mich in den Zimmern um, in denen der Brasilianer gehaust hatte. In der Vorratskammer baumelten von der Decke die mit dem Messer durchgeschnittenen Stricke, an denen die Säcke mit Trockenobst und Trockengemüse gehangen waren. Die Federcorona, die über dem Bett den Stolz des Schlafenden bewacht hatte, nahm ich an mich, damit sie nicht in unrechte Hände geriet, ebenso die Zigarren, fünf Kisten à fünfundzwanzig Stück. / Es machte viel Mühe, in der Speisekammer die Dielenbretter so vorsichtig zu lösen, dass keine Spuren entstanden, gleichzeitig musste alles schnell gehen, ich war aufgeregt, und es stellte sich wieder ein Gefühl von Bedrohtheit ein. / In einer mit Arbeitskleidung zugedeckten Steige trug ich die Zigarrenkisten hinüber ins Quartier. Dass es regnete, kam mir zugute. Aber vor allem hatte ich abgewartet, bis die Quartierfrau und ihr Mann das Haus verlassen hatten, um am Zellenabend teilzunehmen.

Als ich in Margots Zimmer trat, saß sie am Tisch und vernähte die Maulwurffelle zu einer kleinen Decke. Lilo rutschte auf ihrem Topf durchs Zimmer und erwartete mit großäugigem Blick, dass ich sie lobte, wonach mir nicht war. Ich fragte Margot, wo ich die Zigarren verstecken solle. Sie sagte, ich hätte sie besser gelassen, wo sie gewesen waren. / Aber die Wohnverhältnisse im Dorf wurden immer beengter, das Lager Plomberg war von heute auf morgen aufgelöst worden, dort wohnten jetzt slowaken-deutsche Flüchtlinge. Ich sagte, es sei unwahrscheinlich, dass man das Haus des Brasilianers

einfach leerstehen lasse, in dem Moment, in dem dort fünfzehn Leute untergebracht seien, verlöre ich den Zugriff. /
Margot stimmte mir zu, auf Margot konnte ich mich verlassen. Sie überlegte und gab Verschiedenes zu bedenken, dabei
hatte sie ständig mehrere Nadeln zwischen den Lippen, ich
bat sie, die Nadeln nicht zu verschlucken. / »Sowas muss gelernt sein«, sagte sie. / Ich bat sie trotzdem, die Nadeln her-
auszunehmen, ich sei schon nervös genug, sie tat mir den Gefallen und schüttelte auch nicht den Kopf und machte keine
weitere Bemerkung.

Wir verstauten die Zigarren in einem von Margots ver-
schließbaren Koffern. Aus demselben Koffer kramte Margot
eine auf einem polnischen Schwarzmarkt erstandene Pistole
deutschen Fabrikats hervor, die ihr Mann ihr aufgedrängt
habe, für alle Fälle. Ich nahm die Pistole an mich, weil mich ihr
Anblick sofort beruhigte.

> *Auch jetzt stelle ich fest, dass ich am besten*
> *schreibe, wenn die Pistole neben mir auf dem*
> *Tisch liegt.*

Erst lange nach Mitternacht schlief ich ein und wachte bald
darauf mit einem Hustenanfall wieder auf. Nachher war an
Schlaf nicht mehr zu denken. Margot störte ich auch, sie wälzte
sich im Nebenzimmer herum. In der Früh war ich total un-
ausgeschlafen, und von der Anspannung der Vortage hatte ich
Muskelschmerzen. Daran erkannte ich, dass ich mich wieder
im Krieg befand. Es waren dieselben Muskelschmerzen, die
mich vorne oft wochenlang begleitet hatten. Das Gift sickerte
wieder in mich hinein. / Einige Monate lang hatte ich versucht, die Illusion aufrechtzuerhalten, dass ich mit Margot
bis zum Kriegsende ausharren könne, jetzt meldete sich die

Wirklichkeit, und ich spürte, dass das Leben nicht mehr so bald in ruhige Bahnen zurückkehren würde.

Der Mann der Quartierfrau brachte von irgendwoher noch einige Kisten französischen Weins, den man vermutlich ohne Rücksprache mit den Besitzern rasch über den Rhein evakuiert hatte. Alles knapp, alles knapp ... Und der Knappe Dohm schwang sich auf sein Motorrad und fuhr dem Untergang entgegen, geölt und geschmiert. Und nie gewaschen. Er würde niemandem je Wasser reichen, es sei denn gegen Geld. So dachte ich.

Aber bevor er wieder abreiste, nahm er mich nochmals zur Seite und entschuldigte sich bei mir für seine Erregbarkeit. Er sei ebenfalls oft deprimiert, er habe im Generalgouvernement eine saublöde Arbeit, müsse nichts wie Listen schreiben, Schlangen, Schlangen, das mache ihn so gereizt, dass er oft gerne Krach schlagen würde. Und wenn er für ein paar Tage nach Hause komme, wolle er sich erholen, stattdessen müsse er sich mit seiner Frau und ihrer Familie herumärgern. / Jetzt kam er auf sein eigentliches Anliegen zu sprechen: Irgendwie habe er den Eindruck, dass ich hier noch länger herumsumpfen werde, und so möchte er mich bitten, ein wenig auf seine Frau aufzupassen. Er wisse, dass sie oft schwierig sei, aber er hänge an ihr und möge sie. Vom vielen Arbeiten habe sie einen eingeklemmten Nerv im Genick und daher furchtbare Schmerzen und Durchblutungsstörungen, deshalb sei sie oft so bösartig, dann tobe sie auch mit ihm und gebe ihm böse Schimpfworte. Widerspreche er ihr, sage sie: *Reize mich nicht, sonst schlage ich dich um.* Nirgends finde sie Ruhe. Am See sei ihr am wohlsten oder wenn sie in den Stall gehe. Sie sei immer unruhig, und es sei tatsächlich besser, man reize sie nicht. / »Also nichts für ungut«, sagte er: »Und halten Sie bitte ein Auge auf Trude, und seien Sie nachsichtig mit ihr.«

Ich musste ein morgendliches Pervitin nehmen, sonst hätte ich das nicht ausgehalten. Wenn es einem selbst nicht gutgeht, ist man nicht imstande, sich solche Dinge anzuhören. Wie schon gesagt, es gibt keinen Augenblick ohne Verwunderung.

Der Lackierermeister Dohm rauschte ein letztes Mal die Stiegen runter und versicherte sich, dass die Kellertür gut versperrt war, dann reiste er ab in den Krieg, dem er aufgrund seiner *saublöden Arbeit* ohnehin mehr traute als dem Frieden. / Und noch am selben Tag traf ein weiterer Treck mit Flüchtlingen ein, Donauschwaben, sie hatten große Herden Steppenrinder nach Westen getrieben, ihren letzten Besitz. Die meisten Flüchtlinge wurden in rasch geräumte Lager und Schulen eingewiesen, die Baracken entlang der Trasse der Reichsautobahn waren schon voll, eine große Herde Langhörner weidete zwischen Mondsee und Hof. In das Haus des Brasilianers steckte man zwei kinderreiche Familien, nun weideten auch vor meinem straßenseitigen Fenster Langhörner. Margot und mir war es gerade noch gelungen, den Plattenspieler und die Schallplatten aus dem Gewächshaus zu holen. Margot hatte sich noch einmal umsehen und Tomaten abnehmen wollen, aber ich war unruhig gewesen und hatte nach Hause gedrängt. Keine Stunde später teilte uns der Ortsgruppenleiter mit, dass der Gärtnereibetrieb von den Flüchtlingen übernommen werde.

Unter Beteiligung der Quartierfrau als Schwester des Brasilianers, des Ortsgruppenleiters und des Onkels wurden die persönlichsten Besitztümer des Brasilianers in eine Kammer gesperrt. Der Schlüssel zur Kammer bekam eine Beschriftung und einen Nagel am Schlüsselbrett des Gendarmeriepostens, alles andere wurde den Flüchtlingen überlassen. / In Mondsee war der Brasilianer so gut wie tot.

Ein Rätsel blieb dem Onkel der Verbleib der Zigarren, er fragte, ob ich etwas darüber wisse, ich verneinte es. Trotzdem bat er mich, ihn anderntags auf dem Posten zu besuchen, er wisse nicht, wie lange er noch hier sei, es könne sein, dass nach den neuesten Bestimmungen auch er von heute auf morgen hinaus müsse. Auf seinem müden, aufgedunsenen Gesicht spiegelten sich Angst und Niedergeschlagenheit.

Der totale Krieg war ein totaler Betrug. Vor allem die Einberufung der Buben mit Pfirsichflaum auf den Wangen enthüllte auch im Hinterland in grausamer Deutlichkeit, wie wahnwitzig und menschenfeindlich die Firma für Blut und Boden agierte, jederzeit bereit, völlig sinnlose Opfer zu fordern, mit denen niemandem gedient war, die den Betroffenen aber das Lebensglück zerstörten und schlimmstenfalls das Leben. Man schaufelte einfach noch etwas Kohle in die Feuerung, koste es, was es wolle. / Bei dem Gedanken, dass die Kinder, das angeblich teuerste Gut des F., jetzt ausbaden sollten, was die verrückten Eltern ausgeheckt hatten, fühlte ich Kälte in mir aufsteigen. Die alten Männer hingegen taten mir nicht leid, sie hatten die Sache von Anfang an unterstützt mit ihrem lauten Jubel anlässlich von Siegesmeldungen, sie hatten die Parade zum Arsch des Propheten jubelnd angeführt, um jetzt überrascht feststellen zu müssen, dass man Kriege nicht am Anfang gewinnt, sondern am Ende.

Tags darauf machte ich den erbetenen Besuch beim Onkel.

Es regnete, und auf dem Posten hatte der Regen die dort immer latent vorhandene Faulheit zum Quellen gebracht. Als ich ins Dienstzimmer trat, saß der Onkel am Schreibtisch und fragte mich: »Kannst du mir sagen, wie die Vorderseite einer Münze heißt? Fünf Buchstaben soll's haben.« / Ich zuckte die Achseln. / »Ich würd's dringend brauchen«, sagte er. / Er war freundlich wie immer, ich weniger, denn er ging mir auf den Geist. / Als er mir das Sohlenleder für meine Stiefel überreichte, bekam ich ein schlechtes Gewissen, es war ein guter Zug am Onkel, dass er in solchen Dingen zuverlässig war, das musste man ihm lassen. / Ich legte zehn Zigaretten auf den Tisch, er bedankte sich mit einem anerkennend gemeinten Schimpfwort. Dann kniff er mich in den Nacken, seine übliche Art. / »Bei mir sind die Zigaretten schon wieder knapp, muss bald am Daumen lutschen«, lamentierte er. Aber das Dienstzimmer war so vollgequalmt, dass man kaum atmen konnte, die Luft war bläulich von Zigarettendunst.

Mit seiner gelblichen Zunge feuchtete der Onkel die Finger an und blätterte in der Zeitung auf eine vordere Seite. / »Lies das einmal, links oben die Spalte.« / Ich nahm das Blatt, der Artikel behandelte die Abfindungsregelung für Volkssturmsoldaten, es hieß, sie bekämen an Sold eine Reichsmark pro Tag, hätten Anspruch auf Verpflegung und Unterkunft, aber Einkleidungsbeihilfe und laufende Bekleidungsentschädigung kämen nicht in Betracht. / »Wenn's sogar an Uniformen mangelt, dann fehlt es bestimmt auch an wichtigeren Dingen«, sagte der Onkel. »Die sollen mich also besser in Ruhe lassen. Geht mich alles nichts an!«

Es ist nicht sehr schmeichelhaft, so etwas über den eigenen Onkel zu sagen, mir kommt aber vor, dass es zutreffend ist:

Als gänzlicher Opportunist war der Onkel das größte Arschloch von allen. Sein Hauptinteresse bestand darin, keinen Ärger zu bekommen und für sich selbst möglichst viele Vorteile herauszuschlagen, alles andere war von untergeordneter Bedeutung. Deshalb auch seine tiefempfundene Abneigung gegen den Brasilianer, der ihm Arbeit machte. Bedauerlich, es sagen zu müssen, aber der Onkel hasste jeden, der nicht nach dem Motto lebte: Ruhe ist die erste Bürgerpflicht. / Nicht umsonst auch das aus der Gegend stammende Weihnachtslied … *schlafe in himmlischer Ruh.*

»Gib's zu«, sagte ich, »hier auf dem Posten würdest du den Krieg noch leicht zehn Jahre aushalten.« / Da wurde der Onkel böse. Mit seiner Zigarette gegen alle Argumente anfechtend, behauptete er, dass er seinen Krieg schon längst überlebt habe, er brauche sich keine Vorwürfe machen zu lassen. Und dass so junge und vorlaute Spunde wie ich ihren eigenen Krieg erst ebenfalls überleben müssten, sei eine große Genugtuung für einen alten Mann wie ihn. / »Es ist nicht mein Krieg«, sagte ich. / »Und wer hat einen Beute-Citroën bis in die kasachische Steppe gelenkt und sich jahrelang im Sowjetreich herumgetrieben? Hattest du dort einen Doppelgänger?«

Ich schlug die Augen nieder und schwieg. Wenn ich ehrlich war, hatte der Onkel recht, es war auch mein Krieg, ich hatte an diesem verbrecherischen Krieg mitgewirkt, und was immer ich später tun oder sagen mochte, es steckte in diesem Krieg auf immer mein Teil, etwas von mir gehörte auf immer dazu, und etwas vom Krieg gehörte auf immer zu mir, ich konnte es nicht mehr ändern.

»Nun halte ich es für das Beste, wir lassen die Politik beiseite«, sagte der Onkel, »wir können die Sache ja doch nicht umkrempeln, und ein Zustand, der uns alle befriedigt, kommt eh nicht dabei heraus.« / Es war versöhnlich gemeint. / Dann fiel ihm noch etwas ein, und er sagte: »Du gleichst deinem Vater, der ist auch so ein elender Besserwisser.« / Verständlich, dass es in meinem Gesicht eine missbilligende Regung gab, und so betonte der Onkel, dass es an mir sehr wohl einige Dinge gebe, die von meinem Vater kämen. / Auf ein Gespräch, das wie Armdrücken war, hatte ich keine Lust, mir wäre aber auch noch einiges eingefallen, zum Beispiel, dass Onkel Johann wie Papa keine Gefühle äußern konnte außer Selbstmitleid und Verächtlichkeit gegen andere.

Man müsste sich einmal die Zeit nehmen und darüber nachdenken, ob nicht vielleicht Selbstmitleid und Verächtlichkeit die eigentlich fatalsten Gefühlsgeschwister sind im Leben der Menschen. Man müsste diese Frage einmal gründlich ausloten, ich selbst traue mir nicht zu, hier auf Grund zu stoßen. Nicht ich. Aber vielleicht ist's einem anderen vergönnt.

Der Onkel musste zur Kontrolle eines Flüchtlingstransportes, was er als lästige Pflicht empfand. Er sagte, nun werde sich in Deutschland der Floh wieder einbürgern. Und als wolle er etwas sagen, das meine volle Zustimmung findet, fügte er hinzu: »Es soll uns hier nicht besser gehen als den Soldaten vorne. Der Floh wird mehr Freude haben an einem gewaschenen deutschen Frauenkörper als an einem ungepflegten Landserbalg.«

Als er seine Uniformjacke bereits zugeknöpft hatte und mit seinem dunkelblauen Ölmantel beschäftigt war, denn es regnete noch immer, brachte ich das Gespräch auf den Brasilianer. Ich glaubte, dass er der eigentliche Grund war, weshalb mich der Onkel zu sich gebeten hatte. Zu meiner Überraschung winkte der Onkel ab, der Brasilianer interessiere ihn erst wieder, wenn er zum Vorschein komme, ihm persönlich sei der Mann völlig schnuppe. Wenn der Brasilianer das Bedürfnis habe, sich um Kopf und Kragen zu reden, sei das seine Sache, es zwinge ihn niemand, so viel zu reden, aber gut, letztlich sei sich jeder selbst ein Geheimnis. / Letzteres sagte der Onkel mit Philosophenmiene, gleichzeitig langte er in eines der Regale, entnahm ihm ein Paket, das einige Dinge enthielt, die Nanni Schaller gehört hatten, ich könne ihm den Gefallen tun und das Paket bei einem meiner Spaziergänge ins Lager nach Schwarzindien bringen, er selber komme nicht dazu, die Welt sei ein Ort der Arbeit, und die Freuden seien spärlich gesät.

Ich hakte nicht weiter nach, vermutlich wollte der Onkel einem Gespräch mit der Lagerlehrerin ausweichen, egal, zum Lösen von Kreuzworträtseln hatte er Zeit. / Draußen auf der Straße beendeten wir unseren Streit per Handschlag. Der Onkel meinte, wir sollten keine politischen Diskussionen führen, so etwas ende nicht gut, wir sollten einen dicken Strich darunter machen. Und so gingen wir auseinander, er tief die frische, seine kaum mehr vorhandenen Bronchien befeuchtende Luft einatmend, ich mit eingezogenem Kopf wegen der allgemeinen Bedrückungslage.

Der 9. November war der nächste Beflaggungstag für Schulen und Ämter, der Gedenktag für die Gefallenen der Bewegung. Ohne mich bitten zu lassen, bestaunt von den Flüchtlingskindern, die sehr zutraulich waren und mir sogleich zwischen die Beine kamen, stellte ich am Vorabend die Fahnenstange auf, so konnte ich einer etwaigen Diskussion ausweichen und den Nackennerv der Quartierfrau schonen. / Am darauffolgenden Vormittag, als sich das Wetter gebessert hatte, ging ich mit der Schachtel, die mir Onkel Johann anvertraut hatte, hinaus nach Schwarzindien. Margot ging nicht mit, sie wollte im Radio eine Wagner-Oper hören, *Lohengrin*. Mir war es recht, so konnte ich einige Zeit für mich alleine sein, strolchend ins ewig veränderliche Blaue.

Die Wege waren vom Regen der Vortage elend, besonders die Feldwege. Einmal drang aus einem Gebüsch ein Geruch nach totem Tier, eine vage Erinnerung an die im Winter von mir im Garten verbrannte Matratze. Ich schaute in das Gebüsch, dort lag eine tote Katze. Nebelschwaden ankerten in den Tannenwäldern, die sich rechterhand die Hänge der Berge hinaufzogen.

Als ich mich dem Lager näherte, sah ich die Lagermädelführerin mit den Mädchen am Ufer des Sees Gymnastik machen. Zwei Mädchen mit den mir vertrauten Vorstadtakzenten, die eine mit blonder Flechtfrisur, die andere mit Nickelbrille, schlenderten vom Haus hinunter an den See, selbstbewusst und hübsch in ihren Turnanzügen. Ich sah ihnen nach, bis sie sich eingereiht und in den Rhythmus der anderen hineingefunden hatten. Da schenkte mir das Mädchen mit der Flechtfrisur ein kleines Lächeln, gleich darauf beugte sie sich wieder zu ihren Zehen hinunter.

Unschlüssig sah ich mich um. Mit aufgekrempelten Ärmeln saß der Wirt an der Hauswand und blinzelte in die Sonne. Der Fahnenmast stand kahl, ich hatte vom Onkel gehört, dass die Mädchen ganz froh waren, beim Morgenappell keine Fahne mehr hissen zu müssen, denn außer der Fahne auf dem Dach besaß das Lager keine mehr, die andere war gestohlen worden. / Die Mädchen machten Lockerungsübungen, manche kratzten sich den Bauch oder schoben die Brille zurecht. Und das Mädchen mit der Flechtfrisur deutete mit dem Arm zum Haus, und ich folgte der Richtung der Geste, die auf ein Fenster des Schankraums ging. / Es war erstaunlich, dass hinter der Disziplantheit der Mädchen die Aufmerksamkeit immer wach war. Während alles in ganz unterschiedliche Richtungen driftete und niemand sich noch irgendwo auszukennen schien und das Mädchen daneben scheinbar selbstvergessen in der Nase bohrte, hatte mir das Mädchen zu verstehen gegeben, wo ich die Lagerlehrerin fand.

Da nahm ich allen Mut zusammen und betrat das Haus. Falls mich die Lagerlehrerin bei meinem Eintreten wahrnahm, ließ sie es sich nicht anmerken, sie blickte weiter in das zum Korrigieren vor ihr liegende Heft, mit gerunzelter Stirn. Gerade als sie in eine blaue Keramikschale griff und eine getrocknete Apfelspalte zum Mund führen wollte, grüßte ich. Sie erschrak, legte die Apfelspalte zurück und errötete.

Es war erst das zweite Mal während bald eines Jahres, dass zwischen uns so etwas wie Nähe entstand. Das erste Mal nach dem Verschwinden von Nanni, als die Lehrerin mich wegen meines schlechten Aussehens getadelt und mir *Haue* angedroht hatte. Und jetzt dieses Erröten, das ich ihr gar nicht zugetraut hätte. Für einen kurzen Moment war mein Gefühl der Befremdung gemildert. Aber die Lehrerin bekam ein spitzes Gesicht, und als wolle sie endgültig auslöschen, was zwischen uns je gewesen war oder hätte gewesen sein können, sagte sie schroff: »Was schleichst du hier herum? Du hast mich erschreckt.« / Sie schob die Schale ein Stück von sich weg, es lagen auch getrocknete Tomatenstücke darin. Unsere Blicke begegneten einander nochmals.

Um den Augenblick schneller vergehen zu lassen, redete die Lehrerin leeres Zeug, sie sagte, ständig wolle eines der Mädchen etwas von ihr, am Abend rauche ihr der Schädel, da den ganzen Tag von allen Seiten mit enormer Geschwindigkeit auf sie eingeplappert werde. Und bei schlechtem Wetter verwandle sich das Haus vollends in einen Flohsack, sie hoffe, das Wetter bleibe jetzt einige Tage schön. / Sie versuchte, sich locker zu geben. Aber mit nervösen Blicken durchschauten wir einander. Und immer wieder musste ich mich vergewissern, ob sich in der blauen Keramikschale tatsächlich befand, was ich gesehen hatte: getrocknete Tomaten und Apfelspalten. / Endlich fragte die Lehrerin, was ich wolle. Ich überreichte ihr den Karton mit den Sachen von Nanni, sie nahm ihn ohne Dank entgegen, nicht unfreundlich, aber nett ist auch anders. Nach einem Moment des Schweigens sagte sie, es sei schade um das kluge Mädchen, Nanni habe Lehrerin werden wollen. Dann folgte wieder einer dieser Rühr-mich-nicht-an-Blicke.

»Ich werde wohl nicht mehr so bald nach Schwarzindien kommen«, sagte ich. »Aber wenn ich etwas für euch hier heraußen tun kann, lasst es mich wissen.« / Die Lehrerin strich sich das Haar hinter das rechte Ohr und erwiderte brummig: »Danke, das wird nicht nötig sein.« / »Es war nur ein Angebot ...« / Ohne mich anzusehen, murmelte sie: »Das Lager wird aufgelöst.« Und dann, meinem Blick begegnend: »Es geschieht zum angeblich Besten der Mädchen. Sie werden aufgeteilt und kommen nach Stern und Stabauer, sofern sie nicht nach Wien zurückkehren. Ich selber habe mich im Stern einer kompetenteren Lagerleitung unterzuordnen.« / Noch einmal taxierten wir einander. »Schade um Indien«, sagte ich. / »In Linz behaupten sie, das Lager sei zu abgelegen. Und in den Augen des Schulinspektors habe ich mich in Deutsch und Geschichte als unfähig erwiesen. Dazu eine tote Schülerin und Zehntausende Flüchtlinge, die von Südosten hereindrängen.« / Sie machte eine Geste, als werfe sie Staub in die Luft, was vergeudet ist, kann nicht mehr zurückgewonnen werden. / »Mein Standpunkt ist, man muss Geduld haben, das war schon mit zwölf Jahren mein Standpunkt, und seither habe ich eine Geduld entwickelt, die zehn Irrenärzten alle Ehre machen würde.« Sie bekam ein erstauntes Gesicht, als fiele ihr in diesem Moment wieder ein, dass sie niemals jemandem Einsicht in ihre Gedanken und Gefühle gewähren wollte, und so sagte sie noch: »Aber hören wir auf damit.«

Verwirrt fand ich mich vor dem Haus wieder. Die Mädchen machten Handstand. Das Weiß der Leibchen war jetzt unten und das Schwarz der Hosen oben. Und die Zehen waren Richtung Himmel gerichtet, und die Füße bewegten sich wie Leitwerke in unruhiger Luft. Einige Zöpfe lagen im feuchten Gras. Zwischendurch fiel eines der Mädchen um und richtete sich auf mit gerötetem Kopf, ehe es sich zurück in den Handstand schwang. Und hinter ihnen plätscherte der See zur Erinnerung daran, dass alles im Fluss ist und dass es nichts Beständiges gibt. Wildenten glitten über das Wasser.

Ich blickte am hinter mir aufragenden Haus hoch. Es gab da wohl ein nicht beheizbares Zimmer im obersten Juchhe, die Lehrerin hatte es erwähnt im Zusammenhang mit dem Antrag auf eine zusätzliche Lagerhilfe. Und auch, dass die Lehrerin erzählt hatte, jemand habe den Kohlenkeller als

Toilette benutzt, fiel mir ein. / »Es kommt wieder Regen«, sagte der Wirt, noch immer an der Hauswand sitzend und auf mein Hochblicken reagierend. / »Erst morgen«, gab ich zur Antwort.« / Er nickte. Gleichzeitig schrie ein Fischreiher. Das Leben erschien mir in diesem Moment wieder unheimlich. / Rasch wandte ich mich ab, und mit dem mächtigen Felsenschädel der Drachenwand im Rücken ging ich davon.

Den Heimweg bewältigte ich wie ein Schlafwandler. Auf den mit Wasserpfützen, Laub und Mist übersäten Wegen rutschte ich mehrfach aus und kam dreckbespritzt bis zum Kopf ins Quartier. / Als ich oben eintrat, sah mich Margot entgeistert an und sagte: »Liebling, wie schaust denn du aus?« / Ich freute mich über die Anrede. / Lilo kam herangewackelt und langte bis zur Schulter in den schon ausgezogenen Stiefel, vermutlich gefiel ihr die feuchte Wärme darin, sie quiekte. / Sorgfältig stopfte ich die Stiefel mit Zeitungspapier aus, hängte meine Jacke über einen Stuhl und erzählte von den Begebenheiten des Tages und von meiner Vermutung, wo der Brasilianer untergekommen war. / »Misch dich nicht ein«, warnte mich Margot. / »Dazu muss man mich nicht extra auffordern«, sagte ich.

Margot machte Tee, damit ich mich aufwärmen konnte, und während sie die Teeblätter überbrühte, sagte sie, dass ihre Regel gekommen sei. Sie blickte zu mir herüber, ich hatte mir gerade ans Knie geklopft, damit Lilo bei ihren Gehübungen ein Ziel hatte, das sie anpeilen konnte. / Margot sagte, sie nehme an, ich sei nicht sonderlich enttäuscht. Ich bestätigte es ihr. Die Vorstellung, dass mein Dienstgeber auf die eine oder andere Art bald wieder nach mir griff, verdarb mir jede Vorstellung auf eine zivile Zukunft. / »Nicht jetzt, wo alles so unbestimmt ist«, sagte ich. / Margot schien ebenfalls nicht enttäuscht, zwei Wochen zu spät, das habe es zuletzt gegeben, als sie achtzehn gewesen war, sie hoffe, das spiele sich wieder ein.

Sie schüttete ihren Tee weg und holte eine Flasche Schnaps, und wir stießen auf die gemeinsamen Kinder an, die wir irgendwann haben wollten. / Ich betrank mich dann kurzentschlossen, weiß auch nicht. Und am nächsten Morgen, nachdem wir vom Muhen der Langhörner geweckt worden waren, fragte mich Margot, ob ich noch wisse, was ich in der Nacht zu ihr gesagt hätte. Nein. Offenbar war ich komplett betrunken gewesen. Ich hätte sehr nette Sachen gesagt, ich könne sehr herzlich sein, wenn ich aus mir herausginge: »Warum nicht öfter?« / Ich nahm sie in den Arm oder stützte mich vielmehr bei ihr auf und sagte: »Ich werde nicht aufhören, dich zu lieben, bis der angeblich größte aller Liebenden uns trennt. Und das werde ich ihm übel nehmen.«

Lilo lief schaukelnd durchs Zimmer und fiel mitsamt dem Papierkorb um.

Bald ein ganzes Jahr trieb ich mich in Mondsee herum, indessen der Krieg kein Ende nahm. Der Jahrestag meiner Verwundung war verstrichen, und ich wunderte mich selbst, dass es mir gelungen war, mir den Krieg so lange vom Leib zu halten. Als ich Ende November aus Wien eine Beorderung bekam, durfte ich mich nicht beklagen, jedenfalls nicht laut, denn in Wahrheit war es mir bisher vergönnt gewesen, einen unauffälligen Mittelweg zu gehen, der lag, sagen wir, zwischen dem allergrößten Glück mancher und dem härtesten Schicksal vieler. / In der Beorderung hieß es, dass ich mich binnen einer Woche in der Breitenseer Kaserne einzufinden hätte. Ich schaute mir stundenlang meine Befunde an, ob sich darin etwas Auffälliges fand. Die *Lähmungserscheinungen* mochten etwas hoch gegriffen sein, andererseits: Wenn einem kein Bein fehlte, galt man als gesund. / Hoffentlich fiel niemandem etwas auf.

Nicht einmal Margot wusste, dass die jüngsten Befunde gefälscht waren, ich trug es herum wie eine verschwiegene Krankheit.

In manchen Momenten erleichterte mich der Gedanke, dass ich wieder nach Wien musste, die ungewisse Situation zerrte an meinen Nerven, und es kostete mich Mühe, einen klaren Kopf zu behalten. Durch mein Selbstmitleid war ich schon zur Hälfte zerstört. Und eine gewisse Abhängigkeit von Tabletten war auch gegeben, ich wartete gar nicht mehr ab, ob es mir richtig schlecht ging, schon beim geringsten Anzeichen einer Unpässlichkeit schluckte ich ein Pervitin. Und wenn die Dose leer war, holte ich beim Gemeindearzt eine neue. Ich war zu schwach, um an dem Teufelskreis etwas zu ändern, lebte in den Tag hinein und hoffte, dass sich alles von selbst erledigte, indem das Kriegsende wie ein Vorhang herunterfiel. Die Kluft zwischen Wunsch und Wirklichkeit gestand ich mir dabei nur ungern ein, denn die allgemeine Auffassung lautete: Kriege enden nicht im Winter. / Und doch musste sich etwas tun, ich musste etwas ändern, ich konnte mich selbst nicht mehr ausstehen, und Margot hatte es auszubaden. Wenn ich sie wieder wegen einer Kleinigkeit angefahren war, fragte sie befremdet: »Wozu der Tonfall?«

Manchmal saß ich mit zur Decke gerichteter Mauserpistole vor dem Plattenspieler und hörte die Liebeslieder, die der südamerikanische Tenor zur Gitarre sang: *Ai, yoyo ... ai, yoyo ...*

Mitte November war der erste Schnee gekommen, zehn Zentimeter Weißware. Gemeinsam mit Margot hatte ich auf dem Vorplatz für Lilo einen Schneemann gebaut. Es gab jetzt wieder einen Hund, die Banater hatten ihn mitgebracht, einen schönen, jungen Hütehund, den Lilo liebte. Er pinkelte den Schneemann rundherum an, und als dann auch noch die Sonne schien, fiel dem Schneemann die Karotte aus dem Gesicht. Jetzt war er nur noch ein Haufen Matsch.

Oft stand ich untätig am Fenster, schaute hinüber zu den im Garten des Brasilianers grasenden und ständig ihre Notdurft verrichtenden Langhörnern. Wenn es Niederschlag gegeben hatte und die Sonne hervorkam, dampften die grauen Rücken der Rinder. Ihre langen Hörner mit den dunklen Spitzen waren auf einschüchternde Weise gewunden und erinnerten mich an die Hörner von Perchten. Den Winter aufhalten konnten sie aber auch nicht. / Und dann streifte mein Blick über das Gewächshaus, in dem vom Unterlauf der Donau geflohene Frauen und Männer die Arbeit des Brasilianers verrichteten. Ich empfand die Anwesenheit dieser Fremden als irritierend. Gleichzeitig boten auch sie sich als Möglichkeit an, meinen Blick zu erweitern und dann bestätigt zu finden, dass es nichts Absolutes gibt, nichts *Totales*, Herkunft, Rasse, gesellschaftliche Stellung, Überzeugung. Es lag nur an mir, hinüberzugehen.

Stattdessen ging ich zum Onkel, um ihn zu bitten, mir eine Fahrerlaubnis für Wien auszustellen. Beim Posten hing draußen ein Schild, das mitteilte, der Posten sei nicht besetzt. / Ein Nachrichtenmädchen, erkennbar am Blitz an der Mütze und an den Ärmeln ihrer Uniformjacke, eilte vorbei, sie trug ein Paket unterm Arm, etwas, das in Zeitungspapier eingewickelt war, sie rief mir zu, die Polizisten führten bei der Brücke über die Zeller Ache, wo die Straße nach St. Lorenz abgehe, eine Kontrolle durch. / Ich wandte mich in die Richtung des Zeigens. Die Lagermädelführerinnen der Lager Stern und Schwarzindien kamen die Straße herauf. Da es regnete, hielten beide die Schirme vor und schauten nicht zu mir her.

An der von dem Nachrichtenmädchen bezeichneten Kreuzung standen der Onkel und sein Amtshelfer in ihren dunkelblauen Ölmänteln. Der Onkel hatte ein Gesicht wie ein ungemachtes Bett, wirkte erschöpft, hatte aber dennoch gute Laune. Aufgrund seiner Atemnot hatte man ihn beim Volkssturm abgelehnt, er sagte, sonst sei fast jeder genommen worden, nur solche mit sichtbaren Fehlern nicht. Er hustete und schnappte nach Luft und klopfte zärtlich auf seine

Tabakdose in der Jackentasche, als habe sie ihm das Leben gerettet.

»Ich habe aus Wien eine Beorderung bekommen«, sagte ich, »ich muss in den nächsten Tagen hin und brauche eine Fahrbewilligung.« / »Du wirst also wieder einrücken …«, sagte er versonnen. / »Weil es Bestimmungen gibt, die mich dazu zwingen.« / Das hätte ich nicht sagen sollen, dachte ich im nächsten Moment. Aber der Onkel schien meine Antwort für eine gute Begründung zu halten, der schrille Beiklang befand sich in einer für ihn kaum wahrnehmbaren Tonlage. Er sagte: »Manches ist eben so, es bringt nichts, da tiefer zu loten.« Er hob die Schultern, das gestische Äquivalent zum verbalen: *Man muss sich damit abfinden.* / Dann nahm sein Gesicht einen freundlichen Ausdruck an, und er sagte: »Wir warten auf den Durchzug der Schwarzindierinnen, sie übersiedeln nach Mondsee. Sowie die Mädchen das Feld geräumt haben, führen wir eine Verhaftung durch.« / »Was für eine Verhaftung?«, fragte ich beunruhigt. / »Es gibt Leute, die ausländische Sender hören und von ihren Verwandten verpfiffen werden. Du weißt ja, wie die Leute sind, mit Neid, Missgunst und Tratsch bis obenauf voll.« Er zwinkerte mir zu. Und ich hakte noch einmal nach, wo genau er hinmüsse. Er blockte ab. Da fragte ich nicht länger nach.

Jetzt kam der kleine Treck mit den Verschickten zwischen den Bäumen hervor. Wie bei der Ankunft im Jänner wurden die Mädchen von einer Abordnung Pimpfe begleitet, dieselben Leiterwagen, dieselben Koffer und Rucksäcke, vergleichbar winterlich nasse Wege. Aber während die Mädchen als ungeordneter Haufen nach Schwarzindien hinausgezogen waren, verließen sie es in Zweierreihen, den Eindruck erweckend, sie seien vollzählig, die Reihen geschlossen. Die Kleidung der Mädchen war nicht mehr ganz so tadellos wie vor bald einem Jahr. An manchen Schuhen sah man verschiedenfarbene Schnürsenkel, da und dort waren Mäntel zu kurz geworden. / Überraschend fand ich, dass die Mädchen *Alle meine Entlein* sangen, mehrmals, immer wieder von vorn. Erst als sie die Brücke über die Zeller Ache erreicht hatten, stellten sie das Singen und Marschieren ein. Ein Pfiff genügte.

»Ihr seid spät dran«, sagte der Onkel. / »Wir haben noch einen Regenguss abbekommen und konnten uns gottlob unter Bäume flüchten, die haben das Ärgste abgehalten, sonst wäre das ganze Gepäck nass«, sagte die Lagerlehrerin. Beklommen lächelten wir einander an. / »Alle vollzählig?«, fragte der Onkel. Die Lehrerin ließ der Form halber ihren Blick über die Mädchenreihen schweifen, sie nickte. Dann unterhielt sie sich mit dem Onkel über letzte Details der Lagerauflösung, und sowohl der alte Mann mit der Zigarette im Mundwinkel als auch die junge Frau mit der Pudelmütze schenkten mir keine weitere Beachtung. / Aber einige Mädchen schielten wie immer zu mir herüber, dabei machten sie keinerlei Versuche, ihren Ärger über die Umsiedlung zu verbergen. Nur die kleine Fotografin, die von Anfang an das Lagerleben dokumentiert hatte, die Kleinste der Belegschaft, schien Freude zu haben an den verdrossenen Gesichtern. Sie machte Fotos vom Onkel und dem Amtshelfer, der Treck und die finsteren Wolken gaben den Hintergrund. / Indem ich dem Mädchen Platz machte, sagte ich: »Bitte sehr, *young Lady*.« Und einige der anderen Mädchen johlten und platzten vor Lachen und pfiffen auf den Fingern, und sofort war die Ordnung vollständig aufgelöst und musste von der Lehrerin mit Zurechtweisungen wieder hergestellt werden. Von einer Sekunde auf die andere strahlte erneut eine Atmosphäre der Organisiertheit von den Mädchen ab.

Kurz darauf setzte die Marschkolonne ihren Weg fort, ganz vorne ein Pimpf mit Fahne, dann die von Pimpfen gezogenen Leiterwagen mit dem Gepäck und zuletzt die Mädchen. Im Gleichschritt zogen sie an mir vorbei.

Jetzt war der Onkel voller Tatendrang. Woher dieser Tatendrang? Was versprach er sich von der Verhaftung eines Menschen, der ausländische Sender hört? Dass seine nie sonderlich vermehrungswilligen Streifen und Sterne am Kragen zu spätem Kinderglück kamen? Dass man ihn in den Ruhestand versetzte, wenn er noch mindestens fünf so tolle Verhaftungen vornahm? Ich weiß es nicht. / Der Amtshelfer schob das Motorrad heran, sprang auf den Anlasser und putzte den Motor einmal durch, dass es dröhnte. Mit einem unguten Funkeln in den Augen schwang sich der Onkel auf den Sozius, und so tuckerten die beiden Gendarmen am See entlang davon.

Gleich würde es dunkel sein. Der erste Fuchs streunte in den Ort herein und schnüffelte an den Stalltüren. Die Hunde bellten und rissen an ihren Ketten. / Ich ging nach Hause, Margot hatte Suppe gekocht, ich wollte mich rasch umziehen. Und als ich die endlich reparierten Stiefel schon ausgezogen hatte, wurde mir plötzlich bewusst, dass sich der Onkel über mich lustig gemacht hatte. Die Verhaftung galt dem Brasilianer. Warum sonst musste die Übersiedlung der schwarzindischen Mädchen abgewartet werden.

So kann es nicht enden, dachte ich. Doch, so wird es enden, sagte ich. Und wenn ich die Zeichen missdeute? Wohl kaum. Was also tun? – Und ohne mir eine Antwort zu geben, fuhr ich in Arbeitskleidung, die ich noch vom Brasilianer hatte, fuhr in die Stiefel, und von hier an passierten nur noch Dinge, die mir vorkamen, als folgten sie einer Traumlogik. Ich nahm die Pistole vom Balken herunter, schluckte vorsorglich ein Pervitin, bei der Heftigkeit meines Herzklopfens würde es rasch seine Wirkung entfalten. Und ohne Margot Bescheid zu sagen, sprang ich die Treppe hinunter, durch die hintere Scheunentür hinaus, zog mir die Wollmütze tief ins Gesicht, und gleich darauf rannte ich über die vollgesogenen Felder in die rasch dichter werdende Dunkelheit.

Man weiß, wie schnell Ende November die Nacht hereinbricht, sie fällt aus dem All und kriecht gleichzeitig aus dem Boden. Und wenn die beiden Sorten Finsternis einander treffen, verklumpen sie zu einer Masse von ungewöhnlicher Dichte, bis man glaubt, eine geteerte Mauer vor sich zu haben. So kam es mir vor. Alles schien in Sackgassen zu enden, der Tag, der Krieg und mein Leben. Gleichzeitig staunte ich über jeden weiteren Schritt, den die Finsternis zuließ. Nur aus Erfahrung wusste ich, dass es dies alles gab, Weg und Steg und über allem die albtraumhaft hingestellte Drachenwand.

Wenn ich, wie am Badeplatz hinter dem Höribach, in offenes Gelände kam, war etwas mehr zu erkennen, die Bäume auf den Wiesen erschienen mir dann doppelt, dreifach, und dann versteckte sich plötzlich ein Baum hinter dem andern, und die Dunkelheit wurde wieder derart tief, dass alle Dinge verschluckt schienen bis auf das Geräusch meiner Schritte.

Als ich das Gasthaus Schwarzindien erreichte, war es noch immer stockfinster, jetzt aber sah ich besser, denn es stimmt, dass sich das Auge an die Dunkelheit gewöhnt. Das von den Verschickten geräumte Haus hätte den Eindruck gänzlicher

Verlassenheit geboten, wäre vor der Eingangstür nicht das Motorrad der Gendarmen gestanden. Alles still. Erst als ich ganz nahe an ein Fenster heranging, sah ich zwischen Fensterrahmen und Verdunkelungsrahmen eine hauchdünne Lichtnaht.

Da ich in Wahrheit nicht wusste, was ich überhaupt wollte, kauerte ich mich auf der anderen Straßenseite bei dem zum Gasthaus gehörenden Wirtschaftsgebäude hinter einen Holunderstrauch und wartete. Ich bemühte mich, flach zu atmen, aber das gelang mir jeweils nur für drei Atemzüge, dann keuchte ich um so heftiger, denn vom Laufen war ich außer Atem. Sowie sich mein Puls etwas beruhigt hatte, hörte ich meine Armbanduhr. Unter gleichmäßigem Tick-tack, Ticktack trennte der Zeiger die Sekunden ab, es klang, als würden die Sekunden ausgestanzt, als schepperten sie, einen Moment lang greifbar, in ein Behältnis, das sie auffing: kleine Nägel, Nägel zu meinem Sarg.

Jetzt öffnete sich die Eingangstür des Gasthauses, und fluchend trat der Amtshelfer heraus, gefolgt vom Onkel, der in der offenen Tür stehenblieb, ich sah lediglich seinen aus der Tür auf den Vorplatz fallenden, langen Schatten. Soweit das unsichere Licht es zuließ, konnte ich erkennen, dass jemand dem Amtshelfer eine gravierende Verletzung am rechten Ohr beigebracht hatte, Blut schlug durch das Tuch, das er um den Kopf gebunden hatte. Der Onkel sagte, er solle den Gemeindearzt herausklingeln, damit die Wunde gleich genäht werde, der Kollege aus Unterach fahre gleich los und werde in fünfzehn Minuten eintreffen. / Der Amtshelfer sprang auf den Anlasser des Motorrads, das Motorengeräusch dröhnte über den See. Vorne das Licht war größtenteils abgedeckt, nur ein schmaler Streifen durchlässigen Papiers ließ blaues Licht auf die Straße fallen, damit sich der Fahrer orientieren konnte. Aber zum Schnellfahren reichte es nicht. Noch für längere Zeit hörte ich das Knattern des Motorrads.

Der Onkel stand einige Sekunden bewegungslos in der offenen Tür, der lange, über den Vorplatz und über die Straße geworfene Schatten rief mir in Erinnerung, wie mager der Onkel seit dem Sommer geworden war. Schließlich ging die Tür zu, und von einer Sekunde auf die andere war wieder alles in Dunkelheit getaucht. / Eine Zeitlang blieb ich noch hinter dem Holunderstrauch versteckt, wartend, bis das Geräusch des Motorrads verklungen war.

Für einen kurzen Moment trat jenseits des Sees der Mond zwischen den Wolken hervor und warf einen glitzernden Pfad über das Wasser. Einmal in seinem Leben muss jeder Mensch dort hinüber. / Ich kam aus meinem Versteck, und natürlich wusste ich, dass der Weg, den ich jetzt beschritt, einer war, den ich nicht kannte. Wollte ich wirklich tun, was ich tat? – Keine Ahnung, ich hatte keine Zeit mehr für langes Nachdenken. / Mit der Mauserpistole in der Hand ging ich zum Haus und drückte mich unbemerkt zur Eingangstür hinein. In der Wirtsstube hatte jemand das Radio aufgedreht, ein Soldatensender schickte Grüße hinaus in die Welt, die für die deutschen Soldaten von Tag zu Tag kleiner wurde. Fast alle Stühle standen auf den Tischen, mit den Beinen nach oben. Nur zwei Stühle waren heruntergenommen, auf dem einen saß Onkel Johann, auf dem andern der Brasilianer. Von den neben und hinter ihnen aufragenden Stuhlbeinen waren die beiden wie umstellt.

In einem Winkel waren Dinge zusammengerückt, die am Nachmittag wegen des Regens zurückgelassen worden waren.

Auf die Schultafel hatte jemand zum Abschied mit Kinderschrift einen Zungenbrecher geschrieben: *Aus Kalau erhielt ein Kuli in Kola ein Kolli mit drei Kilo Kali.*

Der Brasilianer sah jämmerlich aus, von bleigrauer Hautfarbe, struppig, in schmutziger Kleidung, Dreck und Stroh im Haar, erschöpft und enttäuscht. Er erweckte nicht den Eindruck, als sei er im Haus untergebracht gewesen, eher in einem Erdloch, das überraschte mich am meisten. / Der Onkel wirkte ebenfalls abgekämpft, das Gesicht aufgedunsen, uralt. Mühsam stand er auf. Und während der Brasilianer auf seine Hände starrte, suchte der Onkel die Schränke ab, bis er eine Flasche mit Schnaps gefunden hatte. / »Ich muss meinen Husten ersticken«, sagte er und setzte sich die Flasche direkt an den Hals. Er bot auch dem Brasilianer einen Schluck an, der schüttelte den Kopf.

Bestimmt schon zwei Minuten stand ich im Vorraum, und ich wusste, dass ich nicht auf halbem Weg stehenbleiben konnte, ich musste einen sauberen Schnitt machen, ein sauberer Schnitt ist etwas, bei dem es kein Zurück gibt. Also trat ich in die Wirtsstube. Ohne ein Erkennungszeichen in meine Richtung sprang der Brasilianer auf und nahm Abstand vom Onkel. Der Onkel blickte mich mit blutunterlaufenen Augen an, dann stand er ebenfalls auf, ich sagte, er solle sich wieder hinsetzen, aber er reagierte nicht darauf. In versöhnlichem Ton, fast beschwörend sagte er: »Bitte spiel jetzt nicht den edlen Rittersmann, geh einfach wieder nach Hause, und ich habe dich hier nicht gesehen.« / Ich vermochte mich nicht zu entschließen und ließ den Onkel reden, bis er ganz unsicher geworden war und nicht mehr weiter wusste. »Es ist schon genug Unheil angerichtet«, sagte er. Und dieser Satz ließ alle

Schäbigkeiten des Onkels aufleben, und ich hatte kein Mitleid mit ihm, wie er nie mit irgendwem Mitleid gehabt hatte. Und das Pervitin war bestimmt auch nicht ganz schuldlos, dass ich abdrückte. Es erforderte gar nicht so viel Mut, aber wohl war mir nicht dabei, und ich konnte im nächsten Moment auch nicht glauben, dass ich soeben das Gute vollbracht hatte, das jeder Mensch in seinem Leben vollbringen soll. Von gut war alles weit entfernt.

Die Augen des Onkels flatterten irr, in der Wirtsstube verschwamm alles, was auch auf das Radio zurückzuführen war, in dem Evelyn Künneke das betörende Lied vom *Karussell* sang. Ich sagte zum Onkel, er solle sich doch wieder hinsetzen. / »Spar dir deine Ratschläge«, stammelte er, nach Luft ringend, mit kaum hörbarer Stimme. Und er starrte auf seine Hände über der Brust. Er spuckte Blut, mir wurde übel bei dem Anblick. Mit schmerzlich verbissenem Gesicht sagte der Onkel: »Scheiße.« Und etwas in ihm fiel hinunter und zerbrach, und als hätte er mit dem soeben gesprochenen Wort seine letzte Lebenskraft verbraucht, sank er auf den Stuhl, den ich ihm hingeschoben hatte, fiel aber gleich zu Boden. Und dort starb er, die Augen offen, aber mit tief versonnener Miene. / Nachts im November, wenn draußen dunkle Wolken am Himmel stehen und man müde ist, stirbt es sich hoffentlich leichter.

Gemeinsam trugen wir den Onkel hinaus und versteckten ihn, um möglichst viel Zeit zu gewinnen, hinter dem Wirtschaftsgebäude auf der anderen Straßenseite. So war der Onkel jetzt nur mehr eine ins Dunkel geworfene Leiche, aus und vorbei. Der Brasilianer suchte die Toilette auf, und während ich das Licht löschte, dachte ich, er ist verrückt, man wird uns beide verhaften. Aber nach fünf Sekunden war er wieder zurück, er hatte sich nur die Seife geholt, die es hier noch gab, ein halbes Stück Einheitsseife. Er fragte mich, warum ich das Radio nicht abgedreht hätte, und weil ich nicht sagen wollte, es ist für die Toten, zuckte ich die Achseln.

Endlich waren wir draußen. Ein eisiger Ostwind trieb mir Graupel ins Gesicht. Der Brasilianer bedankte sich noch einmal und sagte, ich solle mir um ihn keine Sorgen machen, er habe ein zweites Versteck und getrocknetes Obst und Gemüse für ein halbes Jahr. Und er werde sich auf seine Biologie- und Geländekenntnisse verlassen. / Er ging hinunter zum Bootsschuppen, kletterte auf die obere Etage und warf seinen Sack herunter. Er meinte: »Menino, wir reden noch, irgendwann.« / Ich sagte: »Schön wär's, aber schwer vorstellbar.« / Er räusperte sich. Das Geräusch verhallte im Schneeregen. Ich lauschte, und auch der Brasilianer lauschte. Stille breitete sich aus, und der Brasilianer sagte: »Ruhig wird das Herz erst, wenn wir geworden sind, was wir sein sollen.«

Mit dem Sack über der Schulter hastete er davon. Die Dunkelheit schloss sich sofort hinter ihm, und so war es auch bei mir. Als ich einen hastigen Blick zurück auf das Gasthaus Schwarzindien werfen wollte, war da nichts mehr, nicht einmal eine dunkle Struktur, die erahnen ließ, wo das Gebäude stand. Alles hatte sich aufgelöst in der tintenschwarzen Finsternis. / Und so wandte ich alledem den Rücken, dem schwarzindischen Lager, der schwarzindischen Lehrerin, der toten Nanni und dem toten Onkel. Und in meinem Herz zog sich etwas zusammen, und mich befiel jene tiefe Traurigkeit, für die ich eine Veranlagung besitze. Das alles ist jetzt vorbei, dachte ich, es stimmt, was vergeudet ist, kann nicht zurückgewonnen werden.

Auf dem Weg nach Mondsee machte ich mehrere Pausen und weinte. Einmal versteckte ich mich für eine halbe Stunde. Die Hunde bellten. Ich schlich an einem Bauernhaus vorbei. Aus dem Stall hörte ich das Scheppern eines Kübels und Holzschuhe auf dem Betonboden. Ich passierte eines der Lager. Wenn man in der Nacht an den Lagern der Verschickten vorbeiging, hörte man keinen Laut, auch nicht im Sommer bei offenen Fenstern. Wie leise die Kinder schlafen.

Am Brunnen vor dem Haus wusch ich Hände und Gesicht. Auf der anderen Straßenseite schnaubten und stampften die Langhörner. Dann tastete ich mich vorsichtig zur unbeleuchteten Treppe und stieg hoch. In meinem Zimmer hatte ich wieder festeren Boden unter den Füßen, obwohl ich kein Licht machen konnte, denn die Verdunkelungsrahmen waren nicht eingesetzt. / Auf dem Bett kauernd, wartete ich, lauschend, ob nicht doch irgendwann die Tür zu Margots Zimmer ging. Zwischendurch stellte ich fest, dass ich wieder weinte. Nachher legte ich die Pistole hinauf auf den Balken und versuchte, meine Gedanken zu ordnen. Es gelang mir nicht. Vielleicht tut man den Gedanken Unrecht, wenn man sie ordnet, und dabei beließ ich es.

Später holte ich die Pistole wieder vom Balken herunter und nahm sie mit ins Bett und wärmte sie unter dem Kopfkissen. Und erstmals seit bald einem Dreivierteljahr deckte ich mich wieder mit meinem Militärmantel zu. Ich horchte. Das Muhen der Langhörner war zu hören. Und ich nahm wieder meine Schlafstellung ein, und die Geräusche der Rinder begleiteten mein Grübeln. Um einschlafen zu können, sagte ich mir Sprichwörter vor, einen alten Wolf reiten die Krähen undsoweiter. Darüber schlief ich ein.

Zwei Kameraden erschienen mir im Traum, Josef Gmoser und mein Beifahrer der ersten beiden Jahre, Helmut, der beim Ausbruchsversuch aus Tarnopol gefallen war. Die beiden kamen in ein Hotel, in dem ich abgestiegen war. Sie standen vor der Tür und sahen herein, verloren und befremdet. Interessanterweise war es Josef, der das Reden übernahm, und Helmut lehnte sich zurück und lächelte. Helmuts Haare waren nass, und Josef hatte eine Schramme im Gesicht. Ich erinnere mich nicht, was wir redeten. Aber ich weiß, dass sie nicht gekommen waren, um zu klagen, es ging ihnen den Umständen entsprechend gut, so hatte ich den Eindruck.

Unmittelbar nach dem Traum erwachte ich, benommen und fröstelnd, und nochmals um vier Uhr vom Geräusch des Graupels, der gegen die Fenster geweht wurde. Ich stand kurz auf und trank ein Glas Wasser. Als ich das nächste Mal die Augen öffnete, brauchte ich einige Zeit, um mich zurechtzufinden, dann sah ich zu meiner großen Erleichterung, dass sich die Erde bereits merklich dem neuen Tag entgegendrehte. Das Dunkel in den Fenstern war nicht mehr ganz so hart. Jetzt schlief ich zwei Stunden am Stück.

Um halb zehn am Vormittag ging ich zu Margot hinüber und setzte mich bei ihr hin. Sie war schon einkaufen gewesen und wusste vom Tod des Onkels. Sie stellte mir eine Tasse Kaffee hin und fragte, ob alles gutgegangen sei. Ich antwortete: »Ja. So weit.« / »Dann bin ich froh«, sagte sie. / Ich glaubte zu sehen, dass sie etwas ahnte, aber sie fragte nicht weiter nach, und ich gab keine weitere Auskunft, und es wurde nichts mehr darüber gesprochen.

Es sind vom Eichbaumeck bald alle fort, in den Betrieben und Kanzleien werden die Männer durch Frauen ersetzt, die Männer schimpfen, so mancher wird sich's halt leichter vorgestellt haben. / Herr Kresser sagt, wir bekämen jetzt zuverlässig, was von Anfang an auf der Packung gestanden habe in fünf dicken Buchstaben: Konrad, Richard, Ida, Emil, Gustav. Immer wolle der eine den andern unterbuttern, und das gehe so lange, bis alles auf dem Rücken liege, dann sei wieder für einige Zeit Ruhe.

Bevor Herr Kresser einrückte, half er mir, den Lederbirnbaum abzubeuteln. Nun sind alle Früchte herunten, zwar klein, aber wohlschmeckend, fünfundzwanzig Kilo. Dienstag kochte ich sie ein, und um nichts wegwerfen zu müssen, du kennst deine Mutter, aß ich die Kernhäuser, daraufhin musste ich am Mittwoch den ganzen Tag liegen. Ich bin auch heute noch nicht ganz auf den Beinen. Hätte ich die Kernhäuser doch lieber weggeworfen, mein schwacher Magen verträgt solches nicht mehr.

Es war dann zwei Tage ununterbrochen kalt und stürmte, ich musste den Ofen einheizen. Gott sei Dank war die Ernte schon unter Dach, die Kartoffeln daheim, leider die Kinder nicht. Die schönen Blumen hinten im Garten, die für Allerheiligen gedacht waren, sind erfroren. / Sehr viel von den Dingen, die noch von dem großen Angriff am 11. September in den Bäumen hingen, kam beim Sturm herunter, Gardinen, Fensterrahmen, Kleidung, Schultaschen, das war vom Luftdruck hinaufgeworfen. Kann mir nicht vorstellen, dass noch viel Brauchbares dabei war außer Brennholz. / Bei uns verwüstete es den Garten, vier Körbe mit Winteräpfeln musste ich auflesen, jetzt tun mir die Beine weh.

Am Allerheiligentag wanderte ich von einem Friedhof zum nächsten und beneidete andere, die mit der Familie zu den Gräbern gehen konnten. An solchen Tagen spürt man das Alleinsein doppelt. / Auf dem Friedhof von Bessungen traf ich Frau Albus, ich soll dir von ihr schöne Grüße ausrichten. Sie hatte grad vorher am Telefon mit Anni gesprochen, die eine Quelle für Bohnenkaffee hat. Ich werde auch ein Pfund bekommen, es kostet fünfunddreißig Mark, egal, man ist froh, wenn man welchen hat, um seine Müdigkeit zu beseitigen. Für die Nerven ist es natürlich nichts.

Der Brinkmann-Tabak, den du mir geschickt hast, war ein Gedicht. Sag dem Soldaten unbekannterweise meinen herzlichsten Dank. Du erwähnst ihn nicht mehr so oft wie früher, da soll man sich auskennen. Aber du warst schon als Kind so, immer mit der Taschenlampe unter der Bettdecke. / Jedenfalls bin ich froh, dass du endlich einen Brief bekommen hast, in dem ich dir von Tante Helen, Helga, Tante Emma und Onkel Georgs Tod schrieb. Deine Briefe treffen jetzt im Durcheinander ein, es kommen ein über den andern Tag drei oder vier Stück, achtzehn oder neunzehn seit dem Angriff, kamen alle innerhalb weniger Tage.

Dein Nachbar liegt also wieder hinter seinem Haus in der Hängematte, während Alarm ist. So bist du die Gärtnerei wieder los.

Gestern war am Abend noch Nelli bei mir zu Besuch, sie war für einen Tag in Darmstadt, sie hat sich sehr verändert und schaut furchtbar schlecht aus, ich glaube fast, sie ist wieder lungenkrank. In unserer Familie ist schon ein entsetzliches Pech. Jetzt hat wieder Käta einen Rückfall, und natürlich muss sie immer weinen, was ja auch nicht von Vorteil sein kann für ihr krankes Herz. Ich frage mich, beziehungsweise ich frage mich überhaupt nicht, ich weiß, es ist nicht in Ordnung, dass manche Menschen gar kein Glück haben und anderen wieder geht alles nach ihren Wünschen.

So einen dichten Nebel hatten wir schon lange nicht mehr. Als ich nach dem Besuch von Nelli für die Hasen Futter machte, zog ich nachher den Nebel hinter mir ins Haus. Auch in der Küche riecht es nach modrigem Laub, und die Bettwäsche ist klamm, so dass mir die ganze Nacht nicht warm wird. / Ich fürchte mich sehr vor dem Winter, um fünf Uhr schon finster, also noch mehr Zeit zum Alleinsein. Ich kanns schon aushalten, wenn ich euch mal alle für drei Tage oder eine Woche los bin, ohne das Gerenne und Herumbrüllen. Und ich behaupte nicht, dass ich immer begeistert bin von dem, was ihr alle mir liefert, darauf kannst du deinen kleinen Arsch verwetten, liebe Margot. Aber dass jetzt gar niemand mehr hier ist, ist nicht recht.

Eben fällt mir ein, dass du noch immer einiges an Kleidung geschickt haben willst, aber die Post wird für dich von der Paketsperre keine Ausnahme machen. Und nein, man weiß eh nicht, ob es ankommt, weil die Flieger alles zusammenschlagen. / Kannst du nicht mal nach Darmstadt kommen und deine Tochter herzeigen? Nach dem, was alles seit dem großen Angriff passiert ist, wäre es schön, für ein paar Tage so eine Krabbe im Haus zu haben.

Papa habe ich von meinen schlechten Beinen nichts geschrieben, er begreift das doch nicht, er schimpft höchstens, ich sei selbst schuld. Leider muss ich jetzt wieder liegen, ich hatte einen Sonntag wie Arsch und Friedrich. Lulu muss mir füttern und melken. Auch Frau Kresser ist besorgt. / Lulu ist mit ihrer Mutter zum Glück wieder gut, ich habe ihr ordentlich ins Gewissen geredet. Schreib in deinen Briefen so, dass ich sie Frau Kresser zu lesen geben kann und dass was drin ist für Lulu, damit sie einsieht, sie hat es nirgends besser als zu Hause. Sie geht noch immer nicht zurück ins Geschäft, haben noch keinen Strom. In Darmstadt ist es für sie jetzt langweilig, kein Kino und nichts seit dem Angriff. Aber das Belida soll bald wieder eröffnen, und sie wartet schon sehr drauf, ist eben gar nichts anderes mehr gewöhnt als nur Trümmer. Es berührt einen ordentlich komisch, wenn man mal woanders hinkommt, wo man keine kaputtenen Häuser sieht. Letzthin war Lulu mit Gertrud in Wolfskehlen, es sei ihr vorgekommen wie Australien.

Nun, liebe Margot, will ich ins Bett. Meistens liegen wir gerade zehn Minuten, und da gibt es Alarm, das machen die ganz geschickt, du kannst dir meinen Zorn vorstellen. Und dann sitzt man im Keller, hätte Zeit genug zum Briefeschreiben, aber die Gedanken haben im Krieg kein gutes Leben und gehen im Kreis. / Vielleicht sind wir morgen nur noch Schutt und Asche und alles Hoffen war umsonst. Vorgestern hat sich ein Soldat, der eingekesselt war und jetzt aus Russland kam, erschossen. Am Bahnhof habe er sich noch gefreut, dass er mal endlich wieder <u>daheim</u> war, er habe gedacht, bombengeschädigt betreffe nur das Haus. Da hat es ihn hart getroffen, als er erfuhr, dass seine Frau und drei Kinder schon bald acht Wochen begraben sind.

Papa macht sich auch ganz kaputt mit seinen vielen Gedanken, ich sage ihm, das soll er nicht, er braucht seine Nerven noch, wenn er wieder zu Hause ist. Ich sage ihm auch, er ist doch nicht der Einzige, andere müssen auch fern sein von Frau und Haus, es ist für jeden schwer. Aber für ihn scheinbar ganz besonders. / Mir fehlt Papa auch, tagsüber bin ich mit Arbeit und Gängen überlastet, und das ganze Häusliche habe ich schon satt. Bettine, wenn sie am Wochenende hier ist, hat mit sich und ihren Freundinnen zu tun, und ich gönne es ihr, ich kenne den raschen Betrieb in Berlin, der macht einem die Nerven kaputt.

Da die Paketsperre aufgehoben ist, liebe Margot, habe ich heute für dich ein Paket mit Wäsche aufgegeben als Expressgut, du wirst es am Bahnhof Mondsee abholen müssen. / Schick mir die Bogen und die Schnüre zurück, es gibt hier gar nichts. / Nachthemden habe ich dir keine geschickt, du hast doch nur lauter ohne Ärmel, und jetzt kommt der Winter, und meine, die mit Ärmel sind, brauche ich selbst. Schicke dir statt dessen paar warme Fausthandschuhe.

Liebe Margot, es ist doch eine ganz andere Sache, wenn man seine eigenen Leute um sich hat als wie Fremde. Frau Bader hat seit Samstag eine Wohnung im Kaiserschlag, sie kommt nur noch zum Schlafen, da sie noch keine Betten haben. Heute haben sie Matratzen geholt, hoffentlich bekommen sie auch bald das andere. / Ich schlafe in Bettines Bett. Mein Bett steht auf dem Platz, wo die Couch stand, und die Couch steht unter der Uhr, da schläft Frau Bader, ich bin froh, wenn sie hier ist. Jetzt fängt auch bei mir die Budenangst an, und es wirbelt in meinem Kopf. Wenn's besonders schlimm ist, bitte ich Lulu, dass sie bei mir übernachtet.

Lulu ist zurück in der Hügelstraße, dort gefällt es ihr hundertmal besser als in Bessungen, obwohl sie in der Hügelstraße keine Toilette haben. Die Mädchen gehen nach oben und setzen sich in ihren früheren Arbeitsräumen auf einen Topf. Das ist natürlich Anlass zu witzigen Bemerkungen von Seiten der Herren. Die Mädchen gehen nie allein, immer muss jemand mit, der achtgibt, dass niemand kommt. In einigen Tagen fangen sie den Jahresabschluss an. Lulu stöhnt schon, weil es nach dem Angriff ein großes Gewurschtel geben wird und sie bestimmt manchen Sonntag wird arbeiten müssen.

Leider ist Käta gestorben, eines natürlichen Todes, also Rarität. Habe den Weg nach Arheiligen unternommen und mich verabschiedet, fand sie im Keller auf einer Bahre mit einem Tuch bedeckt, sie war richtig verändert, sehr fahl, kaum zu erkennen. Ich strich ihr mit der Hand übers Gesicht als letzten Gruß und ging. Ich konnte gar nicht weinen. Nun ist es vorüber. Die alte Wahrsagerin, die ihr einst prophezeit hatte, sie werde 89 Jahre alt, hat auch nicht recht behalten. / Onkel Gerhard traf ich nicht an, war im Lazarett in Dieburg.

Papa ist zur Zeit als Schlosser in der Werkstatt beschäftigt. Kein Material und Werkzeug und dennoch arbeiten. Er schreibt sehr weinerlich, ich glaube, dass die paar Monate schon genügt haben, um aus deinem Vater einen anderen Menschen zu machen. Er scheint schon in manchem anderer Meinung zu sein als früher. Ich habe viel gelitten unter seinen manchmal überspannten Ansichten, aber ich glaube, dass er die Welt jetzt mit anderen Augen ansieht. Vielleicht merkt er endlich, wie schön es ist, ein gemütliches Heim zu haben, wo man sich nach getaner Arbeit mal eine Stunde ausruhen darf. / Es ist vielleicht <u>unser</u> Glück, dass er nochmals eingezogen wurde.

Und dass von euch allen Klärchen am schlimmsten dran ist, das weißt du ja, sie hat überhaupt nichts mehr außer ihren Schihosen und einer Jacke. Und du weißt, dass ihre Mutter tot ist und sie selbst schwere Verbrennungen an den Händen hat. Frau Emmerich ist auch umgekommen, wer hätte damals, als ihr im selben Büro saßt, an sowas gedacht. / Angeblich, wenn Kläres Hände geheilt sind, fährt sie zu ihrer Cousine in den Westerwald.

Es werden jetzt die Trauerfeiern nachgeholt, ich war heute morgen in der Martinsgemeinde zur Gedächtnisfeier für Tante Emma und Onkel Georg. Herr Pfarrer Widmann sprach sehr ergreifend, es gab viele Tränen. Der Pfarrer sprach zwischendurch auch streng und sagte, dass manch einer Gefahr laufe, nach diesem kurzen Erdenrausch einer grausamen Ernüchterung gegenüberzutreten.

Dann habe ich gestern polizeilich zugeschickt bekommen, dass Tante Helen und Helga am 11. September für Großdeutschland gefallen sind, Laufnummern 4261 und 4262. / Heute wurde auch Tante Liesel benachrichtigt, dass in der durch Onkel Ernsts Auftrag von Gefangenen abgetragenen Torhalle paar Haufen Knochen von zwei Leichen gefunden wurden. Es sind nur noch zwei Menschen vermisst, es ist aber trotzdem schlecht festzustellen, ob die Knochen tatsächlich von Tante Helen und Helga sind, wir müssen es annehmen. / Gestern war ich auf dem Friedhof, habe ein Bukett hingelegt, sie sollen Nr. 2294 und 2295 liegen. Es ist halt sehr, sehr traurig, und Onkel Ernst schreibt herzzerreißend. Er fragt, ob noch jemand Fotos hat, von der Taufe, oder Fotos, auf denen

Helen drauf ist, die Blume von Darmstadt-Mitte. Ich weiß noch, wie sie gestrahlt hat, als sie vor dem Pfarrer stand. Die Fotografen hätten jetzt viel zu tun mit dem Herstellen von Kopien, haben aber kein Material.

Es ist alles sehr, sehr traurig. Werde jetzt für das Begräbnis von Käta beisteuern müssen, nachdem ihr Mann, der Schuft, alles mit der Begründung auf die Verwandtschaft abwälzt, er habe kein Geld und sei außerdem seit einem Jahr von ihr geschieden.

Und noch eine Neuigkeit, ich glaube, dass dein Peterle demnächst Mutter wird. Hoffentlich legt sie ihre Jungen nicht in mein Bett, denn da geht sie gern rein. / Und der Fritz von Kressers wird bald einen Kopf kürzer gemacht, denn er geht auf alle los und will auch Herrn Kresser nicht in den Zwinger lassen, er spielt sich auf wie alle Mannsbilder, immer mit der eigenen Wichtigkeit beschäftigt, was bestimmt nicht weit von der Wahrheit ist. Wenn ich ihn nur von weitem sehe, habe ich Angst, er will mir an die Beine.

Am Wochenende war Bettine hier und hat sich mal ordentlich ausgeschlafen und ihre Freundinnen getroffen. Ich glaube ihr schon, dass es kein leichter Dienst ist auf der Berliner Straßenbahn, jetzt im kalten Winter. Es müsste doch irgendwie zu machen sein, dass man sie nach Darmstadt frei gibt, so langsam fahren auch hier wieder die Straßenbahnen. Eberstadt bis Arheilgen fährt schon, und auch Griesheim. Ich meine, es sind doch dringende Gründe, dass ich allein mit meinen kranken Beinen bin.

Bettine war gerade sechs Stunden fort, da kam Papa. Schade, dass sie einander nicht gesehen haben. Papa hat im Haus noch ein wenig nach ihr geschnuppert.

Er hat viel Arbeit, hat das Stück, wo die Gurken waren, frei gemacht, alles auf einen großen Haufen gefahren und gleich mit Korn für Grünfutter für das Frühjahr angesät. Im Garten hat er gegraben und gesät, alles, was er nur konnte. Selbst seine Eltern hat er nicht besucht, er sagt, alles verlottert, wenn er nicht daheim ist. Ich habe ihm viel geholfen, und wir haben uns entsprechend gegenseitig beschimpft, weil dieses wilde Arbeiten für keinen von uns gerade gesund ist, bei mir wegen der Beine, bei Papa wegen seines Rückens. / Aber am Montag war es herrlich, wir gingen am Abend ein Bier trinken und spielten Karten und vermissten nur euch Kinder. / Hoffentlich dürfen wir uns bald alle für immer wiedersehen. Vielleicht wärst auch du gerne wieder daheim.

Papa sagte beim Mittagessen, wenn wir den Krieg verlieren, ob ich wisse, was das bedeute. Interessehalber sagte ich nein, doch er gab mir keine Auskunft. / Ich sagte: »Wir werden auch die Zukunft noch durchbringen.« / Eine ganze Weile stierte Papa mit gerunzelter Stirn und zuckender Schläfenader in seinen Teller. Dann zeigte er mir seine Verärgerung, indem er das Essen hinunterhastete, die Nachspeise unter den Arm nahm und, ohne ein Wort gesprochen zu haben, bei der Tür hinausschoss. / Als ich heute Papa sagte, dass Rudi gefallen ist, war seine einzige Antwort: »Und unsere zwanzig Mark sind dahin.« Das wird er dir nicht geschrieben haben. / Glaube mir, es gab mir einen Stich, dass einer für einen Menschen wie Rudi nicht mehr Herz hat, das sind so die Gewohnheiten im Krieg. Aber alles Gerede ist zwecklos, es geht irgendwie weiter.

Nun ist dein Mädchen also bald ein Jahr alt, und ich habe es nicht mehr gesehen, seit es drei Wochen alt war. Das Jahr ging schnell um, es brachte viel Schlechtes, hoffentlich bringt das nächste nur Gutes. / Danke für das Foto. Was aus dem Wurm geworden ist! Hand- und Fußzeichnungen habe ich bekommen, ich werde für Weihnachten passende Fäustlinge und Strümpfe stricken, ich habe bereits den alten Badeanzug von Bettine aufgetrennt. / Es war nicht sehr klug von eurem Nachbar, seinen Schwager zu beleidigen, er hätte besser getan, ihm aus dem Weg zu gehen. / Hast du jetzt deine Kleider bekommen und das Geld?

Vorhin ging ich hinaus um Wasser für die Ziegen, der Wind blähte die Pelerine dick auf, der kalte Regen peitschte ins Gesicht, und plötzlich hätte ich jauchzen mögen. Halte mich bitte nicht für verrückt, liebe Margot, immer wenn die Elemente toben, werde ich so froh, so voll überschäumender Lebenskraft. Bis die Kanne vollgelaufen war, stand ich neben dem Brunnen und sah den jagenden Wolken nach. Nie fort müssen von Darmstadt, die Stadt wieder aufbauen, euch Kinder wieder im Haus, paar Enkel spielen im Garten. / Wir leben hier einfach weiter, stehen auf und gehen schlafen, sitzen im Keller, füttern die Hasen und stehen im Geschäft an, um zu erfahren, dass nichts mehr da ist. Und am nächsten Tag wieder von vorn, es tut nicht weh, jedenfalls weniger, als man denken würde. Und zwischendurch in all dem Schutt und Elend gibt es Lichtblicke.

Ich bin froh, dass wir wieder halbwegs normalen Briefverkehr haben und ich Antwort von dir bekomme. Die Geschichte von dem Mädchen, das an Ostern allein den Berg bestiegen hat, ist auch sehr traurig. Und dass schon die Knochen herumlagen, ich muss mich schütteln, so eine Gänsehaut kriege ich, wenn ich dran denke.

Du schreibst, dass du deinen Mann nicht liebst. Aber geheiratet hast du ihn. Und was nun? – Wenn du es selbst nicht weißt, ich weiß es auch nicht. Wo ist er denn, der Ganove? Ist er mit der Evakuierung, von der im Radio berichtet wurde, aus Memel herausgekommen? Ich kann dir jedenfalls nur meinen guten Rat geben, den du, wie ich dich kenne, nicht befolgen wirst: Lass dich mit niemandem ein. Mich befällt so eine Trostlosigkeit, wenn Ehen enden wie Straßen, die nicht fertig gebaut wurden.

Aber die Meinung, dass du jemanden brauchst, der dir sagt, was du tun sollst, war bei dir ja nie stark ausgeprägt. Schon bei der Hochzeit hast du auf meinen Rat verzichtet, sonst hätte ich dir gesagt, dass Ehen jämmerliche Glückssachen sind und dass man das Glück nicht extra herausfordern soll. / Papa und ich sind seit vierundzwanzig Jahren verheiratet, was unter diesem Gesichtspunkt ordentlich lange ist. Und ich weiß, dass du dir an uns kein Vorbild nimmst, aber es hat sich nie als notwendig erwiesen, dass wir uns trennen. Und natürlich bin auch ich nicht so dumm, mir einzubilden, dass Papa ohne Makel ist. Aber ich bin halt überhaupt kein egoistischer Mensch, das ist mein größter Fehler. Ich habe genügend draufgezahlt im Laufe der Jahre und nichts daraus gelernt. Du bist vielleicht glücklicher dran, du kannst dich besser lösen, Margot. Ich kann nie wirklich mit jemandem fertig werden. Wenn ich einmal einen Menschen akzeptiert habe, dann nehme ich ihn, auch wenn er mich enttäuscht. / Also, mach, wie du willst. So zu tun, wie du tust, verlangt auch Charakter. Da du die Gärtnerei endgültig los bist an die Flüchtlinge und der Winter kommt, hast du Zeit genug zum Nachdenken.

Von Bettine kommt immer Post, und sie verlangt das eine Mal ein Kleid und das andere Mal den Sonntagsmantel, und jetzt soll ich ihr einen Schlafanzug machen. Wo soll ich denn den Stoff hernehmen? Beim nächsten Mal, wenn sie hier ist, soll sie ihre alte Trainingshose mitnehmen und drin schlafen, oder sie soll Papas alten Schlafanzug nehmen, der wird hoffentlich gut genug sein für jemanden, der in einer Gemeinschaftsbaracke wohnt. Sie glaubt wohl, weil die Adresse Rubensstraße ist, dass eine Trainingshose nicht genügt.

Hol der Teufel den ganzen Schwindel, ich hab jetzt bald genug von immer nur Ärger und Verdruss mit den Blödheiten von euch allen! Es vergällt einem das ganze Leben! Schaff mal wieder mein Enkelkind heran, damit ich eine Freude habe. Nachdem ich annehme, dass es schon die ersten Wörter redet, soll es auch Oma sagen.

In unserem Haus wird sonst nichts von Weihnachten zu sehen sein, mein Gang an den Feiertagen wird auf den finsteren Friedhof führen. Überall brennen nur Notlichter statt Weihnachten.

Margot, ich bin sehr müde, ich lege mich jetzt eine Stunde nieder. Du fehlst mir.

Soeben schrieb Papa, er kommt nach Greudenz oder Graudenz, ich kann es nicht entziffern, ist in Pommern. Er hat großen Hunger, seit seinem Urlaub im November hat er noch keine Wäsche gewechselt, nasse zerrissene Strümpfe. Er ist noch immer sehr weinerlich und glaubt, ich nehme ihn nicht zurück, wenn er nach dem Krieg wiederkommt. Aber da kennt er mich schlecht, ich habe ihm geschrieben, wenn er nicht flucht, kann er jederzeit kommen und dableiben.

Er musste seine Stiefel abgeben und hat Schnürschuhe bekommen, zum Anfang des Winters. Seine guten Stiefel. Hätte er das früher gewusst, hätte er sich nicht so große Mühe gemacht bei der Pflege. Er kocht vor Wut und sagt, in den Kasernen und bei der SA laufen sie mit den besten Stiefeln herum. Ihn wundert auch, dass die Russenweiber, die bei ihnen arbeiten, die Stiefel behalten durften, denen könnte man sie grad so gut abnehmen, sagt er. Und in Berlin in jedem Ministerium gebe es Stiefel für eine ganze Division, ganz vorne könne ein gutes Paar Stiefel den Unterschied machen, du weißt ja, wie Papa ist, wenn er sich aufregt.

Von Bettine höre ich, dass sie schon wieder mit festen Füßen im Hochbetrieb steht und viel Dienst haben wird an den Feiertagen. Sie sollte immer dran denken, dass sich Tante Resel auf der verfluchten Straßenbahn als Schaffnerin ihr Leiden holte, weil sie trotz Fieber an den Weihnachtstagen in den Dienst ist. / Auch Onkel Flor sagt, Bettine solle keinesfalls am Abend allein ausgehen und auch sacht sich mit niemandem einlassen. Er hat gehört, dass in Wien vier Mädchen von der Straßenbahn umgebracht worden sind. Hast du in deinem Mondsee etwas davon gehört? Wenn nein, behalte es für dich und mache dort kein Aufsehen damit.

Gestern haben wir unsere fünfzig Gramm Zuteilung Bohnenkaffee bekommen, es ist für den großen Angriff vom 11. September. Fünfzig Gramm Bohnenkaffee, damit alle, die noch leben, in ihrem Eifer nicht erlahmen. Ich hätte lieber das Glockenspiel zurück und Helen und Helga und Tante Emma und Onkel Georg.

Ich glaube dir, dass dich manchmal die Sehnsucht nach zu Hause packt, man lernt eben erst das liebe Elternhaus in der Ferne schätzen. Hoffentlich klappt es, dass du uns bald besuchen kommst, ich schlage beide Daumen ein. Aber erwarte dir keine schöne Bahnfahrt, es sollte mich nicht wundern, wenn es jetzt auf der Bahn alles andere als angenehm ist. Vielleicht, wenn du kommst, kannst du für immer bleiben, ich würde es mir wünschen, aber du weißt, ich sehe auch deine Grenzen. Solltest du nicht oder verspätet eintreffen, ich gehe am Beschertag um vier Uhr zur Kirche, das heißt, Gemeindehaus Liebfrauenstraße, anschließend zu Tante Liesel. Ich kehre erst am zweiten Feiertag gegen Abend nach Hause zurück, ich möchte nicht diese stillen Nächte allein sein. Den Hasen, den ich schlachten wollte, lasse ich, bis du kommst, damit du dich mal satt essen kannst.

Am Mittwoch war ich beim Thier und ließ mir von Liselotte Schaffnit Wasserwellen machen. Viereinhalb Stunden saß ich, jedes Mal, wenn wir gerade angefangen hatten, gab es Alarm, sowas ist manches Mal ein richtiges Verhängnis. Lieselotte sagte, dass sie in Griesheim einen Buben haben.

Die Sache ging sehr rasch

Die Sache ging sehr rasch. General Schubert ernannte uns zu einer Volksgrenadier-Division, dann gab es Schnaps, Zigaretten, Keks und Drops, das war der Abschied von zu Hause. Unsere Klasse ist in alle Winde zerstoben, wie es zu erwarten war. Die Leute, die noch Matura machten, haben gute Zeugnisse bekommen, etliche sogar mit Auszeichnung. Du weißt, lieber Ferdl, ich habe von dem Rest nie viel gehalten.

Bei der Fahrt steckten uns diese Gauner in einen Viehwaggon, bei dem die Fenster kaputt waren, dadurch wurde es furchtbar kalt. Für die Strecke von Wien nach Hainburg brauchte der Zug viereinhalb Stunden. Vor jeder Station und vor jedem Signalmast machten wir halt. Ich schlief auf dem zugigen Bretterboden, bei der Ankunft war ich ganz durchgefroren, sie mussten mir herunterhelfen, weil meine Beine so steif waren.

Zu Hause hatte ich mich auch nicht mehr wohlgefühlt. Hier und da und hier und da, und warum verstehst du das nicht, Kurt, und das nicht und das nicht, wir haben auch ohne dich genug Sorgen. Ich bin mir vorgekommen wie ein Kreisel, ich dreh mich, bis ich umfalle. / Von Sonntag bis zu meiner Abreise hatte Papa nur noch das Nötigste mit mir geredet. Was soll ich machen? Wenn ich will, vertrage ich mich mit jedem, und im Fall der Eltern würde ich doch bestimmt wollen.

Nun bin ich in diesem trostlosen, düsteren Kasten, schon in Wien beschlich mich immer ein unangenehmes Gefühl, wenn ich an so einer Wanzenburg vorüberging. Die Stube, in der ich sitze, ist öde, die Gänge sind fast unbeleuchtet, wir schlafen zu fünfzehn in einem Zimmer, es ist dunkel in dem Raum, alles grau in grau, meine Stimmung ist ungefähr wie die Kameraden und die Umgebung, aber ich bin schon so stumpf, dass mir alles egal ist.

Am zweiten Tag räumten wir unsere Schränke ein, wir mussten die Ablageflächen mit Papier auslegen und vorne an den Bretterkanten Papierspitzen anbringen, verrückt sind sie beim Kommiss. / Nanni hat manchmal so schön im Stehen einen Ohnmachtsanfall gemimt, ich habe aber nicht ihr Talent, außerdem muss man vorsichtig sein, die Vorgesetzten sind empfindliche Menschen.

Ich bin jetzt übrigens im Besitz eines Spatens und somit im Besitz einer Spatentasche, wie Tante Hilli sie seit zwei Jahren nietet. Ich stelle mir vor, dass Tante Hilli die Spatentasche persönlich genietet hat, und halte sie in besonderen Ehren.

Wo Nanni wohl ist, meine Schorsche? Aufenthaltsort unbekannt. Ich wünschte, dass sie zurückkäme. Oder wenn ich wenigstens wüsste, wo sie ist, so wäre mir schon leichter.

Als Nanni und ich bei Regen in der für Kanalisationsarbeiten bereitliegenden Betonröhre kauerten, und der Krieg war weit weg, und ich hatte plötzlich, wie schon lange nicht mehr, so ein leichtes Gefühl, als ginge mich alles nichts an. Das bleibt unter uns, Ferdl, du erzählst es nicht weiter, dort habe ich Nanni das erste Mal geküsst, und sie hat einen Lachanfall bekommen. Aber später hat es ihr doch gefallen. / Sie ist dann vor Freude fast geplatzt, und das hat mir so gefallen, ich mochte es, dass sie sich so freuen konnte. / Und am nächsten Tag sagte sie, es wäre schön, das Ganze noch einmal zu machen, es war ihr nicht unangenehm, das zu sagen, sie hatte nicht wie andere diese Angst, sie könnte total peinlich sein. Und da haben natürlich manche geglaubt, sie ist nicht ganz richtig im Kopf.

Ich weiß nicht mehr, was wir geredet haben, aber ich weiß noch, wie ich mich gefühlt habe, so leicht und glücklich, als wäre ich im Leben angekommen, nicht wie sonst immer, wenn ich mir dachte, das gibt mir ein Vorgefühl auf das Eigentliche.

Die Stadt hier ist nicht besonders groß, aber Frauen gibt's, nebenbei gesagt, ziemlich viele, und die freuen sich auf unseren Ausgang. Sind aber keine eigentlichen Stadtbewohnerinnen, auch wenig Mädchen, sondern *bombengefährdete* Frauen, über die wir von den Vorgesetzten aufs Eindringlichste unterrichtet worden sind.

Hinein in die Ausgangsmontur und runter in die Stadt unter Menschen, das erste Mal wieder seit unserer Abfahrt von Wien. Ein ganz eigenartiges Gefühl überkommt einen, wie man es vorher nicht gekannt hat: Einmal wieder draußen zu sein, außerhalb des Kasernengeländes, ohne Kommandos brüllende Aufsicht.

Die Donau ist sechshundert Meter von der Kaserne entfernt, der Wind kommt hier immer von vorn. An den Hängen des Braunsberges vergilben die Wälder, und vor der Stadt rosten die Ebenen. Es ist richtig Herbst geworden, und der Wind bläst die Distelsamen über die Wiesen, und die Donau führt ihr grünes Wasser Richtung Front. Der Himmel ist manchmal wie durchsichtig, das Herbstlicht wie ausgelaugt, so dünn, Ferdl, dass man glaubt, die Vögel fallen herunter. / Und auch die Gedanken ziehen vorüber, und ich blicke hoch, und der

Mund steht mir offen, und ich denke, wie kann ich so vor mich hin leben, wenn am Himmel die Gedanken vorbeifahren, und ich weiß nicht, wo Nanni ist. / Man wird ganz verrückt, wenn man jeden Tag auf etwas Bestimmtes wartet, und es kommt nicht.

Und die lassen uns was anschauen! Exerzieren! Schnauze in den Dreck! Wie Minensucher fahren wir mit der Nase über den Boden. Wenn da einer kein gutes Herz hat, steht er nicht mehr auf. Dann Übungen mit Gasmasken, dabei singen, laufen, bin gespannt, wie's mir anschlägt. Und werden beinahe zu Hausfrauen herangebildet, nur nicht kochen, sonst alles, flicken, waschen, putzen, Socken stopfen, da geht's zu, da schreit einer, der sich gestochen hat, da flucht einer, weil die Hand nicht so will wie der Kopf, da schrubbt einer, dass die Fetzen fliegen. Und auch sonst eine harte Schule, der Dienst ist so eingeteilt, dass jede Minute ausgefüllt ist, man kommt kaum zum Atmen.

Gestern mussten wir in der einen Stunde Mittagszeit zehn Mal den Dienstplan abschreiben, weil wir ihn nicht genau gekannt hatten. Wie denen zumute ist, die erst von der Front zurückgekommen sind und in der Ruhestellung liegen, kannst du dir denken. Sie sagen, sie hätten noch vor drei Tagen Menschen sterben gesehen, und jetzt würden sie zu derlei Schreibarbeiten genötigt. Schon ein bisschen krank, wenn man mich fragt. Aber fragt mich jemand?

Immerhin, die Hose habe ich mir endlich gewaschen, diese Sorge bin ich los. Dafür weiß ich nicht, was ich mit meinem Rock machen soll, er starrt vor Stiefelschwärzeflecken, Tintenflecken und verbrannten Flecken, ich glaube, er ist schon seit den zwanziger Jahren im Dienst. / Ich wär froh, wenn ich von hier wieder wegkäme, hier pfeifen andere Winde als in Schwechat. Und es stimmt natürlich, dass ich jetzt lieber zu Hause mithelfen würde, ganz ohne Schliff. Und dass man mir ein paar Unebenheiten abschleifen werde, wie Papa mir angekündigt hat –. Würd' mich interessieren, ob er schon zufrieden wäre, es reicht nämlich langsam.

Dass die Front auch von Osten heranrückt, merkt man daran, dass wir schon die ersten russischen Tiefflieger gesehen haben, sie kommen von Ungarn herein, zwei Migs, sie schauen seltsam aus, gedrungen, mit kurzen Flügeln, einem Kuckucksvogel ähnlich. Ich befürchte, wir werden uns an den Anblick gewöhnen müssen.

Lieber Ferdl, jetzt bin ich wieder auf der Suche nach jemandem, bei dem ich mein Herz ausschütten kann, und außer dir habe ich niemanden mehr. Dass Nanni tot ist, weißt du ja schon von der Sascha, ich kann es gar nicht fassen. Ich atme weiter, bewege mich weiter, erledige, was zu erledigen ist, und dennoch fühlt es sich an, als sei alles stehengeblieben.

Tante Hilli hatte oft gesagt, sie glaube, dass Nanni nicht mehr lebe. Ich hatte es ihr auszureden versucht, ich hatte es nicht geglaubt oder mir gesagt, wenn ich dran glaube, vergrößert es die Wahrscheinlichkeit, dass es wahr ist. Aber ein ungutes Gefühl hatte ich auch, wie im Märchen, wenn der Wanderer jeden Moment damit rechnet, dass ihm seine schlimmsten Ängste entgegenkommen. Deshalb war ich nicht wirklich überrascht. Die Überraschung liegt eher in der Wucht der Gefühle. Aber meine Gefühle interessieren hier niemanden, und so zwinge ich mich, alles hinunterzuschlucken. Ich nehme es hin, wie ich es hinnehme, dass es Dinge gibt, die ich nicht verstehe.

Außerdem schüttet es aus einem trostlosen Himmel. Und ich bin nicht sonderlich erfreut, dass wir morgen wieder in den Wald müssen, in den tropfnassen Wald, in dem alles versickert, was einem nicht oben in die Stiefel hineinläuft. Und ich muss diesen zu kurz geratenen Brief in den Umschlag stecken, weil gleich die Schulung beginnt. In allem muss ich kapitulieren, es ist sehr traurig. / Du, Ferdl, die Zeit vergeht schnell, möchte wissen, welche Veranlassung sie dazu treibt, ich sähe eigentlich keinen triftigen Grund.

Wenn ich erwache, meist so morgens um halb sechs oder noch früher in totaler Dunkelheit: Ist's möglich? Nanni tot? Mir wird sehr bang, und ich kann gar nicht gerade denken, ich bin so aufgeregt und zittere und steh völlig neben mir. / Du weißt, lieber Ferdl, es grünt der Klee, und mir ... mir graut.

Irgendwie gelingt es mir, mich zu beherrschen. Erwachsen sein heißt ja vor allem, dass man gelernt hat, sich zu beherrschen.

Gestern schneite es fünf Minuten. Ich fror wie ein Schlosshund. In der Nacht deckte ich mich fest zu, so dass mir warm war. Aber in der Früh klapperte ich nur so, obendrein mussten wir arbeiten ohne Handschuhe, das Wasser war in der Feldflasche gefroren. / Flussabwärts bauen wir auf einem Hügel ein Lager für Arbeitsverpflichtete, die demnächst von Ungarn zum Schanzen kommen. Von dem Hügel sieht man die Donau, das schimmernde Band des Flusses, du weißt, immer derselbe Fluss und immer anderes Wasser. / Dort oben ist es saumäßig kalt, und der Wind auf der Baustelle ist auch nicht ohne. Überhaupt Baustelle: Du hackst mit dem Krampen in die Erde, und es hagelt Steine und Erde auf dich herab, es ist ein verfluchter Untergrund. / Ab Mitte des Nachmittags knacken die Knochen, nur mit Träumen halte ich durch bis zum Abend.

Dann habe ich für einen Moment das Gefühl, dass ich lediglich rasch zur Burggasse gehen und in die Straßenbahn steigen muss. Und im nächsten Moment fällt mir ein, dass das nicht geht, weil ich eingerückt bin. Das sind die Träume des Rekruten Kurt Ritler, ausgemaltes Glück, das sich nicht leben lässt. Und trotzdem verbringe ich meine Tage damit, mir Dinge zu wünschen. Es ist bedauerlich, dass der Mensch ständig Wünsche hat, obwohl er sie nicht verwirklichen kann. Jeder weiß das, mehr oder weniger.

Was sich hier abspielt, ist unbeschreiblich. Tausende Flüchtlinge ziehen den ganzen Tag mit ihren Wägen durch die kleine Stadt und wandern nach der Wiener Gegend. Ist richtiges Kriegsgebiet. Beängstigend ist dieses Bild. Schon aus Budapest kommen sie.

Unser Klo bei der Baustelle ist auf freiem Feld, oben am Hügel eine Holzhütte, die über einer Grube steht, und wenn man dort das Klopapier hinunterwirft, so fliegt es wieder zurück und tänzelt unter der Decke der Hütte, so ein Zug ist in dem Klo.

Gestern Nacht musste ich mit einem zweiten auf der Baustelle Wache stehen. Es war so dunkel, dass man die nächsten Bäume nicht sehen konnte. Ein kalter Wind wehte, so dass es durch den Stahlhelm unangenehm zog. Und wenn nur ein Zweig knackte, fuhr ich zusammen. / Wenn Nanni und ich im vergangenen Winter spät spazieren gingen, hatte die Nacht etwas Besonderes, so dunkel. Auf dem Wilhelminenberg verloren wir den Weg und suchten ihn mit den Händen. Mit Nanni mochte ich die Nacht, man rückt ein bisschen zusammen, das macht das Dunkel schöner. Aber hier macht mir die Nacht Angst. Auf Wache habe ich alle meine Sünden abgebüßt, ich habe solche Angst gehabt, weit und breit niemand, der uns geholfen hätte, wenn jemand herangeschlichen wäre, und ich habe gezittert. Also, mutig bin ich nicht. / Dann bin ich, glaube ich, an einen Baum gelehnt eingeschlafen. Als ich wach wurde, hatte ich das Gleichgewicht wieder etwas gefunden. / Aber wenn ich dran denke, dass Nanni tot ist, packt mich ein Schüttelfrost bis in die Eingeweide hinein. Ich bin noch immer ganz fassungslos. Hätte ich dich nicht, Ferdl, das Leben wäre überhaupt nicht tragbar.

Heute kam einer zurück von zu Hause und berichtete von den Angriffen. Schade um unser schönes Wien. Wenn nur der Familie nichts passiert, das denkt sich ein jeder. Manchmal sind wir so gereizt gegeneinander, dass es am besten ist, jeder geht jedem aus dem Weg. Auf der Stube ist es schon vorgekommen, dass jäh einer ein Stück genommen und an die Wand geschleudert hat. / Ich selber drücke alles hinunter, so gut es geht, und wenn sich die andern betrinken, nehme ich ein Buch zur Hand. Aber manchmal nützt alles nichts.

Über das Begräbnis kann ich dir nicht viel sagen, es hat in Mondsee stattgefunden. Susi schreibt, die Wolken seien ganz niedrig über dem See gegangen und viele hätten geweint. Mama schreibt, die Kirche und der Pfarrer hätten etwas Schauerliches gehabt, aber die Grabstelle sei schön gelegen. Und Tante Hilli schreibt, sie habe davor drei Nächte nicht geschlafen, und es sei gewesen, wie wenn ein Geist durch einen Geist hindurchgeht, sie könne sich an nichts erinnern. / Das ist ungefähr alles, was ich dir mitteilen kann.

Susi schreibt, Tante Hilli trinke manchmal etwas und habe dann einen Schwips. Papa schreibt, wenn sie über den Branntwein komme, könne kein Mensch sie von der Flasche wegbringen, bis ihr die Flammen zum Hals herausschlügen. Aber so schlimm ist es mit Sicherheit nicht.

Was sie zu Hause von mir denken, ist mir natürlich längst bekannt, und es berührt mich nicht mehr. Solange der Krieg dauert, lebe ich von heute auf morgen, und über alles andere mache ich mir einstweilen keine Sorgen. Papa meint, ich nähme es vielleicht tragisch, wenn ich kein Zuhause mehr hätte. Nein, ich will ohnehin überall und nirgends zu Hause sein, mir ist ja alles so egal wie noch nie.

Schnaps erhalten wir in letzter Zeit auch allerhand, und was daraus wird, kannst du dir denken, dann bekommt ein jeder seinen Weltschmerz. Derjenige, der Dienst hat, muss nüchtern sein und auf die anderen aufpassen, dass sie nicht das ganze Haus zertrümmern, denn wenn vom Urlaub und von Zuhause gesprochen wird, ist keiner mehr zu halten.

Das Lager für die Fremdarbeiter ist fertig und schon bezogen, so sind auch diese Tage vergangen, kaum konnte ich mehr die harzigen Finger ausstrecken, an denen die Hacke frei hängen blieb. Die Baracke für das Wachpersonal hat einen Betonboden bekommen, ich habe meine Fußabdrücke im noch weichen Beton hinterlassen, das sind jetzt meine Spuren. / Immer neue Flüchtlingszüge kommen durch, Bauern mit Schafpelzmützen treiben ihre Herden vor sich her. Und dazu das dezemberliche Grauen über der Landschaft und das Rufen der Nebelkrähen, die sich nur diffus vom schieferfarbenen Himmel abheben.

Wir kommen demnächst von hier weg, aber den offiziellen

Verladetermin wissen wir noch nicht. Eben zog wieder eine Kolonne beim Tor hinaus, nach Norden abgestellt. / Es wird viel davon geredet, dass die neu aufgestellten Divisionen die Wende bringen sollen, nicht umsonst haben wir vor einigen Jahren lauthals gesungen: »F. befiehl, wir folgen dir!« / Das ist jetzt die nächste Etappe.

Da ich Sold bekomme, habe ich Geld, schon einiges, und muss es aufheben in meiner dicken Geldbörse, hu, hu. Wenn ich das in Wien gehabt hätte, mein Gott, das wäre ein Leben gewesen. Aber andererseits bin ich nicht mehr so, dass ich's gleich ausgeben muss, man kann vieles lassen und verzichten, werde mir das angewöhnen, das ist eine feine Sache, lieber Ferdl, kein Bier, kein Tanzen, keine Mädchen.

Das überschüssige Geld habe ich nach Hause geschickt, sie sollen es meinetwegen zurücklegen für die *Siegesfeier*. Als ich die Kaserne schon fast wieder erreicht hatte, kam mir ein Soldat entgegen, er war aus Mondsee gekommen, um mir meine Briefe an Nanni zurückzugeben, er war sehr pessimistisch. Als ich ihm erzählte, dass Papa mir geraten habe, meine Zivilkleider immer bei mir zu tragen und die Uniform, wenn es hart auf hart komme, wegzuwerfen, ergriff er für Papa Partei. Aber die können sich ihre Ratschläge sonstwohin stecken. / Der Soldat sagte, Nanni habe ihm einmal geholfen, als er einen nervösen Anfall hatte. Dann lächelte er mich ein bisschen bang an, er war auch jetzt nervös und sah elend aus. Na ja, muss es auch geben, wie Nanni gesagt hätte.

Einmal habe ich Nanni darauf angesprochen, dass sie ein ziemlich freches Mädchen ist, ich glaube, ich dachte in dem Moment daran, wie sie sich auf der Mariahilferstraße bei mir eingehängt hatte. Daraufhin meinte sie ganz begeistert in ihrer ungestümen Art: »Ja, tatsächlich, ich muss mich immer zusammenreißen!«

Da wir morgen wegkommen, hat unser Hauptmann uns aufgetragen, wir sollen noch einmal fest schreiben, was ich hiermit mache. Angeblich kommen wir nach Schlesien. Vielleicht wird in Schlesien alles Unbegreifliche in meinem Leben eine Erklärung finden, und dann werde ich einschlafen und am Morgen aufstehen als normaler Mensch. / Lach nicht, Ferdl, aber dann wird eine spektakuläre Veränderung über mich kommen. / Und du weißt, ich schreibe gleich, wenn ich die Möglichkeit habe. Wenn du einmal keine Post mehr von deinem Kurti erhältst, weißt du, was es geschlagen hat.

In unserer Hütte in Penzing auf dem Dachboden beim Fenster links ist unter einigen Lumpen mein Fahrtenmesser, meine dynamobetriebene Taschenlampe und mein Angelzeug. Davor liegt verschiedenes Gerümpel. Sicher sind solche Dinge nirgends, aber es ist gut versteckt. / Diesen Zettel zerreiße, du wirst es dir schon merken. / Und sei dir bitte bewusst, dass dies der größte Vertrauensbeweis ist, den ich je einem anderen Menschen erbracht habe, ich hoffe, du weißt es zu würdigen.

Sonst geht es weiter in der beißenden Kälte, durch Wiesen und Wälder, unendlich lang und fad, das heißt, leer, verlassen. Hie und da siehst du ein verlassenes Schwein oder Pferd herumtorkeln, das wird dann gleich in Empfang genommen, alles kann man brauchen, kannst dir ja denken, hurra, ein Schwein, dann geht's auf die Jagd wie bei der feinen Herrschaft. Zur Not werden auch Eichhörnchen geschossen. Wenn man Hunger hat, hebt man alles auf, was in den Weg kommt.

Gestern habe ich mir einiges (Hemd, Unterhosen und zwei

Paar Strümpfe) waschen lassen. Als ich der Wirtin die Seife gab, war sie froh, für die Kinder braucht sie viel, sie sind trotzdem schmutzig genug. Sie haben fünf Kinder, die noch sehr jung sind, aber umso mehr Lärm machen am heutigen Regentag und mich mit großen Augen ansehen. Sie sind drei bis neun Jahre alt. / Wie gesagt, vielleicht finde ich in Schlesien endlich Boden unter den Füßen, wobei ich vermute, den erreiche ich nie, den gibt's nämlich nicht für mich.

Und es fährt mir jedes Mal durch Mark und Bein, wenn es in der Nacht irgendwo klopft. Hier sind es die Kinder, die im Traum mit dem Kopf gegen die Wand pumpern.

Es ist ein merkwürdiges Gefühl, wenn man bedenkt, zu Hause in der Heimat, speziell in Wien, da regt sich alles auf den Straßen, und jeder versucht, für seine Lieben ein Weihnachtsgeschenk zu kaufen, und wir liegen in Strohkisten, und ein Tag ist wie der andere, die Zeit geht dahin mit einem manchmal stotternden Motor, läuft gut mit Nichtstun, Bunkerbau, Essen und Schlafen, dann ta-ta-ta-ta-ta mit heftigen Sprüngen des ganzen Wagens, ein paar Mann fallen herunter, und dann geht's wieder ruhig weiter mit Nichtstun, Quartierwechsel und Organisation von Essen. / Aber natürlich ist es auch in Wien schwer, Weihnachten unter den gegebenen Verhältnissen.

Nach zwei Stunden Fahrt sind wir wieder vorne angelangt, in einiger Entfernung verläuft die Front, das Grollen ist zu vernehmen. Morgen kommen wir zurück in den Einsatz, uns graut schon davor, aber unser Hauptmann sagt: »Es ist ein Krieg der wahren Ehrlichkeit gegen die größte Schlechtigkeit.« / Hier vergeht einem alles, wenn es so um die Ohren pfeift und donnert, dass der Erdboden zittert. Aber gestern haben wir ein Bad genommen, im Sturmangriff ging es ins Außenbecken eines Thermalhotels, kannst dir vorstellen, getaucht wie ein Nilpferd, hu, hu. Das war eine Wohltat, zehn Buben und Nacktkultur à la Lobau. Und in der Ferne hat es gedonnert, hat uns nichts gemacht, volle Deckung ins Nass, man gewöhnt sich an alles.

Ich bin immer noch in dieser Scheune, meine Lage zum Schreiben kannst du dir vorstellen, auf dem Boden liegend, etwas Heu unter dem Arm, so ungefähr. / Wenn ich vor das Tor trete, sehe ich in der Ferne den Widerschein von Geschützfeuer, dieses geisterhafte Spektakel. / Sonst gibt es in dieser Krampfgegend nicht viel, was zu erwähnen wäre, es lohnt sich nicht einmal, die Gegend zu fotografieren. Wenn ich an zu Hause denke, drückt es mir das Herz ab.

Ich bin ganz weg, dass Stranzberger Franz gefallen sein soll, und der Hübsch Bubi hat auch Pech gehabt, er ist beim Aufspringen auf einen LKW verunglückt, angeblich wird er nicht wieder aufkommen. / Scheichenstein ist mit Gelbsucht zu Hause.

Dass du zu den Fallschirmjägern kommst, was soll ich sagen, es ist ja letzten Endes egal, wo man ist, erwischen kann es einen überall. Haben sich deine Eltern schon etwas beruhigt? Meine Mutter ist auch nicht erbaut darüber, dass sie *so halbe Kinder* fortgeben muss. Sie regt sich sehr auf, weil es mir das eine Mal in der Hütte beim Schlafen auf den Kopf geregnet hat, sie stellt es sich etwas unrealistisch vor, auf eine Art ist es gut, weil sie überhaupt keinen Schlaf mehr finden würde, wenn sie alles wüsste, andererseits, man muss sich auch nichts vormachen. / Ich habe ihr geschrieben, sie solle ihre Nervosität aufgeben, es stehe sich nicht dafür, es gibt ihr niemand was dafür. / Papa ist unterdessen schwer verärgert, weil er vom Magistrat keinen Urlaub bekommt, er sagt, da habe er einen schönen Dank für seine Leistungen schon in illegaler Zeit, es sei kein Wunder, wenn einer seinen Idealismus verliere. Für ihn sei jedwede politische Tätigkeit abgeschlossen, er habe ohnehin das Gefühl, dass man die Ostmärker ein wenig für Idioten halte, es solle sich darin aber niemand täuschen.

Jetzt hat meine erste Soldatenweihnacht angefangen, es ist nämlich das erste Weihnachtspaket eingetroffen, von Tante Hilli. Mein Unteroffizier hat mir verboten, das Paket vor dem 24. Dezember zu öffnen, aber gestern im Nachtdienst, als alle schliefen, habe ich es mit dem Messer vorsichtig aufgeschnitten, jetzt leere ich es stückweise und verschnüre es immer wieder. Am Weihnachtsabend werden sie Augen machen, wenn sie sehen, dass das Paket komplett leer ist. Dies so nebenbei.

Ich meine, es seien schon drei Jahre verflossen, seitdem ich das letzte Mal in Wien war. Oft denke ich an die Zeit zurück, wo's normal zur Schule ging, man stand um Viertel vor sieben auf und mittags war man wieder frei. Die Zeit sollte noch einmal kommen. Aber augenblicklich sind wir Soldaten. / Einmal träumte mir, dass Nanni und ich Hochzeit hatten, die Schrammeln spielten, und wir saßen vergnügt beisammen, es wird halt nie Wirklichkeit werden. / Also, lieber Ferdl, halte die Daumen für mich, damit nichts passiert. Zum Schluss viele Grüße und viel Glück! / Gute Nacht!

Und nur so viel noch, ich weiß, dass ich mich im Leben nicht gut auskenne, aber ich finde mich langsam damit ab, es tut nicht mehr so weh. Und verzeih bitte die schlechte Schrift, mich friert schon sehr. Von dir habe ich schon lange nichts mehr gehört. Die Post kommt nicht durch bei dem vielen Schnee. Oder es ist wegen des stark beanspruchten Nachschubs, da zieht die Feldpost den kürzeren, Munition geht vor.

Seit Tagen tobt in unserem Raum eine furchtbare Schlacht. In der Nacht ist der Himmel blutrot gefärbt. Seit drei Tagen trommelt die Artillerie ununterbrochen. Die armen Leute vorne im Graben. Wir liegen in dem Dorf, in dem sich der Hauptverbandplatz befindet. Zu Fuß, auf Karren und Autos kommen die Verwundeten an. Das geht Tag und Nacht. Ein Bild des Grauens. Diese Bilder werde ich <u>nie</u> vergessen. / Donnerstagvormittag war ich mit einigen anderen vorne in einem Dorf, am Abend saß bereits der Russe drin.

Eines der indischen Sprichwörter in Papas Sprichwörterbuch kommt mir jetzt öfters in den Sinn: Wer auf die Jagd nach einem Tiger geht, muss damit rechnen, auf einen Tiger zu treffen.

Deutsche Einheiten auf dem Rückzug

Deutsche Einheiten auf dem Rückzug drängten nach Budapest herein, die Stadt wurde zum Heerlager. Die Donau wimmelte von heulenden Schleppkähnen und Frachtern, die schweres Material brachten. Wenn eine Wolke vor die Sonne zog, verfärbte sich die Donau grau. Die Schiffe waren mit Tarnfarben versehen und befanden sich manchmal an der Grenze zur Sichtbarkeit. Der Herbst hatte seine Herrschaft über der Stadt gefestigt, es war eine farblose Zeit.

Dann verbreitete sich das Gerücht, Ungarn trete in wenigen Tagen aus dem Krieg aus und strebe eine neutrale Position an. Wir Juden waren voller Hoffnung am einen Tag, und voller Verzweiflung am andern Tag. Da wurde im Radio durchgegeben, Admiral Horthy sei verhaftet und Szálasi Ministerpräsident. Jetzt lautete die einhellige Meinung, die Bedrohung sei schlimmer denn je. / Tatsächlich erwachte auch in der Budapester Bevölkerung der Rassenwahn, und der Kleine Mann trat hervor und spuckte an, wen er anspucken wollte, vor einigen Wochen hatte er das nicht getan und schien auch kein Bedürfnis gehabt zu haben, von heute auf morgen war das Bedürfnis vorhanden.

Im September war ich tagsüber oft an der Donau herumgelungert, die Stadt hatte sich in einem Zustand des Abwartens befunden, nahe einem Starrkrampf, seltsam unwirklich, während die Rote Armee heranrückte. Am Ufer des Flusses hatte ich Zwetschken gegessen und mit Wally und Georgili geredet, hatte nach ihnen gerufen, hatte sie beim Namen gerufen, hatte ihnen Glück gewünscht und mich bei ihnen entschuldigt. Jetzt ermordeten dort Pfeilkreuzlerbanden Juden, führten sie ans Ufer und schossen sie in den Fluss. / Schön ist das Leben hier wirklich nicht. Sowie man aus dem Haus geht, muss man damit rechnen, wie ein Stück Wild abgeschossen zu werden.

Als ich heute in der Früh verzagt in meinen leeren Brotbeutel blickte, war mir trotzdem klar, dass ich aus dem Haus musste, wenn ich nicht verhungern will. Geld habe ich keines mehr, am ehesten kann ich mir eins verdienen, indem ich deutschen Soldaten Reichsmark gegen Pengő wechsle, das ist ein einträgliches Geschäft, ein jeder würde sich gerne daran beteiligen, aber nur die wenigsten sind mutig genug. Die Sache hat so ihre Tücken. Man darf auf keinen Fall an den Falschen geraten. / Worin ich mir bereits eine gewisse Fertigkeit erworben habe, ist das Erbetteln von Unterstützung durch Hilfsorganisationen, Komitees und neutrale Ausländer. Mit dieser Methode gelingt es mir, mich notdürftig über Wasser zu halten.

An immer neuen Punkten in der Stadt tauchen Wachposten auf. Dann und wann wird ein Straßenzug von Sicherheitskräften abgeriegelt und eine Razzia durchgeführt, verbunden mit Hetzjagden durch die Hinterhöfe und über die Dächer. Es ist Glücksache, ob die Männer, die in eine Wohnung eindringen, nach Menschen oder nach Wertgegenständen suchen. Entweder gibt es keine klaren Anweisungen, oder die Anweisungen werden frei interpretiert. / Heute in der Früh schlich Dr. Schlosser zum Fenster und spähte hinaus, er sagte, ich solle vorsichtig sein. / Das Verlassen des Hauses wird immer gefährlicher, selbst Straßenprofis geraten in Kontrollen, überall lauert der Tod, keiner weiß, ob er von der Kugel eines

Pfeilkreuzlers, von einem deutschen Panzer oder einem russischen Tiefflieger getötet werden wird.

Ich suchte Brandt auf und bettelte um Geld. Seine Frau übergab mir einen kleinen Betrag. Ich fragte, ob sie etwas Näheres über den Verbleib von Wally und Georgili in Erfahrung bringen konnten. Frau Brandt sagte, sie versuchten weiter, Nachforschungen anzustellen, aber die Situation sei chaotisch. / Grundgütiger Gott, wo ist Wally? Wo ist Georgili? Wo?

Oft geh ich fast in die Knie unter meinen Schuldgefühlen. Es gibt eine Stunde, bis zu der der Schüler seine Lektion beherrschen muss. Nachher gibt es kein Lernen mehr. Diese Stunde schlug mir im Jahr 1940, als wir nach Goldküste hätten gehen können, Akkra. / Die guten Gelegenheiten gehen vorbei und kommen nicht wieder.

Auf dem Nachhauseweg kaufte ich mir etwas zu essen, ein halbes Kilo grüne Paprika und ein Brot, von dem ich gleich auf der Straße ein Stück aß. Es hatte einen dumpfen Kellergeschmack, so dass mein Hunger rasch gestillt war. Für uns Juden backen sie das Brot jetzt aus Kartoffelschalen, Mehl und Spreu, ich habe mich schon fast daran gewöhnt. Kaum erinnere ich mich noch daran, dass ich in Wien in die nächste Bäckerei gehen und große Weißbrote und Buchteln mit Powidl kaufen konnte. / In dem mit einem gelben Stern gekennzeichneten Haus, in dem ich jetzt wohne, sind die meisten Männer fähig, im Spiegel die Rippen zu zählen.

Während ich vor einigen Monaten wie unsichtbar an den Leuten vorbeiging und von den Leuten wie Luft behandelt wurde, ziehe ich neuerdings wieder Blicke auf mich und lebe in irrsinniger Angst. Mit dem muffigen Brot und den Paprika

unter dem Arm eilte ich nach Hause, und als ich im Vorbeigehen sah, dass vor einem Schusterladen in der Lendvay utca
einer von uns Zsidó-Leuten misshandelt wurde, dachte ich,
gut, die sind vorerst beschäftigt. / Immer erst zu Hause schäme
ich mich für meine Gedanken.

Das Haus in der Bajza utca, in das ich Ende des Sommers
eingewiesen worden bin, steht in unmittelbarer Nachbarschaft zum Nyugati-Bahnhof, das haben sie sich ausgedacht,
weil hier die Wahrscheinlichkeit eines Bombentreffers höher
ist. Wenn schon Bomben, sollen sie auf Menschen wie mich
fallen. / Das Haus hatte schon vor einem Jahr einen Bom-
bentreffer und war bis vor kurzem infolge der Beschädigung
nicht bewohnt, und seit das Dach nun instand gesetzt ist,
wurden Juden eingewiesen, obwohl manches fehlt, wie etwa
die Stiege vom dritten Stock ins Dachgeschoß, Wasser,
elektrisches Licht undsoweiter. Sämtliche Schlösser an den
Türen waren gestohlen, sogar an den Fenstern die Beschlä-
ge. Infolgedessen hatte es in die Zimmer geregnet, so dass
der Schwamm gewachsen war. / Hier verbringe ich meine
schlechten Tage.

Bett habe ich keines, aber ein Stück von einem Kokosläufer
und einen Strohsack. Decke besitze ich eine eigene.

Imre Mendel aus Pécs, der mich anfangs unterstützt hatte,
bis ich ihm eine Schuld nicht zum vereinbarten Termin hatte
begleichen können, ist stark abgemagert und liegt auf dem
Rücken, die Hände über dem Kopf gekreuzt. Ich selber sitze
auf meinem Lager und schreibe, manchmal starre ich gegen
die Wand, immer wieder bleibt mein Blick an einer von
Feuchtigkeit aufgeworfenen und an den Rändern gelblich
verfärbten Stelle hängen.

Dann kommt Hersch Leichtweis und erzählt, dass Wintersperg vor der St. István Basilika aufgegriffen und weggeführt worden sei. Die Leiche von Frau Horvath sei am Donauufer in der Nähe des Flugfeldes in Tököl angeschwemmt worden. / Wir besprechen die Nachrichten von der nahen Front und geben unsere jeweiligen Einschätzungen zum Besten. Dann verderben wir uns mit Gesprächen über Politik gegenseitig die Laune. Von einer Sekunde auf die andere steht eine Stille wie gestockt in dem überfüllten Raum, und bald ist wieder jeder mit seinen eigenen Sorgen beschäftigt, man kann regelrecht spüren, wie aus der gemeinsamen Sorge die eigene Sorge wird, nicht nur an diesem Tag, ganz allgemein. Wenn man auf so engem Raum zusammengepfercht ist, werden einem die tausend Gewohnheiten und Unarten der anderen irgendwann widerwärtig. Oft bekomme ich einen richtigen Zimmerkoller, erst unten im Innenhof oder auf der Straße denke ich für kurze Momente mit etwas Wärme an den unglücklichen Wintersperg und an die tote Frau Horvath. / Doch insgesamt bin ich hart geworden, ich denke mir oft, was soll's, ich selber kann jederzeit der nächste sein.

Im Hof habe ich ein dunkles Eckchen, wo zwischen einem Gartenhaus und der massiven Mauer des Nachbarhauses ein halber Meter frei gelassen ist, dort lege ich mich auf das alte Laub und ruhe mich aus. Ich begreife jetzt, dass der größte Segen, der mir hier noch gewährt werden kann, Ruhe ist. Unbehelligt bleiben, vergessen, dass ich ein soziales Wesen bin. / Ich hole die Zigaretten hervor, die ich dem vor einigen Tagen gestorbenen Gyula Karpati aus der Rocktasche genommen habe, und zünde mir eine an. Während ich den ersten Zug in der Lunge behalte, scheint die Zeit stillzustehen. /

Und dann denke ich wieder an Wally, verschwommen und schläfrig.

Das ist jetzt meine Welt. Ich schaue sie an wie einen Knopf, der auf der Handfläche liegt. Und dann wieder denke ich: Gott befohlen!

Vielleicht haben sich Wally und Georgili aufs Land geflüchtet, können mich nicht benachrichtigen, wohnen versteckt in Németkér oder Jászkarajenő oder Balinka. Vielleicht ist Georg versteckt in einem katholischen Nonnenkloster, und Wally arbeitet in einer unterirdischen Munitionsfabrik. Vielleicht sind sie nach Wien zurückgebracht worden, es kann sein, dass sie in der Possingergasse auf mich warten.

Lajos Teller, der im selben Zimmer wohnt, hat sich im Frühling aus Miskolc nach Budapest gerettet. Als wir einmal auf Wally und Georgili zu sprechen kamen, sagte er, die beiden seien im Gas, im Ofen, jedenfalls überall sonst, nur nicht am Leben. / Ich sagte, er solle mich in Ruhe lassen mit seiner kranken Phantasie. Und er zuckte die Achseln: »Niemand glaubt es. Das ist Pech. Aber genaugenommen, es ist normal.«

Mittlerweile ziehe auch ich die Möglichkeit in Betracht, dass Wally und Georgili tot sind. Ja, was, wenn sie tot sind? Dann muss ich ihre Gräber suchen, muss tapfer sein und den Kopf hochhalten, obwohl ich es nicht möchte. Viel lieber möchte ich mich hinlegen und ebenfalls tot sein, weiß ich doch ohnedies nicht, wozu ich lebe. / Zum Glück gibt es in England den Bernili. Und trotzdem … die Tage sind von einer schmerzhaften Unvollständigkeit. Etwas in mir ist zerstört, und der Teil von mir, der noch intakt ist, leidet darunter. Ich kann gar nicht sagen, wie viel Anstrengung es mich kostet, weiterzumachen. / Wenn Bernili nicht wäre ... Wenigstens einen Menschen, den ich liebe, habe ich zu schützen vermocht.

Und gebannt vom Rhythmus lauschen wir dem Geschützdonner. »Es hört sich schon näher an, nicht?«, sagt Dr. Schlosser: »Lange kann es nicht mehr dauern, bis die Stadt befreit ist.« / Es gelingt uns bis zu einem gewissen Punkt, uns einzureden, dass es sich beim Herannahen der Front um die ersehnte Rettung und nicht um das gebieterische Eindringen der nächsten Katastrophe handelt. Aber hundertprozentig überzeugt bin ich nicht, und die andern auch nicht.

Außerdem stört mich die ständige Gegenwart mehrerer Männer, die immer etwas zu sagen wissen, obendrein wird mein Schlaf Nacht für Nacht durch den Fleiß unterirdischer Mäusefamilien beeinträchtigt, leider kommt man ihnen nicht bei. Der Fußboden weist kein Loch auf, und das Gebälk der Seitenwände ist mit Mörtel überzogen. / Oft liege ich wach in meinen Bettlumpen, unruhig und gequält, es fühlt sich an, als läge ich auf einer Kellertreppe. Und wenn ich ein ungewöhnliches Geräusch höre, denke ich: Ach, ja? Schade! Jetzt ist es also so weit, sie holen mich.

Am schlimmsten war die Nacht auf den Allerheiligentag, durch den Wind, der bei den Fenstern hereinzog, hatte ich Zahnschmerzen zum Verrücktwerden, ich konnte die ganze Nacht nicht schlafen. In der Früh, nach Ende der Ausgangssperre, ohne Zeit zu vergeuden, machte ich mich auf den Weg zum Krankenhaus in der Maros utca, um den Zahn ziehen zu lassen. Je näher ich der Margarethenbrücke kam, desto nervöser war ich, es ging aber alles gut, auch im Krankenhaus. Vorher hatte ich große Angst gehabt, dass sie mich schinden werden, dabei aber im Gegenteil. Der Doktor spritzte mir den Zahn ein und zog ihn mir, ohne die geringsten Schmerzen. Jetzt hatte ich den Scherben heraußen. Und ein zweiter Zahn wurde mir plombiert. / Die Einrichtung war sehr einfach, die Bohrmaschine wurde mit dem Fuß betrieben, ich saß auf einem normalen Stuhl. Wasser gab es nicht. Der Zahnarzt musste sich ziemlich anstrengen und kam ins Keuchen, aber er verlor nicht den Humor, wir trennten uns als Freunde. / Ich musste daran denken, dass Georgili, noch in Wien, dem Doktor Neumann nach einer Behandlung die Freundschaft gekündigt hatte unter allseitigem Gelächter der Erwachsenen.

Am pestseitigen Portal der Margarethenbrücke wurde ein junger Jude verprügelt. Die Bevölkerung tat den ganzen Tag so, als sei ihre Aufmerksamkeit völlig auf die eigenen Sorgen gerichtet. Aber sowie auf der Straße jemand verprügelt wurde, bildete sich ein Pulk, dass man kaum vorbeikam. Schon in Wien hatte ich mich verschiedentlich vergewissern dürfen, dass dort, wo keine Zuschauer waren, weniger Gefahr bestand, schikaniert zu werden. Und die Misshandlungen dauerten weniger lang. Jeder, der stehenbleibt und gafft, gibt dem Publikum Fülle und Ansehen und verlängert dadurch das Leiden derer, die gequält werden. Es soll sich also niemand einbilden, nur Zuschauer zu sein. / Zwei Pfeilkreuzler verprügelten den Jungen dank diverser Ermächtigungen, der Junge lag schon am Boden, flehte stumm, nur noch mit den Augen, um Schonung. Bis zum letzten Moment konnte er nicht glauben, dass tatsächlich geschehen werde, was schließlich geschah. Was hatten andere von seinem Leben, wenn es nicht mehr bestand? Er begriff es nicht, und es lag so viel Erschrecken in seinem Gesicht. / Sekunden später bewegte er sich zwar noch, aber im Vorbeigehen schien mir, es seien die letzten Bewegungen eines Sterbenden, ich schloss die Augen, ich wollte es nicht sehen, hatte das Wesentliche aber schon in mich aufgenommen.

Dem einen Pfeilkreuzler hatte ich ebenfalls ins Gesicht gesehen. Ich wunderte mich, woher er sein Selbstbewusstsein nahm, es war beeindruckend, wie selbstsicher er agierte, er fand sogar Energie zum Blödeln und fragte den vor ihm Liegenden, ob er seine Knochen schon nummeriert habe. Es fuhr mir eiskalt über den Rücken.

Ich glaube, einem Mörder gehört die Gegenwart wie sonst niemandem, ich glaube, deshalb wird es immer Mörder geben.

Ich war dann so verwirrt von dem, was ich gesehen hatte, dass ich zu spät bemerkte, dass vor mir deutsche Soldaten standen, ich konnte nicht mehr zurück, machte mich innerlich auf alles gefasst und drängte mich mitten durch die Gruppe und wurde auch von einigen scheel angesehen. Wenn ich jetzt daran denke, will mir das Herz stillstehen, dass ich so leichtsinnig war. Aber im Moment hatte ich das Gefühl, das richtige zu tun.

Wieder zu Hause auf meinem Lager, dachte ich an meine Cousine Jeannette, die mir von Südafrika aus geraten hatte, nicht nach Budapest zu gehen. Von weitem sieht man's besser. Ich hätte ebenfalls nach Hlatikulu gehen sollen, aber der Name Hlatikulu hatte mir Angst gemacht, deshalb waren wir in Wien geblieben und hatten uns anschließend für Budapest entschieden, diese altvertrauten, zivilisierten Städte. / Vor Wien hätte ich Angst haben sollen, und vor Budapest hätte ich

Angst haben sollen, und nach Hlatikulu hätte ich gehen müssen. / Rückblickend begreife ich, dass schon in Wien wie über etwas Lebloses von uns geredet worden war, *Elemente*, fremd und unerwünscht.

Hersch Leichtweis hat jetzt einen spanischen Schutzpass, ich beneide ihn. Da ich illegal in der Stadt bin und keine guten Papiere besitze, sehe ich schwarz für einen ebensolchen für mich. Ich werde zunächst einmal versuchen, bessere Ausweise zu beschaffen. In Spanien könnte ich anfangen, eine neue Existenz aufzubauen, bis Wally und die Kinder nachkommen. Zahntechniker braucht es überall auf der Welt, auch in Goldküste, Akkra, 30 bis 35 Grad Hitze jeden Tag, warum nicht? / Heute musste ich mich oft ermahnen, nicht zu viel an die Vergangenheit zu denken, die ist vorbei, und da lässt sich nichts machen, es ist sinnlos, ständig darüber nachzudenken und zu grübeln und zu grübeln und zu grübeln, jetzt geht es einzig und allein um den heutigen und morgigen Tag.

Ich habe mich nochmals an Va'adah gewandt, das Komitee für Hilfe und Rettung, und endlich neue Papiere erhalten, sei's drum. Wenn ich noch tausendmal den Namen wechsle, es ist in Ordnung, es fühlt sich so an, als sei ich schon seit vielen Jahren nicht mehr richtig. Ich heiße Horvath Stefan. Grosz Kálmán. Bakos Andor. Braun Ignáz. Was weiß ich. Kaum merke ich mir noch meinen Namen.

Die Wohnverhältnisse im Haus werden immer beengter. Der alte Herr Földényi ist irr geworden, er hat sich vor meine Liegestatt gestellt und draufgepinkelt. Er hat mich obendrein beschimpft. Aber ich streite mit dem Trottel nicht.

Dieses Eingepferchtsein ist böse, gewalttätig, belastend, demoralisierend, Tag für Tag. Seit Wochen keine Bewegung in den tristen Lebensverhältnissen, zermürbend. Das starre Unglück ist das schlimmste Unglück, das steife, festgenagelte Unglück. Wie es die Persönlichkeit angreift! Sogar Schlägereien sind schon vorgekommen. Alle Verbindungen, die wir untereinander hatten, reißen ab.

Und in der Stadt sind gewaltige Kriegsvorbereitungen im Gange, Budapest gleicht einem Heerlager, alle, die nicht benötigt werden, müssen weg, da das Militär den Platz braucht. Auch sonst gibt es viel Beängstigendes. Die Verwundeten, die aus dem Osten kommen, berichten, dass die Deutschen bei Eintreffen der Front keine Juden in den Städten dulden und bei der Räumung keine Umstände machen. Der sich abzeichnende Gang der Dinge und das immer größer werdende Durcheinander verheißen nichts Gutes. / In Budapest will ich nicht bleiben, wenn die Schlacht beginnt. Meine neue Zahnlücke macht sich ganz gut, heute konnte ich auf der rechten Seite normal beißen, bis Freitag wird sie hoffentlich in Ordnung sein.

Freitagfrüh wird ein Transport mit Freiwilligen zusammengestellt, sie sollen sich auf dem Sammelplatz hinter dem Nyugati-Bahnhof einfinden, das wurde mit Lautsprecherwagen in den Straßen verkündet. / Hersch Leichtweis schüttelt natürlich den Kopf: »Na, sicher nicht! Ich kann mir diese Arbeit schon vorstellen!« / Er hat gut reden mit seinem spanischen Schutzpass. Bei mir hingegen stimmt gar nichts, nicht die Papiere, nicht die Finanzen, nicht das glückliche Händchen. Ich habe keine offizielle Sonderstellung irgendeiner Art, ich bin ein armer Teufel, und arme Teufel landen in der Hölle.

Soweit darüber Auskunft zu erlangen ist, will man die Freiwilligen als Schanzer-Juden nach Westen schicken. Ich würde also schaufeln, hacken, sägen, zimmern, planieren und betonieren müssen.

Das Urteil über diese Arbeitseinsätze ist einhellig schlecht. Lajos Teller sagt, man werde dort so behandelt, wie man eben behandelt wird, wenn man nichts kostet und nichts zu sagen hat, also grauenhaft und bis zur letzten Konsequenz. Er bestätigte mir zwar, dass der Mensch viel aushalte, doch er sagte auch: »Gott schütze uns vor dem, was der Mensch aushält.« Ich solle an meinen Bruder István denken, von dem ich seit Wochen nichts gehört habe.

Aber die Aussicht auf ein Entkommen aus dem erzwungenen Nichtstun muntert mich auf, und vor den Folgen eines Hierbleibens schrecke ich nicht weniger zurück als vor der schweren Arbeit. Und sehr viel länger halte ich es auch nicht mehr aus in diesem schäbigen Raum zwischen Leben und Tod.

Wenn ich nochmals in ein Zivilleben zurückkomme, will ich mit allem zufrieden sein, auch mit schwerer körperlicher Arbeit. Mir erschiene das als höchstes Glück. – Kann es nicht sein? / Ach, Wally, sei mir nicht böse, ich bin nicht ganz normal, mir ist furchtbar elend. Ich küsse dich innig. Ich will auf alles andere verzichten, wenn mir gegeben ist, dich und die Kinder wiederzusehen.

Als ich nachts aus dem Schlaf fuhr und nach draußen horchte, musste ich daran denken, dass wir bei unserer Flucht aus Wien an Schloss Halbturn vorbeigekommen waren und dass ich mir vorgestellt hatte, dort zu wohnen. Solche Bilder sehe ich manchmal ... dass ich in Schloss Halbturn in einem nach Süden gelegenen Zimmer mit Wally auf einem Diwan liege. Oder dass wir in einem mit Planken zugedeckten Boot liegen und donauabwärts nach Rumänien treiben.

Bei der Registrierung traf ich Berl Feuerzeug, seit unserer letzten Begegnung war er dünn geworden, und die Magerkeit verlieh seinem Gesicht etwas Habichthaftes, das ihn zu einem ganz anderen Menschen machte. / »Du musst wissen«, sagte er, »Namen werden in Listen eingetragen mit der Absicht, sie irgendwann wieder ausstreichen zu können.« / Offenbar hatte er an einem der Vortage Schläge einstecken müssen, darauf deutete, was man in Wien, wegen der Aufschlagfarbe des Regiments, einen *Deutschmeister* nennt: ein blaues Auge. / Das blaue Auge hatte ihm ein deutscher Meister geschlagen.

Wie beim Preußen so üblich, begannen SS, Gendarmen und Hilfskräfte zu sortieren, die einen hierhin, die anderen dorthin. Die Männer waren ganz in ihrem Element, das Sortieren schien ihnen inneren Halt zu geben. Es fragte aber niemand mehr, wer sich mit Maschinen oder dem Aufschneiden von Frostbeulen auskenne, es zählte nur mehr das Mechanische des Körpers, die Muskelkraft, die Belastbarkeit. / Als ich an die Reihe kam, blickte ich dem Mann, der mich begutachtete, geradeaus ins Gesicht und nickte ganz leicht, das schien den Mann zu überzeugen. Ich wurde weitergewinkt auf den Platz, wo schon viele andere Juden waren. Zwei Stunden kümmerte sich niemand um uns, dann wurden wir registriert, Name, Alter, wo geboren, wohin zuständig, verheiratet. »Ja.« / »Name der Frau?« / Ich wollte »Valerie« sagen, nicht »Eszti«, damit Wally ihre Wirklichkeit behielt, ihren eigenen Namen, damit ihr Name wirklich in dieser Liste stand zum Beweis. Dann sagte ich: »Eszti. Kinder keine.« / Wir existierten alle nicht mehr.

Ich griff nach dem Halstuch von Wally, das ich behalten

hatte und in meiner Jackentasche trug. Nach der Heirat hatte Wally einmal ganz unvermittelt gesagt, wie wunderbar es sei, dass sie auf den Briefumschlag den neuen Namen schreiben könne. Es sei so herrlich, den neuen Namen zu haben: Wally Meyer.

Wir waren in Reihen aufgestellt, und die ungarischen Wachen sagten, bitte, gebt eure Wertgegenstände heraus, dann bleiben sie in Ungarn, Geld, Gold, Schmuck, Steine ... es ist eure letzte Gelegenheit, es für Ungarn zu tun, sonst fällt es in die Hände der Deutschen. / Ich hatte ohnehin nichts mehr, ein kleines Taschenmesser zum Brotschneiden, die kleinen Notizbücher mit meinen stenografierten Aufzeichnungen und das Halstuch von Wally. / Auch die anderen Freiwilligen schienen nichts mehr zu besitzen, niemand gab etwas heraus, und die ungarischen Wachen schauten uns zornig an.

Weil gefährlich nah geschossen wurde, befürchteten die Organisatoren unserer Reise, dass Unannehmlichkeiten entstehen könnten, wenn noch länger gewartet würde. Also fing man an, uns energisch zum Besteigen der bereitgestellten Waggons anzutreiben. Sofort beeilten wir uns, den Befehlen zu entsprechen. / Die meisten Gendarmen besaßen ein kräftiges Zwerchfell, als handle es sich dabei um ein Auswahlkriterium. Wenn sie Ansätze zu Gemächlichkeit bemerkten, setzten sie auch ihre Gewehrkolben ein, und einer der Gendarmen beschwerte sich, dass der Kolben seines Gewehrs gesplittert sei, der halte offenbar nichts aus. / Der Gendarm hatte einen österreichischen Akzent, und wie schon in Wien in der Rotenturmstraße nahm ich mir vor, mir das Gesicht zu merken.

»Wohin es wohl geht?« Das war die große Frage. »Nach

Westen«, sagten die einen. »In den Tod«, sagten die andern. »In die Tiefe«, sagte der Chassid. / »Jetzt mach schon, zum Teufel! Wird's bald!«, brüllte der Gendarm.

Der Transport erfolgte in geschlossenen Viehwaggons, die Türen außen mit Draht verschlossen. Doch vorerst wurden unsere Waggons zwei Tage lang auf Nebengleisen hin und her geschoben. Und auch in Győr wurden unsere Waggons zwei Tage lang hin und her geschoben, wir wussten nicht so recht. Schließlich kam in Hegyeshalom der Befehl, auszusteigen, und wir wurden auf den Marsch geschickt. Es hieß, wir kämen in die Gegend von Pressburg.

Gebe Gott, dass ich die Strapazen aushalte, ich werde bestimmt zusammenbrechen, aber andere werden wohl vor mir zusammenbrechen, und dann wird man sehen.

Es ging besser als erwartet, die Ordnung des Marsches hatte etwas Beruhigendes, als befände ich mich jetzt in einer Phase, in der es einen Takt gibt, der mich zum Ende trägt. Der Boden wurde bald charakterlos, floss unter den Füßen durch, allmählich verschwand die Landschaft, entfernte sich immer weiter, alles wurde leiser, die Schritte, die Rufe, die Pfiffe der Eisenbahn.

Wir befanden uns wieder auf österreichischem Boden. Meine Irrfahrt glich dem Fluss Niger, dem drittlängsten Fluss Afrikas, der nach viertausend Kilometern nicht weit von seiner Quelle ins Meer mündet.

Weil die Hauptstraßen dem Militär und den Flüchtlingstrecks vorbehalten waren, wurden wir über Feldwege getrieben, sie schlängelten sich zwischen Äckern und an Dörfern vorbei, durch kleine Wälder und die Leitha entlang. Bisweilen folgten uns Kinder, wie sie einem Zirkus folgen, sie ahmten unser Gehen nach und zogen Grimassen vor den angeleinten Hunden, damit die Hunde die Zähne fletschten. / Ich war erstaunt über den normalen Fortgang des Lebens außerhalb meiner eigenen Situation. Ich schaute den Vögeln hinterher, die von einem Baum zum anderen flogen. Ich sah, wie die Landschaft sich öffnete, und spürte, wie ich selbst immer kleiner wurde. / Der Wind war kalt und bockig, aber wir hatten ihn im Rücken, das fiel mir positiv auf. / Der Chassid, der unmittelbar vor mir ging, sagte: »Wind ist Wind, ob er nach Osten oder Westen bläst, das ist einerlei.«

Manchmal stockte die Bewegung, und die traurige Prozession hielt inne, alle warteten mit teilnahmslos auf den Rücken des Vordermannes gerichteten Blicken, bis es weiterging, zuerst unrund, bald wieder gleichmäßig, ein seltsames Schlurfen lag über dem Weg. / Am Nachmittag nahm ich diese kurzen Pausen schon kaum mehr wahr.

Neben mir marschierte ein Junger, ein ehemaliger Student oder Absolvent der Handelsakademie, nicht viel älter als zwanzig. Wir redeten nicht miteinander, wechselten nur manchmal Blicke. Er war schmächtig und blass. Und plötzlich fing er an zu schreien: »Warum!? ... Warum!? ... Warum!?« Ich achtete darauf, dass ich trotz des Schreiens nicht aus dem Rhythmus kam und nicht strauchelte, das war im Moment die Aufgabe, die ich mir gestellt hatte. Und ich registrierte, dass weiter hinten auch die Gendarmen anfingen zu schreien: »Aufschließen! Los, aufschließen!« Und wenig später: »Stehenbleiben! Halt!« Und einige Schüsse. Ich drehte mich nicht um. Aber ich hörte das Schlurfen der Schritte um mich herum jetzt wieder deutlicher. Und ich dachte wieder an das, was der Pole Januk in Budapest zu mir gesagt hatte: Sich nie in ihre Hände begeben, und gerät man in ihre Hände, bei der ersten guten Gelegenheit davonlaufen.

Diese Sklaven kommen aus Ungarn, sie sehen aus wie Gespenster, es ist aber nicht so, dass sie von Natur aus etwas Unwirkliches hatten, man hat sie zu etwas Unwirklichem gemacht. Zuerst waren sie noch in Waggons transportiert worden, mit Zügen, hatten auch Nahrung bekommen, die diesen Namen verdient, von Budapest nach Győr, wo die Raab in die Kleine Donau mündet, von Győr nach Hegyeshalom, unmittelbar vor der Grenze zum Deutschen Reich. Dann zu Fuß nach Westen. Und jetzt schlurfen sie erschöpft durch den winterlichen Dunst und sehen aus, wie sie aussehen.

Es kommt mir vor, als würde ich meine Verkühlung durch die Anstrengung herausschwitzen, jedenfalls spüre ich nichts mehr. Entweder ich werde wieder gesund, oder ich bin schon halb tot.

Und dann bekommt einer von einem uns überholenden Motorradfahrer der Waffen-SS eine Sardinendose geschenkt. Der Mann von der Waffen-SS wird sich am Ende noch was drauf einbilden. Der Chassid sagt: »Das muss jeder Soldat einmal tun, damit er davon erzählen kann, er macht es einmal, und hundertmal erzählt er davon, das hält die Dinge am Laufen. Die Sardine ist schnell gegessen, sie hilft dem Soldaten mehr als dem Juden. Der Soldat verschenkt sie einmal, und zu Hause kann er hundertmal davon erzählen.«

Wenn jemand erschöpft niedersank und nicht mehr weiterwollte und erschossen wurde, entstand meistens für eine Weile eine tiefe Stille. Auch die Wachmannschaften mussten das Geschehene auf sich wirken lassen. Aber meistens genügte das Auffliegen eines Vogelschwarms oder das Vorbeifahren eines Güterzuges mit fünfzig Kesselwagen, dass alles zurückfand zum gewohnten Trott.

Die Listen, die so mühsam erstellt worden waren, hatten tatsächlich keine große Bedeutung. Wann immer unsere Reihen dezimiert wurden, warf nur der Umgang mit der Leiche Fragen auf, nie die Aktualisierung einer wie auch immer gearteten Liste. Es wurde nicht zwingend bemerkt, wenn einer verschwand. / Ich habe mindestens vier Tote gesehen, die in einer besseren Welt dort, wo sie lagen, nicht gelegen wären.

Als es zu dämmern begann, erreichten wir Deutsch Haslau. Wir wurden zu einer großen Scheune gebracht, wo wir die Nacht verbringen sollten. Zuerst saßen wir noch draußen, und ich suchte nach Läusen, die ich mir in dem Viehwaggon geholt hatte, ich zerdrückte sie zwischen den Fingernägeln, als wäre ich mit solchen Begleitern aufgewachsen. / Zwei Stunden nach unserer Ankunft bekamen wir eine Suppe. Anschließend begann sich alles um mich zu drehen, so erschöpft war ich. Kaum konnte ich darauf reagieren, als wir zum Schlafen aufgefordert wurden. / Die Scheune hatte einen betonierten Boden. Es war uns verboten, die im hinteren Teil gestapelten Bretter auszulegen, um wenigstens die ärgste von unten kommende Kälte abzuhalten.

Wir torkelten hinein, es war schwer, sich einen Platz zu suchen, die Scheune war zu klein für die vielen Menschen, und mittlerweile war es Nacht geworden, ich wurde gestoßen, gerempelt und geschlagen. Rasch füllte sich der Raum mit Flüchen und Schmerzensschreien, ein Mann weinte, weil man ihm die Brille zerbrochen hatte. / »Gib Ruhe, du Uhu!«, sagte ein anderer.

Sowie ich eine halbwegs akzeptable Schlafstellung eingenommen hatte, mit dem Halstuch von Wally als Kopfkissen, fühlte ich mich besser. Und weil uns gesagt worden war, dass es sowohl bis Hainburg als auch bis Berg, wo sich ein Lager befand, weniger als fünfzehn Kilometer seien, machte mir der nächste Tag nicht mehr so viel Angst. Es musste mir nur gelingen, bald einzuschlafen. Und im Schlaf der Sprung aufs Pferd!

Dann sah ich Wally neben dem Bretterstapel stehen, rechts an der Wand. Ich streckte eine Hand nach ihr aus, damit sie zu mir kam. Sie blickte mich an, und weil ich mir nicht sicher war, ob sie mich erkannte, rief ich ihren Namen. Da veränderte sich ihr Gesichtsausdruck, als wäre sie meiner erst in diesem Moment gewahr geworden. Trauer legte sich über ihr Gesicht, mir schien auch, dass sie mir mit einem Neigen des Kopfes zu verstehen gab, sie könne nicht näherkommen, und erstmals dachte ich ohne jedes Herzklopfen an die Möglichkeit, dass sie und Georgili tot waren. / Ich sagte: »Wally, verzeih mir, dass ich nicht an deiner Seite war, als sie dich und Georg mitgenommen haben. Du weißt, wie sehr ich dich liebe. Verzeih mir, dass ich dich schlecht beschützt habe. Bitte, verzeih mir. Und auch du, Georg, Georgili, mein hübscher Junge, denke nicht schlecht über deinen Vater, weil er in einer schlechten Zeit schlechte Entscheidungen getroffen hat. Ich bin ein unglücklicher Mensch.« / Ich erzählte Wally, wie es mir ergangen war und wie ich meine Situation einschätzte. Sie schaute mich weiterhin voller Trauer an und wartete, bis ich zu Ende berichtet hatte. Ich zeigte ihr den Schal und küsste ihn. In diesem Moment glitt ein Lächeln über ihr Gesicht, begleitet von einem Nicken, und es war, als hätte sie mir die Erlaubnis gegeben, mich nicht mehr schuldig zu fühlen. Ich küsste nochmals den Schal, und als ich wieder aufblickte, war sie weg.

Am Morgen fiel mir das Gehen leichter. Ich konzentrierte mich ganz auf das Gehen, achtete darauf, dass ich nicht aus dem Rhythmus kam. Und einmal hörte ich Wallys Stimme: »Nur Mut, Andor, nur Mut! Halte durch, Andor! Und laufe davon, wenn sich dir eine gute Gelegenheit bietet.«

Ich war überrascht, dass sie meinen neuen Namen wusste. Andor, der war ich jetzt. / Ich bedankte mich bei Wally für ihre Unterstützung und für alles, was sie mir während unserer gemeinsamen Jahre gegeben hatte. »Danke für alles, Wally«, sagte ich, und dann verabschiedete ich mich von ihr und sagte ihr Grüße für Georgili.

[*An die Ränder geschrieben:*] // Hätte gerne gute Handschuhe, meine taugen nicht viel, und die Kälte tut weh. / Ich hoffe, die Hände der seligen Eltern sind über mir, und dass der Herr unseren Peinigern alle Zähne zerbricht. / Alles Gute, meine Lieben! Ich bin jetzt in der Nähe von Hainburg. Ich trage dein Halstuch, Wally, auch wenn die andern spotten. Grad zieht Nebel über die Donau. Viel Glück, Bernili, Georgili! Danke für alles! Gott segne euch! Küsse! Küsse, meine Lieben!

So tauche ich wieder in den Winter ein

So tauche ich wieder in den Winter ein, und mir fällt auf, dass ein kleiner Kreis Anstalten macht, sich zu schließen. Meine ersten Tagebucheintragungen habe ich an einem Wintertag gemacht, im Lazarett im Saarland, fast genau vor einem Jahr. Allerdings war damals ein feuchter Tag, ziemlich nebelig, nicht ein so kalter, strahlender Tag wie heute. Aber damals wie heute war ich eingeschüchtert vom Vergehen der Zeit, nur dass ich jetzt nicht das Gefühl habe, dass meine Tage zu Staub zerrieben werden, im Gegenteil, sie verdichten sich, und wenn auch manches Schwere herauskommt, so habe ich immerhin das Gefühl, ein eigenes Leben zu besitzen.

Erfreulich ist, dass Lilo ihren ersten Geburtstag hatte, sie ist jetzt kein Säugling mehr, sondern ein kleines Mädchen, das von Tag zu Tag klüger wird und lernt, wie die Umwelt aussieht und was man in ihr tun kann und tun muss. Die lästigen Gitter des Laufstalls hindern sie oft daran, dorthin zu gelangen, wohin sie gelangen will, aber die Gitter haben den Vorteil, dass man sich an ihnen hochziehen und sich notfalls an ihnen festhalten kann. Solches Wissen grenzt bereits an Weisheit: Jedes Ding hat zwei Seiten. Lilo sieht zu, was sie daraus machen kann.

Eines ihrer Hauptinteressen sind andere Kinder. Wenn sie ein Kind sieht, begutachtet sie es und beginnt in ihrer eigenen Sprache zu sprechen und ist glücklich. Ihre andere große Leidenschaft ist der Schweinestall, dessen Tür sie immer sofort attackiert und zu öffnen versucht. Auch ihre Mutter mag sie, vor allem wenn sie unglücklich ist, sonst macht sie sich nicht viel aus ihr. Eine besondere Vorliebe hat sie für Uniformierte und ältere Herren. Und dann ist da noch die Armbanduhr am Handgelenk von Onkel Veit, die ist besonders interessant mit ihrem Ticktack, weil bestimmt etwas dahintersteckt. Wenn man nur wüsste was? Das wird die Kleine irgendwann ergründen. Wenn nicht jetzt, dann später, nach dem Krieg, sie wird es irgendwann erforschen.

Von Margot hat Lilo zum Geburtstag einen Mantel bekommen, einen eigenen Teller und einen eigenen Löffel. Von mir eine Decke mit blauen Blumen. Die von der Großmutter in Darmstadt gestrickte gelbe Mütze liebt Lilo heiß, trägt sie Tag und Nacht, das Kind kommt mir fast vor wie die selige Frau Hofrat vom 2. Stock, die sich von ihrer violetten Haube nicht mehr trennen wollte. / Margot und ich haben auf Lilo angestoßen, das war zwei Tage, nachdem ich den Onkel erschossen hatte.

Ich hatte tatsächlich den Onkel erschossen, es ging mir die ganze Zeit in den Eingeweiden herum wie Wurmpulver. Nur wenn ich mit Margot schlief, hatte ich Momente, in denen ich mich frei fühlte von dieser schrecklichen Geschichte. In gewisser Weise war ich froh, dass ich die Beorderung nach Wien in der Tasche hatte, ich fühlte mich in Mondsee nicht mehr wohl, ich hatte das Gefühl, das Blut des Onkels riechen zu können, wann immer ich mich umdrehte.

Ganz schlau wurden die Behörden aus dem Tod des Onkels nicht. Es war festgestellt worden, dass er mit einer Pistole erschossen worden war. Woher der Brasilianer plötzlich eine Pistole genommen haben sollte, konnte sich niemand erklären, trotzdem wurde davon ausgegangen, dass er der Täter war. / Dem Wirt von Schwarzindien konnte man nichts nachweisen, es sprach auch alles dagegen, dass er mit der Sache zu tun hatte. Und auf die Idee, dass die Spitzmaus involviert war, kam niemand. *Spitzmaus*, so nannten die Kollegen des Onkels wegen ihres Männern gegenüber immer strengen Gesichtsausdrucks die ehemalige schwarzindische Lagerlehrerin.

Im Dienstzimmer des Postens war es noch trostloser als sonst. Der Amtshelfer saß am Schreibtisch des Onkels, wie in einem Thronsessel ausgestreckt. Das rechte Ohr war mit weißem Verbandstoff dick eingebunden, so dass die Scheitelhaare kammartig emporstanden. / Statt mir zu kondolieren, sagte der Amtshelfer: »Sieh an, wen haben wir denn da?« / »Ich bin gekommen, um mich zu verabschieden«, sagte ich und zeigte die Beorderung nach Wien, dort erwarte mich die Gesundschreibung. Der Amtshelfer bedauerte mich mit einem Achselzucken. Ich zuckte ebenfalls die Achseln: »Es wird eben Zeit, dass ich wieder hinauskomme.«

Während der Amtshelfer die Fahrerlaubnis nach Wien ausstellte, fragte er mich, wie meine Einschätzung des Brasilianers sei. Ich versuchte, meine Nervosität durch Aufrichtigkeit einzudämmen, und sagte, dass er in der Zeit vor seinem Untertauchen verbittert gewesen sei über sein um die Welt gereistes und jetzt in diesem Kuhdorf aufgelaufenes Schiff. Und er habe darunter gelitten, dass der F. so viel Zustimmung erhielt, während er selbst von niemandem für voll genommen wurde. / Der Amtshelfer fragte, ob sich der Brasilianer mir gegenüber nochmals abfällig über den F. geäußert habe. Ich dachte nach und sagte, er habe den F. einen Verfluchten genannt, verflucht vom Gott der Schönheit und verflucht vom

Gott der Liebe. / »Der hat Sorgen ...«, kommentierte der Amtshelfer, spannte einen Berichtsbogen in die Schreibmaschine ein und ließ eine Zeitlang zwei Storchenfinger auf die Tasten hinuntersausen, stirnrunzelnd das ganze Programm des widerwilligen Bürokraten liefernd, verdrossen über eine Welt, die in Form von Dummheiten ausnahmslos vermeidbare, letztlich die ganze deutsche Volksgemeinschaft schädigende Arbeit verursachte. / Das vertraute Klingeln der Randglocke und das Schnurren des Schreibmaschinenschlittens beim Zurückschieben ließen mich in Gedanken versinken, zunächst verblasste die Welt, dann sah ich den Onkel in der Wirtsstube von Schwarzindien mich fassungslos anblicken und in die Knie gehen vor Schmerz und Angst.

Der Amtshelfer riss den Berichtsbogen aus der Maschine, das Geräusch der schlecht geölten Walze klang, als würde die Maschine vor Entsetzen kreischen, der Missklang hing für einige Augenblicke im Raum. / »Wo steckt der verdammte Kerl?«, murmelte der Amtshelfer. Auf seinem Gesicht lag erneut eine Grimasse des Verdrusses.

Ich tat so, als ginge mich die Frage nichts an, und behauptete, einige Tage vor seinem Tod habe mich der Onkel gebeten, Kurt Ritlers Briefe an Annemarie Schaller nach Wien zurückzubringen, die Briefe seien für die Akten nicht von Belang. / Der Amtshelfer zupfte nachdenklich am unteren Rand seines Kopfverbandes, dann trat er zum Regal, suchte aus der betreffenden Mappe die teils hellblau und teils dunkelrot kuvertierten Briefe heraus und überreichte sie mir. / »Traurige Geschichte«, sagte er. / Man merkte, dass er beim Onkel in die Lehre gegangen war.

Wir redeten noch ein wenig über den toten Onkel, wie

gerne er geraucht habe, und auch Apfelkuchen habe er gerne gegessen. Dann verabschiedete ich mich. Und mit dem grauen Gefühl, das mich seit dem ersten Einrücken nie mehr ganz verlassen hatte, ging ich vom Posten weg und dachte darüber nach, dass das Bild, das ich von mir hatte, nicht schöner geworden war dadurch, dass ich den Onkel erschossen hatte. Ich war mir aber sicher, dass bei dem Vorfall das Gute das Schlechte überwog. Und dieses Gefühl gewann allmählich an Stärke im leise fallenden Schnee, während ich nach Hause ging.

Wen hat / wer / wann / wo / womit / wie / warum / umgebracht?

Margot schaute mich fragend an, als ich in ihr Zimmer trat, doch Neuigkeiten konnte ich ihr keine präsentieren, ich sagte: »In der Haut des Brasilianers möchte ich jetzt nicht stecken. Ich hoffe, dass er sich selbst helfen kann.« / Margot musterte mich und riet mir, ganz ruhig zu sein, es sei nicht gut, so unter Dampf zu stehen.

Wir redeten über die bevorstehende Untersuchung, mir war klar, dass sich meine Hoffnung auf eine neuerliche Zurückstellung mit der Kriegslage nicht vertrug. Zwingende Gründe waren nicht vorhanden. Allein dass ich noch lebte, unterstrich meine Verwendungsfähigkeit. Deshalb sagte ich zu Margot, dass ich voraussichtlich wieder einrücken werde. Da holte sie ihren großen Koffer unter dem Bett hervor, schloss ihn auf, warf graue, zerrissene Wäsche auf das Bett, warf graue, zerrissene Windeln auf das Bett, stapelte Zigarrenkisten zur Seite und holte eine Büchse heraus, in der sich das Tomatengeld befand. Sie drückte mir das Geldbündel in die Hand und sagte: »Veit, ich bitte dich, tu, was du kannst, damit du zurückkommst. Sonst erwarte ich keine Heldentaten von dir.« / Wir wechselten einen Blick, und ich schluckte.

Von ihrem Mann war an einem der Vortage ein Brief eingetroffen, er sei endlich aus dem Brückenkopf in Memel herausgekommen, man habe ihn mit dem Schiff nach Cranz an der Ostsee gebracht, dort seien sie drei Tage gelegen, hätten in einem Strandhotel gewohnt und wirklich drei schöne Tage verlebt. Abends seien sie bummeln oder in ein Kino gegangen, er habe von dort eine Ansichtskarte geschickt und einen eingeschriebenen Brief mit der Urkunde für die Nahkampfspange. / Von Cranz sei er mit der Bahn in ein trostloses Nest in der Nähe der polnischen Grenze gebracht worden, auch dort lägen sie in Ruhe. Die Bevölkerung sei fast zur Gänze weg, Licht gebe es keines, das seien die Ruhequartiere für Soldaten in Deutschland, in Russland hätten sie nicht anders gelebt. Wie lange die Ruhe dauern werde, hänge von der großen Lage ab, und dass die große Lage nicht rosig aussehe, sei allgemein bekannt. / Mit Urlaub rechne er erst wieder nach Kriegsende.

Margot sagte: »Nach Kriegsende wird es auch für Ludwig in Ordnung sein, wenn wir uns scheiden lassen.«

Alles lag in tiefem Schweigen, als wir am Morgen aufwachten, See und Dorf in milchigem Grau, die Langhörner, obwohl von weit kommend, passten ganz gut in dieses neblige Milieu, still das Wenige wiederkäuend, das sie zu fressen bekommen hatten. Sie scharrten mit ihren Hufen im Schnee. Margot und Lilo begleiteten mich zum Bahnhof. Margot hielt während des ganzen Weges meine Hand, ohne Rücksicht auf irgendwelche Blicke. / Im Frühling waren wir einander wohl auch Anlass gewesen, nicht allein sein zu müssen. Doch jetzt, als wir im winterlichen Morgengrauen am Bahnsteig von Mondsee am Mondsee standen und auf das Einfahren des Zuges warteten, wusste ich mit letzter Sicherheit, dass wir in etwas hineingeraten waren, das andauern würde, wenn die Umstände es zuließen.

»Es wird schon auch die letzten Monate gutgehen«, sagte Margot. Wir küssten einander. Ich stemmte Lilo in die Höhe und brachte sie zum Lachen. Aber als ich in den Zug stieg, hatte ich einen Moment der Angst, am liebsten wäre ich sofort wieder ausgestiegen.

Von Salzburg bis Linz war nicht daran zu denken, dass jeder einen Sitzplatz bekam, ich stand auf dem Gang, und auch später, als der Zug die Donau entlangrollte, verbrachte ich einige Zeit auf der Plattform. Spätestens jetzt wurde die Erschöpfung der Reisenden spürbar. Die Luft war feucht und schal. Man hörte Stöhnen, Ächzen und Diskussionen über Politik. Eine Frau sagte: »Weihnachten ist das Fest des Friedens.« / »Sie können sich den Frieden sonstwohin stecken«, knurrte einer aus seiner Ecke. / Da der Zugverkehr allgemein ins Stocken geraten war, fiel es nicht ins Gewicht, dass wir hinter Linz eine halbe Stunde verloren, weil wir zwei Schnellzüge vorlassen mussten. Insgesamt ging die Fahrt gut voran, ich dachte, wenn's zurück auch so schnell geht, soll's mir recht sein.

Als sich der Zug St. Pölten näherte, brachte ich mir meinen Grundwehrdienst in Erinnerung, den ich hier geleistet hatte im letzten Friedensjahr, vor hundert oder hundertzwanzig Jahren. Damals war ich am Samstag oft mit dem Fahrrad nach Wien gefahren, weil den Rekruten die Benützung öffentlicher Verkehrsmittel nur mit Urlaubsschein erlaubt war, sechzig

Kilometer hin, sechzig Kilometer zurück, insgesamt sieben Stunden im Sattel. / Wie glücklich hatte ich mich bei den Eltern am Küchentisch gefühlt. Und jetzt fuhr ich wieder nach Hause und dachte mit einem Gefühl der Mutlosigkeit: Ich bin schon gespannt auf die blöden Reden.

Es geht alles vorüber, es geht alles vorbei, alles, auch die Jugend und das Leben. Wie der Feldwebel während der Grundausbildung höhnisch gesagt hatte: »Zum Genießen san ma net da, merken Sa sich's, meine Herrschaften.« / Damals hatte ich nicht geahnt, wie teuer mich das Militär zu stehen kommen wird.

Draußen glitten die öden Äcker vorbei, auf denen die vergessenen Rüben und das faulende Kraut herumlagen wie Totenschädel und geschwärzte Knochen.

Der Westbahnhof war dick verqualmt

Der Westbahnhof war dick verqualmt von den Dampflokomotiven. Ich verschwand sofort in der Masse der Soldaten, die hier ankamen, umstiegen, wegfuhren, alle Gattungen, alle Armeen, alle Chargen, Hilfspersonal, Arbeitsverpflichtete, abgerissene Uniformen, schmutzige Rucksäcke, schmutzige Gesichter. Dazwischen hunderte Flüchtlinge, die Frauen teils in fremd anmutenden Trachten, die alten Männer mit fremd anmutenden Bärten, auf Koffern sitzend, umgeben von Säcken, Taschen und großen Kleiderbündeln, die den Soldaten den Weg versperrten.

Und natürlich war der Himmel über Wien niedriger als anderswo. Die Asche und der Staub von den schlechten Kohlen wehten mir ins Gesicht und in den Rachen. / Auf einer Mauer die mit Farbe hingepinselte Parole: *Legt H., diesen Schuft, in die Kapuzinergruft.*

Zu Hause wusch ich mich, und als ich die Narben an meinem rechten Bein sah, kamen sie mir fremd vor, ich konnte mich nicht daran erinnern, dass mir diese Verletzungen zugestoßen waren. Und vor allem konnte ich es nicht glauben: Bin ich das gewesen? Ich, der …?

Neu in der Wohnung der Eltern war, dass es die ganze Zeit *tick, tick, tick* machte, unaufhörlich, ich brauchte einige Zeit, bis ich mich daran gewöhnte. Wenn das Ticken aussetzte, ertönte im Radio der Kuckuck, eine weibliche Stimme verlas die Luftlage: »Einflüge aus südlicher Richtung …« / Papa hatte den Ticker selbst gebaut, hatte den Telefonanschluss an das Radio gekoppelt, und sobald sich feindliche Flieger näherten, hörte das Radio auf, Rundfunk zu senden, und es schaltete sich der Sender der Partei ein, der dann übers Telefon zu hören war. Wie genau das funktionierte, begriff ich nicht, und ich zollte Papa ehrliche Anerkennung. / »Das könntest du auch«, sagte er. / »Vielleicht«, sagte ich. / Aber ich war mir sicher, dass es mich Monate, wenn nicht Jahre kosten würde, die Kenntnisse, die ich zum Ende der Schulzeit gehabt hatte, wieder aufzufrischen.

Sehr früh kam die Frage nach Onkel Johann. Was sollte ich groß erzählen? Innerlich versuchte ich nochmals, mich zu einer angemessenen Anteilnahme aufzuraffen, aber es blieb bei inneren Ermahnungen. Das Grundgefühl bestand fort: Der Onkel ist tot, der Brasilianer und ich aber leben, und das ist die Hauptsache. / So wurde alles, was ich sagte, beim Aussprechen unwirklich und nicht so, wie ich es sagen wollte. Daher hielt ich besser den Mund. Ich behauptete, nicht viel darüber zu wissen, nur das, was in der Zeitung gestanden habe. Die Behörden seien zugeknöpft und ganz damit beschäftigt, den mutmaßlichen Täter zu ergreifen. / Mama sagte: »Onkel Johann wird sich auch gewünscht haben, dass er die ihm verbleibenden Jahre in erträglicher Zufriedenheit verleben kann. Aber dem hat jetzt das Schicksal einen Riegel vorgeschoben.« Sie stockte und fügte hinzu: »Ich weiß auch nicht, wohin das noch führen wird.« / »Er ist tot und fertig«, entfuhr es mir. / Papa und Mama schauten mich bestürzt an. Mama bekam rote Augen und ließ einige Tränen herunterrollen. Papa machte ebenfalls ein denkbar befremdetes Gesicht. Dann begann Mama am Klavier einige vorweihnachtliche Lieder herunterzuklimpern, um den Abend zu retten, was ihr aber nicht gelang.

Ich selber war ebenfalls erschrocken, mein Gott, schoss es mir durch den Kopf, ich bin ja schon wie der Onkel. Einmal, als ich ihn gefragt hatte, wie das mit den beiden Lanner aus St. Lorenz gewesen sei, Anton und Anton, die wegen Schwarzschlachtungen hingerichtet worden waren, hatte er lapidar geantwortet: »Sie haben es übertrieben.«

Einen zweiten kritischen Moment gab es, als Papa sagte, 1944 sei für ihn eine einzige Enttäuschung gewesen, das ganze bisherige Jahr. Ich fragte spitz, ob denn die Vorjahre besser gewesen seien. Er gab mir keine Antwort. / »Wären wir halt nicht so blöd gewesen«, sagte ich. / Er fragte, ob er jetzt etwas falsch verstanden habe. Er habe mich schon richtig verstanden, murrte ich und machte mich auf endlose Diskussionen gefasst. Aber er sagte: »Schon gut, schon gut.« / Mir kam vor, Mama hatte ihn gebeten, keinen Streit mit mir anzufangen. / Als ich mich erkundigte, was es in Wien Neues gebe, war Papa sogar zum Scherzen aufgelegt: »Die einen klagen zusätzlich zum Jammer über die Bombenangriffe über die Teuerung, die andern über das Wetter, woraus zu ersehen ist, Wien bleibt Wien, was auch geschehen mag.« / Dann mischte ich mich in die Gespräche nicht mehr ein und feilte an meinen Nägeln. Natürlich gab es Bemerkungen, bei denen ich in die Luft hätte gehen können, aber ich übte mich in Selbstbeherrschung, und es fiel kein böses Wort mehr.

Aber ich stellte wieder fest, dass Papa nie über sich selbst lachte, das war eine Besonderheit, die er mit den Männern teilte, denen er vor zwanzig Jahren Gefolgschaft geschworen hatte, alles Männer, die nie über sich und immer über andere lachten.

Leise legte ich mich hin und deckte mich zu. Meine Einschlafgedanken galten Margot. Aber wenn ich in der Nacht aufwachte, kam mir alles andere in den Sinn, da wuchs mir der Krieg über den Kopf und drückte mich wie eine schwere Last. Und die schrecklichen Träume dazu. / Ein Traum vom Brasilianer war noch der angenehmste, ich redete mit ihm, ein LKW kam mit hoher Geschwindigkeit die Possingergasse herunter auf uns zu, und der Brasilianer schob mich vorsichtshalber zur Seite, weg von der Straße.

Es war eine nasse Nacht. Ich hörte den Regen. Jetzt hupte ein Auto in das aschgraue Licht des Morgens, ein Fahrrad klingelte, die vertrauten Geräusche vertrieben die Angst. / Auch Margot wird bald aufstehen, das Kind ist gewiss schon wach.

Beim Frühstück dachte ich daran, dass in der Wohnung der Eltern nicht das vertraute Aussehen der Dinge die Oberhand hatte, sondern die Fremdheit des ehemals Vertrauten. Ich war beklommen, dass ich kein Zuhause mehr hatte, und begriff wieder, dass mir der Krieg nicht nur sechs Jahre genommen, sondern mich aus allem Gewohnten gerissen hatte. Die Möbel und die Bilder an den Wänden waren während meiner Abwesenheit zu Gerümpel geworden.

Mama fragte, ob ich am Vormittag mit zu Tante Rosa ginge, ich winkte lustlos ab und sagte, ich wolle auf den Friedhof. Mama erinnerte mich an das, was sie mir bereits in einem Brief geschrieben hatte: dass der Meidlinger Friedhof wegen der Zerstörungen durch einen Fliegerangriff auf Kriegsdauer geschlossen bleibe und bis dahin auch keine Beisetzungen stattfinden konnten. Ich beharrte darauf, mein Glück versuchen zu wollen. / Während ich in die Stiefel schlüpfte, sagte Mama, sie hoffe, dass sie gesund bleibe, denn sonst müsse sie sich auf dem Zentralfriedhof provisorisch beerdigen und dann nach Kriegsende exhumieren lassen, um schließlich auf Weisung der Überlebenden bei Hilde endgültig beigesetzt zu werden.

Vor dem versperrten Haupttor standen etliche Trauernde, vor allem ältere Menschen, manche weinten, andere bettelten, dass man sie zu den Gräbern ihrer Angehörigen lassen solle. Aber man ließ sie nicht. Die städtischen Friedhofsbeamten waren bekanntlich nicht sehr zartfühlend, am liebsten hätten sie einem vorgeschrieben, wann man zu sterben habe. Aber auf jeden Fall war es ihnen egal, ob man die Möglichkeit hatte, seine Toten zu besuchen. Auch das war Ausdruck der harten Wirklichkeit in der Stadt. / Eine alte Frau sagte, ich sei ja noch jung, rückwärts sei die Planke durch eine Bombe weggerissen, man müsse zwar durch einen Trichter, aber für mich könne das kein Hindernis sein, viele Leute würden diesen Weg gehen. Und so machte ich's. Ganz unten in dem Trichter stand Wasser, ich musste aufpassen, dass ich nicht hinunterfiel.

Im Friedhof gab es weitere Trichter, die aber leicht zu umgehen waren, viele Grabsteine zertrümmert, unser Familiengrab jedoch unbeschädigt, wenn auch verwahrlost aufgrund des Betretungsverbotes, alles von Unkraut überwuchert. Zwischen dem Unkraut sah ich die zerfallenden Reste eines Hakenkreuzwimpels. Mit meinem Taschentuch wischte ich den Schmutz aus den Vertiefungen der Inschrift: *Hilde Kolbe 11. III. 1913 – 20. X. 1936.*

Gräber und Trichter und Trümmer und böse Geister. Ist alles nur ein Spuk? Ich stand fassungslos davor, das Grab ein Unkrauthaufen, die Familie reptilienhafte Raubtiere, die mich bei lebendigem Leib auffressen wollten. Im gewöhnlichen kalten, grauen Leben.

Hildes Husten des nachts hatte Papa zuletzt so gestört, dass er sein Lager in der Küche aufgeschlagen hatte. Eine Woche vor ihrem Tod war Hilde immer sehr ängstlich gewesen, in der Nacht schaltete sie jede Stunde das Licht ein, und wenn jemand sie fragte: »Was hast du, Hilde?«, antwortete sie: »Ich kann dir's nicht sagen, mir ist so komisch.« / Am 19. Oktober um sieben Uhr am Abend war die Ärztin bei ihr und gab ihr eine Spritze, sie sagte zu Hilde: »Heute wirst du gut schlafen.« / Als ich noch kurz zu ihr ans Bett trat, ich hatte ein Glas Wasser für sie geholt, sagte sie: »Wie frisch ist das Wasser!« Dann sagte sie: »Veit, geh schlafen, ich will auch schlafen.«

Sie hatte schöne, leicht sommersprossige Haut in einem großflächigen Gesicht, meistens baumelten zwei blonde Zöpfe ihren Rücken hinunter. Zuletzt trug sie einen Haarkranz wie Galizierinnen. Sie war dreiundzwanzig Jahre alt. Ihre Todesstunde empfinde ich bis heute als verstörend.

Ich war noch wach, alle waren wach. Hilde konnte trotz der Spritze, die sie von der Ärztin erhalten hatte, nicht schlafen und redete von Selbstmord. Die Eltern wandelten nervös durch die Wohnung, ich fürchtete mich, einmal knarrten die Fenster, dann wieder schlug eine Tür zu, das Linoleum im Flur war elastisch, als ginge man auf Moorboden, die ganze Wohnung war mir nicht geheuer. Über meinem Zimmer befand sich der Dachboden, dort hörte ich Gegenstände fallen, ich glaubte nicht an Spuk, aber die Drohungen, die Hilde in ihrer Not ausgestoßen hatte, hatten mich schreckhaft gemacht. Ich sagte zu Papa, er solle sich mit mir überzeugen, was dort oben los sei. Wir öffneten die Tür zum Dachboden, drinnen stand alles ordnungsgemäß an seinem Platz. Wir gingen wieder hinunter und versuchten, endlich ein wenig Schlaf zu finden.

Gegen vier in der Früh entstand neuer Lärm. Ich schaute zu Hilde in ihr Zimmer, sie saß schweißgebadet im Bett und rang nach Luft, kein Würgen mehr, kein Röcheln, der Schweiß tropfte von ihrem Körper, als ob sie unter einer Dusche sitze. Mein erster Gedanke war, mein Gott, weg von hier, sie stirbt. / Mama saß neben Hilde und wischte ihr den Schweiß von der Stirn, Papa war zum Telefon gelaufen, um nach der Ärztin zu telefonieren. Mama flehte, Hilde solle sich gedulden, die Ärztin komme gleich, dann eilte auch sie aus dem Zimmer, redete mit Papa, ich hinterher, ich wollte nicht mit Hilde allein im Zimmer sein und die Verantwortung übernehmen müssen. Kaum war ich draußen, hörte ich einen Schlag gegen das Nachtkästchen, Mama lief hinein, und einen Augenblick später kam sie wieder heraus, wischte sich den Rotz von der Nase und sagte, Hilde sei zurückgefallen und tot. Wir rannten zu ihr hinein und sahen sie, verdrehte Augen und ein aus dem Bett hängender Arm. Mama schickte uns hinaus, wir setzten uns in die Küche, da kam auch schon die Ärztin, sie unterhielt sich eine Weile mit Papa, dann begaben sich alle nochmals in Hildes Zimmer, die Ärztin wollte gerade das Herz abhorchen, und Papa wollte Hilde die Augen schließen, als sich Hilde aufsetzte und gleich wieder gegen das Nachtkästchen fiel, wir alle waren bleich vor Entsetzen. Aber nachdem wir uns gegenseitig angeschaut hatten, stellte die Ärztin den Tod fest, sie sagte, sie sei jetzt tatsächlich tot.

Bei uns brannte dann Licht bis zum Morgen, und ich fragte

mich die ganze Zeit: Warum, warum, warum? Warum musste es sein? – So fragte der Lebende in die Leere hinein, und die Tote antwortete nicht, und auch sonst niemand. Traumhaft das ganze Leben.

Zum Ende der Woche wurde ein weiteres Mädchenbett auf den Dachboden getragen. Hilde war jetzt auf Wanderschaft und kam nicht zurück, ich wartete lange darauf, dass sie zurückkam.

Jahre später tröstete ich ein paar Sterbende … also nicht, dass man etwas nachholen kann …

Zu diesen Dingen kehrten meine Gedanken zurück, als ich an Hildes Grab stand, und es war mir, als breche auch bei den Toten alles zusammen, eine weitere Trümmerwelt, ohne Zentrum, alles bröckelte, rollte brockenweise in verschiedene Richtungen, das galt auch für die Sprache. Wörter wie *Versprechen* und *Treue* waren hohl geworden und zerbrachen, wenn ich sie in den Mund nahm.

Am Nachmittag machte ich Wege, hierhin und dorthin, in einer Stadt, in der jeder in Eile war, sogar die auf Krücken angewiesenen Kriegsversehrten. Die halbe Welt schien kriegsversehrt. Von der Wehrmachtsstelle in der Hirschengasse ging ich zu Onkel Rudolf in der Siebenbrunnenfeldgasse. Auf dem Rückweg versuchte ich, mir einen Taschenkalender für 1945 zu besorgen, aber in den Geschäften war alles wie ausgekehrt. Mir wurde immer banger, je mehr Zeit ich unter Menschen verbrachte.

Am späten Nachmittag kehrte ich in den 15. Bezirk zurück und ging zum Grassingerhof, um Kurt Ritlers Briefe an Nanni Schaller zurückzugeben. Ich suchte nach der richtigen Tür, und bevor ich klopfte, wartete ich einen Augenblick, damit meine Gereiztheit etwas abklingen konnte. Kurz nach dem Klopfen sah ich beim Küchenfenster einen Schatten, konnte jedoch nicht sehen, wer es war. Wenig später öffnete Susi, die Schwester von Kurt, die ich von Nannis Begräbnis kannte. Sie ließ mich wissen, dass ihr Bruder jetzt Soldat sei und am Südostwall stehe, sie sagte: »Dort muss richtig geschanzt werden.« / Da ich Uniform trug, gab sie bereitwillig Auskunft, ganz klug wurde sie nicht aus mir, scheute sich aber, ebenfalls Fragen zu stellen. Sie mochte elf Jahre alt sein, hatte hellwache Augen, schien ein wenig misstrauisch, als wisse auch sie schon vom Ernst des Lebens. Und mit einmal war ich mir sicher, dass sie die Briefe ihres Bruders lesen würde, wenn ich sie ihr gäbe, ich selber hatte sie ja auch gelesen, wovon man halten will, was man mag, aber ich bin nicht seine kleine Schwester. Rasch änderte ich meine Absicht, fragte nach Kurts Adresse, das Mädchen wusste sie auswendig: »Jägerkaserne in Hainburg, Marschweg, Baracke 1, Stube 3.« / Ich gab dem Mädchen eine Reichsmark, die sie mit strahlender Unbefangenheit nahm. Unverrichteter Dinge ging ich davon.

In der Nacht holte mich die Sirene aus dem Bett, kurz nach fünf Uhr früh kam der Heulton. Alarm! Rasch aufgestanden und, halb schlafend, die notwendigsten Handgriffe gemacht, zur Not angezogen, mit Sack und Pack in den Keller. / Wir saßen auf Kisten und starrten zwischen unsere Beine. Die Kellerdecke war nach dem Motto, besser zu viel als zu wenig, mit Balken abgestützt, und es gab einen Durchbruch zum Keller des Nachbarhauses, der mit einem Laden abgedeckt war. / Als die Erde zu beben begann, sagte eine neu ins Haus gezogene ältere Frau: »Die verlangen von den Leuten schon ein bisschen viel.« Und das blieb stehen im Schweigen der anderen.

Um sieben waren wir wieder oben in der Wohnung. Keiner von uns ging nochmal ins Bett, es wurde weitergewurstelt, kein Gas, das Telefon unbrauchbar. Angeblich hatte das Elisabeth-Spital zwei Treffer abbekommen. Papa sagte, man sei sogar im Spital seines Lebens nicht mehr sicher, das sei schon eine Schweinerei.

Beim Frühstück sprach mich Mama auf meine Schweigsamkeit an. Ich sagte, ich sei nervös. Papa war einige Zeit still, dann meinte er: »Weißt du, Veit, bei den ständigen Bombardierungen und durch die vielen Alarme ist auch bei mir der Verbrauch an Nerven gewaltig, ich kann bald keine Aufregung mehr vertragen, und das will er ja, der Feind.« / Er fing dann wieder von der Zukunft an, für die wir die vielen Opfer auf uns nähmen, und da sagte ich: »Schau dir die Stadt an, wie sie heute aussieht. Kein bisschen Leben mehr. Die Leute gehen freud- und teilnahmslos ihren Beschäftigungen nach, und auf jedem Gesicht drückt sich die Angst aus vor der von dir gepriesenen Zukunft. Was sind deine großartigen Worte gegen die vielen müden Gesichter?«

Ich redete mit Papa in einem eher scharfen Ton, und zuletzt flog ich aus der Familie. Er sagte, wenn ich ihm noch einmal so käme etcetera, etcetera. Und natürlich war ich jederzeit bereit, ihm noch einmal so zu kommen, und das sagte ich ihm, womit seine Drohung, mich in dem Fall hier nicht mehr sehen zu wollen, schlagend wurde, ohne dass es ausgesprochen werden musste. / Ich murmelte nur noch: »Du kannst mich einmal.« / Er wurde rot wie eine Tomate.

Jetzt machten sich die vergangen vierundzwanzig Jahre bemerkbar, dieses ständige Voranpeitschen der Kinder mit Kritik, immer nur Negatives gehört zu haben, nie gelobt worden zu sein, nie eine kleine fromme Lüge: »Das hast du gut gemacht!« Stattdessen: »Damit wirst du dich hoffentlich nicht zufriedengeben, Veit.«

Die Kindheit ist wie ein Holz, in das Nägel geschlagen werden. Die guten Nägel sind die, die nur so tief im Holz stecken, dass sie halten, sie beschützen einen wie Stacheln. Oder man kann später etwas daran aufhängen. Oder man kann die Nägel herausziehen und wegwerfen. Schlecht sind die ins Holz gedroschenen Nägel, deren Köpfe tiefer liegen als die Oberfläche des Holzes, man sieht gar nicht, dass dort etwas Hartes ist, ein vor sich hinrostender Fremdkörper. / Papa hatte die Nägel immer ganz fest ins Holz gedroschen durch ständiges Hämmern auf immer dieselben Stellen. Und dafür erwartete er sich jetzt ein Höchstmaß an Dankbarkeit. / Es gibt bei mir eine gewisse Anhänglichkeit an meine Kindheit, und deshalb respektiere ich meinen Vater. Und doch habe ich mit den Jahren eingesehen, dass *Standhaftigkeit* und *Konsequenz*, um zwei seiner Lieblingswörter zu nennen, finstere Seiten besitzen. Mit Wörtern wie *Standhaftigkeit* und *Konsequenz* hatte mir Papa meine Kindheit verdorben. Und die Jugend und das junge Erwachsenenalter hatten mir andere verdorben, aber mit denselben Wörtern.

Was die Familie an Persönlichkeitszerstörung anfängt, setzt der Krieg fort. An der Front hatte ich zusehen können, wie Persönlichkeiten in Trümmer gingen, manchmal kam zwischen den Trümmern das Gute hervor, öfter das Schlechte.

Ich ging dann zur Untersuchung in die Breitenseer Kaserne. Gleich hinter dem Eingang traf ich einen von meiner früheren Feldeinheit, er sagte, auch Frenck sei hier, unser

Funker. / Als Frenck von meiner Anwesenheit erfuhr, kam er angerannt, nahm mir meine Tasche ab und ging mit mir in die Kantine, wo wir ein Bier tranken. Er war sehr herzlich und betonte, wie glücklich er sei, einen von den ganz Alten zu sehen, es gebe nicht mehr viele, die vertrauten Gesichter würden immer weniger, und er vermisse sie. Morgen breche er auf zu unserer Einheit nach Insterburg, ich solle bald nachkommen. / Er hatte noch immer meine Tasche auf den Knien, und ich sagte, dass sich darin meine gesammelten Befunde befänden. Er fragte: »Und, wohin bringen sie dich?« / »Aufs Schafott, an die Front oder dem Teufel zwischen die Zähne.« / Er lachte, und vielleicht wunderte er sich, dass ich nicht ebenfalls lachte. Er meinte dann noch, er bekomme für drei Tage Reiseproviant. Zu unseren besten Zeiten hätten wir acht Tage Reiseproviant gefasst. Ich korrigierte ihn: »Zu unseren schlechtesten Zeiten.«

Dann wurde ich aufs Geschäftszimmer bestellt, sie wollten, dass ich sofort zur Untersuchung erschien. Der Flur, der als Wartezimmer fungierte mit entlang der Wand aufgereihten Stühlen war eng, dunkel und überfüllt, meine Stimmung sank sofort auf den Tiefpunkt. Die meisten Männer warteten wie gelähmt. Aber einer, der halb verrückt schien, monologisierte, überzeugt, dass alle Welt wissen müsse, was er von Militärärzten hielt. Er berichtete, woanders habe ein Militärarzt einen Leutnant so hergerichtet, dass dieser jetzt nur mehr in Lungenheilstätten lebe als hoffnungsloser Fall. Untauglich erklärt werde man buchstäblich erst fünf Minuten vor dem Sterben, jetzt werde alles, was den Kopf nicht unterm Arm trage, verwendungsfähig geschrieben, das sei nicht mehr der Ernst des Lebens, von dem sein Großvater spreche, das gehe über den Ernst des Lebens hinaus. Sie spielten mit einem und schauten, ob's gut ausgehe, und wenn nicht, werde man auf den Misthaufen geworfen. Vor zwei Jahren seien ihm am rechten Fuß drei Zehen abgesägt worden, der Arzt, der dafür verantwortlich sei, gehöre verprügelt, so was werde auf die Soldaten losgelassen, es sei unfassbar.

Das Reden des Mannes war mir unheimlich. Ich hätte gerne ein Pervitin genommen, um das Ganze besser aushalten zu können, aber ich fürchtete, dass es mir zum Nachteil ausschlug, wenn ich bei der Untersuchung gute Laune hatte. Ganz allmählich brach mir der Schweiß aus, ich bekam wieder das Gefühl des Irrealen, aber gut, das kannte ich ja mittlerweile. / Und immer wieder der Gedanke: Ist es wirklich der Krieg, wozu ich bestimmt bin? War ich nicht eigentlich zu etwas anderem bestimmt?

Ein Sanitätsgehilfe rief mich in einen Untersuchungsraum und befahl mir, mich ausziehen und mich auf die Waage zu stellen. Mit Unterhose wog ich sechsundsechzig Kilogramm. Ein Arzt mit aus der Manteltasche hängendem Hörrohr kam und fragte, warum ich noch hier sei, ich gehörte an die Front. Ich sagte, es stehe alles in den Befunden. Er ging nicht darauf ein und stellte mir in Aussicht, dass sich in der großen Armee rasch ein geeignetes Plätzchen für mich finden werde, vorne werde jeder Mann gebraucht, mir sei hoffentlich klar, dass einer wie ich, der den Betrieb auswendig kenne, mehr wert sei als zehn Buben, ich hätte es lange genug verstanden, mich im Hinterland festzusetzen.

Obwohl der Ausgang der Untersuchung nicht schwer vorherzusehen war, gab ich mir Mühe, alles zur Sprache zu bringen, unter anderem sagte ich, ich sei depressiv. / Es fehlte nicht viel, und der Arzt hätte laut aufgelacht. Er sagte, das sehe er, aber seine Erfahrung sei, an der Front habe man keine Zeit, der depressiven Neigung nachzugeben, das werde zurückgestellt, bis man wieder zu Hause sei. Deshalb seien viele Depressive arbeitsfähig, ohne lebensfähig zu sein. / Ich war empört und sagte, einer, der nicht lebensfähig sei, habe an der Front nichts verloren. / Aber auch dies beeindruckte den Arzt nicht, man könne solche Zustände vielleicht sogar überwinden, indem man der Ursache gegenübertrete, so habe er es auf der Universität gelernt. / »Bei wem?«, fragte ich in Erwartung einiger heute missliebig gewordener Namen. Keine Antwort. / »Der einzige Weg, Ängste wieder loszuwerden, führt über die Konfrontation«, sagte er stur. »Man muss sich mit seinen Schwächen auseinandersetzen und einen Modus finden, wie man sich behauptet.«

Wir saßen einander zornig gegenüber, und wieder fiel mir ein, dass ich bald fünfundzwanzig Jahre alt war. Und tausend andere Empfindungen durchfuhren mich, hauptsächlich gespeist aus den Dingen, die ich nächtens fürchtete. / In der linken Brusttasche meiner Uniformjacke knisterte das Geld, das mir Margot gegeben hatte. Und weil alles wünschenswerter war als das jahrelang im Krieg Erlebte, entschloss ich mich zu tun, was ich sonst niemals getan hätte, ich nahm das Geld heraus und legte es auf den Tisch. Es war ein dickes Bündel. / »Die Zulagen für vier Feldzüge«, sagte ich. / Das Geld blieb einige Sekunden liegen, herrenlos im Land der Herrenmenschen. Und derjenige, der mehr Herr sein wollte als der andere, langte danach, ich milderte die Peinlichkeit, indem ich sagte: »Von den Kopfschmerzen bekomme ich Sehstörungen.« / Ich schloss die Augen, mir rauschten die Ohren von der Aufregung, und als ich die Augen wieder öffnete, war das Geld weg.

Beim Warten auf meine Papiere machte ich mich auf eine bedingte Verwendungsfähigkeit gefasst, Schreibstube oder Fahrlehrer in einer Garnison, an eine vollständige Zurückstellung glaubte ich nicht, und dieser Argwohn erwies sich als gerechtfertigt. / Als ich den Bescheid in Händen hielt, musste ich zweimal hinsehen, um mich zu vergewissern, dass kein Irrtum vorlag: *Kriegsverwendungsfähig Feld.* Das traf mich mit einer solchen Wucht, dass ich mich hinsetzen musste. Und ich spürte den Sporn am ganzen Körper, und es brannte, als sei Säure in die Wunden geraten. / Diese miese Ratte hatte Margots Geld genommen und mich kriegsverwendungsfähig geschrieben, ich hatte einen Marschbefehl für Mittwoch.

Als ich mich ein wenig gefasst hatte, suchte ich das Geschäftszimmer auf, mir war klar, dass es besser war, nicht zu protestieren nach allem Vorgefallenen, allein dass ich keine Beanstandung wegen der dürren Befunde aus Vöcklabruck bekommen hatte, nahm dem Ganzen etwas von seiner Schärfe. Aber ein Zugeständnis verlangte ich, und das waren zwei Dosen Pervitin, die mir der Sanitätsoffizier bereitwillig aushändigte. Beim Entgegennehmen des Vorrats überkam mich ein richtiger Hass gegen diese Tabletten. Aber im Moment brauchte ich sie, leider. / Ich wies meinen Meldezettel vor, der auf Mondsee lautete, ich sagte, ich hätte dort ein uneheliches Kind. Und ohne darum gebeten zu haben, bekam ich einen Aufschub von zwei Tagen. Mein Marschbefehl lautete jetzt nicht mehr auf Mittwoch, sondern auf Freitag, Nordbahnhof, Bestimmungsort Insterburg, Ostpreußen, wo meine Einheit stand, wie ich von Frenck bereits wusste. Die Knochenmühle im Osten.

Weil es mich nicht nach Hause zog, ließ ich mir vom Kasernenfriseur die Haare schneiden. Und da ich noch immer die alte Uniform trug, die ich im Saarland bei der Entlassung aus dem Lazarett gefasst hatte, suchte ich die Kleiderkammer auf. Dort wurde mir eine neue Uniform bewilligt. / In der Kleiderkammer auf einer Bank sitzend, als ich mir die Stiefel auszog, hatte ich einen Moment halber Betäubung, und da fragte ich mich überrascht, warum Lilo nicht herangekrochen kam und lachend in den warmen Stiefel langte? – Ach, ja, weil ich in Wien bin, von wo sie mich wieder ins Feld schicken, der Krieg nimmt einen mit wie Geröll im Fluss.

Seit es mit Margot

Seit es mit Margot einen Menschen gab, mit dem ich mich aussprechen konnte und der mich ermunterte, zu meinen Ansichten zu stehen, hatte ich nicht mehr das Gefühl, Papa unterlegen zu sein. Als ich zu Hause berichtete, dass ich wieder hinaus müsse, behauptete er, dass er seine Kinder über alles liebe, und er wünsche mir viel Glück. Im ersten Moment fehlte mir der Mut, aber ich bereitete mich innerlich darauf vor, ihm zu sagen, dass er nur sich selbst liebe. Leider ergab sich keine Gelegenheit mehr, es anzubringen. / Und wie traurig stimmte mich der Blick auf die alte Nähmaschine, auf der Mama unsere Wäsche genäht hatte. Im Geist sah ich noch ihre Finger dort herumhantieren. Und so, in tiefer Trauer, verließ ich in der Früh die Wohnung, um nach Hainburg zu Kurt Ritler zu fahren. Die Sache mit den Briefen an Nanni ließ mir keine Ruhe.

Es schneite so heftig, dass keine Straßenbahn verkehrte. Ich musste mit dem Gepäck zu Fuß bis nach Schönbrunn, von wo ich mit der Stadtbahn zum Hauptzollamt fuhr. Dort stieg ich um in die Pressburger Bahn. / Bis zum Zentralfriedhof schneite und stöberte es, dann wurde der Schneefall weniger. / In Schwechat leerte sich mein Abteil. Nur rechts in der Ecke beschäftigte sich ein Herr mit Rätselauflösen. Beim Aussteigen in Kroatisch Haslau ließ er das Rätsel zurück, die Auflösung, von unten nach oben gelesen, ergab den Satz: *Mit Siegeszuversicht ins neue Jahr.*

Weil ich seit Tagen zu wenig geschlafen hatte, waren meine

Wahrnehmungen diffus, mein Körper matt, alles heruntergedämmt. Das Gefühl wäre nicht unangenehm gewesen, wenn ich mich ihm hätte überlassen können. Doch daran hinderte mich die Angst vor dem Einschlafen.

Der Zug fuhr durch Carnuntum, und weil ich das Talent besitze, überall durch die Hülle hindurch das Totengerippe zu sehen, nahm ich unter den Äckern die Reste der ehemaligen Großstadt wahr. Und ich weiß nicht, ob es vom Wesentlichen ablenkt oder zum Wesentlichen hinführt; aber seltsam ist es, dass hier, wo sich jetzt Äcker erstrecken, römische Kaiser gelebt haben und dass römische Kaiser hier ausgerufen wurden und dass niemand mehr weiß, ob Carnuntum zwanzig- oder hunderttausend Einwohner hatte, alles ist zugedeckt, nur ein paar Steine liegen herum, und kaum ist es vorstellbar, dass Kaiser Marc Aurel hier an seinen Selbstbeschwichtigungen geschrieben hat inmitten des Irrsinns der von ihm geführten Kriege. / *Für den Stein, den man in die Höhe wirft, ist es kein Unglück hinunterzufallen, so wenig es ein Unglück für ihn war, emporgeworfen zu werden.* (IX, 17)

In Hainburg setzte ich meine Reise durch die einander Aug in Aug gegenüberstehenden Jahrhunderte fort. Vom Bahnhof nebst der Donau, die wie stillzustehen schien, stieg ich die Blutgasse hinauf zur Stadt und passierte beim Fischertor die in die Stadtmauer eingelassene, an das Gemetzel von 1683 erinnernde Gedenktafel. Fast die gesamte Bevölkerung der Stadt war von den Türken niedergemacht worden. Und das Leben ging weiter. Städte versanken, wurden wieder aufgebaut, Menschen wurden ermordet, einmal hier, einmal dort, einmal auf dieser Seite, dann auf der andern, caramba.

Angeblich hielten die Nibelungen in Hainburg ihre letzte

Rast, bevor sie ins Reich des Hunnenkönigs Etzel ritten, um dort durch Verblendung, Hochmut und falschen Stolz allesamt zugrunde zu gehen.

Es fielen vereinzelte Schneeflocken, ich setzte mir meine Mütze auf. Die nicht mehr sehr tief hängenden Wolken schimmerten hell, manchmal etwas Licht in den Ritzen. Ich hörte hinter mir einen LKW schalten und ließ ihn vorbei. Nachher ging ich wieder in der Mitte der Straße.

Bei der Jägerkaserne angekommen, war ich müde, abgespannt und unwirsch. Der Wachposten hörte sich mein Anliegen an, telefonierte und ließ mich nach einiger Zeit wissen, dass der Soldat Kurt Ritler in die Stadt gegangen sei und gleich zurückkommen müsse. Also wartete ich. Und während ich wartete, bereitete ich mich innerlich auf die Begegnung vor. Im weiterhin leicht fallenden Schnee ging ich vor dem depressiven Kasernenbau auf und ab und zertrat mit meinen Stiefeln die Eispfützen, denn das klirrende, knirschende Geräusch des zerspringenden Eises machte das Warten leichter. Ganz links ließ ein hoher, das Areal gegen die Stadt abriegelnder Eisenzaun den Blick frei auf Teile der Wohnbaracken.

Mehrere Soldaten kamen zum Tor der Kaserne. Ich musterte sie alle, denn Kurts Gesicht war mir vertraut von Fotografien, die er seinen Briefen beigelegt hatte. Deshalb erkannte ich ihn, als er kam. Er bewegte sich älter, als ich's erwartet hatte, schlenderte nicht, kam in normalem Tempo und zielgerichtet daher, die Hände in den zu hoch sitzenden Taschen der Jacke, die zu klein geraten war. Engpässe, wohin man schaute. / Wie auch Nanni schien er ein kleines Kraftpaket zu sein. Aber im Gegensatz zu ihr wirkte er auf den ersten

Blick nicht neugierig, sondern verstockt. / Ich fragte ihn, ob er Kurt Ritler sei, was er bejahte. Aufgrund der Fotos hätte ich ihn etwas kleiner erwartet, jetzt hatte ich einen kräftigen Jungen vor mir, recht hübsch. Und er fragte selbstbewusst: »Was gibt's?« / Ich erklärte ihm, woher ich kam und in welcher Beziehung ich zu den Behörden in Mondsee stand, das Ergebnis war eine eher verworrene Darstellung. Und als ich Kurt die Briefe überreichte, wich er ein wenig zurück, verunsichert und voller Scham, er wurde rot, so peinlich war es ihm, seine Liebesbriefe aus den Händen eines fremden Mannes zu erhalten. Er stopfte die Briefe sofort in die rechte Seitentasche seiner Uniformjacke.

In diesem Moment spürte ich alle Enttäuschungen der vergangenen Tage: das Bilanzziehen bei den Eltern, Wien als untergehende Stadt, das Verschwinden der mir vertrauten Welt, der Krieg, in dem ich mich erschießen lassen sollte für nichts und wieder nichts. Während der Fahrt nach Hainburg hatte ich mir vorgestellt, dass das Zusammentreffen mit Kurt etwas Positives in mein Leben bringen werde. Jetzt standen wir uns befangen gegenüber, und alles war wie mit Steinen beschwert.

Ich log: »Meines Wissens hat die Briefe nur der Postenkommandant gelesen, und der ist tot, man hat ihn vor einer Woche erschossen.« / Das interessierte den Jungen, er schnappte einmal kurz nach Luft, erleichtert, und sein Blick hellte sich auf. / »Im Zuge einer missglückten Festnahme«, sagte ich. / »Was sich dort alles tut ... «, murmelte er, und nachdem er den unabgeschlossenen Satz mit einem Kopfschütteln noch weiter geöffnet hatte, dachten wir vermutlich beide an Nanni. Er vielleicht an das Eingehaktgehen auf der

Mariahilferstraße, ich an die Heftigkeit, mit der sie am Ufer des Mondsees den Brief ihrer Mutter zerknüllt hatte.

Ich sagte, dass ich Nanni in Schwarzindien mehrfach begegnet sei und dass sie mich beeindruckt habe. / Kurts Gesicht war jetzt wieder wie eingefroren, ich hatte das Gefühl, nicht zu ihm vorzudringen. / »Was Nanni zugestoßen ist, tut mir sehr leid«, sagte ich: »Sie war ein sympathisches Mädchen. Sie hat mir einmal geholfen, als ich einen nervösen Anfall hatte.« Ich senkte den Kopf und starrte den zertretenen Schnee zu meinen Füßen an. Dann, nach einer kurzen Pause: »Du hast sie besser gekannt, aber ich glaube, wenn sie sich etwas in den Kopf gesetzt hatte, war sie nicht aufzuhalten.« / Er schaute mich nicht an, nagte an seinen Lippen, ich sah den Himmel hinter seinem Kopf, aus dem Schneeflocken fielen. Weiter unten in der Stadt ragten aus der knochenbleichen Szenerie die qualmenden Schornsteine einer Fabrik hervor. / Ich sagte: »Eine meiner drei Schwestern ist gestorben, als ich ungefähr in deinem Alter war. Ich stellte mir dann immer vor, sie ist auf Wanderschaft, grad im Winter.« / Kurt schaute weiter in die Landschaft hinaus, sein rechter Daumen war in die offene Tasche eingehakt, in der die Briefe steckten, seine Beklommenheit war deutlich spürbar und wurde durch meine Beklommenheit noch verstärkt. / Dann sagte er, weg von mir: »Ich stelle mir vor, dass Nanni schläft.« / Wir schwiegen. Kurts Atem war in der winterlichen Luft sichtbar. Und endlich hob er den Kopf und schien mich wahrzunehmen und mit mir zu reden. / »Nanni hat immer viel geschlafen«, sagte er: »Wenn wir zum Schwimmen gegangen sind, haben wir uns noch fünf Minuten gegenseitig angeschaut, dann ist sie eingeschlafen. Und wenn ich sie wecken wollte, musste ich mehrmals ihren Namen rufen, sie hat so tief und fest schlafen können.« Er schloss kurz die Augen. »Einmal habe ich ganz laut *Nanni!* gesagt, und da hat sie die Augen aufgemacht und mich angeschaut, und ich habe sie gefragt: Bist du jetzt ein wenig eingeschlafen? Und sie hat erstaunt gesagt: Nein, ich habe ganz bestimmt nicht geschlafen. Und dann hat sie überrascht den Kopf geschüttelt.« / Er war jetzt gelöster als am Anfang, und ich meinte, ein verstecktes Lächeln in seinem Gesicht zu sehen, gleichzeitig lief ihm eine Träne die Wange hinunter, er wischte sie mit dem Handrücken weg. / »Das kommt von der Kälte«, sagte er. »Vom Schnee.« Er schüttelte den Kopf, als verblüffe es ihn selbst. Und dann gab er sich wieder ein gleichgültiges Aussehen. Und wir schwiegen beide, mir war, als würden wir beide darauf warten, dass der andere etwas sagte, ich spürte, dass die Begegnung an ihr Ende kam.

»Wie geht's weiter mit dir?«, fragte ich. / »Wir werden übermorgen abgestellt. Wohin wir kommen, wissen wir nicht, es wird wohl nach vorne gehen.« / Er schien der Abstellung mit Gleichgültigkeit entgegenzublicken, aber vermutlich war es nur gespielter Mut. Ich selber war sehr betroffen, und ich glaube, meine Stimme hörte sich zittrig an, als ich sagte: »Das einzige, was für dich zählen kann, ist, dass du überlebst.« / Er horchte meinen Worten hinterher und sagte, sein Vater habe ihm empfohlen, die Zivilkleider immer bei sich zu tragen und die Uniform notfalls wegzuwerfen. Aber so etwas mache er nicht. Er lasse niemanden mehr im Stich. / Er wirkte jetzt wieder, wie ganz zu Beginn, verstockt, aber man sah auch das Unbeschützte dahinter. / »Dass der Krieg verlorengeht, liegt förmlich in der Luft«, sagte ich. / Er zuckte die Achseln: »Un-

ter einem fremden Regime will ich ohnehin nicht leben.«
Und er zuckte nochmals die Achseln, und sein Blick besagte
dasselbe.

Ohne ein weiteres Gespräch verabschiedeten wir uns. Kurt
ging über die verschneite Straße hinüber zum großen Tor,
unsicheren Schritts, durch ein verworrenes Leben. Der Packen Briefe beulte die Seitentasche seiner Jacke. Und dann
setzte er mit einer geschickten Flanke über den Schranken
beim Wachhaus.

Ich war niedergeschlagen und wollte so rasch wie möglich
zurück nach Mondsee. Bei der Haltestelle Ungartor, die näher war als der Bahnhof, wurde mir von einem Bediensteten
gesagt, dass aufgrund einer Beschädigung des Gleises im Bereich der Wiener Stadtgrenze der Zugverkehr für mindestens
zwei Stunden stehe. Also verließ ich Hainburg zu Fuß. Ich
wollte der in mir aufsteigenden Bitterkeit durch einen Spaziergang Herr werden. Vom Kirchturm schlug es Mittag. Ich
wandte mich nach Osten und folgte der Straße neben den
Gleisen Richtung Wolfsthal, der nächsten Station.

Flüchtlinge zogen ihr Hab und Gut auf Leiterwagen durch
die Straßen. Verbeultes Kochgeschirr baumelte an Schnüren,
die an den Holmen der Wagen festgebunden waren. Beim Ungartor staute es sich, den Gäulen dampfte schneeweiß der
Atem aus den Mäulern, ein Gaul nagte am Straßenrand an
einer Zaunlatte. / In Frankreich und als der Dreck im Osten
losgegangen war, hatte es noch Verkehrsregelungsbataillone
gegeben. Jetzt kam mir das vor wie ein Traum. Und wäre hier
doch einer von einem Verkehrsregelungsbataillon gestanden,
wäre ich nicht weniger überrascht gewesen, als hätte der Dichter Dante mir persönlich den Weg in die Unterwelt gewiesen.

Eine Weile folgte ich einer geraden Straße, die über flaches, weites Feld ging, zwischen von Eis überkrusteten Äckern. Der Wind war schneidend. Manchmal spuckte das Grau ein Bauernhaus aus oder eine Krähe, die mir im stiebenden, fliegenden Schnee nahe kam. Und weil mir diese Wanderung eine vorübergehende Befreiung von der Anspannung der letzten Tage verschaffte, durchquerte ich Wolfsthal und ging am Ortsende durch einen dunklen Wald. Wo die Straße wieder aus dem Wald trat, stieß ich auf eine Baustelle, dort errichtete ein Dutzend verdreckter Männer ein Fallhindernis, mit dem durch Losschlagen der Stützen die Straße nach Pressburg versperrt werden konnte. Ich ging etwas zur Seite, von wo aus ich den besseren Blick hatte. Zu einem alten Mann vom Volkssturm in halbwegs feldtauglicher Alltagskleidung und mit der vorgeschriebenen schwarz-roten Binde am Arm sagte ich: »Kann mir jemand verraten, wer sich das ausgedacht hat? Das ist doch total hirnrissig!« / Während ich das sagte, flogen zwei Messerschmitt 109 über den Abschnitt, und der Mann, den ich angesprochen hatte, rief: »Ich kann Sie nicht verstehen!«

Ich wanderte weiter, und die Landschaft öffnete sich wieder, alles öffnete sich. Ich ging zwischen Feldern, stolperte über Äcker, ich wollte nach Berg, aber der Weg war länger, als ich gedacht hatte, so war es in letzter Zeit immer. In der eisigen Stille des Winters, die manchmal gestört wurde von Axt- oder Hammerschlägen, sah ich weitere Bauarbeiten für die Schutzstellung, weitere sichtbare Symptome des Irrsinns. Für jeden, der in Russland gekämpft hatte, musste klar sein, dass eine solche Verteidigungsstellung eine in der Vorwärtsbewegung befindliche Armee, die den Dnjepr und die Karpaten

überwunden hatte, nicht länger als ein paar Minuten aufhalten konnte. Aber hier hackten und schaufelten Tausende, mo-
noton, im Regen, im Schnee, die Gräben liefen mit Wasser
voll und stürzten ein, und die Tausenden schaufelten weiter,
bis sie umfielen. Diese Pissgruben waren Teil der moralischen
Konkursmasse. Und wenn der Wind einen weiteren feinge-
sponnenen Vorhang aus Schnee heranwarf, war es mir, als
müsse das ganze Wahngebilde sich im nächsten Moment
auflösen.

Je näher ich der Ortschaft Berg kam, desto deutlicher
nahm ich die aufgerissene, aufgewühlte Erde wahr, desto
mehr Höcker aus Beton und Stacheldrahthindernisse tauchten auf. Aus einiger Entfernung sah ich, wie ein Zwangsarbeiter am Rand eines in Bau befindlichen Panzergrabens von
einem Wachmann mit dem Stock geschlagen wurde. Der
Zwangsarbeiter fiel zu Boden und war für mich nicht mehr zu
sehen, aber ich sah den Wachmann und den immer wieder in
die Höhe gehenden und dann niedersausenden Stock. Kein
Laut drang herüber, kein Schreien und kein Stöhnen, über
allem lastete eine vereiste, merkwürdige Stille, es war ein kalter, trüber Tag, in dem alles verschwamm. / Und der Arm mit
dem Stock ging auf und ab wie von einer Schnur gezogen. Wer
hielt diese Schnur? Ich? Mag sein. / Irgendwann richtete sich
der Wachmann auf und reckte das Kreuz, als habe er eine Hel-
dentat vollbracht, eine Zeitlang blieb er mit durchgestreck-
tem Kreuz auf dem Erdwall stehen, dann hob er das Kinn mit
einer seltsam stoßenden Bewegung, wandte sich ab und ging
davon. Zwei andere Zwangsarbeiter näherten sich und fassten
den Mann, der geschlagen worden war, unter den Achseln,
aber der Geschlagene ließ sich trotz mehrmaligen Bemühens

nicht wieder auf die Beine stellen. Also legten die beiden ihn wieder hin und entfernten sich ebenfalls. / Ich beobachtete die Szenerie in tatenlosem Entsetzen, stand da und schaute zu, ging dann näher heran, es gab keinerlei Sperren. Und je näher ich der Baustelle kam, desto tiefer wurde der Boden, und jetzt verstand ich, warum die Zwangsarbeiter gingen wie Besoffene, auch ich blieb mit den Stiefeln beinahe im Dreck stecken.

Mir am nächsten arbeitete ein Mann in abgerissener Kleidung, ein namenloser Sterblicher, kotverschmiert, die Hose sah aus, als würde sie von alleine stehen, wenn der Mann sie auszöge. Der Grund, warum mein Blick an ihm hängenblieb, war ein buntes Halstuch, orange und hellblau mit ein wenig Grün, leuchtende Farben in all dem schmutzigen Grau. Als der Mann meinen Blick bemerkte, schaute er einige Sekunden zurück mit bohrenden Augen und voller Vorwurf, dabei hielt er den Kopf trotzig hoch, als sei ihm der von dem Halstuch umschlungene Nacken erstarrt. / Ein Pfiff durchdrang die Luft, und der Mann setzte seine Arbeit fort, schaufelte die schwere, kalte Erde zur Seite, die vom Grund des von mir nicht einsehbaren Grabens heraufgeworfen wurde. Ich bekam nochmals einen kurzen Seitenblick, mit verstecktem Hass. Dann drehte sich auch einer der Wachmänner zu mir her und bedeutete mir wortlos, mich zu entfernen. Das tat ich, als wolle ich keinesfalls stören, ging weg in einer kurzen inneren Totenstille, das schneidende Geräusch der Schaufeln und das dumpfe Schlagen der Hacken hinter mir umso deutlicher.

Und vor mir war niemand, nichts, nur die weiterhin heruntertaumelnden Schneeflocken, und der Boden bewegte sich

unter mir, und ich wusste, dass ich tatsächlich und unwiderruflich in diesem Krieg bleiben würde, egal, wann der Krieg
zu Ende ging und was aus mir noch wurde, ich würde für immer in diesem Krieg bleiben als Teil von ihm. Es war schwer,
es sich einzugestehen.

> *Ja, schade, dass das, was hinter mir liegt, nicht ge-*
> *ändert werden kann. Was ich in den vergangenen*
> *sechs Jahren begriffen habe, ist, dass die Weisheit*
> *hinter mir her geht und selten voraus. Am Abend*
> *kommt sie und sitzt mit am Tisch als unnützer*
> *Esser.*

Während des Vormarsches in der Ukraine war mir nicht entgangen, dass im rückwärtigen Heeresgebiet Erschießungen
stattfanden. Aber ich war so sehr mit meinem eigenen Los beschäftigt gewesen, dass ich mir gedacht hatte: Was gehen mich
die Juden an? / Einmal besuchte mich Fritz Zimmermann, er
erzählte mir manches Detail, wie es zuging in Wjasma Schitomir Winniza, dabei saßen wir in meinem LKW, und draußen
rauschte ein furchtbarer Sommerregen hernieder, das gab
den Berichten von Fritz Zimmermann etwas Unwirkliches. /
Heute kann ich den Sommerregen und die Erzählungen trennen, sie gehören nicht zusammen.

Der Vorgesetzte von Fritz Zimmermann erschoss an Ort
und Stelle einen jüdischen Friseur, nachdem dieser ihn beim
Rasieren geschnitten hatte.

Immer wieder hatte ich von Erschießungsaktionen gehört.
Die Familie des Bäckers, bei dem wir während einiger Ruhe-
tage Brot gekauft hatten, sei vor die Stadt geführt, insgesamt
vier Personen, und mit Genickschuss getötet worden. Alle
paar Wochen hörte ich von solchen Dingen, und wenn ich da-

mit beschäftigt war, meinen LKW zu reparieren, gingen mir Gedanken durch den Kopf, ich stellte mir vor, was wäre, wenn ich zu einer Erschießungsaktion eingeteilt würde. Was ich tun würde? Und wie das sein würde? Und obwohl diese Gedankenspiele nie sehr konkret wurden, machte ich mich mit der Situation vertraut. / Nie hätte ich gedacht, dass ich je über solche Dinge nachdenken müsste. Denn über so etwas nachdenken heißt, sich damit vertraut machen, das heißt, den Begriff von Normalität verändern, langsam in eine andere Normalität hinüberwechseln.

Das dachte ich, während die Donau floss und die Wolken zogen und die Menschen starben und während der Zug aus Engerau heranpfiff.

Bei meiner Rückkehr nach Wien war es schon dunkel, und ich sah in Simmering große Brände. Die Anlagen von Simmering-Graz-Pauker waren getroffen worden und der fabrikeigene Kohlelagerplatz auf der Simmeringer Hauptstraße brannte. In Simmering viele Tote. Bei zusteigenden Fahrgästen erkundigte ich mich, ein Schwall rußiger Luft schlug in den Waggon herein, Asche und Staub lagen schwer auf der Lunge. Es hieß, auch das Gräberfeld auf dem Zentralfriedhof sei durch ein Flächenbombardement umgeackert worden, jetzt werde alles bombardiert, niemand sei mehr sicher, auch nicht die Toten.

Am Bahnhof Hauptzollamt gab ich meinen Rucksack ab. Vor dem Bahnhof stand eine Frau im Alter meiner Mutter und fragte, ob ich ein Zimmer suche. Ich sagte ja. Sie meinte, ich könne zu ihr kommen. Auf meine Frage, was es koste und wie weit es sei, antwortete sie, eineinhalb Reichsmark, ganz in der Nähe. Also ging ich mit der Frau, unter dem verkohlten Himmel. Während wir in die Marxergasse einbogen, sagte ich, dass ich um halb sechs aufstehen müsse. Sie versprach, sie werde mich wecken.

Ich ging dann essen und schaute mich ein wenig in diesem Teil der Stadt um. In einem Wirtshaus aß ich ein Pferdegulasch, wenig Einlage, eher sauer als scharf, ich vermutete, dass das Gulasch nicht mit Paprika gefärbt war, sondern mit dem Ziegelstaub vom letzten Angriff. / Dann ging ich durch die ärmlichen und schäbigen Straßen und begegnete all diesen ärmlichen und schäbigen Dingen, und ich fühlte mich bedroht vom Steinfall der instabilen Mauern, und mein einziger Wunsch war es, so rasch wie möglich nach Mondsee zurückzukehren, zu Margot.

Kurz nach zehn rollte ich mich in dem mir zur Verfügung gestellten Zimmer in die Decke ein. Es war das Zimmer des Sohnes der Frau. Im kleinen Bücherregal lag ein lederner Fußball, dem die Luft ausgegangen war. Über dem Bett hing neben der Reichskriegsflagge ein Wimpel des Simmeringer AC. / Ich hatte eine ziemlich unruhige Nacht, wachte einige Male von Träumen und anderen Störungen auf, die Tür klackte im Wind.

In der Früh weckte mich die Frau nicht, obwohl sie es versprochen hatte. Aber ich wurde von allein wach und zog mich an. Als ich fertig war, stellte ich fest, dass die Wohnungstür abgesperrt war. Also klopfte ich an die Schlafzimmertür der Frau und fragte, ob ich hinaus dürfe. / Da sagte die Frau: »Es ist höchste Zeit für Sie, aufzustehen!« / Ich musste schmunzeln, denn das war angenehm weit weg vom Krieg. / Ich erklärte der Frau, dass ich ja schon aufgestanden und auch schon angezogen sei, und ob sie mich bitte aus der Wohnung lasse. / Da kam sie heraus in einem bodenlangen, roten Morgenmantel und sperrte mir die Tür auf.

Auf dem Weg zum Bahnhof war alles dunkel und leer in den zertrümmerten Straßen. Nur eine Frau mit Krankenschwesternhaube, die gelbe Armbinde mit dem Stern am Arm, lief weinend an mir vorbei, verängstigt und verzweifelt, ihre Mantelschöße flatterten hilflos, wie ein angeschossener Vogel.

Ich saß auf dem Fensterbrett

Ich saß auf dem Fensterbrett und hörte mir an, was Margot an Neuigkeiten zu berichten hatte. Der Bäcker besaß nicht mehr genug Hefe und befürchtete, dass ihm in zwei Wochen die Kohlen ausgingen. Der Gemeindearzt hatte den aus dem Banat Geflüchteten zwei Pferde abgekauft, weil er nicht mehr genug Benzin auftreiben konnte. Aber schöne Pferde seien es nicht, habe der Arzt zu Margot gesagt, als sie ihn wegen Lilos Husten aufgesucht hatte. Bei der letzten Pferdemusterung habe er sich bessere Pferde ausgespäht gehabt, aber da habe die Wehrmacht zugegriffen. Deshalb sei er mit den schlechten Pferden zufrieden, da wisse er wenigstens, dass die Wehrmacht sie nicht wolle.

Die Tage meiner Abwesenheit seien nicht gut verlaufen, sagte Margot, Lilo krank, jede Nacht habe sich Lilo mehrfach in ihrem Bett aufgesetzt und zum Erbarmen gehustet, und am Ende habe Lilo alles vollgekotzt. Dazu die nicht abreißenden schlechten Nachrichten, massive Überflüge, teils Luftkämpfe und der Absturz eines amerikanischen Kampfflugzeuges wenige Kilometer entfernt, in Zell am Moos. Zu Hause stundenlang kein Licht. Und ein klammes, nie ganz warm werdendes Zimmer, kein Honig für den Tee, nichts von allem, was man für selbstverständlich hält. Und die Quartierfrau böse und unfreundlich wie nur möglich: »Es ist so mühsam, mit der alten Qualle zu streiten, sie wird immer verrückter.«

Margot stieß sich mit dem Hintern vom Tisch ab und drückte sich zu mir her, sie war froh, mich wieder in Mondsee zu haben, wenn auch nur für zwei Tage. Ich versuchte mir alles einzuprägen, die orangen Sprenkel in ihren braunen Augen und den Bug ihrer an mich gelehnten Hüfte und das Knistern ihrer Haare in meinem Ohr.

Der Schneefall hatte aufgehört, im Garten vis-à-vis funkelte ein übernatürliches Winterlicht aufgrund der geschlossenen Schneedecke, verstärkt durch die unterschiedlich zur Sonne stehenden Glaselemente des Gewächshauses. Die meisten Langhörner waren verkauft, die wenigen Verbliebenen, zwei trächtige Kühe, wühlten in der grob gezimmerten Futterkrippe unter dem Nussbaum und hatten Atemwolken ums Maul. Es gab keinen Windhauch, und alles war erfüllt vom kristallenen Licht.

Das Gewächshaus brachte mir meine Sorgen um den Brasilianer in Erinnerung. Irgendwo in der Gegend führte er ein Gespensterdasein. Hoffentlich hatte ihm jemand ein Bett in eine Dachkammer gestellt. Und auch wenn er sich dort kaum rühren konnte, Hauptsache, es schneite ihm nicht auf den Kopf. Und ich weiß nicht warum, ich erinnerte mich an all die phantastisch anmutenden Namen von Frauen aus Rocinha, die der Brasilianer gelegentlich erwähnt hatte: Lúcia dos Santos Mota, Beatriz de Miranda Teixeira, Leticia Carvalho da Silva Maciel.

Ich fragte Margot, ob es Neuigkeiten im Todesfall meines Onkels gebe. Sie meinte, die Annahme, dass der Brasilianer ihn erschossen habe, werde als Gewissheit gehandelt. / Ich senkte beschämt den Kopf. Und nicht, dass es sonderlich darauf ankam, aber ich empfand Trauer, zum ersten Mal tat mir, was geschehen war, leid. Manchmal benötigen Gefühle eine gewisse Reaktionszeit. / Und in diesem Moment der Trauer verspürte ich auch den Anfang eines Gefühls von Frieden, weil ich entschied, den Onkel zu lassen, wo er war, und weiterzumachen.

Margot ihrerseits fragte, was es in Wien Neues gebe. / »Schönen Schnee«, sagte ich, »schöne Kinder und ansonsten Trümmer und miese Leute.« / Tatsächlich war ich froh, aus der Stadt wieder heraußen zu sein, ich fragte mich, wie Menschen es schafften, an einem so kalten Ort zu leben. Und dann erzählte ich von Kurt und von der Frau, die mir das Zimmer ihres Sohnes vermietet hatte.

Weil es draußen so schön war, verließen wir das Haus. Ich musste noch einige Besorgungen machen hinsichtlich der mir bevorstehenden Abreise: Klopapier, Rasierklingen, Würfelzucker, Notizbücher zum Schreiben und Niveacreme. Letzteres ist nicht Teil des Klischees vom Soldatenleben, aber fast jeder erfahrene Soldat besitzt einen Tiegel mit Hautcreme gegen die Kälte, gegen den Dreck, gegen das Benzin, gegen das Gewehröl. / Mein Trainingsanzug war schon gewaschen, und Margot hatte mir dicke Überstrümpfe geschenkt.

Lilo rannte zu den Langhörnern hinüber, sie konnte schon gut laufen und stolperte nur, wenn sie versuchte, die Beine zu heben, um über kleine Erhöhungen zu steigen. Sie wollte unter dem Zaun durch, den die Flüchtlinge rasch gezimmert hatten, aber ich hielt sie am Kragen fest, was Tränen zur Folge hatte. Lilo beruhigte sich rasch wieder und wanderte in eine andere Richtung, kam dann zurück und hielt sich an meinem Hosenbein fest, als auch die Langhörner an den Zaun traten. Neugierig streckten die Kühe uns ihre perchtenhaft gehörnten Schädel entgegen. Ich streichelte einer über die schwarze Nase, und sie leckte meine Hand. Ich stellte mir vor, dass mich die Kuh vom Fluch der Geschichte befreien konnte mit ihrer langen Zunge. / Schon wieder fielen Schneeflocken. Lilo versuchte, einzelne Flocken mit den Händen aufzufangen. Weil sie plötzlich wieder unter dem Zaun durchschlüpfen wollte, nahm ich sie hoch und setzte sie auf meine Schultern. Sie warf mir mehrmals jauchzend die Mütze vom Kopf, und so steckte ich die Mütze ein.

Im Gewächshaus arbeiteten ein Mann und eine Frau. Dorthin war Margot vor langer Zeit gekommen, um mir bei der Arbeit zu helfen. Die von den Staatspolizisten geprügelte Hündin des Brasilianers war unter dem Leiterwagen gelegen und Lilo im Gewächshaus hinten beim Plattenspieler, sie hatte mit den Beinen in die Luft gestrampelt.

Wir gingen in den Ort. Zuerst redeten wir nicht viel, aber dann sagte ich, wir sollten alles besprechen, was zu besprechen sei, ein Brief könne zwei Wochen hin und die Antwort zwei Wochen zurück benötigen, und wenn man unter solchen Voraussetzungen offene Fragen zu behandeln habe, verderbe es einem die Laune.

Also klärten wir alles Wichtige. Wenn alles zusammenbricht – wo sehen wir uns? Wie finden wir einander? Wo ist unser Treffpunkt? Welches unsere Kontaktadresse? Ich sagte, Margot solle an meine Schwester in Graz schreiben, an Inge, und ich schreibe an ihre Mutter in Darmstadt. / »Du musst aber sofort wiederkommen, wenn du die Möglichkeit hast, es macht mir keine Freude, wenn du nicht dabei bist«, sagte Margot, blinzelnd gegen das grelle, vom Schnee reflektierte Licht.

Und dann noch: »Ich werde immer versuchen zu schreiben, aber es können bei der Postbeförderung Pausen entstehen, mach dir keine allzu großen Sorgen. Ganz allgemein: Immer hübsch mit der Ruhe. Wenn ich müde bin, werde ich nicht schreiben, sondern schlafen, das ist wichtiger.«

»Und geh immer in den Keller, Margot. Versprich mir, dass du vorsichtig bist.« / »Du auch.« / »Wenn ich die vergangenen fünf Jahre überlebt habe, werde ich den Rest hoffentlich auch durchhalten. Leider darf man vorne dumm sein oder intelligent, es macht keinen Unterschied, nur Pech darf man nicht haben.« / »Aber dass du Glück hast, das wird dir hoffentlich klar sein?« / Wir blieben stehen, drehten uns einander zu, wechselten mit halb zugekniffenen Augen einen Blick. Und ich wusste nicht mehr, was ich sagen sollte, und nickte. Und Margot setzte trotzig hinzu: »Zum Ausgleich werden wir hundert Jahre alt.«

»Du, Veit?« / »Ja?« / »Und nimm nicht so viele Tabletten.« / »Ja.« / »Du musst andere Möglichkeiten finden, damit umzugehen.« / »Ja.« / »Man kann nicht ewig einsperren, was nicht zum Einsperren bestimmt ist.« / »Ich bin mir der Symptomatik bewusst.« / »Denk dir, die Anfälle sind Katastrophenübungen.« / »Ja.« / »Du musst dich ohne Tabletten herauswinden.« / Und natürlich hatte sie recht, ich musste mich entspannen, alles gehen lassen, es war nicht gut, ständig so unter Dampf zu stehen, dass alles wie eine Kindertrompete klang oder wie eine Notbremsung.

Lilo zerrte mich an den Haaren, sie wollte herunter, um selbst gehen zu können, also ließ ich sie. Auch wenn sie öfters hinfiel im Schnee, tat ihr das Laufen gut, sie hustete weniger. Ich steckte die Hände in die Manteltaschen, denn meine Hände waren kalt. Margot fror im Gesicht, sie sagte: »Ich sollte mehr Schminke verwenden bei dieser Saukälte.«

Als wir alle Einkäufe erledigt hatten, war es später Nachmittag, die Sonne stand schon sehr tief und erinnerte uns an den Moment, auf den der Uhrzeiger zulief. Wir traten den Heimweg an, und wie wir so gingen, war ich überrascht, dass mir Mondsee so klein erschien, kleiner und heller als bisher, was auch immer, jedenfalls konnte es nicht am Ort liegen, es musste an mir liegen. Der Ort wirkte harmlos mit seinen geduldigen Häusern und dem See, dessen Ufer sich mit einer dünnen Eisschicht einen Schritt aufs Wasser hinauswagte. Und die geteerten Leitungsmasten mit den weißen Isolatoren standen da wie der Inbegriff des Vertrauten. Seltsam, dachte ich, nach allem Vorgefallenen. Ich schaute mich um. Die vor dem Hintergrund des Schnees blau wirkenden Baumriesen erschreckten mich nicht, alles ganz normal. Auch die Berge mit ihren sich knochenbleich vom grauen Himmel abhebenden Konturen zeigten ein gewöhnliches Winterbild, nur wirkte alles kleiner und freundlicher als bisher. / Und ich glaubte zu wissen, woran es lag. Es lag daran, dass ich wusste, es ging dem Ende zu. Das bevorstehende Ende des Krieges machte die Dinge wieder kleiner, jetzt, wo vieles absehbar war. Und ob ich nun ebenfalls erschossen wurde, das würde sich zeigen. Aber es war ein gutes Gefühl, zu wissen, dass der Krieg nach mehr als fünf Jahren sein Ende suchte. Ich sagte mir nochmals: Der Krieg wird bald vorbei sein.

Es gibt diese Momente: Hauptsache aus und vorbei. Und natürlich hoffte ich, dass es für mich gut ausging. Aber selbst wenn es für mich nicht gut ausging, war mir das baldige Ende lieber als dieser diffuse, nicht enden wollende, immer schlimmer werdende, in immer dunklere Jahre hineinführende und alles Zivile aushöhlende Spuk, in dem das Schlechte in den

Menschen immer deutlicher zutage trat, auch bei mir. Als müsse ein Krieg zwangsläufig, je mehr die Menschen seiner überdrüssig wurden, brutaler und mitleidloser werden, so kam es mir vor. Und deshalb: Hauptsache, der Krieg war bald vorbei und das Elend hörte auf. Dieser Gedanke erfüllte mich mit Leichtigkeit, ja, ich weiß, es wird vorüber sein, es ist absehbar, und dann sieht man weiter.

Seltsam auch, dass mein Kopf, seit dem Tod des Onkels und seit ich den Marschbefehl in der Tasche hatte, wieder klarer war. Ich durfte nicht zu viel darüber nachdenken, weshalb und warum. Ich wollte auch nicht zu viel darüber nachdenken. Aber Sache war, davor hatte ich mich bemitleidet, und jetzt war ich konzentriert und hatte wieder etwas Hoffnung. Margot hingegen wirkte muffig, weil sie in Mondsee festsaß, kein Gewächshaus, keine Tomaten, ein kleines Kind, gut, aber sonst: abwarten. Sie sagte: »Ich habe zwei Männer, einen falschen und einen richtigen, und demnächst stehen beide an der Front. Und selbst wenn wir alle den Krieg überleben, ist noch nicht gesagt, dass wir uns bald wiedersehen. Und wo wir uns wiedersehen. Vielleicht beim Wiederaufbau einer russischen Stadt. Und allein die Vorstellung, dass jetzt wochenlang kein Brief kommt, und ich habe nichts zu arbeiten und sitze herum, ich kann mir weiß Gott Schöneres vorstellen.« / Sie zog die Brauen in die Höhe.

Ich nahm Lilo wieder auf meine Schultern, sie hatte Sprechgeist, und das beendete vorerst das Gespräch zwischen Margot und mir. Lilos Brabbeln und das Gehen im knirschenden Schnee lullten mich ein. Ich dachte, vielleicht sind das die letzten schönen Momente in meinem Leben, die letzten Momente ohne Angst.

Später, schon im Bett, betonte Margot nochmals, wie gut es sei, mit mir zusammenzusein. Wie es aussah, empfand sie das Zusammensein mit mir nach wie vor als Bereicherung, das Unhaltbare unserer Beziehung hatte etwas Haltbares bekommen, ich war in unaufhörlicher Verwunderung. In meiner Ungläubigkeit, mich nochmals vergewissernd, fragte ich Margot, welche Chance sie für unsere Beziehung sehe, in der Zukunft. / »Hundert Prozent«, sagte sie ganz ruhig. / Eine eindeutige Antwort. / Wir schwiegen eine Weile. Margot schien nachzudenken, dann trug sie mir auf, vorne zu tun, was man von mir verlange, nicht mehr, eher weniger. / »Ich werd's versuchen.« / Und ich bat sie, sie solle mich wissen lassen, was mit Ludwig sei. / »Natürlich. Es betrifft ja auch dich.« Sie schwieg wieder und atmete gleichmäßig neben mir, und nach einiger Zeit sagte sie: »Ich glaube, Ludwig hat auch schon den nötigen Abstand.« / »Ich bezweifle es.« / »Ganz bestimmt. / »Wir werden sehen.« / »Also, bis morgen. Schlaf gut.« / »Schlaf gut, Margot.« / Sie rückte ganz nahe an mich heran, im eigentlichen Wortsinn, drückte Rücken und Hintern in die Beuge, die mein Körper beim Schlafen in seiner Mitte bildet. Und ich schlief ein mit Margots linker Brust in der Höhlung meiner rechten Hand. / Lilo weckte uns zweimal mit ihrem Husten. Margot tröstete sie mit Saftwasser. Und wenn es wieder still war, hörte ich das Brummen der Bässe im Kamin.

Am darauffolgenden Morgen geschah etwas ganz anderes: Wir bauten nochmals einen Schneemann, und einige Flüchtlingskinder halfen uns. Auch die Quartierfrau stand die meiste Zeit auf dem Vorplatz, sie schaute zu den Langhörnern hinüber, deren Anwesenheit sie zu beruhigen schien. Schließlich ging die Quartierfrau zum Zaun und reichte dem Vieh kleine schrumpelige Äpfel. Da warf eines der Flüchtlingskinder einen Schneeball nach ihr und traf sie am Kopf, nicht hart, wie es schien, denn es staubte ziemlich, aber in Ordnung war es nicht. Und die Quartierfrau rannte dem Kind, das etwa sechs Jahre alt sein mochte, hinterher, ich war erstaunt, dass sie so schnell laufen konnte. Und sie gab dem Kind einen kräftigen Tritt in den Hintern, um ihm verständlich zu machen, dass die Volksgemeinschaft Stiefel trägt. Mit einem stillen, harten Blick der Befriedigung sah sie dem rasch ins Haus laufenden Jungen nach.

»Lassen Sie doch das Kind«, rief ich. / Die Quartierfrau ließ es sich nicht zweimal sagen und kam zu mir herübergestapft mit einem Gesichtsausdruck, als wolle sie Gift und Galle spucken: »Das Gesindel soll sich nicht aufführen, als sei es hier zu Hause.« / Und als wäre der Wind in einen Haufen Neuschnee gefahren, stoben jetzt auch die anderen Flüchtlingskinder davon, offenbar schon vorsichtig geworden. Ich schaute ihnen erstaunt hinterher. Und mit einmal war auch ich in Streitlaune, und ich sagte: »Wo denn sonst sollen sich die Kinder aufführen wie zu Hause? Sind die Kinder in Berlin mit am Tisch gesessen, als man dort Schlachtpläne für ganz Europa geschmiedet hat? Man müsste froh sein, wenn sie sich hier wie zu Hause fühlen würden, aber ich bezweifle es.« / Die Quartierfrau lachte verächtlich, ein kleines böses Lachen, das aus der Tiefe ihrer sauren, alles zersetzenden Natur kam. Ihr Gesicht verzerrte sich zur Fratze, und so, als kenne sie mich längst, sagte sie: »Was man von Ihnen nicht sagen kann, Sie fühlen sich hier ja besonders wohl. Dass Sie jetzt wieder mit dem großen Haufen gehen müssen, war überfällig. Sie sind lange genug hier herumgekugelt, die Front ist Ihnen wohl zu gefährlich, da riecht es nach Pulver, was? Ich hoffe, Sie kommen wieder nach Russland, ich wünsche Ihnen für dort alles Gute. Das Fehlende wird Ihnen bestimmt in Form von Päckchen nachgeschickt.« / Bei den letzten Worten schaute sie Margot an, und ihr Mund hatte einen brutalen, haltlosen Zug, und sie gab auch dem halbfertigen Schneemann einen Tritt.

Weil ich keine Lust hatte, jemand Unbelehrbaren belehren zu wollen, ersparte ich's mir, der Quartierfrau zu erläutern, dass mein Dienstgeber keinerlei Fuß mehr auf russischem Boden hatte und dass ich mich dort, wo ich hinkam, wenigstens nicht mit Händen und Füßen unterhalten musste. / Ich nahm Margot am Arm, um ihr zu signalisieren, dass wir gehen sollten. Aber Margot wollte ebenfalls noch etwas loswerden und stellte die Quartierfrau zur Rede, was ihr einfalle, friedliche Menschen zu belästigen, was denn los sei, ob sie im sechsten Kriegsjahr nicht ein wenig vernünftiger sein könne, es sei zum Kotzen, manche Leute hätten wohl sonst nichts zu tun. / Da begann die Quartierfrau zu schreien und zu toben, und wir ließen sie stehen, aber sie folgte uns und ging, ohne zu klopfen, bei Margot hinein und führte sich auch dort derart auf, dass es mir zu viel wurde und ich sie des Zimmers verwies. Da sagte sie, sie habe ein Recht darauf, in die Zimmer hineinzugehen, sie nannte uns Gauner und Schlangenfänger, wir hätten ein Verhältnis miteinander und einen schlechten Lebenswandel, sie selbst habe nur Arbeit und Scherereien, und wenn hier jemand irgendwen rausschmeiße, dann sie uns und nicht umgekehrt. Zu unserer Überraschung ging sie mit diesen Worten hinaus.

Ich legte mich aufs Bett und verharrte einige Zeit reglos, dann sagte ich: »Du solltest umziehen, Margot.« / »Umziehen?«, fragte sie, am Fußboden auf den Fersen hockend mit dem hustenden Kind. / »Sonst schnappst du hier über.« / Und dann redete ich leiser, als fürchtete ich, die Quartierfrau könne lauschen, dabei hatte ich sie die Treppe hinunterpoltern gehört: »Das Sumpfauge ist nicht ganz richtig im Kopf und vergiftet einem den ganzen Tag. Wenn ich morgen fahre, sollst du nicht mehr hier sein.«

Wir gingen gemeinsam in den Ort und erkundigten uns nach einer neuen Bleibe für Margot. Rasch wurden wir auf einen Fleischhauer verwiesen, dessen Ladenhilfe, eine Französin, in die Fabrik abgezogen worden war. Seit über einem Jahr hatte ich keine Fleischhauerei mehr betreten, weil ich den Geruch nicht mehr aushielt, das Klingeln der Türglocke war ein erster Alarm. Und als ich den schalen Fleischgeruch in die Nase bekam, musste ich mich zusammennehmen, damit ich nicht gleich wieder ins Freie stürzte.

Wir warteten, bis wir an die Reihe kamen. Der Verkaufsraum war am Boden grau gekachelt, an den Wänden weiß. Einige Innereien – Kalbsherz und Kalbsleber – lagen neben großen Fleischstücken in der Ladentheke. Die Gehänge an der Wand hinter dem Fleischtisch waren zwar voller grimmiger S-Haken, aber dort hingen auf mehreren Metern Metallschienen nur einige armselige Hartwürste. Auf einem massiven Hackblock lag ein blankes Beil. / Mir fiel sofort ein Plätschern auf, hohl und hallend drang es aus dem hinter dem Laden liegenden Arbeitsraum nach vorne und schien in einem fort zu sagen: Warte nur! Warte nur! Warte nur! / Und wieder klingelte die Tür, jemand hatte den Laden verlassen.

Und während der Fleischhauer und Margot sich unterhielten, ließ ich die Bilder kommen, ich war bereit, sie anzunehmen als etwas, das mir Dinge zeigte, die man kennen muss. Und auch, dass ich in meiner Angst nicht allein war, machte es leichter. Nur für den Fleischhauer, einen Mann von robustem Aussehen, war es offenbar etwas seltsam. In seinem Gesicht war ein staunender, fragender Ausdruck, als ich einmal zu ihm aufblickte.

Wieder draußen, sagte Margot lachend, ich hätte ununterbrochen gesummt, ohne ein einziges Mal Luft holen zu müssen, wie ein Geist, wie eine Glühbirne. Sie umarmte mich, so gut es ging mit Lilo auf dem Arm, so fröhlich war sie. Nicht nur, dass ihr der Fleischhauer ein Zimmer angeboten hatte, ein Zimmer über der Garage mit einer Außentreppe, sie war jetzt auch Ladengehilfin. / »Und wer passt auf Lilo auf?«, fragte ich keuchend. / »Die halbblinde Mutter des Fleischhauers«, erwiderte sie und strahlte, als sei sie an die Tafel von König Artus berufen worden.

Auf dem Weg zum alten Quartier musste ich alle paar Schritte stehenbleiben, ich hatte dauernd das Gefühl, dass mir die Beine versagen. Und wenn ich ging, trippelte ich unsicher, als sei ich ein alter Mann. Und beim Hochsteigen zu unseren Zimmern hatte ich panische Angst, dass ich auf der Treppe stürzen und hinunterfallen könnte. Da war sogar Lilo geschickter und schneller oben als ich. / Sich noch einmal nach mir umdrehend, sagte Margot: »Komm jetzt. Komm weiter!« / Es tat mir gut, dass sie mich ganz normal behandelte, wie immer.

Bis ich mich wieder besser in der Hand hatte, lag ich bei Margot auf dem Bett und sah zu, wie sie packte. Sie hatte dem Fleischhauer angekündigt, dass sie noch am Nachmittag übersiedeln werde, sie hatte ihn aufgeklärt, welche Möbel sie brauche und welche nicht, und er hatte versprochen, sich darum zu kümmern, während die Fleischhauerei über Mittag geschlossen war.

Die Quartierfrau schaute uns mit böse zu einem Strich verkniffenem Mund zu, als wir unsere Koffer und Taschen und den Plattenspieler auf den Kinderwagen luden. Wir waren schon komplett vollgepackt, und ich staunte nicht schlecht, als Margot auch noch mit einem Windelkoffer ankam, jetzt sahen wir ebenfalls aus wie Flüchtlinge. Das einjährige Kind musste laufen, weil der Kinderwagen als Transportmittel diente.

Wir redeten fast nichts, gingen schweigend nebeneinander her, ich war damit beschäftigt, den überladenen Kinderwagen über die vom Schnee holprigen Straßen zu manövrieren. Margot fragte nur zwischendurch: »Geht's?« / »Muss gehen«, gab ich zurück.

Zwei verschickte Mädchen, die des Weges kamen, halfen uns, indem sie das Kind und den Windelkoffer trugen. Mit ihren zu kurz gewordenen Jacken und schiefgetretenen Schuhen waren auch sie kleine Kriegsveteranen.

Wir kamen heil an beim neuen Quartier. Das uns zur Verfügung gestellte Zimmer war von der Mutter des Fleischhauers vorsorglich geheizt worden. In dem Moment, in dem ich durch die Tür trat, spürte ich, dass ich mich von etwas losgerissen hatte und endlich ein eigenes Leben besaß. / Wir stellten alles hin, ich baute den Laufstall auf. Margot stopfte das ganze Zeug in den Kasten, sie würde in den nächsten Tagen genug Zeit haben, um alles an den richtigen Platz zu bringen, damit wieder Ordnung herrschte und alles gefunden wurde, wenn man es brauchte. Augenblicklich fand sie gar nichts. / Wir fühlten uns fürs erste geborgen. Die vorhandenen Mängel empfanden wir als unerheblich. Der Platz war beengt, das Bett zu weich, die Französin vermisste es bestimmt nicht. Aber hier in der Ortsmitte war Margot nicht so ausgesetzt, sehr viele Verschickte auf den Straßen. Und ich dachte: Wenn alles vorbei ist, komme ich hierher zurück.

Margot bestand darauf, dass ich die Seegrasmatratze holte, die ich mir im Frühjahr hatte machen lassen. Ich stellte sie beim alten Quartier unter dem Vordach ab und gab der Quartierfrau den großen Schlüssel zurück, der mir fast ein Jahr lang die Hosentasche beschwert hatte. Als sie den Schlüssel entgegennahm, behielt sie ihr finsteres Gesicht, aber dann verblüffte sie mich wieder, und sie redete normal mit mir, beklagte sich nur ein wenig, dass wir sie einfach sitzenließen, so drückte sie sich aus. Sie werde sich jetzt die Mandeln herausnehmen lassen, sie denke, dass ihr dann die Witterung nicht mehr so viel anhaben könne. / Ich sah sie verwundert an, sie schien mir wie aus Papier gemacht, wie ein japanisches Haus, in dem Irrsinn und Vernunft miteinander leben. Wenn ich ihrer vernünftigen Seite gegenüberstand, sah ich im angrenzenden Raum, hinter einer Papierwand, die Armbewegungen des Irrsinns.

Zuletzt wollte sie mir sogar Mut machen und behauptete, dass nochmals ein Umschwung kommen werde. Aber was sie als sichere Belege für diese Überzeugung anführte, waren nur Phantasien, vermischt mit den allseits bekannten, Tag für Tag dem Radio entströmenden Parolen über angebliche Wunderwaffen. / »So kann es nicht enden«, sagte sie immer wieder: »Und so wird es auch nicht enden.«

In diesem Glauben ließ ich sie zurück, ich wünschte ihr alles Gute. Und doch dachte ich, weg von diesem Haus, das innerlich zerbröckelt. Und ja, ich bin mir bewusst, dass ich mich manchmal wiederhole, aber ich muss es mir immer wieder vorsagen: In das eine wächst du hinein, vom andern wendest du dich ab.

Auch das Klo hatte ich ein letztes Mal aufgesucht, weil Not am Mann gewesen war: Alles schmutzig und verkommen, es wurde dort nie geputzt, überall pickte die Scheiße. Armes, altes Klo! / Zu den Schweinen, die ich im Blick hatte und die mir bei meinem Geschäft zusahen, sagte ich, dass ich gekommen sei, um Adieu zu sagen, und dass es Zeiten gegeben habe, in denen ich mich hier wohlgefühlt hätte. Aber jetzt nicht mehr. Margot habe eine andere Bleibe gefunden, ich selber müsse mich der siegreichen sowjetischen Armee entgegenstellen, was nicht grad zu den wahren Freuden gehöre und obendrein ein Fehler sei, weil die Rote Armee allen Grund habe, sehr aufgebracht zu sein. Und die Quartierfrau werde bestimmt andere Mieter zum Schikanieren finden, und irgendwann werde sie zugrunde gehen, von ihrer Rutschbahn komme sie nicht mehr herunter. / Und auch den Schweinen wünschte ich alles Gute, es war aber klar, dass sie vor einer kurzen Zukunft standen. Mich noch einmal umblickend, sagte ich: »Ihr hättet was Besseres verdient.«

Margot und ich kamen fast gleichzeitig zum neuen Quartier zurück. Sie war einkaufen gewesen und packte das Kind aus der Winterkleidung. Nachdem das Kind gebadet war, fütterte Margot es mit Getreidebrei ab. Wir saßen eine Zeitlang beim Fenster, wir blickten auf mehrere rückseitige Gärten von Bürgerhäusern, bei denen der Rauch kerzengerade aus den Schornsteinen stieg. Einige auf sich allein gestellte Schneeflocken sanken herab wie sich abseilende Spinnen und leuchteten, wenn Licht auf sie fiel. Margot erzählte mir, was ihre Mutter aus Darmstadt schrieb, sie habe von Berlin für den Luftangriff im September eine Zuteilung für fünfzig Gramm Bohnenkaffee bekommen. / »Fünfzig Gramm, alle Achtung«, sagte ich, »was täten wir ohne den Krieg.« / Margot wusch sich am Waschtisch. Ich trug das Waschwasser hinaus und holte frisches. Dann saß ich wieder auf dem Fensterbrett. Mittlerweile war es dunkel geworden, mein letzter Abend.

Wir kannten uns jetzt lange genug, dass wir über vergangene Zeiten reden konnten. Margot sagte, sie habe sich wochenlang gefragt: Was macht er immer da drüben? Was ist das für ein Mensch, der immer nur an Papier und Tintenduft denkt? Und ob ich wirklich geglaubt hätte, sie koche nur so zum Spaß für mich, dreißig oder vierzigmal. / Ich verteidigte mich, auch auf mehrmaliges Nachfragen habe sie immer versichert, sie koche sowieso. / Margot lachte und schüttelte den Kopf über so viel Naivität. / Dann sprachen wir über das Leben nach dem Krieg, von den Berufen, die wir ausüben, und von den Kindern, die wir haben würden. Margot sagte, sie wolle nochmals ein Mädchen.

Ich schaute zu Lilo, die an den Stäben des Laufstalls rüttelte, das Kind beobachtete seinerseits mich, es war ruhiger als sonst, es fühlte sich in dem neuen Zimmer ein wenig fremd und kannte sich nicht aus. Aber im Ofen knisterte das harzige Holz wie gehabt, und in den Töpfen kochte und brodelte es. Und über Margots Bett hing die Federcorona des Brasilianers, und ich hörte ihn wieder sagen: »Ruhig wird man erst, wenn man geworden ist, wer man sein soll.«

Ich legte meine Lieblingsplatte auf, der Tenor sang von der großen Liebe, die er leichtfertig vertan hatte, und davon, dass man die einfachsten Dinge zuletzt lernen muss, so hatte es mir der Brasilianer übersetzt. Lilo schickte sich an, ein Schläfchen zu machen, und Margot legte ihre Hand an meine Wange, und ich legte eine Hand auf ihre Hüfte und spürte das Reale ihres Körpers, und da freute ich mich so, dass ich das Lied nicht mehr als langes Schluchzen empfand, die Akkorde zitterten durch meinen Körper, und die Freude summte in meiner Brust.

»Hoffentlich ist der ganze Dreck bald zu Ende und du bist dann wieder bei mir«, sagte Margot.

Als alle nötigen Maßnahmen für meine Abreise getroffen waren, saßen wir auf dem überdachten oberen Absatz der Außentreppe und rauchten eine letzte gemeinsame Zigarette. Ab und zu zeigten die Wolken Löcher, und ich blickte hinein und fragte, wie es mir in Zukunft ergehen werde. Und plötzlich hörte ich in mir die Stimme: »Gut«. Ich werde überleben. Und später, wenn alles wieder normal ist, werde ich irgendwie die Jahre retten, die ich verloren habe.

Und Mondsee erlebte die stillste Nacht seiner Geschichte, alle schliefen tief. / Eine Wolke näherte sich dem Mond, der Krieg näherte sich Mondsee, Mondsee näherte sich dem Ende des Jahres, eine Hand näherte sich der andern. / Nie fort müssen von hier!

Wir warteten auf das Milchauto

Wir warteten auf das Milchauto, es war sehr kalt geworden, anziehen musste man sich wie ein Nordpolfahrer. Margot schlotterte in der schon recht abgeschabten blauen Steppjacke. Lilo schlief in ihrem Arm. Margot legte den anderen Arm um meinen Hals, sie schaute mich an, sie war herzlich, ein wunderbarer, warmer Mensch. Ich bedankte mich für jede gemeinsame Minute. Und sie richtete mir den Kragen. Nie bin ich mehr am Leben gehangen als in diesem Moment.

Das Milchauto kam, und nach einem heftigen Kuss und einigen beschwörenden »Viel Glück!« und »Bis bald!« stieg ich ein, um meine vor einem Jahr unterbrochene Kriegsfahrt fortzusetzen. / Margot grüßte mit zwei Fingern, die sie von der Stirn wegführte. Ich stellte meinen Rucksack neben mich auf die breite Sitzbank – sowohl der Rucksack, als auch die Sitzbank hatten Brandlöcher, der Rucksack vom Krieg, die Sitzbank von Zigaretten. An solchen Kleinigkeiten erkennt man das Leben. / Margot und ich winkten einander, solange die kleinste Möglichkeit bestand, der andere könnte es vielleicht noch sehen.

Das Milchauto fuhr durch Schwarzindien. Auch im ehemaligen Lager wohnten jetzt Flüchtlinge, Hinausgeworfene, Verratene, Verbrecher, die sich verdrückt hatten, Geschundene, arme Teufel. / Bei einem Haus in St. Lorenz hatte jemand vergessen, vorschriftsmäßig zu verdunkeln, ein Fenster im Erdgeschoss war hell erleuchtet, und ich sah das Gesicht eines Kindes hinter der Scheibe. Einen Moment lang war es mir, als könne ich hineingehen und dort wohnen bis zum Ende des Krieges in der Gewissheit, nicht gefunden zu werden. Ich dachte mit Schaudern an diese einfache Möglichkeit, dann war das Milchauto am Haus vorbei, und ich fuhr weiter in Richtung Front, obwohl mir der Krieg zuwider war und obwohl ich wusste, dass ich einer unrechten Sache dienen würde. / Zum Fahrer des Milchautos, der mich nach meinem Bestimmungsort fragte, sagte ich: »Nach vorne, Insterburg.« / »Also Ostpreußen, wo die Hölle offen ist.« / »Ja, seltsam, man nimmt geduldig an einem Ereignis teil, das einen töten will, so ein Krieg ist etwas vom Erstaunlichsten auf der Welt.«

Bis zur Front waren es vier Tage Zugfahrt, vielleicht mehr, Zeit zum Schreiben, immerhin, Zeit genug, um etwas abzuschließen.

Der Milchfahrer und ich redeten jetzt wieder Belanglosigkeiten, über das Wetter und wie die Bäume zornig ihre Arme schüttelten und den Schnee herunterwarfen, wenn wir vorbeisausten. Auf den Dächern der Bauernhäuser blieb der Schnee liegen, weil fast kein Vieh mehr in den Ställen war, der Fahrer machte mich darauf aufmerksam. Er sagte, er sei froh, dass er im Moment nicht so schwere Kannen zu stemmen habe, ihn zwicke das Kreuz. / Die Drachenwand zeichnete sich deutlich ab, ein über die klirrenden Wälder gereckter Schädel, der mit leeren Augen auf die Landschaft herabstierte. Es dämmerte, und über das dünne Eis des an seinen Rändern zugefrorenen Sees schienen die ersten Lichter zu huschen. Wenn es so kalt blieb, würde der See auch in diesem Winter zufrieren, zum dritten Mal in wenigen Jahren, teilhabend an einer kalten Epoche. / Die Straße nach St. Gilgen lag vor uns, kein Mond, aber der Himmel hellte sich auf. Bei der Fahrt durch Plomberg schaute ich ein letztes Mal hinauf zur Drachenwand, wo die Leiche von Nanni Schaller monatelang auf geduldigem Stein gelegen war. Die Sonne würde in wenigen Minuten aufgehen, die Schulter der Drachenwand schien rötlich angehaucht. Und ich grüßte Nanni mit einer unauffälligen Fingerbewegung und wünschte ihr alles Gute für ihre Zeit bei den Geistern. / Dann verschwand die Wand aus meinem Blick, und ich schloss die Augen im Wissen, dass wie vom Krieg auch von Mondsee etwas in mir bleiben wird, etwas, mit dem ich nicht fertig werde.

Nachbemerkungen

Veit Kolbe kehrte Mitte Dezember 1944 zu seiner Einheit zurück, von der er sich im April 1945 in der Gegend von Schwerin absetzte. Das Kriegsende erlebte er in Mondsee. Er und Margot heirateten 1946 nach Margots Scheidung. Die beiden hatten neben Lilo zwei gemeinsame Kinder, Robert und Klärchen. 1953 beendete Veit Kolbe ein Studium der Elektrotechnik, unmittelbar darauf verbrachte er für Siemens zwei Jahre in Afghanistan beim Kraftwerksbau in Sarobi. Für mindestens ein Jahr waren auch Margot und die Kinder in Afghanistan. Später lebte die Familie Kolbe in Wien. Veit Kolbe arbeitete bei einem Energieunternehmen, Margot Kolbe bei einer Versicherung. Veit Kolbe starb am 3. Juni 2004, Margot Kolbe ist zum Zeitpunkt, da ich dies schreibe, fünfundneunzig Jahre alt.

Justus Neff, Margot Kolbes Vater, fiel im März 1945 in Schlesien. Lore Neff, Margots Mutter, starb 1961 an einem unzureichend behandelten Diabetes. Der Todesanzeige ist zu entnehmen, dass sie zum Zeitpunkt ihres Todes fünf Enkel hatte: Lilo, Robert, Klärchen, Adam und Hanne.

Robert Raimund Perttes, der Brasilianer, erlebte das Kriegsende in Zell am See, seine erste Postadresse nach dem Krieg war der Gasthof Auerwirt. Der Tod des Mondseer Postenkommandanten konnte ihm nicht angelastet werden, weitere Ermittlungen verliefen im Sand. Im März 1948 wanderte Robert Raimund Perttes erneut nach Brasilien aus. Über das Rote Kreuz schickte er aus Genua eine Kiste mit Zitronen,

Orangen und Feigen an Margot und Veit. In den Cartões de Imigração da República dos Estados Unidos do Brasil findet sich eine Karteikarte, die über die Einreise des Brasilianers Auskunft gibt. Das an die Karte geklammerte Foto zeigt einen Mann, den man für zehn Jahre älter halten muss, als er zum Zeitpunkt der Aufnahme gewesen sein kann. Vom österreichischen Konsulat in São Paolo ist über das Fortleben und den Verbleib des Brasilianers nichts zu erfahren. Seine letzte mir bekannte Adresse ist aus dem Sommer 1952 postlagernd ins Konsulat: Consul Austria, São Paulo – Brasil, rua Lib Badaro 156.

Trude Dohm, die Quartierfrau, und ihr Mann gingen nach dem Krieg nach Freising. Von einem Gesinnungsgenossen hatte Max Dohm die Übernahme eines verwaisten Elektro- und Radiogeschäfts angeboten bekommen. Trude Dohm starb am 28. Jänner 1953 in der Heil- und Pflegeanstalt Haar bei München an einer erst in den letzten Lebenswochen diagnostizierten Syphilis im Quartärstadium. Ihr Mann lebte bis zu seinem Tod im Jahr 1981 in Freising.

Die Lager Stern und Stabauer mit den Verschickten des ehemaligen Lagers Schwarzindien verließen am Ostersonntag 1945, als die Front näherrückte, den Mondsee und gelangten nach Kaprun, wo die Mädchen vom Lager Weißes Rössl aufgenommen wurden. Im Sommer nach Kriegsende versorgten sich die Mädchen selbst, sie arbeiteten in Kaprun als Verkäuferinnen beim Bäcker und als Mägde bei Bauern. Postverkehr mit Wien gab es nur über Besucher, manche Mädchen waren sechs Monate ohne Nachricht von zu Hause. Im September 1945, das neue Schuljahr hatte bereits begonnen, kehrten die letzten Mädchen aus der ursprünglichen Belegung des Lagers Schwarzindien nach Wien zurück. Über ein Jahr waren sie nicht zu Hause gewesen. Die Mädchen waren jetzt vierzehn Jahre alt, die ersten wurden fünfzehn.

Margarete Bildstein, die Lagerlehrerin des Lagers Schwarzindien, übernahm im Jänner 1945 das Lager Hotel Post in Weißenbach am Attersee. Nach dem Krieg arbeitete sie als Lehrerin in Wien. Sie war nie verheiratet, keine Kinder. Im Jahr 2008 starb sie, neunundachtzigjährig, in Kirchberg am Wagram.

Kurt Ritler wurde am 21. April 1945 als Panzergrenadier auf Königstiger während des Rückzugs westlich von Hamburg bei einem Fliegerangriff am rechten Oberarm verwundet. Er hatte sehr starken Blutverlust mit Bewusstlosigkeit. Am 2. Mai 1945 wurde er in Horsens, Dänemark, in die Krankensammelstelle eingeliefert. Dort verlor sich seine Spur. Seine Familie versuchte jahrelang vergeblich, Näheres über den Verbleib des Jungen in Erfahrung zu bringen. Spätere Nachforschungen des dänischen Roten Kreuzes ergaben, dass Kurt Ritler unter dem Namen Kurt Ritter, geb. 23. April 1927, am 2. Mai 1945 in der Krankensammelstelle Horsens gestorben war. Der Schreibfehler im Namen war bis dahin niemandem aufgefallen. Kurt Ritler ist auf dem Horsens Kirchhof – B. 514 – begraben.

Oskar Meyer, alias Sándor Milch alias Andor Bakos, wurde im März 1945 während eines Transports in Richtung KZ Mauthausen ermordet. Die Männer, die ihm ausreichend Nahrung vorenthalten und seine Leiche in die Donau geworfen hatten, wurden nie zur Rechenschaft gezogen. Wally und Georg Meyer waren bereits 1944 in Auschwitz ermordet worden. Über das weitere Leben des nach England in Sicherheit gebrachten Sohnes Bernhard weiß ich nichts. Seine letzte mir bekannte Adresse war: Bath, Somerset, c/o Mr. A. E. Wheeler, 23, Croft Road, Fairfield Park.